그 책에 마음을 주지 마세요

4

문시현 장편소설

동아

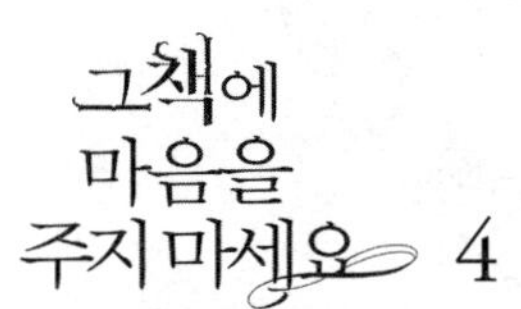

초판 1쇄 인쇄일 | 2019년 07월 19일
초판 1쇄 발행일 | 2019년 07월 26일

지은이 | 문시현
펴낸이 | 박성면
펴낸곳 | (주)동아

출판등록 | 제406-2012-000056호
주소 | 경기도 파주시 문발로 115, 세종출판벤처타운 201-A호
전화 | (031)8071-5201
팩스 | (031)8071-5204
E-mail | bear6370@hanmail.net

정가 | 12,800원

ISBN 979-11-6302-221-3 (04810)
979-11-6302-125-4 (set)

ZERO
그 책에
마음을
주지 마세요
문시현 장편소설
4
동아

Contents

11. 건국제 Ⅱ (2) 7

12. 당신과 나의 광시곡 66

13. 붉은 눈물 145

13.5. 헤르난데즈 디볼로 176

14. 오빠의 결혼식 223

15. 나의 기사님, 나의 검 372

16. 손 틈 사이의 진실 386

17. 낮과 밤의 교차로 418

18. 짐승, 당신의 이름은 471

19. 황폐한 땅, 피어난 작은 꽃 한 송이 531

11. 건국제 II (2)

며칠 뒤, 아실리는 월터 왕자의 초대장을 받았다. 이틀 전 약속을 말하려고 하나? 들어주기로 한 이상 선택의 여지가 없으니 채비를 해서 나왔다.

때는 아직 이른 오전이었다.

나가기 전 일기장을 두고 어디에 넣을까 고민하던 그녀는 나무 옷걸이에 걸린 흰 예복에 시선을 주었다.

'이틀 뒤구나.'

이건 뭐라고 할까. 소녀는 생각했다.

'수능 이틀 전? 최종 면접 이틀 전?'

긴장감은 비슷한데, 무게는 이쪽이 훨씬 무겁다.

사실 소녀는 당장 춤을 이틀 앞둔 이 시점에서도 폭군이 달려와 너를 죽이겠다 말해도 한구석에선 저 인간이라면 하고 납득할 수 있었다. 그래, 끝까지 심기를 거스르지 않고 지켜봐야 하는 것이었다.

하지만 시험과 달리 제 목숨과 관련 있다고 생각하니 가슴 한쪽이 묵직하면서 손에 땀이 흥건한 기분이었다. 새삼 더는 폭군에 대해 생각하기가 싫어진 그녀는 의복에게서 눈을 떼고 옮긴 시선을 창문으로 고정했다.

눈부시도록 청명한 하늘이 그녀를 반겼다.

'날씨, 되게 좋네.'

깨끗해서 상쾌하기까지 한 하늘을 보며, 저도 모르게 고개를 숙여 웃었다. 그녀는 화창한 날이 좋았다.

'이날까지 살아남았으니, 앞으로도 살아남지 않을까?'

까닭 없는 긍정이 마음을 물들였다. 기억을 잃었기에 가진 빛이라는 걸 전혀 모른 채, 소녀는 미련 없이 고개를 돌리고 방을 나섰다.

사람이 살다 보면 꼭 원했던 대로 가지만 않고, 생각하는 대로 가지 않는다. 아무튼 그런 게 사람 일이라지만, 소녀는 눈앞의 광경을 설명하는 대사가 필요하다고 생각했다.

"왜 안 됩니까? 안 돼요? 왜요?"

언젠가 방영했던 TV 프로그램에서도 그랬다. 아이의 문제는 하나같이 부모에게 정신적 트라우마가 있거나 어긋나고 잘못된 양육 방식에서 비롯된 문제였다. 그럼, 지금 이 나잇값 못하는 왕자가 부리는 프로 땡깡은 오냐오냐 키운 막둥이의 폐해인가?

'맞아. 그럴 거야.'

아실리는 질린 표정을 내보이지 않으려 애썼다. 흘끗, 옆을 바라보니 저쪽도 비슷한 표정이다.

'지난번에 보니 분명 듣는 것은 완벽했지?'

아하시야와 눈이 마주친 소녀가 실소를 흘렸다가 고개를 돌렸다.

"왕자님, 죄송하지만 그것만은 들어드릴 수 없을 것 같아요."

"어째서입니까? 약속을 지켜 주시겠다고 했잖아요."

"이런 무모한 제안이라고 말씀하지 않으셨잖아요. 거기다 초대장은 12시로 알고 있는데 왜 이렇게 빨리 오신 건가요?"

"그건, 황녀님이 궁에서 빨리 출발했다는 얘길 들었으니까요."

그 말에 옆에서 말없이 웃고 있던 데인의 미소가 더욱 깊어졌다.

'얘길 들었다?'

황녀의 소소한 일상생활에 대한 얘기가 빠져나갈 구멍이 있다는 소리다.

'그것도 타국의 왕자에게.'

요즘 아실리의 궁에는 새로 들어온 하녀가 많았다. 원래 있던 하녀들만으로는 늘어난 공작가 신관과 불카누스의 신관들을 감당할 수 없어 내린 결정이었는데, 여기서 문제가 있었던 듯했다.

한편 아실리는 거듭 고집을 피우는 왕자를 보며 곤란함을 내보였다.

'골치 아프네 이거.'

원래 오늘, 왕자를 만나기 전 먼저 아하시야를 만나기로 했다.

공교롭게도 왕자와 사막의 공주가 만남을 요청한 날이 같아 시간을 달리하고자 했고, 아하시야 또한 동의한 바였다. 특히나 내일이면 사막의 사절단이 도착하는 날이었으므로 많이 초조했을 것이다.

'그렇게, 만나서 얘기나 들어 보려 했는데…….'

이번 예언은 그 어느 때보다 긴 시간을 두고 일어났다. 그렇다는 말인즉슨, 수많은 변수가 있을 거라는 얘기다. 그 변수들을 잡기 위해서는 아하시야의 자세한 사정을 들어 봐야 했다. 어떻게든 살살 달래 사정을 들어 보려 한 참이었다.

"어째서입니까. 부탁합니다. 말이 다르지 않습니까? 네? 부탁해요."

이 왕자의 등장으로 일이 틀어졌다. 차와 차분한 분위기 속 막 열리려던 입술이 언제 그랬냐는 듯 꾹 닫혔으니까. 소녀는 아주 오랜만에 깊은 빡침을 느꼈다.

그래, 아주 오래전에 만났던…… 눈치 없고, 일도 못하는데, 아는 거라곤 '모르겠어요, 선배님'뿐인 신입 후배를 보는 기분이었다.

"대체, 이 상황에 어떻게 수도로 나간다는 말인가요? 저는 이틀 뒤 신성한 춤을 추는 사람입니다!"

"하지만……."

이번 회동엔 데인과 펜네도 함께였다. 데인이야 공주의 신변을 맡기로 한 사람이었고, 펜네는 사막의 사정에 해박한 사람이었다.

"안 될까요? 듣기로, 공주는 무대를 마음대로 드나들 수 있다고. 꼭 한 번 보고 싶단 말입니다."

"죄송하지만, 왕자님 그건 안 돼요."

그윽한 미소의 데인과 어쩔 줄 몰라 하는 펜네, 그리고 당황스러운 낯의 아하시야까지 차례로 보고 있자니 머리가 다 아픈 기분이었다.

"그렇지만, 무대가 끝난 뒤 공연장은 폐쇄되지 않습니까."

황녀의 무대 뒤에는 공연장을 볼 수 없다. 사실이었다.

"들, 들어주신다면 뭐든지 들어드릴게요!"

아실리는 안 된다고 하려는 입을 멈추고 그대로 멈칫했다.

'이건 좀 솔깃한데?'

뭐든지라니, 구색에 딱 맞는 말이 아닌가.

특히나 그에게 궁금한 것을 생각해 보면 혹 끌어당기는 제안이었다. 사실 그의 부탁이라는 것도 그녀에게 귀찮을 뿐이지, 딱히 들어주지 못할 것만은 아니었다. 그러니까 지금 자신을 보고 있는 데인이라거나, 데인이라거나, 데인만 없었다면.

“내 허락이 필요한 거라면, 그러지 않아도 돼. 아실리.”

뜻대로 해. 그에게서 나온 대답에 놀란 것도 잠시, 아실리는 얼른 끄덕였다.

‘안 된다고 할 줄 알았는데?’

일단 안 된다는 말부터 일삼는 첫째 오라비보다 훨씬 나았다. 나머지는 조금 있다가 생각해 보자.

‘그렇다면, 남은 사람은 하나인데.’

아실리는 울상을 짓는 펜네는 가볍게 못 본 체하며, 눈을 껌뻑이고 있는 여자의 손을 들어 올렸다.

‘미안해, 펜네.’

그녀가 빙그르르 돌았다. 시선은 아하시야를 향했다.

“같이 갈래요?”

“나…… 말인가?”

“네. 공주님, 이건 당신이 내게 바랐던 일과도 맞물리는 거랍니다.”

상큼하게 웃어 보인 아실리가 곧 나긋하게 말했다.

“공주님, 우리 산책을 하면서 이야기를 나눠 보도록 해요. 좋죠?”

결국 외출은 외출인데 비공식 외출이 되었다. 소식을 접한 그라니우스는 듣자마자 득달같이 반대를 외쳤다. 그것도 잠시, 체자르니안 왕자가 나서서 한 말에 끔뻑 넘어갔다.

“허허, 다녀오십시오!”

회담 어쩌고 한 걸 보면 그리 나쁜 얘기는 아니었던 모양이다.

'그래도 완전히 바보는 아니라는 건가?'

아실리는 잠깐 신기한 눈으로 체자르니안을 쳐다봤었다. 소년 같은 왕자는 시선을 눈치 채고는 해맑게 웃어보였지만. 그렇게 지금과 같이 바깥이었다.

"두 번째 외출이네?"

어느새 데인이 옆으로 와서 손을 잡고, 눈을 사르르 휘었다. 막 오전에서 오후로 나가는 무렵, 한낮의 햇빛이 비춰서 반짝거리는 붉은색 눈동자는 그대로 박제해 두고 싶을 정도로 아름다운 빛이었다.

"사정상 소수로만 가게 되었으니까. 어디 가지 말고 꼭 붙어 있어 줘."

"내가 언제는 도망간 것처럼 말하네?"

"글쎄."

데인이 부드럽게 미소했다.

"언제고 너는 손을 빠져나갔었지."

그 말에 데인을 쳐다보면, 그는 더 이상 이쪽을 보고 있지 않았다. 그나저나.

'분명 '공연장'을 보러 간다고 하지 않았나?'

소녀가 얼굴을 거칠게 문질렀다. 분명 나온 지 채 10분도 되지 않았건만 머리가 지끈거리는 것을 느꼈다.

"황녀, 아니 아가씨!"

저 철없는 소년 왕자. 나가겠다고 친분도 없는 자신에게까지 들이댔으니, 나가서도 얌전히 있을 거라고는 생각하지 않았지만. 한편으로는 이런 생각이 들기도 했다.

'이건 좀, 아니지 않느냐고.'

아실리가 눈을 살짝 찌푸렸다.

"이것 좀 봐요! 이거!"

그녀는 팔랑팔랑 손을 흔들고 앞에서 시장을 신기하게 쳐다보는 소년의 모습에 골치가 다 아파 왔다.

"이거요, 이거!"

급작스럽고, 또 은밀한 외출이다 보니 최소한의 경호를 맡은 이들과 함께 이전 소릭스와 이용했던 외성의 작은 문을 이용해서 나갈 수밖에 없었다. 더군다나 지금 수도는 가마나 마차가 다니기 힘들단다. 그런데 문을 나서는 순간부터 저 망아지 같은 왕자가 고삐를 놓고 날뛰기 시작했다.

아실리는 참지 않고 성큼 걸어갔다.

"황자님."

소년의 흰 뺨이 매우 가깝다. 아실리는 체자르니안만 들을 수 있도록 아주 조용하게 속삭였다.

"황녀가 아니라, 아가씨요. 황녀 소리는 꺼내지도 마세요."

"아, 그러게요? 까먹었다. 입에 잘 안 붙어서 그만."

체자르니안이 큰 눈을 깜빡였다. 그의 눈은 이 한들거리는 은발과 잘 어울리는 색이었다.

"그럼, 어떻게 부를까요?"

"그냥 부르지 마세요."

"부를 일이 있을지도 모르잖아요!"

아실리는 작게 숨을 내쉬었다. 본디 은발이라면 차가워 보일 법도 한데 어째 이 황자에게는 해당되지 않는지.

"……아실리. 그렇게 부르세요."

부드럽지만 단호한 그녀의 말에 소년은 알아듣기는커녕 해맑은 얼굴로 반문했다.

"이름을요? 와. 그럼 저도, 체잔이라 부르세요! 어때요, 네?"

이 철없는 소년을 어쩌면 좋을까. 전생의 철없는 신입 사원은 무어라 한마디 할 수라도 있지. 이건 뭐. 귀한 손님이라 정중함을 잃지 않아야 한다는 게 큰 한이다.

한쪽은 주목도 못 받고 힘없는 황녀였고 한쪽은 왕과 왕비, 형인 남주의 아낌없는 사랑을 받는 귀한 막둥이였다. 살아온 삶에서 격차가 큰 데다 말을 한다고 들을 성격도 아닌 듯하다.

'어쩌다 내가.'

한숨이 절로 나왔다.

건국제를 이틀 남겨 둔 현재, 수도는 대륙 전역에서 몰려든 인파로 인해 인산인해를 이루었다. 이런 상황이라면 가마나 마차를 탈 수 없다는 말도 충분히 이해가 됐다. 명절 귀경길 고속도로를 연상케 하는 꽉 막힌 길을 보고 있자니, 그저 간소하게 나온 것에 감사할 지경이었다.

"경, 나는 괜찮으니까. 사막의 공주를 부탁해."

"네."

사막의 공주는 혈혈단신으로 국경을 넘었던지라 딱히 수행원이라 부를 만한 이가 없었다.

'꽤 손을 타는 스타일인 것 같던데.'

그런 사람이 사막을 홀로 횡단할 정도로 그녀의 사정이, 나아가 사막의 사정이 심각하다는 걸까?

아실리는 흘끗 아하시야에게 시선을 주었다.

"공주, 아니, 아하시야라 불러도 될까요?"

"좋다."
아하시야가 끄덕였다.
"아하시야, 불편하죠? 미안해요. 조금만 참아 줘요."
"……괜찮다."
아실리는 그녀에게 그녀가 원한 것을 찾아 주기로 하였다. 그녀는 아실리를 볼 때마다 기대하는 눈치였다.
'분명, 목걸이와 시녀라고 했지?'
공주는 이곳에서 목걸이와 함께한 시녀를 잃었다고 했다.
'전자는 아마도 납치범들에게 뺏긴 듯하고 후자는 다른 곳으로 옮겨진 듯한데.'
시녀야 순찰대들이 열심히 찾고 있는 중이고, 목걸이 쪽도 마찬가지로 수색 중이었다. 데인에게 물었더니 값어치가 나가는 것들은 암거래로 나올지도 모른다고 했다. 사실 돈이야 오라비 플뢰온에게 썩어 빠지게 많지 않던가? 그는 필요 없다고 해도 얹어 줄 사람이었다. 아실리는 이런 생각을 할 때면 문득 신분이 실감 나곤 했다.
돈에 구애받지 않는 신분이라……. 새삼 과거에 읽었던 책들의 내용이 스쳐 지나갔다.
"……여기도 막 지하 세계 경매장이 있으려나. 요정이라거나. 미남이라거나……."
"요정?"
"으응. 아니야. 그냥 소설 얘기."
오래전 읽었던 소설들 속 이런저런 클리셰를 떠올렸던 아실리는 고개를 저었다.
'내 인생에 그런 게 있을 리 없지.'

아니다. 있을지도 모르지만 그건 전부 주인공용일 것이다. 그녀는 가질 수 없는 한정판. 백화점 쇼윈도를 바라보듯 유리창 너머의 명품이었다.

밖은 화창하고 이전과는 비교도 할 수 없을 정도의 많은 사람들이 돌아다니고 있었다. 다양한 인종과 다양한 나이대의 사람들의 얼굴에는 한결같이 환한 미소가 걸려 있었다.

'놀이동산 같다.'

이곳은 어른도 동심으로 돌려놓는 곳이라던 거기 분위기를 닮았다.

'난 기구를 못 타는 편이었지.'

태양 아래를 활보하는 사람들에게는 가슴을 붕붕 뛰게 하는 뭔가가 있었다. 함께 기구를 타지는 않았어도 친구들이 신나게 타던 모습을 보면서 웃었던 날을 떠올리게 했다. 이제는 아득한 기억이었다. 아실리는 문득 제 교복 색이 떠오르지 않다는 걸 느꼈다. 더불어 친구들의 얼굴도.

'어라, 그렇게…… 오래됐나?'

복잡함 때문인가 잠깐 현기증이 나는 듯했다. 너무 많은 사람들이 태양 아래에 있어서 형형색색의 머리칼이 각기 빛을 반사하며 눈을 따갑게 했다.

"아실리? 무슨 생각을 그렇게 해?"

"어, 어? 아……. 아무것도 아니야. 그냥……."

막 휘청하고 넘어갔던 아실리가 데인의 팔에 의지해 고개를 들었다. 가까스로 넘어지는 걸 면하고 데인의 손을 맞잡았다. 그의 손은 따뜻했고, 단단했다.

"조심해."

"어……. 얼굴 좀. 치워 줘."
아실리가 다른 곳으로 애써 시선을 돌렸다. 귀 쪽에서 피식 웃는 소리가 들렸다. 데인은 가볍게 거머쥔 손을 제외하고 천천히 떨어졌다.
"부끄러워?"
"……누구라도 네 얼굴을 앞두면 나랑 같은 마음일걸."
어째서인지, 그가 잡은 손. 손바닥에서 딱딱한 살집이 만져졌다.
'굳은살?'
아실리가 고개를 갸웃했다. 보통 펜을 많이 잡는 사람은 검지나 중지에 박이지 않던가. 데인은 행정관이었다. 하지만 이 손의 느낌은 무엇인가.
그녀는 저도 모르게 흘끗 손을 내려다보았다. 울퉁불퉁한 느낌이 묘했다.
'이건 꼭 레이 경의 손과 비슷한 것 같은데.'
데인은 검사도 아닌데 왜? 하긴 그도 황자니 기본으로 검을 배웠지 않을까……. 아실리는 그렇게 넘겨 버렸다.
"배고프지 않아?"
"음, 조금?"
그들은 왕자의 땡깡 아닌 땡깡으로 외출을 서두른 탓에 전부 아무것도 먹지 못한 참이었다. 이래저래 민폐 끼치는 철부지 왕자는 현재 가자는 광장은 껌뻑 잊은 것처럼 시장에 푹 빠져 있었고, 호위로 붙은 왕국 기사의 안절부절못하는 얼굴은 안쓰러울 지경이었다.
'역시, 윗사람이 철이 없으면 아랫사람이 배로 고생하는 법이구나.'
데인이 잠깐 먹을 것을 사 오겠다며 사라졌다. 멀지 않은 곳에서 사막의 공주와 그녀를 맡게 된 레이 경이 곁을 지키고 있었다. 곱게 자란 공주님께는 힘든 길일 텐데 불만 없이 견디는 모습이 대견하기도 하면서 짠했다.

'그만큼 바라는 것이 간절하다는 얘기겠지?'

아실리는 고개를 돌려 시장을 쭉 둘러봤다. 그녀의 눈에 작은 공방이 눈에 띄었다. 수레로 된 작은 노점상이었다. 가판대 위에는 색색의 모조 보석과 수공예품이 가득했다.

그녀가 구경이나 할까 싶어 쭉 훑고 있는데, 곧이어 낮고 굵직한 목소리와 그에 대꾸하는 대화가 들려왔다. 고개를 드니 옆에서 한 남자가 털이 수북한 가판대 주인과 대화를 나누고 있었다. 먼저 온 손님인 듯했다.

"이건요?"

"그거? 1데나르."

유쾌하고 경쾌한 음성과 무뚝뚝하고 사나운 주인의 대조되는 음성이 인상적이었다.

아실리는 고개를 갸웃했다.

'저게 1데나르라고?'

제국의 금화는 '아우레우스'로 금화 한 개는 곧 25데나르(은화)의 가치를, 은화 1개는 16아스(놋쇠)의 가치를 가졌다. 평민 4인 가족 하루 지출이 25아스. 즉 1데나르 9아스이므로, 지금 주인이 말한 가격은 터무니없이 높았다.

나름 펜네의 수제자로서 물가에 박학했기에 알 수 있었다. 그녀는 남자와 주인을 번갈아 쳐다봤다.

"싸게 쳐주는 거야."

싸다고? 전혀 아니다.

“그럼, 이거랑, 저거랑, 아, 저거도. 으음 어떡하지, 모두 다 이쁜데!”

작고 아기자기한 장식들을 고르는 남자는 커다란 천으로 온몸을 둘둘 감고 있었다. 턱까지 올라온 형태 때문에 눈만 보였다. 그마저도 짙은 천 그림자에 드리워 잘은 보이지 않았다.

허리에는 배배 꼬인 금줄과 긴 천을 함께 두르고 장식을 달았다. 허리에 달린 보배에는 올빼미와 방패가, 그 방패에는 뱀의 머리를 한 여자가 그려져 있다. 잘은 모르지만 신관의 상징인 듯했다.

“에헤이. 형씨. 내가 엄청 싸게 해 주는 거야. 어디 가서도 이런 가격은 못 찾는다고.”

“오오, 그렇군요?”

가게 주인은 만만한 호구를 만났다고 생각했는지 연신 가격을 올려 불렀다. 싸구려 유리 장식이 호화 보석까지는 아니더라도 은화까지 올라가는 꼴을 보아하니 작정한 듯한데. 아실리는 쯧, 혀를 찼다.

“싸게 주시다니! 친절한 분이군요! 전부 살게요!”

저 해맑은 목소리를 듣고 있자니 나서서 돕기도 뭐했다.

“그럼, 계산을……. 으앗!”

장신구를 한 아름 쥔 남자가 제 긴 옷자락을 밟고 뒤로 벌러덩 넘어졌다. 그 모습을 보면서 아실리의 생각은 더욱 굳어졌다.

머리부터 발끝까지 호구다.

‘예전에 대리님이 이런 손님은 절대 놓치지 말라고 하셨지.’

아실리는 어쩐지 짠한 마음에 쪼그려 앉아 남자가 떨어트린 목걸이며 장신구들을 함께 주웠다.

“아야야…….”

“괜찮으세요?”

그녀가 막 반지를 주우며 말을 건넸다. 허리를 문지르는 모습이 퍽 아팠던 듯 보였다.

"네. 감사합니다. 아이고……."

남자는 겨우 고개를 끄덕였다.

'어라.'

아실리는 잠깐 눈을 가늘게 떴다. 한바탕 넘어지고 난 뒤로 언뜻 금실 같은 것이 엿보인 듯했다. 아니나 다를까, 남자가 엉성하게 머리를 비비는 틈으로 삐죽삐죽 튀어나온 머리카락이 따뜻한 빛처럼 빛을 내고 있었다. 금발. 소녀로서는 처음 보는 아주 진한 해가 내리쬐는 것처럼 반짝거리는 금발이었다.

"와, 감사합니다."

"저기요, 초면에 이런 말하긴 좀 그런데."

아실리는 가판대 쪽을 한번 바라보고는 손을 가져다 대고 살짝 속삭였다.

"1데나르 이하로. 그 이상은 사지 마세요."

저 정도 올려치기는 너무 심하지 않은가. 재빠르게 속삭인 아실리가 툭툭 치마를 털었다.

그리고 서 있는 그대로 남자와 눈을 마주하게 된 소녀는 곧 남자의 눈동자가 연한 다갈색임을 알았다. 햇빛 아래서 몹시 다정하고 온화한 빛을 띤 눈동자. 축 처진 눈꼬리는 어쩐지 누군가를 연상하게 했는데, 그 느낌이 매우 어렴풋했다.

이는 마치 오랜만에 만난 동창의 얼굴에서 예전 모습을 찾는 것 같은 기분과 비슷했다. 아실리는 그냥 제가 아는 사람과 닮았겠거니 하고 고개를 돌렸다.

그렇게 두어 걸음 걸었을까 뒤에서 우렁찬 소리가 들려왔다.

"아, 아가씨!"

그녀가 고개를 돌리면 마구 손을 휘휘 젓는 사람이 있었다. 남자였다. 하도 요란스럽게 불러대니 아실리는 어쩔 수 없이 그에게로 돌아갔다.

"아가씨! 저, 괜찮다면…… 답례를 하고 싶은데."

"답례요?"

"덕분에 제대로 살 수 있었으니까. 음, 아가씨에게 하나 선물할게요."

휙 휘는 눈이 초승달처럼 가늘어졌다. 눈만 보고도 이런 해맑은 느낌이 들 수가 있다니 신기하다 싶은 느낌이었다. 아실리는 남자의 흙투성이가 된 옷을 바라봤다.

조금 전부터 시선이 따가운데, 졸지에 올려치기에 실패한 주인의 시선이지 싶다. 필요 없다고 해도 계속 주겠다 하는 통에 아실리는 어쩔 수 없단 생각과 함께 가판대로 시선을 돌렸다.

'어라?'

아실리는 눈으로 가판대를 쭉 훑다 말고 조금 특이한 형태의 목걸이를 발견했는데, 다른 것들과는 다르게 몹시 독특한 세공이 눈에 띄었다.

파도를 그린 듯한 수많은 곡선 위로 물방울 모양의 보석이 하나 박혔다. 그 주위에 둘러진 작은 타원은 흡사 사람의 눈처럼 보였다. 예쁘다기보다는 특이해서 가게 주인 또한 팔릴 거라고 생각하진 않았는지 구석에 먼지가 쌓인 그대로 있었다.

그러나 최근 예복을 맞춰 보느라 수많은 장신구를 걸쳐 봤던 그녀는 금방 저기 박힌 보석이 토파즈임을 알아챘다. 가게 주인은 모르겠지만, 꽤나 비싼 물건일 거다.

"아저씨, 이건 얼마예요?"

"그거? 6, 아니 4아스에 가져가. 그거, 뭐. 쩝. 내가 만든 것도 아니고 어쩌다 운 좋게 얻은 거라서."

역시나. 가게 주인은 심드렁한, 조금은 심술 돋은 목소리였고 못마땅함을 팍팍 드러냈다.

"그럼 저걸로 할게요."

남자가 가격을 지불하고서, 목걸이를 건네받았다. 그러고도 남자가 제 앞을 떠나질 않아 바라보니 꽤 먼 위에서 내려다보고 있는 시선이 있었다. 착각일까?

"그거, 제가 사려 했던 건데……. 음."

아실리는 남자가 바라본 것이 저가 아닌 자신이 가진 목걸이임을 어렵지 않게 알았다.

'이게 마음에 들었나?'

돌려줄까 싶으면서도 어쩐지 그런 마음이 들지 않았다.

"줬다 뺏으려구요?"

"아뇨. 설마요! 제가 운이 좋은 건지 아닌지 고민했답니다."

청년은 그런 시선을 알아챘는지 눈을 휙 휘면서 그녀의 손을 들어 올리고, 흔들었다.

"다음에 또 만나면 그때는 한 끼 식사라도 할까요?"

"식사요? 굳이 그럴 필요가……."

"인연은, 신이 점지해 주는 거래요."

그 순간 남자가 제 얼굴을 가린 천을 휙 올리며 아실리와 얼굴을 마주했다. 정말이지 부드럽고, 눈이 부시는 미남이었다. 이미 헤르난이나 데인을 비롯한 황자들의 얼굴에 익숙한 아실리마저 놀라지 않을 수 없을 정도였다. 그러나 아실리는 무심한 낯으로 눈을 끔뻑일 뿐이었다.

그녀에게 취향이 아닌 미모는 지나가던 돌멩이보다 못한 것이었으니. 다만 얼굴을 보니 더욱 익숙하다는 기분이 들긴 했다.

'내가 저 처진 눈을 어디서 본 거지?'

그녀는 눈을 가늘게 뜨며 천천히 입을 열었다.

"……지금 저 꼬시는 건가요?"

그러자 남자가 눈을 동그랗게 떴고, 곧 처진 눈매가 부드럽게 휘었다.

"인연이, 꼭 남녀 간의 관계에만 있나요?"

돌아서는 남자를 한참 바라보며, 아실리는 역시 특이한 사람이라고 생각했다.

* * *

시장 구경을 마치고 다행히도 왕자가 다른 곳에까지는 관심을 둬주지 않은 덕분에 무대까지 수월히 올 수 있었다. 그사이에 해가 살짝 기울어 머리 위로 올라가 있던 때보다 조금 덥다 싶었다.

무대 주변으로 삼엄한 표정의 경비들이 서 있었고, 그들 뒤로 익숙한 뒷모습이 보였다. 불카누스의 신관들이었다. 아실리는 미리 연락받은 렉스에게 왕자를 소개하며 안내를 부탁했다. 이제 그가 돌아올 때까지 기다리면 되었다. 그동안 그녀는 데인, 아하시야 공주와 함께 관람석에 앉아 편하게 다리를 쭉 뻗었다.

금방 여름이 오려나.

그녀의 모든 불행은 겨울로부터 시작했다. 그래서일까 아실리는 겨울보다는 여름이 좋았다.

"날씨가 좋아서 다행이야."

"언제는 좋지 않은 적 있었나 뭐. 제국의 날씨야 늘 똑같잖아. 공주, 사막은 어때요?"

그 말에 공주가 봄날 풀잎 같은 눈동자를 동그랗게 떴다. 자신에게 말을 걸 줄 몰랐다는 얼굴이었다. 아실리에게 곤란함이 스쳤다. 아, 그동안 무시했다고 생각한 걸까? 길에선 복잡해서 말을 걸지 않았던 건데, 혹시 고생시키려고 데려왔다 생각한 걸까?

"그곳은 늘 덥죠?"

"……그렇지는 않다. 내 왕국. 계절이 있다. 수도에는."

그래요? 하고 소녀가 맞장구를 쳤다. 사실 아실리가 배운 것은 자국 내부에 대한 내용뿐이었다. 그러니 상대적으로 외부 왕국에 대한 정보가 극히 적었던 탓에 고개를 끄덕이며 긍정했다.

"신기하네요. 사막은 늘 더울 거라 생각했는데."

"그건, 제국에서……."

제국에서? 그러나 말을 잇다 말고 꾹 다물어 버린 사막의 공주는 그대로 고개를 떨궜다가 다시 들었다.

"본래는 당신 생각처럼 더운 게 맞다. 하지만 어느 물건 덕분에 생겼다. 계절."

"물건?"

아하시야가 끄덕였다. 아실리는 눈을 크게 뜨며 신기해했다.

"그렇구나. 신기하네요."

아실리는 그렇게 말하며 아하시야를 관찰했다.

그녀는 아무도 위협하지 않음에도 잔뜩 움츠린 새끼 사슴 같았다. 툭 치면 데구루루 구를 것 같은 맑은 눈동자와 그윽한 눈매에 애처로움이 열매처럼 매달려 있는 것 같았다.

아실리가 자세히 읽었던 『루스벨라의 빛』 속에 절대 변하지 않는 대전제가 있다면 사랑스러운 루스벨라다. 마성의 여자. 그 누구라도 사랑하지 않을 수 없는 마성에 지나가는 평범한 상인도, 아카데미의 엑스트라들도, 그리고 제국의 무수한 관료들도 기꺼이 그녀의 손짓 하나에 울고 웃는 포로가 되었다.

경국지색. 미모인지 마성인지 그 매력으로 나라 하나를 멸망케 한 여자.

반면 지금 아실리 눈앞에 있는 여자는 나라를 멸망시킨 폭군의 옛 약혼자였다. 소설 속에는 단 한 줄로 쓰여 루스벨라에게 동정을 일으켰을 뿐인 사람.

적히지 않았기에 아무것도 보장할 수 없고 안심할 수 없다. 말하자면, 정말 작은 조연—엑스트라에 가까운 사람이 자신을 죽일 살인마가 될 사람이라서.

"아하시야. 나는 당신이 내게 많은 얘기를 해 줬으면 해요. 나도 그러고 싶고."

아실리는 자신의 무릎에 기댄 채 아하시야를 물끄러미 바라보았다. 그러다 말고 막 생각났다는 듯이 말을 꺼냈다. 그러고는 주머니를 뒤적였다.

이내 빠져나온 건 조금 전 남자를 돕고 받았던 목걸이였다.

"참, 이건 당신을 처음 만났을 때, 입었던 옷이 생각나더라구요. 예쁘죠?"

그녀에게 접근하기 위해서는 최대한 사근사근하고 부드럽게, 경계를 스스로 지울 수 있게 접근해야 할 듯해 가볍게 꺼낸 것인데 어째, 표정이 심상치 않다.

아하시야는 놀란 얼굴이었다. 줄곧 아하시야의 시선이 꽂혀 있는 곳은 그녀가 들고 있는 목걸이였다. 잠깐 목걸이와 아하시야를 번갈아보던 아실리는 순간 등에 소름이 돋았다.

잠깐.

<그거, 제가 사려던 건데.>

왜 지금 그 남자의 얼굴이 떠오른 거지?

"그거, 어디서 난 거지?"

"네?"

다음 순간 시선이 교차하며, 공주는 비명과도 같이 터트렸다.

"내 목걸이! 목걸이 말이다!"

놀란 얼굴로 자신을 바라보는 아하시야를 보며 아실리는 빠르게 머리를 굴렸다. 어느샌가 잔뜩 움츠린 초식 동물 같이 경계하던 모습을 벗어던진 공주를 보며, 빠르게 생각을 마쳤다.

"아, '당신' 목걸이요?"

어째서일까 행운은 단 한 번도 그녀에게 돌아온 적 없었건만 이번엔 다른 모양이다.

"당신에게 주려고. 가져왔죠."

"……내게?"

"네."

멀리서 떠들썩한 소리, 병기들이 부딪치는 소리, 신관들의 고함, 아득한 폭죽 소리, 수많은 사람들의 소음. 그녀와 아실리의 침묵을 메운 소음 뒤로 아하시야는 입을 달싹였다. 충격을 받은 것 같기도 하고 어딘가 감동을 받은 것 같은 깊고 흐린 얼굴로.

"당신에게 소중한 거였죠?"

"……아주 많이."

아실리는 어렵지 않게 그녀의 마음을 눈치챘다. 곱게 자란 공주가 힘겹게 사막을 횡단했다. 머나먼 타국에서 납치당했고, 시녀를 잃었고, 아마도 중요했을 보물마저 잃었다.

힘들었겠지. 상상도 없을 만큼 말이다. 이 목걸이가 보물인지는 모르겠지만 소중이 다루는 걸로 보아 그런 듯했다. 어쨌거나 고생이란 고생은 옴팡지게 한 귀한 공주였다. 너무나도 힘든 와중에 생각지도 않은 도움을 받았고, 그것이 대가 없는 선의라면 어떨까. 아실리는 짧은 순간 거기까지 생각했다. 수많은 위기가 만든 기지였다.

곧 소녀는 떨고 있는 어깨에 손을 얹은 채로 나긋나긋한 목소리로 위로하듯 건넸다.

"많이 힘들었죠?"

여자의 눈에서 눈물이 후드득 떨어졌다.

"대체, 어떻게 이걸……."

"우연이었어요."

아실리는 자신을 바라보는 데인과 레이에게 슬쩍 웃어 주며, 다시 고개를 숙였다. 의도치 않았던 행운을 이용하자. 생각은 그다음에 하자고.

"사실, 나는……. 당신을 믿지 못 했어……. 그런데."

"저런, 울지 마세요. 가엾은 사람……. 잘은 모르겠지만 당신을 돕겠다고 했잖아요?"

"……정말? 진심, 인가?"

"제가 도울 수 있는 일이라면 얼마든지요."

물론이야. 내가 살기 위해서.

이어 눈물을 닦아 낸 아하시야가 어렵게 입을 열었다. 손안의 목걸이를 만지작거리며, 입을 뗀 순간까지도 고뇌의 기색이 역력했다. 그만큼 어려운 이야기라는 걸까? 데인이 건넸던 손수건은 푹 젖어 있었다.

"이건 제국에서 받은 것이다. 이걸 가지고 있을 때, 왕국은 제국에게 한 가지를 요구할 수 있다."

아실리는 자신도 모르게 꽉 쥐었던 주먹을 폈다가 다시 그러모았다. 손안에서 치맛자락이 구겨진다.

이거구나.

"나는 이것으로, 약혼을 요구하려 한다."

수수께끼가 하나 풀렸다.

"도와주겠는가?"

약혼을 이야기할 때의 묘하게 당당했던 얼굴. 다급하게 시녀와 목걸이를 찾던 절박한 모습에서 자꾸만 저택 밖으로 나가려 했다던 이야기까지 쭉 하나로 연결되는 느낌이었다.

그동안 쭉 이상했다. 예언 속 자신은 약혼식 날 죽었다. 이는 황태자와 아하시야 사이에 약혼식이 있었다는 얘기인데. 사막의 왕국과 제국 사이에는 큰 국격 차가 있었던 것이다.

더구나 이전에 펜네를 시켜 사막의 사정을 대충 파악해 보니, 이 나라는 지금 왕정이 무너지다 못해 자칫 반란이 일어날지도 모르는 상황이었다. 보통 짠한 게 아니었다. 그야말로 나라꼴이 개판 5분 전.

제국에 미래의 폭군이 있다면, 사막엔 전전대 쯤에 아주 대단한 폭군이 났다. 물론 나라를 말아먹었으며 이때, 왕족은 간신과 탐관오리들에게 모든 주권을 빼앗겼다. 후대에 힘겹게 수습 중인 왕이 지금 아하시야의 부친이고.

'결혼 동맹이란 말이지.'

그녀가 필사적으로 달려온 이유.

소녀는 이전에 황태자의 스승이었다던 그라니우스에게 들은 사막의 사정을 떠올렸다. 그의 추측에 따르면 어릴 적 황태자가 사막의 왕국에 간 적이 있다는 모양이었다.

그렇다면 공주가 이렇게 달려온 것도 이해가 간다. 어릴 적 얼굴 한 번 보았던 제국의 황태자. 오래전에는 둘 사이에 구두로 혼약이 오가기도 했었단다. 어째서인지 이후 몇 년 뒤 제국 황제 측에서 일방적으로 입을 싹 닫고 무시해 버려 흐지부지됐지만.

물론 지금과는 상황이 다르다. 사막의 왕국은 그때보다 더 엉망이 되었다. 건재한 제국의 황태자가 곧 망국이 될 나라의 공주와 약혼을 맺을 필요는 없다.

그때 사라진 약혼을 새로 요구할 수 있게 한다? 공주에게는 그럴 수 있을 만한 비장의 수단이 있었던 것이다.

"나를, 황태자와 만나게 해 주겠나?"

저 목걸이의 정체가 뭔지는 모르지만, 이것이 불가능을 가능으로 이루게 한다면.

'위험해.'

더군다나 목걸이에 이어 카스토르와 개인적인 인연마저 있다?

"물론이죠."

이 약혼은 막아야 했다.

"당신의 편이 될 테니. 당신도 제 편이 되어 주세요. 아하시야."

저 목걸이만 없다면, 그녀의 발언권은 약해진다.

다음 날, 사막의 사절단이 도착했다. 바야흐로 건국제 첫째 날의 아침이 밝았다.

* * *

이른 아침 해가 하늘을 반쯤 적실 무렵, 아침을 먹었을 시간이었다.

수염이 난 중년 관리가 소녀의 앞에 공손히 무릎을 꿇었다. 그는 황금색 뱀과 월계수 잎이 그려진 두루마리를 건네며 말했다.

"늦은 오후, 황태자 전하께서 직접 모시러 오시겠다고 전하셨습니다."

본래 파트로누스가 황녀를 데리러 오는 것이 예법이다. 그러나 그건 파트로누스가 황녀보다 신분이 낮았기에 가능한 일이었는데, 아실리와 카스토르의 경우 카스토르가 신분이 높으므로 그녀가 가는 것이 옳았다. 하나 지금 폭군은 예를 무시하고 찾아오겠다고 명령한 것이었다.

'곤란하게 말이지.'

멋대로 구는 점이 그다웠다. 아니 어떻게 생각하면 평범하게 나오지 않은 편이 카스토르다운 일인 듯하다. 그래서 아실리는 당황하지 않고 고개를 끄덕일 수 있었다.

뚜벅뚜벅.

홀로 들어가자 막바지 준비가 한창이었다. 레베카는 예복을 마지막으로 점검하러 갔으며, 플뢰온은 이미 무대에 먼저 나가 있을 것이다.

치장에 필요한 사람만 제외하고 모두가 이미 무대에 나가 있었다.

문 앞에 서 있을 레이를 떠올리던 아실리는 곧 또 다른 오라비를 떠올렸다. 데인. 무척이나 바쁜 오라버니였지만, 그는 기꺼이 그녀를 도왔다. 잠을 줄여 가며 말이다.

오늘 아침에는 시민들 사이에서 바람잡이 역할을 할 데인의 가문 사람을 만났었다. 분주한 하녀들을 보며 아실리는 천천히 이른 아침에 있던 일을 떠올렸다.

<수레바퀴 속 자유와 축복이 함께하길. 반갑습니다.>

롬족. 오늘 시민들 사이에서 바람잡이 역할을 할 이들이었다.

<저는 롬족의 세 번째 바퀴를 맡은 이이자 무용수의 대표입니다.>

그들은 하나같이 커피색처럼 까무잡잡한 피부를 가지고 있었고, 대체로 데인처럼 화려한 주홍색이나 에메랄드빛과 같이 다채로운 빛의 눈동자를 지니고 있었다.

그들을 보며 문득, 순찰대의 메타가 이런 피부였지 생각하다가 누군가를 또 떠올릴 수 있었다. 오래전 납치 소굴에서 봤던 남자. 데인을 똑 닮았던 그 남자 말이다.

'데로스였나.'

그와 동시에 의문이 들었다. 이상하네, 하고 생각했다. 이들의 커피 열매 같은 진한 색 피부 사이에서 데인만이 도드라진 흰 피부를 지녔던 것이다. 멀리서 지시 중인 데인을 바라보았다. 이때, 여자가 다시 말을 걸었다.

<수장께서 갑자기 한데 모이라고 하셔서 깜짝 놀랐답니다.>

<수장?>

여자가 잠시 고민하는 얼굴을 하는가 싶더니 다시 말했다.

<아, 이곳에서는 황자님이셨죠? 데인 님 말입니다.>

그녀는 자신을 일족 사이에서 데인을 보좌하는 이라 소개하며 살포시 웃었다.

롬의 수레바퀴.

'데인의 민족? 아니 가문이었나?'

들은 기억이 있었다. 그러나 어렴풋했다. 데인은 저렇게 말하진 않았던 것으로 기억했기 때문이었다.

<수장의 명은 절대적이지요.>

<절대적?>

<네. 모두가 절실히 따르는 분입니다. 저희 수레바퀴의 오랜 숙명을 해결해 주실 분이니까요.>

그 말을 하는 여자의 얼굴 위로 잠시 강한 믿음이 스쳐 지나갔다.

<저희 롬의 수레바퀴에게 황홀한 안식을 선물해 주실 분이라, 모두가 기대하고 있습니다. 땅이 돌아오기를요. 그렇기에 향수도…….>

<향수?>

<아. 아닙니다.>

향수? 여기서 향수가 왜 나온단 말인가.

그보다 들을수록 수레바퀴란 이름이 몹시 생소했다. 그녀는 곧 데인이 속한 가문의 이름인가 싶어 고개를 끄덕였다. 묻고 싶은 것이 있었지만 그냥 돌려보내야 했다. 멀리서 그녀의 동료들이 부르고 있었기 때문이었다.

<황녀님께 축복이 함께하시길. 모두 하고 있던 일을 놓고 기꺼이 모였답니다.>

여자는 아실리에게 마치 더 중요한 일이 있었다는 것처럼 말했다.

거기에 더욱 호기심이 생겼지만, 어쨌거나 자신을 도와주는 고마운 사람이었기에 아실리는 깊게 묻지 않고 그대로 여자를 돌려보냈다.

"잠시 다녀올게."

"시작 전까지 오셔야 합니다."

"……응."

예복으로 갈아입기 전까진 시간이 있었다. 잠시 뒤, 아실리는 아모르의 방에 도착했다. 그에게 마지막으로 잘 다녀오겠다는 인사를 하기 위해서였다. 촉박한 시간이었지만, 꼭 필요한 일이라 생각했다.

'궁에 꼼짝없이 갇힌 남자는 나오지 못할 테니까.'

그 생각을 하니 마음이 조금 아렸다.

"계세요, 오라버니?"

책 속 세계임을 자각하는 순간, 주변 사람 모두가 엑스트라라는 것을 알았다. 저와 다를 것 없는 책 속 배경, 그리고 한 줄로 스쳐 간 사람. 그중에서 아모르는 처음 만난 조연이었다.

처음이란 이름이 각별했다.

"아. 온 건가."

아모르는 아실리의 인사에 대답하는 대신 무심히 한마디 던졌을 뿐이었다. 휘리릭. 넝쿨이 그녀의 손에 감기더니 손을 잡듯이 끌어당겼다. 아실리는 어느새 아모르의 침대 앞에 서 있었다.

"왜 그렇게 떨지?"

아실리가 창피하다는 듯이 살짝 웃었다.

"인사하러 왔어요."

"알아."

"오늘이라니까. 떨리네요."

소녀가 고개를 들었다. 희미한 미소와 함께 자신을 끌어당기는 아모르는 잡은 손을 놓지 않았다.

"당연한 거다. ……넌 처음이잖아."

그런 아모르를 보며 아실리는 슬그머니 손을 빼냈다. 떨림이 부끄러웠던 탓이다.

"으음, 맞아요. 처음. 저 많이 떨고 있죠?"

아실리는 자신도 모르게 책 속 내용을 떠올렸다. 자신이 아는 한 무척이나 비극적인 최후를 맞이했던 남자였다. 더구나 평생 방 안에 갇혀 있던 사람. 그에겐 이런 모습이 우스워 보일지도 모른단 생각이 들었다. 그녀는 떨리는 손을 뒤로 감췄다. 그리고 선선히 웃어 보였다.

"푸흐, 인사하러 왔다가 부끄러운 꼴 보였어요."

사실 그녀는 성녀의 말과 주변의 태도, 그리고 자신이 남긴 쪽지로 확실하게 깨달은 것이 있다.

자신은 무언가를 잃었다. 그리고 그건 아모르에게도 중요했던 것일지도 모른다고 생각했다. 그래서 지금 그와 미묘한 거리가 생겨 버린 것이 아닐까.

그래. 두 사람의 관계는, 전과 다르다.

과거, 성마르고 예민하며 까칠했던 이 남자는 그녀에게 이렇게 미소하는 사람이 아니었다.

'당신의 기억 속 나는 어떤 사람이었나요?'

묻고 싶은 것이 혀끝에서 맴돌았다. 가시처럼 세웠던 그의 벽을 허물게 한 것이 무엇이었냐고. 아실리는 눈을 감았다. 궁금하지 않다고 하면 거짓말이다. 가졌던 돈을 뺏겨도 억울하고 화나는 게 사람인데 하물며 기억이라면 오죽할까.

망각을 자각한 뒤부터 줄곧 그녀는 구성하고 채웠던 조각이 사라진 자리는 과연 무엇이었을까 상상했다. 스스로 전혀 느끼지 못했음에도 마찬가지다. 잃었던 것이 아쉽고 궁금하고. 또…….

'찾고 싶어.'

때가 아니라고 접어 두었던 궁금증이 밀물처럼 일었다. 하지만 아실리는 고개를 저었다. 당장은 이런 생각을 할 때가 아니다. 지금은 이 얘기보다 중요한 것이 있었다.

"오늘 잘 부탁해요."

그러자 아모르가 고개를 숙이며 예쁘게 미소했다. 빛에 부딪혀 한들거리는 머리카락과 어우러져 창백한 낯에 떠오른 그 미소가 지는 꽃처럼 아련했다.

"……부탁하지 않아도 잘할 거야. 네 일이니까."

움찔.

아실리는 역시 자신의 뺨을 감싼 온기가 낯설다고 생각했다. 무척이나 자연스러운 아모르를 보고 있으면 이것이 당연했나 싶지만 역시 어색한 건 어쩔 수 없어서 어색한 몸짓을 숨기지 못했다.

"오라버니."

아모르 또한 난감함이 스친 자색 눈동자를 알아챘다. 그는 조금은 허탈한 미소와 함께 손을 빼내려했다. 아실리는 이를 놓칠세라 뺨에 올라가 있는 손을 겹쳐 잡았다.

탁.

아실리는 얼른 이어 말했다.

"나는 이전에도 이 손을 자연스럽게 받았나요?"

"……글쎄?"

성마르게 웃지만, 자연스럽게 돌아가는 눈동자가 있었다. 아실리는 아모르가 생략된 의미를 알아채고 피한다고 생각했다. 그렇기에 아모르의 손을 놓지 않았다. 단단히 붙잡았다.

"나는. 예전과 다른가요?"

그는 잠깐 움찔하며 놀란 표정이었다. 곧 아모르가 느지막이 웃었다.

"이상한 걸 묻는구나."

대답은 그것으로 끝이었다.

"오라버니."

아실리는 그의 손을 놓아주지 않았다.

"왜……. 대답을 피해요?"

뺨 위에서 겹친 두 개의 손은 크기의 차이를 보였다. 그의 손은 그를 닮아 손가락이 길고 가늘었고 뼈마디가 그대로 만져졌다. 손가락이 부드럽게 스칠 때, 아실리는 뺨에 가지를 대고 있는 착각이 들었다.

그는 천천히 상체를 숙이고 우습다는 듯이 눈을 가만히 바라봤다. 교차하는 시선 아래 먼저 시선을 피한 쪽은 아모르였다.

"……어서 가 봐. 치장할 것이 많지 않아."

"오라버니."

"실수 없이 잘하길 바라."

"오라버니!"

그녀가 당황스러운 얼굴로 떨어지는 손을 붙잡으려 하는 순간, 그보다 아모르의 손이 더 빨랐다.

"꺄악!"

휙 잡아당기는 힘에 이끌려 아실리는 중심을 잃었다. 손이 허공에서 허둥대다 따뜻하고 단단한 것을 잡았다.

고개를 든 순간, 갈고리 같은 것이 뒷목을 잡아 끌어당겼다. 아실리는 눈을 크게 떴다.

입술로 찾아든 폭신한 감각. 키스라 부르기도 부끄러운 짧은 입맞춤이었다. 마치 새가 부리로 쪼듯 닿고 지나간 자리. 아실리는 입술을 만지며 멍하니 그를 올려다봤다.

"이전에도 자연스럽게 받아들였냐고? 이 정도는 자연스러웠지."

"거짓말!"

"그래, 거짓말이야."

아모르가 입술 끝을 살짝 비틀어 미소했다.

"너야말로 신성한 축복을 두고 무슨 생각을 하는 거야."

그는 비척비척 물러나는 아실리를 잡지 않았다. 그는 어깨를 잡아 파르르 떠는 아실리의 모양을 그저 가만히 바라보다가 조용하게 말했다.

"잃어버린 물건을 찾아본 적 있어?"

"……."

"막상, 찾더라도 왜 전전긍긍했나 싶을 때가 있어. 허탈하겠지."

아모르가 나른하고 나긋하게 덧붙였다. 그런 거야. 쓰고, 대수롭지 않은 목소리로. 그 음성은 작고 조용했지만 여느 때보다도 힘이 실려 있었다.

"무엇이 혼란스러운지 모르겠지만, 말이야……. 잃은 건 잃은 대로 두는 게 좋아."

"……."

"적어도 넌 그러는 게 좋겠어."

아모르는 쓰게 웃었다. 그러나 고개를 들며 사라진 그 미소를 아실리는 보지 못했다. 고개를 들었을 때, 평소처럼 다시 성마른 예민함을 뒤집어쓴 남자가 있었다.

그가 평소처럼 그녀에게 건넸다.

"이제 넌 웃을 수 있잖아."

왜인지, 그 평범한 미소가 이렇게 가슴이 아픈지 모를 일이었다.

한 시간 뒤, 아실리는 아모르의 방에서 나온 뒤로 여전히 멍한 정신을 차리지 못했다. 곧 주변에 어른거리는 형상을 보며 눈을 크게 뜨려 했다. 정신, 그래. 정신 차리자.

"너무 멋지세요!"

고개를 들자, 하녀들이 활짝 웃고 있었다. 그녀들은 머리치장을 마무리하며 깍깍, 호들갑을 숨기지 않았다.

"그렇게 좋니?"

"네! 오늘 황녀님이 주인공이시니까요!"

여기저기서 재잘재잘 떠드는 대답이 들려왔다.

"어찌 기쁘지 않을까요."

"맞아요!"

정말로 그녀가 주인공일까?

아실리는 잠시 웃음을 흘렸다. 결코 밝은 웃음은 아니었다.

아실리는 한때, 이 세계로 환생했음을 깨닫는 순간에 자신이 환생한 이유가 있을 거라 생각했다. 세상을 구하는 용사가 되거나, 정말 멋지고 잘생긴 남자와 운명 같은 사랑에 빠져서 결국엔 오래오래 행복하게 잘 살았습니다라는 그녀가 봐 왔던 수많은 이야기처럼.

하지만, 그녀는 주인공이 아니었다.

그것은 환생에 뒤를 이어, 또 한 가지 사실을 알았을 때도 마찬가지였다.

'이곳은 책 속 세계.'

그녀는 엑스트라였다. 나온 줄도 몰랐던, 이름조차 알지 못했던 황녀.

그 책을 읽었던 많은 사람에게도 그랬겠지.

이 세계로 오기 전 자신은 무척이나 평범한 사람이었다. 평범한 직장에, 평범한 가정. 친구들과 영화를 보고 밥을 먹고, 가끔 쇼핑하고 퇴근이 가장 행복했던 드물게 찾아오는 진상 손님에 골머리를 싸매기도 했던 사람.

그런 의미에서 지금 순간은 자신에게 너무 생경했다.

"떨리시죠."

"으응……."

수백, 수천 명 앞에서 춤을 춘다고 생각하니까 심장이 멈추질 않았다.

하녀들 다섯이 함께하며 소녀에게 드레스를 입혔다. 뛰어난 장인의 손을 거쳐 마침내 완성된 예복은 바닥에 끌리지 않게 발목 근처까지 오는 제국 전통식으로, 가슴 언저리가 푹 파이고 그 위를 다시 얇고 새하얀 은사가 덮은 은은한 드레스였다. 초대 황제의 신성함을 담아내기 위함인지 화려함보다는 담백한 하얀 천에 가까웠다.

어깨를 드러내며 흘러내린 천은 피볼라(단추)로 고정되어, 마치 전생의 그리스 신화 속 여신을 연상하게 했다. 그녀의 긴 머리는 반은 땋고 반은 늘어트려 전통 머리 장식을 길게 달았다. 거울을 보자 곱슬머리가 우아하게 늘어져 있다.

이어 머리 위로 몸을 꼰 두 마리의 뱀과 가시넝쿨로 장식된 왕관. 초대 황제를 상징하는 면류관까지 쓰고 드레스 위로 아름다운 춤을 위한 덧치마까지 두르고 나자 거울 속에는 지금까지와는 전혀 다른 자신이 앉아 있었다.

어느 세계든 옷이 날개구나. 의상이 최고라는 생각을 했다. 하녀들은 소녀의 어려 보이는 외모를 신경 썼는지 거울 속 그녀는 평소보다 훨씬 성숙한 모습이었다. 자세히 보면 때 이른 어른을 흉내 낸 듯한 어색함이 약간은 있지만, 완연한 성인의 모습이었다. 차라리 이쪽이 좋았다. 이미 성인임에도 아이 취급은 넌덜머리 나니까.

"고생이 많네. 다들."

완성된 자신의 모습을 바라보던 아실리가 말했다. 그러고는 수고했다며 다정하게 건넨 황녀님의 말씀에 하녀들이 너 나 할 것 없이 감동한 표정으로 글썽였다. 하녀 중 가장 감수성이 풍부한 하이나는 눈물을 한 아름 쏟아내기도 했다.

시작하기도 전에 이미 피로연이 돼 버린 분위기에 당황한 것은 아실리였다. 하이나를 붙잡고 달래고 잘 다녀오시라는 하녀들의 인사에 하나하나 대꾸해 주다 보니 시간은 훌쩍 지나가 버렸다. 부디 몸조심하라는 마지막 하녀의 말에 대꾸하던 아실리는 문득 한나를 떠올렸다. 한나가 있었다면 어땠을까, 아실리는 속으로 이름을 중얼거렸다. 아마도 하이나처럼 펑펑 울었을지도 모르겠다.

한나는 아실리를 위해 아직 사막의 공주 곁에 머무르고 있었다.

지끈.

가슴이 아팠다. 왜? 비단 한나가 안타까워서만은 아니었다. 그보다는 좀 더 심장을 깊이 꿰뚫는 감정이었다. 충성스러운 하녀를 생각하면 기특하고 미안한 마음이 들어야 했는데, 최근 들어 자꾸만 영문 모를 감정이 심장 끝에서부터 적시는 기분이었다.

불안했고 불길했다.

왜? 왜? 한나를 생각하면 가슴이 아프지?

그 순간이었다.

"요즘 황녀님은 너무 잘 웃어 주세요."

고개를 들면 레나였다. 아실리는 퍼뜩 정신을 차리고 '그래?' 하고 대꾸했다. 비단 레나뿐 아니라 하녀들에게도 심지어 플뢰온에게마저 똑같이 들었던 말. 좋은 의미임에 분명했다. 그런데 왜 마음에 걸리는 걸까.

<이제 넌 웃을 수 있잖아.>

아모르, 당신은 왜 네게 그런 말을 했냐고 중얼거리며, 아실리는 입술을 깨물었다. 잡생각은 잊어야 할 때였다.

하녀들의 부축을 받으며 성큼 발을 내디뎠다. 춤을 출 수 있게 예장의 옆은 길게 트여 있었다. 이 점은 중국 전통 의상인 치파오와 비슷하다. 하지만 그것처럼 꽉 끼는 대신 그리스 여신상처럼 하늘하늘한 느낌이다. 허벅지에 스치는 옷은 몹시도 부드러웠다. 꼭 입지 않은 것처럼.

"레베카는?"

그러자 레나가 고개를 조아리며 대답했다.

"밖에서 기다리고 계십니다."

"들어오지 않고서."

아실리가 의아한 표정으로 물었다. 레나가 밖에서 찾아오는 귀객들을 대신 거절하고 있노라고 알려 주었다. 파트로누스를 보기 전까지 다른 방문객을 보지 않는 게 전통이었다. 그런데도 무례한 손님이 있던 모양이다.

"레베카."

레베카가 고개를 돌렸다. 붉은 머리를 빠짐없이 우아하게 틀어 올린 그녀는 우아하게 인사를 올렸다.

"오셨습니까."

건국제답게 레베카도 화려한 전통식 드레스 차림이다. 하늘하늘한 흰색 키톤은 그녀의 고운 어깨선을 드러냈다.

"마차를 준비해 두었습니다. 일정은 가면서 알려 드리도록 할까요."

그녀는 오래 손발을 맞춰 온 비서처럼 능숙하게 소녀를 에스코트 했다. 그 모습에 몇몇 하녀들이 얼굴을 붉혔다. 붉은 머리칼의 우아한 시녀님은 알게 모르게 선망의 시선을 받곤 했다. 이토록 도도하고 냉정한 성정에도 불구하고.

"레베카, 오늘 예쁘다."

"……그렇습니까."

마차에는 간간이 바퀴가 돌아가는 소리 말고는 거의 소리가 나지 않았다. 그 침묵을 깬 것은 아실리였다. 아실리는 고개를 살짝 기울이며 푸스스 미소했다.

"응. 언제고 예쁘지 않은 적 없었지만."

레베카는 잠깐의 침묵 뒤로 말했다.

"긴장되지 않으십니까?"

그 말에 아실리는 다시 한 번 웃었다. 실없는 미소였다. 흘끗 시선을 돌리면 멀어지는 황성.

"어찌 되지 않겠어?"

창문을 살짝 열어 둔 마차로 실바람이 들어와 아름다운 시녀님의 머리칼을 흔들어 놓고 있었다. 아실리가 떠올린 것은 그리 오래되지 않은 기억이었다.

* * *

황녀의 무대를 오래 남기지 않은 시점.

레베카는 직접 움직이는 일이 잦아졌다. 그날도 그러한 날 중 하나였다. 그날은 레베카가 직접 무대의 상태를 보러 간 날이기도 했다.

저녁이 되자 수도의 무대 견학을 끝낸 레베카가 그녀를 호위한 공작가 신관들과 함께 돌아왔다. 레베카는 전과 다름없이 우아하고 빈틈없는 모습이었지만 소매 끝이나 머리카락 끝에 흙먼지가 묻어 있었다. 가까이 다가간 아실리가 걱정 어린 얼굴로 묻자 시녀는 도도한 낯에 약간의 피로감이 어린 얼굴로 괜찮다며 대꾸했다.

"수천 년이 된 신물이라 걱정했던 것과 달리 '무대' 작동에는 문제없더군요. 불카누스 쪽과 설치에 대해 작은 논쟁이 있어 조금 늦었습니다."

"……레베카가 직접 가 볼 필요는 없지 않아?"

시녀는 솔을 벗다 말고 제 주인을 물끄러미 바라봤다.

어스름이 지는 하늘, 주인의 어깨 위로 걸린 저녁달이 새파랗다. 밀밭같이 옅은 금발과 새초롬하게 올라간 눈매, 곡선을 그린 입술이나 무구한 눈동자 따위를 보던 레베카가 도도하게 입꼬리를 끌어 올린다.

"황녀님."

종은 주인의 말 속에서 어렵지 않게 저를 향한 감정을 눈치챘다. 레이디의 세계는 눈치로 모든 걸 결정하는 세상이었다. 이 정도도 몰라서야 좋은 종이 될 수 없다.

"걱정하셨나요?"

흑요석처럼 새까만 눈동자가 요요한 빛을 띠었다. 시녀는 흐릿한 주인의 얼굴을 다 안다는 듯이 피식 미소하며 허리를 숙였다.

"그 걱정은 어떤 종류의 것인가요?"

색이 다른 눈동자가 고요히 허공에서 부딪쳤다.

"단순히 밖으로 나가는 종을 걱정하는 마음? 밖에서 무슨 소리를 듣고 올지 모를 저를 걱정하는 마음? 어느 쪽이든…… 걱정이란 점을 기분 좋게 받아들이고 싶네요. 주인님."

목을 죄고 있던 리본을 쭉 풀어내며 시녀는 미려한 미소를 지었다. 그들 주종 간에 대화가 필요하다는 사실은 제 주인도 느끼고 있을 것이다. 잠시나마 흐려지는 주인의 얼굴은 레베카로 하여금 어떠한 것을 짐작하게 했다.

"갑작스럽게 작성하시던 초대장과 이후 당신께서 선택한 파트로누스의 정체는 모든 귀족을 당황하게 만들었지요."

소문과 사실과 거짓이 섞여 공기처럼 부유하는 사교계에서 황녀의 파트로누스만큼은 아니어도, 황태자의 파트로누스 또한 귀족들의 관심사였다.

황태자 카스토르의 파트로누스로 아벤타 공녀가 내정되었다.

이 사실은 오래전부터 당연시되어 온 이야기였다. 다들 입을 모아 인정하는 바, 황태자의 여자는 그녀 말고는 없으리라. 황제 아래 가장 고귀한 사내의 파트로누스는 당연히 그에 걸맞은 가문과 기품, 신분을 갖춘 완벽한 귀족 여성이어야 했다. 이에 가장 부합하는 여성이 아벤타의 공녀—레베카 아일린이었다.

"파트로누스는 다른 누구도 아닌 황태자 전하셨지요. 사람들은 모두 제가 억울할 것이며 당연히 따져 물어야 한다 말하더군요. 우습지 않나요?"

잠시 말을 멈춘 레베카가 아실리를 담았다. 그러고는 다시 입을 떼었다.

"저는 우스워요. 주인님과 저를 모르는 이가 멋대로 입방아를 찧는 이 상황이."

시녀가 살포시 비소를 지었다가 눈을 획 휘었다. 꽁꽁 얼어붙은 가지처럼 서늘하던 눈매가 낭창낭창하게 접히고, 부드럽게 풀어진 낯은 황홀할 정도로 유려한 미소를 드러냈다.

"당신께서 말씀하지 않겠다면 저는 묻지 않겠어요."

그러나 레베카는 모든 소문을 담담히 외면하면서 제 주인에게 묻는 대신 침묵을 택했다. 그것은 레베카가 할 수 있는 주인을 향한 존중의 뜻이었다.

"궁금해도?"

"궁금해도."

레베카가 아실리의 말끝을 되풀이하며 미소했다.

"이것이, 제가 당신을 따르는 방식입니다."

레베카는 주제 파악을 확실히 하는 여자였다. 가진 것과 이용할 것. 그리고 휘두를 것을 너무나 잘 아는. 그럼에도 그녀는 이득을 포기했다.

"기억해 주세요, 황녀님. 제가 당신을 따르기로 한 것은 절대 쉬운 선택이 아니었음을. 저는 당신을 위해 가문에 득이 되는 수를 버렸습니다."

황태자의 파트로누스로 나서며 제 가문과 제가 얻을 이익을 가장 잘 아는 사람이 레베카였고 다음으로 꼽자면 제 주인이었을 것이다. 조금 과장해서 그녀는 어쩌면 황비 혹은 황후라는, 여성 귀족으로서 꿈꿀 수 있는 가장 높은 자리를 놓친 것이었다.

그리고 그렇게 만든 사람은 제 주인이었을 것이다.

그러나 왜일까. 레베카는 전혀 아쉽지 않았다.

"……응. 알아. 알고 있어. 플뢰온 오라버니마저 레베카는 내게 과분하다고 했어. 그러니까 레베카는 내게 원하는 게 있어?"

"어리석은 제안입니다. 주인님. 제가 무엇을 원할 줄 알고?"

"뭐든 말해도 좋아."

소녀는 늘 그랬듯 시녀에게 보였던 모습 그대로 희고 순진한 낯으로 방긋 미소했다. 그러나 웃고 있다고 하여 마음이 편한 것은 아니었다.

"레베카라면 무엇이든."

그렇게 말하곤 아실리는 그저 미안함에 말문이 막혀 입을 달싹였다. 응어리진 것이 있었다. 그러나 그녀는 끝내 가슴과 목 언저리 그리고 혀끝까지 맴돌던 말을 꺼내지 않았다. 미안하다는 말은 지금 상황에서, 고고하기 짝이 없는 자신의 시녀님에게 큰 모욕임을 알았기에.

그녀를 살리기 위해서라고 하나 시녀 입장에서는 그저 가문과 그녀 자신에게 좋은 기회를 뺏은 걸로 보이지 않음을 안다.

"무엇이든."

시녀가 주인의 말끝을 따라 되풀이하듯 중얼거렸다.

"그것은 달콤한 말이지요."

곧 장미를 머금은 듯 붉은 입술이 유려한 곡선을 띠면서. 흑색 보석 같은 눈동자는 무구한 눈을 한 주인의 자색 눈동자를 담았다.

"그러나 저는 한마디 말이 가지는 무게가 때때로 종잇장보다 가벼움을 압니다."

아실리가 아는 『루스벨라의 빛』 속에는 수없이 많은 사상자가 등장했고, 자신은 이 모든 사람을 알면서 모르기도 했다. 아니 환생하기 이전에는 책 속 인물이 될 거라 생각하지 못했으며, 또 한때는 자신의 주변에 있는 사람이 죽는 대상이 될 거라는 생각을 진지하게 해 보지 못했다.

죽음. 그녀 인생에 큰 타격을 주었던, 영혼을 뒤흔들던 한 가지 기억이 사라졌다고는 하나 모든 자아마저 잃은 것은 아니었다. 오히려 악몽이 썰물처럼 빠져나간 그 자리에 기쁘고, 행복하고, 사랑하고, 사랑했던 기억들이 자리 잡아서 애착을 만들었다.

"그러니, 제게 부질없는 것을 대신해 약속해 주세요."

"약속?"

40번 이상을 죽고 다치며 무뎌지는 동안 소녀는 잃은 것이 많았다. 이를테면, 기억이 있을 때 소녀에게는 지금의 시녀가 제 의자를 붙들고 협박하는 것으로밖에 보이지 않았을 것이다. 이미 황폐해지고 무뎌졌으니까. 하지만 상실이 가져온 것이 있다.

"이 무대에서 가장 빛나는 당신이 되겠다고."

고개를 비스듬히 기울여 마침내 눈부시게 웃는 시녀님은 몹시도 사랑스러워서. 황홀히 피어난 그 미소에 황녀의 눈동자가 놀란 다람쥐처럼 동그랗게 뜨이고 말았다. 시녀로서는 드문 미소에 놀란 아실리가 눈을 떼지 못한 것도 당연했다.

아끼고, 아낌받는 것은 이다지도 예쁘고 사랑스럽구나.

언제부터일까, 어쩌면 처음부터. 책 속 악녀에게서 자신이 보았던 모습을 찾지 않았던 것이. 아실리는 생각했다.

그녀의 삶 전부를 차지했던 끔찍한 악몽의 상실 뒤, 본능적으로 텅 빈 자리로 자리 잡은 것이 있었다. 포근한 것이 메마르고 굳어 있던 소녀의 잊힌 감각들을 자극했다.

아름답고 고고한 시녀님이 그 어느 때보다 환히 웃으며 향한 순간, 오랫동안 잊었고 지웠던 봄을 향한 길이 열렸다. 레베카, 무엇이 지금의 네 미소를 만든 걸까? 이윽고 소녀는 함박웃음과 함께 끄덕일 수밖에 없었다.

"……그래. 레베카."

기억을 잃든 잃지 않았든 소녀는 제 사람에게 한없이 약하고, 약해지고 마는 사람이어서.

"네가 원하는 대로. 나 노력할게."

이 무대로 그녀는 최고가 되어야 할 것이다.

* * *

마차에서 내린 아실리는 무대로 바로 가는 것이 아닌 무대 근처의 홀로 안내받았다. 이곳은 황녀들이 춤을 추기 전 대기하는 곳으로 황궁의 방 못지않게 호화롭고 사치스러웠다. 다만 유행에 조금 빗나간 듯한 커튼의 무늬라거나 바닥에 깔린 보료가 묘하게 촌스러웠는데 레베카는 딱 잘라 말했다.

"오랫동안 황녀께서 부재했으니까요."

그러니 꾸밀 필요가 없었단 말. 아실리 이전에 황녀가 없었고 그 자리를 성녀가 대신 메꾸었었다.

아실리는 잠깐 의아함을 느꼈다. 제국의 황자는 총 7명. 그런데 일곱이 태어나도록 공주가 없었다? 이 점이 조금 이상하게 여겨졌다. 그러나 곧 고개를 흔들었다. 그럴 수도 있겠지 하고.

'애초에 소설 속 세계잖아.'

누군가 만든 가공의 세계 아닌가. 그렇다면 이 비정상적인 차이도 이해할 수 있다. 무엇보다 신력이라는 신비로운 힘도 존재하는 세계이니까 말이다. 하지만 마음 한구석에 묘하게 얹힌 것처럼 가시가 걸린 채 아실리는 레베카의 설명을 이어 들었다.

"무대 날 해가 지면, 이곳으로 황태자 전하께서 찾아오실 겁니다. 그때 그분의 인도를 받아 무대로 들어가시면 됩니다."

그녀는 미리 말씀드렸듯 준비는 이미 신관들이 끝냈으니 그에 맞춰 움직이기만 하면 된다며 아실리의 머리를 빗겨 주었다. 아실리는 끄덕이면서 이전 며칠 내내 연습했던 것을 떠올렸다. 무대의 완성에 맞춰 그녀 또한 리허설 겸 무대에 올랐던 것이었다.

그렇게 동선을 떠올리며 머릿속으로 내내 복기하고 있을 때였다.

쾅.

"화, 황녀님! 큰일 났습니다!"

무례하게 들어온 사람은 다름 아닌 불카누스의 신관이었다. 그는 불카누스 신관의 대표인 렉스 다음으로 힘이 강한 자였다. 때 아닌 무례함에 인상을 쓰던 레베카마저 그의 다급함에 표정을 바꿨다.

"무슨 일이냐."

"헉, 고, 공녀님도 계셨습니까. 다름이 아니라 이걸……. 아, 아니. 아니! 실례지만 함께 가 주시겠습니까?"

그는 복도 쪽을 흘끗 보더니 속삭이다시피 말했다. 복도에는 하녀들과 검사들이 잔뜩 있었고 대부분이 이곳에 머무는 고위 귀족들이 데려온 자들이었다. 이 말인즉슨 말이 새어 나갈까를 걱정한다는 뜻이었다.

"레베카."

아실리는 흘끗 창문을 바라봤다. 해가 질 듯 말 듯하다. 공연 시작까지

2시간 정도 남았음일까. 해가 지는 것과 함께 카스토르가 이곳으로 올 것이다. 그 전에 돌아와야겠지. 레베카를 보자 그녀 또한 같은 생각인지 고개를 끄덕였다.

머리 장식이 많아 빠르게 달릴 수는 없었다. 아실리는 레베카의 부축을 받아 복도를 나서며 수많은 사람을 보았다. 조금 어지럽다. 곧 불카누스 신관을 따라 커다란 방으로 들어갔다. 그곳에는 아벤타 공작가의 신관들과 불카누스의 나머지 신관들 그리고 렉스가 있었다.

"황녀님!"

렉스가 아실리를 보자마자 한걸음에 달려왔다. 그리고 아실리는 금방 깨달았다. 렉스의 표정 또한 다급하게 뛰어온 불카누스의 신관과 다를 것이 없었다.

"큰일 났습니다."

"무슨 일인가요?"

아실리가 침착하게 되물었다. 그러면서 천천히 방을 살펴보았다. 이곳은 무대 장치와 관련된 신력 도구들을 모아 둔 방이었다. 아마 웬만한 도구들은 이미 무대에 설치를 끝냈을 것이었다. 그렇다면 이곳에 있는 것들은……. 아모르와 관련된 것이다.

"시간이 없어요. 렉스. 최대한 빠르게 말해 봐요."

아실리가 예상한 대로 무대에 쓰일 장치는 이미 설치가 끝난 뒤였다. 여기서 「신력 도구」는 오직 신관만이 사용할 수 있다. 사용하는 즉시 신력이 소모된다. 그리고 그중에서 신력의 낭비가 심한 「프리모 살바티오」 무대는 대대로 신력이 강력한 신관들이 맡아 왔다. 여기서 동력 신관은 고위 신관이었고 아실리의 경우 아모르가 맡기로 했다.

"4황자 전하께서는 아시다시피 이곳에 안 계십니다. 그래서 신력 전이 장치를 만들었고, 이를 통해 4황자께서 무대에 환상을 만들어 주실 예정이었습니다. 그런데 이상한 일이…… 큭. 어제까지만 해도 작동이 되는 것을 확인했는데……. 부서졌습니다."

"부서졌다고요?"

"네. 저희도 어찌 된 영문인지……."

렉스가 괴로운지 입술을 꽉 깨물었다. 아실리는 신관들이 줄지어 탄식하거나 한숨을 쉬는 속에서 천천히 부서진 수정을 바라봤다. 산산조각이 난 수정은 그녀의 눈에도 다시 쓰지 못 할 것처럼 보였다. 아실리는 천천히 눈을 감았다.

'대신할 사람이 있나?'

전통적으로 황녀가 맞이하는 「프리모 살바티오」.

이것이 그토록 화려했던 뒤에는 강력한 신관이 버티고 있기 때문이었다. 지금보다 더 오래전 이 무대는 주신의 신기神機로써 후계자들이 자신의 강력한 힘을 과시하던 자리였다.

강력한 힘을 실을수록 대상에게 엄청난 환상을 보여 주는 「무대」. 지금에 와서 황녀들이 장식하는 유희의 자리로 전락했다지만 여전히 황족들에게만 허락된 자리이다.

무엇보다 곧 무대에 오를 시간이다.

'오래전에는 황녀 본인이 신관이었다는 경우도 있었다지만 나에겐 해당 사항이 없어.'

물러날 곳이 없었다. 이미 전제국민이 모인 상황이다. 이처럼 상황이 긴급하기 이를 데 없지만 방법이 생각나질 않았다. 비단 아실리만 아니라 레베카도 신관들도 당황하긴 마찬가지였다.

"플뢰온은?"

"그게, 황자님은 불카누스 대신관 대리를 부르러 가셨습니다. 그분이라면 어떻게 해주실 거라고……."

"플뢰온의 삼촌 말이지? 늦어."

그 사람은 아직 수도에 도착하지 않았을 것이다. 그만큼 불카누스 성지는 멀고 험한 곳에 있었다. 고민하는 사이 누군가가 통신 도구를 가져왔다. 아마 발을 동동 구르던 누군가 참지 못하고 연락을 한 모양이었다. 수정에서 치지지지직, 하는 전파 소음 비슷한 소리 뒤로 익숙한 목소리가 들려왔다.

—아실리.

아모르였다.

—이야기는 대충 들었어.

"네. 어쩌면 좋아요."

잠깐 말이 없는 아모르 뒤로 아실리가 쓴웃음을 지었다.

"오라버니, 아무래도 행운의 여신은 저를 싫어하시나 봐요."

그녀는 이를 악물고 싶은 것을 참았다. 원망스러웠다. 왜 하필 자신에게만 이런 일들이 엄습한단 말인가? 하지만 언제나처럼 곧 담담하게 잠재웠다. 이제 이 정도 불행에는 간지럽지도 않았다. 일기장이 나타난 뒤로, 늘 사선을 넘었지 않았던가. 천천히 죽음의 문턱까지 다녀온 기억들을 떠올리던 아실리는 순간 묘한 위화감에 사로잡혔다.

죽음의 문턱? 문턱이었나?

'뭐였지? 방금.'

심장이 불안하게 내려앉는 기분이었다. 꼭 끈적끈적한 것에 발이 묶여 꼼짝 못 할 것 같은 불쾌한 기분이기도 했다. 그녀는 얼른 고개를 저었다.

그사이 아모르는 총괄 책임자인 렉스와 이야기를 나누고 있었다. 그녀의 무대를 책임지는 사람은 아모르와 렉스 그리고 데인과 레베카였다. 각각 신력, 무대 장치, 인력, 장식을 담당했다. 그리고 이곳에 보이지 않는 데인은 밖에서 제 가문 사람들을 지휘하고 있을 터였다.

—아실리, 듣고 있어?

"네."

—불카누스의 얘기를 듣자 하니, 당장 고칠 수는 없다고 하더군. 신력 전이 장치가 작동하지 않으면 나도 어쩔 도리가 없어. 황궁 밖으로 신력을 보내도…… 아예 못 쓰는 건 아니지만 미약해서 도움이 안 될 거다.

그 말에 아실리의 얼굴이 눈에 띄게 흐려졌다. 역시 그로서도 어쩔 수 없는 것일까, 많은 생각이 떠올랐다가 사라진다. 아실리는 감았던 눈을 뜨며 레베카를 바라봤다.

'최고의 무대를 보여 주기로 했는데.'

신력 장치 없이도 무대는 꾸밀 수 있다. 다만 그것은 제국민들이 수천 년간 봐 왔던 그 무대가 아닐 것이다. 최악의 경우 지탄과 조롱, 욕설을 받을지도 모르는 일이었다. 한없는 우울이 파도처럼 덮치던 그때였다.

—……방법이 없는 건 아냐.

그 순간 모두의 시선이 작은 수정으로 향했다. 아모르의 목소리가 하늘에서 내려온 신의 목소리처럼 느껴졌다. 아실리가 긴장을 안고 수정을 들어 올렸다.

—축복을 기억해? 내가 네게 내린 것 말이다.

"네."

—신력 전이 장치는 내 힘을 무대로 바로 보내는 거야. 그리고 불카누스의 신관들이 그것을 적절하게 사용하는 것이지. 축복도 다르지 않아. 내 신력을 불어넣은 네 몸에는 이미 나의 신력이 많다 못해 충만하게 있을 거니까.

잠시 침묵했던 아모르가 말을 이었다. 왜인지 묵직하고 느릿한 목소리였다.

—고장 난 장치를 대신해 내가 네게 준 '팔찌'. 그리고 '너'를 매개로 쓰는 거지.

그가 말한 것은 이런 것이었다. 무대로 향한 신력을 아실리의 몸으로 직접 전이해 주는 것으로 그와 그녀는 이미 '축복'을 통해 이어졌기 때문에 가능하다고 했다. 옆에 있던 렉스에게 묻자 렉스는 굳은 표정으로 끄덕였다.

"이론상으로는 가능합니다……. 실제로 부부인 신관은 서로의 신력을 나눠 갖기도 하니 말입니다……."

렉스는 뭔가 더 할 말이 있는 눈치였지만 흘끗 수정을 보는가 싶더니 그대로 다물어 버렸다. 그런 렉스에게서 눈을 떼며 소녀는 자신의 팔목을 꽉 잡았다.

"그 방법을 쓰면, 「프리모 살바티오」는 예정대로 이어 갈 수 있나요?"

—그래. 하지만, 이 방법에는 치명적인 단점이 있지.

"……그게 뭔가요?"

—네가 직접 신력을 사용해야 한다는 것. 물론 내가 팔찌를 통해 돕겠지만 한계가 있어. 그러니 무대 안에서 네가 직접 구현화해야 한다는 얘기야.

이 방법을 쓸 경우 아모르는 어디까지나 보조만 할 뿐이었다. 아실리가 춤을 추며 직접 신력을 사용해야 한다는 얘기였다. 아실리의 시선이 아모르가 준 팔찌로 향했다. 타이밍 좋게 팔에 걸치고 온 것이다. 그저 이곳에 함께하지 못한 그가 안타까워 가져온 것이었건만.

"전 신관이 아니에요. 그런데도 신력을 쓸 수 있다고요?"

—신력이 담긴 도구가 있다면 일반인도 일회성이지만 신력을 사용할 수 있어. 하나, 문제는 방법이야. 넌 한 번도 신력을 사용해 본 적이 없지. 단번에 다루기는 무리다. 이건 훈련이 필요한 일이야. 과연 네가 할 수 있을까?

"해야만 하겠죠."

—……너라면 그렇게 말할 줄 알았어.

그러나 호기롭게 외친 것과 달리 상황은 절망적이었다. 해가 뉘엿뉘엿 지는 하늘. 당장 무대는 코앞인데 거대한 과제에 직면했으니까.

—누군가 네 옆에서 보조해 줄 수 있다면…….

이럴 때가 아니었다. 당장 목구멍까지 투정과 울분이 차올랐지만, 토로하고 있을 시간마저 없었다. 삶은 늘 그랬다. 그녀에게 무겁고 버겁고 아픈데도 이렇게 안고 가야만 하는 것이었다. 주저앉아만 있어서는 변하는 것 없이 절망에 자리를 내줄 뿐이다. 아실리는 이를 악물었다.

"누가 내게 신력에 대해 알려 줄래요?"

어차피 이곳에 있는 태반이 신관이었다. 붙잡아서 뭐라도 집어넣으면 죽이든 밥이든 되겠지 싶었다.

그녀는 프로젝트 마지막 날, 대학 시험 하루 전, 초인적 힘으로 전공책 하나를 머리에 집어넣던 일을 기억했다. 궁지에 몰린 사람은 초인적인 힘을 발휘하지 않던가. 부탁이니까 이번 한 번만 주인공인 양 초인적인 버프를 내려 줬으면 좋겠다.

"왜 아무도 대답이 없어요?"

그녀가 누구도 답하지 않는 고요한 상황에 이상함을 알아차린 건 이 순간이었다. 뒤로 돌았을 때, 멀지 않은 곳에 버티고 선 남자를 본 순간 그녀는 얼어붙고 말았다.

"못 본 사이 재밌는 일이 일어났구나."

"……오라버니."

카스토르였다.

'왜 이곳에?'

그녀가 얼른 다른 사람들의 얼굴을 돌아봤다. 사색이 된 것은 신관들과 레베카도 마찬가지인 듯했다. 아실리는 황급히 머리를 조아렸다.

"오라버니를 뵈어요."

"인사는 됐단다."

카스토르가 빙긋 웃었다.

"그럴 사이는 아니잖니?"

그가 속삭였다. 그러고는 성큼 다가온 카스토르가 손에 있던 수정을 가져갔다.

"아이가 더 빠른 방법을 가르쳐 주지 않았구나."

"더 빠른 방법……?"

"아실리, 나 또한 신관이란다. 네 손을 잡고, 네게 충만한 신력을 쓸 수 있게 도울 수 있는 건 파트로누스가 할 수 있지 않겠니. 보통 그렇게 가르치거든."

카스토르가 느른히 웃고는 아실리의 어깨를 쓸었다. 맨살이 닿는 감각에 소름이 오소소 돋는 기분이었다.

"그거. 내가 하면 되잖니? 나는 누구보다 잘 '보조'할 수 있을 테니."

"……."

"그렇지 않느냐."

카스토르는 긴 머리를 한데 높이 올려 묶고 장식 없는 관을 쓰고 있었다. 튜닉 없이 맨살에 두른 토가는 그의 상반신을 그대로 드러냈다. 잘 짜인 근육의 움직임. 아실리의 의상에 맞춰 입은 그는 그리스 신화 속 남신이 툭 튀어나온 것 같았다. 남성적이고 날것의 모습이었으나 묘하게 정갈했다.

카르토르가 아실리를 지나쳐 수정을 탁자에 내려놓았다. 그리고 속살거린다.

"아모르."

단지 이름을 불렀을 뿐이었다.

—형님…….

그러나 전과는 비교도 할 수 없는 긴장감이 홀을 지배했다.

"내가 하면, 가장 완벽하겠구나. 너도 동의하겠지?"

—…….

해가 서산으로 지며, 한둘씩 등이 켜졌다. 신력으로 빛나는 등은 고요히 침묵을 밝혔다. 수많은 사람이 있음에도 홀은 고요하기만 했다. 아실리는 보이지 않는 밖을 상상으로 채울 수 있었다. 웃고 떠드는 광장. 누군가는 기쁨과 풍요를 만끽하는 축제의 장일 것이었다.

천천히 고개를 돌려 고목처럼 서 있는 등을 바라봤다. 커다란 그는 버드나무 같았다. 오랜 침묵 뒤로 카스토르가 천천히 고개를 기울인다.

슬쩍 보이는 옆얼굴로 가는 웃음이 걸려 있었다. 눈동자로 고요한 광기가 번쩍였다.

"아모르."

카스토르의 이어진 부름. 모르는 이가 들었다면 다정하여 녹아내렸을 아찔한 목소리였다. 그러나 그의 눈은 웃고 있지 않았다.

"시키지 않은 일을 했구나."

오랜 침묵 끝에 아모르가 말했다.

—시키는 일만 하여야 합니까?

형제의 대화는 그것으로 끝이었다.

* * *

건국제의 막이 올랐다.

본디 축제의 시작은 제국에서 가장 고귀한 분의 춤으로부터 시작하는 법. 수천 년 전부터 이어진 전통에 제국민들은 예나 지금이나 다를 것 없이 설레고 또 아름다운 춤을 고대했다.

"올해는 드디어 황녀님께서 나타나신대!"

"황녀님께 주신의 축복을!"

축복을!

축복을!

제국민들이 한데 모여 외쳤다. 목소리는 파도처럼 메아리쳐 물결은 아주 먼 뒤까지 이어졌다. 광장은 어마어마한 인파로 채워져 있었다. 그것으로 모자라 사람들은 주변 건물에 삼삼오오 모여들어 심지어 지붕까지 차지한 채, 다가올 춤을 기다렸다.

사이사이를 공중을 누비는 자들은 깃털의 신관이었다. 그들은 불카누스 신관들이 만든 일회용 망원경을 비싼 돈에 거래했고, 천정부지로 치솟은 가격에도 금방 동날 정도로 불티나게 팔렸다.

"공작님, 서쪽 구역 이상 없습니다."

헤르난은 오늘 경비 총괄 담당이었다. 당연한 일이었다. 그는 황태자의 둘도 없는 수호자이자 충성스러운 기사였으니까.

제국의 후계자가 황궁 밖으로 행차한 일에 그가 호위로, 위험 분자를 골라내는 데 나서지 않을 수 없다. 물론 헤르난은 어떤 재난이 찾아와도 카스토르를 쓰러트릴 일은 없을 거라 생각했지만.

그의 옅은 하늘빛 눈동자에 자욱한 구름이 끼었다. 아니, 미려한 얼굴은 굳은 것도 같았고 흐린 것처럼 보이기도 했다. 이미 자신들 대장의 기분을 알아차린 그의 수하들은 멀찍이 벗어난 지 오래였다. 주변인들은 그의 내재한 위험을 아니까. 언제 분별 못하는 짐승이 될지 모를 자신을 말이다.

'우습군.'

헤르난이 피식 웃었다.

그의 눈에 한 쌍의 연인이 눈에 들어왔다. 연인…… 아니 부부? 그저 평범한 한 쌍이었을 뿐이었다. 그러나 왜일까 눈에 선명하게 들어온 것은. 한들한들. 헤르난은 한참이나 여자의 검은 머리에서 눈을 떼지 못했다. 흔들리던 검은 머리칼은 헤르난의 눈 안에서 차츰 금빛을 되찾았다. 이내 여자가 돌아본 순간 자색의 눈동자를 보았다.

'황녀님?'

그러나 꽃처럼 피어난 자색은 다음 순간 검게 산화되고, 유순한 갈색 눈동자가 자신을 담고 있었다. 지나가던 여자는 몹시도 잘생긴 남자의 시선에 제 옆의 남편도 잊고 얼굴을 붉혔다. 그리고 빠르게 행렬 속으로 사라진다.

"하, 하하하."

헤르난이 제 얼굴을 짚으며 웃음을 터트렸다. 헛웃음이 절로 나오는 일이었다. 눈을 감고, 또 감으면 생각나고 마는 얼굴은.

그 순간 얼굴 위로 낯선 음성이 덧씌워졌다.

<내 딸이 마음에 드나?>

여인의 목소리가 머릿속을 맴맴 맴돌았다. 뇌를 차지한 것은 하얀 강보에 싸인 아기와 아기를 안고 있는 한 여성이었다.

<내가 이곳에 머무는 이유는 내 아기가 몸이 약하기 때문이지.>

강보에 싸여있던 하얀 뺨을 가진 아이.

헤르난은 붉은 입술을 끌어올렸다. 그의 웃음이 점차 쓰게 물들었다. 지우려 할수록 생각이 나는 이름, 그리고 얼굴……. 아마도 이는 앞으로도 이러할 것이었다.

'이건 각인인가, 축복인가. 아니면……. 저주인가.'

웃음 끝에 고개를 든 헤르난은 미약한 현기증을 느꼈다. 구속을 벗어나려 하는 충동의 외침이다. 헤르난은 비틀거리며 천천히 골목의 벽에 등을 기대어 중얼거렸다.

'나는 사람인가? 사람의 탈을 쓴 고대 신의 잔재인가.'

이것은 영원히 그를 지배할 난제였다. 그리고 헤르난은 오래전 선택을 했다.

<헤르난데즈. 내게 충성을 다해. 이것이 너와 나의 계약이야.>

그것은 악마의 속삭임처럼 달콤하며 잔인하고, 녹아내릴 것처럼 황홀했다. 황폐한 도시 위에 홀로 선 생존자에게 단비처럼 내리던 어린

주군의 목소리. 검은 머리의 인간 같지 않던 외모의 소년. 카스토르는 모든 짐승의 신관이 죽고 살아남은 어린아이에게 많은 것을 약속했다.

헤르난은 천천히 골목을 빠져나왔다. 다행히 충동은 쉽사리 풀려나지 않았다. 그는 습관처럼 약을 꺼내 씹었다. 점점 깨어나는 정신 속에서 그는 낯익은 사람을 보았다.

'롬의 수레바퀴?'

아니 낯익은 모습이라 해야 할 것이었다. 까무잡잡한 피부의 사람들. 낯선 이방인의 모습을 한 이들이 행렬 속에 섞여 있었다. 어째서? 헤르난은 찬찬히 그들을 바라보다 하나를 떠올렸다. 올해의 바람잡이가 그들이라는 것을.

펑!

펑펑펑!

거대한 불꽃이 터졌다. 아마도 빛의 신관과 불카누스의 합작일 것이다. 오래전 사라진 불의 신관 대신 자리한 불꽃은 헤르난이 어릴 적 기억하는 것보다 작고 수수했지만 시작을 알리는 데는 더없이 좋은 신호였다.

그리고 조금 멀리 떨어진 곳에서 또한 춤의 시작을 바라보는 이들이 있었다.

"곧 시작하겠군요."

까무잡잡한 커피 열매 같은 피부색을 가진 여자가 말했다. 밤이 내려앉은 어둠 속에서도 주홍빛 눈동자는 요요한 빛을 띠었다. 하나같이 유혹하듯 아름다운 외모를 지닌 것은 그들 민족의 특징이자 재주일 것이다. 천천히 남자가 고개를 돌렸다. 갈색 머리칼이 한들거리며 붉은 눈동자가 부드럽게 휘어졌다.

"바람잡이 모두에게 알려. 역할에 최대한 열중하라고."

"네."

여자가 잠깐 망설이다가 물었다.

"그런데 괜찮습니까? 원래 맡았던 일은……."

"괜찮아."

남자는 나긋한 목소리로 단호하게 잘랐다.

"그 애보다 더 중요한 것은 없으니까."

"전 왜 수장께서 희생하려 하는 것인지 이유를 모르겠습니다."

더없이 붉은 눈동자가 여자를 향했다.

"……제가 감히 여쭐 것은 아니었습니다."

여자는 그대로 사라졌다. 마치 밤손님처럼 재빠르고 민첩한 몸놀림이었다. 그리고 남자는 텅 빈 자리를 잠깐 쳐다보다가 다시 고개를 돌렸다. 멀리서 언뜻 흔들거리는 베일이 보인 것도 같았다.

이윽고 황녀의 등장에 폭발할 것 같은 환호성이 뒤를 이었다. 갑작스러운 큰 소리에 잠깐 이명이 들릴 정도였다. 데인은 조그맣게 보이는 소녀를 바라보며 천천히 늦은 답을 대꾸했다.

"그 애를 위해서라면 뭐든지 할 수 있으니까."

희생이라, 글쎄. 데인은 이것을 희생이라 부르고 싶지 않았다.

* * *

와아아아.

거대한 환호가 등장하는 이를 향해 토해졌다.

환호성은 길지 않았다. 사람들은 숨죽여 제국의 고귀한 자들을 맞이했다. 길 끝에서 걸어오는 두 남녀. 사박사박 꽃잎이 가득한 길은 꽃의 신관이 선물한 것이었다. 향긋한 내음 가득한 길 끝에서 가까워진 작은 인영에 누군가는 손을 모았고 누군가는 주신에게 기도를 빌었다.

발목까지 오는 베일은 그들이 오래전 보았던 익숙한 실루엣이었다. 오직 춤을 추는 황녀만이 썼던 신성한 베일. 이는 대리자들은 쓰지 못하는 것이었다. 정말로, 황녀님께서 등장하신 것이다.

광장이 가까워진다. 가까워질수록 음악 소리도 성큼 다가왔다. 경쾌한 가락은 건국제 전 여흥을 돋우는 음악이었다. 아실리는 걸으며 이제는 희미한 기억을 떠올렸다.

상쾌한 피리 소리는 이전 보았던 오페라 <마술피리>에 나오는 피리 소리와 비슷한 것 같았다. 그리고 가까워짐에 따라 음악 소리가 점차 잦아든다. 그리고 마침내 계단에 올랐다.

"긴장되니?"

소녀의 떨림은 이 공간에서 유일하게 남자만이 알 것이었다. 아실리는 고개를 살짝 들어 카스토르를 바라봤다. 불투명한 실루엣임에도 그의 표정이 그려지는 것만 같다.

"떨리지 않아요."

무대에 올라선 두 남녀는 천천히 잡았던 손을 놓고 떨어졌다. 무대의 끝과 끝. 고요만이 거대한 흰 공간을 차지했다. 이 순간 수많은 사람의 숨소리도 잊고 아실리는 공기에 집중했다.

팔에서 타는 듯한 감각이 느껴지더니 팔에서부터 자란 넝쿨이 팔을 감싸며 새하얀 꽃을 피웠다. 그리고 그것은 천천히 보랏빛으로 변해 산화하더니 흩어져 사라진다.

그 순간 긴 뿔피리가 시작을 알렸다. 새하얀 빛줄기는 불카누스의 신호였다. 이내 모든 조명이 꺼지고 칠흑 같은 공간에서 남자와 마주한다. 더는 폭군이 아니었다.

'주신.'

토가만 걸친 남자가 발걸음을 디딘 순간 그의 발끝에서부터 풀꽃이 돋아난다. 만개한 넝쿨은 꽃이 되고 나무가 되며 씨앗이 되었다가 잎과 햇살과 꽃잎을 흩뿌렸다. 신록이 되살아나는 계절, 그것은 주신이 나타나며 생겨난 이 제국의 시작이었다.

주신은 먼 옛날 제국의 터가 될 땅에 거대한 범람을 일으켰다. 그건 권태를 느낀 신의 변덕이었다. 주신은 늘 권태로웠고 무한의 지루함에 빠져 주어진 땅을 되살리고 다시 묻기를 반복했다. 그러던 어느 날 신은 제가 죽이고 살렸던 땅에 꿈틀거리며 살아남은 생명을 발견했다.

인간이었다.

신의 노여움을 두려워한 인간들이 산꼭대기 제단에 올려놓은 것은 사람이었다. 신은 다가가 앞에 섰다. 새하얀 베일. 그것이 서풍에 한들거리며 꼭 머리칼처럼 흩날린다.

신은 천천히 손을 들어 베일을 벗겨 냈다.

—신이시여.

그리고 드러난 맑고 말간 자색 눈동자를 마주한 순간, 긴 명에 단 한 번도 느껴 본 적 없는 충동을 느꼈다. 감정이라기에는 더 깊고 정의하기에는 너무나 여러 의미를 지닌 그것.

남자가 소녀의 손을 들어 입을 맞춘 순간 허리를 감아올려 하늘로 들어 올렸다. 베일은 깃털이 되어 흩어졌다. 찬란한 금발이 광휘 속에서 흩날린다. 검은 머리칼과 태양의 눈부심을 담은 금색 눈동자가 위험한 빛으로 일렁인다.

신은 제게 바쳐진 인간을 본 순간 강렬한 충동을 느꼈다.

이것은 무엇인가?

신은 이것을 사랑이라 부르기로 했다.

주신과 초대 황제의 관계는 수많은 관계로 해석되었다. 그리고 과거 해석한 자의 해석에 따라 「프리모 살바티오」는 성질을 달리했다.

달콤한 사랑을 속삭이는 주신의 소야곡이 되기도 했고, 한때의 춤은 지지 않는 건국을 알리는 교향곡이었으며 어느 날에는 그들의 우정을 널리 알리는 부드러운 야상곡이 되기도 했다.

그리고 이 순간 아실리의 감정과 장치에 증폭에 따른 황금빛이 주신의 빛을 흉내 내 카스토르의 주변을 맴돌았다.

카스토르가 미소했다.

아실리는, 이것을 광기라 부르기로 했다.

12. 당신과 나의 광시곡

카스토르가 입은 토가는 짙은 검정색이었다. 금실로 자수를 새겨 넣어 마치 금으로 된 사슬을 두른 것처럼 보였다.

검정은 무거움, 두려움, 암흑, 공포, 죽음, 그리고 권위. 지배자와 죽음을 애도하는 색으로 쓰였다. 제국에서 죽음이란 탄생으로 향하는 다리였다. 주신은 죽음과 삶을 동시에 의미했다.

금색과 검정색. 카스토르는 주신의 모든 색을 갖춘 완벽한 그의 후계자였다. 이 순간 그들을 바라보는 대중은 모두 어릴 적부터 주신의 설화를 밥 먹듯 들어온 사람들. 그들의 눈에 카스토르는 신이 환생했다 믿을 정도로 완벽하게 주신에 부합했다.

"아실리."

주신이 그녀를 향해 손을 뻗었다.

이 순간 아실리는 설화를 떠올리지 않을 수 없었다. 황제를 지독히 사랑한 신. 주신이 손을 뻗는 순간 가지가 뻗어 나갔다. 아실리의 상상으로부터 시작해 그것은 뻗고 뻗어 소녀의 손목을 휘감았다. 마치 수갑처럼 손목을 옥죈 넝쿨이 점점 새까맣게 변했다. 그의 걸음이 가까워질수록 더욱 까맣게.

"아름답구나."

"드레스가요?"

"……네가."

카스토르가 손가락 사이로 집어넣고 손가락을 꽉 얽었다. 상체가 굽어지며 그의 얼굴이 가까워진다.

"예뻐."

그 순간 카스토르의 금색 눈동자로 금빛 바람이 불었다. 그가 자신의 신력을 퍼트린 것이다.

"몸에 힘을 빼."

"읏."

"어서."

마주 잡은 손으로부터 녹색 빛이 터져 나왔다. 빛은 곧 금색이 되었다. 그리고 무대 밖으로 튕겨 나가며 그것은 눈처럼 내리는 잎이 되었다. 누군가로부터 감탄이 터져 나왔다. 그리고 뒤로, 뒤로 점차 이어지는 환상의 풍경.

식물의 신, 텔루스. 모든 살아 있는 식물을 다루는 힘이 아실리에게서 펼쳐졌다.

무대는 피어나는 봄이었다. 검은 토가를 걸친 주신과 새하얀 옷을 걸친 소녀에서부터 기적이 차례차례 꽃처럼 피어났다. 이 계절에 피지 못할 꽃들이 피고 진짜보다도 더 진한 향기를 풍기며 무대를, 광장을 거대한 봄의 공간으로 피워 냈다.

와아아.

환호성. 그리고 감탄. 환희와 숭배가 교차하는 시간.

아실리는 손목에서부터 타는 듯한 고통을 느꼈다. 시작부터 이어진 고통은 점차 팔뚝과 어깨를 타고 머리에서 그리고 마지막으로 눈에서 절정을 이루었다. 뜨거운 불이 붙은 것처럼 홧홧한 아픔을 느끼고 만다. 참아야 했다. 수백 개의 반짝이는 빛들. 망원경이 피어나는 조명을 반사한 빛이었다. 수백 쌍의 눈이 지켜보는 아래 자신의 표정이 드러나선 안 되었다.

아실리가 선택한 것은 주신과 황제가 함께 보낸 삶의 계절이었다. 그리고 광기가 지배하는 계절을 함께할 주신이 고개를 기울여 웃었다.

"계절이라……. 과연. 힘들어 보이는구나."

오만한 목소리. 묵직하고 장엄한 분위기여야 하는 이 무대에 더없이 어울리는 목소리였다. 음악이 무겁게 깔리는 구간이었다. 주신이 이름 없던 인간에게 최초의 이름을 부여하는 순간 아실리는 최초의 황제가 되었다.

"버틸, 만해요."

아실리는 그의 가슴을 꾹 밀어내며 뒤로 물러났다. 거부감이 일었다. 그럼에도 몸은 음악에 맞춰 착실히 발을 밟았다. 이 무대가 어떤 무대인지 알기에, 그녀는 멈출 수 없었다.

계절은 봄을 지나 여름이었다. 강렬한 햇살이 내려온 아래, 뙤약볕에 싱그럽게 돋아난 잎새가 익고 있는 신록의 계절. 아주 작은 나라에서 시작한 제국이 주변의 작은 부족과 연맹과 그리고 왕국을 무너트렸다.

땅은 나날이 커져 갔고, 초대 황제를 따르는 이들이 늘어났다. 주신의 사랑이 나긋하던 봄에서 뜨거운 여름의 태양이 된 것은 이때였다. 주신은 모든 것을 주었고, 대가 없는 사랑이 한여름 폭포처럼 쏟아졌다. 두 사람은 커다란 호수 앞에 서 있었다. 주신이 황제를 위해 만든 호수였다. 맑은 물이 튀며, 어디선가 아이의 웃음소리가 들려온다. 더없이 행복한 풍경. 싱그러웠다. 주신이 만족스럽게 웃었다.

"그래, 네가 해석한 신화는 이런 것이니?"

카스토르는 쉼 없이 주변을 맴도는 황금빛을 바라보며 미소를 머금었다. 황금색. 태양, 신의 힘, 광명의 빛, 불사, 창조 이전의 빛을 뜻하는 색. 오직 주신을 가리키는 색이었다. 그리고 주신이 황제에게 주었던 색. 주신의 비호 아래 초대 황제는 점자 넓고 큰 땅을 가졌다. 그의 황금색 눈동자가 찬란한 광기를 띠었다.

"사랑이라기엔 무겁구나."

그 순간 아실리가 비틀거렸다. 보던 이들은 느끼지 못했을 아주 미약한 비틀거림이었다. 그마저 카스토르가 재빨리 움직여 받아 냈기에 겉으로 전혀 티가 나지 않았다. 아실리는 익숙하지 않은 힘에 이를 악물었다.

"누가, 사랑이라고 했나요?"

담담하고도 차분한 목소리. 그녀는 이 순간 모든 연기를 집어던지고 말했다. 아니, 순진한 척 연기까지 하기에는 이 상황이 너무나 버거웠기 때문이었다. 머릿속 또 다른 자신이 미쳤느냐고 비명을 질렀다. 저 남자에겐 머리를 조아려. 아직은 안 돼. 맞서지마. 그러나 이미 한차례 벗겨진 껍질을, 다시 뒤집어쓰기엔 늦어 버렸다.

'당신과 내가?'

아실리는 입술을 비틀어 올려 웃었다. 왜일까. 그녀는 지금 이 이유 없는 증오의 의미를 몰랐다. 왜 자신은 카스토르를 미워하는 것인가? 미워할 이유가 있냐 하면 없는 것은 아니었다. 어느 날 평화로운 일상을 부수고 들어와 자신을 꿇리고 자신의 종 삼겠다 말한 남자였으니까. 그러나 그것이 전부였다.

'아니 전부였나?'

무엇이 빠졌다. 무엇이 빠졌지? 아실리의 생각이 흘러가는 동안 음악 또한 착실하게 흘러갔다. 그리고 어느새 악기들의 음률에 절정이 다가왔다.

"지금 네 모습을 보렴."

제국은 이윽고 서쪽의 모든 나라를 차지했다. 신이 동쪽을 갖고 싶냐 물었다. 황제는 고개를 저었다. 어렸던 황제 대신 성숙한 인간이 서 있었다.

이후로도 주신은 황제에게 모든 것을 주었다. 강력한 나라와 황금, 재화와 튼튼한 말들.

지혜롭고 어진 황제 아래 뛰어난 신하들이 몰려왔다. 계절은 가을이었다. 풍요로 가득한 계절. 가을은 풍요로 무르익었다. 땅은 지나치게 풍요로웠다. 매해 풍년이었으며, 이삭은 잔뜩 무거워진 고개를 숙였다. 금빛 밀밭 한가운데 서 있는 소녀에게 주신이 말했다.

모든 것을 주겠노라.

"아모르는……."

"아모르는?"

음악에 절정이 찾아온 것과 함께 춤도 절정을 맞이했다. 빠르게 흐르는 발동작. 쉼 없이 돌거나 발이 땅에 닿는 것보다 허공에 있는 것에 더 긴 시간을 보내는 구간이었다. 카스토르는 지친 기색 하나 없이 나긋하게 속삭였다.

"네 성장을 보고 싶었나 보구나."

이상한 일이었다. 아실리는 신력이 주는 고통 속에서도 무언가 이상하다는 것을 눈치챘다. 곧 발이 땅에 닿는 순간 알았다. 몸이 무거웠다. 마치 자신에게만 중력이 이상하게 작용하기라도 한 것처럼. 곧 가까워진 카스토르의 얼굴로 알았다. 카스토르가 가까워진 것이 아니다. 자신이 성장했다.

'키가 커졌어?'

키가 자란 것이 느껴졌다. 키뿐만 아니라 팔다리도 길어졌으며 살랑 몸을 휘감는 머리카락 또한 더욱더 길었다. 몸이 무거웠다. 마치 주신과 황제의 계절처럼 자신도 성장한 모습으로 카스토르를 바라보고 있었다.

"지금 네 모습. 그 아이는 아마도 보지 못 할지도 모르니까."

아모르의 얘기였다. 이 성장이 아모르가 바란 것임을 알았다. 더는 소녀와 주신이 아닌, 여인과 주신으로서 두 남녀가 마주했다.

"말해 봐."

카스토르가 고개를 기울여 웃었다. 그에게서 묵직한 향기가 풍겨왔다.

"주신이 한 것이 사랑이 아니었다면. 그럼 무엇이 사랑이니?"

빙글빙글 도는 동선을 따라 하늘거리는 치마가 곡선을 그렸다. 왕국식 동그란 컵케이크 같은 드레스가 그리는 것과는 다른 부드러운 호선. 이윽고 멈춘 그녀를 따라 주신이 뒤를 이어 그녀의 허리를 사로잡았다. 뺨을 스치고 지나간 나뭇잎은 진한 붉은색이었다.

음악이 절정을 지나며 더욱 빨라졌다. 주신의 풍요로운 가을은 순식간에 지나가 버렸다. 황제에게 사랑하는 이가 생겼기 때문이었다. 황제는 주신을 택하지 않았다. 그리고 황제의 반려는 주신이 아닌 다른 존재였다.

"당신이 원하는 것은 대체 뭐죠?"

주신은 대가를 요구했다. 황제가 입은 것, 황제가 먹은 것, 황제의 목숨, 그리고 황제가 사랑하는 이들. 생명에 대한 대가를.

"너."

아실리는 생각했다. 이것은 사랑인가? 역사상 수많은 황녀들이 해석했던 것. 주신이 준 것은 사랑이었다고 말했다. 붉고 강렬한 사랑이라고. 하지만 자신의 생각은 달랐다. 모든 것을 주고서 대가를 요구하는 것이 사랑인가?

주신의 요구를 황제가 거부했다. 제국에는 건국 이래 처음으로 서리가 내렸다. 북풍이 부는 하늘, 이삭이 썩어 가고 비쩍 마른 과실이 열렸다. 땅이 죽어 갔다. 사람들은 굶주림에 시달렸다. 이어지는 흉작에 사람들은 비명을 질렀다. 황제는 선택해야 했다. 당신은 무엇을 원하십니까.

그리고 황제는 신의 대가를 받아들였다. 그리고 황제는 평생 궁을 벗어나지 못했다. 그가 정복했던 땅을 밟지 못했고, 그토록 사랑했던 호수를 가지 못했으며, 그토록 사랑하던 대지와 창공을 창문 하나로 바라봐야 했다.

"네가 느끼는 고통, 그건 지금 아모르가 느끼는 고통이지."

역사는 황제를 신에게 도전한 오만한 인간으로 기록했다. 신의 사랑을 받은 유일하고도 하나뿐인 인간.

"신력을 나눠 준다는 것은 곧 영혼의 반쪽을 준 것과 마찬가지야."

"거짓말, 축복은 그런 것이 아니라고……."

"축복? 누가 제 생명을 축복으로 나눠 주던가?"

무대에 마지막 계절이 불어왔다. 차갑고 시린 한풍이 불었다. 금빛 머리칼과 새까만 머리칼이 엮일 것처럼 거칠게 흔들거렸다.

음악은 마지막 장에 이르며 천천히 느려졌다.

마지막 장은 초대 황제의 죽음을 예견하는 애도의 곡이었다. 겨울, 풀들이 바짝 말라 사그라지고 나무는 앙상한 가지를 드리웠다. 새하얀 눈이 내렸다.

"주신의 후계자는 미래와 진실을 보게 되지."

담담한 장송곡 아래 카스토르가 느릿하게 중얼거렸다. 그는 아실리를 들어 올리고도 전혀 흐트러짐 하나 없이 그녀를 끌어당겨 이마를 마주했다. 맞대어진 이마 아래, 길고 검은 눈썹이 느리고 차분하게 깜빡이고 뜨였다.

"내가 본 '미래'에서 이 자리에 서 있는 자는 헤르난이었단다."

발밑에 차가운 눈이 쌓였다. 눈은 여인의 새하얀 옷과 무척이나 어우러졌다. 숭고, 순결, 단순함, 순수함, 깨끗함. 초대 황제의 하얀 드레스는 고독, 공허 그리고 해방감을 내포한다.

"또 다른 '미래'는 데인 로웰이었지."

주신이 죽어 가는 황제에게 무엇을 원하느냐고 물었다. 황제는 져 가는 석양을 바라보며 중얼거렸다. 지지 않는 제국을 만들어 달라고. 주신은 그 소원을 받아들였다.

"그건, 용납하지 않아."

미래. 아실리는 하나를 떠올렸다. 제 손에 주어진 기이한 일기장. 카스토르와 그녀는 같은 미래를 본 것이었을까. 그렇다면, 그는 자신이 겪었던 수많은 죽음의 위기도 보았을까? 그럼 이유도 아는 것이냐고 묻고 싶었다. 어째서 그녀는 죽음을 읽는가?

음악이 낮게 가라앉았다. 동작은 차츰 느려졌다. 아실리는 죽어 가는 황제가 되며 숭배하듯 천천히 고개를 숙였다. 황제를 끌어안은 신은 슬픔에 잠겨 황제의 죽음을 애도했다.

"……초대 황제는 죽어서야 완전히 벗어난 거라 생각해요."

아실리가 천천히 중얼거렸다.

"신의 집착에서."

하지만, 자신은 죽어서 이 남자에게 벗어날 수 있을까? 아니. 왠지 그건 아니리라는 묘한 확신이 들었다.

마지막 계절.

황제가 죽음을 앞둔 해. 그해 겨울은 주신의 광기가 지배하는 겨울이었다. 주신은 죽음을 앞둔 황제의 곁에 누구도 있지 못하게 했다. 사랑하는 반려도 자식도 충성을 다한 신하도. 황제의 곁을 지킨 것은 오직 하나. 주신이었다.

"주신은 사랑을 한 게 아니야. 사랑이 아니라, 광기이며. 집착이에요."

당신처럼.

죽어 가는 황제가 천천히 제 면류관을 벗어 들었다. 순간 조용하던 관중이 술렁였다.

두 쌍의 뱀이 얽힌 가시나무 면류관. 뱀은 주신의 동물을, 가시나무는 신이 황제에게 요구한 계약을 상징했다. 그리고 소녀가 한 행동은 그 관을 신에게 돌려주는 것이었다.

'나는 당신의 이유를 몰라. 하지만, 황제처럼 살지 않아.'

"나는 신의 이유를 몰라요. 그러니, 나는 황제처럼 살지 않겠어요."

카스토르의 눈이 번쩍였다. 어둠 속에서도 도드라지는 황금빛이었다. 그의 주변으로 희미한 금빛 바람이 불고 있었다.

"신을 거역하겠다?"

"나는 황제가 아니에요."

음악의 끝에서 두 남녀는 고개를 마주했다. 긴긴 말을 대신해 침묵을 가면처럼 쓰고서 마주한 두 남녀는 서로 다른 의미를 가진 시선을 싣고 서로에게서 눈을 떼지 않았다.

그리고 마침내 황제가 신에게 면류관을 씌웠다.

장엄한 장송곡이 끝났다. 죽음과도 같은 어둠이 내리깔렸다. 대중은 우왕좌왕하며 어쩔 줄 몰라 했다. 역사상 처음 있는 끝이었다. 보통 무대의 끝은 몹시도 화려했다. 그렇지 않은 무대에 당황한 사람이 태반이 넘었다.

그때 희미한 빛이 새어 나왔다. 작은 보랏빛은 점차 커지며 희미하게 넘실거리던 황금빛을 모두 삼켜 버리고 비처럼 폭발하듯 터졌다. 팔랑팔랑, 앞줄에 있던 사람으로부터 감탄이 터졌다.

나비였다.

빛은 수백, 수천의 나비가 되어 커다란 광장을 장식했다. 신비로운 자색에 눈을 빼앗기고 이윽고 나비가 산화하며 하늘에 거대한 분수령이 생겼다. 휘몰아친 빛이 은하수를 장식했다. 언젠가 사진으로 보았던 북극광보다 아름다웠다.

아실리는 몽롱한 눈으로 그것을 바라보았다. 이것은 자신이 한 일일까? 아니면 아모르가? 하지만 마지막 겨울 눈이 그치고 어둠이 깔린 순간 팔찌는 빛을 잃었다. 똑똑히 보았다.

점차 시야가 낮아진다.

원래의 몸으로 돌아온 아실리는 지친 눈으로 아름다운 수를 놓은 하늘을 바라봤다.

펑!

기다렸다는 듯이 불꽃이 쏘아졌다. 불카누스의 저력이 하늘을 수많은 불꽃으로 장식했다. 이 순간만을 기다려 왔다는 듯이. 그 어느 때보다 아름다운 하늘에 제국민이 환호성을 터트렸다. 그리고 광장 곳곳에서 수많은 꽃과 나무가 피어나 자욱한 향기를 피웠다. 아실리가 팔을 쳐다보자 팔찌에 다시 녹색 빛이 감돌고 있었다. 천천히 하늘을 바라봤다.

"이제 연기는 하지 않기로 한 거니?"

선명한 경고 조를 띤 황홀한 목소리. 아실리가 지친 얼굴을 들었다.

"그렇다고 한다면."

그녀는 땀방울이 떨어지는 턱 끝을 손등으로 훔치며, 입술을 비틀어 웃었다.

"어쩔 작정이신가요."

* * *

춤은 그 어느 때보다 대성공을 이뤘다.

환호가 광장을 메웠다. 너무도 거대한 소리에 돌아가던 소녀는 귀를 막아야 했다. 멀리서 수없이 제창되는 자신의 이름. 수많은 제국민이 황녀를 입에 담고 불렀다. 성스럽기보다는 친근했고 또 숭배 같기도 했다. 기분 나쁜 느낌은 아니었다.

흘끗, 돌아보자 무대 위로 대기했던 춤과 노래의 신관들이 올라가는 것이 보였다. 황궁 소속 신관들로, 황녀의 「프리모 살바티오」 뒤로 제국의 역사를 기리는 군무를 추는 자들이다. 그들을 본 순간 아실리는 완전히 제 역할이 끝났음을 비로소 느꼈다.

인파 사이에서 원이 그려졌다. 사람으로 만들어진 원. 그것은 곳곳에 걸쳐 만들어졌다. 그리고 그들 안에 있는 것은 올해의 바람잡이들이었다. 그들은 앞장서서 제국 전통 춤을 멋지게 소화했다. 아름다운 남녀 무희들을 따라 제국민이 춤에 빠져들었다. 광장에 모인 이들이 즐기는 축제였다.

이 축제가 얼마나 흥겨웠느냐에 따라 그해 길흉을 결정했다. 또한, 「프리모 살바티오」를 춘 황녀의 이름을 드높이는 자리기도 했다. 2백 년 전 불의 신관과 함께 가장 성공한 「프리모 살바티오」를 보였다 전해진 황녀는 그 뒤로 북쪽의 강대한 나라의 황후가 되었다. 이를 두고 레베카는 이리 말했다.

평생 이름이 없던 황녀가 유일하게 색을 찾는 시간.

아실리는 자신도 모르게 웃어 버렸다. 그냥 웃음이 나왔다. 지친 나머지 헛웃음이 터진 것일지도 모른다. 새삼 자신의 처지가 느껴져서일지도 모르고. 웃어 버린 아실리는 그만 자신의 곁에 아직 남아 있던 남자의 존재를 잠시 잊고 말았다. 그리고 제 웃음에 못 이겨 비틀대는 그녀를 잡는 강한 손이 있었다.

"긴장을 놓을 때가 아니지."

"오라버니."

소녀가 중얼거리듯 남자를 불렀다. 어딘가 멍한 표정에 카스토르의 눈이 가늘어진다. 그리고 카스토르가 멈추고 행한 행동에 뒤를 따르던 검사와 시종들이 입을 막았다. 황태자께서 황녀를 향해 허리를 굽혀 입을 맞출 것처럼 얼굴을 가까이했다. 헉, 숨을 들이켜는 자도 있었다.

카스토르가 한껏 가까워진 얼굴에 끓는 것 같은 목소리를 담았다. 소녀는 고개를 들었다. 그에게서 채 식지 않은 열이 느껴졌다.

"아실리 로제, 사냥이 가장 쉬울 때가 언제인지 아나?"

"……."

"바로, 상대가 모든 긴장을 풀었을 때. 지금 같은 때지."

빛을 잃었던 눈동자가 제 색을 되찾았다. 놀람과 당황으로 범벅된 아실리의 눈동자가 떨리고 있었다. 그녀는 아프게 죄인 손을 바라봤다. 조금 전 무대에서처럼 얽혀 있는 손가락을 본 순간, 얼른 손을 뿌리쳤다.

'물러나.'

카스토르의 눈짓에 모든 시종과 검사들이 물러났다.

"자, 잠깐 지쳐 넋을 놓았어요."

"그런가?"

수많은 생각이 머리를 스쳤다. 커다랗게 자리 잡은 것은 단연 카스토르를 속여 온 것이었다. 백치 흉내로 위기를 모면한 순간부터 그녀는 쭉 순진한 연기를 억척스럽게 해 왔지 않았던가. 모든 것이 들킨 지금 그를 어떻게 대하여야 할지 판단이 서질 않았다. 그리고 그런 아실리를 아는 듯 카스토르가 픽 고개를 기울인 채 웃었다. 시선 끝에 그의 옆선이 걸렸다. 이내 숨을 꿀꺽 삼킨 아실리가 고개를 완전히 돌렸다.

텅 빈 공동에 남겨진 두 남녀가 서로를 마주했다.

"모든 진실을 꿰뚫는 힘을 갖고 있다는 말 기억하나? 내가 갖고 싶은 건 결여된 네가 아니야."

"……결여된?"

"잃었다고 생각하지 않나?"

잃었다. 익숙한 표현이었다. 그녀는 성녀 마리사가 그리 말했던 것을 떠올렸다. 그리고 무엇인가 숨기는 것처럼 의뭉스러웠던 아모르와 묘하게 자신이 달라졌다며 무심히 뱉었던 주변인들의 말들을 차례로 떠올렸다. 그리고 아실리는 얼굴을 흐렸다.

"누가, 무슨 자격으로 온전한 나를 정하는 거죠?"

자신은 문제없다. 그렇게 믿고 있다. 잘 먹고 잘 자고 잘 웃고 행복하면 그것으로 족한 것 아닌가 하고 생각했다. 그러나 주변은 끊임없이 그녀에게 되새기게 했다. 너는 변했고, 잃었고, 결여되었다.

[기억하려 하지 마. 넌 그대로 행복해져.]

정작 '나'는 스스로에게 기억하지 말라 전했음에도. 아실리는 자신에게서 받았던 편지를 생각했다. 구구절절 적혀 있던 편지의 핵심은 단 하나였다. 카스토르를 조심하며, 기억하지 말고, 그대로 행복해지는 것. 하지만 아실리는 이 순간 깨달았다.

"내가 무엇을 잊고 있죠?"

조각이 빠진 채로는 아무것도 할 수 없다는 것을. 그렇게 아실리는 아모르에게 물었던 것을 카스토르에게 물었다. 똑바로 쳐다보는 자색의 눈동자에서 숨길 수 없는 말간 순진함이 묻어났다. 이에 카스토르가 입술을 비틀어 웃었다.

"고분고분한 것은 네게 어울리지 않아. 그리고…… 내게도."

맨살에 토가를 걸친 남자에게서는 숨길 수 없는 야릇함이 드러났다.

"내기할까?"

"……내기?"

카스토르가 천천히 느른한 미소를 지었다. 금색 눈동자로 위험한 빛이 일렁이고 있었다.

"미래를 아는 것은 나뿐이 아니야. 그렇지?"

사실이었다. 이 순간 놓고 온 일기장이 그려지며 손이 허전한 느낌이 들었다. 이어 소름이 돋았다. 본능적인 깨달음에 가까웠다.

그러고 보니 자신이 언제부터 일기장을 손에서 놓고 다녔지? 분명 어떤 일이 있어도 손에서 놓지 않던 자신 아닌가.

기억이 뒤죽박죽이었다.

"곧 너와 내가 갈 저녁 연회에서 사람이 죽을 거야."

"누, 누가."

"왜 모르는 척이지? 이건, 너도 알고 있지 않나."

찬연한 금색 홍채 속에 광폭한 빛이 아지랑이처럼 피어올랐다가 가라앉았다. 다음 순간 이 상황과 어울리지 않은 것이 그의 눈동자 속에 떠올랐다.

"그 사람이 죽는 걸 막아 봐."

그가 천천히 떨어지는 것과 함께 아실리는 참았던 숨을 내쉬었다. 무슨 소리인가, 하는 혼란이 함께였다.

"그걸 막게 되면, 한 가지 소원을 들어줄게. 덤으로 '진실'도."

"진실'도'?"

"내게 원하는 것이 있잖니."

선선한 대답에 혼란은 가중되었다. 어째서? 카스토르가 득을 보는 것이 없는 내기였다. 또한 너무나 뜬금없기도 했다.

아실리가 당황을 숨기지 못하며 올려다보자 카스토르는 모든 것을 다 알고 있다는 듯이 눈을 휘었다. 그러나 잠잠해 보이는 낯과 달리 눈동자 속에 흉폭한 기운이 일렁이는 것이 보였다.

"……저를 완전히 놓아주는 거라 하여도 들어주실 건가요?"

"물론."

오싹 소름이 돋았다. 이토록 광기로 물든 눈을 하고서 이성적이며 정제된 모습을 보이는 카스토르에 대해서.

"실패하면."

아실리 눈에 그는 마치 그녀가 실패할 것을 확신한 사람의 얼굴이었다.

"아. 결과는 미리 알려 주지 않는 쪽이, 재밌겠구나."

눈을 깜빡이는 사이, 보게 된 것은 멀어지는 등이었다. 아실리는 참지 못하고 주저앉았다. 다리가 풀려서 일어날 수가 없었다. 그가 마지막으로 남긴 말이 웅웅 귀를 울려대고 있었다.

—그럼 모든 걸 알게 될 거야.

* * *

쾅.

별안간 거칠게 열린 문에 가까이 있던 레나와 하이나가 '히익.' 하고 놀랐다. 겁이 많은 레나는 뒤로 발라당 넘어지기까지 했다. 그리고 그들은 문을 열고 들어온 사람이 다름 아닌 제 주인이라는 것에 한 번 더 놀라고 말았다. 어째서? 황녀님께선 이렇게 다급한 발걸음으로 들어올 분이 아니었다.

막 말을 걸려 했던 하이나가 입을 꾹 다물었다. 들어온 주인의 낯이 심상치 않았기 때문이었다.

아실리는 곧바로 레베카를 찾았다.

“레베카, 내 일기장 갖고 있지?”

“네? 네. 무대 전에 맡기신 거라면…….”

“이리 줘.”

레베카에게 일기장을 받고 빠르게 펼쳤다. 대체 주인께서 무엇을 하시나 호기심과 걱정 가득한 시선이 그녀에게로 모였지만, 아실리에게는 신경 쓸 틈조차 없었다. 빠르게 넘어가던 페이지가 한곳에서 멈췄다. 오늘 날짜였다.

무사히 「프리모 살바티오」를 끝내고, 저녁 연회를 맞이했다.

이곳에서 난 처음으로 '엄마'를 만났다. 엄마라고 하기에도 어색한 사람.

(중략)

이웃나라에서 온 왕자님과 얘기를 나눈 지 10분 정도 되었나. 언뜻 가장 높은 가지에 걸린 초승달이 보였다.

이때, 커다란 비명이 들려왔다. 깜짝 놀라 바라본 곳에 어떤 남자가 쓰러져 있었다. 제국 전통 옷을 입고 있는 걸로 보아 제국의 귀족이 분명했다.

누군가 신관! 하고 소리친다. 그때까지 나는 꽝꽝 얼어붙은 것처럼 서 있었다. 사람이 죽는 걸 본 것은 처음이었다. 정말 무서웠어…….

그때, 누군가가 다시 소리쳤다.

"황태자 전하! 황태자 전하가 죽였습니다!"

거기까지 읽던 아실리가 눈을 떼어 냈다. 그리고 얼굴에 손을 얹은 채 한숨을 뱉었다. 이 순간 생각나는 것이 있었다. 어째서 지금까지 잊고 있었던 걸까, 입술을 깨물며 한탄했다.

'외전.'

루스벨라와 카스토르가 처음 만나는 장면은 외전에서 다뤄졌다. 외전까지 기억하고 있는 자신이 미친 것이라고밖에 생각하지 않지만 선명한 기억 속에선 분명 그러했다. 카스토르가 연회 도중 밖으로 나가게 된 이유에는 살인 사건이 있었다.

'12시, 광장의 가장 높은 시계탑…….'

아실리의 얼굴이 새하얗게 질렸다. 소녀는 곧 입술을 피가 나도록 깨물었다.

'루스벨라와 만나는 시간이다.'

사람이 죽고, 그 누구도 카스토르의 결백을 믿지 않았다. 카스토르는 평소처럼 손가락질하는 모든 이들을 죽이는 대신 돌아서서 궁을 나섰다. 권태만이 그를 지배했다. 발걸음이 멈춘 곳은 시계탑. 그곳은 그에게 의미 있는 장소였다. 그리고 거기서 먼저 머무르고 있던 주인공 루스벨라를 만난다.

"레베카! 빨리 드레스를 갈아입혀 줘!"

카스토르가 어떤 생각으로 이런 짓을 벌였는지 모른다. 짐작 가는 것도 없었다. 책 속 폭군? 그녀는 책을 읽는 내내 한 번도 그를 이해해 본 적 없다. 그저 미친놈이라고만 생각했다. 그가 보여 주는 행동은 집착과 광기뿐이었고 처절한 끝조차 그의 광기를 잠식시키지는 못했다. 누군가는 그런 폭군을 좋아했던 모양이지만, 자신은 아니었다.

'사람이 죽고 사는 걸 내기로 걸어?'

미쳤다고밖에 생각이 들지 않았다. 그녀의 조급한 마음을 알아차렸는지 움직이는 하녀들의 몸짓이 무척 분주했다. 서둘러 드레스를 갈아입고 머리를 정돈한 아실리는 예정보다 일찍 홀을 빠져나오려 했다.

문득 머리를 스쳐 가는 게 없었다면 곧바로 일기장 하나만 챙긴 채 레베카와 이곳을 나섰을 것이다.

"레베카, 잠시만 기다려 줘."

레베카를 남겨두고 홀로 다시 방 안으로 들어온 아실리는 모든 하녀들을 내보냈다. 그리고 천천히 제 팔을 들어 올려 팔을 바라본 채 말했다.

"오라버니."

아실리가 되풀이해서 아모르를 불렀다. 그렇게 서너 번을 더 불렀을까. 팔찌에 희미한 빛이 들어왔다. 곧 돋아난 풀이 작은 꽃망울같이 봉긋한 빛을 틔웠다.

―……「프리모 살바티오」는 끝난 걸로 아는데.

"알아요."

아실리가 천천히 주먹을 쥐었다 놓으며 나직하게 재깔였다.

"나, 지금 두서없이 말해도 이해해요. 나 이제 오라버니 몸이 정상 아닌 거 알아요."

―……무슨 소.

"지금 당신 아픈 거 알아요. 그것도 죽을 것같이."

담담하게 말하려 했지만, 결국 이를 악물고 말았다. 마음은 조급했고, 연회에 가야 한다는 생각으로 가득했음에도 그에게 꼭 말해야 했다.

"당신이 내게 뭘 숨기는지 난 몰라요."

―…….

어째서 애틋하게 자신을 바라봤는지, 그녀는 시선의 의미를 모른다.

"하지만 모든 걸 끝내고 나서 당신에게로 갈 테니까."

―……너, 큭, 콜록! 그만…….

"내게서 도망칠 생각 말아요. 변명할 기회는 줄 테니까."

아실리는 그가 변한 이유를 모른다. 어쩌면 오늘 그 이유를 알게 될지도 모르고, 어쩌면 아무것도 모른 채 남을지도 모른다. 어떤 경우가 됐던 그녀는 그에게로 갈 것이다.

"날 속였어도 그 자리에 있어요."

사랑과 감기는 숨기지 못하는 것이라고 누가 말했던가. 아실리는 조금 처연하게 웃었다. 무엇인가를 상실한 자신조차도 알아채 버린 이 감정은 대체 얼마나 깊기에, 그가 죽어 가는 제 몸을 혹사시켜 나를 위해 쓰게 했나.

하하하하. 지금 이 웃음은 안타까움과 서글픔에 섞은 울음 대신 나오는 것이다. 아실리가 숨을 삼키며 그를 불렀다.

"오라버니……."

이상하게도 그를 다시 만났을 때, 무엇이 됐든 자신은 변해 있을 거라 생각했다. 지금의 자신은 아닐 거라고. 직감에 가까운 확신이었다.

"곧 만나요. 찾아갈게요."

'좀 이상한 말 같은데…….'

아실리가 뚫고 나올 것 같은 말들을 삼켰다.

'어떤 '내'가 돌아오던 반겨 줄 거죠?'

대답조차 없는 긴 기침 소리. 그리고 눈을 감은 아실리는 돋아난 풀잎을 뜯어냈다. 그와의 통신은 그것으로 끝이었다.

* * *

"이쪽으로 들어가시면 됩니다."

본궁의 시종이 다가왔다.

"안내해 드리겠습니다."

아실리는 시종의 뒤를 걸으며 흘끔, 뒤따라오는 시녀를 바라봤다. 그리고 다시 스쳐 지나가는 열주들에 시선을 주었다. 연회장으로 가는 길목, 회랑은 길고 깊었다.

사위가 고요한 밤이었다.

달빛 아래 나비가 벗은 허물처럼 드리운 나무 그림자. 한들거리는 그림자를 밟고 지나며, 사박사박. 그림자가 발걸음을 좇았다. 기둥에는 12신을 비롯한 제국의 24신을 새겨 놓았다.

"레베카, 오늘 쉼포시온에는…… 사람이 많겠지?"

시녀는 대꾸하지 않았다. 대신 무슨 소리를 하시냐는 듯 그녀를 쳐다보고 있었다. 마치 당연한 것을 묻는다는 듯 의문이 어려 있는 얼굴이었다. 아실리는 차분히 웃었다. 머리에 가져가려던 손이 내려간다. 막 새로 다듬은 머리 모양이란 게 막 생각난 탓이다.

"레베카, 부탁이 있어."

두 사람은 거대한 문 앞에 멈춰 섰다. 아실리가 레베카를 향해 돌아선 채 말했고, 레베카는 말없이 그녀를 응시했다. 막 황녀의 이름을 호명하려던 시종이 멈추는 기척이 느껴졌다. 아실리는 눈짓으로 고마움을 드러내며 레베카를 향해 물었다.

"사막의 공주가 사절단과 만나지 못하게 막아 줘."

침묵 뒤로 레베카가 말했다.

"주인님께서는?"

그 말에 눈을 깔며, 아실리가 속삭였다.

"난 찾아야 할 사람이 있어."

꿈결에 속삭이는 것처럼 작고 작은 목소리였다. 그럼에도 레베카는 곧잘 알아듣고서 미려한 미간을 찌푸렸다. 아름다운 시녀는 잠깐 입술을 떼었다가 다물면서, 이해할 수 없다는 표정을 숨기지 않았다.

"레베카."

한참 뒤에 네, 하고 답이 돌아왔다.

"오늘이 지나면 네게 고백하고 싶은 게 있어."

아실리는 좀처럼 레베카의 얼굴을 볼 용기가 나지 않았다. 어떤 표정을 하고 있을까. 지금은 보이지 않았다. 시녀의 키는 그녀보다 훌쩍 컸기에 올려다봐야 했으니까.

"……무엇이 두려우신가요? 지금 당신 얼굴. 마치 전쟁에 참전하기 전 제 아버지의 얼굴을 보는 것 같습니다."

레베카와 아실리 사이에는 빛으로 된 선이 있었다. 문틈에서 새어 나온 빛이었다. 그것은 경계를 나누듯 두 사람을 반으로 갈라놓고 있었다. 그리고 레베카가 거리를 좁혔다. 경계가 사라지고, 천천히 들어 올린 손이 아실리의 리본을 잡았다. 어느새 풀어진 것인지 시녀의 손에 들려 있다.

"주인님."

아살리는 줄곧 그녀를 곁에 두었지만, 일정 거리 안으로 들이지 않았다. 소중하지 않은 것은 아니었다. 제 손으로 살린 사람인데 어찌 소중하지 않을 수 있을까. 다만 두려웠던 것이다. 지금까지 숨기고 있던 비밀과 레베카를 속여 왔던 연기. 모든 것을 고백하는 일이.

"말씀하시려는 것이 무엇이든, 기다리겠습니다."

고운 손끝에서 리본이 완전한 매듭을 맺었다.

"무엇이 되었든 저와 주인님의 관계는 변함없을 겁니다."

가까워진 거리에서 아실리는 표정을 숨기지 못했다. 그건 레베카도 마찬가지였다. 아울러 이는 레베카가 원한 일이기도 했다.

그녀는 확신하던 표정 그대로 천천히 혀를 굴렸다.

"명, 받들겠어요."

나는 네 종일 거라고, 그렇게 말하는 것처럼 보였다. 그리고 그 순간 시종의 외침이 침묵을 가르고 홀에 울려 퍼졌다.

"8번째 가지, 아실리 로제 아올레시아 칼타니아스 황녀님이십니다!"

가장 밝은 공간에 들어서며, 아실리는 장막 뒤로 들어가는 착각을 느꼈다. 환한 빛과 사람 속으로 들어가는 것이 꼭 깊고 깊은 숲속에 들어온 것처럼. 손을 들어 올려 눈을 가렸다. 눈부신 빛에 적응할 때까지. 그러다 어느 순간 홀의 한가운데 들어온 자신을 알아차렸다.

은은한 음악 소리가 배경처럼 공간을 장식하고 있었다.

"제국의 8번째 가지, 고귀한 분을 뵙습니다."

누군가 고개를 깊게 숙였다. 처음 보는 중년 남자였다. 이어 우아한 장식을 주렁주렁 매단 귀부인이 마찬가지로 고개를 숙였다. 정신없는 인사가 이어졌다. 누군가는 이름을 말했고 누군가는 가문을, 누군가는 신전과 신관의 이름을 담았다.

그러나 아실리에게는 물속에서 듣는 것처럼 웅웅대어, 소리가 멀었다. 그러다 어느 순간 아실리는 누군가와 부딪쳐 그 아픔에 정신이 번쩍 들었다. 쩔쩔매며 묻는 젊은 신관의 물음에 괜찮다고 고개를 끄덕인 뒤 비로소 이 혼잡한 광경을 마주했다.

'여기서 누군가 죽는다.'

살려야 할까? 당연한 질문이다. 사람의 생명으로 저울질하는 악질적인 내기에 동참할 생각은 없다. 아실리의 자색 눈동자가 바삐 사람을 담았다. 남자, 그리고 중년. 젠장. 사람이 많아도 너무 많다. 그러나 찾아야 했다. 카스토르를 위해서가 아니다. 생명이 달린 일이었다. 그가 막아 달라 말하지 않았어도 그녀는 나섰을 테니까.

한 신관이 지나가며 포도주를 권했다. 술의 신관으로 보이는 남자는 귀에 커다란 꽃을 꽂고 있었다. 그 순간 아실리는 진한 꽃향기에 비틀거렸다. 정신은 또렷했지만 몸은 한계를 부르짖었다. 그러다 비틀대는 몸을 누군가 붙잡았다.

"괜찮습니까?"

막 괜찮다고 고개를 끄덕이려던 아실리는 낯익은 목소리에 고개를 번쩍 들었다.

"데인?"

아니. 아니었다. 목소리는 비슷하나 다른 남자였다.

그리고 아실리는 낯선, 아니 낯익은 남자와 마주했다. 남자는 아실리를 보며 곤란한 표정을 지었다. 말끔히 넘긴 머리와 까무잡잡한 피부, 매끄러운 턱선을 가진 남자였다. 그리고 유혹하듯 나른하게 묘한 곡선을 지닌 눈매. 기억 속 이름을 찾아냈다.

"……데로스."

"이런, 제 이름을 기억해 주실 줄은 몰랐는데."

데로스의 눈에 짓궂은 빛이 스쳤다. 그는 데인을 꼭 닮은 눈을 깜빡이다가 미소 지었다. 그러고는 천천히 고개를 숙였다.

"데로스 롬 헤로토테스."

그가 휙 눈을 휘었다.

"데로스 남작입니다. 물론 신관들이 모든 걸 차지한 이 나라에서 작위 따위 허울뿐이지만, 어쨌거나 그런 작위가 있습니다."

은은한 빛을 반사하는 눈동자는 석양처럼 옅은 주홍빛이었다. 데인이 가진 것처럼 아름다운 보석안이었다. 남자가 고개를 숙여 손등에 입을 맞췄다.

"황녀님. 오늘 정말 아름다우시네."

밖에서 본 한량 같은 분위기는 온데간데없고 귀족 같은 남자가 있었다.

"그럼, 가 볼게."

유혹하듯 나른하게 깜빡인 남자가 귀에 속삭였을 때, 아실리는 넋을 빼고 데로스를 바라봤구나 하고 깨달았다.

"내 '수장'의 명을 들으러 가야 하거든. 바빠."

휙 짧아진 어미. 돌아서서 사라지는 그가 보였다. 그의 말에 떠올린 사람은 하얀 머리의 상반된 성격을 가진 남자였다. 수장이란 헤르난데즈를 말하는 건가? 심장이 불안하게 뛰었다.

거대한 홀은 오래전 보았던 황후의 연회를 크게 키워 놓은 모양이었다. 홀 안 가득 채운 카우치와 뷔페처럼 차려진 탐스러운 음식들. 황금 잔에 향긋한 와인이 가득 차있었다. 바닥은 보료를 깔아 푹신했다. 다양한 옷차림의 사람과 은은한 조명 사이에서 진한 꽃향기가 느껴졌다.

마치 향기에 취한 기분이었다.

아실리는 무대 한복판에 서 있는 느낌을 받았다. 모든 이들이 자신을 쳐다보고 있기 때문이었다. 저마다의 의미를 싣고 바라보는 시선들. 호의와 적의 그리고 호기심이 공존하는 시선 속에서 아실리는 선명한 사실을 깨닫고 있었다. 조금 전 수만의 관객의 시선과는 다르다는 걸.

'일기장에서 특정 지을 수 있는 것, 고위 신관, 흰옷, 중년 남자…….'

역시 사람이 너무 많다. 아실리는 필사적으로 내용을 곱씹었다. 또 다른 단서가 될 것이 있는가.

고위 신관, 고위 신관……. 그런데 고위 신관이라고 특정할 수 있는 게 뭐지? 이 순간에도 아실리에게 인사하려는 귀족, 말을 걸고자하는 귀족으로 복작였다. 아실리는 대충 고개를 끄덕이며 막 인사를 올린 신관을 바라보다가 그의 허리춤을 보게 되었다.

'띠!'

제국에서 고위 신관이란 각 신전의 대신관이나 대신관에 준하는 이를 말했다. 또한 고위 관료인 경우가 적잖게 있다. 4행정청의 조영관 그라니우스가 대표적 예였다.

아실리는 빠르게 그라니우스의 예복을 떠올렸다. 흰 튜닉, 그리고 학자와 관료를 상징하는 푸른 토가……. 그리고 가죽 띠와 걸어 놓은 금색 동전. 이거다.

"제국의…… 의…… 입니다!"

이 순간에도 시종은 입장하는 말을 알렸다. 아마도 황제, 혹은 황태자가 나타날 때까지 계속될 것이다. 하지만, 황태자는 이미 이곳에 있었으니 황제만 나타나면 연회가 시작될 것이다.

이미 곳곳에서 사람이 뭉쳐 있었다. 그곳에는 황태자 그리고 데인과 플뢰온도 보였다. 처음 보는 얼굴은 아마도 5황자인 듯했다. 주변에서 이야기를 나누는 노신관들의 대화가 들려왔다.

"2황자 전하께서는 아직이시군?"

"엣헴. 그분이야 황제 폐하와 함께 오지 않겠나."

2황자는 황제와 함께 나타날 것이다. 몸이 불편하다 알려진 황제였지만 건국제는 참여한다고 들었으니까. 아실리가 멀리 보이는 검은 머리칼에서 눈을 떼었다. 그리고 그라니우스를 찾아야겠다는 생각에 고개를 돌렸을 때였다.

사위가 쥐 죽은 듯이 고요했다.

"안녕, 나의 종달새야."

아실리의 눈앞에는 웬 여성이 있었다. 사락, 여자가 움직이면서 맑은 방울 소리가 들렸다. 아마도 저 머리 장식에서 나온 소리인 것 같았다. 아실리는 여자의 머리카락에서 눈을 떼지 못했다.

자색 은발.

달의 조각을 잘라 내어 만든 은색에 보랏빛 염료를 섞었다면 이런 느낌일까. 긴 생머리를 그대로 늘어트린 눈부시도록 아름다운 미녀였다. 나이는 겨우 30대 초반쯤 되었을까, 새하얀 피부며 복숭아색 뺨이 청초하고 어여뻤다. 약간 위로 삐쳐 조금 서늘한 느낌이던 눈매는 사르르 접히는 순간 모두 사라졌다.

"왜 말이 없니."

여자가 부채를 접고 사박사박 걸어와 아실리의 손을 잡았다. 들어 올린 손을 얼떨떨하게 바라본다.

'이 여자는…….'

"처음 보는 어미라서? 낯설구나? 내가 네 어미란다."

아올레시아.

태어나 한 번도 만난 적 없던 친모가 초승달처럼 은은하게 미소했다.

잠시 멈췄던 음악이 다시 잔잔하게 배경을 장식했다. 사람들이 바닥을 찍는 소리와 잔을 부딪치는 소리, 그리고 커다란 목소리가 소란스럽게 채웠다. 이 순간 아실리를 바라보는 눈동자는 놀랍도록 똑같은 선명한 자색이었다.

"……황비님을…… 뵙습니다."

"흐응? 딱딱한 인사는 됐단다."

상황이 급했다. 사실이었다. 언제 사람이 죽을지 모른다. 그래서 그녀는 얼른 이곳을 벗어나 움직여야 했다. 그러나 꼼짝 못 하는 건 어째서일까. 아실리는 천천히 고개를 들었다.

그곳엔 늘 생각해 왔던 친모가 있었다.

친모는 그녀처럼 아주 작은 편은 아니었지만 그렇다고 크지도 않았다. 얇은 곡선을 띤 턱이나 가느다란 어깨. 제국의 장신 여성 사이에서 가녀림이 도드라질 정도였다. 길게 늘어트린 생머리나 긴 속눈썹이 천천히 깜빡이는 청초한 눈동자가 그녀를 더욱 연약하게 보이게 했다. 아실리는 오래전 보았던 황후와 비교했을 때, 그녀와 아올레시아가 극과 극이라고 생각했다.

"잘 살았던 모양이야."

청아한 목소리에는 어울리지 않는 묘한 색기가 스며 있었다. 걱정 따위는 전혀 하지 않았다는 듯 대수롭지 않은 목소리였다.

"널 버려두고 가며 걱정하지 않았지만, 그래도 생각을 하지 않은 것은 아니었으니까."

아올레시아. 책 속의 그 어떤 악녀보다도 비정한 여자였다. 7명의 황후와 황비를 제치고 황제의 애첩이 된 여자이기도 했다. 아름답고 청초한 낯으로 루스벨라를 제 손 아래 쥐려다 끝내 처단되는 악역의 최후를 피하지 못한 사람. 아실리는 책 속 인물이 자신의 혈육이라는 것에 묘한 기분을 느꼈다.

"날 걱정하지 않았다고……요?"

그래서 묻지 않을 수 없었다. 이제 와서 모친으로서의 정이나 혈육의 책임을 느껴줬으면 하는 거창한 바람은 아니었다. 저를 돌보지 않은 것은 황제나 아올레시아나 마찬가지인 것을 어찌 모친에게만 따지겠나. 따질 생각도 없었고.

"널 버렸으니 걱정은 하지 않는 게 당연하지 않니."

그저 대수롭지 않게 자신을 버렸다 말하는 여자가 신기했다.

"거기다 걱정을 왜 하니? 버렸다고는 하나 널 위해 많은 것을 준비했는데."

부채가 느릿하게 다가와 턱을 들어 올렸다.

"준비해?"

아실리가 중얼거렸다. 그러자 자신의 질문에 대답하는 대신 모친은 아름다운 얼굴로 미소를 흘렸다. 몹시도 위험한 미소였다.

"뻔뻔하다는 말은 지겹도록 들으셨을 것 같네요."

잠깐이지만 모친이라는 단어에 홀려 시선을 빼앗기고 말았다. 당연한 일일지도 모른다. 사실 외모만은 그녀가 본 누구보다도 아름다웠다. 여신의 환생이라는 거창한 수식이 아깝지 않을 정도로. 어째서 이런 미녀 아래 나와 같은 딸이 태어났나, 자학에 가까운 생각이 들기도 했다.

그러나 지금에 와서 무슨 상관이란 말인가.

외모로 속닥거리는 귀족을 알았다. 경멸이 담긴 시선을 느꼈다. 키득대는 비웃음을 보고 들었다. 뺨의 상처로부터 시작해 사람들은 소녀의 모든 것을 비웃고 손가락질했다. 소녀는 이것에 익숙해졌다. 그래서 뺨을 가린 반창고에 친모의 손이 올라왔을 때 아무렇지 않게 아올레시아를 응시할 수 있었다.

"할 말은 그게 다인가요?"

아실리는 비정하다 싶게 손을 쳐냈다. 한시가 급했다.

"흐으응, 눈은 날 닮았구나. 그런데 얼굴은 그 남잘 꼭 닮아 버렸어."

"놓으세요."

아올레시아가 잠깐 입을 다물었다. 자색 눈동자가 바라보는 곳은 한 무리의 소녀들이 모인 곳이었다. 그녀가 알겠다는 듯 흐응, 웃고는 나긋하게 운을 띄웠다.

"네 어린 외모가 걱정되니?"

"네?"

"걱정 말렴. 나도 성장이 늦은 편이었거든. 성년식 이후에야 지금과 같은 모습이 됐어. 각성하기 이전엔 모두가 날 조롱했지."

"지금 무슨 얘길 하는 건가요?"

"네가 내 딸이라면, 신관이 아닐 리 없잖니."

"……네?"

"너와 나의 가문, 그러니까 우리의 신의 힘은 어미에서 딸에게로 이어지는 혈통이란다."

그 순간 아실리의 눈동자가 동그랗게 뜨였다.

"그리고 편히 혼인하면 되지 않겠니? 누구라도 골라서 말이야."

아실리는 지금 이 책 속 여자가 무슨 소리를 지껄이는 것인지 도통 이해할 수 없었다. 과거 말이 통하지 않는 상대는 피하는 쪽이 낫다는 말을 직장 상사가 하곤 했다. 아실리는 입술을 깨물며 돌아서려 했다. 모친의 세 치 혀가 머리끝을 잡지 않았다면.

"불카누스의 후계자는 어떠니?"

아실리가 뻣뻣하게 고개를 돌렸다.

지금 플뢰온을 말했나?

"아니면, 롬……. '황제의 그림자'도 괜찮겠구나. 미모 하나만큼은 그 누구보다 아름답지 않던?"

머릿속이 새하얘지는 기분이었다. 분명 같은 언어를 쓰고 있지만 여자와 자신 사이에는 수백 개의 다리가 놓여 있어 아득하게만 느껴졌다.

"아하, 넌 정말 아무것도 몰랐구나?"

겨우 한 걸음 떨어져 있던 친모가 천천히 뒤로 물러나고 뺨에 올라왔던 손이 떨어진다. 그리고 푸른빛 드레스가 흔들리고 달을 조각 낸 은은한 머리카락도 함께 흔들렸다. 은은한 조명 아래 눈부시도록 아름다운 여자가 들어 올린 손을 제 가슴에 가져다 댔다.

"나는 네 어미지만, 황제를 아비라 부를 필요는 없단다."

* * *

레이는 조금 전부터 한 사람을 찾고 있었다.

'어디 계신 거지?'

연회장은 무척이나 넓어 한 번에 바라보기가 불편했다. 더군다나 곳곳에 놓인 카우치가 길목을 방해하고, 타국과 제국의 귀족이 섞인 사람 중엔 도수 높은 술에 취해 체통도 잊고 바닥에 누워 버린 자도 있어 여간 불편한 게 아니었다.

하긴, 제국에서 가장 사치스럽고 향락적인 축제가 바로 이 건국제 아니던가.

'찾지 않는 쪽이 나은 것일까.'

잘 모르겠다. 황자들은 하나같이 그에게 누군가를 찾으라고 지시했고, 자신 또한 찾고 싶었다. 그렇지만…….

레이는 무대 위 황녀를 떠올렸다. 환호성이 줄지어 잇는 공간 속 그 또한 한순간 빛으로 산화하는 것처럼 강렬했던 「프리모 살바티오」에 눈을 떼지 못한 사람 중 하나였다.

그때 다가온 영애와 몸을 부딪쳤다. 영애가 일부러 몸을 스친 것이었다. 눈이 마주치자 유혹하듯 접히는 눈짓. 의미는 명확했다.

"혼자 왔어요?"

건국제란 오래전 전통과 신들의 헌신을 기리며, 즐기는 축제. 그 어떤 축제보다도 사치스럽고 향락적이었다. 그리하여 눈이 맞은 남녀가 그대로 사라지는 일은 흔한 것이었다.

레이는 예에 어긋나지 않을 정도로 뒤로 물러났다. 완곡하고 정중한 거절 의사에 영애는 빙긋이 웃고 사라졌다. 사라지는 전통 드레스 자락을 보며 레이는 또다시 떠올리지 않을 수가 없었다. 지금, 황녀님은 어떤 시간을 보내고 있을까.

누군가와 이미 사라진 것이라면 찾지 못한 것이 당연했다.

하지만 그의 감이 말하고 있었다. 그분은 이곳 어딘가에 있다. 그리고 그가 아는 주인께서는 가진 짐이 무거워 누릴 것 한번 제대로 누려보지 못한 사람이었다. 이 향락적인 축제에서도 마찬가지일 것이다.

'당신은 왜 힘든 길만 고집하십니까?'

무엇이 옳고, 무엇이 그른 것인가.

황궁에서 그 기준을 나누는 것이야말로 부질없는 짓이라고 하였다. 본디 대쪽 같은 성정의 검사는 그 말에 수긍하지 못했던 사람이었다.

<레이, 그 아이는 절대로 선택하지 못하는 길이 있어. 그건 누군가를 힘들게 하는 길이야. 짐을 나누지 않는다는 거지. 그리고 혼자 떠안을 거야. 지금처럼.>

어느 날 찾아온 황자님은 진솔하게 털어놓았다.

<변했다고 생각하지 않아? 보듬기엔 늦어 버렸어. 지키지 못한 너도 나도 그 아이에게 '죄인'이야.>

그리고 그에게 했던 제안.

<그러니까 날 도와줘. 너와 나의 황녀를 지키기 위해서.>

레이가 검을 꽉 쥐었다 놓았다. 자신도 모르게 힘이 들어간 손을 보면서 레이는 천천히 입술을 그러모았다. 중얼거리는 이름은 너무 작아 스스로도 들리지 않을 정도였다. 레이는 곧 고개를 들고 다시 황녀를 찾았다.

넓은 연회장. 그리고 시간이 얼마 지나지 않아 레이는 연회장 한구석에서 희게 질린 소녀를 찾아냈다.

"황녀님."

아실리는 퍼뜩 고개를 들었다. 낮고 울림이 은은한 목소리는 그녀가 익히 아는 목소리였다. 곧 눈에 담긴 남빛 머리카락에 소녀가 찬찬히 미소했다.

"경이네."

그리고 그녀는 이 희미한 미소가 상대에게 무엇을 불러일으켰는지 몰랐다.

"레이 경."

아실리가 손을 뻗어 그의 팔을 잡았다. 레이는 그 손을 물끄러미 내려다보았다.

"……편찮으십니까."

손이 무척이나 차다. 그리고 소녀의 손끝은 파르르 떨고 있었다. 소녀는 그 사실조차도 모르고 있는 것처럼 보였다. 레이가 한쪽 눈을 천천히 찡그렸다. 아프신 것인지, 그렇다면 이 아픔을 얼마나 참고 계셨던 것인지, 무어라 꺼내려던 순간이었다. 털썩. 덤덤해 놀라는 법이 없던 검사의 눈이 크게 뜨였다.

"경, 잠시만……."

소녀가 지친 고개를 그의 가슴에 기대어 밭은 숨을 내쉬었다.

"잠시만 빌릴게."

이미 소녀의 몸은 노곤한 피로를 토로하고 있었다. 그러나 아실리는 억지로 그것을 쫓아내며 버텼다. 쓰러질 때가 아니었다. 아실리가 옷자락을 움켜쥐었다. 바닥을 응시하는 동안 조금 전 사근사근한 목소리가 웅웅웅 울려 댔다. 모친의 목소리였다.

<황제가 되지 못한 황자들은 모조리 제국 밖으로 쫓겨나거나, 혹은 평생 주신의 대신전에 유폐되는 쪽을 택하지.>

나긋나긋한 목소리, 그와 함께 아올레시아 얼굴엔 의미 모를 미소가 떠올랐다.

<몇 대 전 황제의 형제 또한 아주 먼 남쪽으로 쫓겨났고, 그중에서 간신히 한 사람만 살아났지. 이 살아남은 이름 모를 황자는 남쪽에 자리 잡고 아이를 낳고 오래도록 살다 죽었어. 그리고 그의 아들, 또 그의 아들의 아들이 다시 제국으로 들어와 한 여자를 만났지.>

역사 속 황제가 되지 못한 황자들은 전부 죽었다. 제국에서 추방되는 것은 곧 죽는 것과 같다고 들었다. 그러나 몇 대 전, 간신히 살아남은 황자 하나가 금기시되는 자손을 낳았다. 하필 자손이 주신의 힘을 가진 채 태어났고 그가 제국으로 들어오며 힘을 각성해 버렸다.

<그렇게 남자는 당시 황태자의 손에 찢겨 죽고, 여자는 간신히 도망가 고향에서 아이를 낳게 되었지. 뭐, 얼마 안 가 들키고 말지만.>

아올레시아가 눈을 휘었다.

<간신히 살아남은 아이가 바로 너란다.>

황제는 왜인지 아기를 죽이지 않았다. 죽이는 대신 여자와 함께 황궁에 들였다. 여자는 8번째 황비가 되었다. 그 이유는 아무도 몰랐다. 이 비화를 아는 이들이 없었던 이유가 여기에 있었다.

황제는 아기를 철저히 자신의 딸처럼 위장했다.

<이상하지 않았니? 유일한 황녀인 네게 보이는 대우가.>

아올레시아는 웃었다. 웃으며 나눌 얘기가 아님에도 나긋하게 말을 했었다. 마치 아주 먼 타인의 얘기를 하듯이.

<황제는 상상도 못한 것을 꾸미고 있지. 신관이거나 신관의 혈족을 모아 첩실 삼은 이유가 뭘까? 그리고 너를 살려 둔 이유는? 나의 종달새야, 모든 건 거대한 판 위의 꼭두각시 인형에 불과하단다.>

섬섬옥수에 접힌 부채가 한 곳을 가리켰다.

<네 '상처'에 대해 궁금해지거든.>

네가 아끼는 것도 지키려는 것도 그리고 너를 괴롭혔던 것들도 궁금해진다면. 하고 아올레시아가 덧붙였다.

<나를 찾아오렴.>

그 말에 아실리는 여자를 노려보며 뒤로 물러나, 뒤로 돌아서 뛰었다. 여자의 웃음이 오래도록 머릿속에 남아 떠나질 않았다. 다가오는 귀족들을 헤치고 가장 화려한 중심에서 벗어나 구석에 머무르며 숨을 골랐다. 소녀가 천천히 고개를 들었다.

"경……."

긴 숨을 내뱉고 고개를 든 곳에 무뚝뚝한 얼굴이 있었다. 조금은 걱정스러워 하는 눈을 한 얼굴이.

"경, 찾을 사람이 있어."

기사는 지극히 덤덤했다. 손을 올려 위로를 건넨 것도 무슨 일 있느냐 묻는 것도 아니었다. 그저 담담하고 차분한 침묵으로 그녀를 기다려 주었다. 그렇기에 아실리는 빠르게 안정을 되찾았다.

'황제의 딸이 아니라서, 그게 뭐?'

우스운 일이다. 그녀가 누구의 딸이었던 변하는 것은 없었다. 이미 그들은 자신의 뿌리가 아니었다. 그리고 당장에 할 수 없는 것에 매달릴 때가 아니었다.

"찾으시는 분은 누구입니까."

차분한 목소리는 지금의 긴장한 소녀를 다독여 주는 것 같았다. 아실리가 막 생각하려던 것을 꺼내려던 때였다. 성큼성큼 다가온 누군가 그녀의 영역을 침범했다. 어깨를 휙 잡아챈 손 때문에 소녀는 깜짝 놀라 돌아봤다. 그 순간 단단한 손이 끌어당기며 그녀를 뒤로 숨겼다. 레이였다.

"어, 어라, 황녀님……?"

별생각 없이 다가왔던 윌터의 왕자가 눈을 깜빡인다. 그러고는 살벌한 레이의 눈에 천천히 양손을 들어 올렸다. 자신이 오해를 살 만한 행동을 했다고 인정한 것이다.

"왕자님……?"

"체잔이라 불러 달라니까 또 이러시네."

왕자는 막 위협당했다는 것을 금방 잊고 냉큼 말했다. 속없는 미소에 긴장이 탁하고 풀리는 기분이었다. 레이 뒤에서 나와 왕자 앞에 선 아실리에게 왕자는 한참을 찾았다며 호들갑스럽게 말했다.

"춤에 대해 말하기 위해서요! 이 연회장 곳곳을 찾아다녔습니다!"

그는 근대 유럽 명화에 나올 것 같은 제복을 입고 있었다. 새하얀 제복은 하늘하늘한 은발과 몹시 잘 어울렸다. 다만 아직 채 젖살이 덜 빠진 얼굴은 함께한 맑은 웃음 때문인지 철부지 어린애로밖에 보이지 않았다.

"저를 찾으셨다고요?"

"네! 정말, 정말, 정말! 멋졌습니다! 춤이요!"

아실리는 잠깐, 이 사람이 정말 전쟁에서 활약한 은빛 기사가 맞나 의구심이 들었다.

"태어나 그렇게 멋진 공연은 처음이었습니다! 왕국에서 가장 뛰어난 극단이 와도 절대 꾸미지 못할 겁니다. 물론 대마법사가 있다면 모를까……. 아무튼 정말 멋졌습니다!"

"그런가요……. 그러고 보니 저도 왕자님을 보면서 떠오르는 것이 있습니다만."

이 순간 떠오르는 것이 있었다. 본디 자신은 찾아온 기회를 놓치는 사람이 아니었다. 오히려 기회가 오면 잽싸게 붙잡는 쪽이었지. 이건 줄지어 찾아오는 불행에서 살아남기 위해 몸에 들인 슬픈 버릇이었다.

"이전에 제게 약조하셨습니다. 당신을 「무대」에 데려가 주면 한 가지 소원을 들어주시겠다고요. 기억하시겠죠?"

"네? 네! 그랬지요! 네. 기억납니다!"

왕자는 아실리가 그 약조를 기억해 준 게 기쁘다는 듯 상기된 얼굴로 고개를 끄덕였다. 그의 모습은 우상을 바라보는 팬의 모습과 비슷했다.

"말씀하세요."

활기찬 목소리에 아실리가 고개를 기울여 웃었다.

"'루스벨라'라는 이름을 아시나요?"

이제 그만, 세계의 진실을 들을 차례였다.

"루스벨라……?"

"네."

왕자가 미간을 찌푸렸다. 팔짱을 낀 그가 고개를 갸웃하면서 자신 없는 목소리로 말을 꺼냈다. 미안함이 느껴지는 목소리였다.

"죄송합니다만, 모르겠어요."

쿵.

무거운 돌이 어깨위로 떨어진 느낌이었다. 그녀는 얼른 레이의 팔을 잡았다. 휘청거리지 않기 위해 필사적으로 다리에 힘을 주었다. 체잔은 놀란 표정이었다.

"저어, 황녀님께 중요한 사람인가요?"

"네? 네……."

그는 금세 시무룩한 얼굴을 드러냈다.

"도움이 되지 못해서 미안합니다."

아는 영애들과 사촌들이랑 음, 하녀까지 뒤져 봤는데, 모르겠다며 왕자가 고개를 절레절레 저었다. 이에 아실리는 뒤로 주먹을 꾹 쥐었다. 실망하는 대신 입술 안쪽을 살짝 깨물었다.

'아직 소식이 없는 건가?'

짐작 가는 게 없진 않았다.

'아카데미에 있을 거야……. 확실해.'

현재 루스벨라는 아카데미에 있을 시기였다. 그리고 주인공인 왕자와 막 알콩달콩한 사랑에 빠져 있을 때기도 하고. 책 속 주인공인 루스벨라와 월터의 2왕자인 체잔 왕자가 만나는 시기는 아카데미의 방학쯤으로 주인공인 1왕자가 왕궁으로 루스벨라를 데려가며 처음 만나게 되는 것이었다.

'월터의 1왕자와 2왕자는 무척이나 우애 좋은 형제였다.'

더군다나 아카데미의 방학은 가을이었다. 즉 얼마 남지 않았다. 그렇다면, 1왕자 쪽이 무언가 편지로 언질을 주지 않았을까 생각했는데, 아니었던 걸까. 실망하기엔 이르다. 아실리가 주먹을 쥐었다가 놓았다.

"그렇군요. 그럼 앞으로 이 이름을 듣게 되면 제게 알려 주시겠어요?"

나긋하게 미소하며 왕자의 손을 잡았다.

"이게 제 소원이에요."

소녀의 손에 쥐여 올라가는 손을 보며 왜인지 왕자는 귀 끝을 붉게 물들였다.

"……어렵진 않지만, 이유를 물어도 될까요?"

"왕자님."

"네?"

"저 또한 많은 걸 묻지 않고 무대를 견학시켜 드렸으니 왕자님 또한 그리해 주셨으면 해요. 가능할까요?"

재빨리 알아들은 왕자가 고개를 끄덕였다. 순순한 반응에 아실리는 조금 놀란 표정을 지었다가 곧 지워 냈다. 철부지인 줄로만 알았더니 머리가 나쁜 건 아니었던 모양이었다. 아니, 눈치가 없는 것뿐인가? 아실리가 소년의 손을 놓고 뒤로 물러나던 때였다.

"황녀님!"

왕자가 손을 잡았다. 아실리가 놀란 얼굴로 돌아봤다. 그 순간 아실리가 본 것은 왕자가 아니었다. 발코니였다. 바람이 불어, 머리칼이 세차게 흔들렸다. 그리고 왕자의 어깨 끝에 걸린 초승달.

언뜻 가장 높은 가지에 걸린 초승달이 보였다.

달이 가지 끝과 닿아 있었다. 아실리는 얼른 왕자의 손을 뿌리치고 달려갔다.

"레이! 고위 신관을 찾아!"

모호한 명령이란 걸 알면서도 그렇게 말해 버렸다. 한시가 급했다.

'분명, 깜짝 놀라 돌아본 곳이라고 했어!'

그렇다면 여기서 멀지 않은 곳이다. 아실리는 걸음을 재게 놀리는 대신 몇 걸음 떼지 않고 사방을 둘러보았다. 사람이 무척 많았다. 홀의 구석에 가까웠음에도 사람을 구분하는 것이 쉽지 않았다. 형형색색의 옷감이 눈을 어지럽혔다.

아실리가 가쁜 숨을 가라앉혔다.

'고위 신관.'

일기장 속 고위 신관을 찾아야했다. 중년, 중년 남자, 중년 남자고 고위 신관인 자……! 자색 눈동자가 빠르게 홀을 훑었다. 그리고 마침내 아실리는 누군가의 허리에서 짤랑이는 금색 동전을 찾아냈다.

'두 명?'

둘이었다.

하나는 갈색 머리칼을 가진 반쯤 머리가 벗겨진 남자. 그리고 다른 한쪽은 커다란 덩치의 붉은 수염을 가진 남자.

전혀 다른 두 남자를 바라보는 동공이 파르르 떨렸다.

선택해야 했다. 시간이 없었다.

촉박한 시간이 소녀를 아득하게 만들었다. 둘 중 누가 죽게 되는 것인가. 아실리는 재빨리 고개를 돌려 한 사람을 찾았다. 멀지 않은 곳에서 살랑거리는 검은 머리칼을 보았다. 카스토르가 이쪽으로 걸어오고 있었다. 아실리는 이를 악물었다.

"황녀님!"

"경!"

그 순간 먼저 다가온 사람은 레이였다. 아실리는 재빠르게 그의 팔을 잡았다.

"잘 들어 경, 저기 갈색 머리칼 머리가 벗겨진 남자 보이지? 명령이야. 무슨 일이 있어도 저 사람을 지켜 줘. 알았어?"

이 사람이라면 카스토르의 검을 단 한 합이라도 막을 수 있을까? 모르겠다고 생각했다. 손끝이 파르르 떨렸다. 레이는 무슨 영문인지 전혀 모르겠다는 당황한 표정이었지만 얼른 고개를 끄덕였다. 잠깐 숨을 멈춘 아실리가 뒤이어 말했다.

"……죽지만 않으면 돼. 다치는 건 괜찮아."

"알겠습니다."

"당신이 다치지 말라는 거야. 경!"

그 말에 레이가 멈칫하며 소녀를 바라봤다. 먹을 칠한 듯 짙은 눈동자에 가늠할 수 없는 것이 빛을 뿌리듯 나타났다가 빠르게 사라졌다.

"……알겠습니다."

같은 대답이었지만 의미는 달랐다.

둘은 말없이 헤어졌다. 말보다 많은 것이 오고 간 시선이 있었다. 그렇게 레이를 보내고 아실리는 남은 사람의 곁으로 달려갔다.

"안녕하세요?"

붉은 수염을 가진 남자는 누군가와 대화 중이었다.

"오오, 황녀님?"

소녀를 발견한 중년 남자는 놀란 듯 푸른 눈을 크게 껌뻑였다. 누구인지는 몰랐다. 모르는 사람이었다. 아실리는 애써 빙긋이 미소하며 자연스럽게 대화에 파고들었다.

"나를 아네요."

"어찌 오늘의 주인공을 몰라 뵙겠습니까. 영광입니다."

"만나서 반가워요. 그쪽은?"

"아. 신은 강의 대신관 탈레스 페리스토클레토스입니다."

어쩌면 조금 뒤 죽을지도 모를 남자는 지극히 평범한 사람이었다. 그 순간 하나의 의문이 머리를 치켜들었다.

'카스토르는 어째서 이런 내기를 시작한 걸까?'

이상한 일이었다. 줄곧 카스토르가 제게 했던 일은 직접 찾아와서 말을 하거나 제 주변 사람들을 잡고 협박하는 일이었다. 잠깐, 내 주변 사람을 인질로 잡았다고? 이상한 생각이 들었다. 언제? 얼른 머리를 젓고 생각을 이었다. 한시가 급할 때였다.

'이상해.'

카스토르가 이 사람을 죽일 이유가 있었다면, 그는 망설임 없이 죽였을 것이다. 굳이 그녀와 내기 수단으로 삼을 필요 없이 말이다.

'더군다나 카스토르의 말은 즉흥적이고 갑작스러웠다.'

그렇다면 미리 생각하고 있지 않다가 뱉었다는 것인데, 왜? 머릿속이 혼란스러웠다. 그러나 폭군의 의도가 무엇이었든 이 사람을 죽게 둘 수는 없었다. 그렇게 생각하며 먼 창문을 봤을 때였다.

"꺄아아악!"

초승달이 정확히 나무 끝에 매달렸을 때, 거짓말처럼 비명이 들렸다. 깜짝 놀라 돌아보니 어느 영애가 제 드레스를 잡고 울먹이고 있었다.

새하얀 드레스를 입은 영애는 울 것처럼 누군가에게 소리를 질렀다. 아마도 누군가의 실수로 그리된 듯 드레스를 흠뻑 적신 포도주가 발밑에 쏟아져 있었다. 젊은 영식이 어쩔 줄 몰라 하며 고개 숙이고 있다.

"놀라셨나 보군요."

"네?"

아, 네. 아실리는 붉은 수염의 남자를 바라보며 천천히 고개를 끄덕였다. 이 남자가 아니라서 다행이었다. 그렇게 고개를 돌린 아실리는 레이 쪽을 바라보다 저쪽도 아님을 알았다.

미래가 바뀐 걸까.

바로 그때, 붉은 머리 남자가 헛구역질을 토해 냈다.

아실리는 재빠르게 나타나 쓰러진 사내의 목에서 무언가를 빼내는 누군가를 보았다. 누구인지 볼 겨를은 없었다.

"우욱!"

"대신관!"

깜짝 놀란 아실리가 쓰러지는 사내의 몸을 받으려 했다. 하지만 소녀의 몸으로는 턱없이 부족했고 남자는 기어이 바닥에 쓰러졌다.

"까아아악!"

"사, 사람이 쓰러졌다!"

어째서? 놀랄 겨를은 없었다. 아실리가 경련을 일으킨 남자를 잡고 마구 흔들었지만, 남자는 초점 없는 눈으로 경련을 일으키고 뒤이어 새하얀 거품이 입 쪽에서 일어났다. 징그럽다 싶은 남자의 모습에 남녀할 것 없이 물러섰고, 사방이 아수라장이었다.

그러나 아실리는 남자의 뺨을 치거나 굳어 가는 손을 주무르며, 남자를 살리기에 열중이었다. 그런 아실리의 앞에 긴 다리가 멈춰 섰다.

"흐음, 황녀님이 왜 여기 있냐고 묻고 싶네."

고개를 든 순간 눈앞이 깜깜해졌다. 그러나 이미 목소리로도 누구인지 짐작할 수 있었다. 손가락 틈 사이로 죽어 가는 사내가 인파에 휩싸이는 것이 보였다. 혼란이 줄을 이었다.

"……당신 짓인가요?"

"맞아. 내 '수장'이 시킨 일이 있다고 했잖아."

남자, 데로스는 부정 않고 단호히 대꾸했다. 여유로운 목소리였다.

"이거거든. 사람 죽이는 거."

그가 바로, 이 사건을 일으킨 범인이었다.

"곱게 자란 분이 보기엔 잔인한 광경이야 그렇지? 나와 함께 가 줘."

주변은 여전히 소란스러웠다. 아실리는 데로스의 손에 이끌려 죽어 가는 남자에게서 손을 뗄 수밖에 없었다. 목으로 느껴지는 서늘한 감촉은 언젠가 느껴 본 적 있는 기분이었다. 검이다. 혹은 단검. 데로스가 나직하게 말했다.

"포기해, 저 사람은 이미 죽었어."

여유로운 목소리에 소녀가 입술을 깨물었다.

"이 사람을 죽여서 당신이 얻는 게 뭐죠?"

"글쎄. 맞춰 보겠어?"

그에게서 지독한 향수 냄새가 났다. 향수 하나를 그대로 부어 버린 것처럼 어디선가 맡아 본 진한 냄새였다.

"당신은 알았으면 좋겠는데. 아니, 알아야 할 거야. 아가씨를 위해 그림자의 길로 뛰어든 누군가의 이름이지."

본디 아실리는 멍청한 사람이 아니었다. 죽음의 위기를 거쳐 가며 차곡차곡 쌓인 경험과 육감은 무시 못 할 수준이 되었다. 소녀는 이 순간 번쩍 드는 생각을 믿고 싶지 않았다. 아니 그래선 안 되었다.

"……헤르난이 시켰어요?"

그러자 데로스가 웃음을 터트렸다.

"푸하하하, 아가씨, 아니 황녀님. 당신은 이미 답을 알고 있잖아?"

카스토르는 내기에 사람의 생명을 걸었다. 누군가 죽을 것이고 너는 누가 죽을지 알고 있을 거라고. 다시 생각해 보자. 이 사람은 소녀가 아는 사람이 아니었다. 그런데도 카스토르는 그 사람이 누군지 소녀가 알고 있는 것처럼 말했다. 왜?

그녀가 아닌 그녀의 사람과 관계된 일이니까.

여러 가지 감정들이 가슴 속에 엉켜들고 있었다. 무엇인가 말하고 싶은데, 꼬이고 꼬인 생각과 감정들이 혀를 옭아맸다. 아니 이미 소녀는 알고 있었다.

'수장.'

데로스는 헤르난을 '수장'이라고 부르지 않았다.

천천히 손이 떨어졌다. 그 찰나의 시간이 천근만근같이 무거웠다. 소녀는 데로스의 품에 안겨서 눈앞을 바라봤다. 세찬 바람에 머리가 나부꼈다. 머리카락으로 가려진 시야 속에서도 똑똑히 보였다. 쓰러진 남자를 향해 누군가 중얼거렸다.

"심장이, 심장이 멈췄습니다."

<수장께서 갑자기 한데 모이라고 하셔서 깜짝 놀랐답니다.>

<수장?>

머리 위로 검은 깃털이 팔랑팔랑 떨어지는 것처럼 느껴졌다. 깃털은 불행을 담고 제 어깨를 감싸 안았다. 소녀가 제 뺨을 가렸다. 숨이 거칠어졌다.

<아, 이곳에서는 황자님이셨죠? 데인 님 말입니다.>

소녀는 카스토르의 의도를 알았다.

<아, 그러고 보니 사촌 형이 하나 있긴 해.>

<딱히 친하진 않아.>

카스토르가 그녀에게 알기 바랐던 것. 그것은 이 순간 소녀가 깨달은 사실과 같을 것이다.

<수장의 명은 절대적이지요.>

<절대적?>

<네. 모두가 절실히 따르는 분입니다. 저희 수레바퀴의 오랜 숙명을 해결해 주실 분이니까요.>

어디선가 맡아 본 것 같았던 이 자욱한 향수. 익숙한 향기.

<저희 롬의 수레바퀴에게 황홀한 안식을 선물해 주실 분이라, 모두가 기대하고 있습니다. 땅이 돌아오기를요. 그렇기에 향수도…….>

<향수?>

<아. 아닙니다.>

너였던 것일까.

<너는 안전할 거야. 언제나. 네가 있는 곳이 영원히 갈 길 없는 저승의 가장 밑 지옥이라도……. 나는 너를 위해 그곳에서 널 끌어낼 테니까.>

소녀의 천국이 무너져 내렸다.

<너를 위해 지나가지 않는 밤이 될게.>

"데인……."

이제 알았냐는 듯 나긋한 목소리가 파고들었다. 그녀의 천국이었던 사람과 똑같은 아름다운 목소리였다.

"이제 알았어? 내 이름은 데로스 롬 헤로토테스. 그리고 내 사촌 동생은 데인 롬. 그리고 데인 로웰 헤로토테스 칼타니아스. 7황자이며 '황제의 그림자' 수장."

날카로운 게 깨지고 떨어지는 소리가 났다. 누군가 자신을 감싸 안았지만 멍하니 품 안에 파묻혀 다양한 목소리가 겹친 비명을 들었다.

"황태자 전하! 황태자 전하가 죽였습니다!"

누군가 소리 질렀다.

"화, 황태자 전하 말고는 그 누구도 상처 없이 심장만 멈추게 할 수 없습니다!"

신력으로 유지하는 등이 깨졌다. 누군가 황태자의 이름을 담는 순간과 정확하게 일치했다. 서늘한 감각이 그녀의 가슴을 태울 듯 타올랐다. 누군가 시체를 향해 자박자박 걸어왔다. 이 아수라장 속에서도 나른하고 권태로운 얼굴로 시체 앞에 멈춰 섰다.

카스토르였다.

"황제는 황태자를 싫어해."

데로스의 목소리가 아득한 곳에서 귀를 파고들었다. 물에 빠진 듯 숨이 막혀 왔다.

"황제는 자신의 그림자를 시켜 황태자를 공공의 적으로 만들었지."

카스토르는 알고 있었던 것이다. 아실리가 이 죽음을 막지 못하리라는 것을.

"오늘처럼. 온갖 더러운 일을 하는 곳이 우리 그림자야."

아니, 막게 되더라도……. 진실과 마주하게 되리란 걸 알았다. 그와 그녀가 있는 곳은 꽤 떨어져 있었다. 그 순간 남녀의 눈이 마주쳤다. 황금색, 찬연한 홍채에서 빛이 번쩍였다.

'이겼구나. 내가.'

카스토르가 입을 끌어 올려 웃었다.

진실과 무너진 천국. 그가 원하는 것은 이쪽이었겠지.

소녀는 혼란과 혼돈 속에서 생각을 하려 애썼다. 모든 것이 내가 착각한 것이 아닐까? 사실 이 모든 게 꿈이라고. 그러나 곧 웃음이 터졌다. 허탈함과 분노가 가득 담긴 웃음이었다. 비밀은 비밀로 두는 것이 좋은 법이었다. 데인이 말하지 않았다면, 아니 그가 끝끝내 숨기려고 했던 것이라면, 데인에게 들어야 했다.

<황궁은 차가운 곳이야.>

<난 가끔 네가 얼른 어른이 되었으면 하다가 영원히 자라지 않았으면 해.>

눈앞에 아른거리는 잔상이 있었다. 데인? 데인. 데인 하고 아실리가 그를 불렀다.

<데인은 왜 늘 바빠?>

무너지고 있었다. 기억들, 자신을 구성한 시간의 조각들. 그 속에서 처연하게 웃고 있던 오라비를 떠올렸다. 미소가 가시처럼 가슴을 찔러 들어왔다.

<미안해.>

어느새 자신을 여린 아기 새처럼 감싸고 있는 레이의 품속에서 벗어나 천천히 뛰어갔다. 야유와 수군거림 속에서 사라지는 황태자를 쫓아서 뛰었다. 어느 순간 높은 굽을 벗어 들고서 맨발로 뛰어갔지만, 끝내 아실리는 남자를 놓치고 말았다.

"헉, 헉헉."

소녀는 이름 모를 정원 한복판에 있었다. 풀벌레 소리가 들려왔다.

소녀는 본궁의 길을 몰랐다. 그저 황태자를 무작정 쫓아서 뛰어나온 소녀는 한참을 미로 같은 본궁의 길에서 헤맸다.

얼마의 시간이 흘렀을까. 거대한 종소리가 소녀의 귀에 들려 왔다. 고개를 들자 소녀는 거대한 비석 앞에 서 있었다. 고요한 정원. 비석은 그녀가 줄곧 봤던 익숙한 비석과 같은 모습을 하고 그 자리에 있었다.

12시 종이 울렸다.

모든 것이 책 속과 같다. 이대로 밖으로 나선 카스토르는 루스벨라를 만났다. 광장 가장 높은 시계탑에서는 두 남녀의 만남이 이뤄지고 있을 것이다. 소녀는 제 눈으로 확인해야 했다.

'이곳은 정말 책 속의 세계인가?'

아실리가 울 것처럼 얼굴을 흐렸다. 쏟아지는 진실과 사정 속에서 불행을 딛고 일어나기 위해서 확인해야만 했다. 원작은 정말로 성립하는가?

"누가 알려 줘."

찡그린 얼굴. 소녀에게서 찢어질 듯한 비명이 터져 나왔다.

"나는 정말 미치지 않은 거냐고!"

책 속에 태어나 버린 자신은 정말 책 속 세계에 환생한 것인가? 아니라면 책 속이라 믿고 있는 미친 사람인가. 그 생각은 일기장을 쥔 순간부터 떠나지 않고 소녀를 괴롭혀 왔다.

아실리는 일기장을 들어 펼쳤다.

"뭐라도 해 봐."

그리고 아무 페이지나 펼쳐 주먹을 두드렸다. 몇 번이고 두드리며 아린 고통이 찾아왔지만 주먹은 아랑곳 않고 딱딱한 페이지를 두드렸다. 마치 살아 있는 것에게 하듯 말을 걸었다. 소녀는 자신이 이러는 이유를 자신도 몰랐다.

“나를 엉망으로 만들었다면, 무엇이든 해 보란 말이야!”

쾅!

주먹이 다시 한 번 일기장을 두드릴 때였다. 화려한 빛이 일기장에서 터져 나왔다. 어둠속에서 화려한 빛이 터져 나오더니 그녀의 손을 감싸는 보랏빛이 있었다. 보랏빛은 소녀를 다독이듯 팔을 감싸더니 이윽고 거대한 비석에 스몄다.

쿵.

웅장한 느낌을 자아내는 비석이 진동했다. 비석의 진동은 꼭 지진과 같았다. 소녀는 알 수 없는 표정으로 하늘을 올려다보았다. 별이 총총 떠 있는 하늘 아래, 별보다 아름다운 빛을 품고 진동하는 비석. 그리고 거대한 비석의 한 귀퉁이가 부서져 내리고 있었다. 낙석이 머리에 닿을 찰나 소녀가 빛에 삼켜졌다.

눈을 감았다가 떴을 때, 소녀는 처음 보는 거리 한복판에 서 있었다.

어지러웠고, 귀에서 이명이 들렸다. 갑작스러운 이동으로 멀미가 느껴졌다. 조금 기다리자 감각이 잦아들었다.

‘여기는 어디지?’

소녀는 빠르게 주변을 둘러보았다. 아무것도 없는 골목이었다. 골목은 빛 하나 없이 깜깜했다. 등이 있었지만, 사용하지 않는 것인지 꺼져 있었다. 소녀는 멀리서 희미한 함성을 들었다. 그리고 곧 이곳이 어디인지 알았다.

시계탑이 있는 광장이다.

광장에서 멀지 않은 골목이었다. 그리고 소녀는 곧 이곳에서 낯익은 간판을 찾아냈다. 이곳은 이전 헤르난과 함께 왔던 골목이었다.

천천히 기억을 되짚었다. 아모르의 약과 신력이 엉켜 소녀의 기억은 뒤죽박죽이었다. 소녀는 입술을 깨물었다. 기억나지 않음에 밀려오는 짜증과 한탄을 금할 길이 없었다. 자신이 무척 한심하게 느껴졌다.

'이 정도도 못한다고. 이 정도도!'

입술을 꽉 깨물었을 때였다. 손끝이 떨렸다.

'……일기장?'

소녀의 떨림이 아니었다. 들고 있던 일기장이 미미하게 떨고 있었다. 소녀가 천천히 장을 펼치자 미미하게 떨던 일기장이 옅은 빛을 뱉어냈다. 소녀는 직선을 그린 보랏빛을 멍하니 바라봤다. 곧 발을 재게 놀렸다. 이 빛, 가리키는 것이 빤했다.

"고마워."

소녀가 저도 모르게 중얼거렸다.

발을 재게 놀리는 동안 머릿속으로는 수많은 생각이 지나갔다. 어둠과 혼돈 속에서 책을 생각했다. 카스토르와 자신을 생각했고, 데인을 생각했다. 카스토르가 원했던 것은 무엇이었을까? 아니 카스토르는 어째서 자신을 옭아매려 하는 걸까. 발걸음은 멈추지 않았다.

펑.

불꽃이었다. 함성이 쉴 새 없이 들려왔다. 소녀는 알았다. 이 골목의 바로 옆이 축제의 장이었다. 겨우 한 골목 사이에 적막과 함성이 교차하고 빛과 그림자가 갈라졌다. 깜깜한 어둠을 걸으며, 소녀는 빛으로부터 멀어졌다. 한참을 걸었을까, 소녀는 멈춰 섰다.

시계탑이었다.

입구가 아가리를 벌린 짐승처럼 느껴졌다. 소름이 돋았다. 눈을 감았다가 뜬다. 그리고 고개를 치켜들었다. 이 꼭대기에는 무엇이 있을 것인가. 드디어 운명을 마주하게 되었다, 하는 생각이 들었다. 소녀는 아득하게 보이는 꼭대기에서 눈을 떼어 내고 발을 옮겼다. 그리고 수많은 계단을 오르기 시작했다.

계단을 올리며 생각을 정리했다.

원작이 진행되고 있을까 아니면 원작과 달라지는 지점일까. 아니면, '원작'이라는 게 있기는 한 걸까.

가슴이 떨렸다.

소녀는 색색 숨을 토해 냈다. 약한 체력은 수없이 많은 계단에 피로를 토해 냈다. 소녀는 몸이 지르는 비명을 무시하며 쉼 없이 걸었다. 빛을 흩뿌렸던 일기장은 이제 잠잠했다. 언제 그랬냐는 듯이. 조금 더 걷자 지붕이 가까워졌다. 마침내 소녀는 거대한 문 앞에 도착했다.

'이 문을 열면 무엇이 있을까.'

손잡이를 잡은 손이 떨었다.

끼이익.

바람이 휙 불었다. 문틈에서 새어 나온 것이었다. 강한 바람에 맞서 밀었고, 마침내 문이 활짝 열렸다. 눈을 뜰 수 없었다.

그녀가 펄럭이는 머리칼을 붙잡고 고개를 들었을 때, 밤하늘 귀퉁이가 보였다. 하늘을 적시는 오색찬란한 빛. 불꽃이 부서져 내리고 있었다. 하늘에서 천천히 시선을 내린다. 그리고 소녀는 아슬아슬한 난간 끝에서 기대어 앉아 있는 사람을 볼 수가 있었다.

펑.

다시 한 번 불꽃이 터지고 남자를 장식하는 배경이 되었다. 유화처럼 흘러내리는 빛 속에서 눈을 감았다. 불꽃에 삼켜졌지만, 목소리를 듣지 않아도 알 수 있었다.

남자가 그녀를 불렀다. 소녀는 고개를 들었다. 표정을 흐리면서도 억지로 들었다. 마주해야 했으니까.

불꽃을 조명으로 삼아 나타난 남자는 카스토르였다. 가운과 같은 것을 겨우 어깨에 걸친 그는 앞섶을 모조리 풀어헤친 채, 난간에 기대어 있었다. 나른한 얼굴은 마치 사냥 직후의 짐승과도 같았다. 둥글게 말린 등과 이어져 팔에 기댄 머리, 눈동자가 느슨하게 내려왔다.

"어서 오렴."

분명 오늘은 카스토르와 루스벨라의 첫 만남이 있는 날이었다. 본래라면 여주인공이 이곳에서 서성이다가 꼭대기에서 그와 만났어야 했다. 분명 '책' 속에서는 이날 카스토르가 루스벨라의 존재를 알게 되며 마음에 담게 된 날이라고 되어 있었는데…….

아무도 없었다.

아실리는 눈을 질끈 감았다가 뜨며, 재빠르게 공간을 훑었다. 없는 공간을 훑고 또 훑었다. 그녀는 무언가를 찾아내기 위해 필사적이었다. 이럴 리가 없어, 이럴 리가 없다고, 속에서 비명이 터져 나왔다.

분명 오늘이었다. 건국제 첫날, 가장 커다란 불꽃이 터지는 시간에 귀족도 제국민도 모두 광장에 모여 축제를 즐기는 동안 두 주인공의 만남이 있을 거라고.

소녀가 마침내 얼굴을 흐렸다. 하늘에서 내리던 불의 비는 천천히 사그라지고 어둠이 비처럼 내리고 있었다. 침식하는 그림자 속에서 소녀가 중얼거렸다.

"카스토르."

대꾸 대신 시선이 머무는 것이 느껴졌다. 소녀가 미소했다.

"여기에 혼자 있었어?"

소녀에게서 더는 존칭이 나오지 않았다. 소녀의 절박한 표정을 바라보던 카스토르는 무슨 생각인지 옅게 미소했다.

"그게 네게 중요한가?"

소녀가 손을 꽉 잡았다. 아프게 잡은 줄도 모르고 남자를 바라봤다.

"중요해. 그러니 알려 줘."

숨이 차올랐다. 그녀는 가빠오는 숨을 억누르기도 바빴다.

"당신은……. 여기 혼자 있었어? 그래?"

"아실리."

"부탁이야. 당신에게 아무것도 아닌 질문인 거 알아. 내가 하찮은 것도 알아. 하지만 알려 줘. 제발. 제발 알려 줘."

카스토르가 손쉽게 그녀의 감정을 읽었다.

소녀는 자신의 모습을 알아차리지 못한 듯했다. 머리는 있는 대로 다 헝클어져 있었고 틀어져 올린 머리 밑 목덜미로 땀이 흘러내렸다. 하얀 옷 끝에 검은 물이 들어 있었다. 어둠 속에서 검게 보이는 풀물이었다. 다리에 자잘한 생채기도 나 있어 얼마나 급하게 뛰어온 것인지 알 수 있었다.

"다급하게 나를 찾는 얼굴도 나쁘지 않구나."

카스토르가 천천히 고개를 들어 말했다.

"너는 누군가의 죽음을 막지 못했어. 내기에는 내가 이겼지."

"……당신이 원한 건 그 사람이 죽느냐가 아니었어."

"맞아. 아니었지."

마지막 불꽃이 사라진 뒤로 그들 사이에 완전한 어둠이 깔렸다. 정확히는 카스토르가 있는 난간에는 빛이 남아 있었다. 광장에서 반사된 빛이었다.

뚜벅뚜벅. 카스토르가 소녀 앞에서 멈췄다.

"네가 기억을 잃었단 걸 알았을 때, 화가 났었지."

"뭐?"

카스토르는 자신에게 손 하나 대지 않았지만, 그럼에도 밧줄이 자신을 꽁꽁 묶고 있는 것 같았다. 불길한 예감이 옷감처럼 온몸을 감싸며 조였다. 불행에 대한 예감은 언제나 족족 들어맞았다.

"너는 기억을 잃어도, 잃지 않아도 나를 똑같이 바라보는구나."

"뭐?"

"너는 잊어선 안 될 것을 잃었어. 이미 기억을 잃은 널 모를 거라 생각해?"

"무슨 소릴 하고……."

"난 너에 대해 모든 걸 알아."

카스토르의 웃음에 주춤 뒤로 물러났다.

"가, 가까이 오지 마. 멈춰. 내가 무엇을 잃었던 그건 내게 중요하지 않아!"

[부탁이야. 아무것도 기억하지 말고, 그대로 행복해져.]

이 순간 떠오른 것은 자신이 담긴 메모였다. 절박하게 꾹꾹 눌러 담겼던 글자. 그토록 궁금했지만 참게 만든 것이었다.

"아아. 그래. 지금의 너는 나를 증오하지 않는구나."

조금 안타깝네. 카스토르가 고개를 기울였다. 검은 머리카락이 사르르 이마로 떨어졌다. 기울어진 고개를 따라 큭큭, 웃음이 뒤를 이었다.

"그래. 잠깐, 기억을 잃은 것도 나쁘지 않다 생각했어."

"헛소리 말고, 이곳에 누구와 있었는지 말해!"

머릿속으로 이래도 되나 하는 생각이 모조리 사라졌다. 카스토르는 여유로웠다.

"혼자 있었다라. 무엇이 궁금한지 모르겠지만, ……네가 오기 전까지 이곳에 누군가와 있었다."

"……혼자가 아니었다고?"

"그래 혼자 있지는 않았지."

"여자야?"

"그래."

그녀가 그토록 찾던 답이었다.

그 답은 많은 것을 이끌어 내게 했다. 지금은 원작대로 흘러가는 지점일까, 원작과 달라져 버린 걸까. 그녀는 혼란스러웠다. 『루스벨라의 빛』에서 최악의 남자와 주인공이 얽히는 첫 만남은 정말 이곳에서 이뤄진 것인가.

"이제 내가 물을 차례인가? 어째서 이곳에 있니?"

"……."

카스토르는 대수롭지 않게 물었지만, 아실리는 대답하지 못했다. 대신 천천히 눈을 굴려 꼭대기의 벽 한곳을 향했다. 그리고 카스토르는 재빠르게 그녀의 시선이 의미하는 바를 알아챈 듯했다.

"이런, 이 공간이 내게 갖는 의미도 이미 아는구나. 그렇지? 이곳이 내가 유일하게 사랑했던 사람이 자살한 곳이란 걸 말이야. 내 유모가 떨어져 죽었지."

죽음을 담는 그에게서 서글프다거나 안타깝다는 느낌은 전혀 들지 않았다. 그저 사실을 말하는 것처럼 보였다. 그녀는 오싹 소름이 돋았다.

카스토르는 태연했다. 하지만 자신을 바라보는 눈은 선연한 빛을 띠고 있었다.

'저 눈을 어디서 봤지?'

그녀의 눈앞에 커다란 검의 형상이 스쳤다. 카스토르가 검을 들고 있지 않음에도 그의 손에서 검이 보였다. 검뿐이 아니었다. 붉은 웅덩이가 있었다. 뚝뚝 피가 떨어졌다. 그래, 피였다. 어째서일까, 환상에서 자욱한 비린내가 느껴졌다. 그녀는 어지러웠다.

"난 내가 내기에 이겼을 때, 결과를 네게 알려 주지 않았지."

카스토르가 내미는 손이 있었다. 흠칫 아실리는 몸을 떨었다. 이내 뒷걸음쳤다. 멀어진 만큼 그가 가까워진다. 또 한 번 물러나고, 다시 물러났을 때 등으로 차가운 것이 닿았다.

벽이었다.

아슬아슬하게 걸쳐진 천이 펄럭였다. 검은 옷을 걸친 그는 꼭 죽음의 신을 데려다 놓은 것 같았다. 짙은 머리색이 검은 그림자와 무섭도록 어우러졌다. 그러나 형형하게 빛나는 그의 존재감은 이 공간을 가득 메우고도 남았다.

그에게는 검이 없었다. 그런데 그녀는 어째서 저 빈손이 이렇게 두렵게 느껴지는 걸까. 빈 공동에 바람이 불었다. 어깨에 걸쳐진 옷이 펄럭였다. 카스토르는 긴 소매에 손을 파묻은 채로 고요하게 서 있었다. 번들거리는 눈동자가 아니었다면 평온해 보일 정도로 정적이었다.

그는 고요한 밤의 바다처럼 흐르는 물처럼 침묵으로 다져진 채 있었다. 그녀가 그의 눈동자에 머무는 시간이 길어진다. 순간 아실리는 소름이 돋았다. 홍채로 스며든 빛이 우유에 탄 잉크처럼 점차 퍼지며 물들이고 있었으니까.

'안 돼.'

눈을 감았다. 불길한 감이 넘실대고 있었다.

"지금부터 내가 할 일을 들어 보겠니."

아찔할 정도로 황홀한 목소리에 즐거움이 묻어난 것처럼 들렸다.

"나는 돌아가서 많은 이들을 죽일 거야."

'……뭐?'

"가장 먼저, 죽는 사람은 내 동생 중 하나가 될 거란다."

아실리가 고개를 들었다.

"데인 로웰과 플뢰데온 클라체가 가장 먼저 죽겠지. 그리고 아모르가 독에 마비되어 죽고, 너를 사랑한 모든 사람이 이내 죽고 말 거란다. 다름 아닌 내 손에."

"무, 무슨 말을 하는……."

"살리고 싶니?"

소녀가 얼어붙었다. 어둠을 잘라 낸 그림자 속에서 카스토르의 눈동자는 어지러울 정도로 빛을 냈고, 차갑고 찬연한 빛으로 빛났다.

"선택해."

남자가 종용했다.

"네가, 내 뜻을 따르면 아무도 죽지 않아."

악마와도 같이 달콤하고도 황홀한 음성으로.

"내가 만든 성에서, 내가 하사한 보화와 내가 내려 준 시녀들과 함께 가장 아름답게 만들어진 정원에서 작고 예쁜 채로 살렴."

이대로 그의 성에 갇혀 인형이 되라고.

"이대로 네가 내 것이 되면 돼."

그녀의 턱이 들렸다. 남자의 손끝은 몹시 차가웠다.

“거래를 하자. 아실리 로제.”

차가운 바람이 불었다. 소녀는 알았다.

“기억을 찾지 않아도 좋아. 아무도 죽이지 않을게.”

남자는 진심이었다.

“모두를 위해 너를 희생하겠어?”

* * *

불꽃이 하늘을 수놓았다. 헤르난은 고개를 들었다.

‘곧 후야제도 끝인가.’

그는 꽃처럼 만개한 밤하늘을 물끄러미 보았다.

연이어 터지는 불꽃은 별똥별처럼 길게 꼬리를 그리며 추락한다. 불똥이 감탄사와 함께 사그라졌을 때 저마다 희망과 소원을 빌었다. 헤르난은 그것을 보며 입꼬리를 올렸다.

‘어리석지 않은가.’

이어진 미소는 자조적인 웃음이었다. 진짜 별을 두고 한순간만 머물다 사라지는 인공 빛에 소원을 비는 사람을 비웃었다. 하긴. 그의 웃음이 더욱더 진해졌다.

‘진짜 별도 소원은 들어주지 않아.’

그것을 자신은 언제 알았더라. 나이는 기억나지 않았다. 그저 어린 날 어떤 밤을 떠올렸다. 인간이 되지 못했던 어린 짐승이 지하실에 갇혀 있던 날이었다. 창살을 사이에 두고 보던 밤하늘이 몹시도 아름다웠던 날이기도 했다.

<「동반자」가 태어난 날에 꽃이 필 거야. 별이 떨어지기도 하지.>

<꽃이 뭔가요?>

<그날이 되면 알게 될 거란다.>

헤르난이 눈을 가렸다.

"그날도 건국제였던가……."

불꽃은 밤에 핀 꽃이었다. 보통 사람 배 이상 좋은 시력은 그에게 불꽃을 더욱 선명하고 아름답게 볼 수 있게 했다. 그래서 누구보다도 크고 찬란하게 볼 수 있었다. 마치 가까이 있는 것처럼. 그는 희망은 그런 것이라 생각했다. 잡힐 듯 가까워지지만, 손 뻗으면 빈손만 남아 있었다.

오늘도 마찬가지로 그의 손은 텅 빈 허공을 붙잡았다. 오랜 날 동안 그래 왔듯이.

펑.

다시 한 번 터진 불꽃에서 눈을 떼어 낸 헤르난이 골목에 기대어 한숨을 내쉴 때였다. 누군가의 그림자가 휙 지나갔다. 자신도 모르게 쳐다보게 된 헤르난의 눈이 커진다.

'레이 아퀴타?'

그가 아는 자였다. 레이 아퀴타 플레람. 모를 수가 없는 얼굴이었다. 남빛 머리칼의 검사가 머리를 흠뻑 적신 채 다음 골목으로 뛰어간다. 헤르난은 얼른 뒤쫓았다.

'어째서 황녀의 기사가 여기에 있는 거지?'

이미 땀으로 젖어 달라붙은 옷이 보였다. 연신 배회하는 발걸음과 돌아가는 고개까지. 그는 다음 순간 기사가 무엇을 찾는 것인지 알았다.

"황녀님!"

뭐? 헤르난은 쫓아가는 것을 멈췄다. 그리고 이를 악물었다.

다시 눈을 떴을 때, 헤르난은 그 자리에 있지 않았다. 침묵과 공기가 그가 있던 공간을 채웠다.

* * *

“황녀님!”

레이는 턱 끝을 훔쳤다. 그는 흠뻑 적시는 땀 따위 안중에도 없었다. 관자놀이로 달라붙은 머리칼을 귀찮다는 듯이 떼어 낸다. 아주 오랫동안 뛰었지만, 지친 것은 아니었다. 그는 전쟁에서 이보다도 더 힘든 상황을 마주했다.

수만의 새까만 북쪽 적들을 마주했을 때보다도, 그 춥던 겨울에 동료의 손가락이 얼어붙어 똑 떨어졌을 때도 흔들리지 않았던 정신이었다. 하지만, 지금 그의 정신은 한계에 부딪치고 있었다.

‘젠장……!’

결국 멈춰 선 레이가 제자리에서 벽을 짚었다. 다른 손으로 거칠게 얼굴을 쓸어냈다. 그러고는 중얼거렸다.

‘진정해.’

그의 손에 달랑 들린 목걸이가 푸른빛을 흩뿌렸다.

<믿어 봐. 마법이라니까? 아니, 신력 아니라니까! 마법! 마법! 내가 월터에 남은 최후의 마법사라고! 엉? 이것만 있으면 애인의 생사를 알 수 있지. 뭐 위치도 알 수 있고. 다만 범위가 커. 야야, 이 정도 해 주면 살려 줄 거지?>

전쟁에서 우연히 구하게 된 월터의 마법사가 그에게 준 것이었다.

그는 끝내 신력이 아니라 마법이라고 우겼지만. 아무래도 좋았다. 지금 이것만이 유일한 희망이었으니까. 레이는 아직 푸른빛인 목걸이에 모든 운을 걸기로 했다.

'얼른 찾아야 해.'

데인, 플뢰온, 그리고 레이. 셋은 오래전 결심했다.

<우리가 지켜야 해.>

그들의 황녀님은 끝내 아무런 말도 하지 않았지만, 그들은 알았다. 카스토르는 그녀에게 위협적이었다. 듣는 귀가 있었다. 하베르미아의 달 10일. 쉬쉬했지만, 황태자가 황녀를 죽이기 직전까지 갔었다는 얘기는 돌고 돌아 그의 귀에도 들렸다.

<나는 그 애를 위해 그림자가 될 거야.>

<난 불카누스의 이름으로서, 앞으로 나서겠어.>

그렇게 셋은 각자의 길을 택했다. 누군가는 그토록 외면했던 길을 걸었고, 누군가는 치를 떨던 사교계에 고개를 숙였다. 그리고 자신은…….

그때였다. 레이는 재빨리 고개를 들었다. 재빠르게 걸음을 뒤로 물렀다.

쾅!

레이가 있던 땅이 움푹 파였다. 흙먼지가 자욱이 이는 사이로 남자가 있었다. 헤르난이었다. 그는 레이가 있던 자리에서 아무렇지 않게 검을 뽑아냈다.

"구면이군요."

"……공작."

새하얀 머리칼이 바람에 나부꼈다. 검을 든 헤르난이 고개만 기울여 미소했다.

"당신이 찾고 있는 것에 관심이 있습니다만."

희고 깨끗한 미소 뒤로 눈빛이 형형했다. 헤르난의 눈동자에서 선연한 보랏빛이 미쳐 날뛰고 있었다.

"……당신께 알릴 이유가 있습니까?"

레이가 덤덤히 뇌까렸다. 그의 목소리는 낮고 차분했지만, 몸은 금방이라도 날아올 검에 준비하고 있었다. 다음 순간 아플 정도로 찌릿한 감각이 느껴졌다. 이건 헤르난데즈, 저 공작만이 뿜어내는 위압감이다.

'막을 수 있을까.'

그는 의문을 품었다. 상처 없이 돌아가긴 무리인 상대였다. 그건 공작도 마찬가지겠지만. 다급한 상황을 떠올린 레이의 목소리가 절로 거칠어졌다.

"비켜. 바빠."

"여전히 건방지기 이를 데 없군요. 이제 여기가 전선이 아니라는 겁니까?"

"또한 당신은 더는 내 장군이 아니니, 존칭을 할 필요는 없지."

"전우란 이름이 울겠군요."

"그땐 그때고."

그렇게 말하며, 레이는 8년 전 북의 2차 침략을 막기 위한 전쟁에서 함께했었던 기억을 짚었다. 몹시도 추웠던 겨울, 북쪽 나라가 두 번째 침략을 시작했다.

제국은 침략을 막기 위해 수많은 신관과 병사들을 불러 모았다. 그 사이에 어린 공작이었던 헤르난과 마찬가지로 어렸던 검사 레이가 있었다. 같은 나이의 검사. 하나는 전투 능력에서 최고를 상회하는 짐승의 신관이었으며, 하나는 신관조차도 거뜬히 막아 내는 보통 인간이었다.

짧았던 전쟁.

둘은 그 전쟁 속 지휘관과 검사이기도 했다. 신분의 격차에도 불구하고 실력은 비등비등했다. 레이가 총지휘관의 모략에 넘어가 자격을 박탈당하기 전까지는 전우애 비슷한 감정도 있었다. 이젠 모조리 희석되어 사라졌지만.

"수도에서는 나를 모른 척하기로 하지 않았습니까? 죽은 듯이 살겠다 하더니, 당신이 택한 사람이 황녀님일 줄이야."

"유감이야. 그 제정신이 아닌 머리는 여전한가 보지. 나야말로 공작께서 평화롭게 살고 싶다는 말을 믿었어."

헤르난이 픽 웃었다.

"평화라, 어디 가당키나 한 말이던가요. 내가 따르는 사람은 황태자인데."

스스로를 잘 알고 있다는 말투였다. 레이가 눈썹을 찡그렸다. 보아하니 아직은 충동을 억제하고 있는 모양인 것으로 보였다. 하지만 싸우게 된다면 어떨까?

싸움의 여파는 이 골목으로 끝나지 않을 것이다. 그 사실을 공작도 모르지 않을 터였다. 싸우지 않기 위해서 공작이 내밀 카드는 뻔했다.

"황녀님이 사라졌습니까?"

"……."

진실.

"말했듯 당신은 침묵으로 거짓을 대신하지요. 사라졌군요. 어디로 갔습니까? 아니, 누구를 쫓아갔습니까."

그는 알려 줄 필요는 없다고 생각했다. 레이가 무시하고 몸을 돌리려 한 때였다. 그의 침묵을 대꾸하듯 검이 날아왔다. 레이가 빠르게 발을 빼내며 검을 뽑아냈다. 놀랍도록 빠른 속도였다. 픽 웃는 소리가 들렸다. 바람과 함께 뒤에서 섬뜩한 감각이 느껴졌다.

챙.

불안정한 자세에서도 검을 완벽하게 막아 낸 레이가 비틀거렸다. 그는 균형을 잡아 한 걸음 딛고 크게 휘두른다. 가벼운 쪽인 헤르난의 몸이 붕 떠올랐다. 벽을 디딘 공작은 깃털처럼 가볍게 땅을 디뎠다. 그의 홍채에는 보랏빛이 자욱해지고 있었다. 그리고 공작이 땅을 박찬 순간, 검은 더욱 빨라졌다.

쾅, 빠르기만 한 것이 아니라 하나하나가 파괴적이었다. 대지를 찍을 때마다 움푹 땅이 파였다.

"어리석군요. 황녀님께서 정녕 사라지신 거라면 대화할 시간이 없다는 거 알지 않습니까!"

"그럼, 비켜 주시지 그래."

두 남자가 검을 맞댄 채, 팽팽한 시선이 오갔다. 그때였다. 누구라고 할 것 없이 두 남자가 각기 뒤로 물러났다. 짐승처럼 날렵한 몸놀림이었다.

"누구냐!"

바닥에 세 개의 단검이 박혀 있었다. 헤르난의 시선이 빠르게 동선을 쫓았다. 그곳에는 왜 못 본 것일까 싶은 난간과 흔들거리는 다리가 있었다. 청년은 헤르난과 눈이 마주치자 눈을 휙 휘었다.

"안녕. 공작."

어둠 속에서도 선명한 붉은색 눈동자였다. 데구루루 굴러 레이를 향했다.

"이렇게 싸울 때가 아닐 텐데."

"황자님."

난간에 걸터앉은 데인이 고개를 기울여 씩 웃어보였다.

"응. 레이, 아무리 사이가 나쁘다지만, 이럴 때가 아니야. 그렇지?"

데인이 바닥으로 내려섰다. 군더더기 하나 없는 동작에 누군가 혀를 찼다. 헤르난은 빠르게 알아챘다. 사람이 많았다. 7황자와 함께 여러 곳에서 느껴지는 기척은 그가 혼자가 아님을 드러냈다.

"긴장하지 않았으면 해. 싸우러 온 게 아니거든."

데인이 말했다.

"한시가 바쁜 건 이쪽도 마찬가지야."

그러더니 데인은 레이를 불렀다.

"레이, 공작에게 그 애 위치를 알려 줘."

"하지만!"

"그만."

데인은 살짝 얼굴을 찡그렸다. 이 순간 헤르난에게서 짙은 향수 냄새가 느껴졌기 때문이었다. 오직 롬에서만 제조되는 약의 향기이자 범죄에 이용되기도 하는 롬의 치부였다.

롬의 사람이라면 누구나 이 향기를 알고 있다. 그들은 범죄자였고, 더러운 일을 하며, 이 과정에서 당연히 배고 마는 냄새가 지금 이 향기였으니까. 그래서 데인은 이 냄새를 치를 떨도록 싫어했다. 아니, 혐오했다. 그러나 그로 하여금 기꺼이 악취나 다름없는 향기가 묻어나는 곳에 스스로 뛰어들게 한 것은 한 사람이었다.

"난 살아 있는 아실리를 보고 싶어."

레이도 헤르난도 그 이면적 의미를 알아챘다.

"마음이 죽어 있는 그 애 말고."

보석같이 아름다운 눈동자가 빛을 흩뿌렸다. 데인은 늪처럼 고요히 웃었다.

'그 애의 미움에는 이유가 있어.'

데인은 빠르게 생각했다. 아실리는 헤르난을 싫어했다. 그것은 데인에게 낱낱이 보였다. 굳이 보려 하지 않아도 느껴졌다.

그는 그 애를 위해 모든 것을 버렸다.

'공작, 당신과 나의 후회가 같을까?'

데인이 미소를 지워 냈다. 그러고는 눈짓했다.

"……광장. 광장 서쪽 구역입니다."

레이가 이를 악 물고는 말했다. 뒤를 이어 데인이 손을 들어 올렸다. 손가락은 한 방향을 가리키고 있었다. 손가락을 따라간 헤르난의 시선을 확인한 데인이 미소와 함께 말했다.

"보여? 양 갈래 길이야, 공작. 그리고 난 당신이 가지 않은 길로 갈 거야."

헤르난이 고개를 끄덕였다.

"감사합니다."

"내게?"

데인이 픽 웃었다. 그는 그답지 않은 얼굴로 웃고 있었다. 흐트러짐 하나 없었지만, 자세히 보면 눈만 휘고 있음이 보였다.

"착각하지 않았으면 해. 난 당신이 데로스를 부추겨 사람을 죽게 하고, 여자를 납치해 내 일을 엉망으로 만든 것을 잊지 않았어."

"……."

"결과적으로 롬은 황제의 미움을 받게 됐지."

황제의 그림자. 온갖 더러운 일을 처리하는 수장의 옆으로 사람들이 속속들이 모였다. 하나같이 뛰어난 미모를 드러낸 까무잡잡한 피부의 사람이었다.

"롬은 원한을 잊지 않아. 그러니 지금 협조하는 건 그 애 때문이야."

데인이 단호하게 말했다.

"그 애를 찾기 위해서 난 뭐든 할 수 있으니까. 적에 가까운 당신과도 손잡을 수 있어. 당신에겐 그 애를 찾을 수 있는 방법이 있지만 국지적이고. 우리는 범위가 넓지만 넓은 것에 그치니까."

데인이 화사하게 미소했다.

"찾아내."

눈은 칼날을 품고 있었다.

"그 애가 죽지 않았으면 하는 마음은 같은 거라 믿겠어."

그의 눈은 말하고 있었다. 같지 않다면 다치는 것은 헤르난 당신일 것이라고.

"출발해."

사람 속에서 아름다운 황자가 뇌까렸다. 헤르난은 돌아섰다.

"당신은 그동안 아무것도 하지 않았잖아."

헤르난데즈가 멈칫했다. 나직한 말임에도 검처럼 꽂히는 기분이었다.
'당신은 아직 버리지 못한 것이 있잖아.' 데인이 조용히 뇌까렸다.

"당신은 폐허가 된 짐승의 도시를 위해 카스토르와 손을 잡았지."

헤르난과 카스토르 사이의 계약을 꼬집는 말이었다. 헤르난이 참지 못하고 고개를 돌렸다. 데인이 웃고 있었다.

늘 어린데도 속을 알 수 없던 황자였다. 하지만 지금 이 순간만큼은 황자가 한 말의 의미를 알았다. 저 황자는 화사한 미소 속에 독을 품고 있었다. 자신을 적시는 독이었다.

헤르난이 이를 악물었다. 그는 삐져나오려는 짐승의 충동을 가까스로 참아 냈다.

"저는 당신이 싫습니다."

저 미련한 황자의 말처럼 카스토르와 그 사이에는 어길 수 없는 맹세가 있었고, 그건 헤르난을 꽉 잡아 두고 있었다. 그렇기에 카스토르의 수호자이면서도 황녀를 감싸는 아슬아슬한 줄타기를 하고 있었다.

"어리석은 공작, 당신은 아직 버리지 못한 것이 있다. 그 애매한 태도로 무엇을 할 수 있지?"

데인은 하계에 내려온 신의 사자처럼 아름다운 얼굴로 미소했다. 하지만 몹시 화가 난 것처럼 보였다.

"기만자."

그의 살벌한 음성에 주변에 있던 롬의 수하가 움찔했다. 헤르난은 점차 멀어지고 있었지만, 데인은 지금 경고하는 목소리가 그에게 전해질 거라 믿어 의심치 않았다. 세 치 혀가 비수처럼 날아가 꽂힐 것이다.

"그 애를 사랑해?"

헤르난은 눈을 질끈 감았다.

"하지만 당신은 사랑을 택하기 위해 잃을 수 있을까?"

다리를 쉬지 않고 놀렸지만, 목소리는 여전히 들렸다. 이 순간 멀리 있어도 들을 수 있는 자신의 감각을 저주했다.

'제발…….'

말이 그를 쫓았다.

"나는 당신이 실수하길 바라."

그 말과 함께 데인이 비틀거렸다. 데인은 체력이 뛰어난 검사가 아니었다. 이곳에 오기 위해 뛰었고, 초초하며 속이 말이 아닌 것은 데인 또한 마찬가지였다. 그저 소녀의 안전을 위해 참고 있었던 것뿐. 웃고 있는 눈에 서늘한 날이 서렸다.

그때 누군가 그의 손을 잡고 억지로 폈다. 레이였다. 레이는 말없이 피로 물든 손을 바라보았다. 데인의 손에는 손톱자국이 선연했다.

"이런 점은 황녀님과 똑같으시군요."

레이의 말에 데인이 감흥 없이 핏자국을 바라봤다. 그러고는 서글피 웃었다.

"가자. 레이."

모든 걸 알고 있는 황자의 말은 그것으로 끝이었다. 두 갈래로 나눠진 사람은 두 갈래의 길로 사라졌다. 뛰기 시작한 걸음, 다급한 발소리가 아득하게 멀어졌다.

펑.

마지막 불꽃이 터졌다.

한 사람을 찾기 위해 세 남자가 움직였다.

* * *

불꽃에 반사된 남자의 얼굴이 보였다. 빛은 유려한 곡선을 드러냈다가 순식간에 사라진다.

건국제 마지막 불꽃은 몹시도 화려하고, 아름다워야 했다. 시계탑에서 카스토르는 불꽃을 등지고 있었다. 등진 불꽃은 마치 카스토르를 잡아먹을 것같이 컸다. 흘러내린 불똥이 그가 뿜어낸 위압적인 불꽃 같기도 했다.

아실리는 가슴이 떨렸다.

설렘은 아니었다.

그녀를 응시하는 눈동자. 그것은 경건하고도 숭고하면서 황홀하리만치 아름답기도 했다. 쉴 새 없이 터지는 불꽃에 반사되는 남자의 몸은 조각상처럼 완벽했으며 미소는 악마에 홀린 것처럼 아득하게 했다.

펑.

다시 한 번 터진 불꽃의 다채로운 색깔이 얼굴을 물들였다. 아름다운 얼굴이었다.

'잘 모르겠어. 왜…….'

『루스벨라의 빛』 속에는 먼 타국의 영애가 카스토르의 외모에 반해 연정을 품었다는 장면이 있었다. 그 연정은 비극을 맞이했다. 사랑을 대가로 생명을 내어 놓아야 했으니까.

카스토르에게 사랑을 품었던 여인들 모두가 끝이 좋지 못했다. 특히 악녀 레베카는 상상도 못할 죽음을 맞이했다. 이처럼 그는 루스벨라 외의 여인에게 잔악성을 보인 폭군이었다. 아니, 잔혹함은 남녀를 가리지 않았고, 수없이 많은 사람이 죽었다. 진정 폭군이란 이런 것이라 보여 주기라도 하듯.

"왜."

아실리가 가까스로 입을 떼어 냈다.

"나한테 왜 그래?"

카스토르의 황금색 눈이 소녀를 담았다. 그는 그녀를 보며 웃고는 천천히 손을 들어 올렸다. 불현듯 깍지를 낀 손이 그녀가 빠져나가지 못하게 힘을 주었다.

"갖고 싶으니까."

"……왜?"

"새를 키워 본 적 있니?"

새라니. 거대한 새장과 사람. 아실리는 떠오르는 것이 있었다. 신에게 갇혀 영원히 궁 밖으로 나가지 못했던 황제. 조금 전 그와 그녀였던 그들이 어째서 떠오른 걸까. 모를 수가 없었다.

"아름다운 새를 나만 보고 싶은 마음이, 들었어."

그 말에 아실리가 덜덜 떠는 목소리로 겨우 말했다.

"당신, 날 사랑해요?"

담담하게 물었으나 목소리는 심할 정도로 떨고 있었다. 떠는 손을 카스토르가 꽉 잡았다. 그는 감흥 없는 눈으로 손을 내려다보고 있었다.

"글쎄."

카스토르가 부정도 긍정도 하지 않았다. 그가 천천히 나른하게 웃었다.

"그보다는 내 제안에 대한 답을 듣고 싶구나."

처음 이곳에 왔을 때, 소녀는 원작이 달라진 것이라 생각했다. 아무도 없는 꼭대기 공간을 보면서 덜컥 심장이 내려앉았다. 루스벨라는 이곳에 오지 않았고 아무도 오지 않아서 원작의 방향이 틀어져 버린 거라고 생각했다.

하지만, 그가 그리 말했다. 카스토르는 이곳에 누군가와 함께 있었다고.

그 사람이 루스벨라라면, 원작은 변한 것이 없었다. 원작은 존재했다. 달라지는 부분은 없을 거라고. 카스토르가 제게 품은 감정이 그저 갖고 싶은 것에 그치는, 소유욕일 따름이라면.

『루스벨라의 빛』과는 달랐다. 그 속에서 카스토르는 모든 걸 포기할 정도로 폭렬하게 사랑했다. 결국 그 여자를 위해 목숨마저 바쳤고 그의 죽음이 책 속 결말을 수놓았다 이를 정도였다.

'그러니까 아니야.'

믿고 싶었다. 그러나 소녀는 끝내 의심을 지우지 못했다. 눈으로 보지 못한 주인공의 모습이 마음에 걸렸다. 두려움이 발끝에서 스멀스멀 타고 올라와 꽉 옥죄었다. 목과 갈비뼈로 스며서 꽁꽁 묶어 놓은 이 그림자의 이름은 불행이었다.

'왜, 나는, 내 인생은 책이 되지 못했지?'

책 속 인물이 아니어서, 자신을 위한 페이지는 없었다. 모든 인물의 페이지를 알면서 스스로를 알지 못했다. 방향도 위치도 모른 채 방황했다.

"하지만……."

그렇지만, 그럼에도.

아실리는 감았던 눈을 떴다. 두려움에 잠식된 눈이 있었다. 그러나 잠에서 깨어난 것처럼 맑았다.

"싫어, 내 인생이 왜 당신에게 휘, 휘둘려야 해?"

이기적인 결정인 것을 알고 있었다. 당장 분노한 카스토르가 자신을 죽일지도 모른다. 사실 책 속 아실리라는 이름 모를 황녀의 생은 여기서 끝일지도 모른다고.

"왜, 당신이 결정한 것만을 따라야 하는데?"

"……."

"내, 내, 내 삶이야."

아실리는 두려움으로 얼굴을 흐리고 사시나무처럼 떨면서도 끝끝내 굽히지 않았다.

"당신이, 당신이 멋대로 망칠 수 없어. 새장의 새 따위 할 바에는……!"

지금 이 말을 꺼낸 순간 후회할지도 모른다는 생각이 들었다. 그럼에도 아실리는 손등으로 턱을 훔쳤다. 공포로 적셔진 미소가 튀어나왔다.

"죽어도 도망치고 말겠어."

그때였다. 소름끼치는 소리가 들렸다. 문의 경첩이 끼이익 대며 움직이고 있었다. 녹슨 문이 열린 사이로 누군가가 머리를 내밀었다.

"거기 누구시오? 이곳은 금지 구역이요!"

병사였다. 남색 튜닉이 보인 순간 카스토르의 눈이 가늘어졌다. 그리고 카스토르는 다시 아실리를 한 번, 몸을 들이는 사내를 한번 바라봤다. 천천히 찬연한 미소가 떠오르는 그의 낯이 보였다. 그 순간 아실리는 저도 모르게 카스토르의 손을 잡았다. 불길한 예감이 들었기 때문이었다.

"기다려요."

이유는 몰랐다. 그저 그를 막아야 한다는 생각이 먼저 들었다. 그러나 이를 알아차린 카스토르 쪽이 빨랐다.

"잠깐, 잠깐, 잠깐 카, 카스토르!"

"기다리렴."

그의 속삭임과 함께 쉽사리 손이 떨어졌다. 아실리가 급히 손을 뻗었지만, 휙 어긋났고, 손이 제 손임에도 마치 제 것이 아닌 것처럼 움직였다. 이건 카스토르의 힘이었다. 그는 신력으로 아실리를 구속하고, 동시에 자신은 병사의 앞에 섰다.

"누, 누구시오?"

"아실리, 보렴."

그 순간 아실리의 눈이 찢어질 듯 커졌다.

"컥, 커헉, 헉, 사, 살려……!"

어둠 속에서도 쓰러지는 사내가 똑똑히 보였다. 사내는 제 목을 움켜잡으며 괴로워했다. 땡그랑. 떨어진 것은 사내의 손에 들려 있던 검이었다. 허리를 굽힌 카스토르가 그것을 주워 들었다. 그러고는 몸을 돌려세웠다.

"무, 무슨 짓……."

검과 카스토르. 아실리의 자색 눈동자가 한없이 떨렸다. 머리가 깨질 듯이 아파 왔다. 안 돼, 안 돼, 안 된다는 생각이 머리를 가득 채웠다. 재빨리 몸을 움직이려 했지만, 몸이 움직여지질 않았다. 그사이 카스토르가 검을 들어 올렸다.

<너에게 난 어떤 의미인가?>

거대한 종이 울리고 있었다. 소녀에게만 들리는 소리였다. 종소리 같던 소리는 이명이었다. 고장 난 라디오의 전파 소리처럼 머릿속 가득 잡음이 울렸다.

<정녕, 억울했다면 나를 피할 수 있게 찾았어야지…… 해답을. 찾기를 게을리한 자에게 친절하게 대답해 줄 필요 없잖아? 모르니까. 죽는 거야.>

수십 번 울리는 것은 카스토르의 목소리였다. 피비린내가 났다. 그녀는 깨달았다. 자신은 피 웅덩이를 본 적이 없음에도 이것이 피비린내라는 것을 알고 있다는 걸.

왜 나는 이게 피비린내라는 걸 알고 있지?

소녀가 스스로에게 물었다. 시야가 아득해졌다. 정신을 잃어선 안 되었다. 고통에 몸부림치는 사내가 눈앞에 있었다. 아무런 연고 없이 이곳에 온 이유로 고통 받는 사내였다. 그리고 카스토르는 여전히 병사 앞에 서 있었다. 검을 든 채였다. 카스토르가 옅게 미소했다.

"보고 있니?"

"내, 내게 무슨 짓을 한 거야."

"아무 짓도."

검 끝이 사내를 향했다. 금방이라도 사내의 목을 벨 것처럼 검이 목을 배회했다. 아실리가 고통 속에서도 참지 못하고 소리를 질렀다.

"그만, 그만해!"

시선이 느릿하게 자신에게로 옮겨 왔다. 소녀는 나직한 시선에서 카스토르가 제게 원하는 것이 있음을 알아챘다. 묘한 확신이 들었다.

"살리고 싶니?"

카스토르가 검을 아래로 늘어트렸다. 망설이던 아실리의 눈이 금빛 시선과 마주쳤다. 소녀가 고개를 끄덕였다. 그녀의 끄덕임에 홍채에 찬연한 빛이 스미고 빠르게 뭉쳐 소용돌이처럼 돌아갔다. 그 순간 몸이 움직여졌다. 아실리가 거칠게 숨을 토해 냈다.

"그럼 기억해 내."

카스토르가 검을 든 채 미소했다.

"네가 잃은 것은 아모르가 만든 기만적인 천국이지. 너는 축복을 끊어 낼 거니? 아모르가 슬퍼하겠구나."

아실리가 손을 뻗었다. 그러나 너무 멀어 닿지 않았다. 기만적 천국. 어쩐지 이 순간에 이것이 어떤 의미인지 알 것 같은 느낌이 들었다. 무언가를 잃어서, 잃은 채로 행복을 느꼈다면 이것은 진정한 행복인가? 그녀는 눈이 화끈거렸다.

"하지만, 너와 나만 아는 세상이 있어. 이제 그만 기억해 주길 바라는 세상이. 죽음을 뛰어넘은 기억을 떠올려 주겠니?"

카스토르가 한 마디 할 때마다 머릿속에서 또 다른 목소리가 들렸다. 마치 메아리처럼. 이상하게도 머릿속에서 울리는 목소리 또한 카스토르의 것이었다. 기억 속 카스토르가 한나의 시체 앞에서 찬찬하게 웃고 있었다.

<살려 줄까? 살려 줄 수도 있어. 네가 시체와 악취만이 남은 궁에서 혼자 살아갈 수 있다면.>

그러나 기억에 없던 것이었다.

<이 여자의 머리는 네 궁의 가장 큰 문 위에 효시될 거야. 너는 매일 밤 대롱대롱 매달린 머리를 보며 잠에 들겠지.>

<살아, 살아남고 싶지 않아요!>

<그럼, 죽는 수밖에 없구나.>

소리가 겹치고 다시 겹치고 겹쳐 어떤 것이 진짜인지 구분할 수 없는 수준에 이렀다. 고통을 참지 못한 소녀의 허리가 새우처럼 굽었다. 소녀에게서 흐느낌이 새어 나온다. 그럼에도 눈앞을 똑똑히 보려 애썼다.

'기억, 기억해야 해?'

기억하면 후회할 거야. 자신이 남긴 쪽지의 마지막 구절이 웅웅 울렸다.

하지만, 지금 기억하지 않으면 저 사람이 죽어.

카스토르가 미소하는 의미는 분명했다. 그리고 그 순간 누군가 속삭였다.

—외면해도 되잖아.

그럴까? 소녀가 중얼거렸다. 이마가 바닥에 닿았다.

—외면하면 넌 행복해져.

기억하지 못하면 저 사람은 죽는다. 누군가의 생명을 외면하고 나를 지켜 내면 그건 나일까? 누군가를 나 때문에 죽게 하고? 가슴 속에서 누군가 고개를 저었다. 그건 아니라며.

—너는 늘 최선을 다했어.

하지만 따뜻한 목소리는 괜찮다며 그녀를 다독였다.

'누구…… 누구의 목소리지?'

아득한 시야 속 짙은 보랏빛이 발밑에서 피어나고 있었다. 일기장이었다. 빛은 어깨와 목을 감싸고 공중을 부유했다. 마치 소녀를 지키려는 것처럼. 카스토르 또한 이것을 보았다. 그의 얼굴에서 미소가 사라졌다.

"성가신 것이……."

바람에 토가 자락이 크게 휘날렸다. 밤하늘처럼 짙은 머리카락이 뺨을 때렸다. 카스토르는 의식적으로 검을 허공에 휘둘렀다. 침묵 속 욱욱대는 고통스런 신음만이 공간을 채웠다. 이름 모를 병사의 것이었다. 사내를 보던 카스토르가 표정 없이 중얼거렸다.

"기억을 잃은 너도 나쁘지 않다고 생각했어."

"그만."

"증오 없이 날 보는 눈도 나쁘지 않았으니까."

"그만, 그만……! 그만해!"

그만, 소녀가 중얼거렸다. 뺨을 타고 흐르는 것이 있었다.

"내 제안을 거절한 것은 너야. 아실리."

흐린 시야 속에서 카스토르가 웃고 있었다.

"그러니 그만 기억해."

높이 치켜든 검이 보였다. 하늘까지 솟은 검이 아래로 쇄도했다. 그때였다. 날카롭게 내리꽂힌 것이 있었다.

땡그랑.

검이 떨어졌다.

카스토르는 얼얼한 손을 내려다봤다. 그의 손등이 붉게 달아올라 있었다. 마치 화상이라도 입은 모양새였다. 그는 아픔에 아랑곳 않고 천천히 고개를 들어 돌아봤다.

그곳에는 생각지 않았던 광경이 보였다.

활짝 펼쳐진 수첩 위에 손을 올려놓은 아실리였다. 그녀가 고개를 숙이고 있어 표정은 보이지 않았다. 다만, 형편없이 구겨진 페이지들이 상황을 짐작하게 했다.

카스토르는 머리가 좋은 사내였다. 보이는 단서들로 퍼즐을 완성한다. 답이 나올 즈음, 페이지부터 은은하게 피어오른 보랏빛이 소녀의 주변을 맴맴 돌고 있었다. 빛이 희미해진다.

뚝뚝.

페이지로 비가 내렸다. 아니, 뚝뚝 흘러내리는 저것은 눈물이었다.

"환영해."

카스토르는 돌아온 그녀에게 반갑게 인사했다.

"안녕, 아실리."

기억이, 돌아온 것을 축하하며.

13. 붉은 눈물

나는 천천히 고개를 들었다.

눈앞을 가득 채운 남자를 바라보면, 조금씩 올라가는 입꼬리가 선명하게 보인다. 시간이 멈춘 것처럼 아니. 공기마저 멈춘 것 같이 느껴졌다. 뺨을 타고 흐르는 것이 있었다. 기억이 휘몰아치며 자리 잡았다.

기억이 돌아왔다.

책꽂이처럼 비었던 기억에 악몽이 채워진다. 기억이 돌아오며 나는 다시 한 번 죽음을 겪었다. 죽고, 또 죽고, 죽었던 나날들. 찰나에 마흔 번 죽음이 지나가며 토할 것 같은 감정들이 빈자리를 빠르게 메우기 시작했다.

펑.

최후의 불꽃이 터졌다. 황녀를 상징하는 보랏빛이었다.

탑 아래서 사람들은 손을 잡고 노래를 불렀다. 무척이나 화목하고 즐거운, 사랑을 속삭이는 아름다운 노래를. 그들은 아름다운 황녀를 찬양했다. 아름다움은 온데간데없는 엉망진창이 그림자 속에서 숨죽여 웃는다.

아아. 눈물 줄기가 뺨을 가로질렀다.

"최악의……."

나는 우는 채로 웃었다.

"개새끼."

순금을 녹인 것처럼 찬란한 금색 눈이 일그러져 일렁이고 있었다. 남은 불꽃 흔적에 반사되어 다채로운 색깔이 섞이고 있었다.

<너와 나만 아는 세상이 있어. 이제 그만 기억해 주길 바라는 세상이.>

눈을 감았다. 미친 생각이 아니길 바랐다. 아니, 모를 수가 있어? 저 말의 뜻 말이다. 카스토르 스스로 증명한 것이나 다름없었다. 그는 내가 알기를 바라서 그렇게 말했다. 일기장의 페이지가 형편없이 구겨졌다. 목이 죄어 오는 것 같았다. 비명을 지르고 싶었다.

"당신, 모두 알고 있었구나."

이를 아득 문 사이로 억눌린 음성이 새어 나간다.

"내가 죽은 날들을, 모두 기억하고 있었어."

카스토르는 황홀하게 웃었다.

"죽음은 너만이 반복했던 것이 아니란다. 나도 한때 했었지. 너를 발견하기 전까지 지독하게 길고 긴 시간을."

반복했다고. 카스토르는 40번의 죽음 모두 기억하고 있었다.

이게 다 무슨 소릴까. 기억이 돌아오며 미쳐 버린 건 아닐까? 어느 순간부터 커지던 노랫소리가 들리지 않았다. 어쩌면 내가 비명을 질렀을지도 모르겠다.

"너와 나만이 아는 세상이 있다 하지 않았니."

믿고 싶지 않았다.

나를 지옥에 빠트린 자가 자신도 나와 같은 지옥에 살았노라고, 고백하는 것이. 그러고는 비밀을 말하듯 은밀하게 속삭이는 것이.

"시간을 반복하는 이유를 아니?"

고요한 목소리. 조용한 공동에 더없이 잘 어울렸다. 내가 천천히 고개를 들면, 어느새 검을 주워 든 카스토르가 나를 내려다보고 있었다.

"……당신은 안다는 말이야?"

그는 검을 거뒀지만, 여전히 손에 쥐고 있었다. 카스토르의 발밑에서 쓰러진 남자가 움찔하고 경련하는 것 같았다.

"그래."

사위가 어두워서 실루엣만 보일 뿐이었다. 이런 깜깜한 어둠 속에서 카스토르는 건물의 그림자에 잔잔히 녹아 있었다. 떨어지지 않는 입을 떼어 냈다.

"정말, 당신은 시간을 반복하는 이유를 안단 말이야……?"

"……."

나는 천천히 벽을 더듬었다. 카스토르와 시선을 맞대면서 원하는 것을 찾기 위해서 손을 더듬었다.

"궁금하지 않니?"

"궁금해. 하지만 당신이 거짓을 말할지 누가 알아?"

나는 나직하게 말하면서 손은 열심히 뒤를 더듬었다. 몇 개의 벽돌을 더 더듬었을 때였나. 달칵 하는 소리가 들렸다. 그리고 벽돌이 뒤로 밀려

생겨난 공간에서 나는 원하던 것을 잡았다. 손끝에 걸리는 느낌은 가죽 같았다. 손에 착 달라붙으면서도 거친 감촉이 느껴졌다.

"거짓이라……. 난 네게 한 번도 거짓을 말한 적 없단다."

카스토르가 차분한 얼굴로 그렇게 말하면서 손에 쥔 칼을 흔들었다. 고요한 어둠 속에서도 홀로 빛을 흩뿌리는 눈동자가 돌아간다. 의미 없는 동작에 몸이 절로 떨렸다. 그는 무슨 생각을 하는 걸까.

카스토르는 쓰러진 사내를 보고 있었다. 그저 제 일에 충실했을 뿐인 이름 모를 병사였다. 이대로 미쳐 버린 미래의 폭군 손에 죽는 걸까?

어느새 나는 입술을 깨물고 있었다.

"내가 널 죽인 이유 또한 말해 줄 수 있지."

악단들이 연주하는 춤곡과 사람의 노랫소리가 아득하게 들려왔다. 조금 더 빠르게, 더 빠르게, 노랫소리는 줄을 이었다. 아마도 밤새도록 그치지 않을 것이다. 가장 흥겹고 행복한 축제, 그 속에서 나는 까마득한 그림자 속에 빠진 것 같았다.

"날 죽인 이유……."

"그래."

오늘 루스벨라와 그가 만났을까? 만났던 거였으면 좋겠다. 책 속 그가 스스로 구원이라 말했던 주인공을 만나서 원작대로 반했으면 좋겠다고. 그리고 주인공이 그에게 당신은 잘못이 없다 말할 때, 그가 저지른 수많은 죄 중에 나 또한 있었을 거니까.

그 달콤한 기만에 빠져 실컷 허우적거렸으면 좋겠다. 네가 책 속처럼 지독한 갈증에 빠져 버렸으면. 원작은 과연 이어지고 있는 걸까? 이어지고 있는지 확신할 수 없었다.

아니. 모르겠다.

나는 내가 있는 이곳, 책 속의 한 장면 속 공간을 천천히 둘러보았다. 보지 않아도 절로 얼굴이 흐려졌음을 알았다.

「텅 빈 시계탑. 아름다운 여자가 나타났다. 사랑하는 사람을 잃은 곳에서 축제의 향연을 바라보고 있던 남자가 고개를 돌렸다. 외로운 남자의 눈에 여자가 가득 담겼다. 여자는 반짝이는 별처럼 웃었다. 여자가 자신을 소개했다.

"루스벨라예요."」

처음 만나 서로에게 각인된 장면. 첫 만남은 평범한 듯하며 아름다웠다. 아름다운 두 남녀가 만났기 때문일까? 둘의 만남은 어땠을까. 모르겠다. 나는 보지 못했으니까.

「황태자 전하가 죽였습니다!」

책 속에서 살인 사건의 범인으로 몰린 황태자는 살인 현장에서 아무런 말도 하지 않았다. 누구도 황태자가 범인이라는 것에 이의를 달지 않았다. 이미 평판이 최악이었던 그는 지독한 권태를 느끼고, 홀의 이들을 모두 죽이는 대신 홀을 떠났다. 그리고 정처 없이 움직여 도착한 이곳에서 주인공을 만났다. 루스벨라, 그가 황태자임을 모르는 아름다운 여자는 말했다.

당신은 잘못하지 않았어요.

그 말은 주인공만의 특권이었다.

"검 내려."

고개를 들었다. 토가 하나만 입고 있을 뿐인데, 꼭 벽화 속 경건하고도 성스러운 신을 바라보는 느낌이었다. 아름다운 눈동자가 나를 바라보며 휘어진다. 뭇 여자들을 홀렸던 매력이 이런 것인가 생각이 들 정도로 찬란하게.

당신이 잘못하지 않았다. 여주인공의 대사는 내 삶을 기만했다. 우습다. 카스토르가 잘못하지 않았다면, 그에게 수없이 짓밟힌 희생자는 무슨 잘못이 있어 스러지는 풀이 되었는가?

카스토르는 등장한 순간부터 폭군이었다. 『루스벨라의 빛』에서 생명을 가지고 놀기를 즐기고, 사람을 죽이며, 온갖 미친 짓을 일삼는 폭군이었고, 많은 이들에게 공포를 안겨 줬다. 하지만 아무도 그가 폭군이 되었던 이유를 궁금해하지 않았다. 심지어 주인공조차도 그의 사정은 궁금해하지 않았다.

<이전의 당신은 이렇지 않았습니다!>

오래전 그라니우스의 말이 머릿속을 돌아다녔다. 이전의 그는 달랐다는 말.

"카스토르."

한때, 당신도 미래에 대한 꿈과 환상을 가졌던 소년이었나?

나는 목덜미에서 간지러운 감촉을 느꼈다. 채 마르지 못한 눈물이었다. 틀어 올렸던 머리는 엉망이 된 것 같다. 등을 기댄 채 감았던 눈을 뜬다. 사실 등 뒤의 서늘한 벽에 정신을 겨우 지탱할 만큼 나는 놀라고 지친 상태였다.

"한때는 궁금했어. 당신이 이렇게까지 나를 죽이고, 지배하고, 내 삶을 엉망으로 만든 이유가."

나는 중얼거렸다.

"이유가 있어야 했어. 그렇지 않으면 미쳐 버릴 것 같았으니까."

흘긋 쓰러진 사내를 보았다. 시선이 사내를 스쳐 지나 고목처럼 서 있는 카스토르로 돌아간다. 어둠 속에서도 잔인한 두려움과 지워지지 않는 존재감을 품고 서 있는 남자. 나의 살아 있는 악몽. 너는 아무도 모르는 시간 속에서 과연 어떤 삶을 살았을까.

"그런데 말이야."

그래, 그가 폭군이 된 이유가 있었다면, 그에게도 이유가 있었다면, 그만의 그럴 수밖에 없는 이유가 있었다고 해도.

"이유가 있으면 달라지나? 당신이 나를 죽이고, 죽였던 시간은 달라지지 않아."

이는 네 면죄부가 되지 않는다.

나는 나조차도 처음 듣는 목소리로 나는 중얼거렸다.

"그래서 나도 당신을 미워하기로 했어."

뺨을 타고 눈물이 흘렀다.

"내가 살아 있다고 해도."

시선이 교차했다.

"당신은 나를 죽인 살인자야."

카스토르에게 묻고 싶은 것이 없다고 한다면 거짓말이다. 사실 지금이라도 그의 멱살을 쥐고서 묻고 싶었다. 왜 나를 죽였지? 이 힘은 대체 뭐야? 당신은 무엇을 알아? 허락된다면 질문이 수많은 쏟아질 거였다. 하지만 그렇게 하지 않았다. 대신 천천히 주변을 둘러보았다.

바닥에 쓰러져 경련하는 이름 모를 사내와 카스토르, 그리고 천장에 달린 거대한 동굴같이 보이는 녹이 슨 종과 불꽃이 사라진 밤하늘. 은색 달이 시리도록 차가운 빛을 흩뿌렸고, 가슴에 스며들었다.

나는 달빛을 보았다. 천천히 손을 들어 올렸다.

그가 원하는 대로 이끌려 줄 수는 없다. 더는 그러고 싶지 않았다.

"재미있는 짓을 하는구나."

목으로 가져다 댄 것에 카스토르의 눈이 커졌다. 나는 천천히 웃었다.

"지금 내가 눈앞에서 죽으면 어떻게 될까?"

꿀꺽. 칼날의 차가움이 목으로 고스란히 느껴졌다. 카스토르가 고요하게 입을 열었다.

"……여기서 과거로 돌아가는 것이 의미가 없음을 모르지 않을 텐데?"

"그래서?"

당신은 모르겠지. 지금 네 반응이 많은 걸 알게 했다. 그렇겠지. 내가 가져다 댄 것은 뾰족한 단검이었으니까. 말을 하는 척, 휙 그어버릴 때였다.

덜커덕.

손이 고장이라도 난 것처럼 멈췄다.

"……그 손 떼."

어느새 남자에게서 완전히 돌아선 카스토르는 처음 보는 무시무시한 눈으로 이쪽을 보고 있었다.

"당장."

눈동자에서 폭발할 것 같은 금빛이 선연하게 보였다. 나는 무슨 짓이냐고 눈으로 묻는 그에게 태연히 웃어 보였다.

"아. 내 목숨은 당신에게 거래할 가치가 있구나."

나는 멈칫한 손을 내려다보고는 말했다. 카스토르 주변으로 자욱한 금빛 아지랑이가 안개처럼 일렁이고 있었다.

"나를 40번이나 죽일 땐 아무런 망설임이 없더니. 왜, 지금은 막지?

아, 혹시 돌아가면 내가 다른 선택을 할까 봐?"

"……."

그에게선 별다른 표정 변화가 보이지 않았다. 머릿속이 빠르게 돌아간다. 그에게 내가 죽어선 안 되는 사정이 있는 걸까? 아니면 거슬려서? 어느 쪽이든 상관없다. 나는 죽으려고 했고, 그는 이것을 막았다.

"난 재미없어. 생명을 우습게 아는 당신도, 내 목숨에 무뎌져 아무렇지 않게 칼을 가져다 대는 나도."

그를 노려봤다.

"저 사내의 목숨으로 흥정할 생각은 그만두는 게 좋아."

"아실리."

"같잖은 진실 따위를 운운하는 것도 그만둬."

카스토르는 나를 노려보더니 이내 차차 표정을 풀었다. 더는 어떻게 되어도 상관없다는 듯이. 그의 긴 장검은 이내 누워 있는 사내를 향했다.

"네 행동으로 이 사내가 죽어도 상관없다는 건가?"

나는 입술을 끌어 올리며 미소했다.

"이미 내가 시간을 반복한다는 것을 안다고 했으니 말하겠어."

카스토르는 내게 진실이 궁금하지 않으냐고 물었다. 내가 알려 달라 말했다면, 즐겁게 웃으며 그걸 무기 삼아 나를 휘두르려 했음을 안다. 이때까지 그가 내게 해 왔던 일이었으니까.

"저 남자를 죽여. 그럼 나도 죽을 테니까."

손에 쥔 것을 단단히 쥐었다.

"이대로 죽으면 난 한 달 전으로 돌아갈 거야. 그리고 돌아와 이 순간의 사내를 살릴 거야."

"실패한다면?"

경고하듯 나직한 목소리에 난 태연히 웃었다. 당신의 목소리마저 두려워하던 날을 극복했다. 두려워하던 것은 옛날 일일 뿐이라고.

"다시 죽겠어."

잠시 웃고는 이어 말했다.

"네 눈앞에서."

더는 당신에게 놀아나지 않아.

"그리고 또 내가 무엇을 선택할지 모르지. 과거로 돌아가 어떻게든 더 나은 방법을 찾아낼지."

몇 번이고 돌아가고 또 돌아가. 당신에게 살아남았던 날처럼.

"그러니, 내가 죽는 걸 보고 싶지 않다면 검 내려."

"겨우 병사 하나 때문에 네 목숨을 버릴 셈인가?"

"그래. 더는, 네 마음대로 두지 않아."

아무것도.

나는 피식 웃었다.

머리로는 카스토르에게 고개 숙여 진실을 듣는 것이 좋다 생각하고 있다. 알고 있다. 하지만 나는 어른이 아닌가 보다.

내가 죽는 게 재미있었을까? 수없이 겪은 죽음과 증오가 그에게 성숙한 대처를 하지 못하는 아이로 만들었다. 당장 뜻을 굽히고, 그에게 기대어 네 인형이 되겠노라. 백치인 척 사근사근하게 웃는다면, 모든 것은 괜찮아질지도 모른다.

헛웃음이 흘러나왔다.

하지만, 그렇게 사는 게 무슨 의미가 있지?

카스토르가 알려 주는 진실에 가치가 있을까? 그에게서 진실을 듣는 대신 다시 삶이 그의 손에 들어갈 바에는 스스로 걷겠다. 그 길이 내 다리가 부서지고 피를 부르는 가시밭길이라 하여도.

"과거로 돌아가도 할 수 있는 건 없어."

그가 어린아이를 어르듯 다정한 목소리로 속삭였다. 우습다. 나는 속이 뒤틀리는 느낌에 얼굴을 일그러트릴 수밖에 없었다.

"당장 네 얼굴을 보지 않는 것만으로 충분해. 네 그 목소리를 듣지 않는 것만으로."

짓씹듯이 뱉었다.

"천국일 테니까."

의미 없는 협박이라고 생각했다. 그런데 왜일까 카스토르의 얼굴은 엉망이 되었다. 천천히 큭큭, 웃는 그는 처음 보는 얼굴을 하고 있었다.

"의미 없는 짓일 거다."

"그래. 내가 하는 행동이 의미 없다고 해도 좋아."

지나간 기억이 궤적을 그리며 뚝뚝 떨어진다. 나만 보이는 피 웅덩이였다. 나는 어느새 하베르미아의 10일로 돌아가 있었다. 눈앞에 보이는 수많은 시체들. 나의 하녀들이다.

<나는 네게 어떤 의미인가?>

당신은 어째서 내게 의미를 찾았지?

지금 목에 겨눈 단검은 책 속에서 나오는 단검이었다. 카스토르가 무슨 연유에서인지 숨겨 놓았고, 오랜 시간 뒤에 루스벨라가 찾아내는 단검. 훗날 카스토르를 찌르게 되는 단검이 내 목을 찌르고 있었다.

단검이 책 속 그 자리에 있다. 그렇다면 루스벨라도 있는 거다. 아니. 있어. 있어야 해. 확확한 열기를 참아 넘기며 튀어나온 건 모래를 씹은 듯 버석한 목소리였다.

"내 삶의 의미는 내가 정해. 네가 주는 것은 아무것도 필요 없어. 진실은 내가 찾아. 넌 내 삶에서 사라져 버려."

네가 주는 진실은 독이 든 성배와 같다. 나를 죽이지 않고도 죽는 것만큼 고통스럽게 하겠지.

"하……!"

그가 검을 늘어트린 채 허리를 굽혔다. 일그러진 얼굴로 웃고 있는 그의 모습에 눈이 박힌 듯 멈췄다. 그 순간 시야가 확 뒤집혔다. 눈 깜짝할 사이에 일어난 일이었다.

"아아. 너는 정말로 나를 증오하는구나. 네 삶에 내가 각인된 거야 그렇지?"

그가 단검을 붙잡고 있었다. 인간답지 않은 몸놀림, 그가 가진 최강의 신관이라는 이름에 걸맞은 능력 중 하나였다.

"이거 놔."

"말은 끝까지 들어야지, 아실리."

"닥쳐. 아무것도 듣지 않아."

카스토르의 손끝은 얼음을 가져다 댄 것처럼 차가웠다. 바람에 짙은 머리카락이 흔들리고 있었다. 그와 내 머리칼은 바람 속에서 섞이고 흩어지기를 반복했다. 그리 힘을 주지 않았음에도 난 그의 손을 떨쳐 낼 수 없었다.

"너는 진실은, 내가 주는 건 아무것도 필요 없다고 했지만, 이 반복에서 벗어나는 방법이라면 어때?"

그 말에 나도 모르게 팔이 멈췄다. 나는 그를 바라봤다. 지금 무슨 얘길 한 거지? 머리를 복잡하게 했던 모든 것이 사라지고 오롯이 그가 한 말이 가득 채웠다.

반복을 멈추는 방법이라고? 더는 죽음에 시달리지 않아도 된다는 말이야? 지독하게 달콤했다. 조금 전의 결심이 흔들린다.

"당신이, 안단 말이야?"

카스토르는 대답 대신 미소했다.

"그래. 알아."

유려하고 아름다운 얼굴이 다소 현실감 없이 느껴져 그를 한참 바라보았다.

"……알려 줘."

땡그랑. 단검이 떨어지는 소리였다. 나는 어느새 그의 흩날리는 옷자락 하나를 붙잡고 있었다.

"알려 줘. 알려 줘! 나는 죽지 않아도 된다는 거야? 죽는 미래를 보지 않아도 되냐고. 그런 거냐고!"

나는 아마 절박한 얼굴을 숨길 새도 없었던 것 같다. 그를 붙잡고 기억나지 않는 말을 퍼부었고, 느른히 고개를 기울인 카스토르는 이렇게 속삭였다.

"글쎄."

사실은 미치도록 싫었다. 일기장도. 죽음을 반복하는 삶도. 죽음에 무뎌지는 나도. 일기장은 언제나 [나는 죽었다.]로 끝이 났다. 그 글자를 볼 때마다 되새기고, 또 되새겼다. 죽음에 무뎌질 때까지. 그 과정이 괴롭지 않을 수가 있을까.

악몽에 시달리는 날이면 잠을 이루지 못했다. 이 모든 건 우연히 발견한 일기장으로부터였다는 생각이 들수록 더욱 괴로워졌다. 돌아갈 수 없어? 왜? 중독이라도 된 듯 손에서 떼어 내지 못하는 애증의 것. 그런데 이제 와서 전부 없던 것으로 할 수 있다면?

달콤했다. 이 순간 증오스런 그에게 매달릴 정도로, 애원할 정도로.

"말해!"

처절한 목소리가 튀어 나간다. 그는 떨어진 꽃잎을 보듯 무상하게 내 앙상한 손가락을 내려다보았다.

"아실리."

곧이어 들려오는 소름끼치도록 아찔한 목소리에 귀가 녹아 버릴 것 같다.

"나는 반복이 멈추는 조건을 알아. 그리고 나는 그 조건을 찾아내고 반복에서 벗어났지."

"그 방법이 뭔데……?"

"날 봐. 나는 네가 시간을 반복하는 동안에도 모든 걸 기억하지."

나는 영혼을 잃어버린 사람처럼 정신없이 그를 응시했다. 그가 무엇을 담을지, 무엇이라 말할지 한글자도 놓치지 않을 것처럼. 그런 나를 보면서 카스토르가 입술을 끌어올렸다.

"그런데 아실리, 내가 이 방법을 알려 주면 넌 날 떠날 거야. 그렇지?"

천천히 내 손을 붙잡은 카스토르는 내 손을 가져다 제 손 안에 깍지를 끼워 가뒀다. 그는 비로소, 만족스러운 얼굴로 웃었다.

그 순간 불길한 예감이 들었다. 안 돼. 그만. 고개를 저었지만, 그는 뱉어 낸 절망을 주워 담지 않았다.

"나는 방법을 알지만, 알려 주지 않을 거란다. 네가 절대로 날 벗어날 수 없게."

쿵, 떨어진 희망에 웃음이 터져 나왔다. 뺨을 타고 흐르는 것이 있었다.

"하……. 하. 하하. 하하하."

모르겠다. 내가 지금 우는 이유가, 서러워서인지 억울해서인지 그저 슬픈 것인지. 아니면 눈앞에서 황홀하게 웃고 있는 이 남자가 증오스러워서인지.

"너는 나를 보며 늘 우는구나."

눈물이 뚝 떨어졌다. 그는 영혼을 잃은 것처럼 우는 나에게서 뚝뚝 떨어지는 눈물을 손으로 훔쳐 냈다. 그러고는 손을 들어 올려 입술에 스치듯 가져다 대고는 나를 응시했다.

"이상하지, 더는 누군가의 눈물이 아무것도 일으키지 못할 줄 알았는데."

나를 바라보는 눈이 찬찬히 휘었다. 이제는 하늘을 수놓는 불꽃이 없음에도 이곳만 환한 것처럼 보였다. 그의 주변을 맴도는 금빛 아지랑이 때문일지도 모른다. 깊고 짙은 금색 눈동자, 금빛을 반사하는 눈동자에서 끝이 보이지 않는 악몽을 읽었다.

"아실리, 너와 나는 저주이자 운명으로 이어져 있어. 나는 알았지. 너를 처음 본 순간 나만은 알 수 있었을 거야."

카스토르의 목소리는 더없이 다정했다. 그의 잔혹한 모습을 전부 아는 나조차 가슴이 울렁일 정도로 황홀한 목소리기도 해서 나도 모르게 손을 꽉 움켜쥐었다.

"지겹지 않아? 아실리, 나는 수백, 수천의 시간을 반복했어. 지독한 시간 속에서 모두 부질없다 느꼈단 말이야. 아무도 이 고통을 몰라. 아니. 나를 반복하게 만든 신은 알까?"

검을 늘어트린 남자가 나른하게 웃었다.

"……신?"

"그래. 신."

마주 잡은 손이 덜덜 떨렸다.

"미래는 정해진 조건을 바꿀 때만 찾아오지. 실패하면 죽게 돼. 수없이 많은 시행착오를 겪고 그래야 미래로 갈 수 있잖아?"

콜록콜록, 기침 소리가 들렸다. 그에게서 시선을 떼고 흘끗, 보자 병사가 거친 기침을 쏟아내며 덜덜 떠는 손으로 도망가는 것이 보였다. 쾅! 빈 공동에 문이 닫히는 소리가 거칠게 울렸다. 기꺼이 병사를 도망가게 한 카스토르가 말했다.

"네가 가진 시간을 반복하는 능력. 그건 주신의 후계자만이 갖는 「저주」란다."

그의 홍채로 진한 금빛이 돌기 시작했다. 그가 신력을 쓸 때 그의 주변으로 희미하게 빛을 내던 빛이었다.

"또한 이건 후계자 중 강력한 힘을 지닌 자만이 갖는 저주이고. 이 세상에 단둘, 너와 나만이 가지고 있지."

그는 다소 현실감 없는 달콤한 얼굴로, 무척 사랑스러운 것을 바라보듯이 나를 바라보고 있었다. 그렇게 흘러내려 온 내 머리칼을 만지고는 난연하게 웃었다. 집착을 시선으로 만든 것처럼 차갑고 섬뜩한 시선이 꽂혔다.

"너를 탐내는 이유는 이것으로 충분해."

우린 유일하니까. 절망을 선고하는 그는 행복해 보였다. 나는 그의 한마디에 당장이라도 무너질 것 같은 벼랑 위에 선 기분이었는데. 아니, 섬과 같은 벼랑 위에서 앞도 뒤도 떨어질 곳만 남은 기분이었는데.

나는 단검을 쥐고 있는 카스토르의 손을 겹쳐 잡았다. 그러고는 미소했다.

"카스토르."

단검을 쥐고 있는 카스토르의 손에서 움찔하는 떨림이 느껴졌다. 그는 불시에 손을 내어 주고, 딱딱하게 굳은 표정이었다.

"날 죽여."

손등으로 눈물이 뚝 떨어진다. 그 순간 그가 내 손을 꽉 부여잡았다. 어떻게 읽은 것인지 그가 단검을 쥔 손을 놔주지 않아 목에 가져다 대지는 못했지만, 내 의지는 충분히 표현되리라 생각했다.

더는 네게 휘둘리지 않겠노라고.

방법을 찾을 거다. 죽어서라도. 고개를 기울여 엉망이 된 얼굴로 웃었다.

"네가 무엇을 해도, 네게 가는 일은 없을 거야."

나는 웃으며 나직하게, 한 글자, 한 글자, 꾹꾹 눌러 뱉었다.

"네 손에 떨어지는 바에야, 죽겠어."

금빛으로 가득했던 공간에 꽃처럼 피어나는 것이 있었다. 무엇인지는 몰라도 보라색을 띤 빛이 카스토르의 금빛을 덮었다. 빛은 흐리고 연약했지만, 나를 감싸는 것을 멈추지 않았다.

"차라리 날 죽여."

"너."

그 순간 문이 다시 한 번 쾅! 열렸다. 그리고 누군가 헉헉 숨을 고르고 있었다. 고개를 돌린 순간, 팔랑팔랑 흩날리는 머리칼을 보았다.

"하, 하아."

문을 박차고 들어온 남자가 땀을 닦으며 고개를 들었다. 그리고 나와 눈이 마주쳤다. 짙고 까만 밤, 소란스러운 노랫소리만이 희미하게 귀를 울렸다.

이윽고 소리가 잦아들었을 때, 눈을 감았다 뜨며 어둠 속에서 번득

이는 눈빛을 보았다. 나를 향한 날카로움은 아니었지만, 찔린 것 같은 느낌을 받았다.

"황녀님."

잠깐 아득하다 생각한다. 카스토르에게 잡혀 있으나 자유로운 시선은 숨을 토해 내는 남자에게서 떨어지지 않았다.

헤르난이었다.

"헤르난."

새하얀 머리칼이 고요한 듯 거칠게 흔들린다. 거친 바람은 그의 부드러워 보이는 머리칼을 잔뜩 흩뜨려 놓았다. 펄럭펄럭, 검은 장막 같은 카스토르의 옷자락이 시선을 가릴 것처럼 펄럭인다. 노랫소리가 차차 멀어지는 자리로 거친 숨소리가 자리했다.

"그분을 놔줘."

헤르난이 고개를 들었다. 턱 끝을 타고 땀방울이 뚝 떨어진다.

"……카스토르!"

나는 비로소 화들짝 놀란 사람처럼 카스토르를 바라봤다. 부름에 느른하게 돌아보는 카스토르. 그는 찬찬히 눈을 휘었다. 그 서늘한 눈동자는 깎아지른 절벽을 앞둔 것 같은 아득함에서 나를 끌어 올렸다.

"……네가 왜 여기 있을까."

희미했지만, 나만은 똑똑히 눈치챌 수 있다. 모를 수가 있을까. 카스토르의 목소리에 어렴풋이 실린 것은 분노였다.

수십 번, 나를 죽인 남자의 눈짓하나 숨소리 하나 알게 돼 버렸구나. 카스토르는 의도가 틀어질 때 화사하게 웃곤 했다. 이 순간 나는 헤르난이 이곳에 온 것이 카스토르가 의도하지 않은 것을 알았다.

어째서? 헤르난이 이곳에 온 것이 왜 그를 분노하게 한 걸까.

내가 모르는 게 뭐지?

갈피를 잡지 못하고 두 남자를 번갈아 보았다. 혼란스럽지만, 알아내야 했다. 헤르난이 왜 여길 찾아왔지? 왜 죽일 듯이 노려보는 거야?

실에 발을 디뎠지만 여전히 절박함이 담요처럼 나를 덮고 있었고, 답은 요원했다. 파르르 떨리는 손가락을 쥐며 굳게 주먹을 쥐었다. 처음 치는 시험처럼 아무것도 모르는 시험지를 앞둔 것 같다. 하지만.

탁.

아무것도 하지 않을 수는 없다.

나는 잡고 있던 손을 거칠게 뿌리쳤고 뒷걸음질 쳤다. 비틀거리는 몸은 좀처럼 나를 따라 주지 않았지만, 필사적인 몸짓은 성과를 거뒀다.

"황녀님!"

가까이 오려던 헤르난은 금빛 장막에 막혀 한쪽 무릎을 꿇었다. 파지지직. 전기가 일어나는 소리가 나는가 싶더니 헤르난은 신음을 흘렸다.

"무슨 짓을 한 거야."

늘 나긋하던 헤르난의 목소리는 분노로 뒤집혀 있었다.

"무슨 짓을 한 거냐고, 카스토르!"

헤르난을 막아낸 카스토르는 무심히 그를 내려다보았다.

"난 아무것도 하지 않았어."

"넌 항상 그렇게 말했지."

그 순간 어둠 속에서 확연한 빛이 터져 나왔다. 그리고 쾅 박이 터지는 것 같은 굉음이 났다.

"더는 믿지 않아."

유리 조각처럼 실금이 가며 깨진 격벽이 안개처럼 사라진다.

"황녀님을 놔줘."

어둠 속에서 뚜벅뚜벅 걸어온 헤르난을 보던 나는 저절로 커지는 눈과 함께 입이 벌어지는 것을 참지 못했다.

"이미 난 이분께 손대는 짓은, 더는 두고 보지 않겠다고 했어."

손이? 아래로 보이는 그의 손은 사람의 손이라기엔 흉측한 형태를 하고 있었다. 마치 짐승의 팔과도 같은 것이 아래로 늘어진 채, 뚝뚝 바닥에 붉은 꽃을 그려낸다. 검붉은 것. 피였다.

"아아."

카스토르는 흘긋, 떨어진 나를 바라보다가 픽 웃었다. 그는 빈손을 쥐었다가 폈다. 그러고는 나를 보는 대신 헤르난 쪽으로 돌렸다.

"짐승의 힘을 쓴 건가? 하지만 넌 그 힘을 써서 내게 대적할 수 없어. 알잖아? 그리고 이제 와서 돌이키기엔 너는 언제나 늦었지, 헤르난."

카스토르가 나른하게 중얼거렸다. 그 말과 함께 터져 나온 붉은빛은 헤르난의 목을 옭아맸다. 어둠 속에서 붉게 보이는 주박은 마치 목줄 같았다.

점차 짐승으로 변모하던 남자가 고통스런 신음을 토해 낸다. 익히 본 적 있던 것이었다. 헤르난에게 걸려 있다는 금제. 그가 비밀을 말하지 못하게 하는 거라고, 말했는데……

"친절하게 다시 말해줄게. 그만두라는 말을 하러 온 거라면 늦었어."

그 말에 헤르난의 눈이 크게 흔들렸다. 재빠르게 나를 훑는 시선이 느껴진다. 반쯤 짐승이 된 헤르난의 푸른 눈이 요동치고 있었다.

"이 아이를 지키려고 했었지? 이번에도 넌 늦은 거야. 이미 전부 기억해 버렸거든."

카스토르는 태연하게 웃었다.

"그리고 네가 이 아일 지킬 자격이 되던가? 넌 이미 오래전에 나를 따르고, 선택을 해 버렸잖아. 나의 기사가 되겠다 맹세했지."

손톱이 손바닥을 파고들었다. 흐릿한 고통이 정신을 깨워 주길 바라면서. 고개를 들자 대비된 두 남자가 있었다. 마치 짝을 맞추기라도 한 듯 카스토르의 검은 옷과 헤르난의 검은 제복이 그림자처럼 어둠 속에 녹아들었다.

발끝에 닿는 긴 토가 자락과 안쪽이 붉은 망토가 바람에 거세게 펄럭거렸다. 바람이 카스토르의 검은 머리카락과 헤르난의 하얀 머리칼은 눈동자를 가렸다가 드러내길 반복했다. 찡그린 얼굴과 여유로운 얼굴. 같은 색의 옷을 입은 두 사람의 얼굴은 상반됐다.

"아실리, 보이니? 저건 너를 지킬 수 없는 짐승이야."

발끝에 닿는 벽을 느낀다. 성큼 헤르난을 등지며 걸어온 카스토르가 꽁꽁 묶인 헤르난이 보는 앞에서 내 옆의 벽을 짚고 상체를 숙였다.

"흉측하지 않니?"

그가 몹시 즐거워하는 사람처럼 웃었다. 그러고는 속삭였다.

"……내겐 네가 더 흉측해. 카스토르."

"그 저주를 푸는 방법은 나만 알고 있어."

"놔."

그러나 나는 이전과 다르게 서늘하게 가라앉은 시선을 보았다.

"넌 벗어날 수 없어."

스르륵 풀리는 손을 가슴으로 가져와 이를 악물었다.

"널 원해. 그러니 내 것이 되렴."

무력했다. 노려보는 것 말고는 아무것도 할 수 없는 것이.

"……알고 있어. 네가 증오스러울 만큼. 하지만 난 방법을 찾아낼 거야."

숨소리가 귀를 적셨다. 입술이 닿을 것처럼 아슬아슬한 거리에 금빛 눈동자가 있었다.

"……이상하구나."

서늘한 눈동자는 나를 물끄러미 담았다. 마치 무언가를 찾아내는 사람처럼 조금 절박하게 보이기도 했다. 절박? 그와는 절대 어울릴 수 없는 단어였다.

"……왜지? 우린 같은 것을……."

그는 눈을 감는 나를 끝까지 좇았다.

다시 눈을 떴을 때, 멀어지는 너울이 보였다. 어둠 속에 녹아들듯이 짙은, 하지만 이질적인 검은 옷자락이 너풀거리고 있었다. 뚜벅뚜벅. 카스토르의 걸음이 멈춘 곳은 문 앞이었다. 낮게 중얼거렸지만 똑똑히 들렸다.

"너의 미래는 날 기대하게 해. 너와 있는 시간은 나를 권태에서 벗어나게 만들어. 내가 싫다고? 너도 곧 깨닫게 되겠지. 그것이 얼마나 외로운 저주인지……. 아실리 로제, 너는."

아주 잠깐, 그가 간극을 두었다.

"그래. 난 미래를 알지."

웃는 소리가 들렸다. 반쯤 돌아선 그가 광기로 몰아치는 눈동자를 하고, 웃는다. 더없이 황홀한 미소였다.

"……넌 제 발로 내게 오게 될 거야."

쾅.

문이 닫혔다. 나와 피투성이 남자를 남겨 둔 채로.

털썩.

다시 파도가 나를 덮쳤다. 항상 카스토르는 나보다 앞서 무언가 내가 볼 수 없는 것을 보았고, 모든 것을 알고 있었다. 속절없이 당하면서 갈구하고, 매달리도록. 뭘까? 내가 모르는 게 무엇이고 내가 가진 것은 무엇인데?

뚝뚝.

눈물이 한없이 바닥을 적셨다. 둑이 터져 버린 것처럼, 내가 있는 바닥으로만 비가 내렸다. 너무 세찬 비였다. 눈물은 턱에 고이지 못하고 하염없이 떨어졌다.

"왜……."

다시 들려오는 노랫소리가 귀를 날카롭게 할퀴었다. 모두가 나를 빼놓고 즐거운 것처럼 느껴졌으니까. 이토록 즐겁고 아름다운 축제의 날에 꽃이 눈처럼 흩날리는 아름다운 풍경 속에서 나는 이렇게나 불행한지 모르겠다. 아니, 이제 불행은 당연한 거였나.

"왜!"

어느새 헤르난이 내 앞에서 절뚝거리며 걸어와 근처에 서 있었다. 깊고 알 수 없는 절망을 품은 눈동자. 어느새 나를 감싸고 있던 희미한 보랏빛마저 사라지고, 서늘한 달빛에만 의존해 나를 바라보는 푸른 눈동자를 보았다. 그리고 그의 어깨 위로 동동 뜬 달. 달이 유화처럼 녹아내린다. 아니, 눈물이 흘러나와서 흐려진 것 같다.

"내가 뭘 잘못했어……?"

하늘이 산산조각 나서 부서지고 있었다. 하늘이 아니라 내가 마지막까지 품었던 희망인 건지도 모르겠다. 이 불행 또한 넘기면 될 텐데. 아무것도 아니라고, 참고 견뎌내면 되는데.

왜 이게 안 되지? 응? 말해 봐. 헤르난데즈.

"말해 봐. 나는 무엇을 잘못해서, 이 불행을 반복해야 해?"

"……아무런 잘못도 하지 않으셨습니다."

"그러면, 왜!"

하루가 너무 길다. 웃음소리가 너무 괴롭게 한다. 어떻게 사람들은 웃을 수 있고, 행복할 수 있지? 행복했던 날이 너무 까마득해서 떠올릴 수가 없는데, 어떻게 해야 웃을 수 있는지 이해하지 못하게 돼 버렸는데.

허탈한 웃음이 터져 나왔다. 어쩌면 나는 그토록 피하고자 했던 모습이 된 건지도 모른다. 망가진 사람은 스스로를 모른다잖아.

"……나는 스스로 죽을 수조차 없어."

죽어도 돌아갈 뿐이니까.

"당신은 내 죽음을 방관했지. 기억 못해도 상관없어."

그는 그것이 무슨 소리냐고 묻지도 않았다.

"한때는 당신이 기억하길 바랐던 것 같아. 무한한 죽음 속에서 당신이라도 기억해서, 진심으로 사과했으면 좋겠다고도 생각했어."

그렇게 생각할 정도로 외로웠으니까.

그가 천천히 무릎을 꿇었다. 한 손은 사람의 손이었지만, 피투성이가 된 손은 여전히 사람의 것이 아닌 짐승의 것 같은 형태를 하고 있었다. 습관인 듯 짐승의 형태를 팔을 들었던 그가 대신 반대 손을 들어 올렸다.

"지금은 사과해도 늦었습니까?"

"……무슨 의미가 있을까?"

"기억하지 못하는 자의 사과라서?"

아니. 너무 늦어 버렸어.

"기억하더라도 의미가 없어서."

나는 눈물과 함께 웃으며 뺨에 올라온 그의 손을 잡았다.

"왜 무모하게 나섰어? 어차피 당신은 나를 구원할 수 없어. 헤르난."

어째서입니까. 묻는 그의 목소리가 떨고 있었지만, 나는 그저 건조하게 청초한 낯을 응시했다. 카스토르는 나를 다시 죽일 테니까. 한 번 한 짓을 반복하지 말란 법은 없잖아?

"나는 내가 방관했다는 당신의 죽음을 모릅니다. 제가 잘못한 것입니까? 기억, 하지, 못해 미안합니다."

나는 그를 물끄러미 보다 얼굴을 흐렸다. 사과, 하지 마. 아무런 의미 없단 말이야. 이미 나는 전으로 돌아갈 수 없지. 불행하기만 해. 그의 탓이 아님에도 그의 옷을 쥐고, 나는 꺽꺽대며 울었다. 그냥 울음이 터졌다.

난 그저 살고자 했을 뿐이야. 그런데 왜 난 불행해?

나에게 이렇게 많은 눈물이 있었나보다. 뺨을 타고 흘러가던 눈물이 턱 끝에 덜렁, 걸렸다. 나는 엉망인 된 얼굴로 읊조렸다.

"사과하지 마. 그 사과에 의미가 없어. 당신은 기억 못하는 일일 테니까."

이 순간 그에 대한 미움도 원망도 모조리 기화해 버렸다. 남은 것은 지독한 피로와 체념뿐이었다. 지독한 피로가 나를 덮쳤다. 나는 아가리를 벌린 지옥 앞에서 수를 써도 버티는 것뿐 그저 언젠가 목이 떨어질 날만 기다리는 사형수 같다. 원망해 무엇 할까. 이 사람은 나를 구할 수 없다.

"당신의 말을 믿습니다."

그가 얼굴을 흐렸다. 새하얀 머리칼이 코끝까지 내려와 얼굴의 반을 가렸다. 그가 입술을 깨문다. 눈물을 닦아 냈지만, 흘러내리는 게 다 많아서 소용없는 일이었다.

"울지 마세요."

나조차 그치는 법을 모르는 울음을 안타까이 보던 헤르난이 나를 제 품에 안았다.

"제발, 모든 걸 포기한 눈을 하지 말아 주세요……."

그가 흐느끼듯 속삭였다. 그가 숨을 내쉴 때, 어깨 부근의 머리가 살며시 흔들렸다. 왜 나보다도 괴로워할까. 나는 늘 의문이었다. 당신의 한없이 쏟아지는 감정은 어디서 온 것이었으며, 왜 나를 향한 것인지.

"왜, 믿어?"

천천히 나를 떼어 낸 헤르난이 반창고를 떼어 낸 뺨 위로 천천히 상처를 문질렀다.

"제 죄는 당신이 이 상처를 입게 한 것입니다. 제 욕심에 눈이 먼 날이었지요."

고백합니다. 뺨을 더듬는 거미 다리같이 마른 손가락이 파르르 떨고 있었다.

"오래전 저는 제가 무엇을 했는지에 무지했으며, 저를 제외한 도시의 모든 자들을 말살한 자에게 원망을 품은 어린 신관이었습니다."

나는 헤르난의 목소리를 안다. 나긋하고 봄볕처럼 사근사근한 목소리. 언제나 나를 향해 눈이 접히며 고운 눈웃음과 아름다운 얼굴을 알았다. 하지만 이 순간 그는 다정하지 않았고, 손끝은 차가웠으며, 너무나도 아파 보였다.

"당신을 지키는 것이 제 의무이고 운명이었지만, 나는 그것을 외면했습니다. 아니. 아닙니다……. 당신 하나만 내어 주면 잘살 줄 알았습니다. 그들은 내게 당신의 행복을 약속했습니다."

"……당신, 무슨 소릴 하는 거야?"

그는 힘없이 웃었다. 이 순간 스치고 지나가는 것이 있었다. 고대 짐승의 피를 이은 자, 그들을 짐승의 신관이라 부른다. 그들은 태어나면서부터 그들의 모든 운명을 쥐는 「동반자」를 가진다. 그에게 삶을 순응하고, 때론 족쇄에 잡혀 평생 자유를 잃은 자도 있다.

"삶 내내 당신만을 그렸습니다. 당신이 태어난 순간부터."

헤르난은 짐승의 신관이었다.

<대신이 아닙니다.>

나는 표정을 잃은 사람처럼 말을 하지 못했다. 지금 무슨 소릴 하는 거지? 그러니까 내가 당신의 「동반자」라고? 그는 잠시 날 빤히 내려다보다가 조용히 고개를 기울여 미소했다.

<내 세상에 달과 같은 그분을 경애합니다.>

나는 눈을 감았다. 차가운 바람이 머리를 거칠게 흩트려 놓았다. 침묵을 채우는 바람은 연신 머리칼과 그의 망토를 흔들어 놓고 있을 것이다.

<말주변이 없어 그 순간을 무어라 표현해야 할지 모르겠지만 따뜻한 봄에서 무척 아름다운 소풍을 하는 기분이었습니다. 꽃이 그분을 위해 피고, 태양이 그분을 위해 하늘에 떴으며, 밤에는 달이 그분의 눈동자에 오래도록 떠 있었습니다. 모든 것이 내게 그분을 경애하라 종용했습니다. 처음 본 날, 짧고도 긴 순간 그분을 담았습니다.>

어째서, 이 순간 당신은 나를 깨닫게 하는가.

<그분은 나의 성지聖地입니다.>

내가 그의 「동반자」였다.

"……헤르난."

"……황녀님이 나의 「동반자」입니다."

당신이 내 운명입니다.

그가 그렇게 말하고 있었다. 어째서? 하지만, 한편으로는 그의 비정상적이던 감정을 이해하게 했다.

<저는 단 한순간도 당신이 다치기를 바란 적 없습니다.>

어느 날 나에게 한없이 쏟아지는 햇살처럼 굴었던 당신을, 나만 바라보던 아플 정도로 달콤하던 시선을. 해결되지 않는 것이 있었지만, 한 가지만은 분명했다. 그는 진심이었다. 점점 가슴이 조여 오며 숨쉬기가 힘들어졌다.

밤은 길었다. 어째서 해는 뜨지 않는가. 옅고 서늘한 달빛에 물든 하얀 머리칼이 길게 한들거리며, 그 아래 모든 것이 덧없게 보였다. 진실은 언제나 갑자기 나타나 나를 흔들어 놓았다. 비명이 나올 것 같다가도 피로로 적셔진 몸은 그조차 담지 못하게 했다.

그가 쿨럭이며 거친 숨을 토해 냈다. 자신을 잡는 내 손을 천천히 떼어 내며 다정하고 나직한 목소리로 말했다.

"기억하십니까. 카스토르는 제게 무엇이든 한 가지를 반드시 들어주기로 했습니다."

"……헤르난."

"카스토르는 절대 당신을 죽이지 못 합니다. 제가 그렇게 바랐으니까요."

<지금 이 순간부터 황녀님을 살려 주십시오.>

눈을 뜨면 2년 전, 카스토르의 칼로부터 나를 구할 때처럼 피투성이로 엉망이 된 남자가 있었다.

"이미 그때 시작한 카스토르와 저의 계약은 제가 '대가'를 지불한 순간 완전해집니다. 그리고 그 순간부터 그는 당신을 죽이려는 어떤 시도도 하지 못합니다."

"어째서……?"

"저승의 강에 대고 맹세했으니까요."

황태자의 궁에서 나를 살렸던 일을 말하며 헤르난이 빠르게 설명했다. 그것은 카스토르가 신의 이름을 걸고 했던 맹세이므로 절대 어길 수 없을 거라고.

그는 대가가 무엇인지 말하지 않았다. 퍼뜩 생각이 났다. 헤르난은 비밀을 말할 수 없다고 하지 않았나? 금제 때문에? 아니나 다를까 난 그의 목에서 검붉게 피어나는 빛을 보았다. 가시로 형상화된 아지랑이였다. 아프게 죄이는 가시나무 같은 금제의 불길한 빛.

"왜, 왜 이런 거야……."

덜덜 떨며 뻗는 내 손을 그가 잡았다.

"잘 들으세요. 시간이 없습니다. 당신은 이제 그 지옥 같은 시간을 견뎌도 되지 않는다는 얘기지요."

"헤르난."

"말씀드린 적 있습니다. 제 충정은 그에게 주었지만, 목숨은 당신께 주겠다고."

처음만난 날처럼 다정하게 미소한 그는 흘러내려온 내 머리카락을 어깨 뒤로 넘겨 주었다.

"이제 그것을 지킬 때인 것 같습니다."

나도 모르게 그의 손을 잡았다. 지금 당장 그가 무엇을 하려 하는지 몰랐지만, 본능적으로 그가 할 행동이 그에게 쉽지 않은 선택인 건 알았다. 알고 싶지 않아도 그가 알게 했다. 무섭지 않으세요? 난 고개를 저었다.

그는 내가 짐승의 형태를 한 제 손을 잡은 것이 기쁜 사람처럼 웃었다.

이 순간 빛 하나 없던 공간에 검붉은 빛이 터지고 있었다. 그의 목으로부터였다. 금제. 검붉은 피가 터져 나온다. 뚝뚝 내 하얀 옷에 붉은 꽃이 피어나며, 피로 적셨다.

"목숨으로 당신을 지키겠다 하였으니."

옥죄인 주문에 숨을 몰아쉬면서도 그는 흐트러짐 없이 말했다.

"지금부터 제가 펼칠 맹세는 당신에게 해될 것이 없는 것이며, 당신을 카스토르의 위협으로부터 지켜 줄 겁니다. 부디 두려워 마세요."

그는 망설이다가 울 것 같은 표정으로 말했다.

"때때로, 저를 볼 때면 두려워하고 움츠러드는 당신을 알았습니다. 저는, 그 이유를 알지 못했습니다. 하지만 그럼에도 당신에게 다가가는 것을……. 멈출 수는 없었어요."

나는 눈을 크게 떴다. 그의 뺨을 가로지르는 눈물이 마치 망망대해에 위태롭게 떠 있는 조각배처럼 그를 더욱 위태롭게 보이게 했다.

"당신의 모든 말을 믿고, 성서처럼 경애합니다. 죽음을 막지 못해…… 미안합니다. 미안합니다…… 정말, 죄송합니다……."

파르르 떨리던 눈이 감기며 긴 눈물줄기가 흘러내렸다.

"변명 같지만, 나는 아무것도 몰랐습니다. 이토록 어리석어 후회하는 길만 가는 내가 나도 싫습니다. 당신이 모르는 시간으로부터 저는, 당신만을 오롯이 보고 있었습니다. 기억을 잃었을 때보다 지금의 당신을 좋아하는 나는 이기적일지도 모릅니다. 당신께…… 가혹한 일일지도 모르지만."

헤르난은 그래서 괴롭다는 듯, 그래서 행복하다는 듯 웃었다.

"당신이 저를 다시 기억해서 좋습니다. 이런 제가 미울지도 모르겠지만 기억을 잃었던 것보다 저를 올곧이 바라보는 당신이 좋습니다. 더 많은 시간을 당신과 함께하고 싶었고, 바라만 보던 시간도 좋았습니다. 언젠가는 약조를 지켜 당신의 미소를 보고 싶었지요. 그리고 나는 이것이……."

하아, 그가 띄엄띄엄 말했다.

"사랑은 아니라고 생각했습니다."

상체를 숙였다.

"사랑일 리 없다고 믿었습니다."

안과 짐승의 모습을 한 남자로 만났을 때처럼 그가 찬찬히 웃었다.

"그러나 이미 당신은, 나를 적시고 모두 앗아 가 버렸던 겁니다."

어쩔 줄 모르고 그저 흘러나오는 피만 멍하니 바라보는 내게 그가 뺨을 감싸 쥔다.

"사랑합니다. 황녀님."

입술이 부딪치며, 나는 우리의 아래로 복잡한 주문 같은 것이 그려지는 것을 보았다. 겨우 읽을 수 있던 글씨는 「계약」이라는 고대어였다.

속삭이는 목소리와 함께, 달빛에 새하얗게 빛을 드러낸 흰 머리칼이 불완전하게 흔들거린다. 헤르난이 웃고 있었다.

"그리고 당신께서는 평생, 제 사랑을 잊어 주세요."

13.5 헤르난데즈 디볼로

남자는 어두운 골목길을 걷고 있었다. 제법 비틀거리던 걸음은 차차 제대로 된 걸음이 되었다. 상처가 낫고 있었다. 흘끗 내려다보자, 엉망이 되었던 팔이 반 이상 재생되었다. 무섭도록 빠른 치유력은 그가 가진 짐승의 힘 중 하나였다.

차츰 줄어든 팔에서 빽빽하게 난 하얀 털이 사라지며, 새하얀 피부가 돋아났다. 짐승의 팔에서 사람이 것이 된 팔을 바라봤다. 주먹을 쥐었다 폈다. 움직이는 데 문제없다

그는 고개를 돌렸다. 그의 품속에는 소녀가 고이 잠에 빠져 있었다. 계약의 여파를 이기지 못하고 기절했으니, 소녀가 깨어나려면 이틀은 걸리리라. 아실리가 자면서 끙 미약한 신음을 흘렸다. 그는 소녀를 한번 보고는 꼭 안아 보았다.

작다. 그리고 따뜻하다. 모진 풍파를 견디기에 너무나도 가녀린 몸이었다.

"……황녀님."

헤르난은 고개를 들었다. 조금 전부터 찌를 듯한 살의가 느껴지고 있었으니까. 아니나 다를까 멀지 않은 곳에 한 남자가 보였다. 짙은 남색 머리카락, 검정으로 보이는 남빛 눈동자. 레이였다. 헤르난은 이미 수분 전 레이의 기척을 알아챘지만, 모른 척했다. 소녀와 조금이라도, 더 함께 있기를 바라는 마음이었기에.

마지막이니까.

"레이 아퀴타 플레람."

소녀의 기사에게 소녀를 넘긴 헤르난이 천천히 말했다. 나긋하고 단조로운 목소리는 읊조리는 것에 가까웠다.

"황녀님을 잘 부탁합니다."

그답지 않은 우울한 어조에 남자는 흘끗 헤르난을 보고는 담담하게 말했다.

"말 안 해도 알아서 해. 내 의무니까."

희미하지만, 레이가 끓어오르는 분기를 참는 것이 느껴졌다.

헤르난은 피식 웃었다. 이 순간 레이 아퀴타는 알아 둘 것이 있고, 헤르난은 말해야 했다.

"말해 둘 것이 있습니다."

그는 돌아서는 등을 향해 뇌까렸다.

"다음에 나를 볼 때, 우리는 적입니다."

"……언제는 아니었던 것처럼 말하는군."

경계 어린 레이의 말에 헤르난은 다시 웃었다.

"당신이 나를 아직 한때의 친우로 여긴다면, 망설임 없이 나를 찌르세요."

멈칫, 헤르난이 낮게 지껄이는 그 말에 멈추고 만 등이 보였다.

"아니. 온 힘을 다해 죽이는 것이 좋을 겁니다. 더는 내가 아닐 테니."

바라본 눈에 레이는 할 말이 많아 보이는 표정이었다. 그러나 벌어지던 입술은 끝내 말을 머금는 일 없었고, 남자는 성큼성큼 멀어졌다. 대꾸 없는 등은 그것으로 헤르난에게 답이 되었다.

'정말이지…….'

헤르난은 웃음을 터트렸다. 참으로 언제 봐도 고지식한 남자라고.

쥐 죽은 듯 고요한 골목, 레이마저 빠져나간 골목에 홀로 남았다. 헤르난의 고향, 짐승의 도시 마지막은 지금과 같이 고요했다. 모두가 축제의 장으로 떠난 지금 이곳은 사람이 없는 폐허나 다름없었다. 적어도 헤르난에게는 그랬다.

헤르난은 쏟아지는 아련한 기억들에 고개를 숙이고 말았다.

어느새 헤르난은 고향 위에 서 있었다. 사람이 살지 않는 도시, 모두가 살해당한 뒤 폐허가 된 도시에서 기억은 용솟음쳤다. 강을 거슬러 올라가며, 등을 기대어 고개를 젖힌 헤르난이 자신의 눈을 가렸다. 하늘에 뜬 달을 보고 싶지 않았다.

이제, 그의 세상에 달은 없으니까.

'황녀님. 아니 내 「동반자」.'

그는 오늘 스스로 안녕을 고했다.

돌고 돌아, 그는 자신의 세상이 시작했던 최초의 기억을 떠올렸다.

* * *

짐승의 도시, 브루툼.

이곳은 수도와 그리 멀지 않은 곳이었음에도 척박한 도시였다. 황폐한 땅과 거대한 암벽, 앙상한 숲만이 존재했고 이 때문에 그리 많은 사람이 살지 않는 곳이기도 했다. 하지만 사람이 없고 넓은 땅은 짐승의 신관들에게 더없이 좋은 땅이었다. 그들은 충동에 못 이겨 부수곤 했으니까.

고대, 거대한 짐승이었던 것을 주신이 아껴 하늘로 데려와 신으로 삼은 반신半神이 짐승의 신이었다. 반신이란, 절반의 신과 절반의 신이 아닌 부분으로 이뤄진 신.

그렇기 때문이었을까, 짐승의 힘을 이어받은 신관들의 힘은 불안정했다. 이 때문에 신은 인간과 짐승 사이에서 미쳐 버리는 이들을 위해 「동반자」라는 존재를 제약으로 걸었는데, 「동반자」와 함께하면 온전히 인간으로 살 수 있도록 안정된 신관의 삶을 위해서였다.

분명 처음은 그랬다. 갈수록 변질되고 말았지만.

헤르난 듀르젤 폰 디볼로는 공작 아들이자 짐승의 신관으로 태어났다. 그의 아버지인 유스난은 짐승의 신전 대신관이었고, 그의 어머니인 크리샤는 유스난의 「동반자」였다. 짐승의 신관과 「동반자」 사이에 태어나는 아이는 대개가 짐승의 자질을 가지고 있었다. 헤르난 또한 이 규칙에 따라 짐승의 신관이 되었다.

그리고 짐승의 신관은 이름처럼, 짐승으로 태어난다. 모습은 인간이나, 보통 인간의 몇 배에 달하는 힘과 함께 파괴와 살육의 본능과 함께였다. 그래서 충동을 이기지 못하고, 크고 작은 사건을 일으켰다. 그들이 이 땅에 유폐되다시피 한 것은 그런 이유였다.

깜깜한 지하실, 문틈으로 희미한 빛이 새어 들어왔다. 빛은 차차 공간을 채워 가다가 곧 활짝 열린 문으로 빛이 쏟아졌다. 성큼성큼 들어온 남자가 창살 앞에 멈춰 섰다. 철컥, 쇠가 겹치는 마찰 소리 뒤로 방 중간을 나눈 창살이 열렸다.

유스난은 짐승의 신관이란 곧 떠돌이 개와 같다고 생각했다. 짐승의 아이는 야성을 가진 채로 본능의 광폭함과 함께 태어나기 때문에 격리될 필요가 있다. 인간처럼 말을 못하고, 본능만 남은 짐승을 길들이기 위해 그와 가문의 선조들이 택한 방법은 먹이와 약간의 훈육과 나머지 체벌이었다.

짝.

"음식은 손으로 먹는 것이 아니라고 하지 않았나."

그는 이것이 최상의 방법이라 여겼고, 또한 그렇게 나고 자란 신관이었다. 짐승의 대신관이기도 한 공작은 제 아들이자 어린 짐승을 혹독하게 교육했다.

모든 짐승의 신관이 혹독한 체벌과 함께 자란 것은 아니었다. 유스난이 유별나게 혹독했을 뿐. 그러나 충동을 억제하기 위해 어쩔 수 없는 선택이었다. 어린 시절 헤르난은 유스난마저 버거워할 정도로 강력한 힘을 가지고 있었고, 그건 헤르난의 불행이었다.

"나오거라."

그리고 몇 년의 교육을 거쳐 마침내 사회화가 되었다 여긴 유스난은 헤르난을 지하실에서 나가게 해 주었다. 물론 한시적인 외출이었다. 그리고 헤르난은 처음으로 바깥세상을 보게 되었다. 눈부시도록 밝은 햇살 아래 발을 디뎠고, 수많은 사람을 만났다.

"이분이 대신관 후보시군요."

짐승의 신관들은 어린 후계자를 따뜻하게 맞이했다.

본디 짐승의 신관이란 언제 충동에 지배되어 죽을지 모르는 이들이었기에 서로에 대한 유대감이 각별했다. 건국 초부터 쭉 소수로 유지되어 온 신전이기 때문일지도 모른다. 그들은 하나같이 웃는 얼굴로 이 척박한 도시에 나타난 어린 짐승을 맞이했다.

"「동반자」가 태어난 날에 꽃이 필거야. 별이 떨어지기도 하지."

"꽃이 뭔가요?"

"그날이 되면 알게 될 거란다."

나이 많은 노신관이 말했다. 그는 신기한 것들을 얘기해 주었다. 꽃이니, 별이니. 척박한 짐승의 땅에서는 보기 힘든 것 중 하나가 꽃이었고, 또한 밤이 되면 다시 창 없는 지하실로 돌아가야 했으므로 단 한 번도 별을 보지 못했다. 그저 막연히 지금 바라보는 화창한 날처럼 기분 좋은 것이겠거니 생각했다.

헤르난이 밖으로 자유롭게 다닐 수 있게 되자, 그의 모친은 대신관인 공작에게 빌었다.

"여보, 부탁이니 헤르난을 창이 있는 방에라도 넣어 줘요. 그 애는 아직 어린아이에요. 네?"

줄곧 지하실에서 지내는 아들을 안쓰러워했던 모친이 사정사정하여 헤르난의 방은 조금 큰 곳으로 옮겨졌다. 여전히 지하실이었지만, 작은 창이 있었다. 창살이 달린 사이로 하늘이 보였다.

그날 밤. 헤르난은 처음으로 밤을 보았다. 동그랗게 뜬 은색 구체를 바라보며 모친에게 물었다.

"이건 달이란다. 아름답지?"

새까만 장막을 가득 채운 별을 보았다. 이것이 밤이구나, 별이구나.

"별이 떨어지는 날에 소원을 빌면, 별의 신이 소원을 들어준단다."

모친 크리샤는 신관의 자질을 가졌으나 신관이 되지 못한 여자였다. 그녀가 믿는 신은 여자를 신관으로 받아 주지 않았으니까. 그리고 그녀는 「동반자」로서 유스난에게 발견되어 팔려오다시피 이곳에서 결혼했다.

그러나 그들은 세간에서 말하는 운명적이며, 낭만적인 관계가 아니었다. 아들을 사랑했지만, 남편을 사랑하지 못한 여자였다. 그래서였을까, 그는 외도가 잦은 공작을 보며 헤르난에게 이리 말하곤 했다.

"나는 네가 신관으로 살지 않았으면 좋겠구나. 언젠가 네가 「동반자」를 만나게 되더라도, 사랑은 아니라고 생각하렴. 그저 네 충동을 억제하게 해 줄 뿐 어떤 감정을 일으키는 건 아니란다. 사실…… 사랑이란 의미가 없는 거란다."

헤르난이 본능을 스스로 어느 정도 억제할 정도로 성장했을 즈음, 그날은 오래지 않아 찾아왔다.

펑.

아주 먼 곳에서 들리는 불꽃의 소리. 하늘을 수놓은 저것은 무엇일까, 어린 짐승이 창살을 붙잡고 매달렸다.

<오늘은 건국제란다.>

건국제가 뭘까, 어린 짐승이 순진하게 눈을 깜빡거렸다. 건국제의 불꽃은 몹시도 크고 아름다워서 짐승의 도시에서도 보일 정도였다. 하지만 아름다웠던 것은 하늘의 불꽃만이 아니었다.

<네가 조금만 더 크면, 언젠가 황녀님의 아름다운 춤을 함께 보러 수도로 가자꾸나.>

그때였다. 그의 눈에 기묘한 환상이 보였다.

지금 보이는 화사한 불꽃보다 더욱 예쁘고 아름다운, 어떤 언어로도 표현할 수 없는 봄이 그날 지하실에 피어났다.

「동반자」

모두가 한입으로 말하던 꽃과 별과 하늘과 그리고 세상이 다시 시작되며 헤르난은 깨달았다. 누군가 심장 안으로 들어왔구나. 온몸을 간지럽히고 지나가는 감각은 포근했으며, 황홀한 속박이었다.

그 밤, 그날은 그의 세상이 뒤집힌 날이었다. 「동반자」의 생각에 심장이 튀어나올 것 같았다. 이 순간 신력의 힘인 듯 머릿속에 그려지는 그림은 동반자에 대한 힌트를 주려는 것처럼 선명한 이미지를 그려냈다. 눈앞을 물들인 보랏빛의 빛무리 속에서 어린 짐승은 인간이 되었다.

'여자? 커다란 집 또…….'

바라본 환상을 중얼중얼 거려본다. 그가 갇힌 지하실의 창문으로 어렴풋이 불꽃이 보였다. 심장의 박동은 불꽃이 터지고 있는 도시를 가리켰다. 수도였다.

어린 짐승이 고개를 들었다. 선명한 심장 박동이 느껴졌다.

'아아.'

저곳에 「동반자」가 태어났다.

* * *

후계자의 「동반자」가 태어났다.

헤르난의 「동반자」가 탄생했다는 소식은 공작에게도 전해졌다. 그리고 소식을 들은 즉시 움직였다. 한시 바삐 찾아 아들에게 안정된 삶을 안겨 주고 후계자로서 자리 잡게 할 생각이었다.

"이제 자유롭게 나가도 좋다."

헤르난에게 동반자가 나타나자, 상황이 달라졌다고 판단한 유스난은 헤르난에게 자유를 주었다. 유스난이 헤르난의 「동반자」를 찾는 동안 헤르난은 도시와 신전을 마음껏 돌아다니게 되었다.

짐승의 도시는 컸으나 비어 있는 땅이 많았고, 광활한 땅 대부분이 황무지였다. 헤르난은 다른 짐승의 신관들에게서 신력을 쓰는 법에 대한 조언을 받거나 그들에게 검과 병장기를 배우기도 하며 시간을 보냈다.

짐승의 신관들은 「동반자」를 만나지 못하는 신관도 꽤 있었기 때문에 자식을 보지 못하는 경우도 있었다. 그래서 대부분 어린 그를 무척이나 예뻐했다.

'이 방은 뭐지?'

유스난은 헤르난이 자유롭게 돌아다니는 것을 허락했지만, 단 한 곳만은 출입을 금했다. 그곳은 자신이 갇힌 지하실보다도 더 아래에 위치한 방이었다. 이상했지만, 그는 기꺼이 아버지의 명을 따랐다. 오래전 지하실에서 혹독한 체벌은 그를 순종하는 아이로 만들었으니까.

—커흑, 살려, 살려 주세요…….

그래서 간간이 예민한 오감에 들려오는 소리를 무시했다. 그 말은 자신이 아비에게 죽도록 맞아 가며 토해 냈던 소리기도 했는데, 그럴 때면 아비는 그 소리가 잘못됐다 가르쳤으니까. 너는 짐승이고, 이런 폭력이 당연하다고.

그렇기에 헤르난은 성에 갇힌 무수한 여자들을 모른 척했다. 그들이 신관의 자질을 가졌음은 눈치챘지만 그가 알 필요 없는 일이었다. 아니, 그 여자들이 이곳에 잡혀 와 어디로 가게 되는지 알지 못했다. 아주 가끔 탈출한 여자들이 짐승의 신관 손에 잡혀 와도 물끄러미 볼 뿐이었다.

"어머니, 저 여자들은 어디로 가나요?"

"글쎄다……. 몰랐으면 하고, 알았으면 싶기도 하구나. 아마도 네 아비를 만나지 않았다면, 내가 가게 될 곳이었을지 모르니."

끔찍한 일이구나. 크리샤가 진저리치며 말했다. 헤르난은 무심히, 모친의 말로 이게 끔찍한 일이구나 어렴풋이 알게 되었을 뿐이었다. 때로 모친은 구슬피 울기도 했다.

<아가, 난 네가 신관이 아니었으면 했어. 이 나라는 너무나 끔찍하구나.>

어머니가 어린 자신을 잠재우며 했던 말은 머리에, 그리고 가슴에 오래도록 남았다.

* * *

"누님은 그게 문제요."

"말투가 듣기에 거슬리는구나."

그러던 어느 날이었다. 황궁에서 마차가 도착했고, 도시에 귀한 손님이 방문했다는 소식이 도시에 파다하게 전해졌다. 그날도 신전을 활보하던 헤르난은 두 남녀와 만났다. 소년과 여인이었다. 헤르난을 눈치챈 쪽은 여자가 빨랐지만, 말을 건 것은 소년 쪽이었다.

"누님 저 애, 공작의 아이인가 본데?"

"……그렇겠지. 꼭 닮지 않았느냐."

성큼 걸어온 소년이 불시에 헤르난을 번쩍 들어올렸다. 이야, 가벼운데? 하고 마치 아주 작은 어린아이를 어르듯 들어 올린 소년은 앳된 외모와 다르게 몹시 장신에 호수처럼 푸른 머리칼을 가지고 있었다.

“안녕? 난 3황자 아벨 클라우드 칼타니아스란다.”

“아벨.”

“저기 계신 아름다운 분은 내 누님 에리스 네베 네메시스 칼타니아스. 2황녀님이시지.”

황녀? 황자? 헤르난의 머리가 팽팽 돌아갔다. 분명 도시를 방문한 귀한 손님이란 이들을 말하는 듯했다.

“아벨, 참고로 그 애, 너와 두 살 차이란다.”

“진짜?”

여자가 도도하게 고개를 돌렸을 때, 헤르난의 시선은 푸른 머리의 여자를 따라가 멀리서 걸어오는 여자를 보았다. 그 순간, 쿵. 커다란 울림이 귀를 두드렸다.

쿵.

‘……아.’

가시처럼 찌르는 감각 속에서 두근두근 심장이 뛰고 있었다. 어째서? 이유 없이 쿵쿵 뛰는 가슴을 부여잡았다. 걸어오는 여자 때문인가 하면 아닌 것 같았다. 정확히는 더, 더 가까운…… 그리고 여자가 안고 있는 아기에 닿았다. 그때, 황녀가 여자를 불렀다.

“아올레시아.”

“에리스.”

여자가 살며시 웃었다. 자색이 섞인 고운 은발이 하늘하늘 나부꼈다. 몹시도 아름다운 여자였으나 헤르난의 시선은 여자를 향해 있지 않았다. 여자는 아기를 안고 있었다. 아기를 안고 있던 여자는 헤르난을 보고 놀란 듯 눈을 깜빡이다가 그의 앞에 쪼그려 앉았다.

“안녕? 어린 짐승의 신관님.”

"아."

"내 아기에게 축복을 내려 주겠니?"

본능적으로 알았다. 심장이 아프도록 죄이는 감각, 이 사람이다.

"제국의 3번째 황녀란다. 이름은 아실리 로제 칼타니아스야."

내 「동반자」라고, 본능이 외치고 있었다.

* * *

짐승의 도시는 유적지로 가득한 도시이기도 했다. 그래서 처음 황궁에서 온 손님들도 유적지를 보러 왔나 하며, 그들이 잠깐 머무르겠거니 하고 사람들 대부분은 생각했다. 그러나 예상과 다르게 8후궁 아올레시아와 3황자와 2황녀가 머무는 기간이 길어졌다.

그리고 이들의 목적은 사람들이 생각하는 것과 달랐다.

'우스운 일이지. 여자가 후계자의 힘을 지녔고, 그 힘을 봉인한다니 말이야.'

2황녀 에리스는 이 상황을 비웃었다. 그녀의 감정을 따라 커튼이 요동치기도 했고 테이블보가 공중에서 펄럭거렸다. 그녀의 옆에서 마찬가지로 바람의 신관인 3황자는 나이 많은 누이의 화를 곤란한 듯 바라보고 있었다.

<아올레시아, 네 딸도 내 언니와 같은 길을 걸을 거야. 열여섯 살이 되면 수정에 갇혀 평생 수정에서 신력을 충당하는 살아 있는 제물이 되겠지.>

<그럼, 열여섯 살이 되지 않으면 되겠구나.>

<뭐?>

아올레시아는 방긋 미소했다. 그 순간 돌아온 그녀와 헤르난의 눈이 마주쳤고, 그녀는 눈을 접어 화사하게 웃어 주었다.

'그건 무슨 소리였을까?'

헤르난은 하루도 빠짐없이 아올레시아를 찾아갔다. 아올레시아가 아닌 그녀의 딸을 보러 가기 위함이었고, 아올레시아는 딱히 싫은 내색 없이 소년을 반겨 주었다. 보고 또 봐도 질리지 않는 내 「동반자」.

그래서 눈치채지 못했다. 그가 아기를 보고 있을 때면 아올레시아도 옆에서 나른하게 앉아 그를 보고 있는 것이었다. 헤르난은 몰랐지만, 그를 바라보는 아올레시아의 눈에 묘한 이채가 돌았다.

"제 딸이 마음에 드시나요?"

"네? 아……. 꼭 닮았습니다."

"저보다는 아비를 닮았지요."

아올레시아는 헤르난이 대신관 후보임을 알고 난 뒤부터 처음 만났을 때와 다르게 경칭을 썼다. 헤르난은 금방 그녀에게서 시선을 떼어 냈다. 관심은 오로지 작은 아기로 향해 있었으니까.

보면 볼수록 신기한 느낌이었다. 아기의 옆에만 있으면 세상이 쥐 죽은 듯이 고요했고 충동도 잦아들었다. 세상에 둘만 있는 기분이기도 했다. 조심스레 심장에 손을 가져다 댄다.

'심장이…….'

분명 서로 다른 심장인데, 같이 뛰고 있는 기분이었다.

"제가 이곳에 머무는 이유는 전부 제 아기가 몸이 약하기 때문이랍니다."

"……약하다니요?"

어느 날이었다. 여느 때와 같이 아기를 찾아온 헤르난에게 아올레시아가 말했다. 충격적인 이야기를 전하는 아올레시아의 얼굴은 지는 꽃같이 아련했고, 금방이라도 눈물을 떨어트릴 것처럼 처연했다.

"제 딸은 나기를 약하게 태어났습니다. 제가 이토록 튼튼한 것에 비해, 저를 닮지 못한 아기는 불쌍하게도 아비의 힘을 물려받았답니다. 아비가 가졌던 강대한 힘이 아기를 괴롭힌다고 하더군요."

"……많이, 아픈 건가요?"

"글쎄요. 클수록 괴롭히는 힘이 될 거라고 하더군요. 해결할 방법이 하나 있긴 한데……."

"그게 뭔가요?"

"제 힘을 주는 것이지요."

아올레시아가 천천히 입술을 끌어올리며 제 가슴을 가리켰다.

"제 신력은 대대로 모계 혈통. 그러나 이 아이는 그 힘을 가지지 못했더군요. 안타깝게도……. 제 힘을 나눠 줄 수만 있다면, 오래 살 텐데 말예요."

이후 목소리는 조곤조곤하며 마음을 움직이는 힘이 있었다.

실제로 아기는 평온하게 잠이 들어 있었지만, 어미 된 자가 몹시 서글피 말을 하니 헤르난에게는 진짜처럼 들렸다. 사람과 사람의 관계에 무지한 순진한 어린 짐승은 그 말을 철석같이 믿었다.

여자가 화사하고도 아름답고 서글프게 웃었다.

"그러니 저를 도와주실 수 있나요?"

그 속에 도사리는 음모와 모략을 읽지 못한 채 어린 짐승은 고개를 끄덕였다.

"제 딸이 당신의 「동반자」이지요? 당신이라면 신력을 전이轉移할 수 있답니다. 여타 신관이라면 몹시 부담되는 일이지만, 그대는 운명으로 엮여 있으니까요."

그날, 빈 방에서 아무도 모르는 주술과 주문, 거대한 신력이 펼쳐졌다. 아름다운 노래 속에서 펼쳐진 아올레시아의 신력은 몹시도 아름다운 보랏빛이었고, 빛은 헤르난을 통해 아기에게로 들어갔다.

"이로써 제 딸은 오래도록 건강하겠군요."

아기를 바라보는 아올레시아의 얼굴은 어미가 딸을 보는 것과 거리가 멀었다. 아기를 내려다보는 얼굴은 아름다웠으나 조각과 같은 무기질적 형태를 띠고 있었다. 마침내 아올레시아에게 떠오른 표정은 짐을 내려놓은 듯한 후련함에 가까웠다.

헤르난은 나중에서야, 그가 아올레시아를 대신해 아기에게 심어 준 아올레시아의 힘이, 힘이 아닌 저주란 걸 알았다. 대대로 모계 혈통으로 내려온다는 아올레시아의 힘은 힘이 아닌 「저주」였다.

"얼굴이……. 얼굴에 상처가……!"

"아. 제가 말하지 않았었나요?"

「저주」, 성장하지 못하는 저주였다.

"작은 부작용이 있을 거라고."

아올레시아가 꽃같이 웃었다.

"이로서, 아기는 행복해질 거예요. 대신 당신과는 떨어져야 하겠지만."

"……떨어지다니요?"

"제 딸은 황녀랍니다. 설마 제 딸을 이 척박한 땅에 살게 하려는 건 아니지요? 저는 제 딸이 예쁜 것만 보고 행복하게 자라길 바란답니다."

어린 헤르난이 눈을 크게 깜빡거렸다. 한 번도 생각해 보지 않은 일이었다. 하지만, 그가 익히 받아 온 아버지의 폭력과 어머니의 눈물. 하루에도 신관 중 누군가 충동을 이기지 못하고 폭발하는 피 냄새가 식지 않는 이 도시가 아기와 어울리지 않는다는 말에 끄덕이고 말았다.

"당신이 보러 오면 되겠지요."

아올레시아가 말하는 행복이 자신이 없을 때, 생겨나는 거라면.

"아뇨, 보지 않을게요. 평생."

어린 헤르난은 기꺼이 그러기로 했다.

* * *

"선택해."

도시가 무너진 날. 날이 무척이나 좋았다.

"살아남은 신관은 너 하나다."

껍데기조차 남지 않은 도시 속에 바람이 머물렀다.

아버지가 저지른 죄가 만천하에 알려졌다. 어머니도, 아버지도, 「동반자」가 무엇인지 알려 준 스승이란 신관도, 친절했던 모든 사람이 화마에 휩쓸려 간 뒤, 폐허 속에 홀로 남아 느리게 눈을 깜빡였다.

일찍이 '짐승의 신전에서 여자를 잡아들인다', '신관을 사로잡아 실험을 한다'는 기이한 소문이 돌았지만, 디볼로 공작의 위명에 눌려 그저 소문으로 그쳤다.

하지만, 짐승의 신관에서 도망친 여자가 토로하며 일이 커졌다. 여자는 혼돈의 신관이었으며, 그녀를 납치한 일은 숨어 살던 혼돈의 신관의 분노를 불러왔다.

혼돈의 신관. 주신을 따르기를 거부한 신관들은 짐승의 도시에 나타나 도시를 불태웠다. 모든 것이 불에 타며 잿더미가 되었다. 오로지

지하실에 살았던 어린 짐승만이 살아남았다. 강력한 힘도 모든 걸 태우는 화마 앞에서 사라졌다고. 무엇보다 짐승의 신관들은 도시의 시민들을 구하다 죽었다고 했다.

"혼돈의 신관은 너를 찾고 있어."

"......어째서죠?"

"네 아버지의 죄가 깊어 원한을 품고 있거든."

어린 짐승은 처음 마주한 죽음에 적응하지 못하고 유리된 감각을 느꼈다. 채 인간이 되지 못한 소년, 헤르난. 어린 짐승은 마침내 다가온 소년을 바라봤다.

"그들은 너마저 없애 버릴 거야."

"어째서요?"

"내가 널 찾고 있다는 얘기가 퍼졌기 때문이지. 나는 주신의 후계자이고, 「수호자」가 생긴다면 후계자는 몇 배로 강력해지거든."

먼 하늘을 쳐다본다.

천천히 끓어오르는 것이 있었다. 고요히 흘러가던 용암이 단단한 지반을 뚫고 솟구치는 것 같은 흉폭하고 격렬한 감정. 아, 다시는 보지 못하는 것이로구나. 폐허가 된 도시에서 어린 짐승은 그제야 상실을 마주했다.

"죽게 두지 않을게. 원하는 것도 줄게."

바람이 일으킨 먼지바람이 어린 짐승과 소년의 사이를 가르고 지나간다. 펄럭펄럭, 전쟁의 깃발처럼 펄럭이는 튜닉. 단출한 옷차림이었지만 채 숨기지 못한 존재감을 뽐내는 소년이 고요하게 웃었다. 그의 까만 머리카락은 밤 같았다. 지하에서 올려다보는 그믐의 밤 같다고, 어린 짐승은 침묵했던 입을 떼어 냈다.

"복수를…… 하고 싶습니다. 어머니도, 성지의 모든 이들을 살해한 이들을 찾아서."

그 말에 소년은 마찬가지로 웃었다. 강력한 바람이 소년의 머리를 잔뜩 흩뜨려 놓았다. 좋아. 휙 뒤집히는 밤의 장막 같은 머리칼 아래로 드러난 눈동자, 찬란한 광휘를 품고 있었다.

"맹세해."

소년의 발밑으로 황금빛 빛무리가 피어났다. 어린 짐승과 소년의 주변을 빈틈없이 메운 빛이 다시 소년에게 돌아왔을 때, 둘의 발밑에서 폭발할 것 같은 빛이 뿜어져 나왔다. 머리카락이 거칠게 흔들렸다.

"나를 「주인」 삼아."

어린 짐승은 천천히 끄덕였다.

"너는 내게 누구보다 충성하는 기사이자, 수호자. 공작이 되는 거야."

그리고 소년이 다시 말했다. 기묘하리만치 아름다운 눈동자에 나이답지 않은 광기를 품고, 소년은 황홀할 정도로 아름다운 미소를 걸었다.

"대신, 네 「동반자」를 포기해."

어린 짐승의 눈이 크게 뜨였다. 아주 어릴 적 단 한번 스치듯 본 것이 다였던 「동반자」. 채 뜨지 못한 눈이 자수정같이 옅은 보랏빛이었다는 것이 떠올랐다.

<아실리란다. 아실리 로제.>

그녀는 황녀였다. 가장 고귀한 숙녀라 하였다. 훗날 제국의 꽃이 된다고도 그날 보았던 누군가 말했다. 소녀의 어미였다. 누구보다 행복하게 살 것이라고, 그래서 위험한 짐승의 신관은 필요 없다는 말도 했다.

어린 짐승은 그 말을 철석같이 믿었다. 그들은 「동반자」를 위해 어린 짐승이 없는 쪽이 나을 것이라 세뇌하듯 말했다. 그렇기에 어린 짐승은 그 말을 믿었다.

'내가 없어도, 그 사람은 행복하겠지.'

그때, 그는 몰랐다. 그가 포기하는 것의 가치를. 그저, 그가 품었던 감정은 차차 옅어질 거라 생각했다. 모두가 살해당한 분노 속에 밀려난 것일 수도 있겠다. 어쨌거나 자신의 「동반자」는 어디선가 행복할 것이라고 생각했으니까.

그리고 그는 몰랐다.

<당신이 죽도록 싫어.>

이 선택을 평생, 죽기 전까지 후회하게 될 것이라는 걸.

그에게 군림하는 자.

"네 유일한 자리. 그 자리를 내가 대신할 거야. 더는 마음을 줘선 안 돼."

그것은 악마의 속삭임처럼 달콤하며 잔인하고, 녹아내릴 것처럼 황홀했다. 황폐한 도시 위에 홀로 선 생존자에게 단비처럼 내리던 어린 주군의 목소리. 검은 머리의 인간 같지 않던 외모의 소년. 카스토르는 모든 짐승의 신관이 죽고 살아남은 어린아이에게 많은 것을 약속했다.

"내게 충성을 다해. 이것이 계약의 조건이야."

어린 짐승은 계약과 맹세 끝에서 그에게 물었다.

"당신은 무엇을 원합니까?"

그러자 소년은 천천히 짐승을 돌아보았다. 금빛 바람에 검은 머리카락이 흩날리고, 소년의 흰 토가가 펄럭였다. 소년은 나이답지 않게 덧없이 웃었다. 한순간 나이를 아주 많이 먹은 노인이라고 해도 믿을 정도로 피로해 보였던 시선은 차츰 몰아치는 광기 속에 잠식됐다.

소년의 대답은 신이 현신한 듯 황홀하고 아름다운 목소리였다.

"제국의 멸망."

* * *

어린 시절, 「동반자」를 포기한 헤르난은 끙끙 앓곤 했다. 충동과 싸우는 과정에서 열이 펄펄 끓기도 했다.

"이건 '롬의 수레바퀴'에서 만든 약이란다."

어린 카스토르가 괴로워하는 그를 위해 내밀었던 그 약은 신기하게 충동을 억제하게 해 주었다.

"이 약은 먹었을 때 강력한 환각과 마취 작용을 해 줄 거다. 지금처럼 네 충동을 억제하는 데 도움을 줄 거란 얘기지. 버티는 건 네게 달렸지만, 아마도 길지 않을 거야. 넌 언젠가 네 본능에 몸을 빼앗기고 자아를 잃은 짐승이 되겠지."

카스토르는 그가 '폭주'하지 않게 했지만, 진짜 「동반자」처럼 충동을 완전히 잠재울 수는 없었다. 그건 카스토르로서도 불가능한 일이었다.

"「동반자」를 포기한 짐승의 신관의 말로이죠. 알고 있어요."

폭주한 짐승의 신관은 다신 돌아오지 못 한다. 어린 짐승은 이미 각오했다. 그러나 그런 그를 연민했던 것일까, 그의 어린 주군은 설핏 웃으며 조금 다른 제안을 내밀었다.

"그건 일종의 죽음이야, 그렇지? 나는 죽음은 네가 선택하게 해 주고 싶어. 죽기 전 네가 만족한 상태였으면 하고."

"무슨 말씀인지 이해하지 못했어요."

"앞으로 단 한 번 뭐든 들어줄게. 내게 무엇이든 빌어도 좋아. 대신 소원을 빌고 나서 넌 완전히 자아를 잃고 내 손에 남게 된다는 거야."

"……껍데기만 말입니까?"

"그래."

그때, 그 제안을 두고 헤르난은 막연히 복수에 이용하겠거니 하고 생각했다. 카스토르의 도움은 어디든 쓸 만하리라. 이미 어린 짐승은 오래전부터 자신이 길게 버티지 못하리란 걸 알았다. 그래도 좋다 생각했다. 사는 것에 의미를 느끼지 못했으니까.

* * *

달빛을 어둠에 적신 깜깜한 밤이었다. 희미한 별이 하늘을 수놓은 아래, 방은 불빛 하나 없이 어두웠다. 침대에 얌전히 앉아 있던 소년은 열린 창문을 응시했다.

파닥파닥.

곧이어 하얀 새가 창문 위로 내려앉았다. 새는 마치 사람처럼 소년을 멀거니 응시했다. 새를 바라보던 소년이 천천히 시선을 비틀어 새의 옆을 바라보면, 빈 공간이었다. 그러나 이내 곧 덥석 하고 어둠 속에서 새하얀 손이 나타났다. 소년은 이내 훌쩍 담을 넘어온 남자를 바라보았다. 그러고는 남자를 불렀다.

"헤르난."

하얀 실타래 같은 머리카락이 허공에서 나풀거리며 곡선을 그렸다.

"……멋대로 담벼락을 넘지 말라 했잖아."

창틀에 기대어 앉은 남자, 헤르난이 소년에게 대꾸 대신 웃어 보였다.

등을 기댄 채 고개를 기울였다. 지금 무슨 말을 해도 곱지 않은 답이 돌아올 것이 뻔했기 때문이었다.

곧 창틀에 걸터앉은 헤르난은 한손을 늘어트리고 다른 한 손을 허공을 향해 뻗었다. 기다렸다는 듯이 손가락에 앉은 새를 검지로 살살 긁어 준 헤르난이 부드럽게 고개를 돌렸다. 편안히 기댄 모습은 정갈했지만, 어딘가 느슨하고 나른해 보였다.

"또 약을 했나?"

소년이 얌전히 뇌까렸다. 소년, 아모르의 눈에는 잠깐이지만 움찔하는 떨림이 들어왔다. 감정이 고스란히 전해지듯 입술을 달싹이는 것도. 신관의 눈이란 건 적게는 보통 인간의 두 배 정도 좋은 법이라 소년의 눈에 작은 떨림까지 보인 것이다. 몸이 약함에도 신체 능력은 보통 인간과 같지 않았다.

"절제를 할 생각은 없는 건가."

조용하게 그의 상태를 꼬집어 말했다. 관심 없다는 듯 무심히 허공을 응시했지만, 시선 끝에 선선히 웃는 헤르난의 모습이 걸렸다.

"어쩔 수 없지 않습니까."

헤르난이 새가 앉아 있던 손을 접어 천천히 얼굴로 가져왔다. 그대로 턱을 기댄 헤르난은 고개를 비틀어 아모르를 응시했다. 어둠 속 부유하는 먼지마저 선명한 가운데 소년은 홀로 죽은 것처럼 앉아 있었다.

"카스토르가 「동반자」의 자리를 대신했다 하지만, 완벽하진 않으니까요."

짐승의 신관인 그의 눈에는 대낮처럼 환히 보였다. 얼핏 일그러진 아모르의 표정도, 못마땅하다는 듯 잠시 머무른 시선도.

"넌 약을 남용하고 있잖아. 언제까지 반쯤 미쳐 지낼 셈이지?"

눈썹을 일그러트린 아모르를 보며 헤르난은 다른 생각을 했다.

<루시! 루시! 루시!>

열여섯 살의 소년은 아끼던 사람을 잃었다. 사랑하는 이에게 배신당하고, 상실을 겪은 처참한 황자의 모습은 그에게 연민을 불러일으켰다. 자신을 사랑해 준 하녀에게 처절한 배신을 당하고 사랑하던 손에 죽을 뻔했던 황자라니. 그 후 꼼짝없이 자포자기할 것이라 생각해 혹 자결이라도 하면 어쩌나 걱정했지만, 헤르난의 예상은 틀렸다.

"롬의 약이 충동을 억제하는데 도움을 준다지만, 넌 너무 의존하고 있어."

눈을 뜨자, 꼿꼿한 얼굴이 보였다. 자신을 똑바로 응시하는 아모르는 소년답지 않게 정갈하고, 또한 메마른 느낌을 주었다.

"위에서 시키는 일을 하려면 약이 꼭 필요한 것을요."

"따르는 사람은 형님이라면서 왜 황제의 더러운 일을 대신하지?"

"황자님은 어째서 약 대신 독을 만드나요? 그 독은 황제의 손에 가지 않습니까."

그러자 아모르는 한 대 얻어맞은 얼굴이었다. 부드럽게 웃는 헤르난의 얼굴 앞에서 말없이 고개를 돌리는 아모르였다.

"......내가 만든 것이 무엇으로 쓰이는지 관심 없어."

천천히 감기는 녹색 눈에서 눈을 떼어 내며, 헤르난은 문득 섬세한 얼굴이라 생각했다. 일견 예민하고 표정 없는 얼굴 같지만, 사실은 많은 걸 표현하는 얼굴이었다. 어쩌면 자신의 시력이 남들 배로 지나치게 좋아 자신만이 알아채는 걸지도 모르겠다.

"피곤해 보이시네요."

소년은 눈을 감을 뿐이었다. 헤르난 또한 소년을 괴롭게 할 생각이 없었음으로 그쯤에서 물러났다.

'괴롭힘이라니 전혀, 가당치않다.'

오히려 그는 소년을 아끼는 쪽이었다.

"오전에 형님이 다녀가셨어. 7황자 얘기를 꺼내더군. '황제의 그림자'는 여전히 공석이겠고."

"네. 롬의 후계자는 아직 어리니까요. 그리고 '황제의 그림자' 자리를 거절하고 있다는 모양이고."

잠깐의 침묵이 이어졌다. 그리고 아모르는 말했다.

"그래서 네가 황제의 뒤처리까지 도맡아 하는 건가?"

"네. 그렇죠."

"……어떻게 되던 상관없는데, 날마다 사향을 풍기는 것은 불쾌해."

헤르난이 손을 늘어트리며 미안한 표정을 지었다.

"죄송해요."

얼마 전 황제에게 정식으로 신관의 자격을 인정받았다. 겉으로 황제의 신임을 받는 젊은 공작은 사치스럽고 향락적인 파티 쉼포시온에 불려가기 일쑤였다. 젊고 유려한 공작을 보며 다가간 여자들의 목적은 비슷했다.

"정중하게 거절하는데도 이 모양이라……."

아모르의 눈이 행색을 훑었다. 진한 꽃향기. 아마 오늘도 비슷했으리라. 그답지 않은 흐트러진 옷차림은 자세와 비틀어져 묘한 느낌을 자아냈다. 이를 지적하자, 그는 그저 웃을 뿐이다.

이 시간에 제 궁에 나타난 것으로 봐서는 어떤 일이 있었을지 눈에 빤했다. 이미 약에 물들어 몽롱하게 젖은 눈동자는 푸른 보석처럼 빛이 나고 있었다. 간신히 이성을 유지하고 있는 것임에 분명했다. 그 증거로 홍채에서 촛불처럼 작게 일렁이는 보라색 아지랑이를 보았다.

"너를 사랑한다 말하는 여자들 중에 하나에게 정착이라도 해. 결혼이 이르다 싶긴 해도 네 나이에 아예 없는 일은 아니잖아."

식물의 얘기를 듣고 알아 헤르난이 어떤 사랑을 받는지 알고 있었다. 누군가 참하고 번듯하다 말하는 신관 귀족의 딸이 그를 열렬히 사모하고 있다는 것도. 그리고 아모르는 지금 자신이 지껄이는 것이 기만에 가까운 말인 것을 알면서도 뱉고 말았다.

"……내가 할 말은 아니지만. 형님은 행복하지 말라는 말은 안 하셨어."

그 말에 의문이 서린 시선이 돌아왔다.

"제가 행복할 자격이 있을까요?"

대답은 뜻밖에 담담했다. 꼭 모든 걸 놓아 버린 사람처럼.

"자격은 누가 따지는데?"

아모르의 퉁명스러운 말에 헤르난은 그저 웃었다.

"그 말 그대로 황자님께 돌려드리고 싶습니다."

그렇게 말하며 헤르난은 손을 뻗었다. 기다렸다는 듯 날아간 새가 주변을 한번 휙 돌고는 헤르난에게로 돌아왔다. 바람에 어깨에 살짝 걸쳐 둔 제복 상의가 펄럭이고 있었다.

"저는 언제 자아를 잃을지 모르는 몸입니다. 언젠가 약이 듣지 않게 되는 날, 혹은 제 스스로 카스토르에게 제 몸을 바치는 날, 저라는 사람은 이 세상에서 지워지겠지요."

헤르난과 아모르. 둘은 가장 가까이에 있었다. 함께했기에 서로를 누구보다 잘 알았다. 하지만 각기 삶이 버거웠던 탓에 털어놓는 일은 없었다. 이를테면 자신만이 느끼는 감정 같은 걸 얘기할 기회가 없었다 봐도 좋겠다.

"네가 죽거나 말거나 나랑은 상관없는 일이지만……. 미쳐 날뛰기라도 하면 곤란해져."

때론 마음을 열지 않아도 알게 되는 것이 있다.

"수습하는 건 나일 거라고. 그러니, 미칠 생각은 말고 얌전히 발 닦고 잠이나 자."

그렇기에 헤르난은 알았다. 아모르가 자신을 동정한다는 것을. 오늘도 방문을 원치 않았다면 얼마든지 막을 수 있었다.

아모르의 성은 소년만의 공간이었다.

아모르는 그를 쫓아낼 수 있으면서 그리하지 않았다. 소년은 서툰 거짓말쟁이였다. 거리를 두는 성마른 말과 예민한 낯과 다르게 자신을 미워하지 못했다. 어머니를 죽인 원수의 아들이 자신이었음에도 그 거친 낯을 하고서 끝끝내 자신을 몰아내지 못했다.

'어떻게 그럴 수 있을까.'

사랑에 배신당하고 처절하게 울부짖었음에도 결국은 제게 정을 쏟았다. 이를 이해하기 어려웠다. 동시에 연민했으며, 또한 다름을 인정했다. 아모르에게는 자신에게 없는 것이 있다고.

가끔은 생각해 보기도 했다.

'다른 인연으로 만났다면 달랐을까.'

의미 없는 가정이었지만, 그래도 바라보긴 했다. 같은 불행으로 묶여 있었으니까. 불행은 설산에 구르는 돌과 같았다. 그들은 자신의 탓이 아닌 불행으로 삶이 멈춰 버린 자들이었다.

"저는 누구도 사랑하지 못할 겁니다. 하찮은 감정에 소모할 여유가 없으니까요."

"……그건 네가 바라지 않는다고 해서 오지 않는 게 아니야."

"그렇습니까?"

그들은 각기 세상에 마지막 하나 남은 신관이었다. 처지는 비슷했지만, 달랐다. 헤르난은 그 차이를 알았다.

"사랑이란 덧없는 것을요."

헤르난.

「동반자」 라는, 고대 짐승의 저주에 걸린 그는 사랑을 믿지 않았다.

사랑을 부정하지는 않았다. 일찍 모친을 여읜 두 황자와 다르게 오랫동안 쏟아지는 사랑을 받았다. 부친은 매정했을지 몰라도 모친은 그를 끔찍이 사랑했다. 그렇기에 헤르난이 정의하는 사랑은 외애畏愛였으며, 한없이 베푸는 것이었다. 경이로웠고, 공경과 신앙에 가까웠다.

아울러 남녀 간의 사랑을 가벼이 여겼다. 세상에 하나뿐인 「동반자」 를 두고 외도를 일삼은 부친을 보며 헤르난은 가벼움과 혐오를 느껴 버렸으니까.

그의 사랑은 신을 향한 것과 닮아 있었다.

경애 말고는 어떤 형태도 될 수 없었다.

* * *

아주 잠깐 어린 시절의 소녀를 본 적 있다. 그가 카스토르를 따라 성에 오게 되고, 얼마 지나지 않았을 때였다.

"데인!"

목을 채 가누지도 못했던 아주 어린 아기가 어느새 아장아장 걷고 있었다. 7황자의 궁에서 어린 소녀는 행복하게 웃고 있었다.

"오늘은 이 책을 읽어 주겠어?"

아모르 궁으로 가던 도중 길을 잃었고, 작은 실수가 천금 같은 기회로 탈바꿈했던 날이었다. 아니, 불행인지 행운인지 모르겠다.

'동반자.'

헤르난은 소녀의 밀밭 같은 금발을 보다가 천천히 그 아래 자색 눈동자를 바라보았다. 마지막으로 닿은 곳은 뺨에 선명하게 그어진 상처를 보고 말았다.

<아주 작은 부작용이 있을 거라고.>

가슴이 쓰렸다.

'다가가고 싶어.'

본능을 억눌렀다.

그 뒤 6년이 흘렀다. 잠깐의 만남이었지만, 소녀가 행복할 거라고 믿어 의심치 않았던 헤르난이었다. 소녀의 미소는 사랑스러웠고, 그녀에겐 좋은 사람이 함께였고, 포근한 풍경 속에 안겨 있었다.

'행복하겠지?'

가끔, 고향을 위해 소녀를 저버렸다는 생각을 하면 가슴 한 구석이 아렸다. 고개를 저었다. 이 순간 행복하면 됐다고 안심하는 한편 아쉬움을 느끼는 자신이 있었다.

'내가 가기로 한 길은 그분과 어울리지 않아.'

생각하면, 가슴이 뛰었다. 안 될 말이다. 면목 없는 감정이다.

자신은 이미 소녀를 대신해 다른 것을 선택하지 않았던가. 그래, 이건 애틋한 감정이었다. 마치 신관이 신을 숭배하는 것처럼 경애하고 갈구하는 그런 감정. 소녀가 바랐던 것도 아니고 멋대로 운명이 선택한 것이지만, 짐승은 이 감정을 소중히 여겼다. 바라는 건 없었다. 그저 소녀가 행복하기를 바랐다.

'행복했으면 좋겠다. 늘, 언제나.'

짐승의 신관은 비이성적일 정도로 「동반자」를 따른다는 사실은 알고 있다. 그렇지만, 소녀는 그에게 안정을 가져다주는 평형추였고, 은은한 달과 같은 존재였다.

특히나 신력이 강력한 만큼 운명에 더욱 강하게 묶여 있던 헤르난이었고, 이 때문에 「동반자」에게 느끼는 감정은 남다르기도 했다. 그는 늘 자신의 행복을 전부 가져가도 좋으니 행복했으면 좋겠다 생각했다.

<우스워. 그건 네 본능이 시킨 거 아닌가? 거기에 네 의지는 어디 있지?>

아모르는 그런 헤르난을 비웃었다. 그런 하잘것없는 것에 사로잡히는 것이 짐승의 신관이냐고. 그런 아모르를 보며 웃는 것 말고는 아무것도 하지 못했다. 아모르가 자기 자신까지 비웃었음을 알았기 때문이었다.

하늘빛 머리칼의 황자. 그는 아버지가 남기고 간 죄의 희생양이었다. 헤르난은 아모르를 연민했다. 아모르가 치가 떨리도록 싫어했기에 표현하지는 않았지만.

털썩.

헤르난은 눈앞에 쓰러진 남자를 보며 중얼거렸다.

"당신은 쓸데없는 말을 퍼트렸습니다."

조용한 방, 쓰러진 남자는 창과 방패의 신관이었다.

"……1황녀가, 죽었다는 게 어째서…… 쓸데없는 말이라는 거냐……!"

보통 전투 신관 대부분 아벤타 공작가의 사람이었다. 하지만, 남자는 공작의 사람은 아니었다. 자수성가한 유능한 관리였고, 신력과 창을 다루는 능력 또한 출중했다. 이렇게 쓰러지기에 아까울 만큼.

"1황녀는 물론 2황녀도, 3황자도 혼돈의 신관과 같이 금기시된 단어라는 것을 알지 않습니까."

오늘 헤르난은 이 유능한 남자의 입을 영원히 막기 위해 왔다.

"그대에겐……, 소중한 사람이 없나?"

헤르난의 얼굴이 얼핏 괴로움으로 일그러졌다.

"무슨 말을 하고 싶은지 알 것 같습니다. 하지만 살아 있는 2황녀와 죽은 1황녀. 그리고 추방된 3황자를 담지 않아야 할 이유를 알고 계십니까?"

헤르난이 검을 들어 올렸다.

"황제가 원하지 않으니까요."

남자가 마지막 힘을 담은 일격은 헤르난의 검에 가로막혀 닿지 못했다.

"폐하는, 황제는, 무슨 일을 하고 있는지 알고 계신단 말인가! 어찌 그런 부도덕한 일을……, 신이 보는 하늘 아래서 그런 일이 일어난단 말이냐! 내 딸이 왜 황궁 지하에 있는 것이냐고!"

"글쎄요. 알 자격이 있었다면, 당신은 나를 만나지 않았겠지요."

털썩. 쓰러지는 남자에게서 검을 빼낸 청년은 한동안 자리에 머물렀다. 비릿한 냄새를 품은 바람이 위로하듯 어깨 위로 떨어졌다.

황제는 제국의 모든 신력을 담아 둔 수정에 신력을 불어넣지 못했다. 그것은 제국이 기울어지는 결과를 낳았다. 그리고 황제가 택한 것은 살아 있는 제 딸을 그곳에 바치는 일이었다.

어째서 황제가 황태자에게 황위를 넘기지 않는 것인지 헤르난도 몰랐다.

'무엇이 옳다던가, 그런 건 됐어.'

떨구어진 고개 아래로 흰 머리칼이 거칠게 흔들거렸다. 내키지 않은 일을 하고 난 뒤 어깨가 무거울 때가 있다. 죄의 무게이리라. 복수를 위해 택한 길은 아프고 고통스러웠다.

「동반자」

오늘따라 어딘가에서 행복하게 웃고 있을 소녀가 몹시도 보고 싶었다.

"마음을 줘선 안 돼. 헤르난. 넌 내 기사잖아?"

카스토르가 못을 박았다. 현재 「동반자」의 자리를 차지한 주인의 말에 거스를 생각은 없었다. 다만, 하고 때때로 그는 카스토르에게 바라는 것이 있다며 건네곤 했다.

"황녀님은 행복했으면 좋겠어."

"흐응, 이렇게나 맹목적인 감정이라니……. 네 「동반자」는 내가 됐음에도 여전하구나."

"그렇게 태어났으니까."

그렇게 말하며 창문을 바라봤다.

흐드러진 봄이다.

그는 황궁에 와서야 수많은 꽃들을 보았다. 예쁘다. 하지만 그가 아는 계절에 비하면 빛이 바래 버렸다. 하늘의 달보다 높이 뜬 소녀는 여전히 세상의 중심이었다.

타인의 생각을 엿볼 수 있는 카스토르는 이런 자신의 마음을 모두 알고 있는 것 같았지만, 어쩐 일인지 아무 말도 하지 않았다. 아니, 카스토르는 자신의 원래 「동반자」에게 크게 관심이 없어 보였다.

"혼돈의 신관 중 온건파는 눈과 바다의 신관 쪽으로 갔어. 내가 찾는 건 과격파 쪽이야."

"아아."

"좀 새겨듣지 그래. 그들이 가장 죽이고 싶은 건 너야. 황제와 널 죽이고 눈과 바다의 신관을 황제로 세우려는 자들이 과격파 '가시나무관'이잖아."

카스토르 밑 수호자로 있으며, 그는 카스토르의 잡다한 업무를 함께 하는 동시에 혼돈의 신관에 대한 정보를 모았다. 짐승의 도시를 멸망시킨 자들을 찾기 위해서였다. 정보를 얻기 위해 그는 황제의 그림자가 되는 것도 서슴지 않았다.

신관을 상대하기에 가장 최적화된 그의 능력은 황제와 권력자들의 관심을 샀다. 거기엔 그가 이 세상에 마지막으로 남은 7번째 신의 신관이라는 점도 있었을 것이다. 식물의 신관이라서 평생 갇혀 버린 황자처럼.

"맞아."

현 황제는 신력을 아우르며 이 땅을 지탱하는 수정에 힘을 불어넣지 못할 정도로 약했다. 따라서 이미 후계자의 힘을 상실하다시피 한 황제 대신 강력한 신력을 가진 황태자에 거는 기대가 컸다.

그가 기행을 일삼고 시체가 줄줄이 실려 가는 살벌한 짓들을 벌여도 황태자의 자리에 있는 이유가 이 때문이었다. 또한 황제의 결함은 아주 소수만 아는 비밀이었다.

"이상한 소문이 있어. 혼돈의 신관들이 또 다른 「주신의 후계자」를 찾는다는……. 아니 이상한 소릴 했네."

"그래?"

"주신의 후계자가 여기 말고 있을 리가 없잖아."

주신의 후계자는 그와 5황자를 제외하고 있을 수 없다. 더군다나 5황자는 카스토르에 비해 현저히 약했다. 카스토르가 죽일 가치가 없어 살려 두는 것이 보일 정도였다. 그리고 그는 이런 말들에도 무심했다. 제 목숨의 위협이 되는 일인데, 왜? 권태롭다.

마치 다 알고 있다는 듯이.

"후계자라……. 있으면 좋겠네."

"5황자가 있잖아."

"아니, 내가 원하는 건 그보다 더…… 강력한……. 사람."

카스토르가 미소했다.

"난 한 사람을 찾고 있어."

"누군데?"

"아직 모르겠어."

헤르난은 '짐작할 뿐이야.' 하고 나지막이 떨어진 말을 대수롭지 않게 넘겼다. 카스토르는 한 번씩 뜻 모를 소릴 했기에 그날도 그런 것이겠거니 할 뿐이었다.

그리고 얼마 뒤, 카스토르가 갑작스럽게 8황녀에게 관심을 갖기 시작했다. 헤르난은 놀라고 말았다. 간극이 너무 컸기 때문이었다.

"테레나 궁에 가야겠어."

그랬다. 관심은 너무나 갑작스러웠다. 마치 어제의 그와 다음 날의 그가 다르기라도 한 것처럼. 그리고 그 관심은 헤르난을 불안하게 했다. 여태까지 그가 비정상적인 관심을 보였단 사람은 전부…….

'죽었지.'

헤르난이 얻는 정보는 제한된 편이었다. 그의 생각을 읽는 카스토르가 때로 그의 정신을 지배하기도 했고, 정보는 통제되고 걸러졌기 때문이었다. 복수 대신 그의 검이 되겠다고 했기에 불만은 없었다.

"헤르난."

"아."

비로소 고개를 들자, 카스토르가 자신을 바라보며 미소하고 있었다.

"걱정하지 마. 별일 없을 거야."

수 분의 침묵 뒤로 카스토르가 서류를 내밀었다. 어느새 깔끔하게 정리된 서체 끝에 익숙한 이름이 보였다. 아실리 로제. 헤르난이 손끝으로 이름을 더듬었다. 심장이 두근거렸다.

"확인하고 싶은 게 있어서 그래."

오직 짐승의 신관만이 느낄 수 있는 본능적인 감이었다. 육감의 경고에서 눈을 감았다.

"그래."

뚜뚝. 손안에서 부서진 깃펜을 보던 헤르난은 불안을 덜어 냈다.

<제 아이는 행복할 거예요.>

「동반자」를 데려간 이들은 말했다. 그녀를 누구보다 행복하게 해주겠다고 했었지, 아주 단단한 얼굴로. 그래서 헤르난은 그 말을 철석같이 믿고 말았다. 소녀가 그는 갖지 못한 포근한 곳에 있을 것이라고. 풍족하고, 행복하게 살고 있으리라 생각했다.

그리나 얼마 뒤, 그 예상은 처참하게 빗나가고 말았다.

* * *

핏빛이 비치는 풍경을 바라보았다. 모든 하녀들이 죽은 가운데 소녀는 한 하녀의 시체를 붙잡고 오열하고 있었다. 이게 뭐지? 헤르난은 자신의 눈을 믿을 수 없었다.

"내, 내게……, 내게 왜 이래요?"

곳곳이 보수가 되지 않은 낡은 궁, 색이 바랜 붉은 지붕, 조촐하게 갖춰진 정원과 정원에 핀 시든 꽃……. 울먹이던 소녀가 고개를 들었다.

'왜 당신이 이런 곳에 있지?'

헤르난은 몸을 움직이려 했다. 그러나 꼼짝도 하지 않았다. 머릿속으로 주박이 느껴졌다. 카스토르의 금제였다. 눈만 아래로 내리면 붉은 아지랑이를 흩뿌리는 기운이 그의 몸을 죄이고 있었다.

"너에게 나는 어떤 의미인가?"

'카스토르!'

카스토르를 바라보며 찢어질 듯 커진 눈과, 꽉 쥔 주먹. 외침은 소리가 되지 못했다.

뚝. 뚝.

여린 가지 같은 몸이 천천히 쓰러진다. 울부짖어도 소리는 닿지 않았다. 손을 뻗어도 닿지 못한 채 차디찬 바닥에 쓰러지고, 붉은 잉크가 웅덩이를 그린다.

하얀 궁을 도화지 삼아 장미 봉오리처럼 떨어진 것은 핏자국이었다. 결국 그는 하나뿐인 「동반자」가 죽는 것을 마주했다. 그 순간 폭발할 듯 힘이 터져 나왔다.

"걱정하지 마. 헤르난."

카스토르는 위협 앞에서도 태연했다.

"곧 다시 마주할 테니까."

짐승처럼 변모한 자신의 기사가 들이민 검을 잡으며, 말했다.

"이전까지 존재만 알았을 뿐, 누군지 몰랐거든."

"……카스토르!"

"나와 같은 사람 말이야. 드디어 찾았어."

헤르난이 기억하지 못하는 하베르미아의 달 10일이었다.

"나를 이해해 줄 사람을."

* * *

“이번에도 바, 바, 방관할 셈, 인가요.”

방관?

헤르난은 자신을 잡고 달달 떠는 소녀를 천천히 바라봤다. 그저 비석 근처에 볼일이 있어 왔을 따름이었다.

“카, 카스토르가 날 죽여요. 왜? 나, 나……다신 죽고 싶지 않아요. 나, 좀, 살려주세요.”

“…….”

“더는, 죽고 싶지 않아요. 제발…….”

가까운 곳에 있었지만 아득하게 느껴지는 소녀는 자신의 옷자락을 잡고 빌었다. 횡설수설 지껄이는 몸은 쉴 새 없이 떨리고 있었는데, 결국 경련을 일으킨 것인지 쓰러지는 몸을 황급히 붙잡았다.

금지된 숲에 나타난 소녀는 무엇이며 왜 소녀는 울고 있는 걸까. 다음 순간 헤르난은 머릿속이 새하얘졌다.

<다, 나는…… 다시는 죽고, 싶지, 않아요. 싫어. 죽고 싶지 않아.>

헤르난의 눈동자가 변했다. 깊게 가라앉기 시작한 눈동자에 보랏빛 아지랑이가 위험할 정도로 일렁거린다. 충동을 이겨 낼 수 없다. 하지만 가라앉혀야 해.

헤르난이 입술을 깨물며 애써 차분하게 낮춘, 그러나 떨리는 목소리로 말했다.

“대체…….”

‘이게 무슨 얘기지? 죽어? 누가 죽는단 말이야?’

충격이 현실감을 앗아 갔다. 헤르난은 이성적으로 생각하려 했다.

그렇지 않으면 당장이라도 이 충동을 이기지 못하고 카스토르에게 달려갈 것 같았으니까.

<제발, 나 좀…….>

그러나 눈물이 뚝뚝 떨어진 순간, 그가 표정을 일그러트리며 소녀를 끌어당겼다.

'행복할 거라고 했잖아.'

그의 홍채로 어지러운 빛과 함께 타오를 듯 일렁거리는 보랏빛이 있었다. 곧 표정은 처절할 정도로 이지러지며, 어깨를 떨었다.

'행복하다고 했잖아!'

한품에 들어오는 가냘픈 소녀는 약하고 어리며 처절한 모습이었다. 과거의 헤르난은 상상도 못했던 모습으로 모든 것을 털어놓으며. 자신을 잡고 살려달라고 엉엉 빌었다.

헤르난은 카스토르를 알았다.

"카스토르가……. 당신을 죽였습니까?"

아니 몰랐더라도 지금 알게 됐다고 생각했다. 소녀의 말을 믿었다. 그 순간 눈이 아파왔다. 푸른 눈동자 깊은 곳에서 횃불처럼 솟구치는 빛이 있었다. 빛은 조금 더 또렷하게 떠오르면서 휘몰아치는 폭풍이 되었다. 그는 화를 내고 있었다. 황녀가 아닌 자신에게 향해서. 화를 내고 있었다.

'내가 모르는 시간 동안. 당신이 행복하길 그렸는데.'

이 감정이 무엇인지 헤르난은 모른다. 막연히 본능이 이끈 감정이라 하여도 좋았다. 이 애처로운 사람을 어쩌면 좋단 말인가. 숨소리와 우는 소리가 섞였고 이어 탄식과 같은 목소리가 섞여 들어왔다.

내가 어떤 마음으로 당신을 놓았는데.

'……왜…….'

당신의 행복을 바라며, 척박한 땅에 남았고, 폐허가 된 도시를 거치며, 이곳에 오기까지 당신의 행복을 바랐었다고, 헤르난은 끝내 하지 못한 말 대신 신음을 토해 냈다.

"행복하지 않습니까."

그의 행운이자 불행은 결국, 그는 이 모든 일을 기억하지 못하는 것이었다.

* * *

"헤르난."

그가 고개를 퍼뜩 들어 올렸다.

"왜 넋을 놓고 있어?"

태연한 낯으로 올려다보는 소녀가 있었다. 정신을 차리고 둘러보니, 조영관의 집무실이었다. 그가 고개를 기울였다. 왜일까, 아주 긴 꿈을 꾼 것 같은 기분이었다.

"아뇨. 잠깐 긴 꿈을 꾼 것 같아서요."

소녀는 건조한 낯으로 대수롭지 않게 웃었다.

"꿈? 당신, 나를 지킨다면서 선 채로 졸기라도 한 거야?"

소녀는 알까, 그 텅 빈 얼굴이 가끔 떠올리게 한다는 걸. 이 생각을 하는 자신이 이상한 걸지도 모른다. 나이답지 않은 얼굴에서 때로 먼 창문을 보던 카스토르의 표정이 겹쳐 보인다는 것을.

<말했잖아. 나는 당신이 싫어. 나는 당신을 이용하고 버리고 말 거야.>

헤르난은 소녀의 원망과 설움의 이유를 몰랐다. 짐작할 수 있나하면 그런 것도 아니었다. 그러나 그럼에도 그녀의 주변을 맴돌았다. 그녀가 자신을 싫어하는 것을 알았어도 첩첩이 설움이 쌓인 눈을 외면하고 싶지 않았다.

원망의 이유를 몰라도 함께하고 싶었으니까.

아모르는 말했다. 그건 그저 본능이 시킨 대로 따르는 것이 아니냐며. 그의 말처럼 짐승의 신관이 가진 숙명이 그를 그녀에게로 이끌었을지도 모른다. 보지 않아도 듣지 않아도 떠올리게 했다. 헤르난은 스스로에게 질문했다. 이건 운명의 농간이고, 여기에 나의 의지는 전혀 없는 거냐고.

어느 날, 참지 못하고 아모르에게 묻고 말았다.

"본능이 시키는 대로 찾아가면 안 됩니까?"

소녀는 자신을 싫어했다. 분명했다. 자신을 바라보는 눈에는 빠짐없이 원망으로 차 있었으니까. 그럼에도 곁에 머무르고자 했다. 카스토르의 검을 막고 피투성이가 되어서도, 소녀가 수십 번 밀어내도, 이 마음은 꼿꼿한 고목처럼 변함없었다. 이것은 과연 그의 안에서 요동치는 짐승의 피가 「동반자」를 바라는 마음인가, 아니면 인간인 자신의 마음인가.

아모르는 말했다.

"헤르난, 「동반자」는 충동을 억제하는 역할을 해. 일종의 고삐라고."

"그런데요?"

"반려가 아니야."

아모르가 성마르게 웃었다. 네게 이걸 정말 알려 주고 싶지 않았지만, 하며 오래전의 빚 얘기를 운운하며 말했다.

<나를 테레나, 8황녀 궁으로 데려다줘. 2번의 기회 중 하나를 쓰겠어.>

헤르난은 아모르가 밖으로 나갔던 날을 떠올렸다. 아모르가 말한 빚이란 아모르가 밖으로 나갈 수 있게 도왔던 날을 말하는 것이리라. 그는 카스토르에게 외출을 알리지 않았다.

"똑똑히 봐. 헤르난."

소년이 몇 년 전과 다르지 않은 얼굴로, 고운 선을 덧그린 듯 섬세한 얼굴이 메마르게 미소했다.

"이끌림은 운명이 만든 것일지도 몰라. 그런데, 감정은? 감정은 뭘까?"

헤르난의 눈에는 아모르가 이 순간 어느 때보다 강한 빛을 품은 것처럼 보였다.

"무엇을 느끼는지 집중해. 감정은 오로지 네 것이라는 거야. 정녕 모르겠어?"

"……왜 제게 알려 주는 겁니까?"

"난 죽을 사람이니까."

아모르가 피식 웃었다.

누군가 그 애 곁에 있으면 좋을 거고. 그게 나는 아닐 테지만.

"하나라도 옆에 있어 주면 좋잖아."

헤르난은 오랫동안 순종과 복종에 길들여졌고, 학대에 익숙했다. 짐승을 거쳐 인간이 되기까지 부친으로부터 받았던 체벌과 학대는 그가 충동을 이기는 데에 도움을 주었지만, 대신 스스로 생각할 자유와 자립심을 앗아 갔다.

<헤르난, 난 네가 「동반자」를 사랑하지 않았으면 좋겠어. 사랑은 하찮은 거란다.>

그래서 그는 죽은 모친의 말을 떠올리며 고개를 저었다.

쉬이 인정하고 싶지 않았다. 인정해 버리면, 그는 그가 걸어온 길을 잃고 만다. 죽어 버린 수천 명의 사람들이 있었다. 자신을 아껴 주었던 짐승의 신관들이 전부 죽었다. 화마에 모조리 휩쓸려 간 폐허 속에서, 마치 주신의 현신처럼 위압적이고 찬란했던 소년이 그에게 복수를 할 수 있는 길을 보여 주었다.

그리고 그 순간 그는 선택해 버렸다.

'사랑은 아니야.'

그렇게 믿기로 한 이상 이것이 진실이라고 믿었다. 인정해 버리면 전부 버리고 그녀에게 갈 것만 같아서. 그녀를 향한 이 고결한 감정이 하찮은 사랑일 리 없다고 되새겼다. 평생 「동반자」이자 모친을 외롭게 둔 부친의 꼴을 떠올리면, 역시 사랑은 아니라고 생각했다.

하지만, 소녀는 그가 둘둘 감아 둔 벽을 부수고 들어왔다.

안. 소녀가 아닌 다른 사람의 모습을 빌린 여자가 말했다. 심장이 시큰거리도록 아픈 이 고통이 사랑이라고. 경애라 굳게 믿었던 이 감정은 헤어 나올 수 없는 사랑이라고.

마침내 헤르난은 알아차렸다.

"황녀님."

이 감정은 사랑이군요.

'나는 평생 후회할 선택을 했구나.'

하지만, 잔인한 사실이 남아있다. 자신은 카스토르의 사람이라는 사실이. 그가 선택했다. 과거의 그가 소녀를 저버리고 택했다.

후회해도 늦은 것을.

"……나는 스스로 죽을 수조차 없어."

이윽고 그녀가 자신을 미워했던 이유를 알게 되었지만 이미 그가 할 수 있는 것은 아무것도 남아 있지 않았다.

"왜 무모하게 나섰어? 어차피 당신은 나를 구원할 수 없어. 헤르난."

당신이 나를 싫어했던 이유는 이러했구나. 그리고 그제야 소녀에게서 줄곧 카스토르에게서 엿보였던 얼굴이 보였던 이유를 알았다.

어린 시절, 카스토르가 보였던 나이답지 않은 잔혹한 모습이 무엇 때문이었는지 이 순간 느꼈다. 때때로 그의 얼굴이 황무지에 부는 바람처럼 덧없어 보였던 이유도.

"지금은 사과해도 늦었습니까?"

"……무슨 의미가 있을까?"

"기억하지 못하는 자의 사과라서?"

"기억하더라도 의미가 없어서."

너무 늦어 버렸어. 소녀는 눈물과 함께 웃으며 뺨에 올라온 그의 손을 잡았다.

'늦지 않았어.'

헤르난에게는 단 하나, 돌이킬 수 있는 방법이 남아 있었다.

"기억하십니까. 카스토르는 제게 무엇이든 한 가지를 반드시 들어주기로 했습니다."

"……헤르난."

"카스토르는 절대 당신을 죽이지 못 합니다. 제가 그렇게 바랐으니까요."

2년 전. 카스토르의 칼로부터 소녀를 구한 남자는 그날 돌아가, 주군에게 무릎 꿇고 간청했다. 오래전 제가 카스토르에게 약속한 소원을 쓰겠노라고.

<지금 이 순간부터 황녀님을 살려 주세요.>

그에게 온몸과 영혼을 다 바치겠노라고.

“이미 그때 시작된 저와 카스토르의 계약은 ‘대가’를 지불한 순간 완전해집니다. 그리고 제가 대가를 지불하면, 그는 당신을 죽이려는 어떤 시도도 하지 못합니다.”

“어째서……?”

“저승의 강에 대고 맹세했으니까요.”

카스토르는 너그럽게도 그가 스스로 자아를 잃을 순간을 기다려 주었다. 지금까지의 시간은 일종의 유예였다. 영원히 이어졌으면 했던 시간이기도 했다.

‘사랑이 아니기를 바랐던 것은…….’

그의 간절한 바람이었을지도 모르겠다.

삶은 돌고 돌아 후회의 연속이었다. 소녀를 위해 소녀의 뺨에 지워지지 않을 상흔을 남긴 일부터 소녀의 곁을 떠난 것까지. 지워지지 않는 상처는 그에게 짐으로 남아 있었다. 소녀가 삶 속에서 늘 행복하기를 바랐다. 그리고 그러리라 믿었다.

그러나 폐허 속에서 카스토르의 손을 잡았을 때부터 이미 자신은 몸을 적신 것일지도 모른다. 후회란 늪은 그의 몸을 잠식하고 끝내 그라는 존재를 지워 버릴 것이다.

나의 황녀님.

마지막이니, 더욱 자세히 봐 두고 싶었다.

‘마지막만큼은 도움이 되었으면 좋겠군요.’

색이 다른 머리카락이 바람에 섞이고 흩어지고를 반복하고 있었다.

‘내가 당신에게 도움이 되었으면……. 그때에야 나는 비로소 살아 있다 느낄 것 같아요.’

오랫동안 멈춰 있던 시간이 흐른다. 그가 그녀를 향해 막아 두었던 댐이 터진 것이기도 했다. 하지만 애석하게도 그에게 허락된 시간은 길지 않았다.

그의 머리색처럼 하얀 빛무리가 축복하듯 소녀를 감싼다.

소녀가 없는 그의 세상은 무채색이었다. 흑백만이 존재했다. 입술을 부딪치며, 헤르난은 신력으로 진을 그렸다. 지금 소녀에게 새겨지는 신력은 그와 카스토르 사이 계약의 증표가 될 것이다. 더는 그가 없는 시간에서 카스토르가 소녀를 죽게 두지 않으리라.

"사랑합니다."

어쩌면 헤르난과 소녀 사이에서 이루어졌을 「동반자」 의식은 이런 형태를 지녔을 것이다. 하지만, 지금 그가 그리는 것은 단순한 「계약」 이며 마지막으로 그가 선사하는 「축복」 이었다.

"그리고 당신께서는 평생, 제 사랑을 잊어 주세요."

자신은 사라질 테니까. 속삭이는 목소리와 함께, 달빛에 새하얗게 빛을 드러낸 소녀의 얼굴을 바라보며 헤르난은 웃고 말았다.

'감히 바라던 것이 있었습니다.'

깨지기 쉬운 도자기를 다루듯 헤르난의 손이 몇 번이고 소녀의 뺨과 머리를 만지고, 떨어졌다. 빛은 여전히 피어나며 계약의 언어를 그렸다.

'당신의 이름을 불러 보고 싶었습니다.'

그리고 다시 한 번 입술이 겹쳐졌다. 소녀가 말했다.

"헤르난, 왜 사라질 것처럼 말해?"

떨어진 입술 사이로, 건조한 목소리가 빈 공간을 채웠다. 손등 위로 뚝 떨어지는 것이 있다. 헤르난은 소녀가 자신을 위해 울고 있다는 사실이 생경하게 느껴졌다.

"난 당신을 사랑할 수는 없어."

그것만은 안 돼. 소녀를 바라본 눈에 눈물 자국이 가득한 빰이 담겼다. 이 순간 소녀의 시선과 그 속에 담긴 의미를 영영 알지 못하리라 생각했다.

"대신 당신을 꼭 구원해 줄게."

헤르난은 난연히 웃었다.

"그럴 필요 없습니다. 지난 시간 내내 당신은 내게 구원이었으니까."

살아 있다. 그것만으로 이미, 내게 구원이었노라고.

"행복하세요."

천천히 눈을 감으며 쓰러지는 소녀를 향해 헤르난이 속삭였다.

"다시 만날 때, 더는 제가 아닐 겁니다."

* * *

펑.

불꽃이 터졌다.

이미 끝났으리라 생각했던 축제의 끝이 이제야 찾아온 것이다. 헤르난은 힘겹게 눈을 떠 불꽃을 응시했다. 기억에서 벗어나 다시 골목 안이었다. 불꽃이 다시 한 번 터졌다. 이미 축제는 끝났을 것인데, 먼 광장에서 남은 불꽃을 여희로 삼은 것인지 아주 작고 보잘것없는 불꽃이었다.

그러나 이 순간 헤르난은 놀라울 정도로 부드럽게 미소했다.

"카스토르."

공간을 나눈 듯 더 깊은 골목 속, 짙고 짙은 그림자 속에 발끝만 빛에 살짝 드러났다. 어떤 어둠이라도 헤르난에게는 낮과 같았기에 바로 알아볼 수 있었고, 그의 이름을 불렀다. 카스토르는 말이 없었다.

"들어 봐. 평생 네 검으로 살며 생각했어."

헤르난은 작게 중얼거리며 눈을 내리깔았다.

'나는 본능으로 벼려진 짐승이야.'

그렇기에.

'한 사람 말고는 따를 수 없었던 것일지도 모르겠어.'

피어나는 붉은빛을 보며 그는 본능적으로 알았다. 자신으로서 있을 수 있는 마지막 시간이다.

사실, 헤르난은 카스토르를 미워할 이유가 없었다. 적어도 카스토르가 자신의 「동반자」를 잔혹하게 괴롭히기 전까진 그들은 나름 서로에게 하나라 할 수 있는 친우였다.

"나는 짐승이기에 때로 이성보다는 본능과 감이 많은 걸 경고해."

그는 이 순간 생각한 것을 진솔히 말했다.

"너는 미래를 읽지. 그렇기에 항상 승리했어."

헤르난이 물에 젖은 꽃처럼 미소했다. 눈앞이 저물어 가고 있음을 느꼈다.

"그런데 나는 왜일까 이번……, 네가 바라는 대로 되지 않을 것 같아. 카스토르."

헤르난은 마지막으로 그를 불러보았다. 일그러진 애증을 담아, 친우였고, 주군이었던 자에게 말했다.

"너는 질 거야."

"……."

짐승이 천천히 눈을 감았다.

"외롭게 남을 너를 조금은…… 동정해."

이윽고, '그'가 다시 눈을 떴을 때, 푸른 눈동자는 어디에도 없었다. 그저 껍데기만이 남아, 그림자처럼 짙은 검은 머리칼을 무심히 응시했다.

이지가 사라진 보라색 눈동자.

헤르난데즈 듀르젤 폰 디볼로는 남아 있지 않았다.

* * *

내가 진실로 당신을 사랑한 까닭은 그대가 내 세상을 끝없는 밤에서 달이 뜬 밤으로 바꾼 것에 있었다.

경애하는 나의 사랑.

한없이 괴로움을 헤맬지라도 봄이 당신을 찾아가길.

마침내 눈이 그치고 꽃이 피는.

미소가 끊이질 않는 세상 속에 당신은 웃고 있기를.

당신에서 출발한 나의 봄은 지고 말았으나,

당신의 봄이 내가 아니었음에 슬퍼하지 않는 것은.

이 또한 사랑이었기에.

14. 오빠의 결혼식

누구에게든 눈을 뜨기 싫은 아침이 있다. 눈을 뜨지 않아도 알 수 있다. 내일이 왔다.

'어째서 내일이 찾아온 걸까.'

나는 신음을 흘렸다.

누군가 누구에게든 공평한 축복이 시간이라고 말했다. 하지만 이 순간은 달랐다. 흐르는 게 싫다. 아침을 알리는 모든 소리가, 새가 지저귀는 소리가, 사각사각 잎새가 바람에 부서지는 소리마저 그저 괴로울 뿐이다.

건국제가 끝난 지 일주일. 일주일이라는 시간이 훅 지나갔다. 아무것도 하지 않고 방에만 틀어박혀 지낸 시간이기도 했다.

"하…… 땅파기도 오늘까지이려나."

첫날로부터 10일간 이어지고, 그 뒤 후야제로 이어지는 건국제이니, 모든 축제가 끝나기까지 일주일 정도 남은 셈이다. 또한 그 일주일은…….

나는 천천히 일어나 고개를 돌렸다. 푸스스 흘러내리는 머리칼이 느껴졌다. 시야에 담긴 것은 조그만 수첩이었다. 4년간 빠짐없이 함께한 일기장.

일주일 뒤, 그날은 사막의 공주가 나를 찌르는 날이다.

눈을 일기장에서 떼어 내 멍하니 방바닥을 바라본다. 지금이 몇 시일까. 조금만 시선을 옮기면 산더미처럼 쌓인 꾸러미들이 보인다. 전부가 내 앞으로 온 것이었다.

발신인은 하나하나 보지 못해서 모르겠다. 아마도 춤을 인상적으로 본 귀족이나 타국의 고위 관계자가 아닐까. 어렴풋이 듣기를 이 방뿐 아니라 다른 방을 가득 메울 정도로 들어찼다고 들은 것 같다. 잘은 모르겠다. 내내 잠에 빠져 지냈으니까.

"황녀님, 기침…… 하셨나요?"

문을 열고 들어온 사람은 한나였다. 나는 대꾸 대신 창문을 흘끗 바라봤다. 아침, 두꺼운 커튼 사이로 손톱만큼 비친 빛에 눈이 부셨다. 천천히 눈을 뜨면, 구름이 엷게 덮인 하늘은 푸른색이었다.

"응. 한나."

나는 보일 듯 말 듯 미소 지었다.

"오늘은 밖이 조용하네."

「프리모 살바티오」를 끝내고 궁에 틀어박혀 지낸 황녀의 이야기는 일주일간 주인공이 연화에 등장하지 않음으로서 공공연한 사실이 되었다.

어떠한 연회나 모임에 참석하지 않고, 모든 초대를 거부하는 황녀를 두고 누군가는 참지 못하고 이 서쪽의 구석까지 찾아오기도 했다. 그러나 이미 나를 기다리고 있던 황자들에게 쫓겨났다고 한다.

한나가 황송하다는 듯 고개를 조아렸다.

"황……. 황녀님. 오늘도 기다리고 계셔요."

"그래? 오늘은 누구니? 아니, 누구냐고 물어볼 필요는 없겠다. 셋 중 하나일 거니까. 그렇지?"

"……."

그랬다. 나는 데인도 플뢰온도 레이 경도 만나지 않고 방에만 틀어박혀 있었다. 생각을 정리하고 싶어서라거나 다음 계획을 세우기 위해서는 아니었다. 정말 뭐 그런 거창한 것이 아니었다. 그냥 이름 모를 감정이 나를 덮쳐 와 현실로부터 잠들게 했지. 그 이름은 체념일지도 모르겠다.

<아실리, 일어났어?>

일주일 전 눈을 떴을 때, 데인의 품이었다. 그 옆으로 일그러진 레이 경의 얼굴이 보였고, 헤르난은 어디에도 없었다.

<일단, 쉬는 게 좋겠다. 그렇지?>

데인은 하고픈 말이 무척 많은 얼굴로 말없이 나를 궁으로 데려다주었다. 나는 데인의 옆으로 보이는 검은 피부의 사람이라거나 그가 입고 있던 긴 흑의에 대해서 묻지 않았다.

나는 지쳐 있었고, 아무것도 하기 싫었다. 그래, 이 일주일간은 내게 휴식이었을지도 모르겠다.

그동안 나는 많은 것을 견뎠다. 길게 지나간 4년 동안 늘 죽음을 마주했고, 벗어나기 위해 무엇이든 했다. 결국에 수많은 기적을 빚어냈음에도 그것은 내게 드리운 불행을 완전히 벗겨 내기엔 턱없이 부족했다.

서늘한 바닥의 감촉이 현실감을 가져왔다. 일주일 만에 나는 현실에 발을 디뎠다.

"한나, 식사를 준비해 줘."

한나가 눈을 동그랗게 떴다. 시, 식사요? 그동안 하녀들이 겨우겨우 억지로 권해야 먹었던 나였으니 놀라는 것도 이해했다. 다시 한 번 끄덕이자, 한나는 내가 물릴세라 얼른 뛰어갔다. 음식을 가지러 가는 것이리라.

홀로 남은 나는 발을 디뎠다.

"너무 잤나."

지나친 수면은 오히려 피로를 불러온다더니, 물에 젖은 것처럼 몸이 무거웠다. 하긴 지독하게 잤으니까. 뭐. 이건 인정하자. 나는 지칠 만 했다.

"그럴 수밖에."

나는 나를 너무 과신한 것인지도 모른다. 믿었다. 내가 무엇이든 헤쳐 나갈 수 있으리란 것을. 희망찬 믿음은 아니다. 무엇이냐면, 내가 딛고 있는 것이 바닥이라고 착각해 버린 거였다.

하지만 더는 무너질 곳 없다 믿었던 곳이 사실은 텅 빈 지하 위에 세워진 아슬아슬한 집이었다. 카스토르라는 절망을 만나자 무너져 버렸던 것이다.

<네가 가진 시간을 반복하는 능력. 그건 주신의 후계자만이 갖는 「저주」란다.>

카스토르의 등장과 함께 바닥은 힘없이 부서져 내렸다. 또 한 번 무저갱의 지하로 거꾸로 처박혔다. 수능에 실패하고 재수마저 실패해 세상에 너절하게 버려졌다 느낀 과거 어느 날처럼 끝을 알 수 없는 긴

절망이 나를 끌어당겼다.

<그 저주를 피하는 방법은 오직 나만이 알고 있지.>

함께 있자. 절망이 속삭였다.

<하지만, 알려 주면, 넌 나를 벗어날 거야. 그렇지?>

하나가 끝나고, 다른 하나가 찾아온다. 눈을 감았다. 언제나 이런 식이었다.

죽음으로도 이 불행의 연쇄를 끊을 수 없다면, 무엇으로, 어떡해야 하는가. 그 답을 찾지 못하고 나는 꿈을 방황했다. 죽은 것처럼 잠만 잔 것이다.

과거 한 친구는 말했다. 사람이 자고 자도 잠이 쏟아질 때, 끝없이 잠을 자려 하는 것은 온몸으로 토해 내는 거부라고, 세상을 향해 소리치고 싶은 스트레스의 증거라고.

"잠이라……."

오래전 나는 아침에 눈을 뜨는 게 가장 쉬웠다. 특히 부담감을 느낄 때, 이 습관은 더욱 빛을 보았다. 아침 8시, 시험이 있을 때라기나 아침 회의에 맞춰서 일찍 일어나야 할 때 한 번을 늦어 본 적이 없을 만큼. 그러나 그런 내가 죽은 듯이 잠에 빠져 지냈다는 건. 보고 싶지 않은 게 많아서인지도 모르겠다.

하지만, 어떤 불행이든 영원히 보지 않고 지낼 수는 없었다.

<이 세상에 단둘, 너와 나만이 가지고 있지.>

카스토르는 나를 원한다. 그가 나와 같은 저주를 가져서? 내가 필요해서? 이유는 모른다. 하지만 자신의 목적을 위해서 서슴없이 나를 40번 이상 죽게 했다. 아니 살해했다.

<그건 사랑이 아니에요.>

기억난다. 기억을 잃은 '나'는 미친 황태자를 향해 겁 없이 말했다. 당신이 믿는 사랑의 방식은 결단코 사랑이 될 수 없노라고.

<주신은 황제를 사랑한 게 아니야. 사랑이 아니라 집착이었어요.>

그가 내게 어떤 감정을 품고 있는지, 어떤 생각을 하는지 그건 중요하지 않다. 이제는 확실하게 알았다. 내가 자유롭기 위해서는 그와 나 둘 중 하나가 승리자가 되어야 한다는 것을. 더는 연장전 없는 완전한 승리를 원했다.

아니, 반드시 가져야 했다.

"그러기 위해서는……."

내가 가진 장점을 알았다. 그리고 내가 가진 것을 안다. 일기장을 바라본다. 최악의 물건은 나와 삶을 함께 한 동반자였다. 좋든 싫든 나와 4년간 궤적을 그렸다. 한참을 일기장을 훑다가 책등을 툭툭 두드리고 쓸어 보기도 하면서 알고 있던 것들을 정리했다.

이곳은 책 속의 세상이다. 나는 아직 주인공의 실체를 확인하지 못했지만, 지금까지 내가 아는 것들은 현실과 맞아 떨어졌다. 설사 내가 미친 사람이고, 책 속이라 믿는 것이라 하여도 내가 '책 속 내용'으로 아는 것들이 대다수 사실이라는 거다.

지금까지 살기에 급급했던 나이지만, 이젠 다르다.

레베카의 운명을 바꿔 버린 것처럼. 결국 그에게 반하지 않게 한 것처럼 악녀의 최후를 바꿨다면, 이것을 이용해 또 다른 인물의 끝도 바꿀 수 있을지 모른다.

나아가 이 나라의 미래도.

이윽고 한나가 들어왔을 때, 나는 결심을 굳혔다.

"황녀님, 식사 가져왔습니다."

"여기."

음식을 와구와구 먹어 치운 나는 한나에게 지금 기다리고 있는 데인에게 내 말을 전하게 했다.

"기다리시라고요?"

"응."

황녀님은 어디 가시냐고 한나가 물었다. 막 잠에서 깨어난 나를 걱정하는 눈치였다. 나는 한나에게 씩 웃으며 말했다.

"다녀올 곳이 있어. 뒷문에 마차를 준비해."

그러고서 한나를 내보냈다.

옷을 갈아입고 레나와 하이나를 불러 단장을 끝낸 뒤 나는 뒷문으로 향했다. 뒷문에 서 있던 마차를 타고, 열심히 달려 향한 곳은 4행정청이었다.

"아니, 후문 말고. 정문으로 가 줘."

늘 가던 후문 대신 정문을 말한 나를 흘끔 보는 것 같았지만, 마부는 말없이 말을 돌렸다. 그는 데인이 데려온 입이 무거운 자였다. 데인. 잠깐 그의 이름을 담는 순간 순식간에 기분이 가라앉았다. 꼭 한순간에 불이 꺼진 것 같았다. 조금 전까지 힘이 좀 났나 싶었는데 말이다.

행정청 신료들은 갑자기 나타난 내 모습에 하나같이 놀란 얼굴이었다. 드레스 차림에 우아하게 걸어가는 나를 하나둘씩 휘둥그레 뜨고는 바라본다. 나는 경악과 놀람이 꽃처럼 깔린 길을 사뿐사뿐 밟고 걸었다.

"그라니우스."

마침내 도착한 조영관의 집무실에서 놀란 얼굴의 펜네와 소릭스를 마주했다. 아, 마침 소릭스도 있구나. 잘됐다. 시선을 돌린 곳에 그라니우스와 마주했다.

“순찰대(케레스) 신관들을 전부 소집해 줘.”

역시 수장인 것인지. 그라니우스가 금방 되물었다.

“전부 말입니까?”

“응.”

날 보는 그라니우스는 살짝 놀란 얼굴이었다. 하지만 앞선 얼굴처럼 변화가 크지 않았다. 그리고 어, 저, 어, 하는 소리. 소릭스가 나와 그라니우스를 번갈아 쳐다보는 것도 같았다. 짧아진 내 말에 놀란 것일지도 모르겠다.

잠시 뒤, 모든 순찰대원이 영문도 모르고 조영관 집무실에 모였다. 평소 임무로 연무장이나 외성 밖에 머무르는 그들이기에 집무실에 어색해하는 이들이 많았다. 그리고 무엇보다 어색해한 것은 조영관 옆에 말없이 서 있는 내 모습이었다.

옷차림은 사람을 만든다. 옷이 날개다. 이 말과는 조금 다를지도 모르겠지만, 어쨌거나 지금 옷은 날개를 단 것처럼 나를 쉽게 다가올 수 없게 보였겠다. 설명 대신 옅게 웃어 보인다.

아마도 그라니우스는 내 뜻을 눈치챈 것 같다. 역시 연륜이라는 걸까. 펜네는 안절부절못하는 모습이었고, 소릭스는 미소가 싹 빠진 얼굴이었다.

나는 발걸음을 디뎠다. 허리를 꼿꼿하게, 목을 바로 하며 눈으로 그들을 찬찬히 훑었다.

<가장 고귀하신 주인님, 이것이 당신이 익숙해져야 할 자리입니다.>

그래, 레베카. 이것이 앞으로 내가 걸을 길이라면, 기꺼이 걸을게.

“안녕하세요. 여러분. 다시 인사할게요.”

상냥한 목소리에 부장인 초소네가 움찔하며 고개를 들었다. 뺨의 반창고는 떼어 낸 지 오래였다. 아니, 오늘 종일 붙인 적 없었다. 이 모습이 나니까.

"제국의 8번째 가지."

나는 차분한 드레스 차림을 하고서 자애롭게 웃었다.

"8황녀 아실리 로제입니다."

이게 나라고. 그들에게 각인시키듯 웃고 있는 동안 고요한 침묵에 휩싸였다. 누구도 꺼내지 못했다. 나를 예뻐하던 자들은 각기 눈을 부릅뜨거나 시선을 늘어트리거나, 입을 가로막는 자도 있었다. 그러나 전부 경악이나 놀람을 담고 있었다.

"모두."

난 고개를 기울이며 태연하게 말을 걸었다.

"당황한 중에 미안하지만, 묻고 싶은 게 있어."

내 말이 짧아졌다.

나는 그라니우스를 바라봤다. 그리 멀지 않은 과거에 그는 나를 따르겠다 했다. 나는 결혼하면 남이 되는 황녀라고 하는 내 말에도 그는 이렇게 말했다.

<소신은 아주 젊을 적 이미 최고 직위를 누렸습니다. 더는 권력에 대한 욕심이 남아 있지 않지요. 그러니 금방 가실 분을 보필하는 것 정도야 괜찮지 않습니까?>

지금 그의 회색 눈은, 자신의 눈이 틀리지 않았다고 말하고 있었다. 글쎄, 그라니우스의 생각이 맞을 진 모르겠다. 나는 살기 위해 다시 움직였으니까. 아니, 이젠 더 많은 사람을 살리기 위해서. 내가 사는 길이 모두를 살리는 길이 돼 버렸다.

"그라니우스는 나를 따르겠다 했네."

원작을 바꾼다. 아니, 사실 원작이 존재하긴 하는 걸까? 몇 년이 지나도 생생한 기억이라니. 이거야말로 미친 증거가 아니냐고 나를 다그쳐도 나오는 것은 없었다. 그렇기에 나는 앞을 바라봤다.

"그대들에게도 묻고 싶어."

내가 하고 싶은 일은 삶의 원흉, 카스토르를 황태자의 자리에서 끌어내리는 거다. 그가 원작에서처럼 황제가 되지 못하도록. 그가 있으면 아무것도 할 수 없다.

"나는 황자가 아닌 황녀야. 나를 따를 건가?"

내게 주신의 힘이 있다고 하여도 현실적으로 나는 그를 대신해 황제가 될 수 없다. 제국은 황녀가 황제가 될 수 없게 했으니까. 그러나 내겐 다른 방법이 있다. 바로 2황자.

책 속에서 루스벨라를 제외한 모든 것을 가졌던 황제. 그러나 그 결핍을 못 견디고 끝내 나라를 멸망케 했던 폭군. 너는 황제가 될 자격이 없다. 내 삶을 망치러 온 그에게서 모든 걸 앗아 간 뒤 혼자 남은 그를 밑바닥까지 끌어내릴 것이다.

"황녀님, 감히 여쭈어도 되겠나이까?"

순찰대장 초소네가 떨리는 목소리로 물었다.

"……지금 당신에게서 느껴지는 기운은 제가 생각한 그것입니까?"

나는 팔짱을 낀 채 부드러이 웃었다. 침묵을 대신한 긍정에 찬란하다 싶은 흰빛이 이방을 휘감았다. 흥분을 참지 못한 누군가의 신력이 은은한 빛을 품었던 것이다. 이윽고 초소네가 떨림과 함께 상체를 숙여 무릎을 꿇는 것으로부터, 수십의 남자가 무릎을 꿇고 숙인 것은 장관이었다. 무거운 침묵이 천천히, 물결처럼 찾아왔다.

"나는 앞으로 2황자를 황제로 추대할 거야."

미래는 바꿔 버리면 그만이다. 카스토르, 너는 아무것도 가지지 못할 거야. 카스토르를 제외하면 황제의 가능성이 가장 높은 것은 2황자 율리안이었다.

"반대한다면 지금 여기서 자리를 박차고 나가 황태자에게 직접 고해도 상관없어."

카스토르에게는 황태자의 자리 말고는 아무것도 남지 않았다. 스스로를 그리 만들었다. 그렇기에 나는 그것을 빼앗아 2황자에게 주겠다.

누군가와 눈이 마주쳤다. 어영부영 허리를 숙였지만, 현실감이 오지 않던 얼굴이었다. 그러나 지금 마주한 이 순간 이채가 스쳤다.

"카스토르 드제 칼타니아스."

누군가 헉 숨을 삼켰다.

"입에 담는 순간 죽는 이름이라 하였지. 이것이 옳다 생각하지 않아."

나는 오늘 아침 내내 생각한 말을 적절히 뇌까렸다. 쉬이 내린 결정은 아니었다. 또 두려웠다. 하지만 언제까지 도망갈 수 있을까?

"나는 황태자에게 죽을 뻔한 기억이 있어, 여기 있는 조영관이 나를 살리지 않았다면 그대들이 본 것은 내 비석이겠지."

더는 이 상처처럼 숨기지 않고 나를 드러내겠다. 나와 수많은 선량한 사람이 잿더미가 되는 꼴을 지켜보지 않겠다고.

"그 후로도 수없이 많은 살해 시도를 받았어. 나는 그 이유를 몰랐지만, 후계자의 힘을 가졌기 때문이었음을 알게 되었네."

시도가 아니라 정말로 죽었지만.

담담히 읊는 동시에 그들을 찬찬히 훑는다. 내가 살해당할 뻔했다는 말에서 얼핏 분노를 읽었다. 나는 다시금 말끝을 높였다. 정중하되, 쉬이 볼 수 없는 분위기가 묻어나도록. 레베카처럼, 플뢰온처럼.

“정의를 수호하는 그대들에게 묻겠습니다. 이리 미친 황태자가 황제가 되어, 황권을 쥔다면 강력한 신력이 있어 무엇 하겠습니까.”

기묘한 위압이 공간에 존재했다. 나조차도 이해 못할 박력이 내게 있다. 이것은 내게는 의미 없는 말이었다. 그런데도 왜일까 말할수록 힘이 실렸다.

“나는 힘없는 황녀지만, 광기가 지배하게 두지 않겠습니다.”

누군가 입을 열면 깨져 버릴 얇은 유리 같은 침묵이 존재했다. 눈을 굴리면, 더는 나와 마주치는 자는 없었다. 조금은 외롭다 생각했다. 앞으로 내가 보게 될 풍경이구나.

“나는 그대들의 주인이 될 자격이 있습니까.”

그 순간, 그라니우스가 쿵, 내게 무릎을 꿇었다.

“……당신을 따르겠습니다. 황녀님.”

그가 내게 했듯, 나는 그의 모든 것을 가져가겠다.

수십 번 죽었다 살아난 나는, 수백 번의 죽음을 피했고, 마침내 내가 가장 잘하게 된 것은 미래를 바꾸는 일이었다.

어쩌면 누군가는 죽게 될지도 모른다. 지키는 것은 내 몫이겠지. 엎드린 이들을 잠깐 안타까운 눈으로 바라보다가 이내 지워 내고는 말했다.

“사막의 공주를 만나겠습니다. 가까운 시일 내로.”

결심했다.

<널 원해. 그러니 내 것이 되렴.>

마침내 홀로 남은 너에게서, 네가 알고 있는 진실을 갈취할 것이라고.

* * *

"황녀님, 마차까지 모셔다 드릴게요."

돌아가는 나를 배웅한 것은 소릭스였다. 순찰대 사이 치열한 물밑 다툼이 있던 것 같았는데, 승자는 그인 모양이다.

그와 함께 걷는 길은 밝은 낮이었다. 의외로 그는 서슴없이 내게 말을 걸었다.

"날씨가 좋죠?"

그러고는 영화 속 신사처럼 늠름하게 나를 에스코트했다.

"제국이야. 항상 날씨가 좋잖아요."

"편히 말씀하세요. 피, 아니 황녀님이라 불러야겠죠?"

나는 시선을 뻗어 그가 잡고 있는 손을 바라본다.

"그래. 소릭스."

지금 그의 행동은 첫 연회에 가는 아가씨에게 하듯 배려가 넘쳤다. 정말, 갓 스물이 된 아가씨였다면 호감을 느꼈을지도 모르겠다. 그는 누구든 미소 짓게 하는 남자였으니까.

"오늘 황녀님께서 들어온 순간 묘한 느낌을 받았어요."

"묘한 느낌?"

"눈이 조여 오듯 아프고, 심장이 두근거리는 느낌이요."

소릭스가 조곤조곤하게 말했다. 나긋하고 공손한 목소리였다.

"살면서 단 두 분 앞에서만 느꼈던 느낌입니다. 이걸 황녀님께 받았어요. 초소네 대장도 느꼈겠죠."

"「후계자의 힘」을 말하는구나."

"네."

우스운 일이다. 나는 그들이 말하는 느낌이라는 걸 전혀 느끼지 못했는데. 소릭스는 곧 말했다. 자신과 초소네는 특히 신력에 예민한 자들이었기에 느꼈던 것이라고. 내 신력의 수준은 예민한 자들만이 느끼는 긴가민가한 정도라고 한다.

"아마도 「각성」이 머지않은 겁니다. 보통 좀 더 어릴 때 나타나지만, 황녀님은 성년이 돼서야 나타난 굉장히 희귀한 축이시고요."

그러니까 지금 내 상태는 '대기 중'인 모양이었다. 신력은 존재하지만, 이걸 형상화할 정도로 뛰어나지는 않은 정도. 보통 어리고 미성숙한 신관 후보들에게 나타나는 증상이라고 한다.

"혹시 그동안 특별한 증상이 없으셨습니까?"

"증상?"

"이를테면 두통이 강하게 오거나, 눈 쪽이 아릿하게 아프거나."

"아."

"있었나 보군요? 그게 신관 후보들이 겪는 각성 전 고통입니다."

줄곧 나를 괴롭혔던 두통을 떠올린다.

'그래서 아팠던 걸까.'

나도 모르게 이마를 더듬었다. 어쨌거나 정식 신관이 된 건 아니라는 건데.

"그러면서 잘도 충성하겠다고 했네. 다들?"

소릭스가 씩 웃었다.

"초소네 대장과 제 안목을 믿은 게 아닐까요?"

"그런가."

"아니요. 농담입니다."

소릭스는 내 손을 잡은 채 고개를 기울여 나를 응시했다.

"황녀님께는 이분을 따르고 싶다는 마음이 강하게 들게 하는 힘이 있어요. 저뿐 아니라 모든 순찰대가 느꼈을걸요."

그는 힘주어 한 글자 한 글자 신중하게 말했다. 꼭 내가 알아주기를 바라는 것 같았다.

"저는 이것이 당신의 힘이라 생각합니다."

"신력?"

"아니요. 당신만의 능력이요."

나만의 능력, 그 말은 굉장히 특별한 것처럼 느껴졌다.

"소릭스."

나는 나긋한 그의 얼굴을 보다 말고 미소를 걸었다.

"혹시…… 알고 있었어?"

그제야 나는 소릭스가 지나치게 침착하다는 것을 알았다. 이렇게 빠르게 차분해졌다는 건 한 가지밖에 떠오르지 않았다.

"무엇을요?"

"내 정체."

잠깐 당황하던 소릭스가 순순히 인정했다.

"네. 솔직히 짐작한 사람이 있었습니다. 저와 메타나 초소네 대장 정도요."

그의 대답은 미소만큼이나 담백했다.

"……어떻게?"

"음, 여러 가지가 있지만……."

소릭스가 웃으며 말했다.

"펜네, 그 작자의 어설픈 연기에 속아 넘어가는 건 순찰대들밖에 없을 거라고요."

아무래도 펜네의 태도가 영 수상쩍었노라고 말했다. 사실 순찰대는 머리를 쓰는 자와 힘쓰는 자의 구분이 명확했다. 대부분이 그라니우스

같은 힘의 신관이었고 힘쓰는 데 바쁜 다른 순찰대원과 달리 명문 귀족 가의 자제 출신인 소릭스나 뒷골목 출신이라 눈치가 빠른 메타, 그리고 순찰대장인 초소네는 짐작하고 있었다고.

"그렇지만, 오해하지 말아 주십시오. 황녀님."

나는 멈춰 서서 소릭스를 바라보았다.

"분명히 말씀 드리고 싶습니다."

그는 조용히 미소 짓고 있었지만, 고요한 눈동자에 깊고 담담한 것을 품고 있었다.

"당신이 「주신의 후계자」라는 사실은 당신을 따르게 된 수많은 이유에 지나지 않아요. 저희는 오래전부터 황녀님을 아끼고 있었습니다."

나는 그제야 동네 성격 좋은 오빠 같던 모습에서 그가 나보다 훌쩍 큰 연상임을 알았다.

"저희에게 당신은 이미 특별한 사람입니다. 다들 동의할 거예요. 처음 메타는 저건 조영관께서 어디서 주워 온 어떤 영애냐고 투덜거리더니, 어느새 당신에게 푹 빠지고 말았어요. 대장은 황녀님이 안 계실 때 귀가 따갑도록 황녀님 얘길 해요."

그는 새의 지저귐처럼 낭랑하게 말을 이었다. 햇빛에 부딪친 그의 뺨이 말갛게 빛나고 있었다.

"오늘 소릭스는 다른 사람 같네."

제국의 날씨는 언제나 맑다. 그러고 보니 기억을 잃은 '나'는 이 맑은 날씨를 좋아했던 것 같다. 깜깜한 내 미래와는 다르게 밝아서인가? 우습지만, 일기장을 얻기 전까지 난 이 사계절 내내 맑은 이 하늘을 몹시 좋아했다. 이젠 증오스럽게 여기지만.

"피, 아니 황녀님께서 다른 사람이 되었으니까요."

그가 습관처럼 나를 피피오라 부르려던 것을 바꿔 나를 불렀다. 잔잔한 부름에 비어 있던 가슴이 채워지는 기분이다. 눈이 마주친 그가 여름 바람처럼 미소했다.

"처음에는 이름을 숨긴 고귀한 아가씨가 아닐까 했어요."

"응."

"그리고 머지않아 황녀님임을 알았어요."

"어떻게?"

"4년 전 그날, 황태자 전하 궁에서 저는 깨어 있었으니까요."

걸음을 멈췄다. 나를 따라 걸음을 멈춘 그가 침을 꿀꺽 삼켰다.

"제가 황태자궁에 끌려갔던 그 날. 말할 수도 보지도 못했지만. 황태자 전하가 부르는 황녀님의 이름만은 똑똑히 들었어요."

나를 바라보는 녹색 눈동자, 왜 그가 나를 배웅하려 했는지 알 것 같다. 그는 이 말이 하고 싶었던 거다.

"황태자 전하의 광기에서, 당신은 나섰습니다."

"소릭스."

"4년이 지난 지금에야 전할 수 있게 되었습니다."

그가 손을 잡았다.

"저를 살려 주려 하신 것 감사해요."

그의 미소는 고요했다. 미소 짓는 주름을 따라 햇빛 부스러기처럼 흩어진 주근깨가 유난히 반짝였다.

"눈眼과 부엉이의 신관 소릭스, 이 순간부터 나는 당신의 눈이 되겠습니다."

순찰대원들은 각기 자신만의 병기를 사용했다. 검이 있는가 하면 창이 있었고, 메타처럼 글라디우스와 단검을 함께 쓰는 사람도 있었다.

검을 쓰는 자들답게 이들의 인사는 검을 아래로 내리는 것에서 시작한다. 그리고 검 끝을 심장께로 가리키는 것은 '나는 당신에게 어떤 해도 끼치지 않겠습니다'라는 뜻이며. 또한 기꺼이 목숨을 바치겠다는 뜻.

나는 내 쪽으로 내밀어진 손잡이를 바라본다.

"모든 순찰대, '케레스'를 대표해 맹세합니다. 당신의 종이 되겠습니다."

소릭스가 고개를 들었을 때, 그의 적갈색 머리칼이 붉은 바람처럼 흩날렸다.

"그리고 이것은 모두의 뜻입니다."

살랑거리는 머리칼 아래 선명한 녹색 눈동자. 녹색 물에 보랏빛 잉크가 떨어진 것처럼 끝에서부터 물들어 가는 눈동자가 있었다.

"폼 잡기는."

소릭스가 천천히 고개를 돌렸다. 툭. 땅위로 떨어져 내리는 사람이 있었다.

"메타?"

메타가 이를 드러내며 웃었다. 그는 한쪽 무릎을 굽힌 소릭스를 아니꼬운 듯 흘겨보다 픽 비웃었다. 그러더니 내게 몸을 돌렸다.

"저 녀석이 순찰대를 대표하겠다 박박 우기더니 좋은 역할은 전부 차지했군요."

"무슨, 모함하지 마."

"보십쇼. 평소에도 아부와 가식으로 무장한 친구긴 했지만."

메타가 이를 드러내며 웃었다. 그의 갈색 눈동자가 장난기를 담고 휘었다.

"말투가 돼먹지 못해도 이해해 주십시오. 아직은 당신에게 경어가 익숙하질 않아서 말입니다."

그는 피부가 검어 하얀 이가 도드라지게 보였다.

"그런데 메타는 여기 어쩐 일이야?"

내 표정을 눈치 챈 듯 메타가 말했다.

"피, 아니, 황녀님. 황녀님께 전할 것이 있습니다."

그는 어색하게 말을 잇다 말고 뺨을 긁적였다. 나는 그런 그에게 편히 말해도 좋다 했다. 이들에게 공손한 태도를 바라서 밝힌 것은 아니었으니까. 공식석상에서 이름을 막 부르는 정도만 아니라면 아무래도 좋다.

메타는 잠깐 눈을 동그랗게 떴다가 냉큼 받아들였다.

"그럼 익숙해지기 전까지만 편히 말 하겠습니다? 나중 가서 딴말하기 없기입니다."

고개를 끄덕였다. 기다렸다는 듯 메타가 성큼 다가온다. 그리고 나는 비로소 그림자에 가려 보지 못했던 것을 보게 되었다.

"그건……."

"저 소릭스 녀석이 결심했다는 증거이죠. 혹시 황태자의 눈에 대한 얘길 들어본 적 있어? 아니 있습니까?"

경어와 반말이 이상하게 섞인 말투를 지적하는 대신 그의 손을 바라보았다.

삐이익!

푸드득 홰를 치고 있는 새가 있었다. 나는 눈을 동그랗게 떴다. 아래로 갈수록 푸른색을 띤 깃. 익숙한 새였다.

"……헤르난?"

헤르난의 새였으니까.

"어? 아십니까? 이게 황태자의 눈이란 거죠. 지금까지 아델리스께서 중립을 유지했기에 그대로 두었지만, 2황자의 세력 안에 든 이상 황태자의 눈과 귀를 그냥 둘 필요 없다 이 말씀. 아무튼 조영관께선 꽉 막힌 것 같다가도 결정 한번 시원시원하다니까. 그리고.”

메타가 흘끗 눈짓했다.

“이걸 감지하는 게 이 소릭스 녀석의 능력. 모든 감시와 도청을 감지하고 위치를 알아낼 수 있습니다요.”

“감시?”

“네. 지금까지 숨겨 뒀던 감시를 알아보는 능력을 쓴다는 거고. 요컨대, 황녀님 당신이 감시의 눈에서 벗어날 수 있다는 얘기지.”

난 잠깐 망설이다 물었다.

“그럼 왜 지금까지 그냥 둔 거지?”

“그동안은 조영관 허락이 없어 쓰지 못했던 거지요. 자칫 이 녀석이 위험해질 수 있는 능력이거든요. 눈과 부엉이 신관 중에서 대신관급에 가까운 자들만 쓸 수 있는 능력이라. 누가 이런 능력을 가만두겠습니까?”

“하지만 메타, 너희는 헤르난을 좋아했잖아.”

“아아. 황태자 전하와 별개로 그는 좋은 사람이긴 했지요.”

“전하의 아래 있기엔 아쉬운 검사입니다.”

그러니까 같은 검사였기에 좋아했다는 건가. 사실 카스토르의 눈에 띄어선 곤란한 능력이었기에 소릭스의 능력이 알려지지 않은 이유를 이해했다.

나는 메타의 설명을 들으며, 다시 새를 바라보았다.

“제국 곳곳에는 이런 새가 있지요.”

푸른 깃을 가진 새는 메타의 손에서 도망가려는 듯 날갯죽지를 퍼덕인다.

"다들 알면서 쉬쉬합니다. 황태자의 눈을 건드리고 살아남을 자신이 없기 때문입니다."

"짐승의 신관 능력인가……."

"맞습니다. '그분의 눈은 어디에나 있고 어디에도 없다'는 말은 여기서 나온 거지요."

가까이 가려 하자 메타가 뒤로 물러났다.

"위험합니다."

그러나 경고에도 나는 새에게서 눈을 떼지 못했다.

<각 신관에게는 궁극의 단어가 있습니다. 그 단어는 신관의 최후를 가리킵니다.>

푸드득. 몸짓이 어딘가 처연했다.

헤르난. 당신인가.

나는 일주일 전 헤르난과 마주했던 그를 마지막으로 만난 밤으로 돌아갔다. 바닥에 그려진 주술진이 낮처럼 환하게 빛났던 그날 헤르난이 울고 있는 내게 속삭였다. 마지막이라며, 사랑한다고 고백한 남자가 사랑의 종지부를 찍었다.

<짐승의 신관은 '복종'입니다. 우리의 죽음은 폭주라고 부릅니다. 자아의 완전한 상실이죠.>

마치 자기 자신을 닮은 흰빛을 두른 채 남자는 아침 첫 햇살처럼 반짝이고 흐릿하게 웃었다. 당신과 마지막이냐고 묻자 헤르난이 말했다.

<글쎄요. 아마 나는 돌아오지 못하지 않을까요?>

그 말을 듣는 순간 헤르난의 품에 뛰어들어 그의 멱살을 꼭 쥐었다. 왜냐고, 어째서 그렇게까지 하는 거냐고. 그만두라 말하고 싶었다. 소리

없는 외침이었다. 어째서인지 흰빛이 입을 막기라도 한 것처럼 말이 나오지 않았으니까.

<다음 저를 볼 때, 제가 아닐 겁니다. 이지를 잃고 명을 수행하는 짐승일 뿐.>

뻐끔뻐끔 입을 열려고 애쓰는 동안, 차츰 눈이 감겼다. 이상한 일이지. 그가 마침내 나를 포기했다 말하는데 나는 홀로 남겨진 사람처럼 눈물을 쏟아 냈다. 이유 모를 서러움에 몸서리치면서.

"황녀님!"

고통에 눈을 떴다. 어느새 나는 새를 만지고 있었고, 사나운 새가 내 손을 쪼아 버린 것이다. 옆에서 소릭스가 놀란 목소리로 나를 불렀다. 손으로 붉은 피가 보였다.

"괜찮으십니까?"

한때, 내게 온순했던 새는 지금 기억하는 것과 다르다.

"이 새는 짐승의 신관과 시야를 공유합니다!"

"그리고 디볼로 공작이 완전히 적이 되었다는 이유도 되겠군요."

새를 바라보자, 메타가 냉큼 말했다.

"……새를 놔줘."

"네? 하지만 죽이는 쪽이……."

어쩔 줄 몰라 하는 두 사람이 보며 소릭스의 손에서 내 손을 떼어 냈다.

"놔줘."

메타와 소릭스가 서로를 보더니 곧 새를 놓았다. 납득했기보다는 내 눈치를 본 것 같았다.

"죽이면, 도리어 눈에 띌 거야."

그러자 그제야 메타가 끄덕인다. 그러고는 그 말도 일리가 있다 말했다. 마침내 그의 손을 떠나, 새가 홰를 치며 날아간다.

<이 새는.>

더는 카스토르가 날 죽이지 못할 것이라고 말한 그를 떠올린다. 대신 그가 잃은 것은 자아인 모양이었다. 그 밤, 그는 말하지 않았지만 이 순간 알았다.

<저나 마찬가지인거죠.>

스틱스강의 맹세는 절대적이었다. 헤르난 덕분에 난 직접적인 위험에서 자유로워진 것이나 다름없다. 카스토르는 전처럼 나를 죽일 수 없다. 헤르난이 맹세로 그를 묶어 버렸으니까.

"……어째서야."

헤르난. 마지막까지 내가 이해할 수 없는 사람이었다.

희생 위에 놓인 길은 반갑지 않다. 그는 그렇게 내게 빚을 지웠다.

손목을 문지르고 있었지만, 상처는 아프지 않았다. 그런데 왜까. 가슴이 아팠다. 나는 푸드득, 멀리, 멀리 날아가 푸른 하늘로 사라지는 새를 보며 눈을 감았다.

* * *

돌아가자, 데인은 온데간데없었다.

어떻게 된 일일까. 분명 한나를 통해 그에게 기다려 달라 전했는데? 텅 빈 응접실에서 비어 있는 의자를 바라보고 있자, 막 들어오는 사람이 있었다. 한나였다.

"데인은 어디 갔니?"

"황자님께선 급한 일이 있다 말씀하시곤 저녁에 다시 찾아오시겠다고 하셨어요."

급한 일. 데인이 그리 말한 거라면 정말 바쁜 일이었을 것이다. 지난 일주일 내내 하루도 빠짐없이 이곳을 지킨 데인이었으니까. 새삼 미안함과 함께 복잡한 마음이 들었다.

"그래. 그렇구나."

긴장이 풀리며 피로가 급격하게 몰려온다. 소파에 앉아 천천히 이마를 짚었다. 그사이 한나가 차를 내오겠다고 말하기에 눈을 감은 채 끄덕인다.

"아직 한낮이네."

잠들기엔 이른 시간이나 소파가 푹신하고 눈감으니 잠이 솔솔 온다. 그런데 이 향기는 뭘까. 등을 푹 기댄 소파 어디선가 옅은 꽃향기가 느껴진다. 향수를 통째로 들이부은 것 같은 진한 향기. 익숙한 냄새, 그제야 조금 전까지 나를 기다렸던 남자를 떠올렸다.

"……데인."

너의 향기구나.

꽃을 꼭 빼닮은 데인에게서는 꽃향기가 났다. 플뢰온에게는 묵직하면서 청량한 향기가 있었으며 레이 경에게는 미세한 철의 향이 났다. 이런 인위적인 꽃향기는 데인만의 냄새였다.

<당신은 알았으면 좋겠는데. 아니, 알아야 할 거야. 아가씨를 위해 그림자의 길로 뛰어든 누군가의 이름이지.>

데인의 사촌, 데로스가 말했다.

<데인 로웰 헤로토테스 칼타니아스. 7황자이며 '황제의 그림자' 수장.>

이 향기는 자신의 민족이라면 누구든 알고, 누구든 가진 것이라고.

데인과 데로스가 같은 향기를 지녔던 것은 이런 이유였기 때문이었다.

<오늘처럼. 온갖 더러운 일을 하는 곳이 우리 그림자야.>

그의 가문 전체가 황제의 수족이었던 걸까.

“황녀님.”

조금 뒤 차를 가져온 한나가 탁자에 찻잔을 내려놓았다. 그러고는 걱정스러운 얼굴로 나를 바라보기에 나는 나가 보라고 말해 주었다. 물론 웃으면서. 여기 있어 봤자 전전긍긍한 얼굴을 볼 뿐이니까.

눈을 뜨자, 찻잔에서 김이 모락모락 피어오르고 있었다. 하지만 손을 대고 싶은 생각은 들지 않았다. 뜨겁겠지. 생각은 사람을 지배한다. 지금 김이 모락모락 피어오르는 찻잔을 보면서 식혀 두자 생각하는 것처럼 데인과 나 사이에도 식혀 둘 것이 존재했다.

“이제 뭘 하면 되더라…….”

일단, 순찰대와 그라니우스를 휘하로 두게 되었으니 이전보다 반경이 넓어졌다. 거기다 카스토르가 나를 감시하지 못한다는 이점도 얻었다. 반격의 서막치고는 좋은 출발이다.

그런데 왜일까 마음은 편치 않다. 이건 아마도.

“데인 때문이려나.”

천천히 기억을 떠올려 본다. 그동안 머리에 꽂아 둔 핀을 풀어냈다. 조금 엉키긴 했어도 긴 머리가 어깨를 타고 사르르 떨어진다. 그러고 보니 데인은 내 긴 머리를 참 좋아했다.

이제 그를 어떻게 봐야 할지 종잡을 수 없다.

그대로 눈을 감은 채 기대 있을 때였다. 벌컥 경첩이 부딪치는 소리가 들렸다. 문이 열리고, 누군가 뚜벅뚜벅 걸어오는 소리가 들렸다. 익숙한 소리였다.

이렇게 힘주어 걷는 사람은 하나밖에 모른다. 색색대는 숨소리마저 플뢰온이었다.

"어쩐 일이야?"

그 말에 심술궂은 대꾸가 돌아왔다.

"허? 말이 짧다?"

"오라버니."

"널 보는데 일일이 허락받아야 하는지 처음 알았다. 병아리 주제에."

눈을 뜨자, 플뢰온이 있었다. 그는 허락도 없이 맞은 편 카우치에 푹 앉더니 팔짱을 끼고 나를 홱 노려봤다.

"바쁘니까, 나 할 말만 한다."

나는 킥킥 웃음을 터트렸다. 오랜만에 만나서 하는 말이 지극히 그다웠기 때문이었다. 곧 허리를 숙여 찻잔을 들어 올렸다. 차는 알맞게 식어 있었다.

"너. 내가 오늘 얼마나 바쁜 줄 알아?"

플뢰온은 여유를 부리는 내가 마음에 안 든다는 듯 미간을 찌푸린다. 나는 미소했다.

"바쁘면 내일 오지 그랬어."

"허어, 말 참 곱게 하신다?"

방긋 웃자, 그가 눈썹을 씰룩이며, 곧 잘생긴 눈썹이 이마 쪽으로 치솟았다. 그는 짧게 날숨을 뱉더니 천천히 뱉었다.

"일어났다는 얘긴 들었다. 그래, 더럽게 처자더니, 행복했냐?"

침착하고 정갈한 어투였지만, 자세히 들으면 하나하나가 분노로 꽉꽉 들이찬 말들이었다. 그리고 다음 순간 나는 그가 헐레벌떡 이곳에 나타난 이유를 알 수 있었다.

"일어나자마자 아주 크게 한 방 터트렸지. 조영관이 보낸 서신이 잘못 된 게 아니라면, 네가 그자와 손을 잡고 뭘 하겠다고 들었는데."

"그라니우스가 그래? 빠르네."

"빌어먹을. 오냐. 마침 4행정청에 있었거든. 그리고 네가 뭘 지껄였는지 똑똑히 전해 들었지. 뭐 2황자랑 손을 잡아?"

이런. 나는 성의 없이 지껄였다. 그러고는 건조하게 미소했다.

"별말은 안 했는데."

"별말을 안 하기는! 네가 실성한 거냐, 네 처지를 잊은 거냐? 정치에 황녀가 끼어든다는 게 무슨 소린 줄……."

"알지. 그리고 나는 「후계자의 힘」을 가졌어, 오빠. 여기까지 들었지?"

그 말에 꿀 먹은 벙어리가 되는 것을 보아 전부 전해 들은 모양이다. 사나움으로 무장했지만, 그의 눈동자에는 미미한 불안이 어려 있었다. 이건 파급력이 엄청난 일이었다.

현재 제국에는 「후계자의 힘」을 가진 황자가 둘 있다. 황태자와 5황자. 그러나 후자의 존재가 없다시피 지워진 것은 황태자의 힘이 엄청났기 때문이었다. 그러나 5황자의 힘을 무시할 순 없었다. 그의 뒤에는 2황자가 있었으니까. 그런데 이 순간, 또 하나의 후계자가 나타났다. 과연 이것이 알려지면 어떻게 될까?

"이 의미는 오빠가 더 잘 알고."

"너 정말! 하, 됐다. 지나간 말을 주워 담을 순 없는 노릇이니. 한 가지만 묻자 무슨 생각이야?"

별생각 없다고 하면, 화내려나. 그런데 정말 카스토르를 끌어내리는 것 말고는 아무 생각도 안 했는데. 아. 죽지 않는 것도.

"차 한 잔 마시고 갈래?"

나는 빙긋이 웃었다. 당장은 오라비가 바빠 보이니 나중에라도 말할 생각이었다. 물론 플뢰온은 속 터진다는 얼굴이었다. 가만 보면 지켜보는 재미가 있다.

"좋아. 보아하니, 순순히 털어놓을 생각은 없다 이거지. 지금 바쁘니 이건 천천히 두고 보자고. 너."

"응."

하, 길게 한숨을 쉰 플뢰온이 제 머리를 흐트러트리더니 고개를 휙 들어 올렸다. 그는 무슨 말을 하려다 이내 꾹 삼켰다. 연유를 묻자 궁 어디든 듣는 귀가 많다며 말을 아꼈다. 플뢰온답지 않은 퍽 신중한 모습이었다.

"아실리 로제."

"응."

"뭐. 좋아. 이렇게 된 이상 뭐든 해 봐."

나도 모르게 고개를 갸웃했다. 이게 플뢰온이 보인 반응이라고.

"……화 안내?"

"안 나겠냐? 네 멍청한 얼굴을 보고서 생각이 바뀌었어."

조금 생경한 느낌이 들면서, 문득 돌아선 그의 등이 과거와 다르게 무척 넓게 느껴졌다.

"빌어먹을, 네가 지옥을 걷겠다는데 뭐 어쩌겠냐."

"지옥이 아니야."

그러자 그는 나를 노려보는가 싶더니 홱 고개를 기울였다. 오만하리만치 내려다보는 시선이었지만, 기분은 나쁘지 않았다. 가장 그다운 모습이었으니까.

"나와 그놈은 네가 무엇이든, 무엇을 하든 지지해."

그는 다가온 내 머리를 거칠게 흩트려 놓았다. 머리칼 사이로 삐뚜름한 미소가 보였다. 나는 그에게서 천천히 씻겨 나가는 소년의 모습을 보았다. 탈피한 그는 어느새 청년이 되어 있었다.

"데인은 만났냐?"

"아직."

그 말에 그는 순간 복잡한 얼굴을 했다.

"그놈 만나 봐."

"왜?"

"죽어 가고 있으니까."

그 말에 잠깐 눈을 깜빡거렸다. 할 말을 찾지 못하고 눈을 굴린다. 바깥 하늘의 색은 연한 하늘빛이었다. 아침 일찍 4행정청을 방문했기 때문인지 아직 그리 늦지 않은 오후였다. 오늘도 눈부시도록 맑은 하늘에서 눈을 떼어 내 다시 플뢰온을 바라본다.

"죽어 간다는 건 어떤 의미야?"

아프다고? 아니면 끙끙 앓고 있다는 건가? 고개를 갸웃 기울인다. 플뢰온은 자리에서 일어나 나를 바라보고 있었다. 손에 들린 두루마리며 정복 차림인 것을 보아선 바쁘다는 말은 사실이었나 보다.

"직접 만나서 물어봐."

* * *

반나절이 지난 뒤, 데인이 나를 찾아온 시간은 석양이 막 질 무렵이었다. 나는 그가 오기 한참 전부터 중정이 보이는 응접실에 앉아 정원

풍경을 한없이 바라보고 있었다.

"아실리."

뚜벅뚜벅 걸어오는 발소리가 들렸다. 아주 오래전부터 들었던 발소리였지만 왜인지 오늘 따라 낯설게 느껴졌다.

"잘 지냈어?"

고개를 돌리자 옅게 미소를 건 얼굴이 보였다. 그의 등 뒤로는 막 고개를 조아리며 방을 나가는 하녀의 뒷모습이 보였다. 달칵 문이 닫히면 응접실에는 그와 나 단둘뿐이었다.

"결례를 용서해."

그는 밤이 가까워져 온 시간에 대해 사과했다. 그를 일주일이나 기다리게 한 쪽은 나이니 사과할 것도 없는데 말이다.

"사과는 내가 해야지."

데인은 은은한 미소를 건 채 내게 다가왔다. 그에게서 옅은 꽃향기가 났다.

"몸은 좀 어때?"

"걱정해 준 덕분에. 괜찮아."

아픈 적도 없지만. 나는 길게 내려온 머리끝을 매만지며 중얼거렸다. 이상하다. 그를 본 시간 동안 오늘처럼 어색했던 적이 없었는데.

문득 이곳에서 나가고 싶어졌다. 도망갈 곳도 없으면서 무작정 피하고 싶은 생각이 들었다. 앞은 석양, 뒤는 데인. 사면초가였다. 나가도 어디로 갈지 막막할 거면서. 왜 이런 마음이 드는 건지 모르겠다.

차라리 데인이 바쁘다고 며칠 뒤에 다시 찾아와 줬어도 되지 않았을까. 퇴근 시간에 피곤하지도 않느냐고 피로에는 발 뻗고 자는 게 최고인데. 결국 난 데인의 색으로 가득 찬 방 안에서 그를 마주했다.

"너야말로 피곤하지 않아?"

데인이 천천히 고개를 저었다. 나를 마주한 채로 찬찬히 고개를 기울였다.

"응. 너를 만나러 오는 길이었으니까."

데인이 그대로 눈을 깔았다.

"오늘이 아니면, 내일. 내일이 안 되면 다시 모레. 언제까지든 기다릴 생각이었어."

"왜?"

그가 난연하게 눈을 휘며 꿀처럼 단 미소를 걸었다.

"그냥. 보고 싶었어."

"……."

"너를 보지 못한 시간은 너를 보고 있어도 네가 보고 싶은 그걸 좀 더 깨닫게 된 시간이었어."

지금 무슨 말을 하고 있는지 자각은 하고 있는 걸까. 그 말에 막 벌어지던 입을 꾹 다물었다가 그대로 고개를 돌렸다.

"……넌 늘, 오해를 부를 소리만 해."

데인은 아무 말도 하지 않았다. 아니 무슨 말을 해도 듣지 않겠다는 내 태도에 부러 말을 아낀 건지도 모르겠다.

"데인, 묻고 싶은 게 있어. 솔직하게 대답해 줄 거야?"

"응."

데인은 찬찬히 웃었다.

"네가 원한다면."

난 숨을 들이켰다. 지금 담는 질문이 평화롭던 우리의 세상을 엉망으로 만들지 모른다. 하지만, 덮어 둔다고 달라질까?

"데인, 네가 '황제의 그림자'였어?"

『루스벨라의 빛』에는 대부분의 주요 귀족이나 황족들을 언급했지만, 데인—7황자의 얘기는 보지 못했다. 왜일까. 나나 한나, 수많은 시녀와 하인같이 지나가는 배경에 불과했기에 나오지 않은 걸까?

모르겠다. 중요한 건 그가 나오지 않았기에 나는 그를 모른다는 것이다. 안다고 생각했지만, 사실 몰랐던 거지.

황제의 그림자. 그리고 그림자의 수장.

짐작조차 할 수 없었다. 아니 어찌 하겠나. 줄곧 그는 다정했고 친절했으며 나 하나를 위했던 한 사람이었다. 둘도 없는 사람이었기에 찾아오는 충격이었다. 지난 긴 시간 동안 그는 한 번도 내게 말한 적 없었기에.

의심이 들고 만다. 나를 속였어? 왜? 속인 게 아니라면 숨긴 거야?

불신이 뿌리를 박고 나를 삼키려 한다. 나는 언제부터 누군가를 믿고 의지하는 게 힘든 사람이 되었을까.

"응."

아직 그에게 어떤 얘기도 듣지 못했다. 아무것도 모른다. 그렇지만 의심이 든다. 카스토르가 심어 둔 의심임을 알면서도 돌은 쉴 새 없이 굴렀다.

카스토르와 헤르난, 그리고 아모르와 플뢰온. 그리고 레베카까지. 『루스벨라의 빛』에서 그들은 크고 작게 주인공과 얽혀 있었다. 그래서 나는 활자 위의 그들을 바탕으로 움직였다. 물론 아모르처럼 책 속과 다른 사람도 있었지만, 결국 알맹이는 내가 아는 그와 같았다.

그런데 데인만은 그렇지 않았다.

"나는 중앙 궁 소속, 정보관 '황제의 그림자'. 그리고 그곳의 수장이지."

환생한 뒤로 나는 늘 이 세계를 방황했다. 아실리 로제도 과거의 현대인도 아닌 애매한 곳에 서서 어느 것도 되지 못한 채 주저하는 이방인이었다. 동의 없이 나를 데려다 둔 이 세계는 내게 친절하지 않았다.

"언제부터?"

난 끊임없이 두려움과 공포에 맞서 싸워야 했다. 평화는 멀었고, 안심하고 적응하면 어느 날 이 세계가 갑자기 내게 이젠 네가 필요 없다고 나를 잡아 끌어낼까 봐 무서웠다. 갑자기 나를 데려왔으니 이젠 필요 없다고 나를 지워낼까 봐. 끊임없이 흔들리는 사람이 나였다.

그런 내게 늘 위안과 믿음을 주는 사람이 있었다. 데인 너는 내게 그런 사람이었다. 몇 년 뒤 멸망할 거란 사실을 혼자 아는 채로 사는 삶은 절벽 위에서 매일매일 아래를 보는 것과 같았다. 너는 그런 내게 평화를 가져다준 사람이었다.

너는 늘 내게 빛이었다.

그리고 데인에게서 들려온 대답에 나는 마른 눈을 꾹 감아 버렸다.

"4년 전. 하베르미아의 달."

821년, 40번의 죽음을 겪었던 해였다.

"……왜?"

일기장을 얻고 죽음을 마주하고서도 그는 언제나 당연한 것처럼 무조건적이고 이유 없는 보호와 믿음을 내게 주었다. 아무런 말이 없는 나를 향해서도 괜찮다고 날 위해 지나가지 않는 밤이 되겠다 말한 사람. 그런데 왜 너는, 가장 깊은 그림자 위에 있어?

"말하지 않을래."

"왜?"

"널 아프게 할 거니까."

데인은 힘없이 웃었다. 그의 붉은 눈동자에 곤란함을 눈치챌 수 있었다. 그제야 나는 그의 흐트러진 옷이나 헝클어진 머리칼 그리고 눈 밑에 자리 잡은 피로의 흔적을 보았다.

석양은 점점 색이 엷어지고 있었고 붉은 물에 탄 잉크처럼 검푸른 색이 하늘을 적시고 있었다. 끄트머리에서 번진 검푸른 파도가 석양을 덮친다. 빛이 퍼지며 하늘은 저녁을 맞이했다. 평화롭게 저물어 가는 하늘 아래 나는 숨을 색색 내쉬었다.

"아프지 않아."

데인이 길게 한숨을 쉬었다. 곤란하다는 표시였지만, 나는 아랑곳않고 그의 손을 잡았다. 데인의 손은 몹시 차가웠다. 카스토르의 손도 몹시 차가웠지만, 그것과는 조금 다른 긴장으로 인한 것임을 알았다.

"화났어?"

"아니. 그리고 네가 무슨 말을 하든지 아프지도 않을 거야. 데인, 네가 하는 말이니까. 그러니까 내게 뭐든 말해 줘."

데인은 내 눈을 피하고, 나에게 잡히지 않은 손으로 손바닥에 얼굴을 묻었다. 복잡한 마음인 듯했다. 그러고는 숨을 들이켰다. 비밀을 토로하는 자에겐 준비가 필요함을 알았다. 나도 그랬으니까. 그래서 나도 그가 그랬듯 기다렸다.

"……널 지키기 위해서였어."

"날 왜 지키는데?"

그 말에 데인은 조금 창백한 얼굴로 웃었다.

"잔인하네."

그가 짧게 중얼거렸다.

"네가 내게 얼마나 소중한지 너는 알까?"

"데인."

"그렇게 보지 마, 아실리. 울고 싶어지니까."

거짓말이었다. 그는 괴로운 듯이 웃고 있었지만, 울음기는 보이지 않았다. 데인은 내가 잡고 있던 손을 떼어 내고는 자신의 손으로 나를 잡았다. 손가락 사이로 그의 손가락이 파고들며 빈틈없이 맞물렸다.

"우린 진짜 남매가 아니잖아."

바람이 불었다. 데인과 내 머리칼을 마구 흩뜨려 놓고 지나간 바람은 데인의 눈을 보지 못하게 했다. 한없이 흩날리는 머리칼만 바라보고 있을 때였다. 데인의 손에 쥐였던 내 손이 불가항력처럼 빠져나갔다.

"아실리."

데인은 썰물처럼 빠져나가는 내 손을 잡았다.

"알고 있었어?"

"알고 있었어."

"언제부터?"

이 세계로 온 후로 충격적인 일이 너무나 많았기에 어느 순간부터 나는 충격에서 덤덤해졌었다. 인간이 겪을 수 있는 가장 큰 공포를 이미 수십 번 겪었기에 이루어 낸 불쾌한 쾌거였다.

하지만 그런 나도 아올레시아에게서 내가 현 황제의 친딸이 아니라는 말을 들었을 때 놀랐다. 전혀 예상하지 못한 일이었다고 할까. 야구 방망이로 뒤통수를 거세게 얻어맞은 것 같았다. 그 얼얼함이 아직도 남아 있을 정도였다.

설마하니, 내가 황제의 딸이 아니었다니. 그럼 내가 오빠라 믿고 있던 사람들 전부 남이란 소리잖아.

물론 크게 다를 건 없다고 생각한다. 환생을 인지한 나로서는 처음부터 황제도, 나를 낳은 아올레시아도 부모로 느껴지지 않았으니까.

플뢰온과 데인은…… 글쎄 전생의 나는 외동이었기에 형제가 있다는 느낌을 모른다. 하지만 둘 모두 소중한 이들임에 분명했다. 그러니까 함께한 시간 속에 차곡차곡 쌓인, 혈육을 떠나서 소중하다는 얘기였다.

그러나 이건 어디까지나 환생이라는 특수한 상황에 놓인 내 얘기일 뿐. 이 세계에서 정상적으로 나고 자란 데인이라면 어떨까. 여동생이라 믿었던 사람이 하루아침에 남이라고 들었을 때.

"아주 오래됐어."

데인이 웃었다. 이상하다. 그는 수 분 전과 하나 다를 것 없이 웃는데, 나는 다르게 느끼고 있다. 지금 눈앞의 데인은 낯설게 웃고 있었다. 깍지로 단단히 얽힌 손이 낯설었고, 부드러이 웃는 얼굴이 낯설었고, 그가 부르는 내 이름이 낯설었다.

"알면서도 말하지 않았던 건 네가 충격을 받을 거라 생각해서였어. 넌 분명 충격을 받고 나와 형을 멀리할 게 분명했으니까."

"난 그렇지 않아."

"아니. 넌 변하는 걸 싫어하잖아."

나는 움찔 떨고 말았다. 그가 한 말이 사실이어서였다. 나는 변화가 싫었다. 안주하고 싶었다. 일기장을 얻기 전에도 나는 이 구석진 궁에 만족했으며 감금에 가까운 생활에 순응했다. 일기장은 강제로 나를 변화 속에 끌어들였지만 나는 늘 안정을 갈구했다. 변화는 싫었다.

"그래. 그건 사실이야. 그러니 네가 내 혈육이 아니라고 해도 변하는 건 없어."

"그럴까? 그럼 넌 달라진 나를 받아들일 수 있어?"

나는 단호히 말했다.

"뭐가 달라지는데?"

하루아침에 남매가 아닌 남이 되었다고 해도 첩첩이 쌓인 시간이 도망가지 않는 한 우리의 관계는 여전했다. 그렇게 믿고 있다. 하지만 그는 다른 걸까? 이럴 땐 조금 답답하다. 『루스벨라의 빛』에서 유일하게 묘사되지 않았기에 이럴 때 데인이 어떤 생각을 할지 어떤 마음일지 짐작하지 못한다는 것이.

"아실리."

데인은 빙긋이 미소했다. 그 미소는 조금 서글프게 보였다.

"내가 볼 때는 너는 이미 알고 있는 것을 외면하고 있어."

"내가 뭘 외면하는데?"

"말하길 바라?"

"말해."

"내 마음."

나는 멈칫했다.

"……짐작하고 있잖아."

"……."

밤이 가까워지고 있었다. 그의 얼굴은 차차 검은색에 물든 것처럼 그림자에 잠기고 있었다. 그럼에도 데인의 눈동자는 선명히 보였다.

"너는 잔인하지만, 그런 너마저 좋아해."

데인은 미소를 걸은 채로 한참 동안 나를 바라봤다. 엄지로 깍지를 낀 내 손등을 쓸었다가 천천히 풀어냈다. 그리고 데인의 목소리는 다정하고 나긋하며 낯설었다.

"내가 네게 했던 모든 말들은 진심이야. 네가 기억하는 것도. 기억하지 못하는 것도."

지난 시간 내내 다정했던 데인을 떠올렸다. 어느 날은 친한 친구 같고 또 어느 날은 사이좋은 남매 같았으며 또 어느 날은 저 아름다운 미모로 홀린 듯 설레게 했던 데인을.

난 데인이 지금껏 내게 우리가 남매가 아니란 사실을 숨긴 이유에 아주 큰 이유가 있을 거란 걸 알아 버렸다. 지금 짐작하는 걸 쉬이 꺼낼 수 없었다. 꺼내는 순간, 난 후회할 거다.

생각해 보면 우리는 남매였지만, 데인은 언제나 경계를 지켰다. 한없이 함부로 굴곤 했던 플뢰온과 달리 나를 먼저 앉혔고, 가장 커다란 케이크 조각을 내게 주었다. 어쩌다 속옷이나 다름없는 슈미즈 차림으로 튀어나가면 가장 먼저 옷을 덮어 주곤 고개를 돌리던 그였다.

나는 비로소 파도처럼 덮치는 위화감을 느꼈다. 눈앞의 더는 오빠가 아닌 남자를 바라보는 동안, 경고등이 아찔할 정도로 붉은빛을 띠고 있었다.

"데인 그건."

"그만."

데인의 손가락이 내 입술을 스쳤다. 주춤 뒤로 물러나려던 나는 의자가 있음을 간과하고 넘어졌고, 털썩 의자에 강제로 앉혀졌다.

"더는 말, 하지 않는 게 좋겠어."

데인이 손을 뻗어 의자 손잡이를 잡았다. 그대로 허리를 구부렸다.

"내가 무슨 소릴 할지 나도 모르겠으니까."

그의 목소리는 나른했으며, 많은 걸 참고 있는 듯했다. 데인이 절제하는 모습에서 오히려 치명적인 어떤 느낌을 받았다.

"그런 얼굴 하지 마."

참고 있는 데인의 얼굴에서 눈을 뗄 수가 없었다. 가슴이 뛰거나 설렘과는 다른 두근거림이 쉼 없이 심장을 차지하고 있었다. 나는 사랑을 알고 있다. 한때, 아주 오래전 과거에서 내가 했던 것이 사랑이라면. 이제 더는 가슴에 품지 못한 것이 사랑이었다.

"네게 바라는 건 없으니까."

그가 의자를 짚은 채 고개를 숙였다. 사르르 떨어지는 갈색 머리칼을 한없이 바라보고 있다. 데인의 목소리는 이슬을 머금은 꽃처럼 푹 젖어 있었다.

"다만, 앞으로 우리 관계는 조금 달라질 거야."

* * *

시일은 빠르게 흘러갔다. 그동안 내가 한 일은 아주 많았다. 드레스를 고르고, 장신구를 맞췄으며 그렇게 맞춘 드레스를 갖춰 입고 연회에 나갔다. 아주 많은 사람들을 만났다. 수많은 이들을 한곳에 수용하고도 남을 만큼 거대한 홀에선 매일매일 향락적인 연회가 열렸다.

나는 끊임없이 자잘한 티 파티와 연회에 초대받았다. 몸이 모자랄 정도였다. 레베카가 초대장을 쥐고, 버리고 버려도 쌓이곤 한다며 낮게 혀를 차는 것을 보곤 했다.

"무슨 생각해?"

데인이 내 손끝을 잡았다 놓으며 물었다.

"레베카 생각."

"늘 곁에 있는 사람을 또 생각하곤 해?"

"으응, 주인을 잘못 만난 시녀가 어디까지 고생할 수 있나 보는 기분이라서."

그 말에 데인이 피식 웃었다.

"공녀가 부럽네."

눈썹을 늘어트리며 웃는 모습이 내 심장을 꾹 찔렀다. 나는 천천히 그에게 시선을 주었다.

"데인."

"응."

"내가 죽은 듯이 잠만 잘 때 레베카가 나를 대신해 나갔다며?"

"그랬지."

다리를 꼰 채, 나른하게 턱을 기댄 데인은 조금 뒤 살포시 미소했다.

"네가 파트로누스를 해 줬다고 들었어. 고마워."

"그 인사는 나보다는 형에게 가야지."

정오의 햇빛이 그에게만 쏟아지는 것 같았다. 그의 부드러운 진갈색 머리칼이 살랑하고 흔들거린다.

"형이 아벤타 공녀를 에스코트했으니까."

데인의 머리 위엔 7황자를 상징하는 7개의 황금 잎이 달린 월계관이 있었다. 최근 데인에게서 중세 유럽 복식의 왕국식 복장보다 제국 전통식을 더 자주 보는 것 같다. 분명 데인은 왕국식을 좋아하는데.

"플뢰온이 레베카의 파트로누스였단 말이야? 상상이 가질 않는데."

한낮의 햇살이 강해서 나는 눈을 찡그렸다. 그러자 이마로 닿는 손이 있었다. 나도 모르게 뒤로 물러났다.

"아."

손을 들어 올린 데인의 시선이 잠깐 내 얼굴에 머물렀다 떨어졌다. 나는 말없이 웃었다. 지금 그를 피한 것에 그가 머쓱해하지 않도록.

그날 이후로 데인과는 묘한 거리가 생겼다.

난 데인에게 묻지 못하고 억지로 묻어 둔 게 있었다. 그가 말하지 못하게 한 것이기도 했다. 날 빤히 바라보던 데인이 입꼬리를 비스듬히 올린다. 언제 그랬냐는 듯 예쁜 웃음이었다.

"응. 형이 줄곧 공녀의 파트로누스였지. 어제 내가 네 파트로누스로 갔던 것처럼."

"아하."

그러고 보니 사흘간 플뢰온이랑 데인이 번갈아 가면서 내 연회 파트로누스를 했다. 내가 그의 파트로누스를 한 것이 아닌, 그가 내 파트로누스가 되었다 말하는 점이 데인다웠다.

최근 연회들을 떠올린다. 둘은 극과 극의 대비를 보이는 파트로누스였는데, 일단 플뢰온은 지독한 잔소리꾼이었다. A부터 Z까지 하나하나 따져서 꼼짝도 못하게 하는 피곤한 스타일이었다면, 데인은…….

<마셔 봐.>

술을 들고 있던 나에게 데인이 활짝 웃으며 말했다.

<대신 아침에 어디서 눈을 뜨게 될지 몰라.>

<어, 어?>

<농담.>

이렇게 웃는 얼굴로 나를 살 떨리게 만드는 쪽이 데인이었다. 그리고 전과는 다르게 더 농염하다고 할까. 낯설었다. 떨리는 게 살갗인지 심장인지는 모르겠지만, 저 얼굴이 참으로 유해하다는 건 알겠더라. 나이를 먹으며 한층 성숙해진 그의 얼굴은 물을 머금은 꽃이며 익은 와인 같기도 했다.

그러고 보니, 어제 내게 술을 권한 사람들도 그저 내 얼굴의 상처로 농에 가까운 말을 던졌던 사람들도 어느 순간부터 보이질 않던데.

"그라니우스에게 의탁한 건 잘한 일인 것 같아."

"그런가?"

"조영관 그라니우스. 수십 년 정치에 발을 담근 노련한 정치가이자 뛰어난 신관이잖아. 더군다나 믿을 수 있지. 힘의 신관들은 대체로 올곧고 우직한 자들이기도 해."

"신관마다 특징이란 게 있어?"

혈액형 같은 건가? 과학적 근거라곤 전혀 없는 미신이라지만, 한때 푹 빠졌던 혈액형별 성격 유형을 떠올리며 물었다.

"검의 신관은 정의롭고 고지식하며 신념이 강한 자들. 식물의 신관은 선하고 선량한 자들. 죽음의 신관은 절망과 가장 가까운 자들. 그리고 거짓과 도둑의 신관은 거짓에서 잉태한 자들. 그리고 대장장이, 불카누스 신관은 대체로 다혈질에 자존심이 강한 자들."

"아. 그건 딱 플뢰온이다."

"그렇지?"

도란도란 대화를 나누다 보니 어느새 집무실에 도착했다. 문을 열고 들어가자 모두가 와서 기다리고 있다. 벌떡 일어난 펜네와 그 뒤로 보이는 그라니우스, 그리고 카우치에 삐딱하게 앉아 날 응시하는 플뢰온과 고아한 자태의 레베카까지.

"오셨습니까."

우리가 가장 늦은 모양이었다.

"말씀하신 사막의 공주에 대해 조사했습니다."

레베카가 다소곳이 고개를 숙였다. 부탁했던 일을 잘 해결한 모양이다. 그녀의 옆으로 놓인 두루마리가 내가 부탁했던 정보들, 즉 아하시야에 대한 것들인 모양이었다.

"직접 나서지 못해 미안해."

레베카는 물끄러미 날 보고 있었다. 천천히 고개를 젓는다. 하나뿐인 시녀님에게 미안하게도, 줄곧 그녀만 연회에서 발로 직접 뛰게 했다.

미안한 듯 웃어 주자, 레베카가 다시 고개를 젓는다. 내가 직접 나서기에는 보는 눈이 너무 많았던 탓이었다. 「프리모 살바티오」 이후로 난 현재 아이돌 부럽지 않은 인기를 호가하고 있었으니까. 너무나 성대하고 화려한 무대였다고 했나. 정작 나는 죽도록 힘든 기억밖에 없는데 말이지.

"오늘 이렇게 부른 것은 더 늦기 전에 사막의 공주에 대한 것을 얘기하고자 함이에요."

더 늦기 전에. 내가 한 말이 의미를 가지고 되돌아왔다. 확실히 급박하긴 했다. 일기장 속 아하시야가 나를 살해하기까지 단 이틀밖에 남지 않았으니까. 거기다 급한 건 나뿐이 아닐 거다. 사실 이리 은밀하게 모두를 모이게 한 것도 이 때문이라 할 수 있다.

"건국제 첫날 살해된 강의 대신관 살해 용의자가 사막의 사신으로 밝혀졌다 들었어요."

내가 죽은 듯이 잠들었을 때 일이다. 그날 연회에서 데로스가 살해한 일이 왜인지 사막의 왕국 사신의 짓으로 밝혀졌다고 한다. 모두가 카스토르가 죽였다 수군댔지만, 용의자가 따로 있다고. 화살은 거짓말처럼 사막의 나라로 돌아갔다.

"유감스러운 일이에요."

증거는 오직 사막에서만 생산되는 검. 더군다나 사막의 검인 시미즈는 특이하게 생긴 검이라 이를 차고 있는 모습을 본 목격자가 수없이 많았다고 한다.

황태자일까, 황제일까. 어느 쪽이 손을 쓴 것인지는 모르겠지만, 증거까지 완벽하게 준비되어 있다라. 이로써 아하시야 처지가 무척 곤란해졌다는 거다.

그녀는 당장 제국의 원조를 받지 않으면 돌아가 나라의 멸망을 보게 될 처지였다.

"사신들과 달리, 제국과 틀어지는 게 반갑지는 않을 테죠. 사막의 왕실, 특히 아하시야 공주는."

사막의 나라는 IMF 사태라도 터진 듯 개판 5분 전 상태였다. 공주인 아하시야가 간신배들을 따돌리고 시녀까지 잃어버리면서 이곳까지 달려올 정도였다.

그런데 제대로 꺼내 보기도 전에 제국과 외교가 틀어질 위기에 처했으니, 그녀로서는 무척 난감한 일일 것이다. 나라를 삼키고 싶은 간신 입장에서는 쾌재를 부를 일이겠고.

"나는 사막의 공주를 도울 생각이에요."

이어 나오는 말에 플뢰온이 고개를 번쩍 들었다.

"어떻게?"

어떻게라, 생각해 둔 것이 있긴 했다.

"사막의 공주가 원하는 건 황태자와의 약혼이야."

"……지금 그걸 돕겠다고?"

"설마."

미치지 않는 한 그럴 일은 없다. 미친 황태자의 손에 공주를 쥐여 줄 수는 없지. 더군다나 며칠 뒤 나를 살해할 이라면 더더욱.

사막의 나라 라 하트는 후계 다툼으로 11명의 황자가 모두 죽어버렸다. 아하시야의 오빠이거나 남동생이었던 남자들 몇몇은 간신의 독에, 몇몇은 세력 다툼을 하다 죽었다고 한다. 전부가 죽어 버린 탓에 후계는 아하시야 하나만 남았고, 왕은 후사를 보기에 너무 노쇠했다. 그렇게 왕의 자식은 그녀만이 남았다.

"현재 아하시야는 자신이 황태자와 약혼하는 게 왕국의 유일한 희망이라 생각하고 있어."

"그래서?"

"그 희망을 황태자 대신 내가 쥐여 주겠다고."

그녀가 원하는 것은 황태자와의 약혼이다. 그녀가 약혼을 하게 되면 무엇을 얻게 될까 생각해 봤다. 일단 제국에서 주목을 받게 될 것이다. 그리고 대신들이 눈치를 보게 되겠지. 현재 왕의 수하들로만 꾸려진 외교사절이 제국 내로 오고 있다고 했고, 축제가 끝나면 제국과 라 하트 간의 회담이 있을 예정이었다.

"네가 굳이 희망을 쥐여 줄 필요가 있어?"

"왜 없어. 사막의 왕국은 대륙 최대 비단 생산지야. 아무리 망해 가는 형국이라지만, 그곳엔 여전히 장인들이 존재해. 지금 왕국이 살아나면 누가 가장 득을 볼 거라 생각해?"

"……살아남게 도운 자들이겠지."

"맞아. 아하시야는 아마도 이 때문에 약혼을 주장하는 거겠지."

만약, 아하시야의 목적이 왕국의 존속이라면, 제국의 원조는 필수적이다. 또한 라 하트가 제국과 좋은 관계로 남기 위해서 아하시야는 주목도가 높은 사람을 택해야 했다.

"그러니, 약혼자는 꼭 황태자일 필요가 없다는 얘기야."

카스토르는 이 약혼을 받아들일까? 『루스벨라의 빛』 속에선 받아들였다. 그리고 아하시야는 죽었지.

"난 2황자에게 이 이야길 흘리고 싶어. 그럼 2황자도 누군가를 약혼자로 내세우고 싶겠지? 하지만 본인은 아닐 거야."

"왜냐하면 2황자에겐 이미 끔찍이 아끼는 아내가 있으니까."

"정답이야."

플뢰온이 찝찝한 얼굴로 날 바라봤다. 언제 네가 이렇게 똑똑했냐는 얼굴인데, 난 줄곧 너보다는 똑똑했노라고 말해 주고 싶다.

"그럼 2황자는 누굴 내세우고 싶을까? 일단 최측근인 5황자는 이미 정혼녀가 있음으로 탈락. 3황자는 실종되었다 알려졌고, 4황자 아모르 오라버니는 표면상 중립이지."

"아아. 알았다."

데인이 고개를 기울이며 빙긋 웃었다.

"황녀님께서는 거기까지 생각하신 거군요."

"응. 맞아, 그라니우스."

방에 있는 모두가 고개를 끄덕였다. 단 한 사람만 빼놓고서. 그리고 그 한 사람이 인상을 마구 찌푸리고 있었다. 나는 그 오만한 얼굴을 즐거이 바라보며 손가락을 들어 올려 그를 가리켰다.

"뭘 찌푸려. 생각한 게 맞아."

"뭐?"

난 상큼하게 웃어 주었다.

"오빠가 결혼하면 돼."

그 말에 플뢰온은 실로, 이게 무슨 개소리냐는 얼굴이었다. 참으로 볼 만한 얼굴이었다.

"내가 결혼이라니!"

플뢰온은 길길이 날뛰었다. 기물 파괴는 예상 범위였다.

나는 한마디로 그를 잠재웠다.

“그럼 내가 결혼할까?”

“뭐?”

“이번에 오는 사신 중 하나랑 골라서 하면 되겠네. 아하시야도 내가 나서겠다고 하면 좋아할 걸. 아 물론, 상대는 나랑 스무 살 이상 차이 나겠지만.”

“…….”

“근데 두 번째, 아니 거긴 일부다처제인 곳이니 한 다섯 번째 부인일지도 모르겠다.”

그 말에 플뢰온이 속절없이 침묵했다. 난 정말 그리해도 상관없다 말하자, 곧 성질을 내며 알았으니 닥치라고 했다. 근데 정말로 상관없는데. 내가 해도.

“싫으면 말하라니까? 내가 해도 돼.”

“미쳤어? 내가 그딴 나이 많은 대신 따위에게 보내려고 고이 키운 줄 알아?”

“키우긴 누가 키워.”

누가 들으면 날 소중히 아끼고, 좋은 것 입혀다 과보호라도 한줄 알겠다. 아, 물론 과보호는 맞지만, 함부로 대한 것도 맞잖아? 거기다 정작 아끼고 좋은 것 입혀 준 사람은 조용히 웃고 있는데 말이다.

난 데인에게서 눈을 떼어 내곤 씩씩대는 플뢰온에게 성마르게 웃어 주었다.

“어차피 위장 결혼인걸.”

“위장 결혼?”

“응. 정말로 결혼하려고?”

설마하니 진짜 플뢰온을 대뜸 결혼하게 할 리 없잖아? 결혼은 연애결혼이 짱이다. 연애를 해서 결혼해도 싸우고 볶고 갈라지는 게 남녀 사이거늘 억지로 붙여 두면 좋은 것보다 불화가 더 크기밖에 더하겠나.

"어차피 아하시야는 결혼 자체에 뜻을 둔 게 아냐. 왕국을 위해 자기 자신을 볼모로 내세운 거지."

"그걸 어떻게 알아?"

"응?"

"네가 그 공주의 뜻을 어떻게 아냐고."

그거야……. 대화를 나눠 봤으니 알지.

아하시야는 내게 카스토르에게 첫눈에 반했노라 말했지만, 나는 알았다. 그건 사랑에 빠진 자의 눈이 아니었다. 벼랑 끝에 매달린 절박한 사람의 얼굴이었지.

사랑이 무엇이냐 묻느냐면 정확히 대답할 순 없지만, 적어도 사람이 사람에게 설레는 감정임을 안다. 그 사람이 빼곡하게 새겨져 스민 것을 어쩌지도 못하고 가슴이 조여들고 그 이름이 머리에 꽉 차는 그런 감정이 내가 생각하는 사랑이다.

"황태자를 원한다곤 했지만 진심이 아니었어. 그러면 누구라도 상관없잖아? 어차피 상대를 모르고 하는 이 결혼엔 딱히 의미가 없는 거잖아. 정히 싫으면 내가 할게. 말했지만 난 정말 상관없어."

"너……."

"응?"

"왜 이렇게 메말랐냐?"

나는 플뢰온의 심각한 얼굴에 어리둥절한 낯으로 대꾸했다.

"메말랐다니, 내가?"

곰곰이 생각해 보니 틀린 말은 아닌 것 같지만 역시나 그가 심각하게 물을 일은 아닌 것 같다. 나는 멀뚱히 플뢰온을 바라봤다.

"지금 결혼하라고 했다고, 화풀이하는 거지?"

"장난하는 거 아니다. 너 말이야, 성년이 되도록 연애 한번 안 해 보고 뭐 하냐?"

"여기서 내 연애가 왜 나오는지 모르겠네."

"아니, 새겨들어. 결혼 전에 해 보란 얘기야."

"결혼?"

"그래, 결혼."

조금 전까지 플뢰온에게 종용했던 단어를 그에게서 들으니 묘했다. 지금 위장 결혼 부탁했다고 분을 푸는 건가 싶기도 하고. 그러나 그렇다고 하기에 플뢰온의 얼굴은 한없이 진지했다.

나는 삐죽 올라간 그의 눈을 바라봤다. 푸른 눈동자는 고요했다.

"사람을 받아들이고, 또 사랑을 해 보고, 그래서 좋은 놈 하나 골라다 결혼해서 행복하게 산다. 단순하잖냐."

"난 황녀인데. 오라버니. 그건 꿈같은 얘기 아닌가 싶은데."

"네가 궁에 처박혀 살아 그렇지, 네 또래들은 연회에서 실컷 해 볼 거 다 해 보고 결혼해."

"아아, 쉽포시온."

확실히 제국만의 문화는 사치스럽고 향락적이었다. 황족이고 귀족이고 할 것 없이 자유연애를 즐기고 거칠 것 없이 하룻밤 상대를 고른다. 쉽게 말해 불륜과 양다리마저 오픈 마인드로 받아들이는 매우 오픈된 문화라는 거다. 지금이야 문화 강국인 월터의 문화가 넘어오며 여자에게 정숙과 순결을 강요하는 사회가 세워졌다지만.

"네 주변에 많잖아, 사내놈들! 이놈, 저놈. 여러 놈 울려 보란 말이다!"

플뢰온이 주변인들을 마구 가리키며 말했다.

"이놈은 펜네고 저놈은 소릭스야. 함께할 사람인데 그리 부르지 말고 좀 외워. 그리고 뭘 울려?"

현 황제는 월터식 빠돌이라 부르고 싶을 정도로 왕국식을 좋아해 적극적으로 문화를 수용한 사람이었다. 그런 판국에 황녀가 자유연애? 꿈도 못 꿀 일이다.

"그럼 나도 막 하룻밤 상대 골라서 밤을 지새우고 오면 돼? 이걸 뭐라고 하더라. 꽃을 보고 올게요?"

"허어?"

"뭐야. 왜 혀를 차고 그래. 좋은 조언에 따라 볼까 하는데. 첫 데이트는 누구랑 해볼까, 레이 경? 나랑 데이트할래?"

"……그런 감흥 없는 얼굴로 그런 말 하시는 거 아닙니다."

그러자 플뢰온이 나를 휙 노려봤다.

"뭐하는 거야?"

"이 사람 저 사람 꼬셔 보라며."

"말이 그렇다는 거지 말이!"

"아니. 이상하네. 왜 화를 내?"

"망할, 쉼포시온이고 나발이고! 네가 그러면 가만두지 않겠다!"

"……뭐 어쩌란 거야."

어디에 장단을 맞춰야 할지 모를 일이다.

* * *

푸른빛을 띤 달이 대롱 걸린 밤. 난 달이 동동 뜬 하늘을 보며 나도 모르게 아모르를 떠올렸다. 그를 본 날이 낮보다도 긴 밤이 많았기에, 그리고 긴긴 새벽을 함께해서일까, 달이 뜨는 밤이면 나는 어디선가 옅은 풀내음을 맡곤 한다.

<형님이 너와 내 접촉을 눈치챘어.>

그와 마지막으로 대화했던 것을 떠올렸다.

<매일 같이 내 궁에 머무르니, 한동안 오지 않는 게 좋겠어.>

<이미 못 오게 막았잖아요.>

현재 아모르는 구금된 상태였다. 공식적으로 4황자는 황제의 허락을 받지 않고, 신성한 제례인 「프리모 살바티오」에 관여했다. 이것이 그의 죄였다.

신관의 모든 행동은 황실과 주신의 신전 아래 통제되고 있기 때문에 고위 신관인 아모르가 멋대로 움직인 건 자칫 반란으로 보일 수 있는 중죄였다.

—성스러운 「프리모 살바티오」에 허가 없이 관여한 죄, 4황자는 궁에서 근신하라.

그는 장치의 동력 신관을 맡았을 뿐, 죄라고 하기엔 무척 가벼운 행동이었으나 벌은 가혹했다. 아니 가혹하다로도 부족하다. 그가 평생 받았던 형벌을 다시 받고 있는 것에 불과했으니까.

그는 팔찌로 대화하며, 나의 출입을 통제했다. 그의 성은 그의 공간인바 허락받지 못하면 풀에 가로막혀 들어가지 못했다. 그것이 못내 서운해 드러냈더니 잔잔한 웃음소리가 전해져 왔다.

<아실리.>

그가 다정히 나를 불렀다.

<찾아갈게.>

까칠함은 온데간데없이 지워 버린 음성이었다. 서글프도록 다정하여 눈물이 날 것 같은 목소리로, 그는 한동안 안녕을 구했다.

<이번엔 내가.>

그 대화를 끝으로 힘이 다한 팔찌는 그냥 녹색 끈이 되어 버렸다. 그가 반드시 연락하겠노라 약속했기에 속절없이 믿는 수밖에 없었다.

* * *

신과 인간이 만나고 사라진 기간을 기리는 축제 기간, 연회는 매일 밤 열린다. 제국의 건국제는 거대한 땅 곳곳에서 모인 온갖 신관들의 가지각색 공연을 선보였다. 그리고 건국제의 또 다른 즐거움을 하나 더 꼽자면, 제국만의 향락적인 연회 '쉼포시온'이라 할 수 있겠다.

"그 소문 들으셨나요?"

사흘 사이 황성에는 기묘한 소문이 돌았다. 그 소문은 어이없게도 먼 사막에서 온 공주와 제국의 황자가 사랑에 빠졌다는 이야기였다. 그리고 그 소문은 처음 '공주가 약혼을 원했다'에서 '황자 쪽에서 일방적으로 밀어붙인 것이다'로 바뀌었다.

그리고 소문 속 '황자'가 누구인지는 밝혀지지 않았다.

쉼포시온에서 가장 이슈로 떠오른 것은 단연 소문 속 황자의 얘기였다. 제국이며 타국이며 할 것 없이 귀족들은 모였다하면 쑥덕쑥덕 떠들며 소문 속 황자가 누구인지 추측하기 바빴다.

"2황자님은 아닐 거예요. 그분은 끔찍이 아끼는 아내가 있잖아요? 부인과 금슬로 유명한 2황자님께서 그럴 리가 없어요."

"3황자님이야 실종된 분이시고, 4황자님은 두문불출하시니 자연히……."

"언급하기 곤란하지만, '황태자' 전하도 아니실 거예요. 설마요. '그 분'께선 원하면 그대로 취했을 걸요?"

"맞아요. 이미 약혼식을 치르고도 남았죠."

나는 포도주를 든 채, 슬며시 미소를 머금었다.

나는 나를 향해 흘끗대는 시선을 알았다. 아마도 황자와 절친한 사이인 황녀에게 보이는 관심이 분명했다. 진실을 알고 있지 않을까 궁금하겠지. 그러나 사람들은 쉬이 내게 접근하지 못했다.

"저분이 황녀님이셔요. 이번의 「프리모 살바티오」를 추신 분이죠."

"아아. 그……, 소문의?"

「프리모 살바티오」의 주인공인 황녀는 축제 내내 무대 위 가수처럼 조명이 집중된다. 이것만은 이전에 세력이 없던 공주였거나, 지금처럼 뺨에 흉측한 '흉터'를 달고 있는 공주라거나. 전부 상관없었다. 그저 「프리모 살바티오」의 주인공이란 이유로 화제의 중심을 차지한다.

「프리모 살바티오」의 주인공은 다른 이도 아닌 '초대 황제'를 대리한 자이기에, 축제 기간 동안 신성시 여겨진다. 그래서 축제 내내 아랫사람은 황녀가 먼저 말을 걸거나 초대에 응하지 않는 이상 함부로 말을 걸지 못했다.

이러한 이유로 나는 시선에 갇혔지만, 적어도 억지로 말을 붙이는 것에서 자유로웠다. 뭐 한 가지 더, 앞선 이유 말고 또 있긴 했다. 그 누구도 감히 황태자의 파트로누스로 「프리모 살바티오」를 췄던 내게 먼저 말을 걸지 못했던 것이다. 물론 절대적인 규칙은 아닌 터라 용감히 나서는 자도 있긴 했다.

"제국의 8번째 가지를 뵙습니다. 반갑습니다. 황녀님. 저는 노래의 신관 하넬이라 합니다. 혼자 오셨습니까?"

난 흘끗 시선만 기울여서 보았다. 능글능글한 얼굴이 내 뺨을 노골적으로 바라보고 있었다. 무엇보다 얼굴에 '야비', '비겁' 두 글자를 적어놓은 것 같은 인상이다. 난 듬성듬성한 갈색 머리칼을 바라보며 피식 웃었다.

"제 주인께 무슨 볼일이라도?"

황녀는 절대 홀로 다니지 않는다. 그러니 내게는 철벽같은 수비를 자랑하는 보호자가 있었다. 무례했던 남자는 레이 경을 보자마자 허둥지둥 물러났다. 그의 위세가 꽤나 험악했으니까.

레이 경은 보통 검사들 이상으로 키가 크며 훤칠한 편이었다. 덧붙여 저 무뚝뚝한 얼굴이 한번 굳으면 발톱을 드러낸 맹수같이 위험한 느낌을 풍기니, 그 덕분에 난 조금 전 신관처럼 무례한 자들에게서도 자유로울 수 있었다. 레이 경이 으름장을 놓아 쫓아내니 멀리서 수군거림이 더 커졌으나, 더는 꼬이지 않았다. 나는 들고 있던 잔을 홀짝였다.

연회는 춤의 신관의 공연이 한창이었다. 음악의 신관과 함께 더불어 선보이는 공연은 무척 아름다웠지만, 어딘가 현실감이 없었다. 멍하니 쳐다보다가 천천히 눈을 떼어낼 때였다.

"무얼 그리 보십니까?"

레이경이 불쑥 말했다. 엄마야. 언제 다가온 거람. 그가 어어, 소리를 내며 다가오기에 놀라 뒤로 물러나는데, 시야가 기울었다. 치맛자락을 밟다니, 어린애도 하지 않을 실수였다. 누군가 뒤로 슬쩍 기울어지는 몸을 받아 주고는 속삭였다.

"조심해야지."

데인이었다. 다정하고 사근사근한 목소리가 숨과 함께 귀를 간지럽혔다. 그는 한손으로는 나를 받친 채 다른 손으로 잔을 든 내 손 위로 올렸다.

"포도주야?"

"아아. 응."

그가 허리를 놓고는 왼쪽에서 나타났다. 그러고는 데인은 슬쩍 잔을 가져갔다. 놀람의 연속이라 나는 가까스로 대답했다.

"그런데?"

"술은 안 돼."

"……나 성인인데?"

"위험하니까."

"누가? 내가?"

되묻자 그의 눈이 휙 휘어졌다.

"아니 내가."

데인은 눈을 나른하게 뜬 채로 천천히 술을 한 모금 마셨다. 꿀꺽, 술을 마시는 건 그인데 어째서 내가 침이 넘어가는지 모르겠다 생각하며, 그의 손을 잡았다.

"이리 줘. 내거야."

"싫어."

데인은 슬쩍 손을 빼내며 고개를 기울였다. 그에 나도 모르게 발끈해서는 그의 손을 잡자, 그는 말없이 미소하며, 내 손끝을 한번 잡았다가 놓았다. 그 부드러운 손에 나도 모르게 움찔했다.

"술, 나랑 마셨으면 좋겠어."

"……너 지금 나 꼬셔?"

조금 힘주어 말했지만, 그는 태연히, 아니 더욱 눈을 휘며 귀로 속삭였다.

"그러면 안 돼?"

그리고 나는 군말 없이 물러났다. 손가락에서 힘이 빠졌다 함이 옳겠지.

"겨우 한 모금 마신 건데."

중얼거렸지만, 데인의 미소는 더 깊어질 뿐 잔이 다시 돌아오는 일은 없었다.

기분이 묘했다.

데인이 잡았고, 놓아준 손을 바라본다. 손끝에 그의 온기가 남아 있었다. 그의 손을 안 잡아 본 것도 아닌데, 수십 수백 번을 잡았을 손이 오늘따라 이상한 느낌을 남겼다. 어느새 내 옆으로 다가온 레이 경이 물었다.

"표정이 왜 그러십니까?"

"……나를 지켜 주는 미남들에게 감동해서."

어제까지 알던 사람이 더는 어제와 같지 않을 땐 어떡해야 하는 걸까? 손끝에서부터 차츰 느껴지는 낯선 온기를 어떻게 받아들여야 할까. 알 수 없는 이 기분에 미간을 찌푸렸다.

"어찌 감동하지 않을 수 있겠어."

"그 미남 중에 저도 들어가는 겁니까?"

"그럼. 난 복 받은 사람이야. 걱정이 지극해서 한 모금 대지 못하고 뺏겨 보기도 하고 말이야."

건조하게 꼬아 말해 주었더니, 레이 경은 그게 퍽 우스웠는지 그답지 않게 미소를 틔웠다.

"모르셨습니까? 황녀님이 걱정을 부르는 타입이시긴 합니다."

"뭐?"

"자기 통찰력이 부족하시군요. 반성하십시오."

"……건방진 검사님이네."

난 살짝 고개를 들어 그를 응시했다. 레이 경이 웃다니 드문 일이었다. 하여 더욱 잘 보기 위해 눈을 가늘게 뜬다. 늘 진중하여 수묵화 같던 얼굴에 미소가 얹히니 난초 같았다. 검은 먹으로 그려진 난에 핀 꽃처럼 말이다.

"황녀님."

"응."

"황녀님 의도대로 소문은 빠르게 퍼졌군요. 여기까지 예상하셨다니 조금 놀랍습니다."

난 그 말에 노려보던 걸 멈추고, 옅게 웃었다.

"축제에 들뜨는 게 비단 애들만의 일이겠어."

"……갓 성인이 된 분이 할 말은 아닌 것 같습니다."

글쎄올시다. 마음만은 서른이다.

매혹적인 향기가 자욱한 연회의 한 귀퉁이를 바라보았다. 은은한 조명 아래 달뜬 얼굴들. 어른들도 충분히 들뜨는 장소가 축제인 법. 난 각국에서 모인 이들에게 작은 화젯거리를 준 셈이다.

"데인, 레이 경."

오늘 연회에는 '황태자'가 참여한다는 말이 자자했다. 카스토르라니, 어째서 연회를 멀리하는 그가 오늘 이곳에 나오는 것인지 몰라도 연회에 오래 머물러 좋을 것은 없었다. 벌써부터 만날 필요는 없으니까.

'그'와 내가 다시 만날 날은 만반의 준비가 끝났을 때이다. 그리고 무엇보다, 어딜 가든 따라붙은 시선들이 몹시 집요해, 아주 피곤하게 느껴졌다.

"그만 가자."

원하는 것은 전부 얻었다. 나는 데인과 레이 경에게 눈짓하며 말했다.

* * *

며칠 뒤, 테레나 궁 집무실. 순찰대를 대표한 소릭스를 비롯해 모든 사람이 전부 모였다.

"흐음, 황녀님의 신력은 조금 이상하네요."

나를 한참 살펴본 끝에 소릭스가 말했다. 그의 녹색 눈은 신력이 돌고 있음을 증명하듯 보랏빛 아지랑이가 일렁이고 있었다. 소릭스는 '눈眼과 올빼미'의 신관으로서 신관의 자질을 지닌 자를 알아볼 수 있었다. 하여, 그는 나를 향해 지금 각성이 얼마 남지 않았을 거라며 살펴보기로 한 것이다.

곧이어 그가 흐음, 소리를 내며 더 자세히 살펴보겠다 말했다. 그에 홍채 속 아지랑이가 원을 그리며 휘휘 돌기 시작했다.

"그렇게 적어?"

"네. 각성이 얼마 남지 않은 '신관 후보'치고는 너무 적어요. 흠, 이상하네요."

나는 소릭스에게 기억을 잃기 전에 느꼈던 두통이라거나 최근 잦은 눈 쪽의 고통을 얘기했었는데, 소릭스가 그건 틀림없는 각성의 징후라고 했다. 그런데 내겐 타고난 신력의 양이 너무 적다고 했다.

"분명 황녀님이 느낀 것들은 각성 전 징후가 틀림없는데."

신관은 완전한 각성을 거쳐야 온전히 능력을 쓸 수 있었다. 내가 카스토르처럼 「후계자의 힘」을 지녔음에도 카스토르처럼 자유자재로 능력을 쓰지 못하는 건 이런 이유에서 인 듯했다.

"황녀님이 각성하지 못한 이유는 신력의 양이 충분하지 못해서인 것 같아요."

"그래?"

"네. 뭐랄까. 황녀님께는 묘한 느낌이 들어요. 신력이 어디론가 빠져나가는 느낌? 마치 밑 빠진 독에 물을 붓는 것처럼요. 메타. 너도 그래?"

"아. 나도 그랬어."

조금 전, 내 각성을 돕는답시고 소릭스와 메타가 번갈아 가며 내 손목을 잡고 신력을 불어넣었는데, 그때마다 신력이 어디론가 빠져나가는 느낌이었다고. 둘의 의견이 일치했다.

"그냥 내 몸이 신력을 받아들이지 못하는 거 아닐까? 신관 후보자 중에 그런 사람도 있다고 들었어."

"아뇨, 아뇨. 황녀님은 그쪽은 아니에요. 그리고 황녀님은 분명 이전엔 보통 인간으로 나왔다고 하셨죠? 신관 감별에서요."

"응."

"어느 날 갑자기 자질을 띠게 된 자들은 둘 중 하나에요. 성물과 접촉하거나 신관이 직접 신력을 전이하거나. 둘 모두 잠들어 있던 능력을 깨우는 셈이죠."

"그래?"

소릭스가 나붓이 고개를 끄덕였다.

"네. 그중 가장 흔한 케이스가 '성물'과 접촉한 거고요. 혹시, 주변 물건 중에 특이한 것이 없었나요?"

"특이한 거?"

"네. 만지는 순간 묘한 느낌이 들었다거나, 속이 울렁거리며 몸이 아팠다거나. 그밖에 특이한 현상이 일어났던 적은 없는지……."

그 말에 난 곰곰이 생각에 잠겼다가, 천천히 일기장을 꺼냈다.

"이거 한번 봐 줄래?"

소릭스가 조심스럽게 받아서 일기장을 살폈다. 남들의 눈에는 그저 갈색 수첩으로 보일 일기장이었다. 일기장에 손을 올린 그는 곧 조금 놀란 얼굴로 고개를 갸웃했다. '어라?' 소릴 내더니, 그리고 조금 있자, 그의 녹색 눈동자가 이채를 띠었다. 그리고 곧 사정없이 일그러졌다.

"……맙소사."

그것은 천천히 경악이 되었다.

"왜 그래?"

"화, 황녀님. 이건 뭔가요?"

음. 뭐라고 해야 할까. 굳이 따지자면 일기장이겠지?

"황녀님, 송구하나, 이건 성물이에요."

그 말에 나는 눈을 잠깐 동그랗게 떴다. 한편으로는 의연히 고개를 끄덕였다. 이미 카스토르도 일기장을 두고 범상치 않은 물건이라 한 적 있었다.

"……평범한 물건은 아니란 거지?"

"평범한 정도가 아니에요. 「주신의 힘」을 가진 성물이라뇨? 전 한번도 듣지 못했어요."

하긴 미래를 예언하는 수첩이 평범한 물건일리 없었다. 이런 이유로 일기장을 응시하는 내 얼굴은 놀란 한편, 무척 담담한 얼굴일 것 같다. 솔직히 예상 못했던 것은 아니었으니까.

이게 어떤 물건이던가? 미래와 죽음을 넘나들게 하는 최악의 물건. 오히려 소릭스가 '이건 아무것도 아닌데요?' 했다면 놀랐을 거다.

그러나 다음 순간, 소릭스가 침착한 목소리로 놀라운 내용을 일렀다.

"그리고 이것이 지닌 신력이 황녀님이 가진 것보다 커요."

"뭐……?"

"아니, 이건 꼭……."

소릭스는 일기장 끝을 더듬어보고, 펼쳤다가 덮기를 두어 번 반복하더니, 얼떨떨한 얼굴로 더듬더듬 말했다.

"황녀님이 「성물」이고 이쪽이 「각성자」라 믿어도 될 정도……."

그 말에 함께 듣고 있던 메타마저 어처구니없다는 듯 일기장을 내려다봤다.

"너 지금 황녀님 욕한 거냐?"

"아니, 아니! 아닙니다. 황녀님! 이게 문제에요! 이 물건에는 웬만한 신관의 열세 배는 될 법한 신력이 있어요!"

보통 「성물」이란 신의 힘을 담고 있는 물건으로, 신력을 보조하거나, 저장된 능력을 불러와서 소비하는 물건이었다. 신에 따라 성질을 달리했으며, 경우에 따라 신관의 각성을 돕기도 했고, 드물긴 하지만 보통 인간이었던 자를 신관으로 바꾸기도 했다.

물론 이건 아주 희귀한 경우로 보통 성물 자체가 잘 없고 귀한 것이기 때문에 거의 없는 일이라 했다. 보통 사람은 성물을 마주할 기회조차 없을 테니까.

"말도 안 돼. 무슨 성물이 신력을 품어? 성물은 그냥 신력을 더 편하게 쓰기 위한 도구일 뿐이잖아."

메타가 소릭스의 정수리를 팔로 짓누르며 마구 몰아붙였다. 그는 매우 이해가 안 된다는 얼굴이었다. 이어 펜네조차 나긋한 얼굴을 기울이며 메타의 의견에 동조했다.

“소릭스 그거 확실해? 성물이 신관으로 만드는 건 이해해. 본디 평생 잠들어 있었을 잠재 능력을 깨우는 거잖아? 하지만 성물이 이만한 성력을 품고 있다는 건 듣도 보도 못 했다고.”

“하지만, 이건 분명 「주신의 힘」 이야.”

“그러니까, 그 귀한 힘이 왜 평범한 수첩 따위에 있냐고.”

“메타, 손 좀 치워. 그걸 내가 어떻게 알아.”

아무튼 성물의 본래 역할은 신력을 쓰는 사람을 ‘보조’하는 것이다. 달리 말해 태풍을 일으키는 북풍의 신 성물처럼 신력을 소비하는 장치다. 자동차로 따지면 엔진이며 동력은 ‘신관’. 아무리 신력을 품었다고 해도 한계가 있었다.

“혹시 내가 바람의 성물을 이용할 수 있었던 것도. 이거 때문일까?”

“아니, 각성 전에 바람의 성물을 사용하셨습니까? 어, 그게 이론적으로는 가능합니다. 황녀님의 힘은 모든 신의 힘을 아우르는 「주신의 힘」 이니까요. 또한 그 수첩이 신력을 제공한 거면…….”

“맙소사, 각성 전 신관을 보조하기까지 한다고? 황녀님, 이거 그냥 수첩처럼 보이는데, 특별한 능력을 가, 아니 가졌습니까?”

“뭐……. 그렇긴 한데. 이것저것 많이 쓰여 있으니까.”

그 말에 메타가 이상하다는 듯 고개를 기울였다.

“아무것도 쓰여 있지 않은데요?”

“그럴 거야. 나만 보이거든.”

일기장을 흘끗 내려다보며 말했다. 성물이 대해선 누구보다 잘 알고 있을 게 분명했다. 특히나 능력이 저러한 소릭스이니 더 잘 알 것이고.

그런 그의 반응을 보니, 이게 심상치 않은 거란 확신만 더욱 커졌다. 도대체 이게 뭘까 추측하던 그들은 이제 추측을 지나 망상의 단계까지 이르렀다.

"황녀님, 이것 혹시 폐하께서 하사하신 겁니까?"

"소릭스 말이 맞습니다. 아니면, 황실 대대로 내려오는 보물이라거나."

"그럴 리가. 평범한 방 안에서 찾았어."

아올레시아의 방에서 찾았었지. 일기장을 얻은 곳이 어디였는지 생각해 보자 답은 금방 나왔다. 아올레시아는 책 속에서 비중이 큰 '악역'이었다. 그런 그녀가 방에 숨겨 둔 물건이 바로 이 일기장.

생각해 보면 온갖 수상한 일을 벌이는 황제와 그런 황제를 한손에 쥔 여자 아올레시아다. 특별한 능력을 지니지 않는 게 이상할 정도다. 물론 그게 미래를 읽는 힘이라는 게 놀랍지만 말이다.

<나는 네 어미지만, 황제를 아비라 부를 필요는 없단다.>

아올레시아는 범상치 않은 인물이긴 했다.

<상처에 대해 궁금해지면 나를 찾아오렴.>

그렇다면 한 가지 의문이 더 나오게 된다. 아올레시아는 왜 이 일기장을 직접 사용하지 않았는가? 혹은 왜 자신의 방에 버려두고 갔는가. 죽음이란 페널티만 제외하면 꽤나 유용하게…….

나는 잠시 생각을 멈췄다. 헛웃음이 튀어나왔다.

죽음이란 페널티라니? 나를 제외한 타인에게는 쉽게 느껴지지 않을 것인데. 나는 얼굴을 문지르고는 나를 바라보는 이들에게 말갛게 웃어 주었다.

"이 얘기는 여기까지 하고, 본론으로 들어갈까?"

인간이 가장 두려워하는 공포를 죽음이라 이른다. 그렇다면 거기서 벗어난 나는 아무리 평범하다 믿고 싶어도, 다신 돌아가지 못하는 걸지도 모른다. 지난 삶에 대한 미련도, 한때 아무것도 몰랐던 그 시절에 대한 그리움도. 죽음을 돌이킬 수는 없으니까.

하지만, 그게 왜?

뭐 어때. 나는 이런 나를 받아들였다. 나를 원망해서 긁어 낸 상처는 지난 시간 무수히 겪었다. 이젠 앞을 바라볼 뿐이다. 미련은 앞으로 나아가는 데 필요하지 않다.

"아하시야에게 답장이 왔나?"

나는 양피지를 내려놓고, 펜네에게 물었다. 그 질문에 대답한 건 소릭스였다.

"네. 긍정적인 답변을 들었어요. 그런데 황녀님……."

소릭스가 잠시 망설이더니 말했다.

"현재 아하시야 공주는 방에 감금되어 있었습니다. 그리고 사막의 전사들이 빈틈없이 지키고 있어 '정상적인' 접근이 불가했어요."

"감금? 현재 아하시야에게 접근이 금지되고 있다고?"

"예. 사막에서 온 전사들이 눈에 불을 켜고 지키고 있던 걸요. 메타가 간신히 '은신' 능력으로 들어가 만났습니다."

그 말에 펜네가 잠깐 복잡한 표정을 하더니 이어 말했다.

"'간신' 무리도 발등에 불이 떨어진 모양입니다."

"그런가 보네. 공주가 먼저 화친을 제안하면 곤란할 테니까 말이야."

나는 탁자를 탁탁 두드리다가, 곧 가볍게 말했다.

"공주님 구출이 먼저겠네. '약혼식 발표'에 그녀도 있어야 할 테니까. 안 그래?"

"하지만 어떻게……?"

"구출이야. 소릭스."

내 말을 재빨리 알아들은 것은 펜네였다. 그는 내 눈치를 슬쩍 보더니 조심스럽게 물었다.

"며칠 뒤로 준비할까요?"

"역시 펜네는 눈치가 빠르구나? 글쎄……. 기간은 이틀 뒤가 좋겠다. 공주가 방 안에서 '감쪽같이' 사라지는 날 말이야."

이틀 뒤, 그날은 예지 속 아하시야가 나를 찌르게 되는 그날이었다.

"그리고 사막의 공주와 오라버니의 결혼 발표에 대해서는."

나는 빙긋 웃었다. 이틀 뒤는 곤란하니까.

"일주일 뒤가 좋겠어."

* * *

"장가는 다 갔군 그래."

회의가 전부 끝난 뒤, 플뢰온은 카우치에 다리를 꼬고 앉아 크라바트에 손가락을 걸었다. 평소 완벽하게 올림머리를 고수했던 그의 머리칼은 살짝 헝클어져 있었고, 그는 소매를 걷고선 인상을 찡그렸다. 금속의 느낌이 드는 차가운 눈동자가 어딜 향했는지는 명백했다.

"와. 내 얼굴 뚫어지겠다. 플뢰온."

옆통수가 아주 따가웠으니 말이다.

"플뢰오온?"

"아니. 오라버니."

지금 그의 심기를 건드리는 것은 기름진 섶을 지고 불구덩이에 들어가는 것인 바 나는 얌전히 그의 심기를 거스르지 않기 위해 숙였다.

그러고는 슬그머니 고개를 돌렸다. 레베카와 눈이 마주쳤다.

"레베카 사막 쪽은 어떻다 했지?"

"혼란스러워하는 눈치입니다."

"하긴 철통같은 보안을 어찌 뚫고, 연애를 했나 싶겠지?"

"뭐. 그렇습니다만, 무엇보다 곤란한 듯 보였습니다. 현재 아하시야 공주와 황자님의 소문은 좀 더 적나라하며……."

"아아. 그만. 듣고 싶지 않아."

"……깊은 사이라고 났습니다만."

"공녀는 입을 다물도록."

심기가 불편한 플뢰온의 목소리가 레베카의 입을 가로막았다. 레베카는 잠시 고운 눈썹을 들어 올렸지만, 그래도 황자라고 참아 넘기는 듯했다.

"어쨌거나, 소문 속 황자님이 누구인지는 여전히 밝혀지지 않았습니다. 신기할 정도군요."

"당연하지. 모두가 결백하니까."

아니 땐 굴뚝에도 연기가 난다. 없는 일을 소문으로 만들었으니, 어찌 진상을 확인하겠어? 황자에게 직접 가서 공주랑 그렇고 그런 사이입니까? 이렇게 물었다간 목이 남아나질 않을 테니 쑥떡 콩떡 삼키며 떠들기만 하는 거겠지. 비록 데인이나 플뢰온이 세가 약한 황자라고는 하나 앞에서 대놓고 무시할 정도는 아니었다.

"살살 꼬아 보는 시선들이 짜증나 미칠 것 같아."

"그건 나도 그런 걸?"

"네놈은 원래 여자가 잘 꼬였잖아."

일단 첫째로 플뢰온은 제국에서 손꼽히는 장인들의 신전 불카누스의 가호를 받는 후계자였으며, 데인은 행정 능력과 실무 능력을 인정받아 2행정청에서 일하는 유능한 황자기도 했다.

뭐 뒤로는 한쪽은 '쭉정이'라는 소리를 들으며, 또 다른 한쪽은 황제의 각종 뒤처리를 하는 그림자 수장이라곤 하지만. 생각해 보니, 내가 있는 파티……. 나만 빼고 다 먼치킨들 아닌가? 아니지. 이런 생각은 다 의미 없다. 쓸데없는 상념을 버렸다.

흘깃 데인을 보던 시선을 떼어 다시 테이블로 돌아왔다.

플뢰온은 데인과 레이 경에게 성질을 부렸고, 펜네는 소릭스와 메타와 함께 심각하게 무언가를 주고받고 있었다. 그리고 고개를 드는데 문득 나를 향한 진득한 시선을 느꼈다. 시선의 주인공은 다름 아닌 레베카였다.

"레베카. 내게 할 말 있어?"

"아."

레베카는 살짝 당황한 표정이었다. 추측하기론 스스로 나를 빤히 보고 있다 자각하지 못한 모양이었다. 나는 그런 레베카를 향해 눈을 깜빡이며 고개를 기울였다. 그리고 뭐든 말해도 좋다는 듯 살짝 끄덕여 주었다.

"조금 의문이 드는 점이 있습니다. 주인님께서 아하시야 공주를 돕는 것에 대해서 말입니다."

레베카가 짙고 어두운 검은 눈으로 나를 직시했다. 그녀의 눈동자는 언제나처럼 꼿꼿하고 흔들림이 없었다. 그러나 나는 잠시 스쳐간 망설임을 보았다.

"주인님은 사막의 공주를 도와서 왕국에서 이득을 취하겠다 했지만, 사실 그것보다 쉬운 것이 지금 사막 왕국의 재상, 요컨대 '간신 무리'와 손을 잡고 반란을 돕는 것입니다."

잠시 바닥을 향했던 레베카의 그윽한 시선이 나를 담았다. 그녀는 그 상태로 거침없이 이어 말했다.

"이미 그 나라는 멸망을 바라보고 있습니다. 길어야 채 100년을 넘지 않을 것입니다. 그러니 재상과 손을 잡아 이득을 취하는 쪽이 빠르고 쉬운 길입니다. 한데, 어째서 주인님께서 공주를 돕겠다 고집하는 이유를 모르겠습니다."

어느새 사위가 고요했다. 각자 말을 나누던 데인과 플뢰온 그리고 순찰대의 시선도 이곳을 향한 게 느껴졌다. 그들도 말은 없었으나 호기심을 품고 있는 것 같았다.

"시선을 끌고 싶었다고 한다면 답이 안 되려나?"

"모든 귀족들의 시선을 모으는 일 말입니까? 그건 굳이 아하시야 공주를 통하지 않고도 할 수 있습니다. 그런데 왜 그녀를 돕는 것입니까?"

레베카는 어째서 손해를 감수하고 아하시야를 돕느냐 묻고 있었다. 글쎄 왜 아하시냐를 돕느냐니, 그거야. 그녀가 도와 달라 청했으니까? 아니, 그녀가 날 죽일 테니까?

그러나 곰곰이 생각해 보니 이건 이유가 되지 않았다. 난 공주의 청을 거절할 수 있었고, 그녀에게 관여하지 않고도 죽음을 피할 수 있었다. 그러네. 왜일까. 난 왜 굳이 아하시야를 도우려 하는 걸까? 내가 죽지 않으면 되는 일인데.

"음, 레베카는 시선을 어떻게 모을 건데?"

고개를 들자 말간 시선이 자리 잡고 있었다. 나는 다시 한 번 물었다. 곧 대수롭지 않은 대답이 돌아왔다.

"화제를 모으는 것은 간단합니다."

"어떻게?"

"6황자님과 제가 결혼하면 되지 않습니까."

그 말에 플뢰온이 마시던 차를 쿨럭 토해 냈다. 그것으로도 모자라 상체를 굽히고 쿨럭쿨럭 거친 기침을 뱉었다.

"……진심이야?"

레베카는 바닥을 잠시 보는가 싶더니, 곧 그녀의 검은 눈동자가 향한 곳은 나였다. 놀랍게도 그녀는 이미 결심을 끝낸 눈이었다.

"예."

아니, 잠깐 왜 혼자 결심을 끝낸 건데? 옆에서 플뢰온의 등을 토닥이면서 바라보는 데인 또한 드물게 놀란 눈이었다.

"정 시선을 모을 화제가 필요하면 황자님이 저와 결혼하는 게 좋겠습니다."

"잠깐."

"아, 약혼이 먼저일까요?"

"공녀!"

플뢰온이 참지 못하고 소리를 높였다. 그러나 그 목소리에는 당황한 기색이 역력했다.

"내, 내가 왜 공녀와 결혼을 하는 거지?"

"제가 별로이십니까?"

"뭐?"

"이상하네요. 제가 빼놓을 곳은 없다고 생각하는데."

나는 눈을 크게 깜빡였다. 그러고는 얼굴을 잔뜩 붉힌 플뢰온을 한 번, 꼿꼿한 레베카를 한 번 바라봤다. 천천히 입을 떼었다.

"둘이 언제부터……?"

"망할, 아니야!"

"오빠 얼굴이 빨개진걸."

"당황해서다. 멍청아. 하, 공녀. 대체 무슨 어처구니없는 소리를 하는 거지? 장난하는 거라면 관두는 게 좋겠어. 이건 경고야."

"제가 마음에 차지 않습니까?"

"그런 문제가 아니잖아."

"어라, 레베카가 어때서."

플뢰온이 어처구니없다는 얼굴로 홱 나를 쳐다봤다. 노려보는 것에 가까운 시선이었다.

"너 누구 편이냐."

"당연히."

나는 턱을 괸 그대로 고개를 나긋이 기울였다.

"레베카 편이지."

누구 편이라니, 지금 무슨 상황인 건지 모르겠지만, 난 어여쁜 내 시녀님 편이다. 그리고 그 뒤는 길길이 날뛰는 플뢰온을 레이 경과 순찰대가 쩔쩔매며 말리는 순이었다. 난 재빨리 레베카 옆으로 자리를 옮겼다.

"레베카."

난 각기 펜네와 레이 경에게 잡힌 플뢰온을 보며 풋 웃음을 터트렸다가, 대수롭지 않게 그녀를 불렀다. 보지 않아도 관자놀이로 닿는 시선이 느껴졌다.

"정말 진심이야?"

"……진심이 아닌 말을 주인님께 꺼낼 리 없지 않습니까."

그런가. 하기야 내 시녀님은 언제나 진지하고 진중한 사람이니 그렇겠다. 나는 플뢰온에게서 고개를 돌려 레베카를 바라봤다. 조금 전 눈에 담았던 재색 머리칼과 붉은 머리칼은 썩 잘 어울렸다.

하지만, 나는 희생을 바라는 것이 아니다.

"마음은 고마워. 그렇지만, 희생하지 않아도 돼. 레베카는 지금 그 말이 무슨 의미인줄 모르지 않잖아. 아벤타 공작가가 완전히 나나 플뢰온 밑으로 가게 되는 거라고."

아벤타 공작가는 오래전부터 1황자와 2황자 누구의 편도 들지 않고 중립을 유지했다. 현 공작은 검의 대신관이기도 했으며 정치 감각이 뛰어난 사람이었다. 이 아슬아슬한 균형에서 잘도 중립으로 버티는 것이 쉬운 일은 아니니까.

또한 철저한 사람이라 「프리모 살바티오」 당시 나를 도왔던 것도 미리 황제에게 보고를 하고 움직인 것이라 했다. 그러니까 뒤탈이 없게 말이다.

"굳이 안정적인 위치에서 움직일 필요가 없잖아?"

비록 레베카는 내 사람이었지만, 아벤타 전부를 얻은 것이라 할 순 없다. 그렇기에 레베카에게 굳이 위험한 길을 제안하고 싶지 않았다.

"이해하지 못하겠습니다. 6황자님은 괜찮고 저는 괜찮지 않은 겁니까? 여기에 다른 이유가 있는지요."

"왜 없어. 레베카는 좋아하는 사람이랑 사랑하며, 열렬한 연애도 하고……. 그렇게 행복하게 살았으면 좋겠어."

"주인님께서 생각하시는 행복의 기준은 사랑입니까?"

그 말에 잠시 말문이 막혔다. 그러네. 사람의 행복이 꼭 연애와 결혼에 있지는 않다. 나는 눈을 깜빡이다가 고개를 저었다. 생각해보면 나조차 행복한 연애니 결혼이니 그런 것과 먼 삶을 살았는데 무슨 조언씩이나 했는지 모를 일이다.

"뭐 꼭 그런 건 아니지만, 레베카가 행복했으면 하는 마음은 진심이야."

그렇지만, 난 레베카가 꼭 행복했으면 좋겠다. 그리고 그 행복 안에는 진심으로 사랑하는 상대를 만나는 것이 있다면 좋겠다. 아낌없는 사랑을 받았으면 좋겠다고. 나는 『루스벨라의 빛』 속 처절한 최후를 맞이한 악녀 '레베카'를 안다. 알았기에 그 비극이 이 시대에 없었으면 했다.

"저는 조금 걱정이 됩니다. 저희 쪽에서 퍼트리지 않은 소문도 났습니다. 또한 걷잡을 수 없이 커지고 있습니다. 이렇게 크게 퍼져서, 후일에 어찌 물리려고 하십니까?"

"그래서 차라리 레베카가 결혼을 하겠다 나선 거고?"

"나쁘지 않다 생각합니다. 6황자님께서만 동의하신다면 말이죠."

"그 동의 내가 안 한다니까?"

"……생각해 보니 굳이 황자님의 동의는 필요치 않은 것도 같습니다."

이렇게 보니 레베카도 참 강적이다. 아니 원래 이랬던가? 하기야 『루스벨라의 빛』 속에서도 머리 좋은 악녀로서 카스토르의 사랑을 얻기 위해 수단과 방법을 가리지 않았던 그녀였다. 그러나 늘 순종적이었던 그녀에게서 새삼 고집스럽고 우직한 모습을 보게 되니 생경했다.

"주인님."

땅거미가 지는 석양 아래서 레베카가 말했다. 나는 턱을 괸 채 그녀를 슬쩍 봤다. 그녀가 흘끗 바라본 곳은 레베카도 나도 들어 주질 않으니 속이 터진 모양인지, 다시 길길이 날뛰는 플뢰온 쪽이었다. 곧 그녀에게서 나붓한 속삭임이 터져 나왔다. 난 고개를 돌렸다. 나만 들릴 정도로 작은 목소리였다.

"예상했지만……. 주인님은 백치가 아니셨군요."

설마하니 나올 줄 몰랐던 말에 나는 눈을 동그랗게 떴다. 그러나 침묵은 길지 않았다. 아니, 대꾸할 말이 하나밖에 떠오르지 않았던 탓에 잠시 망설인다. 그리고 난 천천히 웃어주었다.

"응. 놀랐어?"

그리고 같은 미소일지라도 레베카에게 다른 의미로 다가온 듯했다. 그녀는 굳게 굳은 표정으로 살짝 시선을 깔았다.

"놀라지는 않았습니다."

그러더니 조금 틈을 두었다가 꺼내진 말은 나를 놀라게 했다.

"그저 조금 안타깝다 생각했습니다."

안타깝다? 생각했던 반응과 다른데. 보통 이 시점에서 네가 지금까지 날 속였냐, 어떻게 날 속일 수 있냐 화를 내고, 머리채를 쥐어 잡을 시점 아닌가? 물론 그녀가 주인의 머리채를 잡을 사람은 아니지만, 벌컥 화를 낼 줄 알았다.

"이전 밤, 제게 '꼭 하고 싶은 말이 있다고' 하셨습니다. 그것이 당신이 백치가 아니라는 사실입니까?"

"음, 맞아. 그리고 한 가지 더 말해도 될까?"

난 흘끗 플뢰온 쪽으로 시선을 던지며 망설였다가, 천천히 말했다.

"네가 가문의 이득을 위해 이곳으로 보내진 것처럼 나도 계산을 하고 셈을 따져서 널 대했어. 적어도 처음에는."

솔직해도 되는 걸까? 그녀를 잃어서 좋을 것이 하나 없는 아주 중요한 시기였다. 그렇기에 굳이 이렇게까지 진술하면 도리어 해가 될지도 모르는데도 나는 레베카에게 선선히 털어놓았다.

"'처음에는'……. 그건 지금에 와선 달라졌단 말씀입니까?"

고요한 시선으로 천천히 입을 뗀 레베카가 내 마지막 말을 되풀이했다.

"글쎄. 달라진 건 아주 오래전부터일 거야."

쓰게 웃었다. 이제 와서 레베카가 화를 낸다 해도 딱히 할 말이 없는 상황이었으니까. 그녀에게 진실을 고할 기회가 있었지만 그러지 않았다. 레베카가 있어주었으면 했으니까. 이기적인 욕심이었다.

"그렇군요. 이제야 의문이 가는 점들이 전부 이해되는 바입니다."

"그래?"

그리고 레베카는 이런 내 얼굴을 눈치챈 듯했다.

"주인님. 혹 제가 돌아설까 염려하신 거라면 걱정하지 않으셔도 됩니다."

레베카는 대수롭지 않은 목소리로 덧붙였다. 이쯤 되면 그녀가 정말 대인배가 아닌가 싶었다. 한번 따질 법도 한데, 그녀는 화를 내지 않고, 목소리를 높인 것도 아니었으며, 그저 의연하게 다가와 내 손이 있는 곳 바로 앞을 짚는다.

"제가 당신을 보좌한 길지 않은 날 동안 당신을 보필하며 제가 느꼈던 것이 있습니다. 당신의 진심을 마주하는 것. 이제야 저와 주인님이 진심을 다해 마주했으니."

빛을 등진 레베카가 등을 쭉 세우며 당당하게 말했다.

"당신을 진심으로 따르고 싶습니다."

꼿꼿하고 단호한 목소리가 귀로 파고들었다.

"주인님은 똑똑하고 현명하신 분입니다. 그러니, 지금 걷잡을 수 없이 퍼진 소문도 잠재울 방법이 있다고, 생각해도 되겠습니까?"

아무래도 그녀는 지금 일이 무척 걱정되었던 모양이다. 좀처럼 보이지 않던 속을 전부 드러낼 만큼 말이다. 나는 배시시 웃으며 내 옆자리를 툭툭 두드렸다.

"레베카. 산불을 꺼트리기 위해서 어떤 방법을 쓰는지 알아?"

잠시 머뭇하는 레베카가 앉자마자 나긋한 목소리로 말했다. 그러자 레베카는 알아듣지 못한 듯 고개를 기울였고, 곧 살래살래 고개를 저었다.

"맞불이야."

"네?"

"그건 생각해 둔 게 있어."

플뢰온을 위장 결혼의 대상으로 내세웠긴 했지만, 진짜로 그를 보낼 생각은 없었고, 그렇다고 지금 돌고 있는 지저분한 소문을 그대로 둘 생각도 없다. 작전을 생각할 때, 당연히 결과도 생각해 두었다.

"아무렴. 미우나 고우나 오라버니이니까 말이지."

소문은 효과적으로 퍼졌다. 생각했던 것 이상으로. 오히려 예상한 이상으로 퍼져서 곤란할 정도였다. 현재 소문 속 누군지 밝혀지지 않은 황자는 공주와 꽤나 질척하게 엮여서 누군지 밝혀지는 순간 명예를 더럽힐 각오를 단단히 해야 할 것이다.

이는 화려한 축제, 향락과 퇴폐가 공존하는 곳 그리고 축제 속 도덕의 사각지대인 쉼포시온이었던 게 컸다. 겉으로나마 정숙함을 내세우는 월터식 파티에서는 절대 보이지 못할 것이니까.

"그러니까, 결혼은 진심으로 사랑하는 사람과 해."

"……주인님은 꿈같은 이야길 하십니다."

"뭐 어때."

난 이미 무수히 꿈같은 일을 겪었는걸. 비록 악몽이지만.

"아무리 생각해도 오라버니에게 주긴 아까워. 넌 내 시녀니까."

레베카가 옅게 웃었다.

"그럼 주인님께서 책임지시겠습니까?"

* * *

이틀 뒤 밤.

시간은 쏜살같이 지나갔다.

"베누스의 달 17일……. 오늘인가. '사망'하는 날이."

곧 오늘이 내가 '죽는 날'이었다.

나는 의자에 앉아 가만히 일기장을 내려다보았다. 일기장을 한참 바라보고 있자, 일기장은 마치 신호를 알아차리기라도 한 것처럼 기민하게 움직였다. 저절로 책장이 넘어가며 한 곳을 펼친 것이다. 최근 들어서 알게 된 능력이었다.

"아니 내가 가진 능력인지, 일기장이 가진 능력인지 모르겠지만."

일기장이 펼쳐진 곳은 두 달 동안 이어진 미래의 끝. 내가 아하시야에게 죽는 날을 가리키고 있었다.

베누스의 달 17일

(중략)

사막의 공주님과 첫째 오라버니가 약혼식을 올렸다.

그날 밤, 오라버니의 궁으로 가지 않고 날 찾아온 예비 황태자비님이 내게 말했다.

"나, 나는 원하지 않았지만, 흡. 미안해요. 그분이 원하는 건 뭐든지 할 수 있어."

원망하려거든 제 애달픈 사랑을 원망해 주세요. 마마님이 몹시도 애처롭게 우셔서 나는 순간 한나를 부르려다가 멈칫하고 말았다.

그러지 말았어야 했어.

그게 실수였음을 알았을 때, 이미 날카로운 쇠붙이가 내게 돌진해 오고 있었으니까.

마침내, 나는 마마의 손에 들린 비수에 찔려 죽었다.

일기장 속에선 아하시야가 나를 죽이러 왔다. 그건 그녀가 내 방까지 검을 들고 찾아왔다는 얘기가 된다. 또한 일기장의 내용을 보아, 그녀가 나를 죽이는 이유는 아마도 카스토르가 시켰기 때문. 어째서 카스토르가 약혼녀를 시켜 여동생을 죽이게 했는지는 모를 일이다.

아니, 사실 '여동생'도 아니지만.

"하지만, 달라."

고무적인 일은 오늘 일기 내용과 상당히 틀어졌다는 것이다. 노예상에게서 그녀를 구출했던 뒤, 연회에서까지 감시를 놓치지 않은 덕분일까. 아하시야는 카스토르와 만나지 않았다. 적어도 '공식적'으로는 말이다.

"일기장에 나온 것처럼 '약혼식'도 없었지."

길고 긴 두 달이 지나 이날이 왔다. 겨우 두 달인데 참 많은 일이 있었던 것 같다. 손끝이 책 끝을 거쳐 양피지를 쓸었다. 양피지의 마른 느낌이 고스란히 느껴졌다.

조금 이상한 점도 있었다. 지금까지 일기장은 오래전 아모르 죽음을 막고, 일기장 내용이 변한 것처럼 미래와 틀어지는 행동을 했을 때, 내용 또한 바뀌었다. 그러나 지난 두 달 동안 일기장과는 다른 무수히 많은 일을 했음에도 내용은 그대로였다.

왜일까, 설마 가진 힘이 다하기라도 한 것일까.

"그건 안 될 말이야."

나는 중얼거렸다. 당연한 일이다. 내 삶을 밑바닥까지 끌어가 절망에 빠트려 놓고 이제와 사라지겠다니? 일기장을 꽉 쥐자, 그에 화답하기라도 하듯 일기장이 희미하게 빛을 띠었다. 나는 천천히 시선을 깔았다. 검지가 올라간 곳은 '죽음'이라는 글자 위였다.

"이상하네. 너는 이렇게 답이 없는데. 난 가끔 네가 살아 있는 것 같아."

그러자 일기장이 다시 희미한 빛을 흩뿌렸다. 경험상 내 감정이 격해질 때, 반응하는 것 같다.

"언제까지 예언할까."

일기장은 답이 없었다. 당연하겠지만.

"곧 난 네가 무엇인지 알게 되겠지."

그럴 거다. 난 이번 일이 끝나면 일기장의 '원래 주인'을 찾아갈 테니까. 아올레시아. 그녀라면 이것에 대해 알고 있을 것이다. 일기장은 곧 덮였다.

일기장을 챙겨 미련 없이 방을 나섰다.

"오셨습니까?"

정원에 도착했을 때, 이미 순찰대들과 레이 경이 나를 기다리고 있었다. 그들은 하나같이 흑의를 입고 있었다. 그림자처럼 검은색인 숲에서 나는 눈에 띄는 한 사람에게 시선을 주었다. 가장 먼 곳에 있는 데인이었다. 부드러운 갈색 머리카락과 루비같이 붉은색 눈, 새까만 옷조차도 희고 유려한 낯을 빛바래게 할 순 없었다. 달빛 아래 데인은 이질적으로 돋보였다.

데인은 까무잡잡한, 아마도 그의 일족으로 보이는 여자와 대화 중이었다. 그러나 시선을 느꼈는지 곧 나와 눈이 마주쳤다. 붉은색 눈이 예쁘게 휘어졌다.

나는 가만히 서 있었다. 데인과 나 사이에는 순찰대가 있었고, 거리는 다섯 걸음 이상. 그런데도 왜일까 떨어지지 않는 시선 때문인지 거리조차 무색하게 느껴졌다. 곧 펜네가 다가오며 거리를 둔 침묵이 일시에 사라졌다.

"전부 모였습니다."

나는 눈을 떼어 내면서 고개를 끄덕였다. 하나같이 편한 차림새의 이들처럼 나 또한 편한 옷을 입고 나온 채였다.

"출발하지."

흑의를 걸친 수십의 사람들이 한데 모여 출발했다. 다들 한가락 하는 이들이라 그런지 속도가 무척 빨랐다. 레이 경에게 안긴 채 휙휙 스쳐 지나가는 바람을 피해 얼굴을 묻었다. 수십의 순찰대와 데인, 그리고 나와 레이 경은 곧 커다란 궁 앞에 멈춰 섰다.

"보고 드립니다, 황녀님. 아하시야 공주는 3층 왼쪽 끝 방입니다."

우리가 나타난 것을 본 메타가 나무에서 뛰어내리며 말했다. 동시에 그는 이 궁 안에 위치한 사막의 전사를 숫자나, 간신들의 방을 언급하는 등 세세한 주의 사항을 일러 주었다.

1차 목표는 아하시야의 신병 확보, 두 번째는 나의 안전한 귀환이었다.

"아실리."

은신 능력이 있는 메타가 방까지 나를 데려다주기로 하여, 그와 대기하고 있을 때였다. 데인의 등장에 메타가 눈치를 보더니 뒤로 물러났다.

"데인?"

"……잘 다녀와."

데인은 오늘이 어떤 날인지 누구보다 잘 아는 사람이기도 했다. 그의 착잡한 표정을 모른 체 하며 끄덕였다.

잠시 뒤, 달이 정수리 위에 뜨는 순간, 각기 대원들이 출발했다.

"메타. 우린 후문에서 들어가서 아하시야를 데려와 서쪽 쪽문으로 나간다. 그동안 순찰대는 암습으로 시선을 끄는 거고. 내가 아는 게 맞아?"

"네. 싸움은 치열하진 않을 겁니다. 다들 손속에 사정을 둘 테니까요."

사막의 왕국에서 작정하고 아하시야를 감금한 것인지 좁은 사저 내에 수많은 이들이 지키고 있어 도저히 은밀하게 데려오는 것은 불가했다. 그래서 차선책으로 선택한 것이 암습이었다.

"꽉 붙잡으십쇼. 제 능력은 붙어야 더욱 크게 발휘됩니다."

메타에게 안겨서 달리는 동안 주변에서 연신 윽, 악, 으헉. 하는 신음이나 단발마가 들렸다. 그리고 털썩 쓰러진 자들은 기묘한 곡도를 가진 사내들이었다. 하나같이 진한 초콜릿 같은 피부에, 털이 무성한 얼굴은 사막의 사람들의 특징이었다. 곳곳에서 병장기가 부딪치는 소리, 쓰러지는 소리, 그리고 상처 입은 누군가의 신음이 적나라했다.

"귀를 막아 드릴까요?"

"아니 그럴 필욘 없어."

메타의 품에서 난 작게 미소했다.

"나를 위해 노력하는 누군가의 소리잖아."

이윽고 우리는 검은 문 앞에 도달했다. 바로, 아하시야의 방이었다.

메타가 나를 내려놓았다.

"그럼—."

그때였다. 먼 복도 쪽에서 짧은 단말마가 터져 나왔다. 그 순간 말을 하려던 메타가 재빨리 고개를 돌렸다. 내가 깨달은 건 몇 초 뒤였다.

그는 검사로서 동료의 신음에 태연할 수는 없었을 것이다. 재빨리 그의 소매를 잡아채, 그가 나를 보게 했다.

"약속대로 5분 안에 나올게."

"……하지만."

"어서 가 봐."

이 복도 끝에서 누군가 싸우고 있다. 하나하나가 강력한 신관들인 순찰대라고는 하나 궁에 머무는 수가 너무 많았다.

"시간에 맞춰 데리러, 아니 모시러 오겠습니다."

고개를 숙인 메타는 나와 헤어져 먼 복도의 어둠 속으로 사라졌다. 나는 몸을 돌려 문을 열었다.

끼이익.

방 안은 무척이나 어두웠다. 아주 두꺼운 커튼을 쳐 놓은 창문에서 희미한 달빛이 겨우 새어 나왔다. 하지만 조명이 되기엔 부족해 손으로 더듬어 들어가야 했다. 그리 넓지 않은 방이라 들었는데 어둠에 갇힌 방은 밤바다처럼 한없이 넓게 느껴졌다.

그 순간 탁, 소리와 함께 섬광이 터졌다.

"누구냐."

나는 하얗게 터진 신등에 눈을 찌푸렸다. 점차 빛에 시야가 적응하며, 눈을 뜬 곳에 아하시야가 고요하게 서 있었다.

"황녀?"

그녀는 나를 보며 살짝 놀란 얼굴이었다.

신등의 빛과 같은 석양빛 머리칼이 은은하게 빛을 받아 반짝였다. 그녀의 눈동자가 나를 천천히 훑었다. 나는 망설임 없이 성큼 걸어가 그녀의 손을 잡았다.

"아하시야."

그녀를 부르며 잡아당겼다.

"설명할 시간 없어요. 이미 내가 보낸 신관을 통해 서신을 받았죠? 나와 함께 가요."

"……."

"이곳을 나가면 내 신관들이 기다리고 있어요."

이미 메타를 통해 오늘밤 찾아갈 거란 서신을 보냈다. 그녀가 협조만 잘해 준다면 무탈 없이 이곳을 벗어날 수 있다. 그렇게 아하시야의 손을 잡아끌었다.

"……아하시야?"

그때였다. 손으로 묘한 감각이 느껴졌다. 그리고 그 순간 나는 무엇인가 잘못됨을 느꼈다.

아하시야는 꼼짝도 하지 않았다.

"……가지 않을 건가요?"

여전히 내 손이 그녀의 손을 잡고 있었다. 그래서 느낄 수 있었다. 파르르르. 내게로 전해져오는 잔잔한 떨림을. 그리고 점차 떨림이 커지고 있다는 것을.

"황녀."

"네."

이때, 끼이익. 문이 다시 소리를 내며 열렸다. 침입자? 그러나 그것은 바람으로 인한 것이었는지 사람은 없었다.

"그대는……."

낡은 경첩 소리와 함께 문틈으로 보이는 것은 문의 색과 다를 바 없는 새까만 어둠이었다. 그러나 불안을 부채질하기엔 충분했다.

"그대는 나를 도왔다."

순간 소름이 오소소 돋았다. 등 뒤에서 중얼거리는 아하시야의 목소리 때문이었다. 직감이지만 뒤를 돌아보아선 안 될 것 같은 느낌. 공포 영화에서만 느껴 본 간이 오그라드는 긴장이 찾아왔다.

"……그래서, 나는, 그대를, 당신을 해쳐야, 해……."

아하시야가 떠는 것은 손만이 아니었다. 그녀의 목소리는 새파란 빛을 띠고 있었다. 보지 않아도 그녀의 하얗게 질린 얼굴이 그려졌다.

"다, 당신을……."

발음이 잔뜩 뭉개진 아하시야의 목소리는 덜덜 떨고 있었다.

"황녀, 나는—."

"황태자와 만났죠?"

나는 돌아보지 않은 채 물었다. 그 순간 숨소리가 멎었다. 이어 흐느끼는 소리가 함께였다. 나는 직감했다. 카스토르와 만났구나. 아하시야는 예언처럼 그에게 나를 죽이란 이야길 듣고 말았다.

카스토르는 그녀의 사정을 알고서 나라를 두고 협박과도 같은 거래를 제안했겠지. 어찌 막을 수 있을까? 그가 나를 감시하는 것은 막았지만, 그의 행동까지 막을 수는 없었다.

"그분이, 그분의 뜻을 들어주면……. 미안하다."

나는 천천히 고개를 돌렸다. 눈물로 범벅이 된 얼굴이 보였다. 녹색 빛을 띤 시선이 일그러진다. 생각보다 차분히 목소리가 나왔다.

"이 칼로."

느릿하게 말했다.

"나를 죽이라 하던가요?"

그녀의 시선이 아래로 내려갔다. 그리고 나도 함께 아래를 향했다.

이 순간 우리가 보고 있는 것은 하나였다. 칼을 맨손으로 쥔 내 손. 핏방울이 뚝 떨어졌다. 시작이었다. 뚝. 뚝. 손끝에서 맺힌 핏방울이 비라도 내리듯 연이어 떨어져 내렸다.

"이 목이 땅에 떨어졌을 때, 당신의 나라를 도와주겠다고 하던가요?"

난 칼을 꽉 붙잡았다. 동시에 이를 악물었다. 지금 가슴에 홧홧하게 피어난 이건 분노일까? 슬픔? 배신감? 희미한 고통이 손을 타고 전해져 왔다.

"왜? 왜 당신은 날 죽이려고 한 거죠? 아니, 왜 찌르지 않았죠?"

순간 아찔한 분노가 나를 덮쳤다. 나는 그녀에게 아낌없는 호의를 쏟아 부었다. 그런데 날 기다린 것은 칼을 든 아하시야였다. 오늘도 모두가 만류함에도 그녀를 보기 위해 나선 것은 바꾸겠다는 자신이 있었기 때문이었다.

미래는 역시 변하지 않는 걸까? 원작으로 정해진 미래는……. 아니, 생각하지 마. 난 이미 수많은 미래를 바꿨다. 가진 거라곤 아무 힘도 없는 이 몸 하나로 여기까지 버텼다.

"……난 당신을 돕기 위해서 왔어요."

"……."

아하시야는 말이 없었다. 그녀가 '그분'이 누구인지, 무엇을 하라 했는지 말하지 않았음에도 나는 모든 걸 알았다. 내가 아는 미래였다.

"간신의 무리에게 11명이나 되는 형제를 잃었고, 그들에게 내몰려 이곳까지 왔어요. 홀로 제국에 나타난 외국인에게 제국은 친절하지 않았겠죠. 누가 당신에게 손을 내밀었나요?"

"……황녀……."

"그런데 날 죽일 건가요?"

홧홧하게 불길이 이는 가슴과는 다르게 겉으로는 무척 평온하고 담담한 말이 쏟아졌다. 지금 이 말을 담는 나는 어떤 얼굴을 하고 있을까?

"아하시야. 카스토르와 혼인하면, 모든 것이 달라질 거라 생각해요?"

그녀의 동공이 크게 흔들렸다. 촉박한 시간 속 기억이 빠르게 흘러간다. 나는 그녀를 바라보며, 그녀가 이곳에 오기까지 지나왔을 험난한 그녀의 여정을 생각했다.

"당신이 목숨을 걸고 이곳에 온 이유는 무엇이었죠?"

평생 곱디곱게 자란 공주가 자신의 나라를 위해 사막을 건넜다. 죽음을 각오하고 아끼던 시녀와 전사를 모조리 잃고, 홀로 제국까지 도달했다. 그 과정에서 그녀가 무엇을 견디고 거쳤을지 나는 모른다.

<준비 없이 사막을 횡단하는 건 죽음을 각오한 일이었을 겁니다. 그곳은 극한의 환경, 열 명 중 여덟이 죽는 곳이니까요.>

가엾게도 당신은 당신 자신을 상품으로 내걸기 위해 목숨을 걸고 사막을 건넜다. 왜 이 순간 화가 나는 것인지 나도 알지 못했다. 왜 그녀의 모습이 익숙하게 느껴지는지, 그녀의 뒤로 희미하게 겹치는 익숙한 모습이 무엇인지도 궁금했다. 왜 나는 당신의 모습이 낯설지 않으며, 당신을 도우려 했지? 답이 보일 듯 보이지 않았다.

"내 부하들과 오라버니들은 오늘 일을 틀렸다 말했답니다. 그들은 차마 어리석다 말하지 못한 것이겠지요. 모든 형제가 죽고, 아버지와 당신 둘만 남은 사막의 왕국은 절박할 것이라 말하더군요. 그래서 당신이 어찌 나올지 모를 일이라고."

"……."

"그러나 나는 당신을 믿었습니다."

분노는 길지 않았다. 희미한 병장기 소리가 나를 현실로 돌려놓았으니까. 이 순간에도 누군가는 싸우고 있다. 머리 한구석에서는 냉정하게 앞일을 생각했다. 만에 하나, 그녀가 나를 순순히 따라오지 않을 때, 혹은 지금처럼 미래대로 나를 찌르려 할 때. 최악의 상황을 생각해 보았다. 그럼 그녀를 설득해야 할까? 지금 내게 주어진 시간은 단 5분이었다.

"조력자로 누굴 택할지 당신의 선택이며, 원하는 것을 얻기 위해 당신을 도왔던 선량한 누군가를 죽여 얻는 것도. 당신의 자유겠지요."

이대로 그녀를 두고 가야 하는 걸까?

그녀는 숨을 가삐 들이마셨다. 꼭 물에 빠진 것처럼 헐떡이는 소리가 고요한 방을 채웠다.

"……맞다. 그대의 오라비가 약속했다."

그녀는 쫓기는 사람처럼 말을 토해 냈다. 전에 없이 가파르고 급한 음성으로, 울음으로 상기된 낯으로. 천천히 내가 물었다.

"이렇게까지 해야 했나요?"

"그가 약속한 것은 더없이 매혹적이었다. 이렇게."

그녀가 물기 어린 눈으로 검을 바라보았다.

"검을 들 수밖에 없을 정도로."

그녀가 나를 찌를 것이라 하는 일기장의 내용을 본 뒤로 쭉, 줄곧 궁금했다. 당신은 무엇 때문에, 무슨 이유로 연고 없는 황녀를 죽이고 황태자에게 돌아갔나? 그를 사랑하지 않는 당신이, 무엇 때문에?

"그대를 믿었다. 하나, 황태자는 말했다. 그대는 아무 힘도 없는 황녀라고 했다. 나의 왕국을 도울 수 없을 거라고. 그대의 말처럼 나는 몰려 있다. 내 나라는 언제 멸망할지 모른다. 하나 그렇다고 나는 버릴 수 없었다. 나의 아버지. 나의 시녀들. 자랑스러운 전사들, 국민들……."

그녀의 뺨으로 눈물이 흘러내렸다.

"열사의 사막과 내가 사랑하는 모든 이들을, 포기하지 못했다."

그리고 그녀는 입을 벌린 채, 무언가를 더 말할 듯하다가 입을 다물었다. 수 초 뒤 그녀가 다시 입술을 떼어냈다.

"어쩔 수 없었다. 나는 살아야 했으니까."

이 순간 나를 스쳐 지나가는 기시감, 낯설지 않은 것이었다.

"내가 죽는 순간, 모든 게 끝이니까."

시선을 바로 들자, 나보다 조금 큰 아하시야 또한 나를 내려다보고 있었다.

"어떻게든 살아남아서, 살길을 도모해야 했다."

그녀가 대꾸한 순간, 온몸을 해일처럼 적시며 나를 덮치는 것이 있었다. 나는 울지도 웃지도 못한 얼굴로 그녀를 보았다.

"그렇구나."

작게 웃음이 터져 나왔다.

"알겠어요. 아하시야. 내가 당신을 외면할 수 없던 이유를."

레베카가 물었다. 어째서 아하시야를 돕는 것이냐고. 그러게 나는 몰랐다. 왜 내게 그녀에게 이끌렸으며, 그녀를 도우려 했는지를.

그저 책 속 인물이었기 때문은 아니었다. 이미 주변을 챙기기도 버거웠으니까. 또한 일기장의 예언에서 나를 죽이는 예비 살인자였기 때문이라면 나는 그저 내 몸 하나를 빼내면 되었다. 열세 살의 나와 달리 내겐 수많은 이들이 있었고, 그럴 수 있었다.

"당신은 나와 같은 사람이군요."

그러나 이젠 알았다.

내가 얻을 이득이 하나 없었음에도 줄곧 그녀를 보면서, 끝내 모른

척할 수 없던 이유를 알았다. 지금 이 눈. 바들바들 떨면서도 나를 올곧이 담는 눈동자.

<너는 어째서 그렇게 무모하지?>

<오라버니를 살리려고요. 죽지 마세요.>

수많은 이들을 살리기 위해 죽음을 무릅쓰고 사막을 건넌 아하시야는, 아모르를 살리기 위해 무수한 시간을 뛰어넘어 극복한 나와 같았다. 그녀와 나의 삶은 꼭 닮아 있었다.

<……넌 무모해! 그렇게 해서 네가 얻는 게 무엇인데? 아무것도 없잖아!>

누군가를 지키기 위해 쉽게 자신을 희생할 수 있었으며, 그 모습이 옆에서 보기에 섶을 지고 불속으로 뛰어드는 것처럼 보였지만, 그것만이 스스로 할 수 있는 최선이었던 것 또한.

<널 보면 가슴이 아파. 아실리.>

이 순간 나는 내 주변인들이 나를 바라보았던 심정을 알았다. 그들이 이토록 애끓는 마음이었구나. 그저 바라만 봐도 안타깝고 또 안타까운 마음이었구나.

나는 몰랐다. 내 상처가 아파 생각해 보려 하지 않았다. 죽음을 반복하며 덜어내고 무뎌진 감정이었기에 내가 느끼지 못한다는 이유로 외면했다.

"아하시야, 누군가의 협박으로 얻게 된 행복은 결코 당신을 행복하게 만들지 않을 거예요."

어째서 그들이 나를 애달피 바라보았는지도. 전부 알려고 하지 않았다. 내 고통이 버거웠으니까. 아하시야는 포기하지 않는 자의 눈이면서 또한 모든 걸 포기한 자의 눈이기도 했다. 그녀 또한 알고 있을 것이다.

지금 나를 죽여 봤자 임시방편밖에 되지 않는단 것을. 그러나 그녀로서는 선택할 길이 없었다는 것도.

"나도 알아. 당신을 죽여도……. 내 나라는 구원받을 수 없어."

그렇게 말하며 그녀는 자신의 가슴을 부여잡았다.

"내가 가진 '목걸이'조차 임시방편일 뿐이겠지."

왕자가 남지 않은 사막의 나라는 와해되었다. 남은 것은 왕과 살아남은 공주뿐이었다.

"하지만, 포기할 수는 없잖아."

눈물이 아하시야의 뺨을 타고 흘렀다.

<오라버니, 난 이렇게밖에 할 수 없었어요. 이것 말고는 방법을 몰랐으니까.>

오래전 무수히 죽어 시간을 반복했던 날을 떠올리면, 나는 처음부터 죽음을 각오했던가?

아니었다. 죽고 죽다가, 어느 순간 변했다. 변할 수밖에 없었다. 어떻게든 미래로 가기 위해서 나는 나를 죽였다. 그럼에도 반복을 멈추진 못했지만, 이미 나는 스스로 죽어 본 적이 있었다.

그건 누군가를 살해하는 일이었다. 그리고 아하시야는 그때의 나와 같았다.

"어째서 당신은 왕자가 모두 죽은 왕국에서 스스로 왕위에 오를 생각은 하지 않았나요?"

가엾게도 카스토르의 세 치 혀에 휘둘려 나를 찌르려 했다. 그러나 그녀가 성공하지 못한 것은 내가 먼저 알아챘기 때문이 아니었다.

"그, 그건……."

그녀는 나를 찌르지 못했다. 이 어둠은 나를 찌르기 위해 준비되었을 것인데도 그녀는 손을 떨 뿐 힘을 주지 못했다. 이 칼이 내 손에 잡힐 때까지.

"불가능한 일이라 생각했나요?"

그녀는 나를 죽일 수 있었다. 하지만, 아직 실행하지 않았다. 항상, 미래는 작은 것으로부터 시작해, 끝내는 변했다.

"그럼 곧 멸망할 나라의 왕녀가 제국의 황태자와 약혼하는 것은 꿈과 같지 않나요?"

그녀가 입을 달싹였다.

"약속해요. 나는 그대에게 스스로 거머쥘 미래를 주겠어요."

나는 쥐고 있던 검을 들어올렸다. 이제는 검게 굳어 검붉은 빛을 띤 피가 고스란히 드러났다. 나는 이 손이 아프지 않게 될 동안 무수히 겪었던 고통과 상처를 떠올렸다.

"미래는, 스스로 쥐지 않으면 의미가 없어요."

나는 수십 번 죽으며 깨달았다. 나만이 나를 구할 수 있음을. 그것은 누구에게도 의존하지 않은 것을 말했다. 그래서 홀로 모든 것을 하려했었다. 그때의 나는 그저 '살아만' 있었다. 주변을 보지 못하고 오로지 내 상처에 급급했던 나. 그것이 나를 사랑하는 사람에게 상처를 주고 있다는 걸 몰랐다.

"하지만 혼자서 걸어가는 길은 한계가 있어요."

의존과 의지하는 것은 달랐다. 혼자서만 걸어가는, 누군가를 해쳐서 얻는 미래는 의미가 없다. 눈이 죽어 버린, 모든 것을 잃고 광기만 남은 카스토르가 될 뿐이다.

"평생 후회할 자신이 있다면 날 찌르세요."

그리고 살아남은 이 순간에 생각했다. 사는 것은, 한 사람을 지탱하는 것은 그이를 사랑한 사람들로 인한 것임을. 이제는 깨달았다. 죽음은 답이 될 수 없다. 미래를 위해 누군가를 해치는 것 또한 답이 될 수 없다.

"그러지 못한다면 검을 놓아요."

나는 아하시야를 향해 활짝 웃었다. 찌른다면, 후회할 거라고 말하고 있었다. 당신은 지금 세상에서 유일하게 당신을 이해하는 사람을 찌르는 걸 테니까. 그녀가 나와 같은 후회를 남기지 않기를. 이윽고, 파들파들 떨리는 손이 쇄도했다.

땡그랑.

나에게 닿지 못하고, 떨어진 검을 보며 나는 찬란하게 웃어 주었다.

또 하나의 미래가 변했다.

"황녀님!"

문을 열자 메타가 달려왔다. 그는 뺨에 못 보던 상처를 달고 있긴 했지만, 멀쩡해 보였다. 복도로 달려가던 모습이 위태로워 보여 불안했는데, 다행이다.

"아무래도 황태자 측에서 알게 된 것 같습니다. 정문으로 돌파는 무리일 것 같아요."

메타는 빠르게 상황을 말하고는 자신이 길을 안다며, 다른 길로 안내했다. 나는 아하시야의 손을 잡고 그의 뒤를 따랐다. 걷던 중 흘끗, 아하시야를 바라보자 그녀가 괜찮다는 듯 고개를 끄덕였다. 비틀대는 모양은 영 괜찮지 않아 보이는데…….

"여깁니다."

"창문?"

메타가 데려온 곳은 3층 구석방의 창문 앞이었다. 나는 아래를 보며 아연하게 말했다.

"설마 뛰어내리라는 말은 아니겠지?"

"오, 정답. 애석하지만, 그 설마입니다."

메타는 평소처럼 농이라도 지껄이고 싶어 하는 낯이었지만, 상황이 상황임을 아는지 얼른 설명했다.

"물론 두 분만 뛰어내리게 할 수는 없죠. 제가 모시고 뛰어내릴 겁니다. 다만……."

"한 번에 두 사람은 무리지?"

"역시 똑똑한 우리 아가, 아니 황녀님."

메타가 씩 웃더니, 자신이 먼저 내려가서 밑을 고르게 다지고 오겠노라 말했다.

"1분 정도 걸릴 겁니다. 이 정도는 괜찮을 거예요."

그리 말하고는 그는 훽 뛰어내렸다. 그가 내려간 동안 나는 방을 유심히 살펴보다가 휘적휘적 깃발처럼 흔들리는 커튼에 멈췄다. 그러고는 창문에 달린 커튼을 잡았다.

부우욱—.

커튼이 찢어지는 소리에 멍하니 아래를 보던 아하시야가 이쪽을 보는 것 같았다. 음, 좀 삐뚤삐뚤하긴 하지만, 이 정도면 나쁘진 않겠지.

"아하시야."

나는 그녀에게 찢은 천을 머리에서부터 둘러 어깨 앞에서 이것을 꽁꽁 묶었다. 졸지에 머리부터 등까지 낡은 천을 뒤집어쓰게 된 아하시야가 의문을 얼굴로 표현했다.

"아니, 낯선 남자에게 안기면 그럴 것 같아서요."

사막의 의상은 노출이 심한 편이었다. 이대로 안기면 불편하지 않을까 싶었다. 아무렴, 그녀도 곱게 자란 왕족일 터 낯선 이와 닿는 일이 익숙하지 않을 게 당연하다. 나는 그것을 돌려 말하며 슬쩍 웃었다. 아하시야는 낡은 천을 보며 손가락을 꼼지락거렸다.

"고맙다."

그녀가 수줍게 말하는 그때였다.

쾅!

누군가 문을 두드렸다. 다행히 들어올 때 잠가 두었기에 열리지는 않았으나 놀라기엔 충분했다. 아무래도 추격자가 이곳까지 쫓아온 모양이었다. 재빠르게 창문으로 달려가 아래를 보았다. 메타는 보이지 않았다. 대신 희미한 병장기 소리가 들렸다.

"들켰나 봐요!"

"어, 어떡하나!"

나는 다시 문 쪽을 보며 문의 두께를 확인했다. 잠시는 버틸 것이다. 하지만 정말로 잠시였다. 어떡하지? 다행이랄지 이런 고민을 눈치 챈 듯 천장 쪽에서 누군가 나를 불렀다.

"황녀님!"

창문 위쪽 공중에 떠있는 사람은 펜네였다. 어째서 정문을 맡았던 펜네가 여기에? 하지만 생각할 시간이 없었다.

"펜네!"

"이리로!"

그 순간 나는 아하시야와 그를 번갈아 보았다. 왜일까 펜네도 그녀를 응시한 것 같았다. 어쩐지 초조하고도 괴로워 보이는 얼굴. 그도 시간이 촉박함을 알았을 것이다.

"펜네, 아하시야를 데려가!"

"하지만!"

나는 거칠게 외쳤다.

"명령이야!"

펜네가 이를 악무는가 싶더니 가벼운 바람이 불었다. 그리고 옆에서 있던 아하시야의 몸이 어느새 펜네에게 안겨 있었다.

"빠르게 올 겁니다. 30초! 30초만 버텨 주십시오."

쏜살같이 내려가는 그의 뒷모습을 향해 중얼거렸다.

"음, 바랄 걸 바라."

난 가볍게 중얼거렸지만, 그는 아마 못 들었을 거다. 이미 아래로 빠르게 사라졌으니까. 30초라, 문이 곧 부서질 것으로 보아 무리였다. 나는 허리 쪽 주머니를 만지작거리며 슬쩍 안에 있을 일기장을 바라봤다.

그날 카스토르처럼 힘을 쓸 수 있다면 좋을 텐데. 이건 원할 때 터지는 힘이 아니었다. 이 순간 그처럼 각성하지 못 했다는 것에 아쉬움을 느꼈다.

"어쩔 수 없나."

마지막으로 덜컹이며 흔들리는 문을 바라보다가 곧 창문 아래를 응시했다. 솔직히 이 방법은 내키지 않지만, 내가 저들에게 붙잡히면 상황이 꼬이는 걸로 모자라 복잡해질 게 뻔했다.

'어디 보자……. 낙사가 23번째였든가……. 아니, 27번째?'

이전 기억을 더듬어보자 이 높이보다 훨씬 높았던 금지된 숲속 울타리 아래에서 떨어졌을 때도 멀쩡했음을 떠올렸다. 아니, 다리가 똑 부러지긴 했지만, 죽진 않았지. 물론 최후에는 카스토르를 만나 죽었지만.

"도전해 볼 가치는 있겠어."

난간 위로 올라간 나는 심호흡을 했다. 아마 죽진 않을 거다. 확실했다. 부러지는 거야……. 좀 아프긴 하겠지만, 그것도 고통을 느끼지 못하는 몸엔 덜하게 올 것이다. 이 순간엔 이런 몸이 조금 고맙게 느껴졌다. 그리고 나는 뛰어내렸다.

"황녀님!"

끝없이 추락하는 이 순간 착각했음을 깨달았다. 속도가 생각보다 빨랐다. 희미한 펜네의 소리를 들었을 쯤인가, 부드러운 미풍이 얼굴을 스치고 지나갔다. 그와 동시에 떨어지는 속도가 아주 조금 줄었다.

하지만 땅이 얼마 남지 않은 거리에서 나는 곧 딱딱한 무언가와 부딪쳤다.

"윽……."

바닥이라기엔 꽤 부드러운데……. 그리고 따뜻했다. 희미한 아픔을 느끼며 손을 쥐었다 펴는데 손바닥이 축축했다. 칼을 잡았던 상처가 터진 모양이었다. 곧 아래에서 누군가 신음했다.

"아실리……."

"……데인?"

데인의 목소리임을 깨닫자마자 단단하고 커다란 팔이 허리와 등으로 파고들었다. 졸지에 그의 품에 갇힌 채로 색색 숨을 쉬었다. 그가 떨고 있었다. 꽉 조이는 팔과 함께 목덜미로 거친 날숨이 느껴졌다.

"이번엔 늦지 않아 다행이야."

그가 흐느끼듯 속삭였다. 멀지 않은 곳에서 날붙이끼리 부딪치는 쇳소리가 들렸다. 싸움이 있는 모양이었다. 얼른 일어나려는데, 데인이 나를 붙잡았다. 내려다보자 어둠속에서도 선명한 눈동자가 나를 응시했다.

"이제야, 늦지 않아서……. 네가 죽지 않아서……."

데인은 뺨을 쓰다듬으며, 곧 흘러내린 머리칼을 가져가 얼굴로 가져간다. 그렇게 길게 입을 맞췄다. 하나하나, 애가 탈 정도로 느린 동작에 나는 딱딱하게 굳었다.

"너를 지킬 수 있어서 다행이야."

그가 내 뒤통수를 붙잡고 천천히 아래로 눌렀다. 그와 함께 아래로 내려간 고개, 곧 입술로 몰캉하고 폭신한 것이 닿았다. 닿은 것으로 시작해, 데인이 윗입술로 살짝 내 입술을 벌려 입술 안으로 파고들었다.

"으응……."

혀가 부드럽게 나를 훑어 차분하게 달래는가 싶더니, 깊게 파고들었다. 그는 눈을 감고 있었다. 혀를 옭아매며 뱀처럼 얽힌 입술은 곧 떨어졌다. 내게서 긴 숨이 토해진 것과 함께. 어둠 속에서도 눈을 감은 데인이, 그의 길게 쭉 뻗은 콧날이 선명하게 보였다.

그렇게 멈춘 것 같았던 시간은 그가 입술을 떼어 내고서야 다시 흘러갔다. 나는 여전히 놀란 눈으로 그를 응시하고 있었다. 그는 갈증이 나는 듯한 눈으로 나를 바라보고 있었다.

"황녀님!"

이때, 불어온 미풍이 나를 일으켜 세웠다. 펜네였다. 그리고 작은 풀숲이 흔들리더니 메타가 나타났다. 나는 무어라 할 새도 없이 그들의 손에 들렸다. 바람이 휙휙 지나가며, 시야가 정신없이 흔들렸다.

"아하시야는?"

"초소네 대장에게 맡겼습니다!"

우리는 그대로 궁을 빠져나왔다.

"빠진 인원은?"

"없습니다!"

잠시 뒤, 테레나 궁에 도착했을 때, 펜네와 메타를 비롯해 순찰대

전부 기진맥진한 상태였다. 그러나 다행히 낙오된 자는 없었던 모양이다. 잠시 망설였다가 다시 물었다.

"부상자는?"

"소수입니다. 상태는 경미한 정도? 지치긴 했으나 크게 다친 사람은 없습니다."

"……다행이다."

"허허, 저희 순찰대를 어찌 보시는 겁니까. 저희는 제국 최대 무력 신관 집단이자 하나하나가 강력한 검사들입니다."

순찰대 대장 초소네가 호쾌하게 미소했다. 언젠가 레이 경과 대결했을 때와 같이 기뻐 보이는 얼굴이었다. 그러면서 제 가슴을 탕탕 두드렸다.

"다음에도 당신의 뒤를 얼마든지 맡겨 주시길."

그는 가슴에 손을 얹은 채 그대로 허리를 숙였다. 신관들의 인사였다. 천천히 끄덕이는데, 초소네가 문득 생각났다는 듯이 말했다.

"한데, 말입니다. 대체 저 레이 아퀴타 플레람. 저자는 왜 신관이 아니랍니까?"

"응? 무슨 말이야?"

나는 정신이 하나도 없었다. 그도 그럴 것이 조금 전의 일은 아무리 나라도 당황할 수밖에 없었으니까. 난 겨우 초소네의 얼굴을 보았다.

"주인 된 자 아니십니까. 저자의 출신을 모르십니까?"

초소네가 말하길 황태자 소속 신관과 검사들이 쏟아져서 위기를 맞이했을 때, 레이 경의 활약으로 그들은 부상 없이 빠져나왔다고 했다. 예상치 못한 복병이었기에 그가 아니었으면 몇몇은 크게 다쳤을 거라고.

"그랬단 말이야? 난 그냥 황궁 소속 검사라고만 알고 있는데. 중앙에서 쫓겨난?"

"그건 저도 알고 있습니다. 그 자리에 저도 있었으니까요. 그런데 저 자가 9년 전 고작 열다섯의 나이로 전쟁에서 세운 업적을 아십니까? '비신관'인 저자 하나가 웬만한 신관보다 나을 정도였습니다."

"보통 신관이 더 튼튼하고 강하지 않아?"

"그렇습니다. 신관은 비신관인 자보다 월등한 신체 능력을 지녔습니다. 그런데 레이 아퀴타는 오직 '재능'으로만 그 신체 능력의 차이를 아무렇지 않게 뛰어넘어 버린 것이지요."

"아……."

"왜 저자는 '신관'이 아닐까요."

그러면서 초소네는 혼잣말처럼 중얼거렸다.

"안타깝습니다. 결국 신관이지 못해서 그 자리에서 쫓겨났으니까요."

그는 진정으로 안타깝다는 듯 탄식했다.

"비신관에게는 자격이 주어지지 않는 제국이니 말입니다."

그 말에 내가 물끄러미 바라보자, 그는 실수했다는 듯 어색하게 웃었다. 투박한 손가락을 입술로 가져와서 쉿 하고 덩치에 맞지 않게 깜찍한 동작을 취하더니 비밀로 해 주십사 부탁했다.

"다들 고생했어. 나머지 얘긴 일단 쉬고 난 뒤 계속하자."

테레나 궁 근처 공터에 모두 모인 나와 순찰대들은 오늘 작전을 조촐하게 축하하며, 일단 잠시 쉬고 다시 모이기로 했다.

"해가 뜨는군요."

누군가 말한 순간 시선이 하늘을 향했다. 그렇게 어느새 해가 뜨는 걸 함께 바라보고 있을 때였다.

"황녀!"

누군가 달려와 나를 껴안았다. 아하시야? 나보다 훨씬 키가 큰 그녀의 품에 쏙 안긴 나는 그저 눈만 끔뻑였다. 그녀가 나를 놓아주는 것과 뒤를 슬쩍 보자 펜네와 레베카가 보였다.

"잠시 기절하셨다가 조금 전 일어나셨습니다."

"아."

나는 다시 아하시야를 보며 다친 곳은 없는지 확인했다. 펜네가 무사히 모셨나보다. 나는 고개를 주억이며 이번엔 내 쪽에서 그녀를 토닥여 주었다.

"너—."

이때 머리 위로 커다란 것이 나를 푹 눌렀다. 누군가 내 머리를 헤집어 놓았다. 잔뜩 흐트러진 머리카락 사이로 플뢰온이 보였다. 그는 말없이 머리를 헤집었다. 나는 원이 풀릴 때까지 그가 하고픈 대로 두었다.

"살아왔네."

"그럼. 설마 죽을 줄 알았어?"

"멍청아."

"걱정했구나."

플뢰온은 손을 떼어 내며 인상을 찡그렸다. 그러더니 '시끄러워' 한 마디를 놓고 돌아섰다. 그가 향한 곳은 데인이 있는 곳이었다. 데인은 이쪽을 물끄러미 보고 있다가 눈이 마주치고는 가볍게 미소했다.

나는 그에게서 일부러 눈을 떼어 내며, 다시 아하시야의 어깨를 두드렸다. 심장이 불안한 느낌으로 뛰고 있었다. 눈을 감아도 사라지지 않는 느낌. 곧 떨림이 전해졌다. 내 것일까? 아니, 아하시야의 것이었다. 그녀는 여전히 내게 안긴 채로 훌쩍이고 있었다.

"힘들었죠?"

데인이 어째서 내게 키스했는지 그 이유를 모를 만큼 난 무지하지 않았다. 모른 척해 버리기엔 너무 늦었다는 것도. 눈을 감으며 정제되지 못한 날숨을 내뱉었다. 아니, 잠시 잊자. 지금은 더 급한 일이 있었다.

"어서 와요. 제국에서 홀로 외로웠겠다."

"흐읍……."

엉엉 우는 아하시야를 보며 난 과거의 나를 떠올렸다. 기억을 잃었을 때, 나는 내가 남긴 편지를 보며 생각했다. 너는 참 담담하구나. 꾹꾹 눌러쓴 편지가 마음이 아프고 안타깝다고. 그리고 마주하면 꼭 말하고 싶었던 것이 있었다. 그리고 이 순간 과거의 나를 꼭 닮은 아하시야를 꼭 안아주면서.

"그동안 잘해 왔어요."

그때 하지 못한 말을 했다.

"동료가 된 것을 환영해요."

그 순간 울먹이던 그녀가 나를 뚝 떼어 놓았다. 눈물이 잔뜩 맺힌 녹색 눈은 순간 나이보다 그녀를 어리게 보이게 했다. 하기야 이전부터 느낀 건데 그녀는 우는 모습이 꼭 아이 같았다.

"어라."

다음 순간 나는 눈을 동그랗게 떴다. 그녀가 울먹이며 달려간 곳은 다름 아닌 펜네가 있는 곳이었다. 펜네를 붙잡고 엉엉 우는 아하시야를 보며 놀란 건은 나뿐이 아니었다. 옆에 있던 소릭스마저 드물게 놀란 낯으로 펜네와 펜네를 꼭 안고 있는 아하시야로 향했다.

"뭐야, 너?"

소릭스의 눈은 꼭 파렴치한이라도 보는 눈이었다. 나도 모르게 중얼거렸다.

"펜네, 둘이 언제부터……?"

"아, 아, 아닙니다!"

"어이, 이 상황은 아니라고 말하기도 늦었는데."

메타의 말대로였다. 펜네는 얼굴이 잔뜩 붉어진 채로도 다른 변명을 잇지 못했다. 나는 그들을 보며 문득 펜네가 창문 앞에서 등장했던 것을 떠올렸다. 아아. 그랬던 거였나. 뭐 초소네 명이었다고는 했지만, 그때 펜네 얼굴은 무척 초조해 보였다. 그것으로도 충분히 알 수 있었다. 이것 참. 나는 뺨을 긁적였다.

"황녀님. 손이!"

그러다 잔뜩 굳어 말라붙은 핏자국을 발견한 소릭스가 히익, 비명을 질렀다. 이에 우르르 순찰대들이 '뭐? 황녀님이 다쳤다고?', '황녀님!', '죽지 마세요!' 하고 몰려드는 통에 순간 공포를 느꼈다. 마치 밀림에서 나에게로 뛰어오는 버팔로 떼 같았달까.

"비켜. 황녀님께서 무서워하시잖아!"

참다못한 메타가 동료를 발로 뻥뻥 차며 쫓아냈다. 결국 메타와 소릭스만 남아 나를 치료했는데, 소릭스는 안절부절 못하며 손을 덜덜 떤다는 이유로 메타에게 마찬가지로 쫓겨났다.

"메타, 펜네가 몇 살이었지?"

"아 네? 스물넷일 겁니다."

4살 차이라. 그렇게 나쁘진 않은 차이이긴 한데……. 이 상황에선, 음…….

고개를 돌리자 느긋하게 서 있는 레베카와 그녀를 향해 고개만 돌려 응시하는 플뢰온이 보였다.

"약혼녀가 바람났군요."

"누가 약혼녀야? 아니, 잠깐 내가 바람맞은 쪽이야?"

그리고 레베카와 플뢰온의 대화가 들려왔다.

"싫으십니까?"

"공녀 같으면 좋겠어?"

"그럼 저와 결혼하시면 되겠군요."

플뢰온은 어이없다는 듯 레베카를 노려보았다.

"누가 한대?"

* * *

이틀 뒤, 저녁 우리는 심각한 문제에 직면했다.

털썩.

"……이걸로 몇 번째지?"

난 쓰러진 남자를 보며 중얼거렸다. 항상 의문인 건데 왜 암살 직종은 약속이라고 한 듯이 검은색 일색인 옷을 입고 나타나는 걸까. 중얼거림을 들었는지 플뢰온이 그림자에 숨기 좋기 때문이라고 통명스레 대꾸했다. 남자를 살펴보던 레이 경이 고개를 든 건 이때였다.

"5번째입니다."

"이틀 사이 5번 말이지? 달리 말하자면 아하시야가 죽을 뻔한 횟수가 한 손을 넘은 거고."

"네. 그렇게도 말할 수 있습니다."

경이 담담하게 대꾸했다. 그 옆에서 아하시야가 눈을 데구르르 굴리는 게 보였다. 아마 곤란한 것이겠지. 그녀도 이런 사태까지 예상 못 했던 모양이었다. 그건 나도 마찬가지였지만.

"확실해? 납치가 아니고 암살?"

"예. 의도가 분명합니다. 라 하트의 공주님을 살해하기 위해 검을 휘둘렀습니다. 그러니까 이쯤 심장을 향해서요."

레이 경이 자신의 심장 쪽을 가리켰다. 확실히 그쪽을 노린다면 아하시야가 즉사할 것인데, 사막의 재상파, 즉 간신들은 아하시야를 버리기로 작정한 모양이었다. 이게 아니라면…….

"덤터길 씌우겠다?"

"그럴 가능성이 크지요."

레베카가 고개를 끄덕이며 동의했다. 확실히 그들 입장에선 딱 노리기 좋겠다. 오래전부터 느낀 거지만 내 궁은 서쪽 구석에 있는 데다 뒤는 숲, 아니 삼면이 숲인지라 암살자들이 숨어들기 좋았다. 나 또한 무수히 위협에 시달리지 않았던가?

"이대로는 안 되겠어."

"네?"

"안 된다고. 생각해 봐. 우리가 연회에 아하시야를 데리고 나갔어. 그리고 간신 쪽이 아하시야를 찌르고 아무나 가리켜서 저들이 했다! 하면 어떡해?"

그 말에 펜네가 단단히 굳은 얼굴로 끄덕였다.

"……일리 있는 말씀입니다. 더구나 사막 측이 당한 일이기도 하지요."

"그렇지."

"황녀님 말씀처럼 이대로 라 하트의 공주님을 보내선 안 되겠군요."

묵직한 목소리가 공기를 가르고 불쑥 끼어들었다.

“외람되지만, 상해를 입으셨을 때, 가장 먼저 용의자로 지목당할 사람은 황녀님을 비롯한 저희 쪽 누군가일 게 분명합니다.”

“맞아, 그라니우스.”

오늘 이 자리에는 그동안 바삐 움직이느라 부재했던 그라니우스도 함께였다. 나는 모인 이들의 면면을 바라보다가, 누군가의 부재를 느꼈다. 물어도 될까? 잠시 망설였다.

“플뢰온, 데인은 어딜 갔어?”

플뢰온이 슬쩍 눈만 굴려 날 향하더니, 대수롭지 않게 말했다.

“중앙 궁에 불려 갔어.”

중앙 궁이라면……. 황제가 기거하는 곳이었다. 즉 황제를 알현하고 있다는 소리기도 했다. 황제라니, 새삼스러웠다. 그가 ‘황제의 그림자’이기에 알현하는 것은 당연했지만, 꼭 태양이 지구를 돌고 있다는 소릴 듣기라도 한 것처럼 생경했다. 여전히 내가 모르는 데인의 얘기를 들을 때 이처럼 낯설었다. 또한, 나는 어느새 입술에 손을 대고 있음을 알았다.

“아.”

천천히 떼어 냈다. 그리고 의미 없이 바닥을 응시하다가, 고개를 들었다.

<이제야, 늦지 않아서……. 네가 죽지 않아서…….>

데인 넌 항상 그랬어. 내가 모르는 것을 미리 알고서 상냥하게 뒤에 선 채 힘들 때면, 어느새 나타나서는 나를 도왔다. 그것을 당연하게 생각했기에 알지 못했던 것 뿐 데인은 아주 오래전부터 있었다. 나의 뒤에. 나의 옆에. 그리고 이제는 나의 앞에.

늘 이런 것 같다. 내게 무엇이든 매듭 짓는다는 건 아주 오래전부터 항상 힘든 일이었다. 데인과 대화를 나눠야 함을 알면서 그와 멀어지고 싶은 마음이 공존했다. 다투는 두 개의 마음을 억지로 가라앉히며 얼굴을 쓸어내렸다.

보지 않아도 알고 있다. 이 순간 이곳에 모인 모든 이들은 황녀의 결정을 기다리고 있었다. 황홀하도록 아름다운 데인의 낯을 빠르게 훑트리며 나는 입을 떼었다.

"할 수 없지. 차선책을 쓰자."

"차선책 말입니까?"

나는 고개를 끄덕였다. 이 방법까지는 쓰고 싶지 않았지만, 아무래도 나는 최선보다는 차악을 선택하게 될 운명인가 보다. 픽 웃으며, 곧 진지한 표정을 만들어 냈다. 그러고는 고개를 들었다.

"잊지 않았겠지? 내일은 축제의 마지막 날이야."

나지막한 말에 모두 숨을 죽였다. '마지막'이 주는 무게를 알고 있기 때문이겠지.

"우리는 단 한 번이자 마지막이 될 기회야. 내일 무조건 성공시켜야 해. 약혼 발표가 널리 퍼지도록. 성공하지 못하면……."

"여기까지 발을 담근 이상, 실패하면 줄줄이 엮여 갈 테니 말입니다."

"맞아. 일찍 은퇴하고 싶진 않겠지?"

그라니우스가 호탕하게 껄껄 웃었다. 참으로 오랜만에 보는 그의 웃음이었다. 나는 함께 픽 웃었다.

"내일 무조건 성공시켜야 해."

황태자를 비롯한 중앙궁의 모든 이들에게 크게 한 방 먹여 주기 위해서 말이지. 그리고 내가 아는 미래에서 벗어난 아하시야. 그녀의 약진을 위해서.

* * *

다음 날 저녁, 제국의 거대한 홀에는 여느 때와 같이 거대한 연회가 열렸다.

하지만, 전날과 다른 것이 있다면 여느 날보다도 성대하다는 점이었다. 넓은 홀 전체를 빠짐없이 사용하는 연회의 규모는 축제 첫날에 비할 정도로 화려했다. 첫날과 같이 입장하는 누군가를 향해 꽃비가 뿌려졌다. 신기하게도 손님이 누구냐, 어느 나라이냐, 또 성별에 따라 꽃잎은 색과 모양을 달리했다.

"아실리 로제 아올레시아 칼타니아스. 제국의 고귀한 8번째 가지께서 드십니다!"

입장과 동시에 보랏빛 꽃잎이 눈처럼 흩날렸다. 발밑에 소복소복 쌓이는 꽃길을 따라 걸으면, 어느새 숨죽이거나 소곤거리며 나를 환대하는 사람들이 있었다. 연회 시작부터 찾은 것은 처음이었다. 그러나 언제나 그렇듯 제국의 신관들은 흘끗 바라보기만 할 뿐 쉬이 다가오지 못했다.

그러던 중 누군가가 멀리서 달려오다시피 걸어왔다.

"황녀님!"

은실같이 고운 은발이 흔들거렸다. 월터 왕국의 2왕자 체자르니안이었다.

"잘 지내셨습니까?"

그는 간만에 본다며 꼭 꼬리 달린 강아지처럼 화색인 얼굴로 나를 반겼다.

"네. 왕자님께서는 잘 지내셨나 보네요."

"물론이지요. 다만, 황녀님이 보고 싶었던 것만 제외하면요!"

"네?"

"아……."

그가 살짝 얼굴을 붉게 물들였다. 나는 어린 왕자의 그런 얼굴을 물끄러미 바라보다가 싱긋 미소했다. 참 이상하다. 그의 첫사랑은 분명 '루스벨라'인 것을……, 하지만 이 수줍음과 발간 낯을 무어라 설명하면 좋을까.

"왕자님."

나는 눈을 접으며 사근사근하게 속삭였다.

"말씀드렸던 '부탁'은 잊지 않으셨죠?"

그러면서 그의 손가락을 살짝 부여잡았다가 놓았다. 왕자의 어깨가 움찔 떨렸다.

"네네! 잊지 않았죠. '루스벨라'라는 여성에 대한 것 말이죠?"

"쉿. 왕자님."

나는 손가락을 입으로 가져다대며 왕자를 마주했다. 왕자의 어깨가 다시금 살짝 진동하는 것을 마지막으로 천천히 떨어졌다. 그런 자신이 부끄러웠는지 손등으로 제 얼굴을 가린 왕자가 더듬더듬 말을 꺼냈다.

"약속하겠습니다. 아니 맹세하겠습니다. 기사로서의 명예와 검에 대고. 반드시 찾아내서 황녀님께 편지……. 편지하겠습니다."

"기뻐요."

"아, 아닙니다."

왕자가 얼굴을 물들인 채 겨우 말을 쏟아냈다.

“그, 저, 아카데미에 있을 거라고 하셨죠? 이번에 왕국으로 돌아가면 형님이 계실 거예요. 저희 형님도 그곳에 계실 거니까.”

“네.”

알고 있다. 슬로레니안 1왕자. 『루스벨라의 빛』 주인공. 그리고 이 세계의 주인공 루스벨라의 운명의 짝. 나와는 평생 볼 일이 없을 사람이었다. 원래라면 나는 죽었을 테니까.

원작에 나는 어디에도 언급되지 않았지만, 분명 죽었음이 분명했다. 아니, 죽었을까? 무수한 죽음이 앞길을 가로막았을 텐데, ‘원래’ 아실리는 어땠을까. 어쩌면 나처럼 처절한 반복 끝에 살아남았을까?

“그럼, 윌터 왕국에 꼭 한번 놀러 오세요. 꼭. 꼭!”

왕자는 마지막까지 당부를 잊지 않았다. 물론 내가 윌터에 가는 일은 절대 없겠지만, 예의상 그러겠노라 끄덕였다.

그렇게 왕자와 헤어져 나는 다른 날과 다르게 여러 귀족들과 어울렸다. 농을 주고받기도 했고, 권하는 간식을 함께하기도 했으며, 춤이 무척이나 아름다웠노라 아부 섞인 호들갑을 건네는 이에게 웃어 주었다.

“황녀님께서는 실로 매력적인 분이시군요!”

어느 노신관이 감탄하며 말했다. 이에, 북쪽에서 온 사신이 고개를 크게 끄덕였다. 나는 속으로 미소할 뿐이었다. 그렇게 시간을 보냈을까, 함께 있던 레이 경이 어깨를 두드렸다. 슬쩍 시선만 그를 향하자 그가 굳은 낯으로 끄덕인다.

“아 머리가…….”

얼른 신음을 토하며, 머리를 짚었다.

“전 피곤해서, 먼저 가 보겠어요.”

"오오, 황녀님 조심히 가십시오."

"어머, 황녀님. 텔레로스 도무스(대저택)에 꼭 들러 주세요."

"네. 그리할게요!"

나는 팬들에게 웃어 주는 연예인인 양 방긋방긋 미소하며 천천히 정문을 나섰다. 나의 퇴장을 최대한 많은 사람이 똑똑히 지켜보도록. 그리고 복도로 나오자마자 레이 경이 얼른 나를 안아 들었다. 그리고 바삐 달려간 곳은 홀 뒤쪽의 무수한 방들 중 하나였다.

"준비는?"

"모두 끝났습니다. 주인님만 여기 앉으시면 됩니다."

난 레베카를 비롯해 미리 모여 있던 한나와 레나의 도움을 받아 옷을 갈아입었다. 새로 입은 옷은 지금까지 내가 입었던 옷들과 판이한 모양이었으며, 노출이 심함과 함께 무척이나 헐렁했다.

당연했다. 내 옷이 아니니까.

"……꼭 클레오파트라 같네."

"네?"

"아냐."

레베카가 옷을 갈아입은 나를 확인하곤 팔찌를 하나 건넸다.

"불카누스 신관들이 밤을 새워 만든 것이라 합니다."

"그럼 이게 있으면?"

"네. 황녀님께서 원하는 것에 도움을 줄 것입니다."

나는 얼른 팔찌를 채웠다. 팔찌는 보통의 팔찌처럼 팔목에 채우는 것이 아닌 팔뚝에 채우는 암 커프에 가까웠다. 그리고 이것을 채운 순간 낯선 아지랑이가 몸 주위를 맴돌았다. 앞선 경험으로 나는 신력임을 알았다.

붉은빛을 띤 아지랑이가 곧 팔찌로 쏙 빨려 들어가나 싶더니 시야가 홱 뒤집혔다.

"황녀님!"

"……괜찮아."

한나가 달려와 얼른 나를 일으켜 세웠다. 그리고 나는 레베카의 놀란 얼굴과 마주했다. 그녀는 제 놀란 얼굴을 자각했는지, 얼른 표정을 지워 냈다.

"명심하십시오. 유지되는 시간은 1시간입니다. 그 이상은 신력을 성물에 머무르게 함이 불가하다는군요. 그 안에 모두 끝내셔야 합니다."

내 손을 잡은 레베카가 또박또박 말했다.

"황녀님께서 이곳을 나가면, 저 또한 얼른 나가서 같은 성물을 찰 것입니다."

"그래. 이게 비신관도 쓸 수 있는 거랬지?"

"네. 저는 주인님의 모습을 하고 테레나 궁에 머물겠습니다."

나는 흘끗 불카누스의 성물을 보며 고개를 끄덕였다. 지금의 느낌은 언젠가 아모르가 준 약을 먹고 '안'이 되었을 때의 느낌과 비슷했다. 나는 어느새 곱실거리는 옅은 금발 대신 착 가라앉은 주황빛 생머리를 붙잡아 보았다가 놓았다.

"다녀올게."

* * *

"어서 방을 정리하고 기다리거라."

"예!"

아실리가 나가자마자 레베카는 하녀들에게 정돈을 맡겼다. 그러고는 벌떡 일어나 옆방으로 향했다. 옆방이라고는 했으나 쪽문으로 이어지는 방이다. 오래전부터 향락적이고 퇴폐적인 연회가 발달한 제국의 궁 안에는 이처럼 은밀한 유희를 위한 방이 다수 있었다. 그러나 지금 레베카는 연인들의 은밀한 시간을 갖기 위함이 아니었다.

"준비되셨습니까?"

이곳은 플뢰온이 머무는 방이었다. 아하시야로 변한 아실리가 홀에 도착하는 시간에 얼추 맞춰 그를 보내기 위해 왔던 레베카는 눈을 동그랗게 떴다.

"대, 대체……."

좀처럼 놀라는 일이 드문 그녀였지만, 차마 입을 떼어 내지 못했다.

"어떻게 된 일입니까!"

방은 피투성이였다. 아니, 단 한 곳만 피로 물들어 있었다. 플뢰온은 그녀답지 않게 소리를 높인 레베카를 슬쩍 바라봤다. 그러고는 미간을 찌푸렸다.

"시끄러워, 공녀. 머리 울리니까. 비명 지르면 쫓아내겠어."

"어디서 찔린 겁니까?"

"이곳으로 오다가 찔렸다. 제길, 방심했어."

플뢰온이 배를 부여잡고 쯧 혀를 찼다.

그 옆에서 순찰대 중 하나가 붕대를 감고 있었다. 조속히 신관의 치료가 필요했지만, 황궁 소속 치료 신관을 선불리 부를 수 없는 상황이었다.

"설마, 나를 노릴 줄 몰랐어. 피했어야 했는데……."

그리 말했지만, 플뢰온은 스스로 자신을 제일 잘 알았다. 그는 습격을 알았어도 피하지 못했을 것이다. 빌어먹게도 그는 운동에 능하지 못했으니까.

'제길……. 성물을 위해 렉스를 테레나 궁으로 미리 보낸 게 실수였나.'

이 순간 아무것도 할 수 없는 자신의 몸이 원망스러울 지경이었다. 하지만, 그렇다고 그냥 앉아 있을 수만은 없었다.

"공녀. 밖의 시종들에게 준비하라 전해."

"설마 그 몸으로 가실 생각이십니까?"

"당연한 거 아냐."

레베카의 얼굴이 잔뜩 굳었다.

"……걸을 수는 있습니까?"

잠시 침묵 뒤로 플뢰온이 나직하게 말했다.

"……당연하지."

레베카는 상황을 냉정히 판단했다. 플뢰온에게서 흘러나온 피. 피는 그의 상체를 흠뻑 적신 양이었다. 레베카는 오래전 그녀의 아비가 전장에서 다쳐 온 것을 본적 있다. 그때 아벤타 공작은 꼼짝없이 누워 사흘을 앓았다. 강력한 신체 능력을 지닌 신관 또한 그러할 건데 비신관인 플뢰온이 멀쩡히 서서, 약혼 발표를 한다?

'불가능해.'

레베카로서도 상황을 낙관적으로 보고 싶었으나, 이건 불가능했다. 그녀는 주인인 아실리를 대신해 그를 만류하기로 판단했다.

"아뇨. 가지 못하십니다."

그녀가 딱 잘라 말했다.

"이런 형편없는 모습을 한 황자님을 보내느니, 차라리 제가 이 성물을 써서 6황자님 모습으로 나가는 것이 낫겠군요."

"웃기지 마, 공녀. 비신관인 자는 30분도 유지 못해! 성물의 신력이 금방 바닥난다고."

"몰라서 한 말은 아닙니다. 그렇게라도 해야 할 것 같군요."

레베카가 굳은 낯으로 팔찌를 바라보며 중얼거렸다. 확실히 시간이 촉박했다. 이에 반발하려는 듯 플뢰온이 무어라 소리를 터트리려 할 때였다.

두 사람 중 누가 먼저랄 것도 없이 고개를 홱 돌렸다.

"황자는 형뿐만이 아니잖아?"

그곳에는 숨을 몰아쉬는 데인이 있었다.

"내가 가면 되겠네."

그는 막 어디선가 달려온 듯 정복이 형편없이 흐트러져 있었고, 머리 위의 면류관은 삐뚤어진 채였다. 그럼에도 잔뜩 흘러내린 머리카락 사이로 나른한 눈만은 명료한 빛을 띠고 있었다.

"너! 오늘 황제가 널 불렀다고……."

플뢰온이 입을 다물지 못했다. 그는 오늘 데인이 누구에게 불려 가 무슨 일을 하는지 똑똑히 아는 사람이었다.

"아아, 그냥 무시하고 왔어."

데인이 옆으로 들고 있던 검은 옷을 던져두며 뚜벅뚜벅 걸어 들어왔다.

"공녀, 시종을 불러 옷단장을 시켜 주겠어? 최대한 빠르게 부탁하지."

"예. 제 생각에도 차라리 황자님께서 가시는 쪽이 낫겠군요."

플뢰온이 아픔도 잊고 외쳤다.

"안 돼!"

그러나 플뢰온의 소리를 듣는 사람은 아무도 없었다. 곧 정돈된 예복을 갖추고 나타난 데인이 플뢰온의 면류관을 스스로 머리에 씌웠다.

"여기 성물, 이건 팔뚝에 차는 형식입니다."

레베카가 기다렸다는 듯 우아한 손으로 성물을 건넸다.

"아니, 필요 없어."

레베카가 눈을 깜빡였다. 성물을 가져가지 않겠다니? 그럼 본인의 모습 그대로 가겠다는 말인가? 그녀의 의문은 지당했다.

"생각해 보니 형보다는 내가 나을 것 같아."

데인이 잠시 멈췄다가 다시 말을 이었다.

"오늘 발표 이후에라도 그들은 형을 노릴 거야."

"너! 미쳤어? 네 처지를 생각해."

그는 황제의 그림자였다. 그리고 현 황제는 라 하트의 멸망을 바랐다. 데인이 그걸 모르지 않을 터였다. 황제의 총애를 받는 2황자조차 멸망을 바라지 않는 입장이었지만, 황제의 눈치를 보며 쉬이 나서지 못하는 상황이었다. 그런데, 이 상황에 제 모습으로 나서겠다고? 플뢰온이 생각하기에 미친 짓이었다.

"아아. 형. 괜찮아."

데인이 뭇 이성을 황홀하게 홀렸던 미소를 낯에 걸었다.

"형이 걱정하는 건 그림자 말하는 거지? 그 '황제의 그림자' 말이지. 그 아이가 진실을 알게 되면서 모두 필요 없게 되었으니까."

어차피, 처음부터 누군가를 위해 억지로 맡았던 자리였다. 그리고 그 자리와 그의 사람 중 하나를 택하라면 무엇을 택할지 빤했다.

오래전부터 맞지 않은 옷을 입느라 늘 갑갑했다. 사랑하는 이를 속이면서 손에 피를 묻히는 것은 무섭지 않았다. 그러나 제가 힘이 없어 지키지 못한 후회는 오래 그를 좀먹었다. 아주 오랫동안.

"형, 걱정하는 일은 없을 거야."

무엇보다 무서웠던 것은 그 사람이 다시 다치는 것. 데인은 천천히 고개를 들어 플뢰온을 향해 미소했다.

"어릴 적부터 난, 늘 옳았잖아."

데인이 활짝 열린 문으로 저벅저벅 걸어갔다.

플뢰온은 차마 그를 말리지 못했다.

* * *

어째서 아무도 오지 않는 거지?

원래 시나리오대로라면, 지금 홀의 정문에서 플뢰온과 만나도 오래 전에 만나야 했을 시간이었다. 그러나 시간이 지나도 아무도 오지 않았다.

함께한 순찰대의 얼굴을 보았지만 그도 모르겠다는 듯 고개를 절레 절레 저었다.

"아프릭스 경, 경도 이유를 모른다는 거지?"

"예. 어떤 연락도 받지 못했습니다."

옆에 레이 경이 아닌 다른 누군가가 서 있는 느낌은 몹시 생경했다. 그러나 아하시야로 변한 모습으로 레이 경을 옆에 둘 수는 없었다. 레이 경도 성물을 사용하면 좋겠지만 단 두 개뿐인 성물이었고 신력이 없는 비신관은 저장해 둔 성력만 사용하기에 30분이 한계라고 했다. 나의 경우 미약한 신력이 있어 1시간인 것이지 아슬아슬한 정도까진 30분 더 버틸 수 있다고 했다.

그리고 지금 이 순간에도 시간은 흐르고 있었다.

플뢰온이 늦는 것은 이유가 있을 것이다. 그리고 어떻게든 해결하고 나타나겠지. 사실 플뢰온은 조금 못 미덥지만 순찰대와 레베카, 그리고 데인을…… 믿는다.

"가자."

결국 나는 플뢰온이 나타날 것을 믿고 정면 돌파를 택했다.

"오판이었나."

그러나 다시 10분이 흘렀지만, 플뢰온은 끝내 나타나지 않았다. 시간이 갈수록 나는 초조해졌다. 과감하게 혼자서라도 나설까 싶었지만, 그러다 눈 먼 칼에 맞지 않을까 무섭기도 했다. 칼에 찔리는 것이 무서운 것이 아니라 혹여 기절이라도 해서 피하지 못하고 변신이 풀려 버리면 곤란해질 테니까.

더군다나 지금의 나는 아하시야의 모습이지, 더는 황녀가 아니기 때문에 더욱 행동에 주의를 할 필요가 있었다. 앞으로도 뒤로도 가지 못할 처지에 곤란함만 커져 간다.

"……할 수 없나."

또다시 시간이 흐른다. 더는 참을 수 없다. 이 순간, 아니 이 하루를 놓치면 아하시야를 납치한 죄로 그라니우스나 혹은 내가 처벌을 받게 될지 모른다. 처벌은 두렵지 않으나 다른 이들이 피해를 보는 건 막아야 했다.

처음부터 내 결정이었으니까.

홀 안 가장 중심은 춤의 신관과 노래의 신관이 공연을 하는 작은 무대가 있었다. 현재는 공연이 쉬는 시간인지 비어 있었는데, 때때로 이곳에는 웅변의 신관이 올라 수도의 여러 소식이나 토론, 정책의 안건들을 읊기도 했다. 고대 그리스의 배경을 가져 온 제국은 이처럼 활발히 토론을 나누는 공간이 당연했다.

그러나 이 순간 사람들은 갑자기 그 위로 올라간 낯선 이국의 공주를 의아하게 바라봤다. 나는 사람들을 바라보며 천천히 심호흡했다.

"본인은 사막의 왕국 라 하트의 공주 아하시야이다."

어젯밤 내내 아하시야와 연습한 말투를 기억하며 천천히 쏟아냈다.

"최근 나를 두고서 퍼진 소문에 대해 한 마디 하고자 한다."

그때였다. 누군가 손을 들며 입을 열었다. 나이가 지긋한 노신관이었다.

"말하는 도중 미안하오만, 공주, 그 곳은 오직 제국의 신관만을 위한 공간이라오. 공주는 엄연한 타국 사람이 아닌가?"

그러자 몇몇 이들이 옳다며 사방에서 끄덕였다. 끄덕이는 이들의 공통점은 하나같이 나이가 조금 있는 신관들이었다. 나이와 가진 권위만큼 자부심 또한 큰 이들이었기에 감히 타국 왕족이 이 자리에 오른 게 마음에 들지 않은 것이 뻔했다.

그러나 여기서 물러나게 되면 죽도 밥도 안 되는 꼴이었다. 이럴 바에는 차라리 동정표를 얻는 쪽이 낫겠지.

"알고 있다. 하나, 마음을 전하고자 실례를 무릅쓰고 이 자리에 서게 되었다."

빠르게 판단을 끝내며, 난 가슴에 손을 얹어 심히 안타깝다는 목소리로 말했다.

"타 왕국의 왕녀가 추문에 휩싸이는 것은 그대들도 원하지 않은 일일 터."

나는 당당히 허리를 펴며, 내게 말을 건 노신관을 비롯해 동조했던 이들을 하나하나 눈을 맞추며 또박또박 말했다. 아하시야의 말투는 절대 빠르지 않다. 여유를 주듯 느릿하게.

"본인과 라 하트 왕국의 명예를 위해서."

사람들은 흥미롭다는 듯 이곳을 향했다. 이곳에는 그라니우스가 있었고, 여차하면 나설 메타와 소릭스, 순찰대가 있을 것이다. 어쩌면 이들 안에는 내가 보지 못했던 2황자와 5황자가 있을지도 모른다. 그리고 어디선가 지켜보고 있을 카스토르의 눈 또한.

"이 자리에 있는 이들 대부분이 최근 돌았던 '소문'을 알고 있으리라 생각한다. 나 '아하시야'는 그런 추문이 아닌 사실을 말하고자 한다. 사실 소문 속 제국의 황자……."

이다음은 본래 플뢰온의 대사였다. 아니 처음부터 플뢰온이 먼저 올라 선언하는 것이 원래 시나리오였는데, 하는 수 없지.

그때였다. 어깨로 올라온 묵직한 무게에 소스라치게 놀라 옆을 바라봤다.

"늦어서 미안."

갈색 머리카락이 한없이 흔들거렸다. 익숙한 색이었다. 아니 모를 수가 없다.

데인?

어째서 데인이? 나의 놀란 눈을 바로 마주하지 않은 채, 데인은 앞만을 보며 중얼거렸다. 나만이 들릴 정도로 작은 목소리로. 그가 눈만 살짝 굴려, 나를 보더니 획 휘었다.

"시작해 볼까."

손으로 파고든 데인의 손이 깍지를 끼워 꼭 잡았다. 데인은 좌중을 돌아보며 천천히 입을 떼었다.

"왕녀 아하시야와 소문 속 황자는 바로 나라네."

그는 술렁거리는 대중에게도 아랑곳하지 않고 슬쩍 고개를 기울였다.

달콤하게 느껴질 정도로 다디단 시선이 나에게 닿았다. 휘어지는 눈은 내가 아는 색이었다. 그러나 그 안에 담긴 것은 달랐다.

“그녀와 약혼을 생각하고 있지.”

데인이 천천히 들어 올린 손을 뻗었다. 그 손이 향한 곳은 아하시야의 모습을 한 내 뺨이었다. 움찔하자 그가 괜찮다는 듯 살짝 웃어 보인다.

“처음 그녀를 본 순간 사랑에 빠져…….”

순간 소름이 오소소 돋았다. 데인은 정말 지금 연기를 하는 걸까? 지금 이 자리의 모두 속이기 위한 연기를? 그런데, 어째서 이 시선은 진심이라도 되는 듯 깊고 깊은 것이냐고. 아플 정도로 쏟아지는 시선에서 순간 도망치고 싶다는 충동이 일었다.

<헤르난, 사랑은 숨길 수 없어요. 당신은 그 사람을 사랑하고 있어요.>

지난 날, 헤르난에게 했던 말이 다시 돌아왔다.

“깊이 사랑하고 있거든.”

데인은 나긋하고도 다정한 목소리로, 하지만 처음 듣는 위엄이 가득한 음성으로 선언했다.

“그리고 오늘 제 7황자 데인 로웰 칼타니아스. 나의 약혼 소식을 널리 알리는 바이다.”

오래지 않은 과거. 내 궁, 테레나 궁은 늘 시끌벅적했다. 그리고 붐볐다. 사람이 많아서는 아니었다. 궁은 컸지만 허름했고, 관리하는 일손은 턱없이 부족했다. 그럼에도 끊임없이 이어지는 것은 바로 대화였다.

데인 그리고 플뢰온.

<병아리, 넌 이것도 못하냐?>

<……열한 살에게 뭘 바라는 거야?>

<형, 꼬집지 좀 마.>

두 사람은 하루도 빠짐없이 테레나 궁으로 놀러와 종일을 머물다 가는 것이 일상이었다. 어느 날은 이른 아침부터 찾아왔고, 또 어느 날은 별이 총총 뜨는 밤에 돌아갔다. 식사를 함께하는 것이 당연했다.

어느새 나조차 자연스러워서 그들이 돌아가겠다 말하는 순간 아, 이제 해가 지는구나 느끼곤 했다. 홀로 잠드는 밤이 아닌 시간에는 늘 그들이 있었다.

<난 네게 어떤 의미인가?>

그러나 카스토르가 머물다 간 그 시간. 그 지옥 같던 시간 뒤로 우리의 세상은 사라졌다. 언제부터인가 머물다가는 시간보다 머물지 않는 시간이 길어졌고, 나는 새로운 이들을 만났으며 눈과 마음이 죽은 채 살았다. 우리에게 켜켜이 쌓였던 시간에 그렇게 조금씩 먼지가 앉았을 무렵 우리에겐 커다란 강이 생겨 있었다.

강을 사이에 두고 우리는 달라졌다.

변화는 여름날 소나기처럼 갑자기 다가오고 말았다고 생각한다. 우리는 미처 준비를 하지 못한 채, 각기 억지로 떨어져 버린 걸지도 모른다.

<아실리, 왜 요즘 웃지 않아?>

데인의 질문에 난 난처하게 웃어야 했고.

<데인. 요즘 왜 그리 바빠?>

또한 그는 그의 사정을 모른 채 던진 내 질문에 쓰게 웃었다. 데인은 그때 어떤 생각을 했을까.

<나 일한다.>

그토록 일하기 싫어했던 플뢰온이 6행정청에 드나들기 시작했다. 데인은 제국에서 가장 유능한 이들만 들어갈 수 있다는 2행정청에서 눈코 뜰 새 없이 바빴다.

<데인은 어쩌고.>

<그놈은 요즘 2행정청에서 가장 바쁠걸. 그러고 보니 야, 데인. 일은 너만 하냐?>

<무슨 소릴.>

이들이 찾아오지 않던 날에, 난 내 아픔을, 내 상처만을 바라보느라 몰랐다. 우리의 관계에서 나는 무한히 받는 사람이었다. 데인과 플뢰온이 오지 않던 어느 날에 우리 관계가 어떠했음을 뒤늦게 깨달았다. 더 정확히는 나도 모르게 자연스럽게 받아들일 소중했다는 걸. 그 정도로 그들이 내게 쏟아졌음을.

<데인 로웰 칼타니아스, '황제의 그림자'를 이끄는 수장이지.>

그들이 나를 위해 무엇을 했는지, 많은 시간이 지나고 나서야 깨달았다. 그리고 플뢰온보다도 데인이 크게 다가온 것은 그가 숨겼던 것이 생각 이상으로 컸기 때문이다.

<너를 위해서였어.>

내가 미래를 이어 가기 위해 분투하는 동안 데인은 그의 전쟁을 치렀다.

하지만.

모르겠다. 난 정말로 모르겠어.

내가 데인에게, 플뢰온에게 무엇을 주었기에 나를 아끼고 사랑했나? 우리가 함께하며 행복했던 기억은 너무 오래전에 흘러갔다. 시간의 반복

속에 반짝임은 내게서 바래져 버렸는데. 내가 잃고 추억하는 것은 데인에게, 남아 있는 걸까?

데인, 넌 나의 무엇을 보고, 이리 깊고 다정한 눈으로 나를 보는 걸까.

거대한 홀은 한순간 정적에 휩싸였다. 그동안 무수한 시선이 나와 데인을 쓸고, 훑었다. 그들의 눈은 하나같이 이해할 수 없다는 표정을 담고 있었다.

데인은 평판이 좋은 황자였다. 유능한 관리로서 능력을 인정받아 가장 뛰어난 자들이 간다는 2행정청에서도 두각을 드러냈다. 아울러 빼어난 미모로 뭇 여성 귀족들의 구애가 끊이질 않았다고.

<레베카, 생각해 보니까 데인도 이 작전에는 맞는 사람인데.>

난 늘 데인이 빛나 마땅한 사람이라 생각했고, 실제로 데인은 그런 사람이라 생각했다. 나와는 다르게 우리 셋 중 가장 빛나는 사람이라고.

<만일 플뢰온이 정 싫어하면 바꿔 줄까?>

처음 이 작전을 생각했을 때, 장난스럽게 플뢰온을 지목하긴 했지만, 사실 후보는 데인까지 둘이었다. 그러나 난 막 데인의 비밀을 알게 되어 혼란스러웠고 그가 처음으로 껄끄러웠다. 그렇기에 플뢰온을 지목했다.

<7황자님은 안됩니다.>

넌지시 물었을 때, 레베카는 단호하게 반대했다. 이후 나서서 내게 설명했다. 어째서 데인이 이 작전에는 맞지 않은 사람인지.

<주인님.>

빼어난 외모와 온화한 인품, 뛰어난 행정 능력.

데인은 신관이 아니란 점만 제외하면 완벽했다. 사실 그가 이 나라

황족이 아니라 타국의 왕족이라면 능히 왕위를 노렸을 정도로.

<롬의 수레바퀴.>

하지만 여긴 신의 힘이 지배하는 제국이었다. 제국의 특징은 제국과 신관 그리고 제국민 스스로에 대한 자부심이 무척 강하단 것.

<그들은 제국인이 아닙니다.>

그리고 데인에게 단점이 있다면, 그의 모친이 제국인이 아니라는 것이었다.

롬의 수레바퀴.

이들은 유랑 민족으로서 외적 특징은 사막의 왕국과 비슷했다. 사막 고유의 특징인 커피색 피부와 유난히 빛이 나며, 보석 같다 하여 '보석안'이라 불리는 붉거나 주홍, 그리고 에메랄드빛의 홍채 등이. 그래서 오래전 사막에서 내쫓긴 이들이라는 설을 가진 민족이었다.

"황자님, 외람되지만……. 이국의 공주를 반려로 맞이하시겠다는 겁니까?"

그런 이들을 몇 대 전 제국의 황제가 가신으로서 받아들였고, 그들은 민족의 이름을 고스란히 가문의 이름으로 가져와 사용했다.

"송구하나 황자님께서는 제국인을 맞이하심이……."

"맞아, 7황자께서는 타국의 피를 반 이으셨지 않나……."

"제국인이 아니라면 좀……."

그러나 이것은 오래지 않은 과거의 일이였으며, 타국에 적응한 이들의 입지는 한국에 들어온 외국인과 같았다. 섞이지 않은 배타적인 느낌. 그렇기에 롬의 수레바퀴는 환영받지 못했다.

<데인, 왜 항상 너만 바빠?>

<글쎄. 그러게……. 난 항상 바쁘네.>

신과 신력이라는 고유의 힘을 가진 제국은 천년을 넘게 전통을 지켜 온 자국에 대한 자부심이 대단했다. 차별이 없을 수 없다.

“그대들의 뜻이 어떠하던 내 뜻은 변함없네.”

그가 아하시야 공주와 약혼을 하겠다는 것은 곧 황실에 타국인을 들이겠다는 소리였다. 이건 원작 속 일처럼 카스토르가 아하시야를 약혼녀로 받아들이는 것과는 달랐다. 이미 반은 제국인은 아닌 그가 또다시 타국인을 들이겠다는 소리였으니까.

<이런 이유로 7황자께서는 적합하지 않습니다. 주인님.>

그렇기에 데인은 이 자리에 있어서는 안 됐다. 그가 가진 입지를 좁게 하는 일이었으니까. 이미 데인은 신관이 아니었고 온전한 제국인이 아니었기에 황제 또한 될 수 없었다. 더더욱 그가 여기에 있어선 안 될 이유들이 이렇게 많단 말이다.

나는 참지 못하고 고개를 들어 데인을 바라봤다. 길게 뻗은 목에서 유려하지만 남성적인 선을 띤 턱 선에서 입술로 다시 길게 뻗은 눈매와 눈을. 곧 데인이 나를 잡은 손에 힘을 주었다. 내 시선을 느낀 모양이었다.

“그대들도 알다시피, 내 피의 반은 제국의 것이 아니지. 하지만 그대들이 걱정하는 일은 일어나지 않을 거야.”

데인이 나긋하게 고개를 기울여 반발했던 이들을 올곧이 내려다보았다.

“난 혼인하면, 사막의 왕국으로 갈 터이니까.”

신관들이 크게 술렁였다. 그 말이 뜻하는 바는 명확했다. 더는 제국의 황족이 아닌 타국으로 가겠다는 것.

“화, 황궁을 떠나시겠다고요?”

나는 놀란 눈으로 데인을 응시했다. 무슨 소리야? 이런 얘기는 없었잖아. 플뢰온은 이런 대사를 하기로 하지 않았다. 홀은 데인이 처음 이곳에 올라왔을 때보다 더욱 큰 소음에 잠겼다.

"사실입니까?"

"어째서입니까? 황자님!"

"다시 생각해 주십시오!"

아마도 지금 반발하는 이들은 데인을 아껴서는 아닐 것이다. 지금 황자가 다른 곳도 아니고 왕국의 데릴사위로 가겠다고 말했으니까. 황자를 타국에 보낸다는 것은 자존심 문제였다. 드높은 자부심을 가진 신관들에게는 수치스러운 일이기도 했다.

전쟁에서 진 것도 아닌데 황자를 한참 못한 나라에 보내다니? 이어 고위 신관부터 하급 신관이라 할 것 없이 차례로 반발했다. 더불어 제국의 신관이 아닌 자들은 흥미롭다는 듯 관찰했다.

어쩌지도 못한 채 데인을 황망히 바라봤다.

나는 이 순간을 누구보다 잘 알았다. 이미 뱉어 버린 말은 주워 담을 수 없다. 데인은 충동적으로 말을 쏟아 낼 사람이 아니다. 나보다 이성적이고 똑똑하며 현명한 사람이 데인이었는데……. 차갑고 서늘한 바람이 가슴을 스치고 지나간다. 그런데 어째서?

데인은 올곧이 앞으로 바라보고 있었다. 모든 것에 초연한 사람처럼 이 순간 그는 성난 파도에도 흔들림 없는 거대한 배 같았다. 분명 자포자기한, 모든 걸 포기한 사람의 눈은 아니었다. 무슨 생각을 하고 있는 걸까?

나오지 않는 이름을 삐끔거리며 뱉지 못하고 있던 그때였다. 뒤에서부터 웅성거림이 커지며 모세의 기적이 이곳에 펼쳐진 듯 사람들이 반으로 쫙 갈라졌다.

"어찌 이리 소란스럽나 했더니—."

하나둘씩 고개를 조아렸다. 그 모습은 거대한 파도 같았다.

"나를 빼고 재미난 이야기를 하고 있었구나."

둘로 나뉜 인파 속에서 저벅저벅 걸어오는 사람. 검은 머리칼을 본 순간 나도 모르게 숨을 삼켰다. 카스토르도 이 연회에 참석했었나? 낭패였다.

"황태자 전하를 뵙습니다."

검은 머리카락이 움직임을 따라 잔잔하게 흔들렸다.

"안녕. 데인."

데인은 카스토르를 보고서도 전혀 놀라지 않은 얼굴이었다. 아니 함께 수업을 들었을 때, 예상했던 모습처럼 그는 고요하고 나긋한 낯으로 카스토르를 향해 고개를 숙였다.

"전부 들으셨습니까?"

"이리 요란스러운데, 들어 달라 하는 것이 아닌가?"

카스토르가 여유로운 낯 그대로 고개를 기울인다. 그는 '어찌 모를 수가 있느냐' 하는 표정이었다.

곧 신등의 빛을 받아 찬란하도록 광채를 띤 기이한 금색 눈동자가 이쪽을 향했다. 잠시나마 눈이 마주친 기분이 들어 나도 모르게 고개를 돌렸다.

"잘됐군요."

데인이 작게 중얼거렸다. 카스토르는 용케 그 말을 들었는지, 검은 머리칼이 작게 움직이는 것이 보였다.

"그렇지 않아도 막 폐하의 부름을 뿌리치고 나온 뒤라. 형님을 찾아뵈려 했습니다."

"……."

"형님은 황제 폐하의 대리인이시니까요."

카스토르의 미소가 더욱 깊어졌다. 이 순간 나만은 알았다. 저건 카스토르만의 분노를 표현하는 방식이었다. 카스토르 앞에서도 데인은 평소처럼 녹진하며 나긋하게 미소했다.

"제국에는 이런 편한 '무대'가 있어서 좋습니다. 할 말 못 할 말 가리지 않고, 주워 담을 수 없게 널리 퍼지겠지요."

"사고를 치겠다는 말을 썩 돌려 말하는구나."

"예. 머리를 좀 써서 말이지요."

데인이 부드럽지만, 단호하게 말했다.

"형님, 아시겠지만 저는 4년 동안 황실의 '번견'으로 살았습니다."

카스토르가 피식 웃으며, 눈을 빛냈다. 그가 찬찬히 미소했다.

"그래서 오늘 여기서 털어놓기라도 하겠다? 재밌는 꼴이겠군."

지금껏 조용히 미소하던 카스토르가 목소리에 점차 힘을 실었다.

"데인 로웰. 네 목이 성 밖에 효시되는 것은 말이야."

그는 모두가 들을 수 있도록 크게 말했다. 사람들은 황태자의 위협에 그저 얼어붙어, 우리에게서 멀찍이 떨어지는 자도 있었다. 그러나 카스토르는 오히려 이쪽으로 한 발짝 걸어왔다.

"설마. 그 정도로 대담한 짓을 하려는 것은 아닙니다."

"그렇다면?"

카스토르가 유혹하듯 속삭였다.

"넌 폐하께서 율리안 다음으로 아끼는 아들이지. 네가 살린 시장을 생각하면, 우리의 아버지는 아직, '유능한' 7황자를 필요로 하실 것으로 생각되는데."

그렇지 않으냐는 듯 카스토르가 슬쩍 눈을 휘었다. 그러고는 계속해 보라는 듯 고개를 까딱였다.

“저는 지키고 싶은 게 있는 몸이니 무모한 짓은 하지 않습니다. 침묵하는 이상 저는 살릴 가치가 있는 몸이란 걸 알고 있기 때문이지요.”

“맞아. 넌 네 가치를 팔고, 아버지는 그에 만족해 너를 아끼셨지. 후회하지 않겠나? 네 민족은 너만을 바라보며 진짜 제국인이 되기 위해 더러운 일도 마다하지 않았을 것을.”

“그것은 데로스의 뜻일 뿐. 제 뜻은 아닙니다. 저는 이름만 수장인 허수아비였고, 실질적인 행동은 데로스가 전부 하지 않았습니까?”

“더러운 것은 네 사촌이 전부 했다?”

“사실이지요.”

아래에서 나와 데인을 올려다보고 있는 쪽은 카스토르인데도 마치 그가 내려다보는 것 같은 착각이 들었다.

“제가 사랑하는 사람을 울리고 싶지 않습니다.”

데인이 들어 올린 손으로 내 시야를 가려 버렸다.

“그녀가 슬퍼하는 일은 하고 싶지 않아졌습니다.”

“그래서 이렇게까지 하겠다?”

데인은 청개구리처럼 입을 다물어 버렸다. 긴장감이 팽팽하게 조여질 무렵 데인은 제 가슴에 손을 얹었다.

“헤르난데즈 경은 돌이킬 수 없는 강을 건넜지요. 그것을 보고 후회를 남기고 싶지 않다 생각했을 뿐입니다.”

데인이 아주 작게 가까이 있는 나와 카스토르만 들릴 정도로만 말했다.

“진실로 후회하고 싶지 않아졌습니다.”

나지막하지만 또박또박하게.

"사냥을 끝내고 쓸모없는 사냥개는 삶아져 고기가 됩니다. 제 처지는 그러했습니다. 하지만 죽는 것은 안 될 말이지요. 여기……. 내 '사랑하는 사람'이 슬퍼할 테니까요."

그리고 사람들이 가장 많은 곳으로 시선을 주더니, 카스토르에게 말했다. 아니, 말은 카스토르를 향했지만, 사실은 모든 사람들이 들을 수 있도록 아주 똑똑하게.

"감사합니다, 형님. 형님의 말씀처럼 그녀와 혼인해서 행복하게 살겠습니다."

데인은 또한 미소하며 벙긋거림과 함께 속삭였다.

"저는 '그림자'를 그만두겠습니다."

난 오싹 소름이 돋았다. 데인이 이 자리에 나온 것은 약혼 선언보다도 이를 위함이었나? 그는 너무나 위험한 방법으로 황제에게 자신의 뜻을 전했다. 사람들이 전부 듣게 하여 번복하지 못하도록.

그림자가 무엇이냐 웅성거리는 사람들 사이에서 곧 카스토르의 눈동자가 재미있다는 빛을 띠었다.

"아아. 아버님께는 그리 전하지."

그의 시선이 천천히 아래로 떨어졌다. 그리고 거짓말처럼 나와 시선이 마주쳤다.

카스토르의 눈이 오래도록 떨어지지 않았다. 데인이 어깨를 감싸 안고 있음에도 꼭 홀로 그와 마주하고 있는 느낌이 들었다. 아니, 생각하지 마. 지금 나는 아하시야다. 어째서 그가 이곳에 돌발적으로 나타난 것인지 몰라도 준비한 것은 모두 보여 주었다. 작전은 성공적이었다.

"아하시야, 그대의 약혼을 축하해. 그대의 약혼자의 형으로서 내 친히 그대의 앞날을 축복하지."

그 말에 카스토르의 뒤쪽에서 탄성이 터져 나왔다. 황태자, 주신의 후계자가 내리는 축복이라니, 누군가는 엄두도 내지 못할 축복이었으니까.

내게는 전혀 달갑지 않은 일이었지만, 거절할 명분이 없었다. 그가 저벅저벅 다가와 손을 내밀었다. 천천히 얹어진 내 손에 만족스러운 듯 그가 눈을 가늘게 휘었다. 금색 홍채 아래 광기가 파도처럼 넘실대고 있었다.

"그대는 그대가 사랑하는 이와 행복할 것이야."

모르는 이가 보았다면 흠뻑 반했을 선선한 미소를 띠고 축복을 내렸다. 은은한 금빛이 별가루처럼 쏟아져 내렸다. 상황을 잊고 본다면 무척 황홀할 광경이었다.

"잠시 고개를 내려 주겠나?"

카스토르가 모두가 들리도록 말했다. 천천히 고개를 숙이자 그가 손을 어깨 위로 올려 톡톡 두드렸다. 축복의 의식인 양 두드리며 속삭인 것은 이 때였다.

"네가 바라는 건 이것이지? '아하시야'도 살고, 너도 살아남는."

나른하고도 황홀한 음성이 귀에 번개처럼 내리쳤다.

"응? 아실리."

내가 널 모를 리가 없잖아.

* * *

선언을 끝낸 우리는 빠른 걸음으로 홀을 나섰다. 처음부터 그리하기로 결정된 일이었다. 성물이 가진 제한 때문에 오래 머무르지 못하기도 할뿐더러, 사막의 사신들과 마주치면 곤란해질 테니까.

돌아가는 우리를 누군가 불렀다. 아니 정확히는 데인을 부른 것 같다. 부르다 말고 쿠당탕 넘어진 사람은 아마도 2황자인 듯했다. 주변에서 달려온 사람이 율리안 님! 하고 불렀으니까. 2황자가 궁금하지 않은 건 아니지만, 오늘은 아니었다.

그렇게 문을 나선 우리는 아무도 없는 복도를 한참 걸었다. 데인도 나도 말이 없었다. 아니, 언제나 둘만 있을 때, 말을 꺼내고 말을 거는 것은 데인의 몫이었다. 새삼스럽게 깨닫게 되면서 내가 참 무심했다는 걸 알았다.

"데인."

지금 그를 불러도 될까? 주변엔 아무도 없다. 하지만 아무도 없다 하여 보는 눈과 듣는 귀가 없는 것은 아닐지도 몰라. 제국은 내가 이해할 수 없는 힘으로 가득 차 있다.

"데인."

그가 드디어 걸음을 멈췄다. 흘끗 고개만 살짝 돌려 나를 바라본 그는 천천히 입을 떼었다. 여상한 목소리였다.

"성물, 생각보다 오래간다."

"데인."

"아슬아슬했는데. 계속 속으로는 시간을 재고 있었거든."

팽팽한 긴장감 속에서도 시간까지 잴 여유가 있었다는 걸까? 새삼 그의 머리에는 감탄을 하게 된다. 아니 이건 머리의 문제가 아닌가. 나는 데인을 물끄러미 바라봤다.

"왜 그렇게 보고 있어?"

"하고 싶은 말이 너무 많은데 뭐부터 하면 좋을지 몰라서."

줄곧 나와 데인 사이에 대화가 필요했음을 알고 있다. 피한 것은 나였다. 무수한 기회를 버렸고, 결국 그게 이런 상황을 만든 것이다.

"조금 전에 말이야. 난 카스토르와 네 대화를 하나도 이해하지 못했어."

"그래? 난 언제부터 네가 '첫째 오라버니' 대신 그를 '카스토르'라 불렀는지 기억하는데."

데인은 내 말을 흔들림 없이 받아쳤다. 그러고는 대수롭지 않게 덧붙였다.

"네가 죽었다 살아났고, 그것을 황태자를 만난 뒤에 겪었다는 것도."

나는 데인의 손을 잡은 그대로 눈을 깜빡였다. 설마하니 나올 줄 몰랐던 말에 조금 당황했으니까. 떠본 걸까? 그러니까 그냥 해 본 말인가? 아니 그럴 리가. 감이지만 지금 데인이 모든 걸 알고 있는 것처럼 느껴지는데, 착각일까? 아니. 일기장과 죽음으로 벼려진 감은 정확했다. 그러니 감이 아닐지도 모른다.

"무슨 말을 하는 거야?"

"과거와 네가 변하지 않은 점이 있다면, 여전히 거짓이 서툴다는 점이야."

난 빠르게 눈을 깜빡였다. 그의 낯이 안타깝게 물들었다. 울컥 차오르는 것이 있었다. 과거의 나와 지금의 나에게 같은 점이 있다고? 왜 그 한마디가 백 마디 위로처럼 들리는 건지. 갑자기 들키게 되니 속이 홧홧하면서 피해 버리고 싶은 마음이 들었다. 난 어떻게든 아무런 말이나 늘어놓았다.

"어째서 사막으로 간다고 한 거야?"

"아실리, 황제는 날 사막에 보내지 않을 거야. 그럴 수 없거든."

"어째서?"

"롬의 수레바퀴에는 대대로 내려오는 '향수'가 있는데, 그건 오직 나만이 만들 수 있거든. 황제는 이것을 타국에 팔아 아주 많은 돈을 벌어들였지. 그리고 황제 또한 그것에 중독되어 있기도 해."

"데인."

그의 말이 사실이라면, 오히려 그는 황제에게 매인 것이나 다름없었다. 그런데 어째서, 그것을 전부 간단히 포기했지? 왜?

"왜 황제의 그림자를 그만둔다고 한 거야?"

"네가 날 싫어하니까."

데인이 손가락 사이로 파고들었다. 깍지를 낀 손이 옭아맸다.

"날 꺼리고."

다음은 시선이 따라온다.

"피하니까."

별이 가장 쏟아지는 자리에 멈춰 섰기 때문인지 빛이 쏟아지는 아래서 붉은 눈동자가 유난히 도드라졌다.

"……나 때문에 그만둔 거라고?"

"상관없잖아? 처음부터 너를 지키기 위해 시작한 것이니까."

"왜 거침없이 대답하는 건데? 날 위해 희생하는 건 싫어."

"희생이 아니야."

데인이 고개를 기울여 웃자, 사르르 머리칼이 떨어져 내렸다.

"희생이 아니라 선택이야."

무슨 말이던 해야 할 것 같은데, 무슨 말부터 해야 할까, 아니 지금 어떤 말을 꺼내도 난 그의 대답에 말문이 막힐 것 같다. 데인을 헤아려 보려 하다가도 자꾸 아득함이 몰려와 멈추게 되었으니까.

입만 뻐끔대던 때였다. 나를 바라보던 눈동자가 크게 뜨였다. 그리고 점차 그가 커지는가 싶더니 어깨에서 뭔가 사르르 내려가는 느낌이 들었다. 황급히 데인의 손이 잡아챈 건 커져 버린 옷자락이었다. 아마도 성물의 힘이 다한 모양이었다. 데인이 나를 잡아 안는가 싶더니 우리는 근처 빈방으로 얼른 몸을 피했다. 아직 이곳은 중앙 홀이었고, 들켜서 곤란해질 꼴이었으니까.

"……데인? 나 변했어?"

"쉿."

방으로 들어온 데인은 한손으로 내 옷이 내려가지 않게 잡고 있으며, 다른 한손으로 거칠게 자신의 웃옷을 벗어 들었다. 아니 웃옷이라기엔 뭐한 토가였지만. 그가 긴 천을 내 머리에서부터 씌우더니 쇄골 앞에서 꽁꽁 묶었다.

덕분에 모 애니메이션에 나왔던 생물같이 퍽 우스운 꼴이 되었지만, 언제 내려갈지 모를 헐렁한 옷 그대로 있는 것보단 나았다.

"이런 꼴로는 진지한 대화가 어려울 것 같은데."

"괜찮아. 얼마든지."

우리가 들어온 방은 작은 창고 같은 방으로 창문이 작아서인지 빛이 희미했다. 얼굴의 반쯤 그림자에 잠긴 채, 데인 내 양옆을 짚으며 사르르 미소했다.

"내 눈에 넌, 언제나 예뻐."

그 말에 그만 말문이 막혀 버렸다. 이 순간에도 데인은 고요히 웃고 있었다. 거칠게 옷을 벗어 버리느라 머리는 있는 대로 헝클어져 있었고,

오히려 그 모습이 묘하게 색기를 띠고 있었다. 나도 모르게 어깨를 감싼 데인의 토가를 움켜쥐었다.

"아실리, 나는 머리가 좋아. 한번 본 건 전부 기억하고, 하나를 안 순간 여러 가지가 보여. 내가 원한 재능은 아니었지만, 나는 이걸 아주 일찍 깨우쳐 버렸어. 그래서 작은 조각을 보면 내게는 원하든 원하지 않았든 완성된 그림이 보여. 어쩔 수 없이."

데인은 천천히 어깨로 흘러내린 머리카락을 쓸어내렸다. 아주 소중한 것을 보듬듯 조심스러운 손이었다. 그러면서 천천히 중얼거렸다.

"누군가 나를 감성이 풍부한 천재라고 말했어. 그리고 내 재능을 '사랑하는 이'들을 위해 쓰라는 그 사람의 말을 따르기로 했지."

그는 내 머리카락을 쥔 채 작게 한숨을 쉬었다. 나는 데인이 처음으로 망설이는 것을 보았다.

"아실리. 사람이 변하는 이유에는 큰 아픔이나 시련이 동반되곤 해. 네가 하루아침에 변한 이유는 무엇이었을까? 하베르미아의 달 10일. 내가 없던 날 하녀들은 황태자가 다녀간 것 말고는 같은 하루라고 말했지. 그날 한나라는 하녀가 검에 찔려 다쳤지만, 그것을 이유로 네가 그리 변한 이유가 될까? 아니 부족했어. 인간은 생각보다 이기적이라 자신이 다치지 않은 것에 냉정하거든. 그런데 너는 마치 다시 태어난 것처럼 변했으니까."

고개를 든 그는 참 아프게 웃었다.

"네가 변한 것에 나는 몇 번이나 마음이 무너졌는지 몰라. 마치 세상을 포기한 것처럼 체념한 네 얼굴에서, 마음을 모조리 닫아 버린 네게서. 알기 위해 노력했어."

그는 잠시 말없이 내 뺨을 훑었다. 순간 나는 가슴 속에서 돌이 데구루루 굴러가는 것 같았다. 나는 이 느낌을 알고 있다. 아주 오래전부터 묵직하게 눌러앉아서 나를 괴롭혔던 기분이었다.

이건 악몽을 꽁꽁 뭉쳐 둔 바다였다. 바라보지 않으면 잠시나마 잊을 수 있지만, 사라지지는 않는 것. 언제든 나를 덮칠 준비가 되어 있는 것. 데인에게서 순간 나와 같은 것이 보였다가 사라졌다.

"처음부터 눈치챈 것은 아니야."

뺨을 쥔 데인의 손 위로 내 손을 올렸다. 데인은 손을 떼어 내 손을 잡았다. 그러고는 천천히 손을 들어 올려 자신의 뺨 위로 가져다 댔다.

"지난 4년간 너를 매일 보며."

그가 낮게 속삭이며 눈을 깜빡이지 않고 말했다.

"네가 하는 모든 말을 기억하고."

아주 나지막하게.

"네 숨소리 하나조차 잊지 않다보니. 마침내 알게 되었어."

그는 숨을 내쉬며. 울음 같은 미소와 함께 나붓이 말했다.

"네가 죽었다 살아난 몸이라는 것을."

이 순간 그와 내가 있는 시간이 아침이 아니라 밤처럼 느껴졌다. 별빛이 총총한 밤 말이다. 밤은 모든 비밀을 말할 수 있게 하는 힘을 가졌다. 데인은 그렇게 밤에 자신을 기댄 것처럼 모든 것을 털어놓았다.

"황제는 너를 주신의 수정에 넣고자 했어. 난 그것이 언제인지 알기 위해 '황제의 그림자'가 된 거야."

데인은 내 손을 자신의 뺨에 가져간 그대로 천천히 말했다. 멈췄던 시간이 다시 흘러가는 것처럼 느껴졌다. 비밀을 속삭이듯 데인이 거의 들리지 않을 정도로 속삭였다.

"제국에는 너 말고도 2명의 황녀가 더 있었어. 아실리."

그는 내 손을 내려다 놓고 천천히 고개를 숙였다. 바람이 불지 않는 방임에도 서늘한 바람이 목과 얼굴에 감기고 있었다.

"그리고 제국에서 태어난 황녀는 신력을 위한 수정에 바쳐지는 몸이었어. 현 황제의 모자란 신력을 충당하기 위해서."

"뭐?"

지금 데인에게서 무슨 말이 나온 걸까? 듣지 못한 것은 아니다. 다만, 아무리 봐도 세계는 내게 잔인하고 무자비했다는 소리로밖에 들리지 않았다.

"그게 무슨 소리야? 내가 수정에 바쳐질 몸이라니?"

"말 그대로야. 현 황제는 몸에 가진 신력이 없어. 하지만 수정은 신력을 필요로 하지."

"그래서 신력을 가진 여자들을 바치는 거야?"

"그래, 아실리."

제국의 수정은 주신이 제국에 내린 것으로 거대한 신력을 품은 돌이었다. 아울러 이 제국을 보호하는 힘을 뜻했다. 지금처럼 언제나 맑은 날씨를 유지하며 땅을 풍요롭게 하는 힘이며 오직 황제만이 사용할 수 있는 힘이기에 천 년간 황제를 절대자의 자리에 올려둔 힘. 그러니까 이 힘이 불완전한 황제라는 소리라는 거잖아.

"왜 하필 황녀야?"

데인은 떨리던 입술을 꾹 깨물었다가 떼어 냈다.

"제국의 황녀들은 열에 여덟은 신력을 타고 태어나. 그리고 때때로 강력한 힘을 가지기도 해. 죽은 첫째 황녀가 그러했어."

첫째 황녀, 줄곧 나만이 황녀라고 믿고 있어서일까 무척이나 생소하게 들리는 음절이었다.

“그리고 지금은 사라졌지만, 황제에게는 한때 미약하게나마 예지력이 있었어. 알지? 주신의 힘은 ‘미래를 읽는 힘’이니까. 황제는 앞으로 태어날 황녀들이 전부 신력을 가질 것이란 것을 예언했어. 그리고 수정에 바치겠다 생각했지.”

진실은 납덩이처럼 내려앉았다.

“황녀는 황제가 될 수 없으니까.”

지금 데인의 말은 너무나도 잔인하다.

“그렇다고 타국에 보내기엔 그 신력이 아까우니까.”

아무리 생각해도 이 세계는 나에게 너무 가혹했다. 물론 친절해야 할 의무는 없다. 그러나 남들만큼도 살게 해 주지 않은 것은 분명했다.

“황제가 유일한 딸이었던 널 서쪽의 가장 허름한 궁에 두고 돌아보지 않던 이유는 이거였어. 어차피 남들에게 알릴 필요가 없었으니까. 넌 성인이 되는 기점에 소리 없이 사라질 거였으니까. 예전에 살아 있던 첫째 황녀가 그랬듯이…….”

살아가는 내내 단 한 번도 친절한 적 없던 이곳이 이제는 탄생부터 넌 똥통에 빠져 죽었을 운명이었노라고 고하고 있었으니까. 웃음이 튀어나왔다. 아아. 그렇구나.

그러나 이제는 희미한 과거의 세계에서 나는 아주 행복한 삶을 누렸던가? 불행에 찌들었던 마지막 기억이 어렴풋하게 떠오르는 것을. 강도는 달랐으나 나는 참 아등바등 살았다.

“너는 그걸 언제 알았어?”

“…….”

침묵하는 걸로 보아 데인은 아주 오래전부터 알았던 모양이다. 아, 그러니까 황제의 그림자도 하게 된 건가? 겨우 내 정보를 알기 위해서라니 너무 위험했다. 나는 천천히 손을 들어 올렸다. 그의 뺨에 손이 닿는 순간 데인은 흠칫 굳었다.

"데인, 넌 왜 내게 헌신적이야?"

난 헌신이란 단어를 좋아하지 않는다. 과거 직장 선배 중 하나는 헌신하면 헌신짝이 된다는 말을 버릇처럼 하곤 했다. 그 말에 전적으로 동의하는 바는 아니나 이 세상에 호의를 호이로 아는 질 나쁜 인간들이 있다는 것은 알았다. 그리고 생각 외로 많다는 것도.

"넌 굳이 그렇게 하지 않아도 됐잖아."

그랬다. 데인은 언제나 내게 위안과 안락과 믿음을 주었다. 그러나 그러지 않아도 되었다. 그가 그의 인생을 꼬지 않아도 되었단 얘기다. 나만 아니었다면 그는 평범하게 살았을까? 평화롭게 살다가 남들만큼 행복을 누리는 그런 삶을.

"아실리."

데인은 이런 내 생각마저 알아차린 듯했다. 영민한 눈동자로 나른하게 나를 내려다보면서 그가 정말로 똑똑한 사람이라는 것을 깨닫게 해주었다.

"내 삶을 짐작하고 재단하지 마."

부드럽지만 단호한 목소리가 소나기처럼 쏟아졌다.

"네가 네 선택과 의지로 이 자리에 섰던 것처럼. 내 선택이 나를 이곳에 있게 했어."

그는 내 눈을 가린 채 대수롭지 않은 목소리로 과거의 미련에서 나를 끌어냈다. 데인 너는 이러지 않아도 되지 않느냐는 내 질문에 아주 간단하게 답을 하면서. 나는 눈을 가렸던 손을 떼어 냈다.

나는 물었다.

"후회해?"

데인은 그 말에 망설임 없이 미소했다.

"넌 후회해, 데인?"

무척이나 단단하고 달콤함을 머금은 미소였지만, 왜일까 차츰 그것은 초콜릿 원료를 쏟은 듯 씁쓰레한 빛을 띠었다.

"널 만나고서 하게 된 후회는 단 하나야."

데인의 손이 내 뺨을 거머쥐었다.

"하베르미아의 달 10일에 카스토르 드제 칼타니아스를 막지 못한 것."

공중을 부유하는 먼지가 그대로 보였다. 조금만 더 가면 거대한 연회가 열리고 있을 것인데 이곳은 세상과 차단된 것처럼 고요했다. 나는 다가오는 그를 직시했다. 완전히 어둡지도 않은 창고에서 데인의 나긋나긋한 목소리만이 귀를 울렸다.

"하나 더 있겠다."

데인이 숨결이 느껴지는 코앞에서 멈췄다.

"좀 더 빨리 내 마음을 말하지 못한 것."

쾅쾅—!

누군가 문을 세게 두드렸다. 데인은 천천히 떨어졌다.

"아하시야 공주님, 데인 황자님 여기 계십니까?"

속삭이는 목소리는 분명 순찰대의 것인 것 같았다. 그가 한 번 더 나를 불렀을 때 확신했다. 오늘 내 호위로 동행했던 아프릭스 경의 것이 분명했다.

"갑자기 사라지셔서 이곳의 모든 방을 두드려 보았습니다. 문제가 발생했을까 조급해서……."

시종들에게 물어물어 이곳을 마지막으로 나와 데인이 사라졌다는 것을 확인한 아프릭스 경은 얼른 우리를 찾아 방을 뒤졌다고 한다. 다행히 이곳은 하녀들이 청소를 위해 쓰는 방들이 많아 거리낌이 없었다고.

"혹시 신력이 풀렸을까 싶어 준비해 왔습니다."

그가 내민 것은 긴 베일이었다. 여인들이 쓰는 것으로 얼굴이 얼추 가려졌다. 거기에 데인의 웃옷까지 뒤집어썼더니 흡사 강력 범죄자 같은 몰골이긴 했지만, 나라는 것은 알아보지 못할 것 같았다. 아니 이 정도면 누군지도 모르겠다.

"아실리, 실례할게."

그것으로 모자라 데인이 나를 번쩍 안아들었다. 아프릭스 경이 깜짝 놀라는 게 보이지도 않나 보다.

"이대로 걸어가면 금방 들킬 거야. 아하시야와 넌 신장 차이가 크니까."

"아프릭스 경이 안아도 되잖아?"

"네, 넷?"

데인은 가볍게 응수했다.

"누구도 널 만지지 못했으면 좋겠어."

푹 안겨있는 나에게만 들릴 정도로 작은 목소리였다.

"나 말고는."

* * *

데인의 예상대로였다. 7황자의 약혼 소식을 들은 황제가 대대적으로 반대를 성명했다. 겉으로 꺼낸 것은 '아끼는 아들'을 먼 곳으로 보내고 싶지 않다는 얘기였다.

"대신, 황제는 사막의 왕국에게 대대적인 원조를 보내기로 결정했습니다."

듣고 있던 플뢰온이 인상을 마구 찌푸렸다.

"이렇게 쉽게? 으윽."

배를 살살 문지르는 것이 아직 상처가 낫지 않은 듯했다. 신관이 아닌 플뢰온은 치료 신관의 치료를 받았음에도 낫는 속도가 더뎠다.

"신관이 격렬히 움직이지 말라고 하지 않았습니까."

"내가 언제 격렬히 움직였다는 거야?"

레베카가 가볍게 응수했다.

"누워 있다 벌떡 일어나는 행위를 보통 '격렬하다'라고 합니다만."

"공녀. 애도 아니고 이 담요는 치우지?"

"신관은 몸을 덥히라고 했습니다. 벌써 잊으셨다면 황자님의 머리에 경의를 표하겠지만요."

플뢰온이 반박하지 못하고 콧등을 찡그렸다. 나는 다정하다고도 말하기 힘든 그들에게서 묘한 기류를 눈치챘다. 곧 펜네가 나서며 시선은 그곳으로 쏟아졌다.

"겉으로 내세운 이유로는 아끼는 황자님을 언제 내란이 터질지 모를 곳에 보내고 싶지 않다는 것입니다만, 사실 황태자를 대리로 내세울 뿐 오랫동안 나서지 않았던 황제가 곧바로 등장한 것을 보아선……."

"내가 중요한 사람 같다. 말이지?"

펜네가 데인의 시선을 슬쩍 피하며 끄덕였다.

"네. 그렇습니다. 어쨌거나 황제는 간신과 한 줌 남은 왕실 중 왕실의 편을 들어 준 것이나 다름없습니다. 당신께는 잘된 일이지요. 아하, 음. 공주님."

"뭐야, 그냥 이름 부르지 그래?"

"흠흠, 아닙니다."

아하시야와 펜네 양쪽에서 얼굴을 붉히며 모로 돌리는 것은 장관이었다. 마치 새내기 연애하는 모습을 보게 된 복학생의 기분이랄까. 아니, 나까지 마음이 간질간질한 기분이다. 주변에 이런 달달한 봄기운을 띤 사람이 있었어야 말이지.

"결국 데인을 잡을 구실로 아하시야를 돕겠다고 한 거지?"

"네."

황제는 데인을 놓지 못한다. 데인은 그것이 자신이 만든 '향' 때문이라고 했다. 생각해보면 그건 향수라기보다는…… 다른 이름을 붙이는 쪽이 나은 것 같지만 굳이 입 밖으로 꺼내지는 않았다.

"아하시야 들었죠?"

나는 아하시야를 똑바로 쳐다보며 말했다.

"당신은 시간을 벌었어요."

아하시야를 돕겠다고 했고, 내가 할 수 있는 것은 여기까지다.

"알고 있겠지만, 이건 완전한 승리가 아니에요. 당신의 나라는 제국의 도움을 받아 일어날 거고, 그건 섭정으로 이어질지 몰라요."

나는 죽지 않았고, 그녀도 죽지 않았다.

"지금의 도움은 일시적인 걸지도 몰라요. 그리고 당신은 어쩌면 아주 험난한 길을 택한 걸지도 모르고."

2황자가 플뢰온과 데인을 제 편 삼고 싶어 한다는 이야기를 들었다. 데인은 몰라도 플뢰온의 뒤에는 불카누스라는 거대한 신전이 있었으니까.

원래 의도는 이로 2황자를 끌어들여 아하시야를 돕게 하는 것이었지만, 생각지 않게 황제라는 대어가 낚여 버렸다.

"알고 있다. 그대에게 감사한다."

아하시야가 천천히 허리를 숙였다. 우아한 인사에 모두가 숨을 죽였다.

"나의 삶을 살 수 있게 한 것에."

아하시야는 홀가분해 보였다. 그녀에게는 언제 망할지 모를 나라와 병든 왕 그리고 소수의 충신만이 남아 있는 상황이었는데도 왜일까. 처음 그녀를 보았을 때와 비교할 수 없게 자유로워 보였다.

"나를 팔아, 모두를 살리고 싶었다."

"알아요."

"하나, 그대는 내게 알려 주었다. 내 삶 또한 중요하다는 것을."

순간 나는 그녀의 뒤에서 물끄러미 지켜보는 나를 보았다. 지금 느끼는 건 부러움일지도 모르겠다. 상황이 절망적일지라도 그녀를 옥죄던 사슬에서 벗어난 그녀가 부러운 거라고.

"그대는 어째서 나의 왕국이 비단 생산지가 되었는지 알고 있나?"

"……글쎄요?"

아하시야는 들고 있던 목걸이를 꺼내 자신의 손바닥 위에 올려 두었다. 그러고는 그것을 꽉 쥐더니 다가와 내 손을 쥐었다. 나는 졸지에 그녀의 손에 쥐여 목걸이를 함께 쥐었다.

"그대도 알고 있겠지만, 사막에서 나지 않는다. 비단의 원료인 누에와 누에가 먹는 뽕나무 잎은. 그러나 전설에서는 그대의 나라에서 넘어온 신이 사막의 어느 땅에 목초지를 만들고서 비로소 비단을 만들어냈다."

목걸이의 보석은 신비한 보랏빛을 품고 있었다.

"이것이다. 전설에서 그 신이 가져온 목걸이가."

전설이라고 하지만 사실 전설이 아닐 거다. 이곳엔 버젓이 신의 흔적이라는 신력이 있고 사막에 목초지가 생겨나는 판타지 세계이니까.

"라 하트의 왕족은 이 보물에 대고 맹세한 것은 절대 어길 수 없다."

듣고 보니 더욱 그럴싸해 보였다. 그런데 왜 그걸 지금 내게 말하는 걸까?

"그대의 나라와 그대에게 고마움을 표한다. 그리고 나 아하시야는 그대의 맹우가 되겠다. 라 하트의 이름을 걸고, 생명의 은인인 그대에게 맹세한다. 이 은혜를 꼭 갚겠다."

아하시야가 되새기듯 중얼거렸다.

"꼭. 나는 그대의 편일 것이다."

그녀가 다짐하는 것을 보며 내가 느낀 건 생경함이었다. 소설 속 죽었어야할 사람이 원래 이 사람에게 죽었을 사람에게 은혜를 갚겠노라고 말한다. 지금 이 세계는 원작대로 가고 있는 것일까? 원작대로 가지고 않고 있는 걸까? 이 모든 게 아니라면 '원작'은 진짜로 있는 걸까?

"그래요."

나는 이제 그만 이 진실을 알게 될 때가 됐다. 이상하지만 꼭 그렇게 될 것 같았다. 벼려진 감이 말하고 있었다. 곧 모든 것을 알게 될 것이라고.

"이별이네요. 아하시야."

나는 그녀에게 안녕을 고했다.

"꼭 그대의 뜻을 이루길."

당신은 나와 부분을 닮았던 또 다른 나였다.

며칠 뒤 사막의 공주가 돌아갔다. 그녀는 제국의 대사와 함께 돌아갔는데, 그 대사의 이름은 펜네. 2황자와 조영관의 지지를 받아 선출된 신참 관리였다. 나는 그렇게 나에게 착하고 다정했던 순찰대의 펜네와 오랜 이별을 고했다.

* * *

깊은 밤, 달도 뜨지 않은 그믐이었다. 먹구름이 흘러 별조차 가린 하늘은 아무것도 그려지지 않은 검은 양피지 같았다.

데인은 홀로 서서 하늘을 바라보았다. 사위가 어두웠지만, 낯설지는 않았다. 그에게 낮보다도 익숙한 공간이 밤이었다. 그리고 이리 고요하고 깜깜한 날은 그의 민족이 부담 없이 활동할 수 있는 날이었으니 그에겐 숨 쉬듯 당연한 공기였다.

그때였다. 데인이 고개를 휙 든 것과 동시에 뒤로 가볍게 뛰었다.

팍, 팍, 팍!

그가 있던 자리로 단검이 박혀 있었다. 데인은 가볍게 그것을 훑더니 빙글 돌아 검을 뺀었다. 제국에서 익히 쓰이는 글라디우스가 쇄도했다. 낯선 침입자는 움찔하며 뒤로 물러났다. 고양이처럼 가볍고 잽싼 몸짓이었다.

"안녕, 데로스."

데인이 고개를 기울이며 그의 이름을 불렀다.

"지금쯤이면 찾아올 줄 알았어."

데로스가 입술을 가린 천을 떼어 냈다. 어차피 데인에게 이런 변장은 필요 없었다. 데인과 데로스는 서로를 너무나 잘 알았으니까. 아니다.

데인이 그를 잘 아는 것이었다.

"네가 얼마나 미친 짓을 했는지 말해 주러 왔어. 수장님."

데로스가 씹어 먹듯이 한 음절, 한 음절 뱉었다.

"우리가 황제의 눈 밖에 나서는 함께 죽을 뿐이란 걸 알 텐데? 우린 황제를 대신해 많은 것을 했어. 필요 없는 번견은 솥에 삶아질 뿐이다. 그런데 제국의 백성이 되고 싶은 수레바퀴의 의지를 누구보다 잘 알고 있는 네가 황제의 뜻을 거슬렀지."

날 선 데로스의 목소리에도 데인은 그저 웃을 뿐이었다. 데로스가 아는 것을 데인이 모를 리가 없었다. 데로스보다 우수했기에 데인은 어린 나이임에도 그들의 수장이 되었다.

"우리가 황제를 대신해 많은 것을 했다라……. 데로스, 네가 나를 대신해 많은 것을 했다라고 하는 게 맞지 않을까?"

"데인."

"넌 나의 뜻인 척 사람들을 구슬려 신력을 가진 여자들을 납치했지. 그 여자들이 어떤 쓰임이 될지 알면서도 스스럼없었어. 그렇지?"

"전부—."

"우리를 위해서다. 뭐 좋아. 사람은 각자 소중한 걸 위해 움직이니까."

"넌 그렇지 않은 것처럼 말하는구나. 너는 롬의 일원이야."

"데로스."

나직한 부름에 데로스가 고개를 들었다. 그들의 눈동자는 품은 색이 각기 달랐으나 어둠속에서 선명한 빛을 띤 점은 똑 닮아 있었다.

"내가 모든 걸 알면서도 너를 방관한 건 너와 척을 지면 황제의 신뢰를 얻을 수 없었기 때문이야."

데인은 스스로 선언했다. '그림자'를 그만두겠노라고. 결정은 돌이킬 수 없다. 데로스도 이를 알면서 찾아온 거리라.

"알고 있잖아? 난 더 이상 수장이 아니야."

챙.

그 말과 동시에 검이 부딪쳤다. 교차된 단검을 앞에 두고 데로스가 으르렁거렸다.

"네가 어떻게! 어떻게 그런 말을 하지?"

"롬은 나의 어머니와 나를 억지로 황궁에 가둬 놓았지. 나를 향한 어머니의 학대도 방관했어. 그렇지?"

"명예로운 희생이다!"

"내 명예는 그곳에 있지 않아 데로스."

데인의 목소리는 명확하고 뚜렷했다. 그 안에 담긴 의지 또한 꺾일 수 없이 단호했다.

"겨우 여자 하나에 빠져서 일을 그르칠 셈이냐! 정녕 네가 모든 걸 버릴 셈이야?"

"응. 그녀가 내 모든 것을 가져갔지."

데인은 이 순간 예쁘게 미소했다.

"그리고 질렸어. 진창에 빠져서는 그 애와 더욱 멀어진다는 것을 알았기 때문이야."

데로스는 인정했다. 그들의 수장이었던 자는 여자 하나에 눈이 멀어 모든 것을 집어 던진 거다. 오래 방랑했던 민족의 정착이란 웅대한 뜻을 저버리고 제 사랑에 눈먼 장님을 그는 믿었던 것이다. 데로스가 이를 악물었다.

"좋아. 네 머리는 여러모로 대단했지. 인정해. 모든 이들이 너를 원했으니까. 원로들이 만장일치로 널 택했을 때도 난 인정했어. 네가 뛰어났으니까!"

데로스의 얼굴이 마구 일그러졌다.

"하지만, 넌 황제를 건드리지 말았어야 했어."

데로스는 알고 있었다. 납치된 여성들의 일부를 데인이 풀어 주었다는 것을. 그렇게 풀려난 여성의 대부분은 금발이거나 작은 소녀였다. 이것만 봐도 데인이 머저리같이 어디에 혼을 쏙 뺐는지 알 수 있었다. 그는 이런 뭉근한 데인의 태도가 오래전부터 싫었다. 이젠 끝을 맺을 때다.

"지금부터 '황제의 그림자' 수장은 나야. 그리고 나는 거슬리는 널 처단할 거다."

새로운 수장, 데로스가 눈을 희번덕 빛냈다.

"그리고 너와 달리 앞으로의 '그림자'는 황태자와 뜻을 함께하지."

15. 나의 기사님, 나의 검

"황녀님, 어서 오세요!"

달이 동동 뜬 밤이었다. 그리고 축제가 끝난 다음 날이기도 했다.

내가 사는 테레나 궁은 굉장히 넓었다. 그래서 순찰대의 인원을 전부 수용하고도 공간이 남았다. 정원 또한 쓸데없이 넓은 통에 관리되지 않은 땅이 있었고 우리는 이곳에서 조촐한 축하연을 열었다.

우리만의 축제였다.

"이게 소릭스가 구운 고기구요. 이게 제가 구운 겁니다. 어느 것을 드시겠습니까?"

"메타, 하나는 고기의 형체를 하고 있지 않은데?"

"이 숯덩이가 바로 소릭스의 작품이지요."

메타가 낄낄낄 웃었다. 그 옆에서는 소릭스가 얼굴이 벌게져서는 얼른 메타의 손에서 숯덩이가 된 꼬챙이를 뺏으려 했다. 하지만 얄밉도록 잘 피해 내는 메타 때문에 한동안 실랑이가 이어졌다.

"소릭스가 대신해서 그라니우스의 부관이 되었다고?"

"네. 원래 순찰대에서 유일하게 문관과 무관을 겸하던 놈이었거든요. 다른 말로 잔머리가 휙휙 잘 돌아간다 이거죠. 거기다 집안도 따라 주고. 돈도 많을 걸요?"

"그래? 일등 신랑감이네."

"그럼 뭐합니까. 고기나 태워 먹는 멍청, 으앗!"

메타가 얼른 고개를 숙였다. 그의 머리가 있던 자리로 검이 붕 하고 허공을 갈랐다.

"그만하지?"

소릭스가 검집을 든 채 찌푸린 낯으로 서 있었다. 메타는 다시 한 번 낄낄 웃다가 문득 생각났다는 듯 말했다.

"요리는 펜네가 끝내주게 잘했는데……."

그러더니 그는 뒷목을 긁적이며 말했다.

"한동안 다시 맛볼 일은 없겠군요. 사랑 따라 먼 곳으로 사라진 놈이니 말입니다."

"그렇지."

잠시 생각에 빠진 메타는 꽤나 진지한 얼굴이었다.

"있잖습니까, 황녀님. 사랑이 그렇게 대단한 겁니까?"

"글쎄."

"저는 잘 모르겠어서 여쭙는 겁니다. 제가 거짓과 도둑의 신관이지 않습니까. 저 같은 사람은 타고난 의심 덕에 번번이 사랑도 연애도 못해 보는 경우가 다수거든요. 다른 말로 종족적 특성이랄까."

"아아. 도둑의 신관들 의심병이 지병이라 할 정도지. 그만큼 사기꾼도 많고."

"그래. 그래서 난 그 사랑이란 게 궁금하단 말이지? 펜네 그놈만큼 신중한 놈이 또 없었잖아."

그런 펜네가 훅 빠져들 만큼 큰 힘을 가진 게 사랑이냐며 메타가 소릭스에게 물었다. 그도 딱히 답을 바라고 물은 것은 아닌 듯했다. 얼른 내 쪽으로 고개를 획 돌리며 물었으니까.

"황녀님은 사랑을 해 보신 적이 있습니까?"

"메타. 결례잖아!"

난 피식 웃으며 고개를 저었다.

"아니. 없어."

살기에 급급했거든. 메타는 흐음, 하고 고개를 기울이더니 짙은 눈동자에 짓궂은 빛을 띠었다.

"그럼. 마음에 두신 분이라거나. 없습니까? 황녀님께서 연애를 하신다고 하면 저도 그 사랑이란 걸 간접적으로나마 느껴 볼 것 같은데 말입니다."

"나?"

"네. 황녀님은 뭐랄까. 많은 것을 불신하는 느낌이거든요."

난 고개를 갸웃했다. 내가 그런 느낌인가? 슬쩍 메타에게서 눈을 떼어내며 난 하늘을 올려다보았다. 사랑이고 연애라. 순간 스쳐 지나간 얼굴이 있었다.

"어라."

"뭡니까. 있는 겁니까? 저 눈치 빠른데."

"메타!"

"아. 아니야. 잠깐 생각할 게 있어서."

나는 눈을 깜빡이다가 얼른 지워 냈다. 나조차도 모르게 무의식으로 떠올렸기에.

"소릭스가 하는 음식은 더럽게 맛이 없는데 말이죠. 펜네가 요리는 정말 잘했는데. 아아."

"1절만 하지 그래?"

나는 투닥투닥하는 그들을 보다가 고개 숙여 미소했다. 메타의 투덜거림은 그리움의 표현일 것이다. 펜네의 부재가 아쉬운 건 나도 마찬가지였으니까. 정체를 몰랐던 처음 볼 때부터 나를 아가, 아가, 부르며 다정하게 잘해 주었던 펜네. 그에게 많은 것을 배웠고, 정체를 알게 되어서도 나를 아껴 주었던 사람이었다. 그렇기에 그곳에서 행복하기를 바랐다.

"그나저나 2황자님이 펜네가 그 자리에 오르도록 해 주셨다면서요?"

"2황자도 간신보다는 왕실 쪽을 돕고 싶어 했으니까."

"황제 폐하의 눈치를 봐서 못한 거고요?"

"그렇지."

2황자는 이곳에 드문 정상인이다. 그라면 성격상으로나 도의적으로나 아하시야 쪽을 돕고 싶어 할 것이라 생각했다. 그러나 황제의 뜻에 반해 총애를 잃을 수는 없으니 숨죽여 있었던 것이고. 가만 보면 2황자가 책 속 내가 아는 모습과 가장 일치하는 것 같다. 얼굴 한번 본적 없는데 그의 행적을 척척 맞추는 것도 그렇고.

막 고개를 드는데 눈앞에서 커다란 자루가 흔들거리고 있었다. 자세히 보니 포도주를 담는 자루였다.

"황녀님, 황녀님도 한 잔 하시겠어요? 조영관께서 아끼던 포도주를 푸셨답니다!"

포도주? 그 말에 나는 고개를 얼른 끄덕였다.

"나도 마실래."

잔을 받고 얼른 데인과 플뢰온을 찾아 시선을 돌렸다. 플뢰온은 레베카랑 있고, 데인은 저 멀리 그라니우스랑 있네. 잘됐다. 다행히 내 자린 북적북적한 사람에 가려 잘 보이지 않았다. 얼른 입에 머금었다. 성인이 돼서 술 한 모금 대지 못하다니 이게 말이야 하면서.

"아. 달다."

"그렇죠? 이게 달다고 마구 마시면 안 돼……. 어어. 황녀님!"

"응?"

마침 목이 말라 꿀꺽꿀꺽 마셨는데, 잔을 내리고 나니 소릭스가 무척 당황한 낯으로 나를 보고 있었다. 뿐만 아니라 주변 순찰대들의 표정도 비슷했다. 뭐지?

"이거 꽤 독한 술인데……. 괜찮으세요?"

"어어. 나 멀쩡한데……."

나는 손을 쥐었다가 폈다가를 반복했다. 이상 없는데? 하긴 마시자마자 취기가 확 오르겠느냐만. 이 몸은 과거의 내 몸보다 술이 더 센가 보다 했다. 얼른 한 잔 더 달라 내밀자 처음에는 저어하던 순찰대들도 보채는 횟수가 늘고, 함박 미소를 지어 주자 흥이 올라서는 함께 부어라 마셔라 하는 술판이 시작됐다.

"황녀님께서는 네? 무척이나 귀여우시다 말입니다!"

"아닙니다! '사랑스럽습니다'라고 해야지, 임마!"

"그게 그 말 아니냐?"

취한 것은 아니었으나 흥이 잔뜩 오른 이들의 목소리가 절로 커지는 밤이었다. 황녀의 매력은 이거다, 아니다 이거다. 나는 그들의 낯 뜨거운 찬양 배틀을 보다 웃음을 터트렸다. 팔불출 같긴 했지만 딱히 싫진 않았다.

"아아. 미쳤군. 황녀님, 저 무식한 치들의 결례를 용서해주세요."

"괜찮아. 소릭스. "

오히려 과도하게 예의를 차리면 더 불편하더라고. 피식 미소하며 고개를 저었다.

"난 이런 격 없는 게 좋아. 이런걸 보면 나는 참 윗자리에 앉기 적합하지 않은 사람이긴 한가 봐. 위에서 내려다보는 것보다 이렇게 눈을 마주하는 게 편한 걸 보니."

그 말에 소릭스는 망설이는가 싶더니, 술잔을 든 채로 쪼그려 나와 눈을 마주했다.

"그렇지 않아요. 결국 황녀님은 모두를 따르게 하셨으니까요."

그가 진지하게 얼굴을 굳혔다.

"물론 편하게 대해 주시는 황녀님이 좋습니다. 하지만 저희가 당신을 따르기로 한 것은 황녀님 모습 그대로를 존경했기 때문이에요."

존경해? 날? 왜? 가만 보면 이들에게서 묘한 확신을 받곤 하는데 그 이유가 궁금했다. 그의 말에 더욱 알 수 없는 기분이 되었지만 나는 미소로 끄덕여 주었다. 술이 있고 밤이었고 좋은 분위기였다. 굳이 망치고 싶지 않았다.

그렇게 우리만의 파티는 쭉 이어졌다. 흥과 웃음 속에서 술잔을 기울이고 또 기울여 몇 잔인지 세지 못할 잔이 넘어갔을 쯤 누군가 어깨를 두드렸다.

"황녀님."

나는 눈을 비비며 고개를 돌렸다. 레이 경? 경인가? 그런데 왜 앞이 조금 흐릿할까.

"경이네."

"네. 잠시 산책함이 어떠실까 합니다."

"왜? 나한테 할 말 있어?"

나는 그를 보며 배시시 웃었다.

"아니면 데이트?"

그러자 레이 경은 잠시 굳는가 싶더니 예의 담담한 낯으로 돌아왔다.

"지금 본인의 모습을 보고도 할 말이 없으십니까?"

그러더니 내게 손을 내밀었다. 나는 그의 손을 잡았다. 몸이 붕 뜨는가 싶더니 나는 그의 옆에서 걷고 있었다.

"발밑이 어둡습니다."

그가 나를 잡은 손을 조심스레 이끌었다. 마치 에스코트하는 신사처럼 퍽 부드러웠다. 늘 투박하던 그와는 어울리지 않아 미소를 터트린다. 자꾸만 웃음이 나오는 건 왜일까? 고개를 들자 나무들이 춤을 추고 있었다. 잎사귀가 떨어지는 것이 꼭 공기 중에 녹아내리는 것처럼 보였다.

작은 축제가 열리는 곳에서 조금만 떨어졌는데도 매우 고요했다. 나는 레이 경의 손을 잡지 않은 손으로 원피스 자락을 들어 올렸다. 이제야 내가 긴 치맛자락을 가진 원피스 차림인 것이 생각났던 탓이다. 하지만 이미 끝자락이 까만 걸 보니 늦은 것 같다.

레이 경은 조금 더 걷는가 싶더니 숲 한가운데서 멈춰 섰다. 멀리서 희미하게 남자들의 웃음소리가 들려온다. 자꾸 눈앞이 흐리네. 잠도 오고.

나는 잠시 눈이 시려서 눈을 비볐다. 그렇게 시렸던 기운이 가시고 눈을 뜨자 어두운 곳에서 더욱 짙은 빛을 띤 머리카락이 보였다.

"정신이 좀 드십니까?"

이상하네. 난 멀쩡한데. 나는 레이 경에게 대꾸하는 대신 하늘을 올려다보았다. 별이 거의 없는 하늘이다. 오로지 청명한 달만이 남자 세상을 향해 푸른빛을 쏟아 내고 있었다. 경도 예쁘고 나무도 예쁘고 하늘마저 예뻐 보이네.

"내 정신은 언제나 멀쩡했어."

나는 경의 손을 잡아 아무렇게 손가락을 들게 했다.

"이거 봐 봐. 네 개. 맞지?"

"……세 개입니다."

"어라."

그런가. 내 눈에는 네 개로 보이는데? 에이, 설마. 레이 경이 이런 장난도 칠 줄 아나 보네. 돌아보자 주변은 나무와 나무를 잘라낸 밑동이 가득했다. 나는 흔들거리는 시야를 뒤로하며 나무 밑동에 아무렇게나 앉았다. 앉고 보니 발이 조금 답답했다.

"나 발이 아파. 오늘 한나가 새 신을 신겨 주었는데, 부르튼 모양이야."

레이 경을 보지 않은 채 찌푸리며 말했다.

"아파."

다리를 쭉 들어 발목을 꺾었다가 풀었다가 다시 꺾기를 반복했다. 불편한 신을 신고 걸었더니 발을 삐기라도 한 걸까. 발뿐 아니라 발목도 살짝 아린 느낌이었다. 무릎을 세워 발목을 보려 하는데 눈앞으로 동그란 머리가 보였다.

"움직이지 마십시오."

레이 경은 내 발목을 가져가더니 이리저리 만져 보았다.

"삐진 않은 것 같습니다."

보고 나면 제자리에 가져다 둘 법한데, 그는 내 발목을 잡은 그대로 말했다. 뭐 딱히 아픈 것도 아니고. 그러고 보니 이렇게 가까이서 경을 본 게 얼마만인가 싶었다.

"참 오랜만에 경과 둘이 있는 것 같아."

지금보다 조금 어렸을 때는 레이 경과 둘이 함께하는 시간이 꽤 됐던 것 같은데 어느 순간부터 주변에 사람이 늘었고, 자연히 레이 경과도 멀어진 것 같았다. 아니 본디 말수가 적은 그였으니 나눈 말수는 비슷할지도 모르겠다.

"여기 낯이 익은데. 경이 막 암살자를 얍얍 물리친 곳인가."

"얍얍은 뭡니까."

"흐—."

그러고 보니 이 숲은 레이 경이 언젠가 내게 무릎을 꿇고 검의 맹세를 했던 곳이기도 했다. 그때 나는 레이 경을 향해 건국제 파트로누스가 되겠냐고 했지만 단칼에 거절했지. 새삼 그 모습이 떠올라 피식 웃었다.

"경."

그에게 발목을 잡힌 채로 삐딱하게 고개를 기울였다. 말을 뱉을 때마다 입에서 달콤한 향이 느껴졌다. 포도주가 아직도 입에 남은 것일까. 혀를 굴릴 때마다 달콤한 맛이 느껴졌다. 이렇게 좋은 걸 그동안 데인과 플뢰온만 독차지했다니 참 너무했네. 그러고 보니 난 내가 있던 세계에서 소주나 막걸리를 그대로 부어 먹는 걸 좋아했는데 언제 이런 어린애 입맛이 된 걸까.

자꾸만 고개가 미끄러져 손으로 단단히 고정했다. 레이 경의 눈동자가 눈앞에 있다. 진중한 남색 눈동자. 아마도 평소라면 하지 않았던 말이 지금이라면 나올 것 같다. 참 이상하게도.

"경. 나 좋아해?"

잠시 침묵이 돌았다. 레이 경은 나를 가만히 쳐다보았다.

"그건 술김에 꺼낸 충동적인 말입니까?"

레이 경에게 이런 말을 꺼낸 건 별다른 이유가 있어서는 아니었다. 그저 레이 경을 보며 우리가 함께했던 무수한 시간들을 돌이킨 순간 퍼즐이 맞춰지듯 깨닫게 되었다. 아니, 그동안 알고 있었지만 외면하고 있었을지도.

"그렇게 쳐다보면 부끄러운데."

그러자 그가 담담한 낯으로 대꾸했다.

"실제로는 그렇게 생각하지 않으시는 걸 알고 있습니다."

여전히 그는 내 발목을 부드러이 잡고 있었다. 난 당황조차 하지 않는 레이 경이 신기했다.

"심각하게 받아들이진 마. 추측일 뿐이야. 그러니 내가 잘못 짚은 거면 너무 노여워하지 않길 바라."

난 말하다 말고 레이 경을 바라봤다. 곧이어 눈을 접으며 배시시 웃었다.

"하긴 나처럼 깜찍하고 사랑스러운 사람을 누가 사랑하지 않겠냐만."

"누가 그럽니까?"

"순찰대 사람들이."

"......."

"왜. 아니야?"

누가 그러길 최선의 공격이 곧 방어라 했다. 장난스런 미소와 함께 건네니, 천천히 고개를 떨어트리는 그가 보였다. 반쯤 그림자에 가려진 낯에서 난 처음으로 고뇌하는 표정을 보았다. 그는 망설이고 있었다.

"제가 여기서 당신을 사랑스럽다 말을 하면, 인정하는 꼴이지 않습니까."

참 신기하다. 이제껏 나와 오랜 시간 나와 함께한 이들이 나를 사랑한다고 말을 하는 것이. 물론 경이 직접 내게 건네지는 않았지만 이 순간 짙은 시선에서 아플 정도로 전해져왔다.

머릿속에 저장된 무수한 로맨스 소설 속 주인공이 내가 되는 날도 오는구나. 이게 참 이상하다. 기뻐해야 할 일인데, 기쁘지 않은 건 왜일까. 오히려 나는 좀 서글펐다.

내가 가는 길은 가시밭길일 게 분명했는데 나를 따르겠다 말하는 이들이 가여웠고 안타까웠다. 나를 사랑한다 말하는 이 사람에게 아무것도 돌려줄 수 없는 것도 슬퍼서.

"경. 있잖아."

눈을 감고 일기장을 얻기 전의 나를 떠올린다. 나이와 맞지 않은 몸을 가졌지만, 그래도 나름 밝았고 행복했던 날을 누렸던 나를.

"아주 오래전의 나였다면—."

그대로 자랐다면 나는 어땠을까. 정말 아무 신력도 없어서 황제도 나를 노리지 않고, 평범하게 자라서 누군가와 연애를 하고 어쩌면 결혼도 할 수 있지 않았을까. 지우개로 내가 가진 모든 불행을 지워본다. 만약 그랬다면.

"경을 사랑했을지도 몰라."

평범하게 자랐다면 나는 카스토르도 아모르도 만나지 않았을 것이며, 데인과 플뢰온이 남매가 아니란 사실도 몰랐을 것이고. 결국 나는 주변의 누군가와 결실을 맺었을 것이다. 뭐 혼자 살았을 가능성도 배제치 못하겠지만. 누군가를 만났을 것 같긴 하다.

그리고 나는 오래전부터 울타리가 넓지 못한 사람이었기에 레이 경을 보며 자라 레이 경과 함께했을 것이다. 묵묵하게 나를 지켜 온 이 사람을 좋아하고 말았을 것이라고.

"그런데."

그러나 나는 그때의 내가 아니었다. 그렇기에 그때의 내가 했을지 모를 선택 또한 할 수 없다.

"나는 그때의 내가 아니야."

레이 경과 플뢰온과 데인과 함께했던 나날을 떠올린다. 그때는 몰랐던 행복의 부스러기들을. 우습게도 레이 경은 그날과 전혀 다름없는 모습으로 눈앞에 있었다. 모두가 변할 동안 한결같은 모습으로 내 앞에 선 이 기사님은 나에게 서글픔을 일으킨다.

"경은 내가 되지 못한 이상을 떠올리게 해."

그렇기에 레이 경은 될 수 없다. 레이 경이 되면 나는 아프고 괴로울 것이다. 내가 이토록 속이 좁아 과거의 나를 그리워하고 질투했기에 이기적인 나는 레이 경을 밀어냈다.

"나도 누군가를 사랑하고 싶은데. 사랑하더라도 경은 될 수 없을 거야."

모든 것은 이기적인 나로 인한 것일 뿐. 레이 경에게 미안한 마음을 담아 그를 바라봤다.

"당신은…… 결국 단 한 번도 말하지 못하게 하시는군요."

어째서 나는 이 절절한 사랑을 받아들일 수 없을까. 이토록 나를 사랑하는 사람에게 같은 것을 줄 수 없다는 사과와 안타까움을 담아 천천히 손을 뻗었다. 그의 머리카락은 거칠었다. 머리카락을 떼어 주는 손을 그가 잡았다.

"당신을 따르기로 한 것은 아주 오래전 일입니다. 당신께서 역병을 피해 서쪽 영지로 오셨을 때였습니다. 저는 그때 소년병으로서 전쟁에 참여한 뒤 서쪽으로 차출되어 병사로 있었습니다."

내가 역병을 피해 서쪽으로 간 것은 아주 오래전 일이었다. 기억조차 희미하던 때에 그는 나를 만났노라 말하고 있었다. 입술을 달싹였다. 나는 그 만남을 기억하지 못했다고 말하면 그에게 더욱 큰 상처를 안겨 줄 것 같았다.

"경. 나는."

"기억하지 못하셔도 상관없습니다."

짙은 눈동자가 달빛을 받아 일렁인다. 그의 눈으로 오랜 회한이 지나갔다. 나는 후회하는 이의 눈을 알고 있다. 그러나 경은 후회하고 있지 않았다. 달빛 아래 어떤 밤이었다. 그날 나는 레이 경에게 내 「프리모 살바티오」 파트로누스가 되어 달라 요청했다.

<그러니까 왜? 왜 나와 함께하지 않는 거야? 「프리모 살바티오」를 함께하는 것은 출세의 지름길이잖아. 경은 출세가 싫어?>

<예.>

<왜?>

그날, 잠겼다가 떠오르는 눈동자를 떠올린다.

<글쎄요.>

중얼거린 레이 경은 내게서 눈을 떼어 내며 천천히 뇌까렸다.

<관계가 변하면, 당신은 저를 지금처럼 봐 주지 않을 테니까요.>

그날은 이해하지 못했던 말이 가슴에 스며들었다. 심장을 쿡쿡 찌르는

이것은 안타까움이기도 했고 애달픔이기도 했다. 당신은 어쩌다 나 같은 사람을 사랑했나? 왜 돌려주지 못할 사랑을 담담하게 품고 있나.

그러나 레이 경은 그날처럼 우직하고 덤덤한 모습으로, 한쪽 무릎을 접은 모습 그대로 나를 바라보며 말했다.

"저는 아무 말도 하지 않았습니다."

그는 사랑을 담지 않았다. 그러나 사랑은 결코 숨길 수 없기에 시선에 사랑을 담았다.

"그러니까 당신께서도 아무 말도 듣지 않으신 겁니다."

어느새 그가 처음 보는 얼굴로 나를 응시했다. 그러나 곧 시선을 떨어트린다.

"저는 죽는 그날까지 당신의 검일 것입니다."

그는 내 손을 잡았던 손을 놓고, 천천히 상체를 기울였다. 그리고 내 발목을 들어 올렸다.

"당신의 검 레이 아퀴타."

숨결이 아래에서 느껴졌다. 가슴을 아리게 하는 간지러움이었다.

"모든 것은 당신의 뜻대로."

그는 내게 사내가 되는 대신 끝끝내 검으로 남길 청했다. 나는 그 뜻을 외면할 수 없었다.

"검은 생각하지도 판단하지도 않습니다."

그가 내 발등에 입을 맞췄을 때, 나는 그 모습에 눈물이 날 것 같았다.

16. 손 틈 사이의 진실

달이 구름에 가려진 깊은 밤. 한 청년이 침대에서 벌떡 일어났다.

"헉헉……."

청년은 일어나자마자 얼굴을 거칠게 쓸어내렸다. 땀이 흥건한 이마로 다닥다닥 달라붙은 하늘색 머리칼을 떼어 낸다. 고개를 들자 짙은 녹색 눈동자가 드러났다.

'대체 이게 뭐란 말인가…….'

아모르가 숨을 짧게 내쉬었다. 거친 숨소리는 좀처럼 가라앉지 않았다. 지금 그는 너무나도 혼란스러웠다. 눈앞으로 지나가는 기억은 분명 조금 전 꾸었던 꿈의 내용이었다.

<믿을 수 없겠지만, 그거 마시면 오라버니 죽어요.>

지금보다 훨씬 앳된 모습의 아실리가 있었다. 부부의 연을 맺은 신관

사이에 종종 있는 일이었다. 서로의 신력이 영향을 미치는 것. 그들은 혼인을 하지 않았으나 혼인한 신관이 하듯 신력을 공유했다. 만약, 아실리가 신관이었다면 그에게도 영향을 미친 것이리라.

그러나 그가 보게 된 것은 충격적인 풍경이었다.

<이 차를 마신 제가 죽는다면, 제 말이 옳은 거예요. 그렇죠?>

<무슨 짓이야! 빨리 뱉어! 뱉으라고!>

뺨으로 따뜻한 것이 튀었다. 아실리가 기침을 하며 퉌 피였다. 아실리는 죽어 가고 있었다. 다름 아닌 그의 앞에서 독이 든 차를 마시고서.

<너, 대체, 그걸 왜, 어째서 마신 거야!>

소녀가 죽어가며, 그의 옷자락을 애달피 잡아 쥐었다.

<……오라버니가, 죽지 않길 바라요.>

죽어 가는 사람이라고 믿기지 않을 만큼 확신에 찬 그녀의 눈동자. 꿈 속 자신은 그녀를 잡고 죽어 가는 모습을 바라볼 수밖에 없었다. 아무것도 할 수 없었다. 아니, 그녀는 어째서 그를 위해 망설임 없이 죽는가? 혼란스러움에 능력을 생각도 무엇도 하지 못했다. 이미 아실리는 손쓸 틈 없이 독에 중독되었기에 그로서도 살리기 어려웠겠지만.

<내 마지막 순간이. 당신을 살릴 수 있다면.>

꿈 속 자신은 망연자실해서 아실리를 안고 있었다. 죽음이 낯설어서는 아니었다. 자신을 위해 죽어 가는, 죽어 버린 사람이 낯설었다. 어째서? 그와 아실리 로제는 어떤 접점도 없던 사이였다. 그런데 어째서 자신을 위해 죽어 버렸단 말인가?

<오라버니, 난 수십 번을 죽었어요.>

그녀는 그가 보는 자신이 수십 번 죽었다 살아난 모습이라고 말했다. 그렇다면 지금 그가 지금 꾸었던 것은 그가 몰랐던 시간 속의 아실리였다.

<오라버니, 제발……. 이번이 20번째야. 제발 기억해 주세요. 나요. 내일 카스토르에게 죽어요. 살려 줘. 제발…….>

그녀는 수십 번의 시간동안 아모르에게 애원했다. 제발 기억해 달라고. 그러나 그가 보였던 반응은 일관되어 있었다.

<왜! 왜! 기억 못하는 건데! 왜! 제발……. 기억해 줘요. 네? 오라버니라도 날…….>

그녀를 도왔지만, 다음 순간 그녀는 다시 애원하고 있었다. 어느 순간부터 그녀는 더는 아모르에게 빌지 않았다. 텅 빈 눈동자로 자신을 응시하고 있었다.

<……너는 어쩌면 그렇게 뻔뻔할 수가 있지?>

아실리는 그저 살며시 미소할 뿐이었다. 그저 입술을 살짝 올려 덧그린 것에 불과한 건조한 표정이었다.

<글쎄요, 언제부터였더라……. 한 달 전부터?>

돌아서는 아실리를 꿈속 자신이 잡았다.

<너, 왜 눈이 죽어 있지?>

<죽은 눈이 뭔데요?>

<괜찮지 않은 사람의 눈.>

천천히 눈꺼풀이 깜빡이며 아모르를 담았다. 보석 같은 눈동자였으나 빛이라고는 조금도 담지 못한 눈동자로. 아실리는 고개를 숙여 웃었다. 그러나 그것은 체념한 이의 얼굴이었다.

<글쎄. 전 괜찮은 것 같은데요.>

모든 것에 기대를 버린 얼굴이었다. 그러고 그는 꿈에서 깨어났다. 아모르는 가슴이 아팠다. 어째서, 어째서.

<저는 40번 죽었어요.>

아모르가 끝끝내 참지 못하고 얼굴을 구겨 잡았다.

<나는 이제 오라버니에게 비밀이 없어요.>

* * *

“2황자님께서 황녀님을 뵙고 싶다고 전하셨습니다.”

펜네를 대신해 새로 부관이 된 소릭스의 말을 듣는 순간 엉뚱하게도 신분 상승했구나 하는 생각을 했다. 하잘것없던 엑스트라인 내가 어느새 메인 조연이 보고 싶어 하는 사람이 되었구나.

달리 말하면 존재조차 알지 못하는 황녀를 황태자 다음으로 황제에 가까운 자가 보고 싶다고 한 것이기도 했다. 물론 카스토르가 내게 보이는 그 비정상적인 집착은 예외로 두고서 말이다.

“그쪽에서 날짜를 잡아 달라고 해 줘.”

“네.”

아하시야가 돌아가고서 황궁은 무척 평화로웠다. 평화롭다고 해서 좋은 건만은 아니었다. 이 평화가 폭풍 전 고요라는 것은 나도 어렴풋이 알고 있었다. 내가 아하시야로 쑤셔 놓은 불편한 황제의 심기가 언제 터져 나올지 몰랐으니까.

“소릭스 내가 말한 건 알아봤어?”

“실종된 여성들의 행적 말입니까? 재조사 중에 있습니다.”

소릭스가 말을 하던 도중 찌푸리며 뒷목을 쓸어내렸다. 망설이는 듯하여 난 해 보라는 듯 고개를 끄덕였다.

“한데, 그 이상한 점이 있습니다…….”

“뭔데?”

"그 아직 확실하진 않지만, 이 일에 제국의 고위 신관들도 연루된 것 같습니다. 실종된 여성 중 중급 신관의 자제가 있었는데, 그녀가 마지막으로 보인 곳이 고위 신관의 도무스(고급 저택)라는 제보가 있고……."

"응. 그럴 거야. 이렇게 많은 사람이 오랫동안 사라졌는데 한 사람의 짓일 수는 없으니까."

"네. 더 알아보겠습니다."

아직 순찰대에게 이 모든 게 황제의 짓이라 밝히기엔 증거도 부족했고 위험했다.

"모쪼록 조심하고."

"네."

데인에게 진실을 들은 이상 얌전히 수정 속 제물이 될 생각은 없다. 적을 알고 나를 알면 백전백승까지는 아니더라도 승기는 거머쥘 수 있다. 나는 소릭스를 보다가 허벅지에 내려 뒀던 책을 들어올렸다.

"어라."

소릭스가 책을 보았는지 묘한 얼굴을 되물었다.

"……『짐승의 신관과 불행한 삶』. 어찌 그 책을 읽으시는 건가요?"

"그냥. 아, 소릭스 궁금한 게 있는데……. 혹시 저주를 받은 신관이 다시 평범하게 돌아올 수 있어?"

"저주요?"

"그러니까 짐승의 신관은 「동반자」를 찾지 못하면 대가로 이지를 잃는 저주를 받게 된다고 적혀있는데 궁금해서."

그 말에 소릭스가 아, 하고 고개를 끄덕이더니 제 턱을 짚었다. 옆에 늘어지게 누워 있던 메타도 궁금했는지 이쪽을 보았다.

“「짐승화」 말씀이군요. 글쎄요. 되돌릴 수 있을까요? 그거 아십니까.”

“뭔데?”

“금지된 숲에 있는 짐승이 사실은 한때 짐승의 신관이었던 자들이라더군요. 그들 중 누구도 사람으로 돌아갔다는 얘기는 듣지 못했습니다. 그래서 전 회의적입니다. 운명에 거스르는 일이니까요.”

“그럼 아예 방법이 없는 거야?”

“글쎄요……. 운명을 바꿀 정도의 아주 강력한 힘이 필요하다는 것 말고는 무어라 드릴 말이 없습니다. 저도 모르겠습니다.”

그러니까 힘은커녕 각성도 못한 나는 별수 없다는 거지. 헤르난은 분명 카스토르와 어떤 계약을 했다고 했다. 그렇다면 내 힘이 카스토르를 능가해야 그를 풀어 낼 수 있다는 걸까? 탁자를 톡톡 칠 때였다. 바로 옆에 두었던 일기장이 눈에 띄었다. 일기장이 한동안 잠잠했었지. 별것이 있겠냐는 생각으로 펼쳤을 때였다.

“어?”

일기장이 파라락 제멋대로 넘어갔다. 나는 놀란 눈으로 옆에 있던 소릭스를 쳐다보았다. 그러나 그는 평온한 표정이었다. 일기장의 내용처럼 나에게만 보이는 일인 듯했다. 나는 팔락거리는 종이 중 하나를 얼른 잡았다.

진실에 다가가고 싶다면-.

날짜도, 주어도 없는 문장이 천천히 새겨졌다. 손끝이 파르르 떨렸다.

황제가 시키는 일에 무조건 따라.

일기장은 나를 향해 말을 걸고 있었다. 단언컨대 처음 있는 일이었다.

무조건.

잉크가 사그라지다 나타나기를 반복했다. 마치 핸드폰의 배터리가 반짝거리는 것처럼 잉크가 번졌다가 다시 진해졌다. 나는 문장을 읽고 다시 또 읽었다. 그리고 마침내 문장이 사라질 즈음이었다.

문이 벌컥 열렸다. 달려온 이는 순찰대였다. 최근 경호를 강화한답시고 내 주변은 순찰대가 지키곤 했다. 무척이나 급히 뛰어온 그는 허둥지둥한 낯으로 고개를 푹 숙였다. 얼굴을 익히 아는 사내는 그러고는 한걸음에 달려왔다.

"황녀님, 중앙 궁에서 마차가 왔습니다."

"마차?"

아프릭스 경이 굳은 낯으로 끄덕였다.

"황제 폐하께서 황녀님을 찾으십니다."

궁이 발칵 뒤집히고, 놀란 것은 나뿐이 아니었다. 다른 방에서 업무를 보고 있던 레베카가 달려왔다.

"레베카, 아바마마께서 왜 날 불렀을까?"

'아바마마'. 몹시 낯선 호칭이었다. 줄곧 황제라고 부르곤 했지만, 이 궁을 나선 순간부터는 아바마마라 살가운 척 불러야 할 이름이었다. 레베카는 굳은 낯으로 곰곰이 생각하는 듯하더니 조심스럽게 꺼냈다.

"아마도 성년식 때문이 아닐까 합니다. 주인님께서는 건국제 첫 춤과 겹치는 바람에 성년식이 기약 없이 미뤄지지 않았습니까. 또한 본래 성년식 첩지는 폐하께서 내리는 것이니 아마도 날짜를 내려 주심이 아닐까 합니다."

"그런가……."

그런 거라면 일기장이 굳이 내게 경고할 이유가 없을 것인데. 하긴 여기서 고민하는 건 의미 없다. 나는 일단 가 보기로 했다. 사실 황제가 명한 이상 꼼짝없이 가야 할 처지이기도 했고 말이다.

마차가 쉴 새 없이 달려 중앙 궁에 도착했다. 황제가 기거하는 곳에 온 것은 지난 윌터 왕국의 체쟌 왕자를 볼 때 이후로 처음이었다. 그리고 그때도 보지 못했지.

시종을 쫓으며 숨을 들이마셨다.

황제. 책 속에서는 그저 카스토르 이전의 황제, 즉 선황이었을 뿐 비중이 없다시피 했던 인물이었다. 그런데 아이러니하게도 지금에 와선 나와 주변의 불행을 유도한 원흉이자 뿌리에 가까운 자였다. 한참을 걸었을까 눈앞에서 문이 열렸다.

어째서 알현실이 아닌 걸까. 내가 들어간 곳은 보통 아랫사람이 황제를 보곤 하는 방이 아닌 침실이었다. 눈앞으로 보이는 거대한 침대만 보아도 그러했다. 두꺼운 커튼 때문인지 방 안은 빛 하나 없이 어두웠고 공기는 기묘하게 텁텁했다.

"어서 오렴."

신등을 손에 든 시녀가 앞으로 나서며 여자의 실루엣이 드러났다. 굽이치는 은발, 은발이었으나 묘한 자색을 띤 머리색은 내가 알기론 단 한 사람밖에 없었다. 아올레시아. 내 친모였다.

"폐하, 폐하의 어여쁜 딸이 왔답니다."

그러자 짙은 검은색 캐노피가 드리운 침대 안에서 누군가 움찔 움직이는 것 같았다. 색색, 매우 거친 숨소리가 들렸다. 황제가 지독한 지병을 앓고 있다는 것을 떠올린다. 거짓이 아니었단 말이야? 그러나 그것도 잠시 마치 짐승의 울음소리처럼 거칠었던 숨소리가 거짓말처럼 잠들었다.

"커튼을 치워라."

그러자, 아올레시아는 싱긋 웃으며 캐노피를 들추더니 그 안으로 쏙 들어갔다. 그리고 조금 있자 노골적인 소리가 들렸다. 야릇하면서도 타액이 오고 가는 그런 소리. 정작 경험해 본 적은 없으나 과거 브라운관으로 느꼈던 이 색정적인 신음은 아올레시아의 것이었다.

"하……. 음란한 것 같으니."

"음란한 제게 빠지셨으니, 폐하 또한 음탕한 짐승이옵니까?"

눈을 찌푸리는 찰나, 나는 커튼 사이에서 기묘한 금빛 눈동자를 마주했다. 어둠속에서도 빛을 잃지 않는 눈동자는 카스토르의 것을 연상하게 했다. 아니 순서로만 치면 황제가 먼저겠지. 금빛 아지랑이가 노인의 눈에서 형형한 빛을 띠며 자리하고 있었다.

"네가 황녀인가."

목소리에는 비웃음이 가득했다. 고개를 숙이자, 노인이 이어 말했다.

"리프예, 아 이렇게 말해도 모르겠군. 리프예스키국의 아카데미에 다녀오도록. 그곳에서 눈과 바다의 신관이 반란을 도모한다는 제보가 있었다. 조사해서 실마리를 알아 오도록 해라."

나는 입을 달싹였다. 이게 무슨 소리야. 눈과 바다의 신관? 반란? 그걸 왜 한낱 황녀에게 맡기는 건데? 많은 의문이 소리 없이 앞다퉈 나섰다. 그러나 난 어떤 것도 꺼낼 수 없었다.

진실에 다가가고 싶다면-.

황제가 시키는 일에 무조건 따라.

무조건.

일기장이 떠오르며 달려 나가던 말을 멈추게 했다. 가까스로 입술을 축이며 대답했다.

"네. 명을 받습니다."

나를 향해 꽂히는 시선이 고스란히 느껴졌다. 이를 느끼고 나는 말을 더듬는 척했다. 겁을 먹은 것처럼.

"리, 리프예 국에…… 다…… 다녀오겠습니다."

노인의 눈은 다시 캐노피에 가려져 보이지 않았지만, 오랜 잔상이 눈에 남아 있었다.

"……호오라. 이유를 묻지 않는군?"

알 수 있었다. 저 목소리는 나를 떠보는 것이다. 속으로 심호흡과 함께 얼른 말했다.

"음, 저, 레베카가 그랬습니다. 폐하께서 내리신 명은 절대적인 것이라고……. 소, 소녀는 따를 뿐입니다."

그 말에 노인은 비웃음을 터트렸다. 웃음소리에서는 거친 쇳소리가 났다. 텁텁한 이곳을 얼른 벗어나고 싶었다. 눈을 내리까는 순간, 황제의 목소리가 떨어졌다.

"성인이 되었다고."

"네."

살갑게 웃었지만 씨알도 안 먹혔다는 느낌이 들었다. 하기야 나를 버려 둔 자였다. 눈곱만큼의 기대도 없었으며 데인에게서 진실을 듣고 저자가 타지도 않는 쓰레기임을 다시 한 번 알게 되었지만.

"각성도 하지 않은 힘이라니. 쓸모없군."

아아. 이미 황제의 귀에도 들어간 건가? 그렇다면 그건 어디까지? 내가 주신의 힘을 가졌다는 것까지 일까? 황제는 다시금 비웃으며 "하찮은 계집에게." 하고 중얼거렸다. 나는 눈을 깔며, 행정청에도 첩자가 있을 가능성에 대해 생각했다. 황제가 알고 있다……. 하기야 그럴 수도 있겠지. 카스토르가 이야기했을지도 모르고.

<현 황제는 한때 예지력을 가지고 있었어. 지금은 거의 모든 신력을 잃었지만.>

황제 본인이 직접 본 것일지도 모르고.

"출발은 일주일 뒤다. 기간은 오고 가는 기간을 제외하고 3일 주지."

그는 더 볼 것도 없다는 듯이 귀찮다는 목소리로 축객령을 내렸다.

"돌아오면 성년식을 거행하겠다."

돌아서는 내게 선심 쓰듯 그리 말하더니, 잔뜩 쉬고 비웃는 듯한 음성으로 덧붙였다.

"잠시라도 더 오래 사는 것에 감사히 여기도록. 넌 '각성'하지 않았기에 사는 것이니까."

그 말은 각성한 순간 나를 잡아 처넣기라도 하겠다는 걸까? 참 등신 같다 생각했다. 나를 저 밑 버러지만도 못하게 여기는 것이 고스란히 드러나서 혐오할 기분도 들지 않는 기분이었다.

우습지만, 몇 번이고 죽었다 살아남은 나는 누군가 밟으면 밟을수록 악착같이 살아남는 잡초와 같았다. 흘끗, 노인이 오만하게 내려다보는 시선은 카스토르와 비슷하면서도 달랐다.

"네."

얇은 천이 다시 아래로 내려가며 황제와 나 사이가 다시 완전히 가려졌다. 나는 실루엣만 보이는 남녀를 잠시 바라봤다.

아올레시아와 황제.

아올레시아는 책 속에서 수많은 남자들을 한 손에 쥐고 조종하는 것에 재미를 두는 쾌락주의 악당이었다. 네가 어떤 고통을 느끼는지, 그것을 구경하는 게 즐거워하는 그런 영화 속 악당 말이다. 그리고 아올레시아의 가장 큰 물고기는 바로 황제였다.

책 속에서 아올레시아는 황제에게 싫증을 느끼고 카스토르와 손을 잡는다. 그리고 루스벨라에게 빠진 카스토르를 가장 먼저 알아보고 그에게 그녀를 잡을 방법을 제시한다. 결국 감금은 실패로 돌아가 카스토르 손에 죽는 사람이긴 했지만.

그렇게 방문을 나선 순간 난 아올레시아와 눈을 마주쳤다. 나와 색이 같은 눈동자. 사르르 휘더니 그녀가 빼끔 입을 벌렸다.

황제의 거처를 나선 나는 빠른 걸음으로 복도를 빠져나왔다. 이리저리 꺾어 정문으로 도달했을 때였다.

"타지 않으십니까?"

마부가 망설임이 가득한 음성으로 물었다.

"……기다려."

난 입술을 지그시 깨물었다가 돌아서서 마차 옆 정원으로 들어갔다. 우거진 풀숲은 나를 쏙 가려 주었다. 조금 기다리자, 한들한들 흔들거리는 머리칼이 등장했다. 도대체 이 빠른 시간에 어찌 나왔는지 모를 아올레시아였다.

"나왔구나."

"……당신이 입 모양으로 그랬잖아요. 마차에서 기다리라고."

아올레시아가 피식 웃으며 고개를 살짝 기울였다. 아무리 봐도 앳된 그녀의 얼굴은 조금 전 보았던 노인과 쉬이 겹쳐지지 않았다.

"내 말은 으음—. 그러니까, 굳이 누구도 보지 않을 정원으로 들어온 게 기특하다는 거란다."

그녀가 제 뺨에 손을 얹고 고개를 갸웃했다. 그러고는 사르르 미소했다.

"내 딸이라 똑똑한 걸까?"

"당신을 닮아서도 아니고 당신에게 칭찬 받을 이유도 없어요. 용건을 말하세요."

비록 육신은 그녀에게서 왔을지언정 속 알맹이를 그녀를 닮았을 리 없다. 내가 가진 습관, 사고, 가치관, 작은 눈짓과 손짓마저 과거의 나로부터 기인했다. 그렇다면 나는 과거의 나 그대로인걸까? 이젠 과거가 너무 아득해서 잘 모르겠다.

"까칠하긴. 싫지 않구나. 어릴 때 넌 이러지 않았는데 말이지."

"……내가 당신과 만난 적이 있다고요? 기억에 없는데?"

그러자 아올레시아가 잠시 눈을 깜빡이더니 슬며시 미소했다.

"잊은 모양이구나. 넌 내게 말했거든. 이 순간을 잊을지도 모른다고 말이야."

"내가?"

아올레시아는 답이 없었다.

하늘엔 해가 지고 있었다. 그녀의 머리칼은 석양을 받아 붉게 물든 은색이었다. 이 순간 그 신비한 색에서 그녀와 내가 다르다는 것을 느꼈다. 우린 참으로 닮지 않은 모녀였다. 나를 낳았다고 하기에는 몹시

아름답고 어여쁜 아올레시아를 보고 있자 그녀가 한 걸음 앞으로 다가갔다.

“바람의 신물을 사용할 수 있지?”

그녀는 대수롭지 않게 비석을 입에 담았다. 마치 나에 대해 모두 알고 있다는 듯이.

“그것을 이용해 오늘 밤, 이곳으로 다시 오렴.”

정원에 둘밖에 없음에도 그녀는 귀로 작게 속삭였다. 밤 12시? 의심스럽기 그지없는 말이었으나 진실에 대해 알고 싶다면 자신을 찾아오라고. 그녀가 내게 했던 말을 기억했다. 그녀는 오랜 시간 켜켜이 쌓였던 궁금증을 풀어줄지도 모를 사람이었다.

* * *

밤이 되자 나는 간단히 숄을 걸치고 밖으로 나섰다. 이제는 밥 먹는 것처럼 익숙해진 길이었다. 비석으로 가던 나는 아모르를 떠올렸다. 그가 준 팔찌는 언제나 팔목에서 찰랑이고 있었다. 한손으로 손목을 꼭 잡았다. 아모르. 굴릴수록 안타까운 이름을 어찌하면 좋을까.

비석을 이용해 낮에 갔던 중앙 궁에 다시 도착했다. 물론 아올레시아를 만났던 정원은 아니었다. 그러나 비석 근처에서 나를 기다리고 있던 그녀를 볼 수 있었다.

“기억하시나요? 당신을 찾아가면 내 뺨의 상처에 대해서 알려 주겠다고 했죠.”

“그래 그랬지.”

“당신의 말을 따른 것은 이 때문이에요.”

슬며시 다가온 그녀가 손을 잡아끌었다.

“시간은 너와 내 편인 걸까?”

“네?”

“마침 황제가 일찍 잠들고, 황태자가 자리를 비웠으니까…….”

한순간 미소를 지우고는 그녀는 황궁 쪽을 바라봤다. 아니 그건 노려보는 쪽에 가까웠다. 눈동자에 잔뜩 품은 증오는 낯설지 않았으니까. 그녀가 나를 잡아당겼다.

“오늘 밤이야말로 진실을 알기 좋은 밤이로구나.”

그러고는 시간이 없다며 뒤로 물러났다. 나를 데려간 곳은 은밀하게 숨겨진 복도였다. 사람 하나 없이 텅 빈 복도는 마치 으슥한 밤의 뒷골목처럼 어둡고 텁텁하며 부채처럼 불안감을 지폈다.

“있잖니. 네가 어릴 때. 그러니까 한 여섯 살 즈음인가. 넌 애늙은이같이 굴긴 했었지만, 나름 밝은 구석이 있었거든.”

그녀가 신등을 손에 쥔 채 중얼거렸다. 보통 엄마가 딸에게 ‘네가 어릴 때 참 예뻤어.’ 하듯 다정하게 회상하는 말투는 아니었다. 그저 담담하게 대수롭지 않게 기억을 되짚는 쪽에 가까웠다. 이해했다. 버린 것은 그녀였고 보러 오지 않은 것도 그녀였다. 보지 않은 딸을 어찌 사랑하겠나.

“네가 반쯤 죽어 버린 눈을 할 줄은 몰랐어.”

글쎄다. 그건 나도 몰랐다. 내 삶이 눈 산 위의 돌처럼 이렇게나 구르고 다시 굴러 어찌하지 못할 궤적에서 헤매고 있을 줄은 말이다.

“과연 카스토르 그자가 네게 끌릴 만하구나.”

그건 그저 비가 내리는 걸 보고서 소나기구나 하는 듯 사실만을 품은 담담한 감상이었다. 나는 치미는 욱욱함을 밀어내며 입을 떼었다.

"도대체 어딜 가는 거죠?"

그녀는 보면 알 거라며 고요히 미소했다. 그러나 나는 더욱 알 수 없는 기분이었다. 이제 와서 내게 모친 행세를 하려는 건 아닌 것 같다. 지나치게 담백했으니까.

이러다 한 방에 비명횡사하는 건 아니겠지? 죽는 거라면 일기장이 예언했을 테니 이 점에선 안심이다. 그러나 불안이란 게 원래 쉬이 버릴 수 없는 것이었다.

"시간이 없으니 빠르게 보여 줄게."

무엇을? 그녀는 말이 없었다. 그녀가 나를 붙들고 복도 어느 곳에서 멈췄다. 얼마나 걸어왔는지 보이지 않을 정도로 끝이 아득했다. 앞이 보이지 않는 복도는 어둠으로 만들어진 미로 같았다.

아올레시아가 조각상 하나를 이리저리 끼워 맞추자 마치 영화에서처럼 스르륵 돌아간 조각상 뒤로 길이 하나 나타났다. 그녀는 빠르게 아래로 내려갔다. 그녀의 손에 잡혀 나도 어쩔 수 없이 함께였다.

"이곳이야."

그녀가 멈춰 섰다. 천천히 방을 돌아본다. 더는 아올레시아가 들고 있던 신등이 필요 없게 되었다. 거대한 방은 작은 신등 없이도 몹시 밝았다. 거대한 돌이 눈앞에 있었다. 보석의 종류를 따지자면 수정인 것 같다.

방은 수정의 빛 때문인지 환했다. 거대한 공동에는 12개의 그리스식 기둥과 저 커다란 수정 말고는 아무것도 없었다. 흡사 수정 동굴 속 조명을 비춘 느낌과 비슷했지만, 빛을 발하는 보석이 이리도 크니 거대한 공동을 빛으로 적시고 있었다.

"아가."

수정의 불이 몹시도 밝았지만 나는 아울레시아가 가진 신등에 눈이 갔다. 그녀가 든 불빛이 희미해서 얇고 도드라진 그녀의 손목이 아련하게 남았다.

"지금부터 네게 재미난 이야기를 해 줄게. 너도 너와 관련된 불행의 이유는 알아야 하지 않겠니."

순간 나는 떨림을 느꼈다. 왜일까 작은 한마디가 울림을 오래 남겼다.

"잘 들어 주겠니? 이 제국과 관련된 피비린내 나는 진실을."

시선을 내리자 일기장이 있었다. 마치 아울레시아의 말에 반응하듯 일기장이 떨고 있었다.

"어디서부터가 좋을까……. 그래. 제국은 대대로 손이 귀했지. 후계자는 한 사람만 있으면 되니까."

그녀의 시선이 수정에서부터 쭉 내려와 나를 향했다.

"하지만 이번 황제에 이르러서 3명의 황녀와 7명이나 되는 황자가 태어났지. 어찌 이리도 많은 황자와 황녀의 탄생을 의도했을까?"

아울레시아는 갑자기 왜 내게 이런 말을 해 주는 것일까? 어째서 날 이곳에 데려온 걸까? 궁금증이 고개를 치켜들었다. 무엇을 원했기에. 나를 이렇게 나긋하고도 비장하게 바라보며, 말을 쏟아낼까.

"현 황제는 신력을 모조리 잃고 약해졌어. 하지만 그의 신력이 멀쩡했을 때 황제는 예언했단다."

바로 눈앞에 나와 똑 닮은 눈동자가 있었다. 이곳의 수정처럼 오묘하며 몹시 예쁜 색이었지만 생기가 없이 인형의 것을 보는 것처럼 무기질적인 눈동자였다.

"신의 시대에 종막이 닥칠 것이다."

신의 시대라 하면 지금의 제국을 말하는 듯했다. 세상에 신력으로 돌아가며 신의 흔적이 고스란히 남은 나라는 제국밖에 없었으니까. 아올레시아가 무척이나 아름답게 미소했다. 달처럼 은은한 미소를 건 채 다시 읊조린다.

"예언의 내용을 풀이하자면 이러하단다. 제국에서 차차 모든 신의 힘이 사라지며, 그의 세대에서 제국의 모든 신력이 자취를 감출 것이다. 마침내 다음 세대의 황제가 신의 시대의 마지막이 될 것이다."

"다음 세대 황제라면……."

"카스토르 드제 칼타니아스."

책 『루스벨라의 빛』 속 내용대로라면 예언은 정확히 일치했다. 카스토르, 폭군이 즉위한 뒤 그를 마지막으로 제국은 멸망하니까. 아올레시아는 하얗고 창백한 손으로 제 가슴을 천천히 쓸어내렸다.

"그자의 아마시아(중간 이름)를 알고 있니?"

그녀는 내가 몹시도 궁금해해 주길 바라는 눈치였다. 여기까지 온 이상 그녀의 의도에 맞춰 고개를 저었다.

황족의 중간 이름, 아마시아. 황족의 이 이름은 운명의 신이 머물다 간 샘에서 받아 온다고 한다. 황족이 태어났을 때 그곳에 가서 양피지를 담그면 이름이 나타난다고. 그래서 운명의 이름 혹은 오직 한 사람에게 허락하는 이름이라 했다.

그리고 카스토르의 이름은 황태자임에도 누구에게도 밝혀지지 않았다. 중간이름처럼 느껴지는 '드제'는 그를 낳은 전 황후에게서 가져온 것이었고, 지금까지도 진짜 이름은 오리무중이었다. 그러나 나는 폭군의 다른 이름을 알고 있었다.

책에서 보았으니까.

“피날리스임프.”

또한 이 뜻을 안다.

“최후의 황제라는 뜻이지.”

그 순간 아올레시아의 눈동자가 확 변했다. 형언할 수 없는 변화였지만, 마치 사람이 변한 것처럼 자색 눈동자에 오묘한 빛이 일렁거리고 있었다.

“3등위 지혜의 신, 4등위 식물의 신, 7등위 바람의 신, 8등위 대장장이의 신……. 멸망을 두고 볼 수 없던 황제는 어느 날 상위 12신의 힘을 지닌 ‘여성’들을 황궁으로 끌어모았지.”

이것은 저 수정의 빛을 반사해서일까. 모르겠다.

“그리고 자신의 아이를 낳게 했단다. 신관을 태어나게 하기 위해서 말이야.”

“어째서.”

“강력한 신관끼리의 결합은 강력한 신관을 낳을 가능성을 높이니까.”

아올레시아를 바라본다. 어깨와 팔을 모두 드러내고 가슴 선을 그대로 드러낸 슬립 드레스 차림이었는데, 딸을 버린 비정한 어미이자 책 속의 그 독한 모습은 찾아볼 데 없이 그녀의 가녀린 모습을 부각하는 차림이었다.

“결과는 참혹했지. 황제의 자식들은 하나같이 신력이 모자라거나 부족한 상태로 태어났으니까.”

아올레시아의 눈동자는 더는 나를 보고 있지 않았다. 그녀는 허공 어딘가를 보며 중얼거렸다. 아마도 지난 과거를 보고 있는 것일지도 모르겠다. 그렇지 않아도 빛이 없던 눈동자가 더욱 짙게 가라앉았다.

"지혜의 신관과의 아들은 지혜로웠으나 신력을 지니지 못했고, 대장장이 신관과의 쌍둥이 아들은 한쪽이 인간이며 다른 한쪽은 한참 모자란 힘을 가졌으며. 식물의 신관과의 아들은 날 때부터 지병을 앓았고, 바람의 신관과의 남매는 둘이 합쳐 겨우 한사람 몫을 하는 신관이었지. 그리고……."

아올레시아는 고개를 돌려 나를 보며 웃었다. 나긋하고 다정한 미소는 아니었다.

"강력하고도 절대적인 힘을 가진 자식은 단 하나. 첫째 황후의 손인 황태자뿐이었단다."

데인은 그랬다. 한때 황제는 예지력을 가지고 있었다고. 그리고 지금 아올레시아도 말했다. 한때 황제는 예지력을 가지고 있어 예언을 했었다고. 그렇다면 황제가 지녔던 힘은 무엇 때문에 사라진 걸까?

"이상해요. 황제는 그럼 왜 힘을 잃었죠?"

아올레시아는 아바마마라 말하지 않는 내게 자애로운 미소를 보였다. 마치 다 안다는 듯이. 줄곧 앳되어 보였던 낯이 처음으로 그녀의 나이처럼 보였다. 그녀는 천천히 그림자 쪽으로 걸었다. 줄곧 은은한 꽃잎을 생각나게 했던 머리카락이 시든 풀처럼 보였다.

"카스토르를 이용한 대가였지. 그는 신의 시대를 종막시키지 않기 위해 아들을 이용하기로 한 거야."

이토록 밝은 빛이 수정에 있는데도 주변이 어두운 것처럼 느껴졌다. 아올레시아가 그림자 속에 들어가며 그녀의 표정을 더는 볼 수 없었다.

"이미 어린 시절부터 황태자 카스토르의 힘은 황제가 감당하지 못할 정도로 강했단다. 황제는 초조해졌지. 카스토르를 조종할 수 없으니까. 멸망을 막기 위해서 차라리 카스토르를 수정의 제물로 만들기로 했어."

"제물?"

"그래."

붉은 입술이 미소를 머금었다.

"신이 예언한 가장 강력한 후계자를 이 수정에 바치면, 제국은 다시 영원히 신력을 쓸 수 있으리라 믿었기에. 그리고 황제는 「후계자의 힘」이 더욱 강해지는 방법을 알고 있었어."

아올레시아는 빛을 내보내는 수정을 가만히 만져 보았다. 수정은 그녀의 작은 체구와는 비교도 안 될 정도로 거대했다. 텁텁한 공기 때문일까 속이 갑갑했다. 이곳에서는 오랫동안 먼지가 앉은 방의 냄새가 느껴졌다. 손이 뜨거웠다. 내려다보자 일기장인 것 같았다.

"황제는 강력한 후계자에게만 내려오는 저주가 있다는 걸 알았고. 한 번 죽음에서 살아 돌아오면 그만큼 더욱 강해지고, 시간을 반복할수록 주신의 힘은 더욱 강력해진다는 것을 알았어."

"그, 그건……."

안다. 시간을 반복하는 저주. 나는 입술을 깨물었다.

"그런데 그것을 아니? 이건 말이야. 한 번이라도 죽어서야 시작되는 저주란다."

……뭐?

손이 덜덜 떨렸다. 이젠 일기장의 떨림이 아닌 내 것이었다. 한 번이라도 죽어서라는 그 말에 눈을 깊게 감았다가 뜨며 감정을 가라앉혔다. 그러나 여전히 손은 진동을 일으켰다. 그러나 손을 어둠 속에 숨겨 아올레시아를 마주했다. 차분한 척 입술을 깨물며.

"황제는 카스토르 주변의 그가 사랑한 모든 것을 지워 버렸지. 그리고 그를 죽여 저주를 시작하게 했단다."

"어, 어째서죠?"

"황제는 이것을 반복해 마침내 가장 강해진 카스토르를 저 수정에 넣고자 했지."

문득 나는 발 앞을 보게 되었다.

"그 어리석고도 추한 남자는, 제 아들이 죽고 죽어 원한이 깊어질수록 더욱 강해지리라 생각한 거야."

거대한 방은 용도를 알 수 없는 거대한 주술진이 바닥에 가득했다. 나는 깨달았다. 바닥에 그려진 기괴한 주문은 최근에 덧그려진 것이었다. 검붉은 흔적. 수없이 죽음을 반복한 나는 알 수 있었다. 이건 피였다.

동의 없는 희생의 흔적. 그리고 탄압의 흔적.

나는 이 순간 수십 번 죽으며 반복해서 보았던 풍경을 떠올렸다. 하녀들이 모두 죽어 시체가 널려 있으며 피 웅덩이로 가득했던 그 비현실적인 풍경이 여기 또 있었다.

"결과적으로 황제는 실패했어. 카스토르가 몇 번이나 시간을 반복하고, 죽음에서 살아난 것인지 황제도 알지 못했거든. 그는 그의 힘을 과신했고, 카스토르의 힘은 상상 이상으로 뛰어났지. 마지막으로 황제는 카스토르의 정신을 제압하고자 했어."

나는 천천히 입을 떼었다.

"주신의 힘으로?"

카스토르를 처음 만났을 무렵 그를 향해 나도 모르게 매료되어 경애를 느꼈다. 그건 내 의지가 아닌 카스토르의 힘이었다. 주신의 힘은 상대를 매료시키고 정신을 허물어 버리는 힘이기도 했다.

"그래. 카스토르의 정신을 제압하는 것 또한 실패하고 말았어. 그러나 완전히 실패한 것은 아니었지. 황제는 모든 힘을 쏟아 카스토르가 단 하나 그의 명령을 거부할 수 없게 만들었으니까. 카스토르는 황제가 죽기 전까지 스스로 죽을 수도 그의 명을 거부할 수도 없어."

"그럼 어째서 수정에 들어가지 못했죠?"

"수정에 넣기 위해서는 먼저 심장을 꺼내야 하는데, 강력한 힘의 보호를 받고 있는 카스토르를 죽일 수 있는 자가 없었기 때문이란다. 황제는 제압만 할 뿐 죽일 수는 없었으니."

"제압하더라도 여전히 힘의 보호를 받고 있다는 말인가요?"

"그래. 뚫을 수 있는 자가 없을 정도로 강력한 힘이지. 이미 황제는 카스토르 하나를 손에 넣은 대신 모든 힘을 잃었으니까. 겨우 고위 신관이 될 정도의 신력만 남아서. 형편없이."

황제와 후계자는 여타 대신관들과는 비교하지 못할 정도로 많은 신력을 가지고 있었다. 황제가 어느 정도로 약해졌는지 알 수 있었다.

"카스토르는 이미 살아 있는 주신이나 다름없어."

나는 천천히 뒤로 물러났다. 아올레시아와 수정 그리고 피로 가득한 주문진. 마지막으로 이야기 속 카스토르를 떠올리며 최대한 한눈에 담으려고 애썼다. 이 모든 것을 가슴에 품으며, 눈을 깜빡인다.

"카스토르. 그는 제국이, 황제의 욕심과 탐욕이 낳은 괴물이란다."

나는 천천히 입을 떼었다.

"이 모든 걸 제게 알려 주는 이유가 뭔가요?"

아올레시아는 천천히 수정을 쓰다듬었다. 그러고는 수정 쪽으로 상체를 기울였다. 수정이 더욱 환한 빛을 품었고, 나는 그녀의 눈이 더욱 짙은 보랏빛을 띠고 있는 것을 보았다.

"예언 속 아이가 태어났을 때 황제는 황태자의 힘을 바로 알아봤어.

황제는 초조해지기 시작했지. 그리고 미약하지만 주신의 힘을 가졌던 첫째 딸을 이 수정에 희생시켰고."

그 순간 수정의 빛이 불길한 붉은빛을 띠었다. 수정안에서 불길한 붉은빛이 파도처럼 일렁였다.

"그로 신력을 얻었지만 부족하다고 느낀 황제는 눈을 돌려 또 다른 힘을 가진 자들을 찾았어. 운이 나쁘게도 선선대 황제의 후손으로서 막 제국에 발을 디딘 남자가 이것의 거름이 되었지. 그게 네 아비란다."

붉은빛은 수정안에서 회오리치며 진해졌다가 옅어졌다가 다시 진해지기를 반복했다. 마치 피가 소용돌이치는 것처럼 보였다. 나는 나의 언니였을 황녀와 내 친부였던 남자를 집어 삼킨 수정을 바라봤다. 손에 들린 일기장이 더욱 뜨거워진다.

"나는 네 아비에게서 배 속에 품은 아이가 주신의 후계자라는 걸 들었지."

친부는 예지력을 가지고 있어 미리 알았나 보다. 그러나 이미 남편은 죽었고, 자신은 날 임신한 채로 황제에게 사로잡혔노라고 아올레시아는 담담히 말했다.

붉은빛이 반사된 아올레시아의 얼굴은 더욱 창백하게 보였다. 삶에 지칠 대로 지친 낯처럼 보이기도 했다. 그러나 바늘 하나 들어갈 틈 하나 없이 단단했다.

"나는 네가 태어나기를 바라지 않았다."

그녀는 담담하게 말했다. 그러고는 묘하게 초점이 흐려진 눈으로 나를 응시하고 있었는데, 내가 아닌 다른 광경을 보고 있는 것 같았다.

"네가 겪을 운명이 눈앞에 그려졌으니까."

아올레시아가 처음으로 표정을 일그러트리며 눈을 길게 감았다가 뜬다. 나는 그녀가 다가오는 것을 바라보고 있었다. 아올레시아가 손을 들어 올린 곳은 자신의 뺨이었다.

"우습게도 너는 태어나자마자 곧 죽을 것처럼 헐떡대더구나. 마치 몸의 장기가 부족하기라도 한 것처럼 앓았고 눈도 뜨지 못했어. 네가 태어나자마자 짐승의 땅으로 가서 네 동반자를 찾았던 건 그 이유에서였단다. 그의 힘을 공유하면 네가 더 오래 살까 싶어서. 그리고 어린 짐승에게 부탁해 내 힘을 옮겨 담았지."

그리고 칼로 긋듯 검지가 뺨을 길게 가로지른다. 그건 내 뺨의 상처가 그리는 모양과 같았다.

"첫 번째 상처는 이렇게 생겼단다."

어린 짐승이라면 헤르난을 말하는 게 분명했다. 헤르난이 나를 보며 말했던 어떤 실험이라는 것은 아올레시아와 그의 힘을 옮겨 담는 과정이었나 보다.

"그리고 너를 살렸더니, 황제가 네 존재를 눈치채더구나. 또 다른 주신의 후계자를. 너는 그렇게 성인이 되면 수정에 갇히게 될 예정이었지."

돌연 아올레시아가 나를 보며 말했다. 그녀의 뒤에서 여전히 수정이 오묘한 빛을 일렁이고 있었다. 빛의 움직임이 흡사 맥박처럼 요동을 치고 있었다. 내가 언젠가 들어갔을지도 모를 수정을 바라보다 천천히 시선을 옮겼다.

"그때 차라리 내가 죽일까 생각도 했어. 죽지 못해 사는 삶이라면—."

그녀가 가상으로 그려진 상처 위에 또 다른 상처를 덧그렸다. 이로써 그녀가 그린 상처는 십자 형태를 띠었다. 내 뺨에 그려진 상처의 모양과 동일하게.

"두 번째 상처는 그렇게 생겼단다."

아올레시아는 웃지도 울지도 않는 표정으로 나를 응시했다. 그러나 수정의 불길한 빛이 반사된 얼굴은 웃음과 울음을 동시에 담아 놓은 것처럼 보였다.

"아가, 나는 이제 기억나지도 않는 오래전에 '나'를 잃었단다. 네가 보는 건 증오와 원망만이 남아 움직이는 인형이지."

아올레시아가 느리게 눈을 깜빡였다.

"사랑하던 이가 죽고, 친우였던 황녀가 사라졌으며, 돌아갈 곳이 없게 내가 있던 신전은 폐쇄되고 내 친인척은 모조리 살해당했지. 내가 무얼 할 수 있었겠니?"

나는 친모의 인생을 몰랐다. 그저 『루스벨라의 빛』 속에 언급된 그녀는 황제를 한손에 쥐고 국정을 망치며 손에 잡히는 남자들의 인생을 망치던 악녀였을 뿐이었다. 그리고 환생하며 마주한 그녀는 그저 갓난아이였던 딸을 버린 비정한 여자였다. 그녀를 원망하지 않았다. 그리워하지도 않았다. 그녀는 그저 책 속 인물이고 나와는 다른 타인이었기에.

"나는 널 사랑할 수 없었단다."

아올레시아가 담담하게 말했다.

"내가 널 사랑해서 네가 불행해지면 안 되잖니."

그녀는 어깨에 걸친 숄이 흘러내려도 주워 들 생각도 않은 채 나를 바라보고만 있었다.

"널 버리는 순간, 이 나라가 멸망해도 상관없다 생각했지. 내게서 빼앗기만 한 이 나라가 멸망하는 것도 좋겠다 싶더구나. 멸망을 앞당겨도 좋다 생각했어. 그래서 황제를 홀려 모든 걸 망치려 했고."

"아올레시아."

"그렇게 네가 태어나고 6년이 지났을 무렵인가, 무슨 생각에서인지 너를 본 적이 있어."

그때였다. 멀리서 뚜벅뚜벅 걸어오는 발소리가 들렸다. 희미한 소리임에도 텅 빈 공간이었기에 전해져 온 것 같았다. 재빨리 아올레시아를 보았지만, 그녀는 듣지 못한 듯 조금 멍한 낯이었다.

"그때 네가 내게 말하더구나."

아올레시아가 내 손을 잡으며 슬며시 미소했다.

"내가 모친이라고 해서 당연히 널 사랑할 의무는 없는 거라고."

이 순간 단 한 번도 빛을 가진 적 없던 눈동자가 새파란 빛을 가득 담았다. 나는 주춤 뒤로 물러나려 했지만, 그녀의 손에 잡혀 있는 채로는 한 걸음이 고작이었다.

"왜인지 나는 그 말에 구원받은 기분이 들었지."

그녀도 신관이기 때문일까? 마치 성인 남성과도 같은 힘이 나를 붙잡고 있었다. 이사이에도 희미하던 소리는 점차 커지고 있었다.

"홀린 것처럼 돌아와 네가 살 수 있는 방안을 생각했고. 6황비를 움직여 네가 6황자와 가까이 있을 수 있게 했지. 적어도 불카누스는 네가 성인이 될 때까지 지켜 줄 테니까."

"아올레시아! 누가 오고 있어요!"

그제야 아올레시아도 천장을 올려보았다. 그사이에 발소리는 무척 가까워져 있었다. 이곳은 제국을 지탱하는 수정이 있는 곳. 이곳까지 찾아올 사람이라면 황제가 아니면 카스토르뿐이었다. 무거운 발소리가 어쩐지 익숙하게 느껴지는 것은 그임을 알았기 때문인지도 모르겠다.

"다른 길. 다른 길은 없어요?"

"없어. 이곳으로 들어오는 길은 하나뿐이야."

파르르 떨리는 손에 시선을 내리자 일기장이 발열하며 희미한 빛을 뿌리고 있었다. 이것도 내게 경고한 것이었을까?

뚜벅뚜벅.

이제 발소리는 지척이었다. 울림이 큰 것을 감안하더라도 매우 가까워진 것은 분명했다. 초조함에 입술을 깨물며 일기장을 부여잡을 때였다. 손목으로 아올레시아의 손이 올라왔다.

"안심하려무나."

아올레시아가 한손은 내 손을 잡은 채 가슴 속에서 긴 목걸이를 꺼냈다. 펜던트에 달린 원석의 색이 묘하게 낯이 익었다.

"꽉 잡으렴."

옅은 미풍이 나와 아올레시아를 감싸는가 싶더니, 몸이 붕 뜨는 듯한 기분이 들었다. 이 기분을 안다. 언젠가 바람의 신물, 비석을 처음 사용했을 때의 느낌이었다. 눈앞으로 불어닥치는 바람에 눈을 꾹 감았다가 뜬다.

사위가 조용했다. 작게 풀벌레가 우는 소리. 어느새 하늘에는 푸른 달이 떠 있었다. 밖으로 이동한 것이었다. 나는 벌떡 일어나 주변을 살폈다. 나와 아올레시아가 오늘 낮에 만났던 정원인 것 같았다. 나무나 분수대 모양이 똑같았다.

"대체 그건 뭔가요."

"바람의 신관이 내게 선사한 성물. 네 이전의 황녀 중 하나였단다. 그녀는 내 오랜 친구였지."

아올레시아가 크게 숨을 들이마시며 나를 올려다보았다.

"너도 만난 적 있겠구나. 한때 황녀였지만, 지금은 그저 공작 부인이 된 자. 첫째 황녀가 수정 속 제물이 되고 이에 반발한 두 번째 황녀는 황제에게 힘을 박탈당했지."

그 말에 나는 오래전 아모르가 날 위해 데려왔던 두 명의 공작 부인을 떠올렸다. 아올레시아가 말한 사람은 레베카의 모친이 아닌 또 다른 공작 부인이며, 그 사람이 두 번째 황녀였나 보다. 아모르가 그녀에게만 높임말을 썼던 이유를 이제야 이해했다.

"그만 일어나요."

나는 주저앉은 아올레시아에게 손을 내밀었다. 아올레시아는 그 손을 물끄러미 보는가 싶더니 고개 숙여 미소했다. 그러고는 내 손을 잡는 대신 홀로 일어섰다. 나와는 비교도 되지 않을 만큼 우아한 동작이었다.

"다시 저곳에 갈 일은 없겠구나."

"없다니요?"

"황제가 잠이 들었고, 황태자가 잠시나마 궁을 비운 밤. 기적과도 같은 밤은 단 하루뿐이지."

아올레시아는 이제껏 가까웠던 거리에서 천천히 물러나 그림자 쪽으로 걸어갔다. 그리고 빙글 돌아서서 나를 보았다.

"각성하는 순간 내가 걸어 둔 힘은 모두 풀리게 될 거야. 그럼 지금처럼 어린 모습이 아닌 완연한 성년의 모습을 갖출 거란다."

"그 각성은 어떻게 하는 거죠?"

"앞으로 네가 진정으로 원할 때. 아마도 예상하기로는 얼마 남지 않은 것 같구나."

진정으로 원할 때라고? 나는 그동안 수없이 많은 시간 동안 힘을 바라고 또 바라 왔다. 그때의 바람이 간절하지 않았다고? 그럴 리가 없는데. 입술을 꾹 깨물었다가 고개를 들었다.

"당신은 결국 내가 불행해지길 바라지 않았던 건가요?"

아올레시아는 고요히 미소를 품고 있었다. 조금 전 흔들렸던 모습은 온데간데없이.

"나는, 카스토르와 같은 저주를 앓고 있어요."

죽음을 반복하는 저주. 수없이 많은 시간을 반복하며 죽었다고. 이상하다. 이 순간 왜 이런 말이 튀어 나온 건지 나도 알지 못했다. 그녀에게 어리광이라도 부리고 싶었던 걸까? 그럴 리는 없다.

"그렇구나. 네 반복의 시작은 카스토르였던 거니?"

나는 천천히 끄덕였다. 그림자 속에 물든 아올레시아의 얼굴이 잠시나마 안타깝게 물든 것처럼 보였다. 그러나 내게 다가오는 그녀는 담담하고 은은한 낯이었기에 착각이었을지도 모르겠다.

"그렇지만, 넌 금색 눈동자와 같이 변하지 않을 거야."

아올레시아가 숄을 벗어 내 어깨에 걸쳐 주며 말했다. 아올레시아가 말하는 금색 눈동자란 카스토르를 말한 것일까, 황제를 말한 것일까.

"나는 죽음의 신관이란다."

아올레시아가 숄을 여며 주고서는 천천히 뒤로 물러났다. 여전히 그녀를 모친이라 생각하지 않고 그녀 또한 내게 다정할 생각은 없는 듯했다.

"네가 미치지 않은 것은 내 힘 덕이겠지."

아올레시아는 나를 낳았지만 나를 사랑하지 않았다. 적어도 나를 담담히 담는 이 눈동자가 사랑으로 채워지지 않았음은 알 수 있다. 나는 이미 누군가의 사랑이 담긴 눈을 몹시 많이 보았으니까.

어쩌면 그녀가 내게 했던 일은 그저 변덕일지도 모르고 책임감에 가까운 것일지도 모른다. 그래도 괜찮다. 탄생이 사랑으로 인한 것이 아니었다고 해도 나는 넘칠 듯 쏟아지는 사랑을 받았다. 아올레시아는 슬픔과 절망에 홀로 버려져 무관심 속에 살았을지 모를 내게 나를 사랑하는 이들을 선물했다.

"네가 후계자인 줄은 알았지만 저주를 가졌을 정도로 강한 줄은 몰랐구나."

아올레시아도 예상하지 못한 일인 듯했다. 그렇지만 그녀는 거기에 가벼운 책임감을 느낀 듯 나를 안타깝다는 듯이 잠시 바라보았다. 그녀가 내게 지닌 것은 어쩌면 손에 쥐기엔 버겁고 버리기엔 아까운 그런 감정일지도 모르겠단 생각이 든다.

"그자의 사랑은 끔찍하지 않니?"

아올레시아가 천천히 읊조렸다. 그녀가 말하는 그자는 누구일까. 카스토르? 그러나 순간 느껴지는 감정은 증오에 가까웠다.

"금빛 눈을 가진 이의 사랑에선 말이야. 썩은 냄새가 나."

아올레시아가 아래를 보며 살짝 웃었다. 그러나 나는 그녀가 무척 유감스러워하고 있다는 걸 느낄 수 있었다. 그녀를 가만히 지켜보던 나는 문득 손에 쥐고 있던 일기장을 보게 되었다. 천천히 손을 들어 아올레시아에게 내밀었다.

"당신 거죠?"

아올레시아가 일기장을 받아들더니 천천히 넘겼다. 신기하게도 아올레시아는 무언가 읽는 시늉을 했다. 이때까지 모든 이들이 그저 빈 페이지를 보듯이 파라락 넘겼는데 말이다. 일기장의 끝 페이지까지 꼼꼼히 훑어본 아올레시아가 일기장을 돌려주었다.

"애석하지만, 내 것이 아니란다."

"그럴 리가 없어요! 당신의 방에서 나온 걸요!"

"누군가 넣어 둔 것이 아니고?"

나는 입을 꾹 다물었다. 그런 가능성이 없다고는 할 수 없으니까. 하지만 아올레시아가 아니라면 누가 이 일기장의 소유주란 말인가? 혼란이 가중될 뿐이었다.

달이 먼 산으로 지고 어느새 새벽마저 저물고 아침이 시작되려는지 저 멀리 눈부신 태양의 언저리가 보였다. 벌써 아침이 오려 하는구나. 참으로 긴긴밤이었다. 일기장을 품으로 끌어당긴다. 그때 아올레시아가 한마디 더 보탰다.

"그 수첩에서는 페이지마다 신력이 느껴졌어. 그리고 그 힘은 내가 가진 힘과 주신의 힘이었지."

그녀는 '모르는 이가 봤으면 주신의 힘만 느낄 정도'라며 덧붙여 말했다. 그러더니 그녀는 고개를 슬쩍 기울여 흘끗 다시 일기장을 곁눈질했다.

"하지만 이상하긴 하구나."

우아한 낯에 의문이 어려 있었다.

"세상에 이 두 가지 힘을 한 번에 가진 것이, 너 말고 또 누가 있단 말이니?"

17. 낮과 밤의 교차로

우리는 아올레시아가 있던 정원에서 비석이 있는 곳으로 갔다. 아올레시아는 길을 모르는 날 위해 비석이 있는 곳까지 동행해 주었다.

"혼돈의 신관을 적대하지 마렴."

"혼돈의 신관?"

아올레시아가 내게서 숄을 건네받으며 끄덕였다. 혼돈의 신관이라면 신학 시간에 얼핏 들었으며 데인에게도 들은 적 있다.

"그들은 황실의 가장 큰 적 아닌가요? 모든 황족을 살해하는 게 목표인."

"황실이 아니라 현 황제의 적이겠지."

아올레시아가 숄을 한번 쓰다듬더니 천천히 어깨에 걸쳤다. 은은한 붉은빛을 띤 숄은 그녀에게 몹시 잘 어울렸다. 그녀는 우아하게 고개를 들어 나를 바라봤다. 그녀의 얼굴이 한눈에 보였다.

“현 황제를 적대하는 신관 전부를 가리켜 혼돈의 신관이라 부른단다. 그리고 신관들은 황제에게서 제 신전 혹은 가문에 그 이름이 낙인이 찍히지 않도록 주의하지.”

일종의 주홍 글씨라는 걸까. 역사책에서 읽은 적 있다. 역사 속 여러 독재자는 전쟁을 일으키기 전 공통의 적을 먼저 설정했다. 지금 전쟁이 일어난 것은 아니지만 공통의 적을 만드는 것은 평화를 유지하는 한 방법이기도 했다. 비록 그렇게 얻은 평화는 불만을 억지로 눌러놓은 형태겠지만.

“아가. 초대 황제의 이야기를 알고 있니?”

“모를 리가요.”

“난 너와 카스토르를 보니 떠오르는구나.”

비석이 있는 숲은 무척 어두웠다. 아올레시아가 든 신등만이 희미한 불을 밝혔다. 하늘 위 달이 이토록 밝은데도 숲이 우거져 닿지 못했나 보다.

“알고 있니? 초대 황제는 여성이었단다. 지금은…… 비밀이 된 사실이지.”

그녀가 비밀을 알려 주듯 사근사근하게 속삭였다. 벼락과도 같은 충격이 나를 관통했다. 그 어떤 역사와 신학 책에도 초대 황제의 성별은 기입되어 있지 않았다.

으레 당연하듯 남자이겠거니 했던 터라 눈을 크게 깜빡였다. 여자는, 황제가 될 수 없지 않던가. 그런데 초대 황제가 여자였다니?

“주신이란 이름하에 자행된 집착은 사랑이라 불렸지. 주신의 상징은 금색 눈동자가 되었고.”

아올레시아가 천천히 손을 뻗었다. 그녀의 손이 향한 곳은 내 뺨이었다.

"초대 황제도 너도 이 거대한 궁에 갇힌 신세구나."

그러나 손은 닿지 못했고 허공을 머물 뿐 이내 손가락이 굽혀진다. 손은 끝내 내게 닿지 않았다. 아올레시아는 한 떨기 난초같이 은은하게 미소했다.

"초대 황제를 궁 밖으로 나오게 한 것은 '죽음'이었지만. 너는, 사랑으로 이 잔인한 궁에서 밖으로 나가길."

그녀의 눈에는 아스라한 후회가 스쳤다. 나는 가만히 그녀가 잃은 것들을 떠올렸다. 가족과 친척 그리고 친우. 마지막으로 사랑하던 남자. 그녀는 모든 사랑을 잃었다.

"그렇게 초대 황제와 다른 결말을 보기를 바라마."

"……사랑으로 그게 가능할 거라 믿어요?"

"때론 기적을 일으키는 것이 사랑이니까. 가장 위대한 신력보다 더 큰 힘을 발휘할지도 모르잖니. 꿈같은 이야기 같을지라도."

정말 꿈과 같은 이야기라 생각한다.

"네가 맞이할 결말에 사랑이 함께하면 좋겠단 이야기란다."

사랑을 잃은 자가 내게 사랑을 찾길 청했다. 나는 이마를 잔잔히 스치는 입술에서 축복을 떠올렸다. 신관의 키스는 축복이라고 했나. 가까이 온 탓에 어두워 눈을 마주할 수 없던 아올레시아의 눈동자가 보였다. 그녀는 눈을 내리깔아 옅게 웃으며 뒤로 떨어졌다.

"돌아가면 죽음의 신과 신관에 대해 찾아보렴."

* * *

"금기입니다."

소릭스가 굳은 얼굴로 말했다. 소릭스의 굳은 낯은 좀처럼 보기 힘든 편이었는데, 이를 보면 심각한 이야기긴 한가보다.

"왜 죽음의 신이 금기인데?"

"그건."

"아냐. 소릭스가 알려 주기 곤란하면 말하지 않아도 돼."

"하아, 감사합니다."

나는 슬쩍 다른 곳을 보며 중얼거렸다.

"도서관에서 찾아보지 뭐."

물론 들으라는 듯 소리는 죽이지 않은 채였다. 흘끗 보니 소릭스가 울상을 짓고 있었다. 옆에서 메타가 황녀님 멋져요 중얼거리는가 싶더니 배를 붙잡고 낄낄낄 웃고 있는 건 덤이었다.

"그냥 알려 드려. 어차피 성년식에 전부 듣는 내용이잖아."

"하지만."

"뭐가 걱정이야. 도청은 네가 다 처리했다며."

소릭스는 그래도 안 된다며 중얼거리는가 싶더니 목 뒤를 벅벅 문질렀다. 그걸로도 모자라 한숨을 길게 내쉰 그는 천천히 입을 떼었다.

"황녀님. 지금부터 제가 알려 드리는 것은 절대 어디 가서도 말씀하시면 안 됩니다."

"응."

나는 한껏 진지하고 진중한 얼굴로 끄덕였건만 소릭스는 그래도 부족했던지 내게 맹세까지 받아 내고서야 다시 입을 열었다.

"공식적으로 2등위 신은 눈과 바다의 신입니다."

"응. 알아."

"그러나 사실 원래 2등위 신. 즉 주신 바로 아래에는 죽음의 신이 있었습니다. 신화에 따르면 이 두 신은 형제였는데, 형인 주신은 사람과 이승을 다스렸고, 동생인 죽음의 신은 망자들과 저승을 다스렸습니다."

기대했던 것과 달리 흡사 옛날이야기 같은 신화가 나와서 어리둥절했지만 난 천천히 끄덕였다.

"그리고 칼타니아스에 내려온 신은 두 분류로 나눠집니다. 이승의 신이냐, 저승의 신이냐. 일종의 계열이자 신들이 속한 곳이라 보시면 됩니다. 또한 이건 현재에 이른 지금에도 알 수 있는데, 무엇에서 알 수 있느냐. 바로 '눈'입니다."

"눈?"

"네. 혹시 황녀님, 신관들이 힘을 쓸 때 홍채의 빛이 변하는 것을 보셨지요?"

"응."

"그리고 두 가지 변화를 보셨을 겁니다. 황금색과 보라색."

"맞아."

그러고 보니 그랬다. 나를 둘러싼 신관들이 능력을 쓸 때 눈이 변하는 것. 이를테면 카스토르나 메타가 금빛을 띤 것과 달리 소릭스는 보랏빛이었고 헤르난도 보랏빛을 띠었었지.

"금색은 주신의 계열 즉 이승에 속한 신을 말하며, 보라색은 죽음의 신, 저승에 속한 신을 말합니다. 이승과 저승이라고 나눴지만 딱히 이 색이 우열을 가리는 것은 아닙니다. 오히려 신력의 척도는 등위를 따르지요."

"그런데 왜 죽음의 신이 금기가 되었는데?"

"오래전 죽음의 신관들이 반란을 일으켰기 때문입니다. 그 후 그들은 죽음의 신관이란 이름 대신 다른 이름으로 불리게 되었죠. '혼돈의 신관'이라 들어 보신 적 있을 겁니다."

나는 여기서 튀어나올 줄 몰랐던 이름에 눈을 깜빡이다가 천천히 끄덕였다.

그렇다면, 처음 혼돈의 신관은 죽음의 신관들이었고 현재에 이르러선 황제의 반하는 모든 신관을 말한다? 이건가 보네. 소릭스는 진지하게 경청하는 내가 대견한 듯 눈을 살짝 휘며 말했다.

"그들의 목적은 하나입니다. 주신에게 유폐된 자신들의 신을 되찾고, 이 신의 후계자를 황제로 세우는 것. 아울러 주신의 자손을 모조리 말살하는 것까지. 제국의 근간을 뒤흔드는 위험한 자들입니다."

"그렇구나. 그런데 소릭스. 죽음의 신이 유폐되었다니?"

"그것이……."

데굴 눈을 굴린 그는 생각을 정리하는 듯했다. 소릭스가 잠시 뺨을 긁적이다 말고 말했다.

"역사에는 자세하게 밝혀지지 않았으나, 추측하는 바로는 이렇습니다. 건국 시절 주신과 초대 황제 그리고 죽음의 신은 몹시도 화목했다고 합니다. 그러나 어느 날 죽음의 신이 사라졌고, 그 신은 그대로 자취를 감췄다고 하더군요."

"갑자기?"

"네. 이를 두고 주신의 신관들은 저승의 신이 주신과 다툰 뒤 저승으로 돌아갔다고 하는데, 죽음의 신관들은 자신들의 신이 주신에게 유폐되었다고 주장했습니다."

"어떻게 된 건지는 아무도 모른다는 거네?"

"예, 그렇습니다. 다만, 죽음의 신관들이 오래전 반란을 일으킨 것은 확실하니까요. 그렇기에 금기어가 되었습니다. 지금도 남아서 위협하는 자들이니까요."

"혼돈의 신관이란 이름으로?"

"네."

가끔 데인이나 플뢰온이 신학 시간에 내게 무언가를 말하려다 얼버무리는 일이 있곤 했다. 생각해 보면 여기에 관한 이야기였나 보다. 그렇다면 이건 알고는 있되 입 밖에 내서는 안 될 이야기라는 걸까.

"소릭스. 혼돈의 신관은 그럼 역사 내내 위협적인 존재였어? 그러니까 반란을 자주 일으켰다거나."

"아니요. 그런 것은 아닙니다. 오래전에 한 번. 그리고 3대 전쯤 성황 태양의 황제가 군림하던 시대에 한번 이렇게 있었지요. 지금으로부터 약 300년 전이군요."

"그런데 지금에 와서 알려 주는 이유가 뭐야? 지금은 위협적인 존재가 아니잖아. 오래됐고."

"그렇진 않습니다. 최근에 다시 활동하기 시작했으니까요."

그 말에 나는 건국제가 있던 날, 안의 모습으로 마주했던 혼돈의 신관을 떠올렸다. 여자 신관이었지. 위협적이었냐 하면 잘 모르겠다. 그녀는 여자들을 데려가 신력의 희생양으로 쓰는 것에 분노했다. 그리고 그 분노는 정당했으니까.

"그런데 왜 이걸 성년식에 알려 주는 건데?"

"황족들에게 경각심을 주기 위함이죠. 공통의 적이 있다는."

"아아."

내가 오래전 좋아했던 모 마법 학교 영화에는 이름을 부를 수 없는 악당이 나온다. 이름을 부를 수 없는 자는 그 사실로서 공포와 악명을 얻고 그렇게 퍼진 공포는 사람들을 잠식했다. 그렇다면 혼돈의 신관이 금기가 된 것은 이와 비슷한 일이 아닐까?

황제는 먼지 묵은 공포를 꺼내 새로 되새기게 하면서 제 정적들을 하나하나 해치운 거고. 이걸로 보았을 때 황제는 결코 아둔한 사람이 아니었다. 오히려 교활하고 수를 읽을 줄 안다고 할까. 그것이 최악의 수였지만 말이다.

황제가 원하는 결말은 제국이 멸망하지 않는 것. 그리고 내가 원하는 결과도 그렇다. 하지만 황제는 수단이 글러먹었다. 최악의 방식으로 최선의 결과를 내려 했으니 그 아래서 수많은 무고한 희생자들이 비명을 질렀다. 그리고 지금까지도.

이 비틀린 것들을 바로잡으려면 무엇이 필요할까. 솔직히 종잡을 수 없는 게 사실이다. 만약 평화와 행복이 조립식 책장이라면 지금 제국은 나사가 절대적으로 부족해 조립조차 할 수 없는 상태였다. 그리고 이대로 맞춰지지 못한 채 멸망이란 통으로 폐기되는 수순만 남았을지도.

"소릭스. 초대 황제 말이야. 모든 책에 성별이 밝혀지지 않았던데 왜 그런 거야?"

"아. 초대 황제는 신처럼 신성시 여겨지는 존재니까요. 음, 정설로는 남성이라고는 하던데. 오래 전 야사 기록을 보면 여성이라고 하기도 하고. 그렇지만 아무래도 여성이라고 생각하기에는 어렵죠."

"어째서?"

"초대 황제부터 시작된 제국의 법전은 법과 정의의 신관이 수호하고 있습니다. 그리고 그 법전에는 여성이 황제가 될 수 없단 사실이 명확하게 규정된 것으로 알고 있습니다. 만약 정말 여성이었다면 이런 법이 제정될 리 없으니까요."

"확실해?"

"네?"

"확실하게 적혀 있는지 궁금해서. '알려져 있다'고 했는데, 그건 그냥 소문에 불과하단 거잖아?"

그러자 소릭스는 잠시 당황한 표정을 짓더니 곧 곰곰이 생각에 잠겼다.

"아, 네……. 생각해 보니 그러네요. 제국의 법전은 법을 수호하는 신관, 즉 재판장과 황제만이 열람할 수 있으니까요. 하지만 법의 신관은 '공정함'을 유지하는 것이 신관이 되는 조건입니다. 그렇기 다들 신뢰하고 따르는 것이지요."

"흐응, 그렇구나."

곧 집무실에 레베카가 들어오며 얘기는 거기서 끊겼다. 사실 레베카가 들어도 별 상관없었는데 소릭스는 그렇지 않았던지 슬쩍 입을 다물어 버렸다. 그것을 보며 괜히 금기가 아니라는 생각과 함께 혼돈의 신관을 적대하지 말라는 아올레시아의 말이 떠올랐다.

그러고 보니 아올레시아는 죽음의 신관이라고 했다. 그렇다면 내 안에도 그 힘이 있다는 걸까.

<네가 미치지 않은 건 내 힘 덕분인 듯하구나.>

나는 정말로 미치지 않은 거구나. 그동안 스스로 다짐하던 것이 사실이 되었다. 이상하게도 안심이 되면서 눈물이 날 것 같았다.

* * *

"2황자님께서 오후에 찾아오실 겁니다."

난 책을 읽다 말고 고개를 들었다. 볕이 좋은 오후였다. 지금 한 2시쯤 되었나. 아마도 레베카가 말한 오후란 한 5시쯤을 가리키는 모양이었다. 제국은 맑은 날씨가 쭉 이어졌고, 그에 따라 낮이 긴 편이었다.

낮이 길다는 건 활동 시간이 길다는 얘기기도 하다. 직장인에겐 딱히 반갑지 않은 사실이지. 더군다나 메타나 소릭스를 봐. 낮이든 밤이든 이곳에 붙박이처럼 있으며 일하는데 말이야. 과거 나라면 질색했을지도 모르겠다.

"왜 하필 오늘 오후래?"

"업무를 마치고 오시려는 모양입니다. 혹 바쁜 일이 있으신지요?"

"이거 읽어 봐야 해서."

책을 들고 흔들자, 레베카가 살며시 찡그렸다. 『다양한 신관과 저주 그리고 대가』 책 제목을 소리 내어 읽으며 고랑이 더욱 깊게 패였다. 대체 이런 걸 읽어 무엇 하느냐는 표정이었다.

"주변인 중에 신관이 많잖아."

"이해는 합니다만, 최근 들어 부정적 영향을 끼칠 만한 내용만 읽으시는 것 같습니다. 하나같이 저주나 저주로 사망한 이들 혹은 불운한 삶에 관한 책들이지 않습니까."

"시너지 효과지. 시너지. 불운에서 난 이렇게 극복해야겠다 싶은?"

"……시너지? 가끔 주인님은 엉뚱한 소리로 말을 돌리려 하십니다."

어라, 들켰나 보네. 그녀를 바라보며 배시시 웃자 레베카는 고개를 절레절레 저었다. 그러고는 옆으로 아무렇게나 둔 책들을 바라보는가 싶더니 하나를 들어올렸다.

"각성에 대해서 생각하시는 겁니까?"

"아아. 그렇지. 다들 얼마 남지 않았다고 하니까?"

그러자 잠시 입을 다문 채로 곰곰이 생각에 잠겼던 레베카는 손에 든 『신관의 각성과 자격 요건』이라는 책을 펼쳐보았다. 어쩐지 그 모습이 더없이 진지해서 그녀도 평소 신관과 신력에 대해 관심이 있었나 생각이 들 정도였다.

똑똑.

그때였다. 문이 살짝 열리더니 한나가 들어와 말했다.

"7황자님께서 오셨습니다."

"그래?"

"네. 응접실에 계시겠다고 전하셨습니다."

데인이? 평소 같았으면 하녀를 거치지 않고 들어왔을 데인이 굳이 한나를 통해 방문을 알렸다는 것이 참 의아했다. 더군다나 집무실이 아닌 응접실이라. 어쨌거나 난 고개를 끄덕이고는 응접실로 향했다.

"데인."

볕이 잘 드는 난간에 앉아있던 데인이 고개를 돌렸다. 어쩐 일인지 데인은 모처럼 셔츠 차림에 크라바트를 느슨하게 맨 채였다. 어라, 최근 들어 꼭 제국식 전통 복장인 튜닉만 고집하더니 어쩐 일일까.

"아실리."

이제는 꽤 덥다 싶은 뜨거운 하늘 아래 데인의 눈동자는 보석처럼 빛나고 있었다. 그는 나를 보며 반갑다는 듯 느슨하게 고개를 기울여 보인다. 문이 활짝 열려 있었고 실크로 된 부드러운 커튼이 흔들리고 있었다. 데인의 모습이 그렇게 가려졌다 드러났다 다시 가려지기를 반복했다.

"바로 집무실로 오지 않고서."

나는 멈칫했다가 자연스러운 척 카우치 쪽으로 걸어가 천천히 앉았다.

데인이 잘 보이는 방향이었다. 그는 여전히 테라스 난간에 앉아 나를 바라보고 있었다. 느릿하게 깜빡이는 시선과 뒤로 보이는 맑은 하늘이 어울린다고 생각했다.

“가끔은 쉬는 것도 좋으니까.”

하지만 데인은 저런 맑은 하늘보다는 해가 막 저물고 어스름이 질 무렵의 하늘이 더 잘 어울렸던 것 같다.

“내가 집무실로 찾아가면 넌 여전히 무슨 일이든 했을 거야.”

“그렇지.”

이것저것 바쁠 때니까. 여러 가지로 내게 지워진 것을 생각하면 그렇긴 했다. 데인은 알 만하다는 시선으로 천천히 눈을 휘었다.

“그래서 이곳으로 불렀어.”

나지막한 목소리였다.

“네가 나만 오롯이 봐 주잖아.”

“데인.”

나는 눈을 크게 깜빡였다가 나도 모르게 시선을 옮겼다. 세상에나 하면서. 허벅지에 올려 둔 손을 의미 없이 꼼지락 움직여 본다. 이거 완전 작정하고 꼬시려는 멘트 아닌가?

“이전부터 느꼈지만, 네가 내게 했던 말들 다 의도하고 던지는 거지?”

“어떤 의도?”

그가 고개를 갸웃했다. 그는 아무것도 모른다는 표정이었다. 그러나 우리는 결코 적지 않은 시간을 함께했다. 휘어진 눈에서 나는 기어코 긍정을 찾아냈다. 아울러 그는 빙빙 돌려 말해서는 대꾸하지 않을게 분명했다. 나는 하는 수없이 직구를 꺼내 들었다.

“너 나 꼬시는 거잖아.”

이것이 데인이 원했던 바임을 알면서도.

"아니야?"

이제는 던질 수밖에 없다. 도망가고 피하기만 해서는 서로 더 힘들어질 뿐이었으니까. 데인의 말을 기억했다. 그는 내가 꺼려하고 피한다는 이유만으로 그림자를 버리고 내게 왔다.

"들켰네."

그것이 위험을 동반한 일임을 알면서. 누구보다 영리한 그는 그것을 버렸다. 그리고 이를 내게 말하는 것을 통해 내가 느낄 것마저 생각했을 거란 걸 알았다.

"어떡하지, 아실리? 내 마음을 전부 들켜 버렸어."

그가 웃었다.

"너무 부끄러운걸."

거짓말. 데인은 그가 '그림자'임을 안 순간부터 숨기려 하지 않았다. 지난 시간 치밀하게 숨겨놓고서 그는 드러내기로 결정하는 순간엔 망설임 없이 전부 드러냈다. 지금처럼. 화롯불의 불처럼 강렬하고 보석같이 아름다운 눈동자로 모를 수 없는 강렬한 감정을 드러냈다.

언제부터일까, 그리고 왜 나였을까. 수많은 의문들이 혀끝에 맴돌았다. 그리고 이 바람을 드러내기만 하면 그는 무엇이든 알려 줄 것이 분명했다. 그것이 무서웠다. 내가 감당하지 못할 것일까 봐.

나는 이미 나를 사랑하는 남자에게 거절을 건넸다. 그리고 그토록 담담하고 우직하게 나를 지켜왔던 기사님에게 거절을 말하는 순간, 나는 거절 말고는 줄 수 없던 사실에 설움을 느꼈다.

수십 번 죽음을 겪고 나를 사랑하는 이들을 보는 것은 황폐해진 황무지를 다시 일구는 것과 같았고 나는 서툴렀다. 한때 알았지만 잊었던 것을 다시 배워 가고 있었으니까. 그러나 나를 사랑하는 이들은 기다릴 새도 없이 내게 사랑을 고했다. 애달파서 눈물이 나는 그런 사랑을.

레이 경을 거절하며 내게도 남은 애달픔을 채 수습하지 못한 채 나는 데인을 맞이했다.

"데인. 있잖아 나. 나를 낳아 준 사람을 만났어."

누구의 탓도 아니지만 누구라도 탓하고 싶은 기분이 들었다.

"아올레시아?"

"응. 그 사람. 평생 동안 보지 못했던 사람이 나를 알고 있고, 또 아는 것처럼 말하는데 그게 신기하고 생경했어."

하지만 나는 안다. 데인이 이 마음을 말하는 날이 언제가 되었든 나는 놀라고 당황했을 것이다. 한때 그것을 생각조차 못해 본 사이였으니까.

"지금 네가 그래. 너는 그 사람과 반대로 이제까지 내가 알았지만, 최근 몇 주를 시작으로 모르는 사람이 된 것처럼 어색해. 그런데, 이건 네가 의도한 거야. 그렇지?"

나는 짙은 확신을 담은 눈으로 데인을 보았다. 데인은 내 시선을 피하지 않고 마주했다. 곧이어 그가 천천히 고개를 숙이는가 싶더니 살짝 웃었다.

"맞아. 그렇지 않으면 넌 영원히 이쪽을 봐 주지 않을 테니까."

아마도 생각하지 못했겠지.

"그 말을 꺼낸 걸 후회해?"

"아니. 언제고 난 말했을 거야. 아니 흘러넘쳐서 주체하지 못했을지도 몰라. 언젠가는 일어날 일이었지. 그저 조금 더 빨리 말하지 못했기에……."

성큼 걸어온 데인이 의자 옆을 짚었다.

"아쉬울 뿐."

그는 별을 받아 더욱 밝은 빛을 띤 눈으로 나를 응시했다. 뒤로 물러나는 게 좋을까. 얼굴로 음영이 지며 그의 잘생긴 낯이 가까워졌다.

"하지만 아실리."

그는 내 손을 잡고 들어 올려 천천히 손가락에 입을 맞췄다. 그러고는 고개를 들어 횃불처럼 도드라진 붉은색 눈동자로 나를 담았다.

"난 어쩔 수 없는 건 후회하지 않아."

곧이어 그는 살짝 고개를 기울여 입꼬리를 끌어 올렸다.

"지금에라도 네가 내 마음을 알았으니 됐어."

내가 아는 데인은 늘 소년 같았지만, 나이보다 어른스럽고 성숙하며 모르는 것이 없던 영리한 사람이었다. 그러나 지금 이곳에 서서 말하는 데인은 더는 소년의 모습을 찾아볼 수 없었다. 그는 청년의 모습으로, 가면을 던진 어느 밤처럼 온화하고 나른한 얼굴을 하고 있었다.

"우린 남매가 아니지. 너는 줄곧 우리가 남매라고 생각했으니까. 받아들이는 과정도 필요하리라 생각해."

"데인."

데인은 대답 대신 살짝 웃었다. 그는 조금 서글픈 듯했다.

"하지만 아실리."

내 손끝을 쥐었다가 놓으며 데인이 나를 불렀다. 그는 천천히 내 얼굴 구석구석을 보며 잠시 울 것 같은 얼굴을 했는데, 왜일까 그의 표정을 본 순간 이 손을 놓고 얼른 피하고 싶은 기분이 들었다. 이것이 지금까지 나를 살려 왔던 어떤 직감 같은 거라는 것도 알았다.

"나는 네가 왜 기억하지 못하는지 모르겠어."

심장이 두근거렸다. 설렘이 아닌 어떤 경고 같은 이유로 두근거리기 시작했다.

"너는 기억하지 못하겠지만, 너는 이미 오래전 모든 진실을 알고 있었어. 8황비 아올레시아는 너와 내가 함께 있을 때, 네게 직접 말했거든. 네가 황제의 친딸이 아니라고."

무슨 소리야? 나는 당황을 숨기지 못했다. 누가 갑작스럽게 한 대 때린 것처럼 온몸이 저릿했다.

"무슨 말이야? 나는 그런 기억이……."

"없지. 넌 일곱 살 이전의 기억이 없잖아."

나는 그 자리에 얼어붙었다. 그랬다. 나는 일곱 살 이전의 기억이 없다. 단순히 어릴 적이라 그렇다고 하기엔 나는 책 『루스벨라의 빛』 한 페이지, 한 글자마저 똑똑히 기억하고 있었다. 그런데 이 굉장한 기억력으로 어린 날을 통째로 잊어버렸다?

이 순간 벼락같은 충격이 나를 관통했다. 확실히 이상했다. 수상했다. 나라는 존재는 모순적이었다.

"네가 여섯 살, 그리고 내가 여덟 살이던 날이었어. 너는 내게 너를 '안'이라 불러 달라고 했지."

"……안?"

"그리고 넌 네가 스물여덟이라고 말했어."

소름이 돋았다. 스물여덟, 전생의 내가 죽었던 나이였다. 무슨 말이야. 무슨 얘기냐고. 헤르난 앞에서 안이라 불러 달라 했던 기억을 떠올렸다. 그때, 난 무슨 생각을 했지? 별생각 없이 튀어나왔던 이름이었다.

"너는 역병을 피해 서쪽 영지에 다녀온 뒤 아무것도 기억하지 못했어. 그래서 지금까지 나도 말하지 않은 거야."

“내가 그거 말고도 다른 얘길 한 적이 있어?”

“있어. 여섯 살의 너는 내가 모르는 이곳에 없는 단어들을 말했어.”

이곳에 ‘없는’ 단어들. 데인은 굳이 없다는 말을 강조했다. 스멀스멀 깊은 늪에 빠진 것처럼 팔다리를 꼼짝할 수 없었다. 나의 충격을 알아챈 걸까. 눈앞으로 어둠이 내려앉았다. 데인은 내 눈을 가린 채로 나를 불렀다.

아실리. 그 이름이 순간이지만 낯설게 들렸다. 데인이 다시 한 번 나를 불렀다. 나는 고개를 들어 데인의 손을 잡았다. 그 손이 간절한 사람처럼 그의 손목을 꼭 쥐었다.

“데인. 지금 내가 이해하기 힘들어서 그런데 혼란스러워.”

“아실리.”

“안? 왜 내가 네게 그 이름으로 불러 달라고 했어?”

“……너는 좀처럼 발음하지 못하는 날더러 그렇게 불러 달라 했어. 끝부분만 따온 이름이라고.”

이 세계는 책 속의 세계였다. 나는 책 속 세상에 환생했고, 세계의 주인공은 내가 아니었다. 나는 줄곧 책 속 내용을 아는 이방인으로서 이곳에 머물렀다. 그런데 생각해보니 내가 과거에 사랑했던 이들이 생각나지 않았다. 아빠. 친구. 나와 함께했던 직장 동료. 심지어 애지중지했던 내 사랑스런 강아지마저도. 이름도 얼굴도 떠오르지 않았다. 그리고 내 이름. 내 이름이 뭐였지?

“데인. 내 이름이 뭐였지?”

“아실리.”

생각해보면 나는 흐릿하게 남은 것들을 당연하게 여겼다. 『루스벨라의 빛』 지문 하나까지 기억하는 것은 대수롭지 않게 여기고서는,

내가 사랑하고 아꼈던 것이 한 줌 수증기로 기화하는 것은 그저 그러려니 사라지는 것이라 여겼다. 내가 기억하지 못 한 게 있다는 것이 충격이었고 그것을 이제야 알게 된 것이 더 충격이었다.

나는 대체 왜 이곳에 머물고 있는 걸까? 무엇을 위해? 왜? 데인이 무어라 더 말하는 것 같았다. 괜찮냐고? 나는 지극히 이성적이다. 죽었다 살아온 적이 있는데 이따위 충격이 대수일까. 다만, 가슴이 답답했다.

내게 남아 있는 것은 내가 과거의 세계에서 이곳에 다시 태어난 것. 과거에 내가 알고 있던 지식들. 백화점, 비행기, 자동차……. 이 세계에 없는 것들. 모든 것을 기억했지만, 단 하나 나와 관련한 것들은 전혀 남아 있지 않았다.

희미하게 평범한 어떤 인상이 떠올랐다가 사라진다.

나는 아빠가 있었고, 친구가 있었고, 개를 길렀다. 직장에 다녔으며 고달픈 생활에 찌든 월급쟁이였다. 그러나 내 이름이 무엇이었는지 내 키는 어떠했는지 어떤 머리를 했고 어떤 생김새였는지. 아무것도 떠오르지 않았다.

언젠가 과거에서 본 애니메이션에서 이름을 뺏긴 주인공은 자신의 이름을 찾지 못하면 집으로 돌아갈 수 없었다. 지금 내가 그런 처지인 걸까? 예전 세계로 돌아가길 바란 것은 아니다. 그러나 내가 사랑했던 것들 그것들을 동의 없이 지워 버린 이 세계는 내게 무엇을 바랐기에 내게만 자비를 모르는가.

"아실리. 괜찮아."

"데인."

"그때의 넌 내게 괜찮을 거라고 했어."

괜찮다니. 무엇이? 기억이 텅 비었고 과거의 내 이름과 내 모습을 잃었고 그 자리에는 읽었다 보기에는 지나치게 생생한 책의 내용이 빼곡하게 새겨져 있는 걸. 그리고 너무 오랜 시간이 지나 버려 이제는 찾고자 해도 찾지 못할 기억이라면 어떡해?

"모든 것을 기억하고 있던 너는 괜찮다고 했어. 자신은 곧 사라질 거고 잊을 거라고 했어. 생각해 보면 그때 네가 내게 괜찮을 거라 말을 한 건 지금을 위해서였나 보다."

데인이 내 뺨을 감싸며 눈을 마주쳤다. 나를 안심하게 하기 위한 것이었다. 색색. 평온한 그의 숨소리에 맞춰 점차 떨리던 가슴이 가라앉았다. 그는 이 모든 걸 이해하는 사람처럼 그러나 연민을 담고 조금의 서글픔을 담아서 내게 말했다. 보석같이 아름다운 눈동자를 사르르 접으며.

"나를 통해 괜찮다고 전하기 위해서."

밤과 같은 낮이었다.

"데인 넌 무엇을 알고 있어?"

별이 이리도 쨍쨍한데 이곳만 해가 저문 것처럼 어두웠다. 아니, 내가 그리 느끼고 있나 보다. 지금 이 순간이 밤이길 바란다. 그저 잠든 사이 아무것도 아닌 것처럼 지나가며 새 아침이 찾아오길 바라니까.

그러나 지나가지 않는 낮이었다. 나는 진실을 마주해야 했다.

"아실리. 나는 머리가 좋아."

"......알아."

데인은 조금 씁쓸하게 웃었다.

"내 삶을 불행하게 만들 정도로 좋았지."

그는 내가 가라앉길 기다렸다가 천천히 나를 보며 말했다.

"그렇기에 네가 하는 말을 전부 이해했어. 네가 원래 이 세계의 사람이 아니라는 것. 너도 이 세계에서 혼란을 겪고 있다는 것. 그리고 네게는 스물여덟의 '안'의 모습과 또 다른 모습이 있었다는 것도."

"또 다른 모습?"

"네게는 여섯 살 나이 그대로 아실리라는 모습과 스물여덟 안의 모습이 공존했어. 여섯 살 그대로 아무것도 모르는 모습을 하고 있다가도 다음 날이면 안의 모습으로 아이는 할 수 없는 이야기들을 했지. 너는 스스로 네 안에 두 사람이 있다고 말했어."

어린 나에게 아실리와 안, 즉 과거를 기억하는 내가 공존했다고? 데인은 내가 충격 받지 않게끔 하나하나 단어를 골라 표현하는 것 같았다. 그럼에도 충격을 받지 않을 순 없었지만, 조심스러운 목소리에 그를 위해서라도 차분하려 애썼다.

"안은 내게 자신이 곧 기억을 잃을 거라 말했고, 그건 맞아떨어졌지. 그리고 다신 기억하지 못할 거라는 말도 했고. 그것도 맞는 말인 것 같네."

부드러운 손이 내 뺨을 감싸 쥐었다. 그는 서글프고 연민하는 낯으로 길을 잃은 나를 위로하는 것 같았다.

그러고 보니 나는 데인과 언제 처음 만났더라? 역병을 피하기 위해 갔던 서쪽에서 다시 궁으로 돌아올 때 그는 내 궁 앞에 있었다. 데인은 기억하는 첫 순간부터 당연하게 내 곁에 있었다. 그와의 첫 만남이 기억나지 않는 건 그저 시간 속에 무뎌졌던 거라 생각했다.

"나는 네가 준비되었을 때 말을 하려고 했어."

데인은 시선을 내리깔며 중얼거렸다. 담담한 공기가 우리 사이를 지배했다. 나는 천천히 입술을 떼었다.

"지금 이걸 내게 말하는 건."

나는 잠시 침묵 뒤로 다시 이어 말했다.

"내가 준비되었다고 생각해서?"

데인은 미소했다.

"아니. 더는 참지 못해서."

살짝 시선을 돌리자 데인의 어깨에 눈부시도록 밝은 태양이 걸려 있다. 커튼이 흔들리고 있고 태양이 가려졌다 나타났다 다시 가려지기를 반복하고 있었다.

"더는 말하지 못하면 후회할 것 같았으니까. 이 마음을. 그리고 이 마음이 시작된 시간을."

"데인."

그는 내 부름을 음미하듯 눈을 감았다.

"아실리. 무엇이 하고 싶어?"

데인이 다시 눈을 떴을 때, 잔잔한 붉은색 눈동자가 자리했다.

"나는 무엇이든 해 줄 수 있어."

내 뺨에 손을 얹더니, 그가 부드러이 미소한다.

"복수하고 싶어? 증오하는 이를 네 눈앞에 데려올게. 평화로운 삶을 원한다면, 이 궁이 영원히 네게만 주어지도록 해 줄게. 그리고 모든 것이 싫다면 저 멀리 석양이 지는 곳에 너를 데려다줄게."

"궁 밖으로?"

"궁 밖으로."

솜털까지 바르작 서는 느낌이었다. 부드러운 손에 어쩔 줄 모르고 뒤로 물러나자, 물러난 만큼 데인이 다가왔다.

"나 이제 맨손이야 아실리."

"그림자를 그만둬서?"

"응."

데인은 달콤하게 웃었다.

“이 손에 쥔 건 아무것도 없어. 그렇기에 무엇이든 할 수 있지.”

그는 눈 위에 떨어진 동백꽃과 같이 붉은 눈동자로 나를 담은 채 속삭였다. 잎새의 스침처럼 고요하고, 부드러운 천처럼 나긋한 목소리였다.

“네가 안의 모습이었을 때부터. 나는 네게서 눈을 뗄 수 없었어. 어쩌면 한 순간도 너를 놓지 않고 이 가슴에 담아 왔는지도 몰라.”

나는 고개를 들어 그를 응시했다. 나는 기억하지 못하는 나로부터 시작한 감정이라니. 과연 그때의 안이 지금의 나와 같을까?

“데인. 사람들은 나와 네가 남매인 줄 알고 있어.”

“괜찮아. 모든 비밀은 밤이 품을 거고 나는 너를 감싸 안는 밤이 될 거야.”

모든 비난은 그가 듣겠단 소리였다. 난 고개를 저었다.

“낮이 싫다던 네게 난 영원한 밤이 되어서 곁에 머물게. 누구도 널 비웃지 않는 곳으로 널 데려가고 싶어. 네가 행복할 수 있도록.”

한낮의 하늘 아래 밤이 되겠다는 그가 나를 자신의 그림자 속에 가둬 두고 말했다. 입술이 떨어지지 않았다. 그의 손이 뺨을 부드럽게 쓰다듬었다.

“한마디만. 한마디만 해 줘, 아실리. ……이곳에서 나가고 싶다면 그렇게 해 줄게.”

그럼에도 나는 쉬이 입을 떼지 못했다.

“아.”

혹할 정도로 달콤한 제안이었다. 수락한다면 그는 무엇이든 해 줄 거라는 그런 확신이 전해져 왔다. 그러나 아플 정도로 쏟아지는 데인의 마음에 미안하지만, 그건 초콜릿을 한 번에 삼킨 기분이었다. 아리도록 달고, 달지만 씁쓸한 느낌이 더욱 강하게 느껴지는 기분. 고요한 밤 같던 분위기가 산산이 깨진 사이로 시리고 차가운 현실감이 찾아왔다.

내가 복수하겠노라 말하면 그는 카스토르를 눈앞에 데려오겠지만, 데려온 그는 피투성이가 된 모습이겠지. 이 궁이 영원히 내게만 주어지게 하겠다고? 그 대가로 황제에게 지불하는 건 데인이었다. 나를 도망가게 하는 것도. 이 모든 짐은 그가 모두 지겠노라 말했으니까.

"데인."

잘 모르겠다. 내가 이토록 과분한 사랑을 받을 자격이 있는 건지. 나는 희생하는 것도 받는 것도 원하지 않았다. 지난 시간 얼마나 힘든 일인지 알았으니까. 그렇다고 모든 걸 버리고 피하고 싶진 않았다. 난 도망가고 싶은 게 아니야. 그저 이 순간 모든 것이 안타까웠다.

그가 나와 같이 되지 않길 바란다. 진심이었다. 아프도록 괴로웠던 시간들을 지나 황폐해진 나는 비참하고 볼품없었으니까. 그는 얼마든지 행복해질 수 있는 길이 있다. 그러나 이를 담는 것은 나를 사랑한다 말한 그에게 결례였다.

"지금 당장 대답하지 않아도 돼."

데인은 뺨을 쥐었던 손을 놓고 내 손을 잡아 자신의 뺨으로 가져다 댔다. 그러고는 손을 쥔 그대로 숨결로 간지럽히더니 손끝에 그리고 손바닥에 입술을 묻었다.

"나는 여기 있어."

그가 가슴에 내 손을 쥔 채 꾹 눌러 잡았다. 손끝에서 쿵쿵 뛰는 심장 박동이 느껴졌다.

"혼란스러울 때 늘 한 걸음 뒤로 물러나는 네 습관을 알아. 기다릴게."

그는 한참 뒤에야 이어 말했다.

"내게 반해 줘, 아실리."

숨결이 코끝을 스치고 지나가며 떨어진다. 그가 가까운 거리에서 황홀할 정도로 아름답게 웃고 있었다.

"행복만 안겨 줄게."

* * *

"2황자님께서 약속을 지키지 못해 미안하다 전해 달라 하셨습니다."

아무래도 율리안과 나 사이를 방해하는 어떤 힘이 있는 것 같다. 그가 바쁘거나 내가 자리를 비웠거나. 율리안과의 만남은 오늘도 불발되었다. 영영 보지 못할 사이인가? 그건 곤란한데.

"하긴. 2황자면……."

율리안이 지금 상황에서 가장 바쁜 사람이긴 하지. 현재 공식적으로 앓아누운 상태의 황제를 대신해 황태자가 집정하지. 그 황태자는 아픈 곳 하나 없이 멀쩡하지, 거기다 강력한 후계자의 힘을 갖췄으니. 책 『루스벨라의 빛』 속에서 그가 선택한 방법은 카스토르를 고립시키는 것이었다.

"율리안도 바쁘겠네. 아니 가장 바쁜 시기겠어."

카스토르 그가 아무리 강력한 힘을 갖췄다곤 하나, 그는 적아 구분 없이 살해하고 다니는 미친 황태자였다. 율리안은 인망으로 사람들을 하나둘씩 제 편으로 만들었고, 지금에 와선 대부분의 고위 신관이 그를 지지하고 있었다.

그렇다고 그를 지지하지 않는 사람이 카스토르의 편인 건 아니었다.

그저 율리안이 '비신관'이란 것에 못마땅해 하는 세력이었을 뿐. 이마저도 소수였다.

원작까지 어느 정도 남았더라?

루스벨라 등장까지 초읽기에 들어갔다. 일단, 율리안이 반란을 준비하는 중이거나 이미 준비된 상태일 것이다. 어떡하면 여기 끼어서 그를 도울 수 있을까. 신뢰를 쌓으려면 일단 한 번은 마주해야 할 텐데.

『루스벨라의 빛』 속 율리안의 반란은 처참한 실패로 돌아간다. 루스벨라가 제국에 도달했을 때, 율리안은 이미 반란에 실패해 북쪽 탑에 갇혀 있었다. 그리고 나중에 그곳에 감금된 루스벨라를 만나 그녀를 측은히 여기고, 그녀의 탈출을 돕는다. 이미 그때 율리안은 사랑하는 아내도 충신도 모두 반역죄로 처형당한 지 오래였고, 그 홀로 살아남은 상태였다.

카스토르는 어째서 율리안만 죽이지 않았을까?

머릿속 내용으로 있을 때야 그러려니 하고 넘어갔지만, 곱씹어 보니 이상했다. 카스토르는 반란과 관계된 자들을 모조리 처형시켰다. 루스벨라는 율리안을 통해 단두대에 피가 마를 날이 없었다는 이야기를 전해 들었다. 끔찍했노라고. 율리안은 반란에서 유일하게 살아남았다.

"왜일까……."

제국의 상황은 벼랑 끝에 매달린 손수건과 같았다. 하지만 어쩌면 답은 사소한 곳에 있지 않을까?

수없이 시간을 반복한 나는 안다. 미래로 향한 길은 항상 보잘것없이 작은 것에서 시작하지 않았던가. 어쨌거나 율리안에게 바람맞았겠다. 여기에 대해 더 생각해 보기로 하자. 그렇게 응접실에서 나와 홀로 궁의 복도를 걷고 있을 때였다.

"제국의 8번째 가지를 뵙습니다."

나는 누군가와 마주하고는 눈을 크게 떴다. 이 사람은 아벤타 공작 부인? 오랜만에 만나는 이였다. 그녀는 우아하게 허리를 펴며 미소했다.

"아벤타 공작 부인?"

"못 본 사이에 더욱 아름다워지셨군요."

나는 눈빛으로 감사를 표하며, 그녀에게 물었다.

"그대가 왜 여기 있죠?"

그러나 묻는 순간 바로 알았다. 레베카를 보러 온 거구나. 그녀가 향하던 길은 궁의 정문과 이어진 길이었다. 이미 만나고 온 뒤였나 보다.

"제 딸아이를 보러 왔습니다."

그녀의 말에 천천히 끄덕이자, 부인이 다시 한 번 웃었다.

"당신의 눈이 제 오랜 친우와 무척이나 닮아서 놀라고 말았습니다. 외람되지만, 고귀한 피는 어디 가는 것이 아니었구나. 새삼 느낍니다."

아올레시아의 얘기를 담은 부인의 얼굴은 어딘가 아련한 빛을 띠었다. 아벤타 공작 부인이 아올레시아와 비슷한 연배였던가. 아올레시아는 1황녀, 그리고 2황녀와 친우였다고 했다.

"부인도 제 모친과 친우였습니까?"

"네. 그러했습니다."

부인이 나지막하게 수긍했다.

"이제는 더는 그렇게 부르지 못하지만. 황녀님, 혹시 제국의 성녀를 아십니까?"

"마리사……. 라는 이름의 성녀 말인가요?"

"네. 그녀는 제 남편과 남매입니다. 마리사 쪽이 누나이지요."

어라, 그럼 레베카의 고모란 얘기잖아?

레베카는 그런 얘길 꺼낸 적 없다고 했더니 공작 부인은 그럴 거라고 했다.

"마리사는 성을 버렸습니다. 아벤타의 이름 대신 검의 신관으로만 살고 싶어 했으니까요."

가만 마리사랑 공작 부인이랑 친구고, 마리사가 아벤타 공작의 누나라고 했으니까. 그럼 공작 부인은 연하와 결혼한 건가? 새삼스러운 눈으로 그녀를 바라봤다. 예상치 못한 능력자셨구나. 공작 부인의 나긋한 미소를 보며 나는 곧 얼굴을 다시 진지하게 굳혔다.

"그리고 마리사는 죽은 첫째 황녀님의 우니카였습니다."

"……레베카처럼 말인가요?"

우니카. 레베카가 지닌 직위의 이름이다. 시녀의 다른 이름이기도 했다.

"네. 시녀 말입니다. 그리고 호위 기사이기도 했지요. 그리고 그런 첫째 황녀 전하와 마리,사 그리고 둘째 황녀님. 저와 아올레시아까지 다함께 어울렸던 친우였습니다."

부인은 아래를 바라보며 살짝 미소했다. 후회와 회한이 가득한 표정이었다. 어떤 사정이 있었는지 모르지만 죽은 황녀와 황제의 첩이 된 아올레시아. 지금 그들을 생각해 보면 짐작 할 수 있었다.

"저는 가문의 일에 무지한 아녀자입니다. 그러나 레베카를 당신의 시녀로 보낸 것은 오래전 친우에 대한 속죄였습니다."

"레베카는 아벤타 공작의 명으로 황태자와 관련된 소문과 진상을 알기 위해 제게 왔다고 했어요."

"네. 제가 그리 말했으니, 그 아이는 그렇게 알았을 것입니다. 하지만 저는 진짜 이유를 비밀에 붙였습니다. 첫째 황녀 전하와 관련된 모든 것은 함구되어야 하니까요.”

바람이 살랑살랑 불어, 공작 부인의 머리칼을 살짝 흩어놓았다.

“제가 그분과 친우였던 것도.”

부인은 화사한 색감의 드레스를 입고 있었는데, 그에 걸맞지 않은 슬픈 얼굴로 이어 말했다.

“마리사는 인생의 동반자였던 첫째 황녀님을 잃고 손가락을 잃었습니다. 검의 대신관 자리에서도 내려와야 했지요. 그 비극이 반복되지 않길 바랍니다.”

“내가 죽지 않길 바라는 건가요?”

“네. 당신이 행복하길 바랍니다.”

부인이 정이 듬뿍 담긴 눈으로 나를 담았다. 나는 오래전 내 예법을 가르치는 데 무척 열심이었던 그녀를 떠올렸다.

“마리사와 달리 황녀님과 제 딸아이는 행복하길 바랍니다.”

“그녀를 본 적 있어요.”

제국의 성녀, 마리사는 내게 빠짐없이 친절했다. 그녀의 성격인 것 같기도 했지만, 그럼에도 내게 뜻 모를 호의를 베풀었다.

“그녀가 내게 친절했던 이유는 공작 부인과 같이 생각해서인가요?”

“아마도. 마리사도 황녀님을 보았다면 그리 생각하지 않았을까 합니다. 죽은 황녀님이 생각나셨겠지요.”

그건 묘했다. 사람이 아주 꽉 찬 시내 변을 걷고 있는데, 어깨로 스쳐 가던 행인이 대뜸 나를 잡고 ‘나는 당신을 알아요.’ 외치더니 그리고 ‘행복했으면 좋겠어요.’ 하고 말을 한 행인을 본 기분이었다. 내게 아벤타 공작 부인은 딱 그 정도의 사람이었다.

“황녀님께서는 혼기가 꽉 찬 나이이시지요.”

그녀 또한 더는 꺼낼 생각이 없는지 슬쩍 화제를 전환했다. 좀 엉뚱한 감이 있었지만 나는 살짝 끄덕였다.

"그렇죠."

"송구하나, 마음에 담아 둔 정인이 있으신지 여쭙고 싶습니다."

한 발짝 다가온 부인이 나긋하게 물었다.

최근에도 이 질문을 받아 본 것 같은데. 최근 들어 내게 이런 질문을 하는 사람이 많아진 것 같은 건 착각이 아닌 것 같다. 이 화제가 영 반갑지 않았지만, 부인을 무시할 순 없었다.

"있었으면 좋겠지만……."

메타가 이런 질문을 했을 때 떠올렸던 얼굴이 있었다. 왜일까, 이 순간 다시 한 번 그의 얼굴이 떠올랐다. 그리고 가슴이 아려 왔다.

"애석하게도 아직 없네요."

메타는 내가 하게 될 사랑이 궁금하다고 했다. 대체 나는 어떤 사람을 사랑할지 궁금하다고도 했다. 그건 가벼운 궁금증일지도 모르지만, 그 순간 그의 눈은 퍽 진지했다. 그래서 나도 덩달아 진지해지고 말았다.

"중간에 가벼이 두신 침묵은 혹 있지만 확신하지 못한 것입니까?"

다른 이들이 보는 나는 담담하고 건조했다. 나도 이걸 인정했다. 마음에 황무지밖에 남지 않아 새순이 돋지 못한 채 그저 건조한 겨울만이 머물렀으니까. 그러나 변화는 아주 천천히 찾아왔다. 내가 모르는 사이 누군가 나를 사랑했기 때문일지도 모르고 변하고 싶다는 내 바람 때문일지도 모른다. 그리고 변화를 느낀 것은 기억을 다시 되찾았을 때부터였다.

"부인. 뜬금없지만 말예요. 사랑이 뭔가요?"

나는 우습게도 메타가 내게 물었던 것을 공작 부인에게 물었다. 뭔가

철학적인 의미를 담은 것은 아니고 그저 가볍게 물은 것이었다. 공작 부인은 깃털처럼 포근하게 미소했다.

"사랑의 신은 사랑을 두고 위를 보고, 아래를 보고, 그리고 마주하는 것이라 하였습니다."

그녀는 비극을 옆에서 바라본 자였다. 그리고 내가 행복하길 바라고 있었다. 그렇기에 타인인 나를 위해 진지한 조언을 건네는 것이리라. 그녀는 어쩌면 레베카를 이렇게 보았을까. 무척이나 자애로운 얼굴로 이렇게.

"위를 보며 우러르는 사랑, 아래를 보며 연민하거나 끝없이 베푸는 사랑, 그리고 마주보며 함께 지향하는 사랑. 그리고 하나 더 시야를 빼어 제 안에 가두는 사랑."

부인은 나를 보며, 아름답게 미소했다. 나는 그녀의 깊은 눈에서 시간이 차곡차곡 쌓인 흔적과 그녀가 가진 세월의 무게를 읽어 냈다.

"황녀님께서는 어떤 것이 황녀님의 사랑이라 생각하십니까?"

오랜 침묵이 이어졌으나, 부인은 말없이 기다려 주었다.

"답은 황녀님께 있을 것입니다."

나는 입술을 달싹였다.

"……후회하게 될까 봐 무섭네요."

부인은 살짝 웃으며 그럴 일은 없을 거라 말했다.

"부인은 내가 행복해지리라 확신하시는 것 같군요."

"레베카. 간만에 만난 제 딸아이는 더욱 현명한 여성이 되었더군요. 전부 황녀님 덕분이라 생각합니다."

부드러운 얼굴은 묘한 확신이 서 있었다. 왜 그렇게 생각하는 것일까. 내가 아올레시아의 딸이라서?

"당신은 현명하신 분이니까요."

마리사가 첫째 황녀의 시녀. 그리고 조카인 레베카가 내 시녀……. 새로 알게 된 것과 그녀의 조언이 어지럽게 남아있었다. 그러나 그런 나를 모르는 공작 부인은 그대로 인사하고는 물러났다. 특별한 일이 있지 않는 이상 다시 볼 일이 없을 것이다.

그렇기에 그녀의 조언은 오래도록 여운을 남겼다.

* * *

밤이 황궁을 뒤덮는 시간에 황궁은 어떤 시간과도 비교할 수 없을 정도로 고요해진다. 황실에서 일하는 자들에게 어둠 속 황궁을 걷는 것은 지양할 일이었다. 그리고 이것이 가장 엄격하게 지켜지는 곳이 바로 4황자 아모르의 궁이었다.

"하아……."

아모르는 또 한 번 침대에서 상체를 벌떡 일으켰다. 몇 번째인지 몰랐다. 어느 날부터 시작된 꿈은 수차례 그를 찾아왔다. 눈감으면 꿈을 꿨다.

"……아실리."

꿈속에서 그가 몰랐던 시간이 펼쳐졌다. 반복해서 보는 것의 공통점은 하나였다. 그녀는 울었다. 가슴이 찢어질 정도로 구슬프게 울었다.

'너는 대체…….'

이유를 물어도 꿈속 그녀는 답하지 않았다. 몸은 땀으로 흠뻑 젖어 있었다. 아모르는 침대 머리를 손으로 잡아 몸을 지탱했다. 그러고는 일어났다.

<절대 나갈 수 없을 거야.>

창문을 연 순간 손끝으로 아릿한 고통이 느껴졌다. 아마도 카스토르가 펼쳐 뒀을 결계일 것이다. 아모르의 손이 창틀을 힘주어 잡았다. 아모르의 눈에 홰홰 도는 보랏빛이 바다처럼 일렁였다.

<오라버니. 난 후회하지 않아요.>

이 순간 생각나는 얼굴이 있었다. 당장 바라볼 수 있다면 무엇이라도 할 수 있을 것 같은 갈급함이 그의 목을 졸랐다.

<그러니 그런 눈으로 바라보지 말아요.>

그녀가 보고 싶었다.

<나간 순간, 후회할 거야. 아모르.>

와장창. 유리가 깨지는 소리가 들렸다. 그러나 파편은 없었다. 무형의 결계가 깨졌을 뿐.

* * *

깊은 밤. 달이 하늘 위에 자리한 으슥한 시간이었다.

나는 잠들지 못하는 밤을 자주 맞이했다. 오늘도 다르지 않아 눈을 뜬 채로 어둠을 응시한다. 사방이 고요했다. 귀 기울여도 내 숨소리가 전부인 그런 고요함 속에서 일어나 창문을 열었다. 테라스로 시원한 바람이 불었다.

바람에 흩날리는 커튼을 끈으로 묶고, 테라스로 나가 본다. 나무가 솨아아 소리를 내며 흔들리고 있었다. 머리칼을 귀 뒤로 넘기며 난간에 기대어 섰다. 그대로 일기장을 들어 올린다.

"너는 대체 뭘까."

질문은 시간이 갈수록 탑처럼 쌓여만 가는데 끝끝내 침묵을 지키는 네가 야속하기도 하다. 아니 너라고 불러야 할지 이것이라 불러야 할지도 모르겠다. 일기장의 책 끝을 훑어 내린다.

"너는 내 모습을 하고 있었어. 그렇지?"

분명 헤르난과 지하에 갇혀 잠시나마 보게 된 일기장의 모습은 나의 모습을 하고 있었다. 그리고 그를 만나며 나도 모르게 청했던 이름. 나는 안, 하고 중얼거려 보았다. 안. 하고 다시 중얼거려 본다.

—네가 날 볼 수 있다는 건, 머지않았다는 거야.

그날 내 모습을 한 일기장은 내게 그리 말했다. 무엇이 머지않았다는 걸까? 그 말을 증명하듯 일기장은 아하시아의 일 뒤로 더는 일기를 드러내지 않았다. 그리고 얼마 전에는 내게 직접 말을 걸었지. 신기한 일이다. 지금 나는 볼 수 없음에도 내 앞에 문이 하나 있는 기분이 들었다. 이 문만 열면 마침내 몰랐던 나머지 모든 것을 알 수 있을 거라는 그런 기분이 든다.

아무래도 오늘 밤도 잠들긴 그른 것 같다. 하늘을 올려다보자 새까만 하늘에 별이 쏟아질 것처럼 반짝이고 있었다. 천 위에 수놓은 듯 아름다운 하늘을 보며 천천히 달을 담았다. 새파란 빛을 띤 달을 보면 생각나는 사람이 있었다.

지난 4년간 내 삶에서 밤은 아모르와 함께였다.

천천히 돌아서자 활짝 열린 문 안으로 방이 한눈에 보였다. 어둠에 잠긴 방. 이상한 일이다. 혼자 자는 건 익숙한 일이었는데, 방이 무척이나 휑하고 외로운 것처럼 느껴졌다.

조금 걷고 싶다. 산책이라도 할까. 하지만 내일도 할 일이 무척 많은데. 그렇지 않아도 레베카가 황녀의 눈 밑이 이게 뭐냐며 잔소리를 했다.

억지로라도 누워 잠을 청하면 오지 않을까 싶을 때 바닥에 그려진 희미한 녹색 빛을 보았다. 빛을 따라가 보니 내 팔에 있는 아모르의 팔찌였다.

그동안 단 한 번도 빛이 나지 않았던 팔찌였다. 아모르와 마지막으로 통신한 뒤 평범한 끈이 되어 버렸으니까. 그런데 지금 어째서 빛이 나는 것일까? 혹시나 아모르에게 어떤 변고라도 생겼을까 걱정하던 차에 바람이 세차게 불었다. 귀 뒤로 넘겼던 머리카락이 엉망으로 흐트러질 정도로 강한 바람이었다.

문이 활짝 열리고 가는 레이스로 만들어진 커튼이 크게 펄럭였다. 그리고 나는 자리에서 꼼짝도 할 수 없었다. 더군다나 앞이 보이지 않았다. 나는 나를 가린 손을 살며시 붙잡았다.

바람결을 타고 느껴지는 들판의 냄새와 연한 풀내음.

바람이 불기 전 하나였던 숨소리는 둘이 되었다.

"오라버니?"

나는 이 향기를 알았다. 아모르 말고는 느껴 본 적 없다. 그렇기에 그를 작게 불러 보았다. 그러나 듣지 못한 걸까? 아모르가 맞는데. 나는 여전히 눈을 가린 손을 잡은 채 할 말을 골랐다.

"어떻게 나오셨어요? 나와도 되는 거 맞죠? 나오면 안 된다고 했잖아."

"……."

어깨에서 훈풍이 느껴졌다. 내 허리를 감은 팔이 힘을 주었다. 그는 내 어깨에 머리를 묻고서 그렇게 한참 동안이나 말이 없었다.

"이제 괜찮은 거예요?"

그러나 명랑한 척 물어본 나는 이미 답을 알고 있다.

"전부 괜찮아져서 나 찾아온 거다. 그죠?"

그렇지 않다는 걸. 그의 몸은 뜨거웠다. 하지만 나는 눈을 감고 이를 모른 척한 채 나지막한 음성을 흘렸다.

"사실은 나도 보고 싶었어요."

바람이 멎었다. 흔들리던 옷과 휘날리던 머리카락이 잠잠해진 걸 느꼈다. 그러나 여전히 앞은 깜깜했다. 나는 시야를 침범했던 손을 부드럽게 아래로 내렸다. 고개를 돌리려고 했다. 그러나 그러다 말고 멈칫한다.

"오라버니?"

아모르는 말이 없었다. 그가 더욱 강하게 허리를 끌어안았다. 그리고 그는 머리를 깊게 파묻었다. 나는 그의 정수리를 보며 아무 말도 할 수 없었다.

그가 가늘게 떨고 있었다.

"오라버니."

몇 번이나 달싹이던 입술을 천천히 떼어 낸다. 떨어지지 않던 혀를 간신히 움직여 말했다.

"왜 울어요?"

그는 처음 볼 때부터 바람이 불면 날아갈까, 혹여 넘어져 크게 다칠까 걱정하게 하는 사람이었다. 비틀거리는 걸음이나 삐딱하게 나를 쳐다보는 얼굴, 그 아래로 도드라진 창백한 피부. 그러나 신관이었기에 비신관보다 몇 배는 강한 근력을 가진 모순된 사람. 그는 아팠지만, 그럼에도 나는 그가 약한 사람이라고 생각해 본 적 없었다. 그러니까 몸이 아닌 정신 말이다.

그는 강했다. 약을 매일매일 마시지 않으면, 죽음이 찾아올 거란 것을 알고 있었다. 그러나 아모르는 의연했다. 내 병은 옮는 게 아니라며. 오히려 겨울 가지처럼 마르고 건조한 낯으로 성마르게 조소했다.

"오라버니."

그런 그는 언제나 강해 보였다. 모든 것이 그를 흔들어 놓아도 흔들리지 않을 것처럼 뿌리박고 선 나무 같았다.

그런데 왜?

그의 팔은 이 순간에도 허리를 옥죄며 이젠 떼어 낼 수 없는 힘으로 나를 감싸 안고 있었다.

"얼굴을 보여 줘요. 응?"

조심스럽게 손을 가져다 대자, 거짓말처럼 손이 떨어졌다. 나는 완전히 돌아서서 아모르를 볼 수 있었다.

"아실리."

눈 밑이 새빨간 그는 처음 보는 엉망이 된 얼굴로 나를 바라봤다. 심장이 쿵 하고 떨어졌다.

"왜 그래요. 왜? 무슨 일 있는 거죠? 일단 아파 보이니까 닦고 얘기해요. 네?"

나는 그의 새빨간 눈 밑을 손으로 쓸어 주려 했다. 그러나 그 손이 아모르의 손에 잡혀 그대로 끌어당겨졌다.

"너는 왜."

그가 손을 잡아 쥐며 얼굴을 가까이했다. 그의 눈빛이 절절해 나는 외면하지 못했다. 그의 입술은 몹시도 차가웠다. 아마도 오래도록 밖에 있었던 것 같다. 나를 보러 와서 한참을 밖에 있었던 걸까? 왜? 입술이 떨어진다. 이마를 툭 마주한 그에게서 선명하게 떨어지는 눈물을 볼 수 있었다.

아. 어떡하지? 정말 아픈가? 그가 아프지 않고서야 울 리가 없다. 이마로 달아오른 열기가 느껴졌다. 턱 끝으로 뚝 떨어지는 눈물. 닦아

주고 싶었지만, 붙잡힌 손으로는 아무것도 할 수 없었다. 발만 동동 굴렀다.

다시 한 번 그가 길게 입을 맞췄다. 속눈썹 끝에 동그랗게 맺힌 눈물이 애처로웠다. 그가 손을 놓고 떨어졌다.

"너는 왜 늘."

손으로 얼굴을 가린 채 고개를 떨어트리고 있어 아모르의 얼굴을 볼 수 없었다. 툭툭 흘러내리는 그의 하늘빛 머리카락만 달빛을 은은하게 반사하고 있었다. 뚝뚝. 눈물은 쉴 새 없이 바닥으로 떨어졌다.

"괜찮다는 말을 하는지 궁금했다."

막 어깨에 손을 올리던 나는 그대로 멈칫했다.

"너는 전혀 괜찮지 않은 일에도, 상황에도 언제나 의연하게 웃으면서 대수롭지 않은 일인 양 웃었기에."

아모르는 천천히 고개를 들었다.

"난 그게 싫었어."

그는 내가 보았던 얼굴 중 가장 아픈 얼굴을 하고서, 나를 끌어안았다.

"그런데, 그건."

아주 꽉.

"아무도 대답하지 않았기 때문이었구나."

목소리만 들려오는 데도 무척이나 가슴 아팠다. 나는 눈을 깜빡이며 이게 무슨 일인가 생각해 보았다. 그러나 그가 말하지 않은 걸 내가 알 수 있을 리 없었다. 그렇기에 천천히 손을 들어 올려 그를 안아 주었다. 등을 쓸며 나를 꽉 채운 체온에 눈을 감았다.

그에게서 위태로운 목소리가 꽉 눌린 채 튀어나왔다.

"잠이 오지 않아서."

"……잠이 오지 않아서 온 거예요?"

"그래."

아모르가 나를 끌어안은 채 속삭였다.

"네가 보고 싶어서."

그만 그가 얼굴을 보여 주었으면 좋겠다고 생각했을 때, 아모르가 나를 풀어주며 고개를 들었다. 여전히 눈 밑이 열이 오른 사람처럼 붉었다. 그리고 피로가 느껴졌다.

"사실은 아실리. 나는 꿈을 꿨어."

"꿈이요?"

"네가 한때 내게 기억해 달라 부르짖었던 시간들."

"……오라버니."

"네…… 가 기억해 달라 외치는 것을 꿈에서 보았다."

나는 멈칫했다. 혀가 굳어 버린 것처럼 아무 말도 할 수 없었다. 아모르가 무슨 말을 하는 건지 모르겠다고 생각하면서 한쪽 머리에서는 모든 것을 이해했다. 그리고 내가 이해한 것이 틀리길 바랐다. 아니 정말 바랐나? 정말?

"미안해. 너무 늦게 알아서. 너무 늦게 대답해서."

과거 아모르를 붙잡고 무수히 기억해 달라 간절하게 외쳤다. 오라버니 한 번만 기억해 주면 안 되냐고. 제발.

수없이 제발을 외치며 바랐던 바람은 한 번의 반복이 수십 번의 반복이 될 동안 무뎌지고 사라졌다. 나만 아는 기억이라 생각했던 기억은 카스토르가 알고 있었다. 나를 죽인 사람과 죽은 나만이 아는 기억이었다. 그것이 나락으로 날 이끌었다. 그리고 아모르는. 아모르는…….

"기억했어."

그날 끝내 닿지 못했던 바람을 들고서.

"전부."

말했다.

만약 나와 같은 시간을 살고 있는 사람이 있다면 어떨까. 생각해 본 적 있다. 그 사람은 나를 기억하겠지. 그리고 수없이 죽은 나를 기억해 주겠지.

그 사람을 만났을 때 난 아마도 도와달라고 빌었을지도 모르겠다. 이 반복을 끝내 달라고 말이다. 그러나 누가 도와서 될 일이 아니라는 걸 알았겠지. 그리고 반복 속에서 그저 알아주길 바라는 걸로 변할 것이다. 과거 내가 그러했으니까.

그냥 누군가 알아주었으면 했다. 내가 미친 것이 아니었다고.

<기억해 주길 바라는구나. 너와 나만 아는 세상을.>

카스토르가 기억하고 있다고 했다. 나를 죽인 자가 무한히 죽은 나를 기억하고 있다고. 이것만큼 절망스러운 일이 또 어디 있을까. 그것은 나를 절망하게 했다. 잊기 위해 나는 더 발버둥 친 건지도 모르겠다.

지독히도 외로웠던 시간들.

"정말……."

입술을 몇 번이고 달싹인다. 떨어지지 않는 말을 겨우 꺼낸다.

"정말 기억한다고요. 날?"

그날 내 외침은 누구에게도 닿지 못했다. 비명이 몇 번이고 시간의 침묵에 삼켜졌다. 내가 가진 것은 사람도 물건도 아닌 것 같은 일기장이었다. 이 일기장만이 나의 동반자였다. 나를 절망에 빠트린 주범이자 이 반복에서 유일하게 변하지 않는 것. 아이러니했다.

"정말, 정말인가요?"

왜 이제야 기억해 냈느냐는 원망도 어째서 네가 기억하게 되었나 이유를 물어볼 생각마저 들지 않았다. 머릿속에는 이것이 정말이냐는 간절한 질문밖에 없었다.

"그래."

아모르는 그런 나를 안타깝다는 듯이 바라봤다.

"전부 기억해."

그는 길을 잃은 것처럼 헤매는 나의 옆에서 꼭 함께 헤매는 사람처럼 내 손을 잡았다. 그리고 다시 나를 품에 끌어안았다. 공기는 무척 차가웠으나 그의 품은 여지없이 따듯했다.

"미안해."

그는 한 음절, 한 음절 꽉 눌러 말했다.

"이제야 기억해서."

그는 다시 한 번 되풀이한다. 그 순간 눈 밑이 홧홧했다.

<차라리 울지 그래.>

한때 아모르는 나를 답답해했다.

<그런 죽은 눈으로 말해 봤자 하나도 기쁘지 않아.>

어째서 울 것 같은 얼굴을 하며 울지 않느냐고 묻기도 했다. 나는 그에게 대꾸할 수 없었다. 나도 이유를 몰랐으니까. 내가 어째서 울지 못하는 것인지 나도 몰랐다.

가슴 속에 커다란 돌이 있었다. 그것은 물이 나오는 샘을 막았다. 그래서 황폐해진 땅은 황폐한 그대로 남아 있었다. 누군가 나를 불쌍히 여겨 비를 내려 주었지만, 그 사랑은 소나기였다. 무척이나 다디단 설탕 같은 비였지만 다시 황무지가 되고 마는. 물은 돌 아래서 흘렀다.

<넌 언제나 울지도 웃지도 않는 표정이야.>

내가 원했던 것은 아니었어.

"오라버니……."

모두가 내게 울어 달라 말해도 그들의 염원을 들어주지 못한 것은 오래전 우는 법을 잊었기 때문이다. 왜 누구도 묻지 않지? 단 한 번도 원한 적 없어. 지금의 내 모습도. 내가 잃어야 할 것들도.

"나는 원, 원망하지 않아요."

원망하면 앞으로 갈 수 없으니까.

"후, 후회하지도 않아요."

후회하면 미래가 보이지 않으니까.

"울면, 울면 안 돼요."

약해지니까.

"괜찮아."

나를 꽉 채우는 이 체온이 따뜻하면서도 멀었다. 아니, 생경했다. 가슴 속 돌이 흔들리는 이 기분은 아모르의 한마디가 오랫동안 굳건하게 자리했던 돌을 마구 흔들고 있었다.

"울어도 돼."

오랫동안 사람들은 내가 울어도 눈물의 이유를 알지 못했다. 시간이 되돌아가면 그들은 아무것도 모르는 이들이었다. 어쩔 줄 몰라 하는 무지한 이들을 보며 나는 눈물을 멈췄다. 나는 어느 날부터 울지 않았다.

"네가 우는 이유를 아니까."

누구도 내 죽음을 슬퍼하지 못했을 것이다. 아니, 내가 내 죽음을 슬퍼하지 못했다. 되풀이 되는 시간 속에 내 죽음은 추모 받지 못했다. 수증기처럼 기화된 나의 죽음은 악몽이 되었을 뿐이었다.

주르륵. 뺨을 타고 하나씩 눈물이 흘렀다.

"아……."

빰을 가리려던 내 손이 부드러운 손에 붙잡혀 막혔다.

"괜찮아."

버릇처럼 닦아 내려던 손이 멈췄기 때문일까. 눈물이 다시 주르륵 흘렀다. 뚝. 뚝뚝. 언제부터 내게 이렇게 눈물이 많았지? 차마 가늠할 수 없을 정도 빰을 타고 흘렀다. 쉴 새 없이. 아모르는 나를 그저 가만히 바라보며 빰을 감싸 안았다.

"미안하다."

그의 손가락을 타고 눈물이 똑 떨어졌다. 그러나 눈물은 그 뒤를 쉬지 않고 동그랗게 맺힌다.

"위로에 서툴러서."

그의 손가락이 눈물을 닦아 내면 그 자리를 또 다른 것이 채웠다. 그럼에도 그는 계속해서 닦아 냈다.

"태어나 한 번도 누굴 위로해 본 적이 없어."

그랬을 것이다. 아모르를 둘러싼 환경은 어린 그가 견디기 힘들 정도로 잔인하고 잔혹했을 것이니까. 그는 오랫동안 학대 속에 방치되었다. 외로움을 알고 고통을 알며 그에게 그것이 당연해지는 오랜 시간이 있었다.

아모르의 옷자락을 조심스럽게 쥐었다. 눈물이 뚝뚝 떨어지는 눈으로 그를 보면 그의 녹색 눈동자가 안타까움으로 물들었다.

아모르는 왜 내 죽음을 기억한 것일까? 직접 죽는 걸 본 사람이라서? 강한 신관이라서? 기억해 낸 것이 아모르여서 다행이다. 그러나 동시에 그를 연민했다.

"오라버니."

내 죽음은 하나같이 외롭고 불행했다. 아모르는 외롭고 불행한 순간에 익숙한 사람이었으니까. 타인을 통해서 불행을 본 그의 기분은 어땠을까.

"저는 소중한 것을 잃어버렸어요."

내 세계에서 사랑받고 행복했던 몇 안 되는 기억을, 사랑했던 사람을. 그리고 내 모습과 나의 이름을.

"아주 많이."

데인, 플뢰온, 그리고 레이 경과 함께했던 추억을, 한나를 다정하게 불러 주는 법을, 활짝 웃는 법을. 슬플 때 엉엉 우는 방법을.

"잃었어요."

달이 무척이나 밝았다. 제국의 달은 항상 동그란 모양을 유지해서일까 늘 이렇게나 밝았다. 그래서 팔랑거리는 그의 깜빡임마저 한눈에 보였다.

"오늘 이렇게 울었더라도 나는."

이렇게 오늘 밤을 눈물에 적셨더라도 나는 일어나야 했다.

"일어날 거예요."

술에 취했다고 평생을 누워 지내지 않는 것처럼 사람들은 술에 잔뜩 취했더라도 다시 일어난다. 눈물에 취한 것도 마찬가지였다. 나는 눈물을 대롱대롱 매단 채로 웃었다.

"잃는 게 싫어서 쉼 없이 달렸어요. 지키기 위해."

오랫동안 누구도 이해하지 못한 세상이 나에게만 있다는 것. 그 느낌이 싫었다. 내가 무슨 말을 하더라도 아무도 이해하지 못한다는 것. 그러나 이제는 달랐다.

"오라버니. 고마워요."

늦었다고? 아니 그런 건 상관없다.

"말해 줘서요."

그가 그저 말해 준 것만으로도 구원이 되었다는 걸 난 알고 있다. 나만이 이해했던 그 세상에 누군가 발을 디뎌 준 것만으로 나를 짓눌렀던 돌이 움직였다. 도피도 망각도 소용없던 것이 한 명의 이해자를 만난 것만으로.

"나는 많은 걸 지키고 싶어요."

내 세상에 비가 내렸다.

"구하고 싶어요."

이제는 지나가는 소나기가 아닐 것이다. 쏴아아 쏟아져서 땅을 흠뻑 적시며, 새순이 돋을 것이다. 나는 그 새순의 이름을 모르지만, 아마도 곧 알게 되겠지. 잃었던 눈물을 되찾은 것처럼 하나하나. 차근차근하게.

"살릴 거라고 했잖아요? 오라버니의 병을."

이 순간 처음 아모르를 살리러 뛰어갔던 날을 떠올린다. 절박하게 당신을 살리기 위해 뛰었던 밤. 그저 당신이 살아 주기를 바랐다. 당신도 살고, 나도 살고. 그리고 나는 지울 수 없는 악몽을 새기게 되었지만. 그럼에도 한 번도 변한 적 없다.

"고쳐 줄게요."

모두를 살리겠다고. 잃는 것은 하베르미아의 달 10일. 그 하루로 족했다. 수십 번 반복된 하루 같은 일은 다신 일어나지 않을 것이다.

"여기 있는 오라버니와 내 사람들을 구할 거예요."

이때까지 『루스벨라의 빛』 속 루스벨라는 나와는 전혀 무관한 이 세계의 주인공이었다. 이곳이 정말 책 속일까? 오래도록 품은 호기심을 풀 수만 있다면 좋은. 끝내 만나지 못해도 어쩔 수 없다고 생각했을지 모른다. 이전까지는 그랬다. 하지만 이제는 그녀를 만나야 했다.

<식물의 신관과의 아들은 날 때부터 지병을 앓았고.>

아올레시아의 말처럼 아모르는 원인 모를 병을 앓았다. 그리고 황제가 먹인 독이 그를 매일매일 잠식했다. 루스벨라는 아모르의 병을 치료할 수 있는 약, 그 약의 위치를 아는 유일한 사람이었다.

"나는 모든 방법을 알아요. 그리고 더는 지체하지 않을 거예요."

진실은 나에게 훌쩍 다가왔다. 그리고 그것이 가져다준 충격은 벼락같이 나를 관통했다. 그러나 나는 그럼에도 앞으로 나아갈 것이다. 멈춤 없이. 나를 향한 불행이 화살처럼 꽂히더라도, 거기에 굴복해 꿇는 것이야말로 나를 불행에 처박은 신 그리고 카스토르가 바라는 대로 되는 것이리라.

"너는."

아모르는 나를 바라보며 입술을 달싹였다.

"내가 아무런 말도 않았는데도. 멋대로 정리를 해 버리는구나."

나는 잠시 멈칫했다. 생각해보니 당황했기도 했겠다. 갑자기 눈물 뚝뚝 떨어트리다 말고 아모르의 병을 고쳐 주겠다고 한 꼴이니. 그러나 생각난 것을 어떡해. 그리고 이제 그에겐 숨길 것도 없고 숨긴 것도 없는 걸.

"싫어요?"

나는 그의 말에 뜨끔하긴 했지만, 담담한 표정에 숨기며 말했다. 그러자 아모르는 희미하게 웃는가 싶더니 다가와 상체를 살짝 숙였다.

"싫을 리가."

아직도 불그스름한 아모르의 눈 밑이 고스란히 보였다.

"너는 늘 멋대로 내게 밀려 들어와."

그는 깜빡임이 고스란히 보이는 거리에 멈췄다.

“나를 잠기게 했지.”

음영이 진 섬세한 얼굴은 꼭 예술가가 심혈을 기울인 그림 같았다. 처음 볼 때 그는 소년 같기도 청년 같기도 한 묘한 중간을 차지하고 있었다.

데인이 소년미를 품은 어른스러운 사람이었다면 아모르는 날카로운 상을 하고서 말과 행동에 묘한 소년다움을 드러내곤 했다. 그러나 이 순간은 그저 완연한 청년으로서 나를 붙잡고 있었다. 그제야 아모르와 나의 자세가 신경 쓰였다.

“오라버니. 지금 상황에 할 말은 아니지만.”

“아니지만?”

“너무 가까워요.”

가까스로 그의 얼굴을 피해 말하자, 그가 피식 웃었다.

“왜.”

정수리로 훈풍이 느껴졌다.

“떨리기라도 하나?”

고개를 돌리면, 그의 얼굴이 지척에 있었다. 어색할 정도로 진지한 얼굴을 한 아모르가 눈앞에서 나를 바라보고 있었다.

“난 그런데.”

끈적끈적한 침묵이 뺨과 목으로 달라붙었다.

자의식 과잉이 아니라면 꼭 다시 입술이 내려앉을 것 같았다. 그래서 얼른 다른 말을 꺼냈다.

“오, 오라버니는……. 내게 비밀이 없나요?”

그러나 사실 아모르가 내게 비밀을 만들어도 좋았다. 그건 나를 속이기 위함이 아닐 테니까.

데인이 포근한 그늘이었다면 아모르는 한결같이 머문 나무였다. 아니 결만 거칠 뿐 아낌없이 내게 주었던 나무. 나는 이 안쓰럽고 다정한 사람을 좋아하지 않을 수 없었다.

"짐작하고 묻는 걸까."

"있었어요?"

"아. 무엇부터 말하면 좋을까."

아모르는 입꼬리를 끌어당겨 소리 없이 웃었다. 고개가 천천히 떨어지며, 사르르 머리칼이 흘러내렸다. 나도 모르게 손을 들어 올려 그의 머리끝을 건드려 보았다. 손끝에서 하늘색 실이 스치고 지나간다.

"아마 곧 짐승의 신관이 날 찾아올 거야."

그는 잠시 생각에 잠기는가 싶더니 대수롭지 않은 표정으로 말했다.

"이곳에 오려고 형님이 친 결계를 뚫고 왔어."

그 말에 나는 멈칫했다. 내가 아는 짐승의 신관은 하나밖에 없었다. 그리고 찾아온다는 그 말이 긍정적인 의미가 아니란 것을 알았다.

"헤르난?"

아모르는 고개를 저었다. 무척 단호한 낯이었다.

"아니. 그건 헤르난이 아니야. 그저 이지를 잃은 자일 뿐. 이성도 사고도 할 수 없는……. 그런 자를 헤르난이라 하기엔 그가 가엾지."

"오라버니."

나를 바라보는 그의 시선이 씁쓸한 빛을 띠었다.

"어째서 그가 오라버니를 찾는 거죠?"

"글쎄."

아모르가 잠시 시선을 아래로 떨어트렸다. 아마도 그 또한 헤르난이 더는 그의 모습이 아니며 이지를 잃었다는 걸 알았나 보다. 아모르에게 헤르난은 소중한 사람이었을까? 그렇다면 가슴 아픈 일이었다.

하기야 난 이미 헤르난과 아모르가 함께 있던 걸 봤잖아. 헤르난과 아모르는 특별한 사이 같아 보였다. 친구는 아니었지만, 서로를 잘 아는 그런 사이. 잘 모르는 내가 함부로 다룰 수 없는 무엇인가가 있었다. 그렇기에 아모르가 느끼는 씁쓸함에 나는 아무 말도 할 수 없었다.

"오라버니."

심장에 큰 짐이 얹어진 느낌이었다. 헤르난이, 아니 이지를 잃은 자가 아모르를 찾는다. 그건 카스토르의 명일 게 분명했다. 그렇다면 돌아가면 아모르는 어떤 사고를 당할지 모른다. 잔잔하고 평화로웠던 기분은 온데간데없이 사라지고, 풍랑이 몰아닥쳐 심장을 쉴 새 없이 두드렸다.

나는 그의 손을 단단히 잡았다.

"그곳에서 나와요."

아모르의 궁은 거대한 그만의 성이었다. 누구도 그가 허락하지 않으면 들어갈 수 없는 곳. 그러나 그 성은 누가 만들었지? 욕심 많은 자가 탐욕으로 만든 곳이었다. 황제가 비극을 초래하고 카스토르가 그 비극을 이어 가게 했다.

"헤르난이 다녀갈 때까지 며칠 만이라도요. 네?"

나는 안 된다는 걸 알면서도 고집을 부렸다. 아모르는 카스토르가 전하는 약을 매일 마셔야 했다. 그 해독제가 그의 매일매일을 잇게 하는 생명줄이었다. 그러나 이대로 돌아간다면? 돌아가면 그가 다칠 게 뻔했다.

"아실리. 나는 그곳을 벗어날 수 없어."

"네. 알아요. 하지만."

모든 이들이 내게 이곳에서 도망가게 먼 곳으로 데려다주겠다고 한다. 하지만 나는 아모르야말로 먼 곳으로 데려다주고 싶은 이였다. 당장이라도 그를 먼 곳으로 데려다주고 싶었다.

"죽을지도 모르잖아요."

하지만 그럴 수 없음을 안다. 힘도 없을 뿐더러 아모르가 가진 병과 독은 먼 곳으로 데려간다고 해서 나아질 게 아니었다. 적어도 내가 루스벨라를 만나 그의 약을 가져올 때까지 그는 안전해야 했다.

"아니. 난 죽지 않아."

그는 단정 짓듯 말했다. 그러고는 잠시 하늘을 올려다봤는데, 그 모습이 꼭 금방 사라질 풍경 같아 나도 모르게 그의 옷자락을 잡았다. 『루스벨라의 빛』 속 4황자 아모르는 본디 죽는 인물이었다. 원작을 안다는 건 이렇다. 누가 죽을지 알며 그것이 내가 아는 사람이라면 이렇게 초조해진다.

"어째서 오라버니는 그렇게 태연해요?"

그러나 나는 그렇게 두지 않을 것이다.

"그거. 참 익숙한 말인데."

아모르의 손이 뺨을 쓸어내렸다. 나는 지금 연민 어린 얼굴을 하고 있을까? 아모르와 나는 많은 것이 닮아 있었다. 같지만 다른 불행을 겪은 것도 그 불행에 순응해 나는 건조하리만치 무던해졌고, 그는 도리어 성마른 사람이 된 것도 불행이 초래한 결과였다.

"내가 언젠가 네게 했던 말 아닌가."

선선한 그의 미소에 나는 도리어 서글픔을 느낀다. 그의 이런 미소를 안다. 체념이 깃든 미소였다.

"좋아요. 뭐든 좋으니까 얘기 좀 해요."

그러나 그의 미소에선 후회가 보이지 않았다. 그저 지금 달빛 아래 미소하는 그는 손대지 못할 고결함이 느껴지는 아주 오래된 그림 같았다.

"나는 오라버니가 죽는 것도 다치는 것도 싫어요. 절대 그렇게 두지 않아."

나는 단호한 표정으로 그를 바라봤다. 어떤 상황에서든 빠져나갈 방법은 있다. 지난 시간 무수히 되풀이한 시간 속에서 배운 교훈이 아니었던가. 나는 그의 손을 잡아당겼다.

"방법을 강구해요. 이대로 지켜보고만 있을 수는 없잖아."

"방법?"

"네."

곰곰이 생각하던 나는 하나를 떠올렸다.

"헤르난은 카스토르의 명으로 오는 거죠?"

아모르는 황제의 총애 또한 받고 있으며 율리안도 주목하고 있는 황자다. 아올레시아에게서 카스토르가 황제의 뜻을 표면적으로나마 거스르지 않다는 걸 알잖아? 얼른 고개를 들었다.

"그럼 오라버니 궁에 내가 함께 있을게요."

"……뭐?"

"카스토르 그자는 날 어쩌지 못해. 그러니까 밤에 함께 있어요."

그러자 그는 순순히 내게 다가오며, 피식 고개를 기울여 웃었다.

"아실리. 지금 네가 무슨 말을 한 줄 알아?"

무슨 말? 지금 카스토르를 막을 수단을 강구하고 있지 않은가. 밤이 관건이다. 낮은 카스토르도 황궁에 있을 눈을 생각해 움직이지 않을 것이다.

“나랑 같이 살자고?”

그 말에 나는 깜짝 놀라 고개를 들었다.

“혼인도 나쁘지 않지.”

내가 눈을 크게 깜빡이자 아모르는 손으로 내 뺨이며 귀밑머리를 쓰다듬었다. 떨어지는 손이 얼떨떨했다. 평소 담백하던 접촉과는 다르게 다분히 의도적인 접촉이었다. 내가 주춤 물러나려 하자 그는 알아챈 듯 거리를 더욱 좁혔다.

“장난 칠 때가 아니잖아요.”

그가 눈을 접어 미소했다. 하얀 낯에 날카롭던 인상이 잠시 지워지는 느낌이었다. 그러나 그 말의 파급력은 결코 작지 않았다.

“내가 네게 장난을 친 적이 있던가?”

다시, 지금이 장난칠 때냐고 물으려고 했다. 그러나 장난이라기에는 눈빛이 무척 진지하여 나는 그만 입을 다물고 말았다.

“오라버니.”

결국 나는 침묵 뒤로 입술을 겨우 떼어 냈다.

“아아.”

나는 참지 못하고 그를 불렀다. 내 뺨을 만지작대던 그는 다시 한 번 불리고서야 멈췄다.

“오라버니. 오라버니는 왜 내게 이토록 잘해 주나요?”

“사랑에 이유가 필요한가?”

시리도록 맑은 녹음의 눈동자가 나를 담았다.

“그럼 어째서 오라버니는 내게 이곳을 떠나라고 하지 않나요?”

“네가 떠나지 못함을 아니까.”

이 순간 적합하지 않은 질문이었음을 안다. 하지만 모든 이들이 불행에서 도망가기를 권했다. 나도 아모르에게 그리 권하고 싶은 마음이었고. 한시가 급한 그의 앞날에 대해 도모하는 것이 먼저였지만, 불쑥 치켜든 궁금증이 고개를 먼저 내밀었다. 그리고 그의 대답은 내 눈을 흔들어놓았다.

"너는 언젠가 말했지. 너와 나는 동료라고."

아모르는 순순히 대답을 했다. 오래전 내가 그를 보며 꺼냈던 말을 입술에 담으며 또한 그답지 않은 나긋한 시선으로 날 바라봤다.

"난 너를 위해 무엇이든 줄 수 있고, 거기엔 네가 이곳을 벗어나 아주 먼 곳으로 가는 방법도 있겠지. 그러나 네가 원하지 않으면 하지 않아."

그의 손가락이 이제는 말라붙은 눈물 자국을 스치고 눈 밑을 쓰다듬었다. 감정이 듬뿍 묻어난 손에 나는 어쩌지도 못하고 그를 바라봤다.

"네가 바라보는 세상이 곧 내가 보는 세상이야."

그가 천천히 고개를 숙여 이마를 맞대고는 말했다.

"그런데 이상하지."

코앞에서 숨결이 느껴진다. 이 순간 이 경건한 분위기이면서 이상하게도 녹진한 끈적끈적한 것이 뺨에 달라붙는 것 같은 건 그의 뚫어질 것 같은 시선이 날 보고 있기 때문인가 보다.

"여기까지 달려오는 동안 네가 살아 있어 주는 걸로 족하다고 생각했는데."

따뜻한 숨결이 입술을 간지럽힌다.

"널 보니, 욕심이 나."

욕심, 그 말이 입술에 녹진하게 녹아 사라진다. 그가 입술을 떼었다 다시 붙이며 놀란 눈을 한 내게 다시 말했다.

"알아?"

등 뒤로 문이 느껴졌다. 다시 바람이 불어 머리카락이 살짝 가려져 있던 그의 얼굴이 드러났다. 그를 바라보자 그는 웃는 듯 마는 듯 흐린 표정으로 손을 들어올렸다.

"나는 평생 그 무엇도 욕심내 본 적이 없어."

씁쓸함이 남아 있는 말이었다. 바람이 불며 긴 머리카락이 그의 손가락에 감긴다. 그는 흩날리는 내 머리카락을 손으로 천천히 쓸어내려 보았다.

그는 내 눈을 똑바로 바라보면서 천천히 한 마디씩 힘주어 말했다.

"널 만나 살고 싶어졌다는 이야기야."

"오라버니."

"그러니까 난 죽지 않아. 아실리."

그는 손을 떼어 놓고, 한 걸음 물러났다. 나를 한눈에 담으려는 것 같았다. 밤하늘을 배경으로 한 그는 내가 보았던 그의 어떤 모습보다도 홀가분해 보였다. 동시에 잔잔한 열기로 일렁거리는 눈동자가 내게 향했다. 미지근한 듯 뜨거운 시선이 나를 담는 순간 꼭 서늘한 천이 목뒤를 스치고 지나간 느낌이었다.

"네가 내 궁에 오겠다면, 널 지키면 되는 건가."

상황은 아무것도 좋아진 것이 없는데, 그가 느긋하게 말을 건넸을 뿐인데 모든 것이 잘 풀릴지도 모른단 생각이 들었다. 이상하게도. 아모르는 내가 알던 그 모습 그대로 조금은 까칠하던 얼굴을 부드러이 풀어내며 대수롭지 않은 목소리로 말했다.

"같이 살까?"

18. 짐승, 당신의 이름은

아모르의 표정은 무척이나 어두웠다.

"내가 말한 건 이런 게 아닐 텐데?"

그 말에 나는 발코니를 바라보다가 고개를 돌렸다. 언제나처럼 성마른 얼굴이 날 보며 살짝 풀린 것 같았다. 아니, 그건 잠시였다. 그는 내가 익히 아는 심기가 불편한 표정이기도 했고, 전에 없이 불편함을 강력하게 드러내고 있었다.

"내가 허락한 것은 너 하나뿐이야. 이렇게 많은 인원을 허락한 적은 없는데?"

"다섯 명이 많은 숫자는 아니잖아요."

소릭스가 데인과 이야기를 나누고 있었다. 옆에서 메타가 간간이 의견을 낸다. 이곳은 아모르의 궁이었다. 그러나 그의 궁에, 그것도 그의 방에는 데인과 레이 경 그리고 소릭스와 메타까지 함께였다. 아모르의 심기가 불편한 건 이런 이유에서이리라.

"복작복작하군."

그의 감상은 짧고 굵다. 거기에 담긴 불만이야 말하지 않아도 충분히 알 수 있었다. 이미 어젯밤 그가 허락한 일임에도 그는 내키지 않는 얼굴로 회의를 나누는 이들을 바라봤다. 이크. 나는 눈치를 보며 조심스럽게 말을 꺼냈다.

"순찰대 전부를 끌어들이지 않았어요. 물론 허락하지도 않았겠지만."

"당연히."

나를 바라보던 아모르가 왜인지 길게 한숨을 쉬었다.

"필요하다면 그들도 들여보내 주지."

어라. 이건 생각지도 않은 반응이다. 아모르는 한손으로 얼굴을 가리고 천천히 쓸어내리고 있었다. 속을 가라앉히고 있는 걸까? 이 타이밍에 그가 화를 내도 내었을 순간이었는데, 어쨌거나 나는 아모르에게 부탁해서 그의 방에 데인과 레이 경, 그리고 순찰대 두 사람을 들였으니까.

"잘 부탁드립니다. 황자님!"

"잘 부탁드립니다."

조금 뒤 작전 회의를 마친 듯 두 사람이 이쪽으로 걸어왔다. 깊게 고개를 숙인 소릭스와 메타에게 아모르는 그저 끄덕일 뿐이었다. 그걸 보며 나는 지난 밤 아모르와 나눈 대화를 떠올렸다.

<나와 함께 밤을 보내요. 카스토르 그자는 날 어쩌지 못해.>

카스토르는 나를 건드리지 않을 것이다. 아니 나를 죽이지 못한다는 말이 맞겠지. 헤르난 또한 나를 건드리지 못한다. 계약의 내용이 나를

죽이지 못하게 하는 것이라 했으니까. 그렇기에 확신했다.

<하지만 나 하나로는 부족해요. 오라버니.>

그러나 실질적인 힘을 가진 게 아닌 나는 그를 막을 순 없다. 헤르난 또한 강력한 신관이었다. 만약 카스토르와 헤르난이 함께 나타난다면 아모르 혼자 둘을 막을 순 없다. 그래서 아모르에게 데인과 경 그리고 순찰대에서 강한 두 사람을 함께 있게 해 달라 청했다.

<희생양을 늘리는 것에 불과할지도 몰라.>

아모르는 회의적이었다. 그러나 내 생각은 다르다. 밤에 찾아온다는 것은 곧 일을 은밀하게 처리하고 싶다는 뜻이었다. 카스토르가 정말 막장으로 가겠다 결심하면 빛이 쨍쨍한 낮에 직접 찾아와서 아모르를 당당하게 찌르면 된다. 그는 강력한 힘을 가지고 있으니까.

<지금부터 이단 심문을 시작한다. 황녀, 8황비 아올레시아의 딸, 아실리 로제 아올레시아 칼타니아스.>

그러나 그는 나를 찾아와 찔렀을 때도 나름의 정당한 이유를 가지고 찾아왔다.

<나는 장차 이 제국을 짊어지는 몸으로서 네게 금기시된 사법사 및 혼돈의 신관과 내통한 죄를 묻겠다.>

그 이유가 진실이건 아니건 간에. 생각보다 머리를 쓰며 미친 황태자 노릇을 하고 있는 것이다. 이성이 있는 광기라니 얼마나 무서운 얘기인가.

<황제는 모든 힘을 쏟아 카스토르가 단 하나 그의 명을 거부할 수 없게 만들었다. 자신에게 반하지 못하도록.>

하지만 아올레시아의 얘기를 들었을 때 그에게도 제약이 있다는 걸 알았다. 카스토르는 황제와 정면으로 부딪칠 수 없다. 이걸 보아서 카스

토르는 아모르에게 경고 정도만 주려 하는 것이 분명했다. 그러나 그 경고라는 것이 어느 정도 수준인지 어떻게 안단 말인가.

일어나지도 못할 상태로 만들어 놓고 목숨만은 붙어 있다 할지 모를 이가 바로 카스토르였다. 아모르는 그걸 알아 덤덤했겠지. 내가 할 말은 아니지만 자기 몸 하나 다치는 거에는 꿈쩍도 않는 그가 안쓰럽다. 그리고 속상했다.

나는 아모르의 손을 덥석 잡았다.

“손끝 하나도 다치게 하지 않겠어요.”

“누가 누구에게 할 말을…….”

그는 한참 할 말이 많은 얼굴로 나를 바라봤다. 어처구니없다는 표정이었다. 그러나 그는 곧 고개를 숙이며 피식 웃었다.

“뭐. 네가 내 생각하는 것도 나쁘지 않지만.”

아모르는 내게 잡히지 않은 손으로 내 뺨을 쓸어 만졌다. 어어. 잠깐, 지금은 백주대낮이었다. 이런 분위기는 좋지 않은 것 같은데. 그의 눈동자가 진득하게 내게 따라붙었다. 지난밤이 떠오르며 흠칫 굳었을 때 누군가 성큼 다가왔다.

“아실리.”

허리로 단단한 손이 감기며 귀로 달짝지근한 목소리가 착 내려앉았다. 살짝 고개를 돌리자 데인이 있었다. 나와 눈이 마주친 눈동자는 뜻 모를 것이 가득 담겨 있었다.

“순찰 정비는 끝났는데.”

나도 모르게 허리를 휘감은 손을 잡으며 데인을 보자, 그는 나를 끌어안은 채 뭐가 문제이냐는 듯 사르르 눈을 휘었다.

“이 궁은 전통식으로 지어졌기 때문에 중정이라거나 침입할 수 있는 경로가 아주 많아. 그래서 궁 전체를 호위하는 건 어렵고 범위를 이 방을 중심으로 좁혔어. 기척을 알아채는 건 바깥 경비를 맡은 자들이 할 거야. 침입자가 짐승의 신관같이 아주 뛰어난 신관이라면 기척을 알아챈 순간 그 자리에는 없을 테니까. 전투는 아마 여기나 여기."

"으응. 데인 저기, 지도를 꼭 이렇게 봐야 해?"

"여길 봐야지."

앞에 있던 아모르의 얼굴이 사라지고 그 자리엔 설계도가 대신했다. 귀로는 데인의 설명이 계속 쏟아졌다. 데인의 설명은 무척 사무적이었다. 나는 복잡한 설계도를 빤히 바라보다가 말했다.

"그러니까 전투 장소로 넓은 곳은 안 된다는 거지?"

"그렇지. 넓으면 짐승의 신관이 활용할 공간이 넓어져. 그의 능력에 유리하기도 하지. 몇 명이 되었던 우리가 불리한 건 사실이니까. 최대한 유리한 장소에서 싸워야지."

"부탁한 건 어떻게 됐어?"

"아아. 가져왔어."

이곳에 오기 전 불카누스 신관들에게 급히 부탁한 것이 있었다. 플뢰온을 통해서 뜻을 전했는데, 좀 걱정되는 것이 분명 내 뜻이 곱게 전해지지는 않았을 거란 거다.

"형이 렉스를 엄청 닦달해서 만들었다고 해."

아. 역시나.

말이 닦달이었지 아마도 노예가 주인에게 무급으로 부려먹듯이 쪼아댔을 게 분명했다. 덕분에 부탁했던 물건이 빠르게 완성된 건 좋았지만. 그들에게 좀 미안하네.

"직물과 거미의 신 아라크네의 신관이 만든 것에다 불카누스 신관이 신력으로 강화한 것이야. 네가 말했던 거지. 그런데 아실리, 이런 게 있다는 건 어떻게 안 거야?"

"아아. 내 궁에 아라크네 신관, 아니 신관 자격을 가진 하녀가 있어서……."

나는 말하다 말고 나를 빤히 쳐다보던 녹색 눈동자와 마주쳤다. 아모르의 눈동자였다. 아모르는 침대에 걸터앉아 제 다리를 하나 접어 팔을 기대고 있었다. 그의 고개가 기울어지며, 시선이 다시 나를 담았다. 그러고는 천천히 눈동자를 옆으로 굴렸다. 내가 아닌 옆으로-.

"음, 어."

"아실리?"

내가 말문이 막혀 음, 어, 하는 소리만 반복하자 데인이 설계도에서 고개를 들었다. 그러고는 한번 돌아보더니 귀로 살짝 바람 소리가 들려왔다.

"안녕하세요. 형님."

이미 들어오면서 인사를 했던 두 사람이나 어째서인지 자연스럽게 인사를 나눴다. 아모르가 고개를 까딱였다.

"네가 어째서 여기 있는지 모를 일인데."

"소식이 늦으시군요. 저는 그림자를 그만둔 지 꽤 되었습니다."

아모르가 눈썹을 씰룩였다. 데인은 대수롭지 않게 말했다.

"그만둬?"

"네. 앞으로 저희가 밤에 뵐 일은 없겠네요."

한 사람은 황제 아래서 해독제 없는 독을 만드는 사람이었고, 한 사람은 황제의 그림자였다. 서로 모를 리가 없는 사이였구나. 한 번도 생각해 보지 않았기 때문일까 이 구도가 새삼스러웠다. 그리고 이 둘 사이에 이 형용할 수 없는 분위기는 뭐랄까. 오래전 내가 버렸던 꿈을 하나 실현한 기분이자 설마하니 내가 될 줄 몰랐던 상황에 당황스러운 기분이기도 했다.

생각해 보니 정말 묘한 구도였다.

잠시 말이 없는 동안 나를 제외한 두 사람에게선 말없이 많은 것이 오고 갔나 보다. 한 사람은 더욱 깊이 미소했고, 다른 한 사람은 미간에 팬 고랑이 더욱 깊어졌다.

"그리고 형님께서 아무도 들이지 않았던 궁의 문을 활짝 열어 주신 것은."

여전히 내 허리에 팔을 감은 채 데인은 살짝 고개를 기울였다. 나긋하고도 나른한 시선이 옆에 자리했다. 그리고 그가 고개를 돌려 보지는 못했지만, 바로 옆에서 머리카락이 사라락 흩어지며 바람 소리가 들렸다. 데인은 웃는 것 같았다.

"제가 그림자를 그만둔 것과 같은 이유인가 보군요."

데인이 날 바라본 그 순간 허리에서 데인의 손이 떨어졌다. 바닥에서 뻗어 나온 넝쿨 줄기가 데인의 손을 붙잡고 있었다.

"그래."

아모르가 성마르게 피식 웃었다.

"그런 모양이군."

천천히 데인과 나를 번갈아 보던 그의 시선은 어쩐지 타는 것처럼 뜨겁게 느껴졌다.

* * *

밤이 찾아왔다.

"오라버니."

묘한 느낌이었다. 악몽이 잠식해 잠들지 못하는 밤에 늘 홀로 테라스에 앉아 하늘을 올려다보는 밤이 내게 전부였다. 그러다가 끝내 오지 않는 잠을 청하는 그런 밤. 나는 외로움을 잊기 위해 아모르를 찾아가곤 했다. 그런데 이 밤에는 내가 사랑하는 사람이 한 방에 한데 모여 있었다.

데인은 천장을 소릭스와 메타는 각각 복도와 창문을 맡았다. 처음에 데인이 천장에 들어간다고 해서 놀랐었는데, 알고 보니 궁의 구조상 천장 위는 텅 비어 있었고 보통 비밀 호위를 할 때 검사들이 이 공간에서 대기한다고 한다.

그리고 레이 경은 나와 멀리 떨어지지 않은 곳에 등을 기댄 채 서 있었다. 나와 가장 가까이 있던 아모르는 침대에 걸터앉아 기둥에 머리를 기대고 눈을 감고 있었다. 그리고 내 부름에 눈을 뜨고 나를 바라봤다.

"오늘 헤르난이 찾아올까요?"

아모르는 짐승의 신관이 찾아올 거라 했지만, 그것이 언제라고는 말을 하지 않았다. 그의 표정을 보니 그도 언제라고 확신하지 못한 듯했다.

"오늘이 아니라면 내일."

그는 담담한 낯으로 말했다.

"내일도 아니라면 다음 날에는 오겠지."

묘하게 확정적인 목소리였다. 아니 그는 확신하고 있는 것 같았다. 미소를 나눴던 이가 검을 겨누는 건 어떤 기분일까. 그것도 이전의 모습이 아닌 이지를 잃은 모습으로 말이다. 말없이 테라스 쪽을 보는가 싶던 아모르가 고개를 돌렸다.

“그러고 보니 이 방에 이토록 많은 숨소리가 자리한 건.”

“네.”

“처음이야.”

그 또한 신관이라서 그런지 기척에 예민한 모양이었다. 천장에서 대기하는 데인과 말없이 문을 지키는 레이 경 그리고 창문과 복도에 있을 소릭스와 메타까지 모두를 가리키는 말인 듯했다.

“다른 말이지만, 그런 날이 있더라구요. 혼자 잠들기 싫은 밤. 누구라도 함께하고 싶고 숨소리가 필요한 날 말예요.”

“네가 그랬듯?”

나는 웃으며 순순히 인정했다.

“네. 제가 그랬듯.”

그래서일까. 이 순간 내 침실도 아니건만 내 사람으로 꽉 채워진 방이 이토록 든든할 수가 없다. 오랜 시간 일기장과 함께했던 밤이 아닌 누군가의 숨소리가 함께하는 밤. 잠시 상황을 잊고 만끽했다. 그러고는 고개를 들었다.

“오라버니. ‘약’은 드셨나요?”

이 순간 소릭스와 메타 그리고 데인과 레이 경 모두가 듣고 있을 걸 생각해 돌려 말했다. 아모르는 그런 날 흘끗 보더니 별 말 없이 끄덕였다.

“마치 내가 이곳을 나가지 못할 거라 확신하듯이.”

그 말을 하는 아모르의 표정은 딱 짚어 이거다 형언할 수 없는 표정이었다.

"결계를 치던 날 형님은 내게 10일치의 약을 남겨 두고 가셨다."

지난 10년이 넘도록 카스토르는 매일매일 아모르에게 들러 약을 가져다주었다. 그리고 그것은 아모르에게 일상이었겠지. 원래 일상에서 하나만 빠져도 어색한 법이니까. 톱니바퀴가 하나 빠진 시계처럼 맞물리지 않는 그 기분을 안다.

"한데."

잠시 곱씹어 보는 듯하던 아모르가 묘한 말을 꺼냈다.

"……가져다준 약의 맛이 조금 이상했지만."

"설마, 위험한 거 아니에요?"

"아니."

아모르가 고개를 저었다.

"독은 아니었어."

그는 식물의 신관이자 약에 능통한 사람이었다. 독이 아니라 하는 목소리는 확신에 차 있었다. 그러나 아모르는 찝찝함을 지우지 못한 사람처럼 미간을 찌푸리며 중얼거렸다.

"그저 맛이 뭐랄까. 전과 같지 않게 연하다고 해야 할까……."

그가 다시 한 번 이것에 대해 말하려던 때 치지직 마치 고장 난 브라운관에서 나올 법한 소음이 터져 나왔다. 바로 아모르가 여기 있는 이들을 비롯해 바깥에서 보초를 선 순찰대들 전부에게 나눠준 팔찌로부터였다. 내게 준 것과 모양은 달랐지만 역할은 같았기에 곧바로 초소네의 목소리가 튀어나왔다. 무척이나 거친 목소리였다.

—나타났습니다!

마치 쫓기는 사람처럼 다급한 목소리, 그리고 숨을 헐떡이는 소리.

—크윽……! 조심하십시오. 너무 빠릅니다……! 벌써 1관문을 통과

해서 정문으로 향했습니다!

쾅-! 통신을 통하지 않아도 창문 밖에서 희미하게 들려왔다. 마치 지진이 난 것처럼 커다란 소리였다.

—젠장. 그는…… 믿을 수 없이-.

팔찌에서 초소네의 목소리가 지직지직 끊기며 토해 냈다.

—강합니다!

헤르난. 그가 오늘 밤 이곳에 정말 나타났다.

* * *

천장은 무척 어두웠다. 그러나 좁지는 않았다. 오히려 다락방처럼 꾸며진 곳에는 간단한 의자와 간이 책상이 있었다. 데인은 그곳에 앉아 아래를 내려다보고 있었다.

아래로 보이는 정원은 고요했다. 식물의 신관이 거주하는 곳이어서인지 녹음이 우거진 숲은 순찰대가 숨기에 유리했다. 하지만 반대로 말하자면, 침입자 또한 몸을 숨기기에 유리하다는 소리다.

데인이 훑는 곳은 각기 특히 나무와 넝쿨이 우거져 잘 보이지 않는 곳이었다. 데인이 고개를 돌려 책상을 응시했다. 그러고는 그의 손이 책상을 향했다.

'들어오게 될 길은 아마도 이곳과 저곳…….'

보통 천장과 지붕 사이의 이런 빈 공간은 비밀스런 호위들이 차지하는 게 다반사이나 데인의 경우는 달랐다. 데인이 양피지를 들어 올렸다.

'그중에서 이곳으로 오는 최단 루트는…….'

그가 물끄러미 보고 있는 것은 궁을 샅샅이 그려 놓은 설계도였다.

'여기.'

데인이 눈을 가늘게 좁혔다.

'초소네 경이 있는 길.'

천천히 양피지가 아래로 내려갔다. 데인의 눈은 양피지를 응시하고 있지 않았으나 설계도는 그의 눈앞에 생생하게 그려지고 있었다.

'1층에는 거대한 공동과 중정. 2층은 긴 복도.'

데인은 굳이 오래 보지 않아도 모든 것을 기억했다.

그러다 그는 잠시 생각을 멈추고 바닥의 무늬를 의미 없이 응시했다. 아실리가 그에게 부탁했던 순간을 떠올리고 있었다.

<데인 더는 희생자가 생겨나선 안 돼.>

어찌 거절할 수 있을까. 데인은 그녀가 그를 무릎 꿇려 어떤 잔인한 부탁을 하더라도 기꺼이 따를 것이다. 불구덩이에 뛰어들라는 부탁일지라도 말이다.

<나와 같은 희생양 말이야. 부탁해. 그렇지만, 내키지 않으면 오지 않아도 좋아.>

그러나 데인은 알고 있다.

<모순적인 걸 나도 알지만 4황자 오라버니를 도와드리고 싶으면서 네가 오지 않았으면 하는 마음도 있어.>

<왜?>

아실리 로제가 어떤 사람인지.

<데인. 난 네가 위험한 것도 싫으니까.>

그녀는 절대 그에게 강요하지 않을 것이다. 억지로 희생을 강요하는 대신 차라리 그녀가 위험해질 길을 택하겠지.

'하지만 아실리.'

데인은 피식 웃었다. 아실리가 없는 곳에서 그의 미소는 다정하지만은 않았다. 조금은 나른하며, 퇴폐감이 어린 미소로 그는 손등을 괴었다. 그의 곁에 누군가 있었다면 지금 데인에게서 아찔할 정도로 진한 꽃내음을 느꼈을 것이다.

'그런 얼굴로 부탁하면 들어주지 않을 수가 없잖아.'

그는 눈앞에 무형으로 그려진 설계도 속 길과 각각 오늘 하루 돌아보며 익혔던 장식물 그리고 천장, 지형, 나무의 움직임까지 고려해 하나의 길을 생각했다.

—나타났습니다!

데인의 손가락이 한곳을 짚었을 때, 지지직, 소음이 터져 나왔다. 그가 찬 팔찌에서였다. 순찰대장 초소네의 목소리였다.

—정말 이곳으로 나타났습니다!

아마도 그가 짐승의 신관이라면 택했을 길. 짐승의 신관이 온다면 반드시 이용할 길. 데인은 오랫동안 이와 같은 일들을 해 왔다. 이 정도쯤 알아맞히는 것은 식은 죽 먹기였다. 데인의 눈동자가 어둠 속에서 빛을 띠었다.

—지, 짐승의 신관입니다. 황자님!

매우 다급한 초소네의 음성이 다시 터져 나왔다.

—크윽……, 조심하십시오. 너무 빠릅니다……. 벌써 1관문을 통과해서 정문으로 향했습니다!

팔찌는 같은 것을 가진 모든 사람이 통신을 공유했다. 아마도 이 목소리를 아래에 있는 아실리를 비롯해 아모르, 레이 또한 전부 들었으리라. 데인의 눈동자가 차분하게 가라앉았다.

'이미 1관문을 통과했다라.'

짐승의 신관은 현재 이지를 잃었다. 즉, 다시 말해 사고를 잃고 본능만이 남아 움직이는 그가 택할 길은 다분히 효율적일 것이다. 최단 시간 내에 이곳으로 향하는 길 말이다.

—젠장. 그는…… 믿을 수 없이—. 강합니다!

팔찌에서 초소네의 경고와 같은 말이 마지막으로 터져 나왔다. 데인은 침착한 눈으로 눈앞의 설계 면을 응시했다. 어느새 몸을 일으킨 데인은 책상 위에 놓여있던 단검을 집어 들었다.

'멀쩡하진 않겠지.'

만반의 준비를 갖췄다고는 하나 상대는 최악의 신관이었다. 거기다 이지를 잃어서 더욱 강해진 흉폭한 신관. 아마도 멀쩡하기는 힘들 것이다. 다칠지도 모르겠다 생각했다. 그는 어디까지나 머리를 쓰는 자이며, 뛰어난 머리에 비해 그가 익힌 무예는 한 몸 지킬 정도가 전부였다. 데인은 뒤에서 지휘하는 쪽에 탁월했다. 그러나 지금은 나서지 않을 수 없었다.

'사람이 부족하니까.'

짐승의 신관은 그가 예상했던 대로 정문이 아닌 서쪽의 숲을 통해서 나타났다. 이쪽은 황태자 궁에서 4황자 궁으로 가는 가장 빠른 경로이기도 했다.

짐승의 신관은 숲을 무작정 뚫고 나왔다. 그것인 즉 그에게는 정말 이성이 남아 있지 않다는 소리였다.

'이성이 남아있다면 정문 쪽으로 오는 척하며 혼란을 주었겠지.'

데인은 헤르난을 알았다. 데인과 아모르, 헤르난은 각기 모를 수가 없는 사이였다. 알게 모르게 황제의 도구로 쓰였던 사이 아니었던가.

물론 정을 주었던 사이는 아니었다. 그러나 헤르난의 사고방식만은 알고 있다.

데인은 이 순간 알았다.

'지금의 그는 더는 이전의 헤르난데즈 듀르젤 폰 디볼로가 아니다.'

머리를 쓰는 뛰어나며 유능했던 검사이자 신관은 없다. 이성을 전부 잃은 짐승의 신관만이 있다는 걸. 그리고 곧 보게 될 것이란 걸. 물론 힘은 이전보다 더욱 강할 것이다. 하지만 그뿐이다.

데인이 미소했다. 만약 이전의 헤르난이었다면 무척이나 상대하기 어려웠을 것이다. 하나 본능만이 남아 움직이는 것이라면 승산이 없는 것도 아니다.

그는 천장에서 가볍게 뛰어내렸다. 복도에서 미리 대기하고 있던 메타가 빠르게 고개를 숙였다. 메타의 팔에서 길게 늘어진 은빛 실을 본 데인이 끄덕였다.

"준비는?"

"황자님께서 일러 주신 대로입니다."

메타가 얼른 손을 들어 허공에 모퉁이를 그렸다.

"짐승의 신관은 예상하신 경로로 무작정 달려오고 있습니다. 말씀해 주신 대로 막는 시늉을 하며 방향을 살짝 비트는 데 성공했습니다."

그 말을 하던 메타는 잠시 어두운 표정이었다.

"물론 막는 족족 상대도 되지 않고 말입니다."

"뭘 침울해하고 그래. 이미 예상했던 것 아닌가."

"황자님."

"그대는 내 아실리의 자랑스러운 검사잖아? 좀 더 자신감을 가져. 그리고 승산이 없는 것도 아니니."

데인은 그와 동시에 팔찌를 들어올렸다.

"초소네. 1관문을 거칠 때, 메타의 실은?"

—걸쳐 두었습니다!

메타의 실은 메타가 사용하는 도둑의 신관용 성물이자, 신력이 담긴 실이었다. 1관문에서 초소네가 미리 걸어 둔 메타의 실은 짐승의 신관이 어디에 있는지 알게 했다. 메타만이 가능한 능력이었다. 물론 진짜 헤르난이었다면 이런 얕은 수에 당하지 않았겠지만.

이건 이전의 그가 아니라는 데에 확신을 심어 주었다. 머리가 존재하는 자와 본능만이 남아 날뛰는 자. 후자 쪽이 훨씬 상대하기 쉬운 법이다.

"그 어떤 높은 산이라 하여도 산은 산. 오르는 방법이 존재하는 법이지."

데인에겐 그랬다.

아실리의 부탁을 들어주기로 한 그 즉시 데인은 불카누스의 신관을 찾아가 그들이 가진 도구를 모조리 꺼내게 했다. 보통 불카누스의 신관은 다른 신의 힘을 담아둔 물건을 재조립하거나 핵심 수정을 바탕으로 성물을 만든다. 그리고 그곳엔 오래전에 사라진 불의 신의 힘을 담은 성물도 있었다.

<이것은 강한 충격을 받는 순간 폭발을 일으킵니다.>

곧이어 짐승의 신관이 2관문을 통과했다는 말이 연달아 터져 나왔다. 이 순간 데인의 두뇌가 빠르게 돌아갔다. 데인은 보고가 나온 말들과 순찰대가 보고한 지점, 그리고 시간들을 순식간에 계산해 3관문에 있던 자에게 명령했다.

"지금!"

쾅!

멀지 않은 곳에서 굉음이 들렸다. 데인은 얼른 연기가 올라오는 숲의 지점을 바라봤다. 궁에서 멀지 않은 곳이었다.

'이 정도론 타격이 크지 않겠지. 하지만 없는 것보단 나아.'

데인이 고요하게 눈을 빛냈다. 그는 팔찌를 3번 흔들었다. 그러고는 녹색 빛이 나는 팔찌를 향해 말했다.

"레이, 준비해."

데인의 목소리가 끝나기가 무섭게 곧이어 레이의 진중한 음성이 대꾸했다.

—네. 짐승의 신관은 이쪽으로 옵니까?

"그래."

레이의 음성을 뒤로하며 데인의 시선은 함께 있던 메타에게로 향했다.

"알고 있지? 약속된 곳으로 짐승의 신관을 몰아오는 것이 그대와 레이 그리고 형님의 역할이야."

이제부터 그는 준비된 곳으로 가서 기다릴 것이다.

"기다리고 있을 테니."

"알겠습니다."

데인은 그 즉시 이층으로 내려가 아래가 훤히 보이는 난간에 기대어서 멀리 흔들리는 숲을 바라보았다. 거친 흔들림은 시시각각 가까워지고 있었다. 폭발 속에서 헤르난은 타격을 입은 게 분명했다. 그러나 여전히 움직이고 있었다. 부상이 경미한 상태로 마지막 3관문마저 통과했을 것이다. 하나 이쪽도 준비는 모두 갖췄다.

"그럼."

죄지은 자를 사로잡는 것을 생포라 한다.

"황녀님을 위해 나서 볼까."

그러나 이성이 없는 자를 사로잡는 건, 사냥이라 하는 쪽이 맞을 것이다. 메타와 시선을 나눈 데인이 그와 헤어져 각기 다른 방향으로 향했다. 바야흐로 누군가를 살리기 위한 사냥의 시작이었다.

* * *

레이 경이 움직였다. 나는 움직이려는 레이 경을 조금 불안한 눈으로 바라봤다.

"그럼, 작전대로 하겠습니다."

나는 굳은 얼굴로 끄덕였다. 조금 전 마구 터져 나온 목소리로 보아 헤르난은 이미 궁에 도달한 모양이었다. 데인이 예상한 전투 장소는 침실과 이 층의 복도였다. 준비를 끝낸 레이 경과 아모를 번갈아보며 난 다시 고개를 끄덕였다.

"난 옆방에 있을게."

만에 하나라도 카스토르가 나타날 것을 대비하기 위해서였다. 레이 경과 아모르는 전투가 멀지 않은 곳에 나를 둔다는 게 영 내키지 않는 단 얼굴이었다. 이미 10분 전부터 차라리 좀 더 안전한 곳에 있는 게 어떠하겠냐고 둘이서 번갈아가며 내게 권했으나 모두 내 고집을 이기지 못했다.

"괜찮아. 조금 다쳐도."

"황녀님."

난 희미하게 웃었다.

"이건 좀 그런가."

"많이 그렇습니다."

거 참. 이런 순간마저 한 마디를 안 지는구나 싶으면서 웃음이 터졌다. 동시에 똘똘 뭉쳐 있던 긴장이 살짝 풀리는 기분이었다. 나는 슬쩍 돌아서서 아모르를 향해 말했다.

"오라버니도 잘 다녀오세요."

"허튼짓이나 하지 말고."

그는 심기가 잔뜩 불편한 낯으로 얼굴을 쓸어내렸다. 그러나 어쩔 수 없다는 것을 알았는지 한숨을 내쉰다. 아모르의 눈동자를 슬쩍 모른척하며 웃었다. 걱정할 일은 없을 텐데. 그렇게 미소하며 아모르를 바라보는 찰나, 그의 눈이 이루 말할 수 없을 정도로 커졌다.

"황녀님!"

거친 돌풍이 불었다. 아울러 몸이 흔들렸다. 순간 시야가 획 뒤집어지며, 눈앞으로 새하얀 머리칼이 보였다. 어떤 상황인지 파악하기도 전에 다시 한 번 시야가 뒤집히며 몸이 그대로 땅에 처박혔다. 희미한 아픔을 뒤로한 채 얼른 고개를 들었다. 순간 시야가 핑 돌았다.

그러나 눈앞을 볼 순 있었다.

"……헤르난."

상체만 든 채 나를 내려다보는 남자를 응시했다. 목으로 느껴지는 서늘한 예기가 낯설고도 익숙했다. 남자는 가만히 나를 내려다보는가 싶더니 천천히 검을 거둔다. 그러고는 재빨리 돌아서 레이 경의 검을 막아 냈다.

챙.

눈앞에서 병장기가 부딪친다. 나는 그 날카로운 소리에 잠에서 깨어난 사람처럼 정신을 차린다. 그리고 천천히 얼굴을 흐렸다.

아무것도 담기지 않은 것처럼 무기질적인 눈동자. 그것은 내가 알던 색이 아니었다. 낯선 자색 눈동자를 가진 남자는 나를 처음 본 사람처럼 바라봤다.

나는 헤르난이 정말로 나를 기억하지 못하는, 모든 것을 잃은 사람이란 걸 재차 깨닫고 말았다.

"황녀님! 어서!"

벌떡 일어나 얼른 뒤로 물러났다. 내가 물러난 것과 동시에 기다렸다는 듯 헤르난의 팔과 다리를 감싸는 넝쿨이 있었다.

쾅.

활짝 열린 문으로 헤르난이 던져졌다. 빠르게 뒤따르는 레이 경이 보인다. 아모르는 흘끗 나를 돌아보더니 작게 속삭였다.

"봤지? 헤르난은 널 기억하지 못해."

상황에 맞지 않게 씁쓸한 음성이었다.

"여기서 기다려."

* * *

챙.

레이가 움직였다.

"소릭스 경! 오른쪽을 맡아 주십시오!"

소릭스는 얼른 오른쪽으로 돌아가려는 짐승의 신관의 검을 막아냈다. 날카로운 병장기 소리가 귀를 쭉 긁었다. 소릭스는 금방 이를 악물어야 했다.

'무슨 힘이……!'

그는 채 버티지 못하고 뒤로 처박혔다. 흙먼지가 이는 바닥에서 소릭스가 재빨리 옆으로 피했다. 쾅. 그가 있던 자리로 장검이 박혔다.

'밥소사. 이전보다 더 강해졌을 거란 황자님의 말씀이 이런 거였나!'

신관은 보통 인간보다 강한 신체 능력을 지닌 자들이었다. 그러나 신관 사이에도 우열이 있다면 소릭스의 힘은 '보는 것'에 치중되어 있었다.

"괜찮습니까?"

반면 눈앞의 남자는 신체 능력에 있어 정점을 찍은 자, 소릭스는 새삼 그 격차를 실감했다. 그는 오래전 헤르난과 검을 겨룬 적이 있었다. 물론 차이를 감안해 헤르난 쪽에서 몇 수를 내어 주고 대련한 것이었으나 그럼에도 형편없이 지고 말았다. 지금은 그때보다도 더욱 아득한 느낌이었다.

"네. 괜찮습니다."

소릭스가 막 검을 잡으려는 찰나, 그는 팔목에서 미세한 통증을 느꼈다. 조금 전 헤르난이 그를 내던졌을 때, 팔로 짚었기 때문이었다. 움찔, 그의 손은 아주 작게 떨었으나 레이는 금세 알아차렸다.

"부상입니까?"

소릭스는 내색하지 않으려 했다.

"아. 괜찮습니다."

그사이 소릭스를 대신해 메타가 얇은 철사로 얼른 꽁꽁 옭아맸다. 메타가 가진 단검은 각기 얇게 뽑힌 철사로 연결되어 튼튼한 장력張力을 가지고 있었다. 메타가 잠시 틈을 번 사이 레이가 소릭스에게 일렀다.

"소릭스 경, 뒤에서 보조를 맡아 주십시오."

"하지만."

레이가 단호하게 말했다.

"황녀님의 명은 누구도 죽지 않는 것이라 하셨습니다."

그 말에 소릭스는 입술을 꾹 다물고 말았다. 사실이었다. 그들의 주인인 아실리가 내린 명은 절대 목숨이 위험하지 않은 선에서 움직이는 것, 부상당한 몸으로 앞으로 설 수는 없었다. 레이는 그런 소릭스에게서 눈을 떼어 내며, 빠르게 고개를 돌렸다.

'살의가 느껴지지 않아. 아니, 오히려 귀찮게 여기는 느낌인가.'

헤르난을 상대하며 느낀 것이지만 그는 목적이 분명했다. 레이를 비롯한 소릭스와 메타에게 관심이 없음을 그대로 드러내며, 앞을 가로막는 그들을 족족 옆으로 치워내려 했다.

'저자의 목적은…….'

흘끗 레이가 뒤를 돌아봤다. 시선 끝 팔짱을 낀 채 이쪽을 바라보는 아모르가 걸렸다.

짐승의 신관의 목적은 오직 아모르를 향해 있었다. 그렇기에 지금 아모르가 미끼가 되어 유인하는 것이었고, 레이와 신관들은 그를 호위하는 역할이었다.

"제가 앞장서겠습니다. 뒤를 따라 주십시오."

"하지만, 경 그대는 신관이 아니지 않습니까."

"나는 그 말을 수백 번도 넘게 들었습니다."

레이는 허공에 의미 없이 검을 휘두르며 중얼거렸다.

"그럼에도 다들 결국엔 나를 앞으로 세우더군요."

소릭스는 움직이려는 레이를 조금 불안한 눈으로 바라봤다. 이미 메타를 상대하고 있는 하얀 머리칼의 남자가 보였다.

'저자를 어찌 상대한단 말인가.'

헤르난은 강했다. 이곳에 잔뜩 깔린 순찰대를 전부 따돌린 것으로도 모자라 불의 힘이 담긴 폭발을 겪었지만 그는 생채기와 함께 옷만 그슬렸을 뿐 움직임이 기민하고 잽쌌다. 아니, 보통 인간에겐 저들의 움직임을 쫓는 것조차 보기 힘들 것이다.

과연 방법이 있는 걸까, 이 인원으로는 부족한 것이 아닐까 소릭스가 입술을 깨물던 그때, 홀로 짐승의 신관을 상대하던 메타에게서 신음이 터져 나왔다. 얼른 돌아보자, 검을 놓친 메타가 보였다. 그런 메타의 앞으로 날카로운 검이 쇄도하는 아찔한 순간이었다.

"가만히 지켜보려 했더니."

헤르난의 손과 팔. 그리고 다리를 넝쿨이 휘감았다.

"너희론 역부족이군."

휘감은 넝쿨이 대포를 쏘듯 그를 복도 한쪽으로 던져 버렸다. 쿠당당탕. 요란한 소리가 천장이 높은 복도 가득 울렸다. 복도에 헤르난을 처박아 버린 아모르가 다시 손을 뻗었다. 그에 따라 넝쿨에서 돋아난 가시가 짐승의 몸을 꽉 옥죄었다.

"크으으."

짐승의 신관이 줄기를 벗어나기 위해 몸부림쳤다. 그럴수록 수십에 이르는 줄기들이 다시 내려와 그를 옭아맸다. 마침내 천장에서 내려온 줄기와 땅 밑에서 자라난 줄기가 짐승의 팔다리를 완전히 구속했을 때였다. 헤르난이 돌연 인간의 것이 아닌 함성을 질렀다. 그와 함께 털이 돋아난 팔이 줄기를 끊어 냈다. 그리고 아모르가 헤르난 쪽을 봤을 때 이미 그는 그 자리에 없었다.

"황자님 뒤!"

서걱. 아모르의 옷자락을 대신해 줄기들이 잘려 나갔다. 헤르난이 훌쩍 뒤로 물러났다. 민첩한 동작이었다. 곧이어 그가 있던 자리로 거대한 나무가 자라더니 그의 쪽으로 쓰러졌다.

"그 방향이 아닙니다!"

"알아."

아모르가 가늘게 눈을 좁혔다.

'고작 줄기로는 안 된다, 이건가.'

아모르가 사용하는 능력은 전부 식물을 기반으로 한 힘이었다. 그것은 검이 되고 방패가 되어 주지만 그 본질은 여전히 식물이었다. 검에 잘려 나가고 만다.

"부상자는 물러나!"

현재 헤르난은 한손에 검을 쥔 채 한 손을 인간의 것이 아닌 형태로 변형시킨 채였다. 그리고 아모르가 피워 내는 줄기를 족족 베어 버리는 날카로운 손톱과 검이 있었다.

'독을 사용할 수 없다.'

그러나 그의 또 다른 능력은 함께한 이들이 덩달아 위험해지기 때문에 사용할 수 없었다.

아모르는 씁쓸한 눈으로 헤르난을 바라봤다. 흉폭한 짐승의 신관은 레이를 상대하고 있었다. 그러나 걸음과 시선이 향한 곳은 분명했다. 아모르가 있는 곳이었다. 그를 죽이러 온 것일까? 아니면 그저 상처 입히기 위해?

그건 그도 몰랐다. 그저 변해 버린 것에 안타까움을 느낄 뿐. 오래전 아모르와 합을 맞췄던 검과 손톱이 이제는 그의 목을 위협하는 무기가 되었다. 그러나 이대로 둘 순 없기에 무엇이든 하려했다.

"넌 언제나 멋대로 내 궁의 담을 넘더니."

아모르가 중얼거렸을 때였다. 막 레이의 검을 받아 내던 헤르난이 돌연 검을 쳐내며 황급히 물러났다. 그러나 그가 선 바닥. 잘린 줄기들이 살아 있는 것처럼 꿈틀거리더니 이내 작고 노란 꽃을 피워 냈다. 꽃에서 터진 꽃가루는 집요하게 짐승의 신관의 후각을 괴롭혔다. 레이는 그 자리를 벗어난 지 오래였다.

"결국 제멋대로 너를 놓아 버리는구나."

이미 피하려 해도 늦었다. 헤르난의 앞에는 도톰한 꽃봉오리가 있었다. 붉은빛을 띤 거대한 꽃이었다.

짝.

아모르가 박수를 치는 것과 함께 꽃이 개화하더니 헤르난이 거친 기침을 토해 냈다. 그의 얼굴로 뿜어낸 꽃가루는 꽃가루이면서 동시에 눈을 가리는 자욱한 연기가 되었다.

'힘을 크게 쓸 생각이 없었는데…….'

아모르는 자신의 몸을 잘 알고 있었다. 그리고 처음부터 작전은 이들끼리 수행하며 아모르는 위험할 때만 나서기로 약속된 상태였다. 그들도 병약하다는 4황자의 소문을 알고 있었기에 배려한 것이었다. 사실 그들이 배려하지 않아도 아모르가 먼저 지양했겠지만.

더군다나 현재 이걸로는 부족했다.

'저 검사 말고는 상대가 안 되고 있어.'

이미 그의 몸은 소진할 대로 소진된 상태였다. 따라서 한 번에 과도한 힘을 쓰는 건 무리였다. 그렇기에 이들과 발을 맞춰 천천히 몰아넣고자 했지만. 생각 이상으로 헤르난이 강했다.

만약, 헤르난을 살해할 목적이라면 얼마든지 다른 수단을 쓸 수 있겠지만, 현재 그들의 목적은 그를 죽이는 것이 아닌 생포하는 것이었다.

'죽이는 것이 목적이 아니니.'

저 남색 머리카락을 가진 검사, 레이라고 했던가? 저 검사 외에 두 사람은 도통 상대가 되지 않아 원래 예정했던 장소로 그를 몰아넣지 못하고 있었다. 오히려 레이마저도 부상자를 보호하느라 제 힘을 내지 못하는 것이 아모르의 눈에 보였다.

애초에 데인이 전투 장소로 가정한 곳은 이곳이 아닌 조금 더 깊이 들어가면 있을 커다란 원으로 된 작은 홀이었다. 최악의 경우 이곳에서 헤르난을 몰아내지 못하고 하나씩 각개 격파당해 버리면 곤란해질 것이다. 아모르가 결단을 내렸다.

짐승의 신관이 연신 주변을 경계했을 그 때.

쿵. 거대한 소리가 땅에서부터 터져 나왔다. 짐승의 신관은 이 순간 크게 흔들리는 이유를 찾기 위해 바닥을 바라봤다. 그가 디딘 바닥 전체가 흔들리고 있었다.

우르릉.

이 흔들리는 땅은 아모르의 부름을 받은 그의 종속들이 바닥에서부터 올라오는 소리였다. 이미 낮에 모든 이들을 내보낸 이 궁에는 그들 말고는 아무도 없었다. 그리고 헤르난의 앞과 뒤 그리고 옆에서 거대한 나무뿌리들이 그를 해일처럼 덮쳤다.

"4황자님!"

4등위 식물의 신. 모든 독과 약에 능통하며 식물을 다룬다. 어린 시절 그는 힘을 다루는 것에 미숙했다. 식물의 범위란 실로 어마어마하여 아모르조차도 자신의 모든 능력을 알지 못했다.

<아모르. >

어리고 어리숙하던 그때 그를 가르친 사람이 있었다.

<헤르난처럼 순간적으로 폭발적인 힘을 가진 이들을 상대하려면 말이야.>

아이러니하게도 아모르에게 신력이란 무엇인지, 그리고 그 힘을 어떻게 다루는 것인지 알려 준 사람은 카스토르였다.

<더 큰 힘으로 눌러 버리면 된단다. 한번에. 폭포처럼.>

거대한 뿌리들이 쏟아질 때마다, 짐승의 신관은 피하기 급급했다. 아모르는 한계가 머지않았다는 것을 느꼈다. 울컥 목구멍으로 자꾸만 역류하는 것을 꾸역꾸역 삼켜냈다.

'조금만, 조금만 더.'

고지가 눈앞이라고, 아모르가 중얼거리며 입술을 깨물었다. 흐려지는 시야를 애써 무시하며, 더욱 깊게 파고들었다. 그런 그의 의지에 보답하듯 성난 뿌리들이 거칠게 짐승의 신관을 후려치며 복도 깊은 곳으로 몰아냈다.

"황자님, 저곳입니다!"

그리고 마침내 그들은 몰이의 최종 장소에 도달했다.

* * *

아모르와 레이 경이 나간 뒤로 난 옆의 방으로 넘어갔다. 옆방이라고는 하나 작은 문으로 연결된 방이었다. 그나마도 문이 없고 천으로 연결된 방은 집무실처럼 꾸며져 있었다. 그리고 오랫동안 쓰지 않은 방이었는지 물건들은 하나같이 새것 같았다.

쾅. 이때 복도를 가득 울리는 소리.

멀지 않은 곳에서 전투를 치르고 있을 레이와 순찰대, 그리고 아모르를 떠올렸다. 금방이라도 그곳으로 달려가고 싶은 마음을 눌러 참았다.

'카스토르가 나타날지 나타나지 않을지 몰라.'

그의 등장은 나도 쉬이 예상할 수 없었다. 그리고 만약 카스토르가 나타나지 않는다고 한다면 나는 방해만 될 뿐이다. 나는 내 처지를 안다. 아직 채 각성하지 못한 나는 짐만 된다는 걸. 일기장을 꽉 쥐었다가 펴며 입술을 깨물었다.

"난 지금 아무것도 할 수 없구나."

누군가를 살리겠다 결심하고서 남의 손을 빌리는 것이 괜찮지 않았다. 얼굴을 쓸어내렸다. 그러나 이젠 안다.

"……모든 걸 혼자 해결할 순 없었어."

혼자서도 어쩌지 못할 것이 있다는 걸. 뭐든 혼자서 하려 하는 것이 누군가를 아프게 할 수 있음을 알았다. 그리고 다치고 마는 나를 슬퍼하는 이들이 이토록 많다는 걸. 눈을 감았다. 희미한 병장기 소리가 들려온다.

다졌던 마음이 금세 술렁인다. 모두 괜찮을 것이다. 아모르는 오늘 죽지 않았어, 원작이 그의 목숨을 보장하고 있다고 마음을 다스려 보지만, 그럼에도 전투 속에 홀로 남겨진 기분은 견디기 힘들었다.

난 일기장을 꽉 쥐었다. 일기장은 언제나 내가 위험할 때 나서 주었다. 카스토르 앞에서 새파란 보랏빛을 드러냈던 것처럼 이 순간 다시 힘을 발휘하지 않을까? 그러니까 나도 저곳에 나서면. 아니다. 위험이 존재해. 만약 아무것도 하지 않는다면 도리어 다른 이들을 위험하게 하겠지. 문 앞에 선 채 문고리를 가만히 잡았을 때였다.

삐로롱—

청량한 소리에 고개를 돌렸다.

"……새?"

언제 나타난 것인지 모를 새가 앉아 있었다. 나는 멍하니 새가 앉아 있는 난간을 바라봤다.

"푸른 깃털……."

헤르난의 새였다.

그런데 헤르난의 새가 어째서 여기에? 지켜보던 나는 그동안 보았던 새의 모습과 조금 다르다는 것을 알았다. 지금 새의 모습은 내가 익히 알던 종달새 종류가 아닌 독수리나 매의 생김새를 지닌 맹금류에 가까웠다.

<이 새가 당신을 안내할 것입니다.>

그러고 보니 언젠가 저 새가 나를 도운 적 있었다. 레베카를 구하기 위해 개의 앞으로 뛰어들었을 때였다. 눈앞으로 뛰어드는 개의 앞을 막은 것이 저 맹금의 형태를 지닌 새였지.

나는 다시 한 번 새를 보았다.

"안녕."

새는 동물 특유의 무지한 눈으로 나를 바라보고 있었다. 나는 선뜻 다가가지 못했다. 새가 나를 거칠게 쪼아 댄 것을 기억하고 있기 때문이었다. 그러나 입술을 꾹 깨물었다. 돌연 발걸음을 그쪽으로 옮겼다.

"있잖아, 너도 나를 기억 못하니?"

새는 내가 지척으로 갈 때까지도 그저 나를 가만히 바라보고 있었다. 그리고 마침내 반보정도 앞에 섰을 때 나는 새의 깃털 색이 조금 이상하다는 걸 알았다.

"보라색……."

꼬리로 갈수록 쪽빛을 띠던 새의 깃털은 푸른빛과 보랏빛이 엉켜 얼룩덜룩했다. 천천히 손을 뻗어 새에게로 가져다 댄다. 놀랍게도 새는 내 손을 무심히 쳐다볼 뿐 나를 제지하지 않았다. 어째서일까. 의문을 느끼면서도 새의 깃털을 자세히 보았다. 동시에 나는 어떤 것을 떠올렸다.

"혹시, 헤르난의 눈동자가 변한 것과 네 깃털색이 변한 것이 관 계 있는 거야?"

당연하겠지만, 새는 대꾸하지 않았다. 살살 꼬리 깃을 쓰다듬자 새는 천천히 눈을 감았다. 새하얀 깃털이 달빛을 더욱 하얗게 반사한다. 어쩐지 눈물이 날 것 같았다.

"난 너를 알아."

이 새를 기억한다. 행정청에서, 언제든 문득 고개를 올려다봤을 때 나무에 앉아 물끄러미 나를 지켜보던 새를. 당신은 새와 같은 사람이었다. 희었고 보드라운 내게 한없이 부드럽고 너그러운 사람. 그때는 그저 모르고 싶었다.

"오래전에 나를 비석으로 데려가 줘서 고마워."

왜 그땐 몰랐을까. 아니 알고 있다. 알고 있었다, 나는. 그때는 나 하나만으로 버거웠다. 악몽이 쉴 새 없이 나를 짓눌러 숨도 쉬지 못하던 그때, 거침없이 다가오는 당신은 그저 내게 악몽을 되새길 뿐이었다.

"인사가 너무 늦었지? 나도 알아."

우리는 수없이 많은 기회를 서로 놓쳤다.

당신은 긴긴 시간이 지나 내게 모든 걸 털어놓았고, 그때는 이미 늦어 버린 뒤였다. 나는 당신도 또 다른 희생자였음을 너무 늦게 알아 버렸다.

"인사에도 타이밍이란 게 있어. 제때 전하지 못하면 끝내 닿지 못하는 게 있대."

안타까운 사람, 사랑을 고하고서 끝끝내 어떤 대답도 하지 못하게 했다. 그리고 영영 사라져 버렸다.

"마치 감정처럼 말이야."

내게 서글픔과 안타까움을 겹겹이 남기고서 당신은 마침내 훌쩍 떠나 버렸다.

"헤르난."

천천히 손을 내밀자 새는 물끄러미 그 손을 응시했다.

"나는 단 한 번도 당신을 다정히 불러 본 일조차 없었어."

미안해. 이 사과는 과거의 당신을 향한 것이다. 하지만 나는 다시 돌아가더라도 그때와 똑같이 행동하고 말 거다. 어쩌면 당신이 나를 만난 것이, 내가 당신의 「동반자」였던 것이 당신의 불행이 아니었을까 생각한다.

"아무리 생각해도 헤르난. 당신은 나를 사랑하면 안 됐어."

손으로 묵직한 것이 느껴졌다. 어느새 새는 내 손등 위로 올라와서는 고개를 기우뚱 기울였다. 맹금류 특유의 네모난 눈동자는 그저 순진해 보이기도 했고 깊은 것을 품고 있는 것처럼도 보였다. 미간을 살살 쓸어 주자 새가 다시금 눈을 감았다.

"우리는 만나지 말았어야 했어. 당신의 사랑은 처음부터 끝까지 내게 슬픔만 불러일으켰거든. 당신의 사랑은 때로 내게 우박이었어. 아프고 피하고 싶었어."

당신이 안타깝다. 당신의 삶을 연민한다. 당신도 결국엔 어쩔 수 없이 커다란 힘에 의해 희생당한 이라는 것을 알았기에. 그러나 당신은 당신의 잘못과 죄로부터 피하는 대신 마주했다. 끝내 산산조각이 나부서져 버릴 사랑임을 알면서도 내게 고했다.

"왜 나를 사랑했어?"

그 사랑은 당신을 아프게만 하며, 희생만을 불러왔는데.

"그렇지만, 헤르난. 난 마지막 순간에 꼭 말하고 싶었어. 그런데 못했어. 나는 당신의 희생에 미안하다는 말도 고맙다는 말조차 하지 못했어."

그러니까.

"꼭 돌아와."

새의 꼬리로 손을 가져다 댄 순간, 눈이 아파 온다. 나는 이 고통을 알고 있었다. 손을 떼어 내자 하나의 깃털이 자색에서 푸른빛으로 바뀌어 있었다.

그러나 여전히 자색을 띤 깃털이 더욱 많았다. 마치 어쩔 수 없는 상황을 드러내듯이.

삐이익—

새가 요란하게 울음을 토해내더니 크게 홰를 치며 날아간다. 나는 놀란 눈으로 뒤로 물러났다. 활짝 열린 문으로 나가려던 새가 한번 돌아본다. 그 몸짓이 마치 따라오라는 것 같았다.

"따라오라는 거니?"

새가 다시 한 번 울었다. 천천히 그 뒤를 쫓다가 이내 달린다. 나는 새를 쫓아 어둠이 내려앉은 복도로 달려 나갔다.

* * *

마침내 헤르난이 텅 빈 홀에 도착했을 때였다. 아모르의 뿌리 중 하나가 그를 휘감았다.

스겅.

그러나 더욱 예기를 띤 짐승의 손톱이 뿌리째로 베어 버렸다. 아모르가 얼른 뒤로 물러나며, 아모르에게 쇄도하는 검은 뿌리로 만든 방패에 가로막혔다. 레이가 그 틈을 타고 사이에 끼어들어 검을 흘려보냈다.

"삼 보만, 삼 보만 더 가면 됩니다!"

소릭스가 외쳤다. 아모르가 손짓하자 두어 개씩 단단히 얽힌 뿌리들이 마치 망치처럼 짐승의 신관을 뒤로 날려 보냈다. 아모르는 무심하게 천장과 홀을 훑었다.

'저곳인가?'

앞이 흐려졌다가 맑아지기를 반복했다. 헤르난이 창문으로 피할 수 없도록 그 앞은 레이가 적절히 막아 내고 있었다.

분명 저자는 신관이 아니라 하였는데.

아모르가 눈을 가늘게 좁혔다. 그저 검 하나를 쥐고 짐승의 검을 흘리거나 피하며 그가 적절하게 방향을 틀게 만들다니, 보통 솜씨가 아니었다.

"컥!"

그리고 그 순간 뿌리가 거짓말처럼 움직임을 멈췄다. 마치 시간이 멈춘 것처럼. 메타가 황급히 고개를 돌린 곳에 아모르가 천천히 고꾸라지는 모습이 보였다.

"황자님!"

한순간 모두가 당황했을 때, 단 한 사람만은 그 틈을 놓치지 않았다.

짐승의 몸이 획 돌아섰다. 레이의 검이 느슨해진 틈을 타, 헤르난이 땅을 박차고 달려갔다.

푹.

이곳에 있던 모두가 그 선명한 소리를 들었다. 아모르가 기침을 토해 냈다. 뚝뚝. 청각이 예민한 신관들은 바닥에 떨어지는 소리조차 듣고 말았다. 소릭스가 돌아보자, 선연한 핏줄기가 검에 맺혀 있다. 그것이 날을 타고 끝에서 뚝뚝 떨어졌다.

달빛 아래, 선명하리만치 붉은 피였다.

"4황자 아모르. 당신에게 전합니다."

헤르난이 처음으로 입을 떼어 꺼낸 목소리는 지극히 무심했다.

"안녕 아모르. 나란다. 미처 내가 전하지 못하게 된 말을 헤르난을 통해서 보내."

짐승의 입술을 빌려 나온 말은 카스토르의 것이었다. 아모르가 콜록대며 다시 기침을 토해 냈다. 헤르난은 기계적으로 말을 읊었다.

"네가 오래전에 이곳에서 먹은 독은 말이야. 황제의 신력을 담은 것이란다. 주신의 신력이 타 신관에게는 독이 되는 걸 알고 있지?"

아모르의 상체가 굽어졌다. 천천히 앞으로 쓰러지며, 아모르가 무릎을 굽혔다. 그는 가까스로 바닥을 짚으며 헤르난을 올려다봤다.

"때로는 심장을 멈추게 하는 것도 말이야. 주신의 신력을 네 몸에 집어넣고 널 구속한 것이지. 그리고 지금까지 먹은 해독약도 황제의 신력을 담은 것이란다. 독과 약이 같은 것이라니 참 우습지?"

"컥, 형, 형님……."

"넌 식물의 신관이 되는 대신 오랜 지병을 앓았지. 그리고 네 몸속에 파고든 황제의 독은 너를 파고들어 네 몸을 손쓸 틈 없이 엉망으로 만들었고. 결국엔 네 수명을 오래 남지 않게 했어."

헤르난이 잠시 말을 멈췄다. 그러고는 눈을 느릿하게 깜빡이더니 이어 말했다.

"나는 네 해독제의 신력을 일부러 약하게 하여 주었단다. 아마도 죽진 않겠지만, 몸속 주신의 힘이 가진 독성은 쉬이 가라앉지 않을 정도로 말이야."

아모르는 그것이 카스토르의 버릇을 흉내 낸 것이란 걸 알았다. 짐승은 그저 주인이 시킨 대로 자신이 보고 들은 것을 그대로 전하고 있었다.

"오래전 내가 네게 이 궁을 선물했지."

헤르난의 손은 몹시도 차가웠다. 아모르는 시야가 저물어 가는 도중에도 뺨 위에 얹힌 손에서 서늘함을 느꼈다.

"네가 죽기를 바라진 않아. 그렇지만, 잠시 잠들어 있어 주면 해."

아모르는 이 순간 카스토르가 무엇을 원한 것인지 알았다. 아실리, 그 아이가 가장 먼저 떠올랐다. 눈이 가물가물하게 감겨 가는 이 순간에도 그 얼굴이 너무나 보고 싶었다.

"그럴 수는 없습니다. 형님께서 그러셔도……."

아모르가 반쯤 뜬 눈을 내리깔며, 느리지만 또박또박 말했다.

"저는 앞으로 나아갈 것입니다."

쿨럭, 아모르는 핏덩이를 토해 내면서도 끝내 말을 멈추지 않았다.

"그 아이가, 크흐, 당신이 선사한 지옥에서 저를 구해 주었습니다."

아모르에게 있어 카스토르란 모든 것에 최초였다. 좋아하는 것도 싫어하는 것도 사소한 버릇도 미소도 손짓, 눈짓, 아주 작은 몸짓마저도. 모든 가족이 죽어 버린 아모르는 바라볼 이가 없어 자신에게 지옥을 선사한 이에게 온기를 바랐다.

<나는 너를 좋아한단다. 아모르.>

아모르는 카스토르를 좋아할 수는 없었으나 싫어하지도 못했다. 그것은 그도 정확히 짚어 낼 수 없는 복잡한 감정의 덩어리여서, 오랫동안 그 퍼즐을 풀지 못했다.

"그러니 형님……."

갇혀버린 미로에서 탈출구를 찾아 준 것은 작은 온기였다. 시작은 작은 온기였으나 차차 퍼져 나가며 뜨겁게 타오르는 불이 되어 그에 가슴에 옮겨 붙었다. 그것의 이름은 곧 자신의 이름이었다.

"저는, 죽지 않고 살아서."

지난 시간 헛된 희망일까 두려워 꺼내지 못한 바람.

"그 아이와 같은 것을 바라보겠습니다."

그는 살고 싶었다.

'목표 지점까지는 단 세 걸음.'

앞이 잘 보이지 않았다. 그러나 아모르는 희미해지는 시야 속에서 거리를 가늠했다.

"형님이 전하신 것은 그것이 다인가?"

잠시 창문을 보는가 싶던 헤르난의 눈동자가 천천히 아모르의 눈을 향했다. 헤르난은 아모르의 눈을 마주하며 말했다. 여전히 그의 입을 빌린 카스토르의 말이었다.

"아모르. 네가 율리안에게 무엇을 말했는지 난 알아. 그리고 그것은 나와 반하는 일이었지."

"일부러 알아채도록 둔 것이라 생각하진 않습니까?"

헤르난에게 말하는 것은 의미가 없다. 아모르는 그리 생각하면서도 말했다. 그러나 헤르난은 마치 그에 반응한 것처럼 눈을 내리깔았다. 하지만 이마저도 카스토르의 흉내를 낸 것이리라.

"네가 끝내 나에게서 돌아서겠다면……."

헤르난이 아모르를 찌른 검을 고쳐 잡았다. 그와 동시에 아모르가 손을 빠르게 휘저었다. 그의 손짓은 곧 꽃과 식물을 피워 내는 것이었다. 곧이어 헤르난의 발끝에서 자라난 아주 얇고 가느다란 줄기가 그의 발목을 휘감았다.

"큭!"

재빨리 눈치 챈 헤르난이 줄기를 잘라 내려 했다. 그러나 아모르의 목적은 속박이 아니었다.

"소용없어."

아모르는 입술을 닦아 내며 다른 손으로 허공에 크게 휘둘렀다. 발목을 휘감은 무수한 얇은 줄기들이 도르래처럼 휙 돌아가 헤르난을 던졌다.

쾅.

홀의 정가운데 지점이 오목하게 파였다. 그가 고꾸라진 자리로부터 돌가루가 튀고 흙먼지가 자욱하게 피어올랐다. 작은 식물에서 나왔다고 하기에는 놀라운 힘이었다.

'잠시라도 막아 둘 것이 필요해.'

아모르가 빠르게 홀을 둘러봤다. 헤르난이 던져진 곳은 원처럼 둥근 바닥에 그려진 거대한 동그라미의 한 중간이자 그들의 목표 지점이었다. 그를 잠시나마 저곳에 가둬 둘 것이 필요했다. 아주 잠깐이라도 그가 멈칫할 수 있는 틈을 말이다. 아모르와 눈이 마주친 소릭스가 재빠르게 외쳤다.

"메타, 네 성물을!"

"알고 있어."

메타가 이를 악물며 제 검을 겨냥했다. 얇은 실이 달린 제 단검을 짐승을 향해 던진 순간, 검은 마치 살아 있는 것처럼 움직여 헤르난의 손을 관통했다. 그의 팔을 꽁꽁 묶은 실을 메타가 뒤로 확 잡아당겼다. 그러나 곧이어 반발하는 힘에 메타는 신음을 흘렸다.

"황자님 오래는 못 버팁니다!"

현재 아모르의 몸에는 긴 검이 꽂혀 있었다. 꽂혀 있는 부분에서 끊임없이 피가 흘러나왔다. 섣불리 뽑아내면 더 큰 출혈을 야기할 뿐이었다.

'고통은 잠시 잊어.'

그는 자신에게 속삭였다. 옷을 적시는 피도 곧 멈출 것이다. 아모르는 고통도 잊은 채 이를 악물었다. 곧이어 눕혀진 헤르난이 벌떡 일어나 제자리에서 발을 박차는 것이 보였다. 아모르의 손이 손뼉과 동시에 바닥을 짚었다.

"준비해."

앞으로 거칠게 뻗었던 헤르난의 손톱이 나무 하나에 가로막혔다. 굵기가 보통 나무와 판이한 거대하고 굵은 나무였다. 헤르난이 손톱이 박힌 나무에서 잠시 멈칫할 때였다.

"데인 로웰!"

헤르난의 주변으로 거대한 나무가 자라나 헤르난의 앞을 막았다. 올려다보기도 힘든 거대한 나무였다. 앞과 뒤 그리고 사방이 막힌 감옥이 완성된 순간 아모르는 데인을 불렀다.

"지금!"

짐승의 예민해진 청각에 무언가 칼로 뚝 끊어지는 소리가 들렸다. 짐승은 얼른 몸을 내빼려고 했지만 사방을 에워싼 나무와 줄기로 여의치 않았다. 잠시 망설인 순간 짐승은 자신의 몸을 내리누르는 거대한 것을 느꼈다. 얇지만 점차 조이는 감각 속에서 짐승은 눈을 가늘게 떴다.

그물이었다.

"크으윽!"

짐승이 빠르게 손을 휘둘렀다. 그에겐 고대 짐승의 신이 내린 저주의 산물, 날카로운 손톱이 있었다. 그러나 놀랍게도 그의 날카롭고 강력한 힘에도 그물은 쉽사리 끊어지지 않았다.

"포기해."

어느새 그의 앞에 그가 조금 전 칼을 꽂아 넣은 아모르가 서 있었다. 헤르난이 그를 본 순간 본능적으로 손을 뻗으려 했다. 그러나 좀처럼 뻗어지지 않는 손을 느꼈다.

"그건 직물과 거미의 신 아라크네의 그물."

무표정하던 짐승의 얼굴이 처음으로 일그러졌다. 아무리 손을 휘둘러도 제 몸을 옭아맨 그물이 사라지지 않았기 때문이었다.

"빠져나오려 할수록 더욱 옥죄일 거다."

아모르가 발버둥치는 헤르난을 가만히 바라보고 있었다. 아직 쉬이 안심할 때가 아니었다. 그러나 이를 악물고 광분한 짐승의 움직임이 차차 가라앉는가 싶더니, 곧이어 자리에서 색색 숨만 쉬는 짐승을 보며 아모르가 작게 숨을 뱉었다.

'성공한 건가.'

직물과 거미의 신 아라크네의 그물은 한번 잡은 것은 절대 놓치지 않는 그물이었다. 이걸 만들 수 있는 자가 거의 사라져 아주 희귀한 것이 되었지만, 그것이 설마 아실리 궁에 존재했을 줄이야. 아모르가 짧은 감상을 끝내며 고요해진 짐승의 눈을 바라봤다.

'너도 나도. 누구도 이런 끝을 예상하지 못했겠지.'

아모르는 눈을 감았다. 입에서 비릿한 혈향이 느껴졌다.

'아니. 오지 않기를 바랐다.'

한때, 누구와도 견줄 수 없는 검사였다. 그리고 위로에 서툰 사람이었다. 아모르와 그는 끝내 살가운 관계는 되지 못했어도 서로의 사정을 잘 알았던 동지였다. 그런 그가 검을 잃고 야성에 의지해 광폭한 짐승의 힘을 휘둘렀다. 인간의 것이 아닌 저 팔은 그가 본능에 잠식되었다는 증거였다. 헤르난데즈란 남자는 무슨 일이 있어도 절대 타인의 앞에서 저 모습을 하지 않았으니까.

'돌아올 수 없는 건가? 너의 끝은 어째서…….'

그때 아모르의 옆으로 누군가 가볍게 내려와 착지했다. 데인이었다. 그는 아모르의 옆에서 흘끗 발버둥치는 헤르난을 바라봤다.

"살을 내어 주고 뼈를 취하셨군요."

데인의 시선이 헤르난에게서 떨어져 아모르를 향했다. 데인이 바라보고 있는 것은 아모르에게 꽂혀있는 검이었다.

"제 아무리 신관이라 하여도 그 상처는 깊습니다."

"알아."

뽑고자 하면 얼마든지 뽑을 수 있었다. 그러나 그러지 못한 것은 아모르 그의 정신이 점차 희미해지고 있기 때문이었다. 그는 고통에 의지해 가까스로 서 있는 것에 가까웠다.

"끝난 건가."

"아마도요."

아실리가 제안하고, 데인이 구상한 작전은 여기까지였다. 바로 짐승의 신관을 생포하는 것.

그들의 사냥은 훌륭하게 종결되었다. 이제 생포된 그를 안전한 곳으로 옮기는 것만 남았다. 아모르를 비롯해 모두가 그리 생각하고 있을 때였다. 데인이 묘한 낌새를 눈치 채고 얼른 자리를 피했다.

쾅.

그가 있던 자리가 움푹 팼다. 데인이 미간을 찌푸렸다.

'설마, 저 몰골로 움직일 수 있다니?'

데인의 허리가 유연하게 뒤로 휘었다. 데인은 그대로 다리를 튕겨 발로 헤르난의 손톱을 차 내며 공중제비를 돌아 뒤로 착지했다.

'소릭스의 예상이 틀렸나.'

소릭스는 그물에 휘감긴 순간 꼼짝하지 못할 것이라 했지만 그것은 틀렸다. 그러나 시간이 지날수록 점점 옥죄는 성물이 저 그물이었다. 조금만 더 기다리면 짐승이 움직이지 못할 것이다.

'시간을 벌어야 해.'

그 정도가 되려면 시간이 필요했다. 과연 남은 인원으로 그 시간을 벌 수 있을까? 그러나 생각은 잠시였다. 눈 깜빡일 정도로 찰나의 순간 데인의 앞으로 다가온 헤르난과 그물에 휘감긴 발이 눈앞에 있었다.

퍽.

데인은 등 쪽에서 으스러지는 고통을 느꼈다. 어떻게든 피해를 최소화하고자 막았지만, 역부족이었다.

"커헉."

데인이 가는 신음을 뱉었다. 그러나 데인의 두뇌는 이미 상황에 대한 빠른 답을 내어놓고 있었다.

'본능에 지배되었다는 것이 이런 건가.'

아무래도 짐승의 신관이 생각을 바꾼 것 같았다.

'이건 위험한데.'

살의가 담긴 일격은 자신과 다른 이들을 먼저 제거하기로 생각한 것이 분명했다. 조금 전과는 판이하게 다른 행동을 보였다.

'방해물부터 제거하기로 한 건가?'

아모르를 죽일 생각이 없다고 했다. 그러나 다른 이들은 어떨까? 짐승의 신관의 의도가 변했다면 가장 위험한 건 이제 데인과 신관들이었다. 이마로 흐르는 피를 닦아낸 데인이 비틀거리며 일어났을 때였다.

"피하세요. 황자님!"

소릭스의 외침이 채 닿기도 전에 데인이 힘껏 몸을 돌렸다. 그 바람에 그는 다시 뒤로 넘어갔으나 그가 있던 자리로 파공음을 내며 뻗어진 손톱을 피할 수 있었다. 챙. 데인을 대신해 짐승의 일격을 막아 낸 것은 레이였다.

"황자님, 어서 머리를 굴려 보십시오!"

"알고 있어."

설마하니, 그물로 휘감긴 몸을 하고서도 움직일 수 있으리라곤 생각하지 못했다. 작전이 실패한 것은 아니었다. 그저 전설로만 내려오던 광폭한 힘의 크기를 미처 가늠하지 못했을 뿐. 이것이면 될 거라 호언장담했던 소릭스는 지금쯤 자신을 수없이 자책하고 있으리라.

"이건 시간을 끄는 수밖에는 없어."

그러나 말했듯 아라크네의 그물은 시간이 지날수록 대상을 옥죄는 그물, 시간을 끄는 수밖에 없었다. 데인은 상황을 냉정히 판단했다.

'그전에 모두 죽을지도 모르지만 말이지.'

이미 부상이 심각한 아모르, 이전에 부상을 입은 것처럼 보이는 소릭스, 곧 신력의 고갈을 느낄 메타. 그리고 부상 입은 데인 자신까지. 제대로 싸울 수 있는 이는 레이 하나였다. 그러나 그가 모두를 보호하며 제대로 싸우는 것은 불가능했다.

"쿨럭, 시간은 얼마나 끌면 되지?"

아모르가 거친 기침을 토해내며 말을 할 때였다. 짐승의 신관이 불현듯 고개를 들더니 방향을 휙 틀어 아모르에게로 쇄도했다. 그의 한 손에는 바닥에서 주워든 검이 들린 채였다.

목표를 다시 바꾼 건가?

재빠르게 눈치 챈 데인이 단검을 들었다. 그가 날려 보낸 검이 헤르난의 팔에 꽂혔지만, 그는 아랑곳 않고 팔을 휘둘렀다. 짐승이 든 벼려진 검의 목표는 오직 하나였다.

'승산이 없는데.'

아모르가 눈을 찡그리며, 자신에게 다가온 검으로 손을 뻗었다. 그의 팔로 빠르게 수십의 줄기들이 휘감겼다. 검이 가시로 잔뜩 감긴 손을 관통하며 얼굴 바로 앞에서 멈췄다.

뚝. 핏방울이 떨어졌다.

아모르가 고개를 들자 색이 다른 시선이 허공에서 부딪쳤다. 아모르는 아무런 빛도 띠지 않는 눈동자를 보며 피식 웃고 말았다. 그저 상황도 잊고 웃음이 나고 말았기에.

"멍청한 놈."

검이 목젖까지 다가왔을 때였다.

"멈춰, 헤르난."

아모르의 뒤에서 가느다란, 그러나 결코 작지 않은 목소리가 대치를 가르고 튀어나왔다. 아모르는 쇄도하던 검이 멈춘 것을 느꼈다.

"헤르난. 그만."

고개를 돌린 곳에 언제 온 것인지 모를 아실리가 서 있었다.

"그만 멈춰 줘."

아실리의 손에는 새하얀 새가 있었다. 새의 날개를 붙잡고 다른 손으로 잡고 있는 것은 그녀와는 어울리지 않는 단검이었다. 아실리는 무척 서글프게 웃으며 단검을 새쪽으로 향했다.

"떨어져. 이 새가 죽는걸 보기 싫다면."

헤르난의 새, 짐승의 신관이 평생 함께하는 동물.

그것이 죽으면, 헤르난 또한 치명적인 피해를 입었다. 하지만 그걸 어떻게 알았을까? 아모르는 희미한 시야 속에서도 아실리를 올곧이 담으려 노력했다.

'넌 대체…….'

그것은 그 누구도 모르는 비밀이었다. 새를 해치면 헤르난은 돌이킬 수 없는 상처를 입기에 본능적으로 새와 자신은 서로의 위험을 감지한다고. 아모르조차도 헤르난에게서 들어서 아는 비밀이었다. 오직 짐승의 신관 사이에서만 내려오는 그들의 비밀이었기에.

"물러나."

헤르난이 천천히 물러났다. 그 순간, 그물이 완전히 옥죄며 그를 꽁꽁 묶었다. 완전히 속박당한 짐승의 신관은 무릎을 접은 채 색색 숨만 쉬고 있었다.

'끝이구나.'

왜일까 걸어오는 그녀에게선 홀로 빛이 쏟아지는 것 같다. 달빛이 그녀에게만 쏟아지는 것일지도 모른다. 아니, 오래전부터 그의 달과 그의 해는 오직 한 사람에게로만 향했기 때문에 그의 눈에 그리 보이는 것일지도. 아모르가 옅게 웃었다.

'나의 달이 너이기 때문에.'

아모르는 이쪽으로 다가오는 아실리를 바라보며 천천히 눈을 감았다. 그녀를 본 순간 참을 수 없는 피로가 몰려왔다.

"오라버니!"

* * *

헤르난의 새의 뒤를 줄곧 따라가며 이래도 되는 걸까 하는 생각이 들었다. 그럼에도 몸은 어둠 속 복도를 성실하게 달리고 있었다. 왜일까 이전 같았으면 금세 지쳤을 몸이 오늘따라 무척 가벼웠다.

잠시 뒤 새가 멈춰 섰다. 이미 난 3층에서 2층 복도로 내려온 뒤였다.

쾅.

멀지 않은 곳에서 목소리와 병장기 소리가 들렸다. 쿠르릉. 발밑에서 진동이 전해져 온다. 곧 이어 흙먼지의 텁텁한 냄새가 느껴졌다. 저곳에서 싸우고 있구나. 어둠 저편은 전투가 치열한 모양이다.

"있잖아."

나는 크게 숨을 몰아쉬었다. 어느새 새는 허공에 멈춰서 이쪽을 보고 있었다. 어둠 속에서 새의 노란 눈동자만이 나를 응시한다. 그 모습이 마치 내게 무언가를 전하려 하는 것도 같아 나는 천천히 걸음을 옮겼다.

"내게 원하는 게 뭔지 모르겠어."

새가 날개를 접고 앉은 곳은 이층 복도 한쪽의 장식물 위였다. 4황자의 황궁답게 몹시 호화로운 장식들이 있었고, 새가 앉은 곳은 그중에서도 장식용 검이 달려 있는 곳이었다. 무겁고 긴 대검부터 장검, 글라디우스……. 아주 짧은 단검류도 있었다. 천천히 검들을 응시한다. 문득 아래를 보자 새의 발톱이 무언가를 꽉 쥐고 있었다.

"……내가 이걸 쥐길 바란 거니?"

삐로롱—

새가 울었다. 마치 정답이라고 말해주는 듯이. 곧이어 나는 수많은 검들 중 새가 앉아 있던 아래 깔린 것을 꺼냈다.

"……단검?"

평범한 단검이었다. 금으로 세공된 검집을 가지고 있다. 검집을 벗겨 내자 새파란 날이 드러난다. 장식용 검이었지만 날이 세워져 있다. 얼른 다른 검을 살펴본다. 그 결과 날이 세워진 것은 단검뿐이란 걸 알았다. 이전에 들은 적 있다. 암살을 대비해 장식용 검 사이에 진짜 검을 끼워 놓기도 한다고. 검의 손잡이를 쥔 채 새를 올려다본다.

"왜 이걸 내게 주는 거야?"

내 손. 이 손은 평생 검을 잡아 본 적 없는 손이었다. 손이 파르르 떨린다. 이 순간 어째서인지 알 것 같다는 생각이 들어서 얼굴을 흐렸다.

"이걸로 누군가를 찌르는 거라면 난 못 해."

이곳에 모인 자. 안타깝지 않은 이가 없었다. 이 검으로 누굴 찌르란 말인가.

"있지."

그리고 무엇보다.

"내겐 아무 힘도 없어."

내게는 이 검을 찔러 도달할 힘이 없었다.
애석하게도.
차츰 서글퍼지는 내 표정을 알아챈 것인지 새가 돌연 고개를 숙여 제 깃털을 뽑아냈다. 놀란 나의 손위로 뽑아낸 깃털을 놓았다.
"보라색 깃털?"
제 꼬리에서 보라색 깃을 뽑아낸 새가 다시 뽑아낸 것은 청색 깃이었다. 새의 꼬리에서 얼마 남지 않았던 푸른 색 깃이기도 했다. 나는 손바닥에 올려져있는 두 개의 깃을 번갈아보았다.
보라색과 푸른색.
<이 새는 저나 다름없습니다.>
줄곧 헤르난과 함께 있던 새였다. 그리고 헤르난의 능력이기도 하며 그와 동일시된다는 새. 설마 이 새는 헤르난이기도 한 걸까? 단순히 애완용이 아닌 정말 헤르난과 운명으로 묶인 관계……. 말도 안 된다 생각하면서도 새를 다시 올려다봤다.
"설마, 널 찌르란 거니?"
삐로롱. 새가 울었다. 나는 그 울음소리에 눈물이 날 것 같았다.
"……지금 저기서 싸우는 헤르난을 잠재우기 위해서?"
노란 짐승의 눈동자, 물끄러미 보는 새의 눈동자는 맑았다. 새는 포르르 날아 청색 깃털을 입에 물더니 그것을 내게 떨어트렸다. 영리한 새였다. 그리고 새가 전하고자 하는 바는 명확했다. 청색, 헤르난의 눈동자를 닮은 깃털을 한 손에 쥔다.
"하지만."
다른 손으로 검을 쥔 채 어쩌지도 못하고 있을 때였다.
콰앙.

전과는 비교할 수 없을 정도의 굉음이 복도저편에서 들려왔다. 무척이나 큰 소리였지? 심상치 않은 예감이 들었다. 그때였다.

"잠깐."

손을 벗어난 새가 포르르 날아간다. 새가 향한 방향은 다름 아닌 전투가 일어나는 곳이었다. 기다려 달란 말을 할 새도 없이 날아가는 새를 따라 정신없이 달려간다.

"피하세요. 황자님!"

마침내 달빛에 환히 드러난 거대한 홀이 눈앞에 펼쳐졌다.

쾅. 홀을 가득 메운 소리 쪽으로 고개를 돌린다. 가장 먼저 보게 된 것은 누군가 벽에 부딪쳐 쓰러진 모습이었다. 흙먼지가 가라앉고서야 데인이라는 것을 알았다. 재빠르게 막아서는 레이 경이 보였다.

이미 홀 안 바닥 곳곳이 운석이 떨어진 것처럼 움푹 파여 있었다. 치열한 전투의 흔적이었다. 그 결과를 드러내듯 손톱을 뻗는 헤르난의 몸에는 못 보던 그물이 엉켜 있었다.

삐로롱.

나는 천천히 고개를 돌렸다. 어느새 어깨에 앉은 새가 작게 울음소리를 내고 있었다. 어깨위로 내려앉은 무게가 마치 심장에 얹힌 돌처럼 무겁다. 숨을 쉬기 힘들었다.

"왜……."

항상 이런 것이냐고.

"왜 항상 내게 이런 선택을 하게 하는 거야?"

눈 밑이 홧홧했으나 눈물은 나지 않았다. 아니, 이미 나는 수천 번 가슴 속에서 울고 있었다. 내가 지르지 못한 비명을 가슴 속에서 처절하게 외치고 있었다.

그러나 상황은 급박하게 돌아갔다. 레이 경을 상대하던 헤르난이 돌연 몸을 돌려 아모르에게로 쇄도하는 순간 나는 얼른 새를 잡았다. 새는 피하지도 반항도 하지 않은 채 내 손에 몸을 맡겼다.

검을 쥔 손이 파르르 떨렸다.

"멈춰, 헤르난."

제발 그만둬. 나는 새를 잡지 않은 손에 쥔 검을 천천히 들어 올려 새를 향했다. 정확히 새의 목에 겨눈 채 이지를 잃은 남자를 바라본다.

"그만 멈춰 줘."

우뚝. 헤르난의 검이 멈추는 것을 봤다. 그리고 텅 빈 눈동자가 나를 향한다. 더는 무엇도 찾을 수 없는 보라색 눈동자가 오래도록 나를 담았다.

"떨어져. 새가 죽는 걸 보기 싫으면."

보랏빛 눈동자에 경계가 고인다. 짐승은 본능적으로 위험을 감지한 것 같았다. 마침내 그가 전의를 잃고 주저앉는 순간 그물이 완전히 그를 속박했다. 나는 바로 검을 툭 떨어트렸다. 숨을 몰아쉬며 고개를 숙였다.

"하아. 하아."

다행이다. 정말로 널 찌르지 않아도 되어서. 정말 다행이라고 내 팔을 끌어안고 속삭였다. 바닥에 앉은 새가 나를 바라보고 있었다. 눈이 마주치자 푸드덕 날아오른다. 새는 그런 내 주변을 휙 돌았다가 제 주인에게로 날아간다. 마치, 제 할 일을 다 했다는 듯이.

나는 새의 궤적을 좇았다. 어쩌면 새 안에 이전의 헤르난의 의지가 남아 있던 것이 아닐까. 새의 뒷모습을 보며 눈을 감았다가 뜰 때였다.

나는 눈을 동그랗게 떴다. 보고도 믿지 못할 광경이 눈앞에 있었다.

"오라버니?"

아모르가 허리에 꽂힌 칼을 잡은 채 비틀거리며 나를 바라보고 있다. 나는 그의 옷을 잔뜩 적신 피에서 눈을 뗄 수 없었다. 어째서? 아모르는 지금 죽을 때가 아니잖아. 그래. 아니야. 정신 차려야 한다. 일어나 그에게로 달려간다. 아니, 달려가려 했으나 좀처럼 다리가 따라 주지 않았다.

눈을 반쯤 뜬 채 나를 바라보던 아모르가 잠시 미소한 것도 같았다.

"오라버니!"

나를 기다려 주지 않은 채 앞으로 쓰러지는 아모르를 처절하게 불렀다.

이후 치료 신관을 불러낼 때까지 난 제정신이 아니었던 것 같다.

<지금 치료 신관을 불러내게 되면 바깥으로 이야기가…….>

<상관없어! 불러내!>

정신없이 치료 신관을 불러내고 수습할 시간조차 기다리지 못해 그를 급한 대로 침실로 옮길 때까지 아모르의 곁을 떠날 줄 몰랐다. 그리고 급히 불려온 치료 신관이 아모르를 진료할 때 나는 옆에서 모든 걸 지켜봤다.

"출혈은 괜찮습니다. 검상도 중상이긴 하나 4황자님께서 워낙 강하신 신관이기에 신력이 마지막 순간 급소를 보호했습니다. 신이 치료할 수 있는 범위니 크게 염려될 정도는 아닙니다. 다만……."

"다만?"

날카로운 반문에 늙은 노신관이 움찔하며 눈치를 보았다. 나를 대신해 데인을 보는 것 같았다. 데인이 끄덕이고서야 그가 다시 입을 떼었다.

"4황자님께서는 오래전부터 원인 모를 병을 앓고 계셨습니다. 한데, 이것이 심각한 수준에 이를 정도로 심해지셨습니다. 시급한 치료가 필요하나…… 이것은 치료의 신관인 신조차 어찌할 수 없는 병인지라……."

노신관이 말하는 원인 모를 병이란 책 속 아모르가 앓던 병임에 분명했다. 황제의 독과 함께 아모르를 오랫동안 괴롭혔던 병. 나는 눈을 감았다.

"부상은 심하지 않고, 병에 대한 건 약이 없다 이거지?"

"예……. 그러합니다."

그 병은 오직 루스벨라만이 구할 수 있었다. 아니 책 속 남자 주인공을 구하기 위해서 쓰인 약이 아모르를 위해서도 쓰일 수 있다는 걸 난 알고 있었다.

"알겠네. 그만 나가 보게."

하지만 난 아직도 루스벨라의 존재를 확인하지 못했다. 이곳은 정말로 책 속의 세계인가? 확신하지 못한 채 난 무엇을 할 수 있는가.

"치료 신관…… 헤르비스라 했나?"

"예."

"오늘 일은 함구하는 것이 좋을 거야. 그대를 위해서 하는 소리니 새겨들어 줘."

"……예."

치료의 신관이 나가고 난 천천히 얼굴을 감싸 쥐었다. 상념이 앞다퉈 눈앞을 가렸다. 그런 내게 다가온 사람이 있었다. 보지 않아도 알 수 있었다. 이곳에는 눈을 뜨지 못한 아모르와 나. 그리고 데인만이 있었으니까. 어깨에 얹힌 온기에 천천히 고개를 든다.

"아실리."

데인이 평소와 다르게 창백한 얼굴로 미소했다. 뺨과 이마 여기저기에 잔뜩 긁힌 자국들이 보였다. 그리고 내 어깨를 잡은 손도 성하지 못했다. 나는 미간을 찌푸렸다. 가슴 한곳이 아려 왔다.

"그만 쉬는 게 좋겠어."

그도 부상을 입은 몸이었다. 상처를 걱정해 먼저 치료 받길 권했지만 끝내 고집을 부려 내 옆에 남은 그였다. 어쩌면 내가 함께 나가지 않으면 데인은 영영 치료 받지 않으려 할지 모른다는 생각이 들었다. 그리고 나의 이런 감은 대체로 맞는 편이었다.

"데인."

"응?"

난 그의 허리를 응시했다. 피로 물든 천을.

"너도 아프잖아."

나는 데인을 옆방으로 데려갔다. 그리고 막 나갔던 치료 신관을 다시 불러들여서 그를 치료하게 했다. 예상했지만, 데인의 부상 또한 가볍지 않았다. 치료 과정이 고통스러운지 살짝 신음을 흘리는 그를 바라보다 슬쩍 방을 나왔다. 이 밤이 지나가기 전에 갈 곳이 있었다.

"레이 경."

나는 현장을 수습하던 순찰대에게 물어물어 한 방에 도달했다. 아직 달이 채 지지 않은 밤이었다.

"들어갈게."

문 앞을 지키고 있던 레이 경이 고개를 들었다. 방 안에 있는 사람을 생각하면 현재 남은 인원 중 가장 강한 그가 지키게 된 것은 당연했다. 방으로 들어가려 하자 찌를 듯한 시선이 나를 향했다.

"말려도 들어가시겠다는 얼굴이군요."

레이 경은 고개를 떨어트리며 한숨을 쉬었다.

"그자가 구속된 상태가 아니었다면 반대했을 겁니다."

경의 허락이 떨어지고 난 천천히 방 안으로 들어갔다. 방 안은 어두웠지만, 달빛이 새어 들어오는 창문 아래쪽만은 홀로 환했다. 그리고 짐승의 신관은 창문 아래 앉아 있었다. 그물에 꽁꽁 묶인 채 다시 한 번 의자에 묶여 있었다.

<자아를 잃은 짐승의 신관은 일주일 이상 아무것도 먹지 않고 버틸 수 있습니다.>

순찰대의 말을 떠올리며 조금씩 가까이 다가간다. 고개를 숙이고 있던 그가 머리를 든 것은 그와 나사이가 딱 세 보 정도 남았을 때였다. 그것마저 이성적인 것이 아닌 본능에 가까운 행동인 것 같았다.

사실 무슨 말을 건네겠다거나, 뭘 하려고 찾아온 것은 아니었다. 그저 한 번 보고 싶었다. 헤르난이 정말로 이전의 그가 아닌 건지. 잘못 본 것이 아닐까 하고.

그러나 아니었다.

위협을 재는 것처럼 텅 빈 눈동자가 나를 향한다. 한때 서글프도록 애틋했던 그는 없었다. 그리고 아프도록 아린 사실을 깨닫고 만다. 낯선 시선만이 존재할 뿐이란 것을.

"당신에게 하지 못했던 말을 하려고 왔는데."

나는 마치 우는 것처럼 서글피 웃고 말았다.

"이래서야 할 수 없잖아."

천천히 눈물이 뺨을 타고 흘렀다. 어느새 나는 울고 있었나 보다.

"헤르난."

처음으로 그를 다정하게 불러보았다. 나는 당신이 들을 수 없는 지금에서야 나는 당신의 이름을 다정히 불렀다.

"혹시 동화를 알아?"

그는 표정 없이 나를 응시했다. 더는 전처럼 다정한 목소리가 돌아오지 않음을 깨닫는다.

"난 이곳에 없는 동화를 알아."

미녀와 야수. 야수는 미녀의 사랑으로 야수의 모습을 탈피해 사람으로 돌아왔다. 하지만 우리의 관계에서 그건 불가능했나 보다. 야수는 나를 사랑했으나 나는 끝내 그를 사랑하지 못했기 때문에 이 순간 기적은 존재하지 않나 보다.

"당신과 나는 동화 속 주인공은 될 수 없나봐."

『짐승의 신관과 불행한 삶』. 당신을 위한 책을 모조리 찾아 읽어보았다. 짐승의 신관에 관한 것은 기밀 사항이었기에 그라니우스를 통해 도서관 가장 깊숙한 곳에서 내가 볼 수 없던 진실들을 찾아보았다.

오래전 멸망한 짐승의 도시 브루툼. 그곳의 유일한 생존자가 헤르난, 당신이었다는 걸 알았다. 그리고 그의 부친이었던 자가 한때 황제의 오른팔이라 불릴 만큼 충성스러운 신관이었다는 것 또한 알았다. 나아가 이제는 짐승의 도시가 멸망한 것이 황제가 저지른 일에 대한 대가라는 것을 안다.

"당신은 많은 것을 황제와 이 나라에 희생당했어. 그렇지?"

이상하다. 이 나라는 신관에게 힘을 가진 이에게 많은 희생을 강요한다. 왜? 동반자를 찾지 못하면 광폭한 짐승이 되는 짐승의 신관이자 사랑하는 가족과 같은 신관, 도시를 통째로 잃은 헤르난.

"내 오라버니도."

큰 힘을 얻는 대가로 병을 앓는 식물의 신관이며 황제가 만든 독에 중독되어 서서히 죽어 가는 아모르.

"그리고 나도."

그리고 누구보다 강한 힘을 가졌으나 그 힘의 대가는 시간의 반복이라는 주신의 힘까지.

"이 나라는 이상해."

주신은 초대 황제를 아꼈다. 주신을 따라 내려온 많은 신들은 인간을 사랑해서 자신의 힘을 내렸다고 한다. 그런데 어째서?

인간을 위해 내려온 신은 이토록 인간에게 잔인한가.

나는 눈물이 고인 눈으로 헤르난을 응시했다. 안타깝고 가엾은 이들을 수차례 낳으며 나라를 이어가려는 황제의 의지는 옳은가? 그의 욕심은 카스토르라는 괴물을 잉태했다. 헤르난도 나도 아모르도. 그리고 데인과 플뢰온마저 모두가 거대한 제국이란 덩어리의 희생양이었다.

"헤르난. 나는, 당신은. 그리고 내가 아는 모든 이들은."

참 이상하다. 그저 책 속에서 주인공의 옆 나라에 불과했던 나라에 이렇게도 많은 이야기가 있었다고? 어쩌면 이것마저도 이미 멸망한 나라이기에 준비된 이야기 속 사정인걸까?

"해피엔딩을 맞이할 순 없는 걸까?"

나는 제국이 멸망한다는 것을 안다. 그리고 멸망하지 않기를 바란다. 하지만 황제가 원하는 방식대로는 아니었다. 희생을 강요하는 방법은 또 다른 희생과 복수를 낳을 뿐이다.

"참 어렵다."

나는 생각하던 것을 멈추고 앞으로 조금 더 다가갔다. 그와 나 사이는 한 걸음 정도면 가까워질 거리였다. 나는 천천히 헤르난을 바라보며 웃었다. 울고 있는 얼굴로 웃는 것이 못나 보일지 모르지만. 손을 뻗어 그의 뺨으로 가져갈 때였다.

쿠당당탕.

그 순간 의자가 앞으로 다가오며 나는 등에서 희미한 고통을 느꼈다. 시야가 홱 뒤집어지는 느낌 뒤로 눈을 뜨자 그물에 엉킨 얼굴이 바로 앞에 있었다. 헤르난의 몸이 나를 꽉 누르고 있어 꼼짝할 수 없었다. 바닥에 등을 댄 상태로 그를 보면 어느새 의자의 밧줄을 끊어낸 채 그는 내 위의 땅을 짚고 나를 내려다보고 있었다.

그 상태로 잠시 서로를 마주 보았을까, 헤르난이 천천히 고개를 숙였다. 혹 그가 할퀴거나 할까 싶어 눈을 꼭 감았을 때, 뺨으로 낯선 감촉이 느껴졌다.

헤르난은 눈물이 고인 눈을 핥더니, 고개를 내려 뺨을 핥았다.

"……헤르난?"

감정이 담겼다거나 성적인 긴장감이 전혀 없는 단순한 행위에 가깝다는 것을 알았다. 오래전 보게 된 다큐멘터리에서 개과의 동물들이 주인의 눈물을 핥는 것은 염분을 섭취하려는 본능적인 행동이라는 것을 떠올린다. 나는 다시 눈물과 함께 웃음을 터트리며 그의 뒷목을 끌어안았다.

"당신은 정말, 내게 끝까지 안타까운 사람이구나."

그에게 끝내 닿을 수 없던 미안함과 감사를 전하며, 나는 그의 입술에 내 입술을 눌러 붙였다. 아마도 처음이자 마지막일 내 마음이었다.

"미안해. 사랑하지 못해서."

그리고 단 한 번도 이 감정을 전하지 못해서. 그랬다면, 당신은 좀 더 당신을 위해 살 수 있었을까?

"당신은 말이야. 그렇게 희생하고도 내게 바란 것은 겨우 미소였어."

"……."

"바보같이."

바보 같은 사람. 왜 내게 모든 것을 해 주려 했나. 끝내 그 시간의 나는 이해하지도 이해하려 하지도 않았던 일들을. 이기적이지 못해 지는 꽃처럼 바스러지고 만 당신을 연민했다.

"있지, 헤르난. 각성하면 당신을 구할 수 있을지도 몰라."

나는 눈물과 함께 그에게 끝내 보이지 못했던 미소를 지으며 말했다. 늦었지만, 당신의 마음은 끝내 내게 닿았다.

"다음에 당신이 정신을 차리게 된다면."

나는 감히 당신에게 바란다.

"그땐 오로지 당신을 위해서만 살았으면 해. 그렇게 살아서……."

나를 위해서도 아니고 도시와 사랑하는 이들, 모든 것을 잃은 체념한 자로서의 삶이 아닌 당신만의 자유로운 삶을 살았으면 좋겠다.

"부디 행복해 줘."

그러나 짐승은 나를 바라보거나 끄덕이지도 않았다. 텅 빈 눈동자를 가진 짐승은 더는 눈물이 없자 먼저 일어나 자리에 앉았다. 여전히 속박하고 있는 그물 때문에 도망칠 수 없음을 아는 걸까. 꼼짝하지 못하는 다리를 흘끗 보며 그대로 앉은 채 멍하니 달빛을 응시한다.

"당신의 사랑은 내게 사랑이 무엇인지 깨닫게 했어."

오래전 메마른 가슴으로 느끼지 못한 것을 이제는 느낀다.

신관의 아들이나 신력을 가지지 못해 평생 조롱과 모욕을 받으며 살아온 플뢰온…….

신관뿐 아니라 그림자로 살아온 데인까지.

그가 내게 준 어떤 것에도 보답할 수 없다는 사실이 슬펐다.

나는 자리에서 일어나 방을 나왔다.

* * *

아모르를 살릴 수단을 찾아야 한다. 아니, 이미 방법은 알지만, 그것에 도달할 수단을 찾아야 했다. 이를 위해선 바로 루스벨라를 만나야 했다. 어떡하면 책 속 주인공을 만날 수 있을까 그것이 고민이었다.

<치료 신력의 부작용으로 깨어나시려면 조금 더 걸릴 듯합니다.>

현재 이틀이 지난 지금 아모르는 아직 눈을 뜨지 못하고 있었다. 주인이 잠들었기 때문일까 그의 방을 식물이 에워싸고 있어 소수의 사람만이 드나들 수 있게 되었다.

나는 그 소수 중 하나였다.

"주인님, 중앙 궁에서 서신이 왔습니다."

마음 같아선 당장 아모르만 하루 종일 지켜보고 싶었다. 그러나 그럴수록 아모르가 깨어난 뒤 감당할 일이 커진다는 걸 알게 된 뒤로 밤에만 그의 곁을 지켰다.

"서신?"

나는 레베카의 손에서 서신을 받아들었다. 선명한 황제의 인장에 눈을 살짝 찌푸린다. 곧이어 곱게 접힌 양피지를 펴자 황제가 말했던 내용이 그대로 담겨 있었다.

"……이틀 뒤라니."

황제가 출발하라 명한 기간이 이틀 뒤였다. 입술을 깨문다. 그리고 서신을 읽던 나는 마지막에서 눈을 크게 떴다.

"레베카!"
"무슨 일입니까?"
"리프예국 수도에 아카데미가 몇 개나 있지?"
내 물음에 레베카는 당황한 표정을 보이면서도 선선히 대꾸했다.
"리프예국이라면 3개의 아카데미를 보유하고 있습니다. 그중 수도에 있는 것은 왕립 아카데미 하나뿐입니다."
"……정확히는 왕립 시스카야 아카데미지? 대학부와 연구부까지 존재하는?"
"네. 그렇습니다."
나는 양피지를 툭 떨어트렸다.

[리프예스키국의 수도에 위치한 아카데미. 그곳에서 눈과 바다의 신관과 혼돈의 신관 간 불순한 접촉에 대해 알아오도록.]

시스카야 아카데미. 그곳은 『루스벨라의 빛』의 메인 무대였다. 뿐만 아니라 루스벨라가 다닌 곳이자 루스벨라가 그녀의 남자와 만난 곳이기도 했다.
어째서 이런 명이 지금? 마치 운명이 이때다 싶어 등을 떠미는 기분이었다.
"주인님."
나는 고개를 들었다.
"실은 편지가 하나 더 있습니다."
편지가 하나 더? 나는 레베카에게서 편지를 받았다.
"……월터?"

놀랍게도 편지에는 윌터 왕국의 지장이 찍혀 있었다. 손끝이 파르르 떨렸다. 이곳에서 내게 편지를 보낼 사람은 한 사람밖에 없었으니까. 천천히 뜯어보자 그곳에는 놀라운 내용이 담겨 있었다.

[황녀님! 찾았어요! '루스벨라'라는 여성 말입니다. 저희 형님과 함께 나타났습니다.]

윌터 왕국의 2왕자, 체잔 왕자가 보낸 편지였다. 나는 천천히 마지막 문장을 손끝으로 훑어 내렸다.

[방학 동안 함께 왕국에 있다가 곧 아카데미로 돌아간다고 해요.]

19. 황폐한 땅, 피어난 작은 꽃 한 송이

이게 뭘까.

나는 얼른 편지를 책상 위에 올려놓고 얼굴을 감싸 쥐었다. 이게 뭐지? 황제가 가도록 명한 곳이 루스벨라가 있는 곳이었고, 그와 동시에 루스벨라를 보았다는 편지라니. 머릿속이 새하얗게 변하는 기분이었다.

"주인님?"

레베카가 놀라 어깨를 잡았다. 난 그녀에게 가까스로 미소하며 고개를 저었다.

"아. 아무것도 아니야. 꽤 먼 곳이라 놀라서……."

정신 차리자. 어찌된 영문인지는 몰라도 확인해 볼 가치가 있다.

이곳에 정말 루스벨라가 있었던 걸까? 그렇다면 원작은 존재하고. 그리고 원작은 이미 시작되었다. 곧 카스토르가 황제가 될 날이 머지 않았다는 말이며 동시에 주인공들이 이 나라로 오는 것을 뜻한다.

"레베카. 아카데미의 개학날이 어떻게 되지? 지금은 방학이야?"

"네. 아마, 개학은 주인님께서 도착하는 시기와 일치할 걸로 예상됩니다."

주인공들이 아직까지 아카데미에 재학하고 있다면, 졸업을 앞두고 있음에 틀림없다. 체샤 왕자가 그들은 다시 아카데미로 돌아간다고 했다. 원작 속 그들은 월터 왕의 반대에 부딪쳤고, 아카데미로 돌아간다. 아마도 지금은 그 시점인 것 같다.

그렇다면 나는 루스벨라를 만날 수 있겠지.

만나는 게 나쁘진 않다. 무엇보다 아모르를 살릴 약을 구하기 위해서는 루스벨라를 만나야 했다. 루스벨라가 실제로 있었던 거라면 잘 된 일 아닌가. 다만 놀란 것일 뿐. 그렇게 난 놀란 심장을 달래려 했다.

"레베카. 준비해 줘."

쉬이 가라앉지 않는 떨림을 가라앉히고 레베카에게 떠날 채비를 명했다.

그날 밤.

갑작스레 준비할 것들을 끝내놓고, 빠른 걸음으로 달려 도달한 곳은 어둠 속에 묻힌 커다란 궁이었다. 그의 궁전은 여전히 초록 식물들로 휘감겨 있었다. 아니, 달빛 아래 전보다 더욱 많은 넝쿨을 볼 수 있다. 그것들 전부 궁을 요람처럼 휘감고 있었다. 아마도 잠든 주인을 지키는 것이리라. 주인이 편안한 잠을 이어 갈 수 있게.

한걸음에 그의 방으로 달려갔다. 궁 안까지 뻗은 줄기들은 한곳을 중심으로 뻗어 있었다. 중심은 다름 아닌 아모르의 침실이었다. 벽과 천장에 촘촘한 넝쿨들은 꼭 정원수로 만들어진 거대한 미로를 생각나게 한다.

나는 눈을 감았다.

"아직 일어나지 않았구나."

문을 꽁꽁 묶어 놓은 줄기들이 존재한다는 건 아모르가 깨어나지 못했다는 말도 되리라. 현재 아모르의 방은 허락된 소수만이 출입할 수 있었다. 아모르가 쓰러지던 날 함께 있던 자들과 치료 신관 하나. 이 정도 인원이 전부였다.

아모르의 침실 앞에서 손잡이에 손을 대자, 꽁꽁 묶여 있던 식물들이 거짓말처럼 사그라지며 자리를 비켜 주었다.

"고마워."

끼이익.

열린 문으로 들어가면, 가장 먼저 싱그러운 풀내음이 느껴진다. 조금 더 들어가자 달빛 아래 침대에 곤히 잠든 그가 보였다.

"……오라버니."

우스운 건 오랫동안 4황자 궁에서 일한 누구도 이 방에 출입할 수 없다는 거다. 이건 아모르, 그가 이곳에 있던 누구도 믿지 않았음을 반증했다. 안타까운 일이었다.

누구도 믿지 못하는 외로운 이 궁에서 당신은 어떤 생각을 했을까.

천천히 다가간 나는 침대 말에 걸터앉았다.

"저 왔어요."

시선이 천천히 떨어진다. 모르는 이가 봤다면 그저 깊은 잠에 빠진 것처럼 보였을 것 같다. 그만큼 아모르는 눈감은 채 고요하게 잠들어 있었다.

“오늘 잘 보냈어요?”

대답 없는 그에게 말을 걸어본다. 한참 그를 쳐다보던 나는 시선을 아래로 깔았다. 겹겹이 진 시트 주름을 의미 없이 바라보며 입술을 달싹였다.

“이틀 뒤 난 이곳을 떠나요.”

그 말을 하며 다시 잠든 그를 바라본다.

“물론 도망가는 건 아니고. 당신의 약을 구하러 가요.”

『루스벨라의 빛』 속 그처럼 아모르의 생명은 차차 빛을 잃고 바스러지고 있었다. 원작의 내용처럼.

“나는 당신이 내가 아는 미래에서처럼 죽지 않길 바라요.”

치료 신관이 이르길 아모르가 깨어나려면 일주일은 기다려야 한다고 했다. 신력의 지속적 고갈에 부상이 겹쳐 병마저 악화된 것이라고. 이대로 지속된다면 명을 재촉할 것이라고.

“그러니까 난 최선을 다할 거예요.”

오래전 그와 약속했다. 나는 그에게 약을 가져다주기로.

그는 내게 많은 것을 주었고 이젠 내가 오래된 약속을 지킬 차례였다. 그러나 나는 아마도 약속이 없었어도 기꺼이 길을 나섰을 것 같다. 어느덧 누구보다 소중해진 당신을 위해서.

“당신은-.”

잠든 그를 오라버니 대신 다른 이름으로 불러보았다.

“내가 아니라 다른 누군가를 사랑했을지도 몰라요.”

당신은 처음부터 내게 혈육이 아닌 책 속 인물이었다. 그렇기에 내게 오라버니가 될 수 없었다.

처음으로 마주한 이 세계의 인물.

플뢰온과 데인과 나처럼 페이지에 스치듯 등장한 사람이 아닌 주연으로 등장한 사람 말이다.

"그렇기에 당신의 구원은 그 사람이 줄 것이라 믿었어요."

그래서 나는 그 순간 당신의 이름을 부를 수 없었다. 당신은 줄곧 내게 원작 속 비극의 주인공으로서 존재했으니까. 나는 조심스러웠다.

<이름을 불러줘. 아모르— 하고.>

그때는 그것이 당신이 행복해질 길을 막게 되는 것일까 봐 두려웠다.

나는 원작의 존재를 의심 없이 믿었다. 그래서 의혹의 여지 없이 당신이 루스벨라를 사랑할 것이라 믿었다. 그런데 죽고 죽으며, 차츰 원작이 정말로 존재하는 걸까 의구심이 들었다.

카스토르가 내게 보내는 그 집착이 루스벨라에게 했던 것과 같다는 것을 알았을 때 의문은 증폭되었다. 정말 이곳은 책 속 세상이야? 그럼에도 완전히 버리지 못했다. 원작이 존재할 것이라고. 그것은 나를 지탱하는 마지막 끈이었기에 놓지 못한 것에 가까웠다.

"이상하죠."

나는 고개를 들어 하늘을 바라봤다.

"밤이 되면……, 밤이 되고 하늘을 바라보면."

당신과 내가 함께했던 긴긴밤. 밤은 우리의 유일한 안식이며 휴식이 되어 주었다. 실없이 대화를 주고받던 수많은 밤을 떠올린다.

"당신이 생각나곤 했어요."

천천히 거슬러 올라가 우리의 첫 만남을 생각한다. 유리로 된 길을 걷는 듯 뾰족하고 날카로웠던 당신과 죽을까 잔뜩 겁을 먹었던 나를.

<살아 주세요!>

다시 생각한다. 당신을 살리기 위해 맨발로 뛰었던 날을. 당신을

대신해 독을 먹고 죽어 가던 시야에 사로잡힌, 망연자실한 낯으로 나를 바라보던 당신을. 그리고 되살아난 나를 떠올린다.

<우린 동료에요.>

아모르, 그는 내가 유일하게 살려 낸 사람이었다.

"나는 잃은 게 참 많아서…… 내게 무엇을 잃었느냐 물으면 말하지 못할 거예요."

당신은 당신을 살렸던 날을 기억하지 못했으며, 처음 본 날과 변함없이 성마르고 예민했지만, 그럼에도 끝내 나를 인정했다.

"너무 많으니까."

난 씁쓸하게 웃었다.

<인정해. 너와 나는 동료야.>

기꺼이 나를 그만의 울타리에 들여 준 날을 기억한다.

<네가 죽었을 때의 감정 소요보다 네가 살아 있을 때 소모가 더 적을 것 같으니까.>

그러나 마침내 그가 나를 인정했을 때, 때는 늦어 버려 이미 수십 번 죽은 내가 아모르를 보고 있었다. 이런 황폐한 마음으로는 아무것도 느끼지 못한다 생각했다.

"그런데, 오라버니."

그럼에도 그날로부터 내게 아낌없이 주는 당신이 있었다. 나는 그것이 참 이상하다 여겼다. 왜 그리 내게 정을 쏟는 것일까? 의문을 갖기도 했다. 나를 연민하는 걸까 그렇게 고민도 했었다.

<끊임없이 나를 찾아와 그토록 귀찮게 굴었던 시간이 네게 그저 시간 낭비였다고 하진 않겠지? 필요가 됐든, 그 잘난 연민이 됐든, 설사 네 욕망에 나를 이용하려 하든.>

그러던 어느 날, 언제인가부터 당신은 조급하게 애틋한 시선으로 나를 담았다.

<넌 내가 필요하잖아.>

동료라며, 동료에게 주기엔 과분하도록 쏟아 주며, 당신의 몸마저 돌보지 않고 내게 주려 했다. 그러나 이미 메마른 마음으로는 그것이 무엇이라고 느끼지 못했다.

아니, 나를 돌보기 급급해 차마 보지 못했던 것일지도 모른다. 감정이란 그저 무겁고 이해하지 못한 미지수 값과 같았다. 힘들던 날에 짐만 될 뿐이리라 생각했다.

"당신이 살아있는 하루하루가 기뻤던 것은 오라버니가 내가 살린 사람이기 때문일까요?"

수십 번의 하루에서 죽고 죽는 내 하녀들을 구하지 못했지만, 당신을 구해 냈다는 그 희망이 내게 오래도록 남아 있었다. 아니 그 희망이 사실은 내게 구원이었다.

악몽이 찾아오는 밤. 당신과 함께하는 밤이 나를 잠시나마 잊게 했다. 아모르. 나와 같지만 다른 고통을 함께한 당신이 베풀었던 그 밤들이 사실은 숨통을 트게 하고 긴 날숨을 뱉게 했다.

그래서일까. 매일을 죽어 가는 하루를 보내면서 끝내 의연한 당신을 바라보며 느꼈던 안쓰러움이 어느새 다른 감정이 된 것은.

"당신은 소리 없이 내리는 눈과 같아서."

무뎠기에 뒤엉킨 이 감정이 무엇인지 몰랐다. 연민인지 동정인지, 그저 안타까움과 안쓰러움인 것인지. 그래서 당신이 나를 바라보며 느낀 것도 내가 느낀 것과 같은 것일지도 모른다고 생각했다. 우리는 너무 처절한 삶을 살았기에 본능과도 같이 이끌린 것인지도 모른다고.

그리고 그저 지나가는 연민일지 모른다고. 아직도 모르겠다. 수많은 이가 말하는 사랑의 형태는 각기 모양도 색깔도 달랐다.

그럼에도 나는 이젠 알 것 같다.

"알아차렸을 때, 비로소 당신을 알았어요."

시간은 한없이 쌓인 당신으로 덮인 흰 설원이었다.

당신은 끊임없이 내리는 눈이었다. 내리고 내려 나를 덮어 버렸다. 생각지도 못한 사이 돌아보니 당신으로 덮여 있었다. 당신의 시작이 설사 연민이고 동정이면 어떻단 말인가. 당신이 오래도록 살아 있어 주었으면 하는 이 마음만은 진심인데.

"누군가 내게 사랑하는 사람이 있느냐 물었을 때, 나는 참 이상하게도 당신과 축제날 거리를 걷는 상상을 했어요."

내가 아는 원작과 다른 당신의 모습도 루스벨라가 나타나면 달라질 것이라고 믿었다. 그런데 이상하지. 나는 이제야 원작의 존재를 확신하게 되었는데, 당신이 그렇게 변하면 슬퍼질 것 같다.

"있잖아요, 기적이 정말로 존재한다면."

손등 위로 눈물이 툭 떨어졌다.

"보여 주세요."

차라리 눈물이 말라 흘러내리지 않던 날이 좋았다 생각한다. 깨닫자마자 슬픔을 일으키는 이런 감정 대신 덤덤하게 바라볼 수 있다면 얼마나 좋을까. 그러나 밀려오는 감정은 내가 어쩌지도 못하는 사이에 황폐한 땅을 촉촉이 적신다.

"당신이 거짓말처럼 눈을 떠 나를 바라본다면."

눈물이 아모르 옆으로 툭 떨어진다. 투둑 떨어지는 눈물은 베갯잇을 적셨다.

"이 순간 가장 큰 기적일 텐데."

그러나 나는 내 바람이 이루어지지 않을 바람임을 안다. 치료 신관은 병과 부상이 깊어 오래도록 깨어나지 못할 거라 했으니까. 그리고 나는 바람보다는 체념에 익숙한 사람이었기에 미련 없이 그것을 털어냈다. 그대로 일어나 그를 오래도록 내려다봤다.

"다녀올게요."

아마도 내일은 무척 바쁜 하루가 될 것이기에 그를 보는 것은 오늘이 마지막일 것이다. 잊지 않도록 꼼꼼히 바라보고는 돌아서려 했다.

휘리릭.

그때 손목으로 작은 넝쿨이 휘감겼다. 넝쿨? 이질적인 느낌에 손목을 바라보면 휘감은 넝쿨에서부터 작은 꽃이 피어났다. 뿐만 아니라 발밑에서 넝쿨들이 자라나 나를 밀어냈다. 마치 가면 안 된다 붙잡기라도 하는 것처럼.

"어딜 가."

천천히 고개를 돌렸다.

"말도 없이 가려 했나?"

눈꼬리에 걸렸던 눈물이 툭 뺨을 타고 흘렀다. 나는 믿을 수 없다는 듯이 그를 바라보며 불렀다.

"오라버니?"

그가 날 바라보며 작게 미소했다. 그는 무척이나 창백한 얼굴에 채 낫지 않았음을 증명하는 것처럼 눈 밑이 붉게 달아올라 있었다. 힘겹게 상체를 일으켜 세워 기대어 있던 아모르가 비틀거리며 일어나 손을 뻗었다.

"기적은 존재하나 보구나."

그가 손가락으로 채 마르지 않은 눈물을 닦아주었다. 그러고는 고개를 기울여 눈을 마주했다.

"안 그래?"

몸이 번쩍 들리는가 싶더니 난 어느새 그의 무릎 위에 자리해 있었다. 뺨으로 따뜻하면서도 단단한 것이 느껴진다. 바로 앞에 그를 바라보면서도 믿을 수가 없어 얼떨떨하게 올려다보았다.

"나 지금 꿈을 꾸고 있는 거 아니죠?"

손을 뻗어 그의 뺨에 올려두자 아모르가 피식 웃었다. 그러고는 내 손을 잡아 뺨을 기대며 눈을 감았다.

"꿈인지 현실인지."

아모르가 천천히 눈을 뜨며 나를 잡아당겼다.

"한번 확인해 봐."

가까이 다가온 얼굴이 속삭였다. 동시에 입술이 나를 덮쳤다. 아모르의 키스는 늘 새가 쪼는 것처럼 가볍게 내려앉았다 가곤 했다. 그러나 이전과는 다른 느낌이었다.

"눈 감아."

그의 입술이 내 아랫입술을 잠시 물었다가 놓더니 열린 입술로 조심스럽게 들어왔다. 깃털처럼 나붓하게 다가온 그의 혀가 느릿하게 내 혀를 눌렀다가 떼어 냈다. 타액이 섞이며 신음이 살짝 새어 나왔다. 그의 손이 등과 뒷목을 부드럽게 쓸어내린다. 얇은 옷 사이로 조금 서늘하다 싶은 손이 고스란히 느껴졌다.

"……읏."

그가 등줄기를 쓸어내리는 순간 나도 모르게 파르르 떨었다. 그는 의도하지 않았는지 놀라 살짝 손을 떼어 냈다가 다시 내 허리를 감싸 안았다. 그의 입맞춤은 능숙하기보다는 처음인 듯 서툰 느낌이었지만, 사춘기 소년의 것처럼 싱그럽고 풋풋했다.

그러는 사이 그는 내 몸을 부드럽게 들어 올려 나를 푹신한 베개 쪽에 기대게 했다. 천천히 몸이 뒤로 기우는가 싶더니 다리 사이로 단단한 것이 쑥 들어왔다. 얼굴 위로 그림자가 지는 느낌이 들었다.

"아실리."

눈 밑이 잔뜩 붉어진 아모르가 나를 내려다보고 있었다. 그는 긴 키스에도 여전히 갈급한 사람처럼 나를 불렀다. 잔뜩 흐트러진 모습의 그는 손을 들어 올려 내 손을 잡아 깍지를 끼웠다.

"하아…… 아실리……."

충족되지 못한 목소리가 다시 아실리, 하고 나를 불렀다. 나는 응답하듯 눈을 깜빡였다. 그가 참지 못하고 다시 입술을 덮쳤다.

"……으응, 응……."

입술이 정신없이 엉켜들었다. 그는 내 입안 곳곳을 놓치지 않겠다는 것처럼 하나하나 건드리고 핥아 내렸다. 마치 짐승이 제 어린 것을 핥아 내리는 것처럼 부드럽고 따뜻하기만 했다.

"왜, 네가 앞에 있는데. 부족한 것인지 모르겠다."

그는 조급한 사람처럼 급히 내게 들어왔지만, 결코 거칠지 않았다. 오히려 마음만 한참 앞서 어쩌지 못하는 어린아이 같았다. 코가 부딪치며 혀가 엉키고 뱀처럼 얽혔다 풀어지며, 신음을 집어삼켰다.

느릿하게 눈을 뜬다. 신비할 정도로 맑은 녹색 눈동자가 바로 앞에 있었다. 그가 천천히 눈을 감는다. 달빛을 받아 은빛으로 반사하는 속눈썹이 그대로 보였다. 입술이 살짝 떨어지며 눈을 뜬 그가 약간의 틈을 둔 채 천천히 속삭였다.

"사랑해."

그리고 답을 할 새도 없이 다시 그의 입술이 집요하게 나를 괴롭혔다. 이어진 긴 입맞춤 뒤로 숨을 몰아 내쉬면 그가 나를 품에 가두고는 꽉 끌어안았다.

"내일이면 사라지면 좋을 꿈이라도 좋아."

"사라지지 않아요."

마른 듯했지만 단단한 품에서 눈을 감는다. 오래 앓아 쉬고 탁해진 목소리가 귀 바로 옆에서 파고들었다.

"꿈은 내가 꾸고 있는 걸지도 모르지."

그가 나를 놓으며, 우리는 시선을 마주했다. 확인하듯 몇 번이고 이어진 입맞춤에도 아모르는 여전히 충족되지 못한 눈이었다. 그는 숨을 채 쉬지 못해 눈물이 잔뜩 고인 눈을 쓸어 주었다.

아모르는 손에 깍지를 낀 채로 조급한 시선으로 나를 몇 번이고 바라봤다. 보아도 보아도 모자란 것처럼. 뺨을 쓸어내리고 머리카락을 쥐었다가 떼어 내고 상체를 숙였다. 다시 새가 부리를 쪼듯 작은 입맞춤이 이어졌다.

촉.

입술을 떼어 낸 그가 마침내 너구나, 확신한 것처럼 웃었다.

"아실리."

눈을 크게 깜빡인다.

"줄곧 네게 하고 싶은 말이 있었는데."

그 미소는 지금까지 내가 봤던 그의 어떤 미소보다도 행복해 보였다. 나도 모르게 멍하니 바라보고 있을 정도로 해사한 미소였다.

"뭔데요?"

조심스럽게 묻자 그가 환하게 웃으며 나를 끌어안았다. 조금 있자, 툭 툭 머리칼이 떨어지더니 어깨로 부드러운 머리칼의 감촉이 느껴졌다. 그가 끌어안은 팔에 힘을 주는 것이 느껴졌다.

한 품에 들어차는 느낌과 함께 새삼 그와 나 사이에 체격 차이가 꽤 있었다는 걸 깨달았다. 눈을 감고 그의 품 안에 갇힌 채로 그의 대답을 기다렸다.

"나와……."

아모르가 숨을 들이켜며 중얼거렸다.

"나와 혼인해 주겠어?"

그에게서 터져 나온 건 그를 만나고 처음 들어보는 무겁고도 달콤한 목소리였다. 그러나 나는 다시 한 번 눈을 깜빡이며 입술을 벌렸다.

"잠깐, 오라버니."

그의 품 안에서 빠져나와 물었다.

"무슨 말이에요?"

고백은 좋다. 입맞춤도 전부 좋다. 하지만 이건 진도가 너무 빠르지 않은가? 아직 나는 오래전 현대인의 사고를 버리지 못했나 보다. 아니, 이건 제국에서 나고 자란 이라도 경악할 진도가 분명한데?

"오라버니와 내가 남매라는 건 알고 말하는 거죠?"

"진짜가 아닌 것도 알지."

"아니…… 그건 어떻게……. 아니 그보다."

내가 놀라 횡설수설하는 사이 아모르는 제 모습을 되찾은 모양이다. 그는 어느새 평소와 같은 얼굴로 돌아와서는 퍽 재미있다는 듯 나를 내려다보고 있었다.

"율리안 형님께는 말해 뒀어. 아니 거래했지."

"2황자 오라버니요?"

"그래. 너와 내가 혼인하면, 그분을 지지하겠다 말해 뒀지. 난 어쨌거나 겉으로 중립을 지키고 있었으니 말이다. 그리고……"

아모르의 말대로 그는 현재 중병을 앓는 황자로서 그 점을 내세워 1황자와 2황자 중 어느 쪽을 지지하겠다 성명하지 않은 채였다.

"너와 내가 혼인하면 대외적으로도 너를 최우선으로 할 명분이 생기니까."

"남매라는 건요?"

손을 들어 올린 아모르가 내 뺨을 감싸 안으며 미소했다.

"제국에선 오래전부터 근친혼이 성행했어. 정치적으로나 신관의 핏줄을 잇겠다는 이유로 말이지."

아니, 그건 나도 대충은 안다. 그리고 그 경우가 제국에서도 꽤 특별한 경우였다는 것도 말이다. 아모르는 나와 혼인하며 내게 힘을 실어주겠다는 얘기인 것 같은데. 굳이 그렇게까지 할 필요가 있을까 의문이 들었다.

"어차피 너도 2황자를 황제로 지지하겠다 하지 않았나? 거기에 나를 얹을 뿐이야. 형님께는 식물의 마지막 신관인 나와 주신의 후계자인 너 둘 다 놓칠 수 없을 테지."

"어째서 그런 조건을 내세운 거예요?"

아모르가 그답지 않게 부드러이 미소하며 깍지를 낀 내 손등에 입을 맞췄다. 동시에 그는 자신의 행동이 익숙하지 않은지 살짝 귀를 물들였다. 붉어진 뺨을 바라보는 내 얼굴은 필시 묘했을 것이다. 확신한다. 그가 귀엽다는 생각이 들 줄이야.

"형님이 도움만 받고서 너를 버리는 일이 없게 하기 위함이지."

난 천천히 고개를 끄덕였다.

"아. 그런 거구나. 그러니까 정치적인 도구로 말이죠?"

이미 아하시야와 데인을 내세워 시행한 적 있는 일이었다. 위장 혼인이라. 그런데 아하시야와 데인의 경우 기한이 정해져 있었고, 무산으로 만들 명분과 이유가 있었지. 그런데 나와 아모르는 그렇지 않을 텐데?

"그런데, 그거 한번 공표하면 그대로 해야 하는 것 아닌가요?"

아모르는 잠시 나를 응시하다가 슬쩍 눈을 피했다.

"오라버니, 설마……."

뒷일을 생각하지 않고 말한 거였어? 그답지 않은 일이었다. 말없이 그를 응시하는 나를 보며 아모르는 고개를 돌려 버렸다.

"일단 승낙부터 받으려 한 것뿐이다."

그러나 나는 머리카락 사이로 슬쩍 드러난 붉어진 귀를 본 뒤였다. 까칠함이 무장 해제된 그는 무척이나 새롭고 생경한 느낌이었지만, 싫진 않았다. 나도 모르게 풋 웃어 버렸다.

"그 뒤는 나중에 생각해 보려 했다는 거죠? 오라버니답지 않네요."

"네 앞에서 어찌 나다울 수 있겠나."

그가 눈썹을 씰룩이며 나를 바라봤다.

"널 보면 이성이 날아가 버리는데."

진지한 얼굴에 그만 말문이 막혔다. 가만 듣고 있으니 오늘 아모르가 하는 말 족족 파급력이라거나 파괴력이 장난이 아니었다. 그제야 나는 그의 손을 놓고 슬슬 뒤로 물러났다.

지금 한 번에 너무 많은 일이 일어난 것 같은데. 이제야 상황 파악이 되는 기분이었다. 조금 전 쓰러진 그를 보며 뭔가 주체할 수 없이 많은 것을 털어놓은 것도 같고. 아니, 쓰러진 사람을 상대로 나 뭐라고 토해 낸 걸까.

“어딜 가지?”

“……바쁜 일이 생긴 것 같아요.”

슬금슬금 물러나는 발목이 탁 붙잡혔다. 그가 날 보며 중얼거렸다.

“이 밤에?”

나는 슬쩍 고개를 돌리며 대꾸했다.

“지금 막 생겼어요.”

어느새 활짝 열린 테라스로 바람이 불어왔다. 커튼이 크게 펄럭이고 있었다. 아마도 아모르도 나와 같은 것을 보고 있는 것 같았다.

“달이 밝네요.”

어느 소설의 구절을 떠올린다. 달 밝은 날에 달을 가리키며 ‘달이 참 예쁘네요.’ 하던 말이 사실은 당신을 사랑한다는 의미였다지. 참으로 오랜만에 부끄럽다는 생각이 들었다. 나는 그의 고백에 대한 대답을 아닌 척 돌려주었으니까.

“아아.”

천천히 돌아보면 아모르는 달이 아닌 나를 보고 있었다.

“그러네. 눈을 뗄 수가 없어.”

아모르가 나를 보며 중얼거린다. 그러고는 자리에서 일어났다. 동시에 몸이 붕 뜨는가 싶더니 그가 나를 안아 들었다. 어디로 가는 걸까? 나는 그저 눈을 크게 뜬 채 아모르의 얼굴을 바라봤다. 아모르는 조금 전까지 누워 있던 사람이라고는 믿기지 않을 걸음으로 성큼성큼 걸었다.

“내려 주세요. 내 발로 걸을게. 응?”

“안 들려.”

공주님 안기라. 레이 경에게 수없이 안겨 본지라 낯선 자세는 아니었지만, 환자에게 생각 없이 안겨 있을 정도로 무심하진 않았다. 내려 달라 외치는 목소리를 외면한 아모르는 천천히 테라스로 향했다.

"정말……."

바닥을 바라보던 나는 아, 하고 소리를 냈다. 신기하게도 그가 걷는 걸음마다 꽃이 피어나고 있었다.

"와. 오라버니. 꽃이 피어요."

나도 모르게 눈을 동그랗게 뜨고 중얼거리자, 머리 위로 훈풍이 느껴졌다. 잔잔한 떨림을 보아 그가 웃고 있는 듯했다.

한 걸음에 분홍색, 다시 한 걸음에 이름 모를 붉은 꽃이 봉오리를 톡 터드린다. 꽃뿐 아니라 넝쿨이 잎새를 돋우고 작은 나무가 자라며, 어떤 것은 넝쿨을 지지대 삼아 천장까지 자라기도 했다.

그를 쫓는 식물의 행적은 녹색을 바탕으로 한 형형색색 색채가 마음껏 피어난 그림 같았다.

"춥진 않은가?"

마침내 테라스에 도착한 그가 나를 난간 위에 앉혔다. 그러고는 내 얼굴을 올려다본다. 난간이 낮아 그의 얼굴과 내 얼굴이 거의 같은 높이에 있었다. 아마도 내가 허리를 숙이면 금방 닿을 거리였다.

"춥지 않아요."

날은 선선했다. 그는 고개를 끄덕이고는 손을 들어 올려 뺨을 쓸어내렸다. 바람에 잔뜩 흩날리는 내 머리카락이 그의 뺨을 스치고 지나간다. 바람 소리만이 존재하는 테라스에서 그와 나는 말없이 마주했다.

"식물의 신관은 힘을 사용하기 위해서 식물에 대해 이해하는 것이 필요하지."

아모르가 말문을 틔웠다.

"처음 내게 식물에 대해 알려 준 것은 어머니야. 그리고 어머니가 돌아가신 뒤엔 형님이 가져다준 책으로 공부했지."

"형님이라면…… 카스토르?"

아모르가 천천히 끄덕였다. 그는 조금 멀리 보는 시선으로 내 어깨 너머를 보는가 싶더니 다시 입을 떼었다.

"식물의 신관은 존재하는 모든 식물을 한 손에 다룰 수 있는 자. 때로는…… 존재하지 않는 것도 다룰 수 있게 되지."

그의 말이 끝나기 무섭게 테라스에는 식물이 돋아나기 시작했다. 녹색, 온통 녹색으로 들이찬 곳에서 싱그럽고 상쾌한 풀내음이 느껴졌다. 맨발로 테라스를 딛고 있는 그는 마치 인간이라기엔 무척 아름다운 모습으로 돋아난 식물들을 둘러보았다.

"아실리."

그가 눈을 살짝 휘었다. 신이 존재한다면 이런 느낌일까. 창백했지만, 달빛 아래 하얀 도자기로 빚어진 듯 요요한 모습이었다.

"아실리, 세상에 없는 꽃에 대해 들어 본 적 있나?"

막 줄기를 건드려 보던 나는 눈을 크게 깜빡였다.

"……세상에 없는 꽃? 멸종해서요?"

"그래. 아주 오래전에 사라져 버린 것."

그 순간이었다. 섬광처럼 지나간 바람 아래 테라스에 피어난 모든 식물이 단 하나의 꽃을 틔워 냈다. 그것은 봉숭아 열매가 터지듯 톡 소리를 내며 파도처럼 만개했다. 세상이 푸르며 옅은 보랏빛의 꽃으로 가득했다. 화사하고 화려하게 피어난 꽃 앞에서 아모르는 천천히 고개를 들었다.

"이 꽃은 더는 세상에 존재하지 않아."

곧 바람이 불며 꽃잎이 비처럼 흩날렸다.

"그래서 의미가 기적이라고 하지."

팔랑팔랑. 내려오는 꽃 사이에서 아모르가 미소하고 있었다.

"네가 내게 나타난 것처럼."

테라스가 아니라 아늑한 숲속 같았다. 설탕처럼 달콤한 이 순간 둘 말고는 존재하지 않는 격리된 세상 속에 오롯이 앉아 있는 것처럼 느껴졌다. 눈처럼 휘날리는 꽃을 멍하니 바라볼 때, 아모르가 손을 뻗어 뺨을 어루만졌다.

"너를 만난 모든 순간이 기적이니, 너는 존재 자체로 내게 기적이구나."

뺨을 어루만지던 손이 귀를 지나 목으로 내려간다. 그가 부드럽게 내 목을 제 쪽으로 잡아당겼다. 그리고 천천히 그의 얼굴이 가까워진다.

"나와 영원히 함께 살자."

부드러운 속삭임이 나붓이 내려앉았다.

"난 널 보면 오래도록 살고 싶어져."

그러고는 그는 부드럽게 눈을 휘었다.

"네가 말한 거리를 걸어보고 싶구나. 너와 함께."

나는 그의 말이 조금 전 청혼의 연장선임을 알았다. 어떤 말도 못한 채 그를 마주하면 그는 천천히 미소하며 입술을 눌러 붙였다.

"대답은 돌아와서 듣지."

그의 뒤로 꽃잎이 휘날리는 그림 같은 풍경을 마지막으로 나는 눈을 감았다.

* * *

이튿날, 테레나 궁은 이른 아침부터 분주했다. 그야 궁의 주인이 난생 처음으로 먼 길을 떠나는 날이니 그런 거겠지만. 정작 당사자는 한가하기만 했다. 준비야 하녀들이며 레베카가 전부 해 주니 나는 움직이기만 하면 그만이었다.

"얼씨구."

턱을 괸 채 멍하니 앉아 있는 나를 본 플뢰온이 미간을 찌푸린다. 그는 영준한 낯을 찌푸린 그대로 내게 다가와 머리를 거칠게 흩어 놓았다.

"한가하기 그지없구나."

나이를 먹어도 버릇은 어찌 못하는 걸까. 왜 세 살 버릇은 여든까지 간다더니. 저기 정성껏 머릴 빗어 준 레나가 울상을 짓는 게 보인다. 난 산발이 된 머리를 쓸어 넘기며 툭 던졌다.

"어쩔 수 없는걸."

내가 뭘 하려 해도 화들짝 놀라며 앉아 계시라 하는데. 그리고 최근 소릭스가 내 부관 노릇을 하게 되며 직접 움직일 일이 더욱 줄었다. 유능한 부하들이 있다는 게 이런 느낌이구나 싶고, 톡톡히 누리고 있달까. 소릭스에 레베카라니. 나는 무슨 복을 타고난 걸까? 어쩌면 개고생한 대가를 이런 식으로 보상받는 걸까.

"오라버니야말로 이른 아침부터 무슨 일이야?"

"네가 먼 길 간다는데 무슨 일은 무슨 일이야."

잠시 생각에 잠긴 듯 말이 없던 플뢰온은 곧이어 나를 툭 건드렸다.

"들었지? 데인 그놈이 함께 간다는 거."

"아. 응."

리프에국 기준으로 성년식을 치르지 못한 나는 미성년으로 보는지라, 나이가 이미 성인임에도 보호자를 동반해야 입국이 가능했다. 그에 따라 내 보호자로 동행하게 된 사람이 데인이었다.

"그쪽 법이 좀 우습긴 한데. 차라리 잘 됐지, 뭐."

억울한 게 없진 않다. 이미 성년이 지난 지 오래고 황제의 고집으로 성년식만 치르지 못한 건데 말이다.

"데인이야 워낙 똑똑하니까. 덕분에 일이 예정보다 훨씬 빨리 끝날지도 모르겠다."

"……그래."

플뢰온은 그가 먼저 말을 건네 놓고는 왜인지 먼 곳을 바라보는 얼굴이었다. 무엇 때문인지 찝찝함을 떨쳐 내지 못한 표정이었다. 데인이 함께한다는 것 때문은 아닌 것 같고, 다른 것으로 고민하는 것 같았다. 나는 그를 잠시 바라보다가 물었다.

"뭐가 고민이야?"

"아무것도 아니야."

그럼에도 좀처럼 말을 잇지 못하는 그의 손등을 톡톡 두드렸다.

"뭐야. 플뢰온. 나한테는 매일 비밀 좀 만들지 마라느니 해 놓고 입 싹 닫을 건 아니지? 참고로 한 입으로 두말하면 머리 벗겨진다."

"뭐?"

어처구니없다는 듯 나를 보던 플뢰온이 곧 헛웃음을 지었다. 무슨 고민이길래 이렇게 신음을 흘리는 걸까. 저리 찌푸리면 주름만 늘 텐데 말이다. 물론 잘생겼으니 늙어도 그 미모가 어디 가겠냐마는…….

그는 잠시 짐을 옮기는 시종들에 시선을 주다가 고개를 숙였다.

"불카누스의 대신관이 이곳으로 오고 있어."

턱을 괸 모습은 언제나처럼 완벽하리만치 우아했다. 나는 고개를 갸웃하며 그에게 반문했다.

"불카누스? 네 조부님 아냐?"

불카누스는 플뢰온의 외가이기도 했다. 불카누스의 경우 타 신전과 다르게 여자도 신관의 자격을 얻을 수 있는 신전이었다. 그의 모친이 한때 대신관 후보였던 신관이었다고 들은 적 있다. 그리고 현 대신관은 6황비님의 부친, 즉 그의 조부였다.

"내 어머니의 동향이 이상해."

"이상하다니?"

"불카누스는 공식적으로 황궁에 출입이 금지된 신전이야. 오래전 내 어머니를 순순히 황제에게 보내지 않았다는 이유로……. 아무튼 그런데 대신관, 내 조부가 이제 와서 황궁으로 찾아온다는 게 이상하단 거다. 거기다 최근에 어머니가 2황자랑 자주 만난다는 이야기가 있었다."

그 말에 나는 대충 상황을 알 수 있었다. 『루스벨라의 빛』 속 카스토르는 서브 주인공이자 광기로 똘똘 뭉친 폭군이었다. 그런 카스토르가 황제가 되기 직전 2황자의 반란이 있었다. 아마도 카스토르의 제위를 막으려는 처음이자 마지막 시도였을 것이다. 그리고 지금은 율리안이 한창 반란을 준비하는 시기이기도 했다.

설마 하니 불카누스도 그곳에 가담하려 하는 걸까. 그때 어떤 신전들이 모여서 참여했는지까지는 나도 모른다. 그러나 이어진 플뢰온의 말에 나는 놀란 눈을 하고 그를 바라봤다.

"거기다 8황비나 7황비랑도 가까이 지내셨으니. 하……. 나도 잘 모르겠다."

플뢰온의 입에서 나올 줄 몰랐던 이름에 눈을 깜빡였다. 6황비님과 아올레시아가 가까이 지냈다고?

"내 모친이랑 6황비님 사이에 친분이 있었어?"

"잘 모르겠어. 확실한 건 내 어머니가 2황자와 뭔가를 할 이유가 없다는 거야."

"어째서?"

"5황자. 내 형님 때문에."

플뢰온이 씁쓸하게 미소했다. 비죽이 올라간 눈매를 축 가라앉히며 그가 눈 쪽을 꾹꾹 눌렀다.

"어머니는 형님을 미워해. 아니 황제를 쏙 빼닮은 게 형님의 탓은 아니지. 아무튼 형님을 보고 싶지 않아 하신다. 그래서 2황자와도 뭔가를 할 리가 없어. 2황자는 5황자의 보호자나 마찬가지니까."

플뢰온이 입을 꾹 다물고, 이내 한숨을 푹 내쉬었다. 그사이 문 쪽에서 레베카가 다가오고 있었다. 플뢰온도 그녀를 본 것 같았다.

"별일이야 있겠냐."

그가 한 번 더 머리를 쓰다듬었다. 이번엔 헝클어 놓는 것이 아닌 퍽 부드러운 손길이었다. 웬일인가 싶어 플뢰온을 보면 그가 어른스러운 낯으로 나를 내려다보고 있었다.

"데인 그놈이랑 싸우지 말고."

왜일까. 실없는 소리로 말을 돌리려는 것처럼 느껴졌다.

"내가 언제 싸운 적 있던가."

"그놈, 혼자 사라지지 않나 잘 봐."

"왜?"

"그놈의 목을 사촌이 노리고 있으니까."

"……뭐?"

목이 턱 막혔다. 동시에 건국제 날 보았던 얼굴이 스쳐 지나갔다. 데인의 사촌이라 하면 데로스였다. 내 앞에서 대신관이 살해되는 모습을 그대로 보여 주었던 사람. 놀란 눈으로 플뢰온을 응시하면, 그는 특유의 서늘하고 성마른 낯으로 나를 바라보고 있었다.

"너도 알아 두는 게 좋아서."

"……왜?"

"그놈이 널 위해 무엇을 포기했는지 너도 알아야지. 제 가문도, 민족도, 하다못해 자기 자신마저 버린 그 놈을."

플뢰온이 내 머리를 꾹꾹 누르며 고개를 숙였다. 웃는 것도 우는 것도 아닌 표정이 그의 얼굴로 자리했다.

"오라버니는 뭘 아는데?"

"글쎄. 그놈이 제 목숨마저 하찮게 여길 정도로 널 끔찍하게 아낀 거?"

플뢰온은 알고 있었던 걸까? 데인이 나를 어떻게 생각했는지. 그 감정이 무엇이었는지. 그러나 플뢰온은 의문에 대한 대답 대신 우아한 말씨로 나긋하게 뱉었다.

"나도 그놈을 잘 몰라. 하지만 오래 봤기에 아는 것도 있지. 그리고 그놈의 사랑이 생각보다 질기고 오래됐고, 집요했던 것도."

"……."

"물론 네 결정이 무엇이 됐든 난 관여할 생각이 없어. 하지만, 너는 알아야지. 그놈이 너를 지독하게 사랑했다는 것을."

"플뢰온."

그는 삐뚜름하게 입술을 끌어당겨 웃었다.

"너희 둘이 어떻게 되던 내 망할 동생들이란 것은 변함없어. 알아만 달라는 거야."

깊고 푸른 눈동자가 날 향했다.

"네 말대로 우린 더는 어린애가 아니니까."

* * *

레베카가 마차에 모든 짐을 실었다고 전했다. 나는 카우치에서 일어나 마차로 향했다. 겉은 하녀들과 레베카를 대동한 채로 우아하게 걷고 있을지 몰라도 실은 플뢰온이 했던 얘기의 여파로 반쯤 생각에 잠겨 바닥만 보며 걷고 있었다. 그렇게 긴 복도를 걷고 있을 즈음인가 누군가 앗, 하고 비명을 질렀다.

"한나?"

고개를 돌리자 한나였다. 한나는 새하얗게 질려 완전히 겁에 질려 있었는데, 마치 종말이라도 마주한 사람처럼 파들파들 떨고 있었다. 뭐지? 그녀의 시선을 천천히 따라가자 복도 끝에서 걸어오는 사람이 보였다.

"……카스토르."

흔들리는 검은 머리카락, 큰 키에 몹시도 매혹적인 미소를 건 그는 오늘도 검은색 일색인 차림이었다. 이 때문인지 그의 모습은 꼭 그림자가 다가오는 것처럼 보였다.

"아아."

그가 마침내 내 앞에 멈춰 섰을 때 나를 제외한 모든 이들이 고개를 조아렸다.

"안녕. 아실리."

그가 대수롭지 않은 목소리로 인사를 건넸다. 언제나처럼 귀를 적시는 황홀한 목소리였다. 나는 그에게서 눈을 떼어 내며 살짝 고개를 숙였다.

"안녕하세요. 오라버니."

그러고는 눈을 예쁘게 접어 미소하며 곧바로 물었다.

"어쩐 일이신가요?"

카스토르는 재미있다는 듯 고개를 기울여 미소했다. 오늘도 찬연한 금색 눈동자에 빛이 스쳤다. 아니, 햇빛을 반사하여 더욱 빛이 나는 것처럼 보였다.

"아끼는 여동생이 먼 곳으로 떠나는데 어찌 한번 보러 오지 않을 수 있겠니."

카스토르가 손을 뻗어 내 머리끝을 쥐었다가 놓았다. 나는 그것을 감흥 없이 볼 뿐이었지만, 다른 이들은 그렇지 않았다. 옆에서 희미한 숨소리가 들려 흘끗 옆을 보았다. 막 발끈하며 나서려는 플뢰온을 향해 손을 뻗었다.

"레베카. 오라버니를 모시고 먼저 마차에 가."

레베카의 검은 눈동자가 빙글 굴러 나를 향했다. 그녀의 서늘한 눈동자는 많은 것을 판단한 듯했다. 웃고 있지만 굳게 굳은 내 얼굴도. 그녀는 고개를 끄덕이고는 플뢰온에게 다가갔다.

"너희들도 레베카를 따라가."

겁에 질린 한나를 대신해 레나에게 눈짓했다. 레나는 잽싸게 한나를 부축해 레베카의 뒤를 따랐다. 그렇게 모든 이들이 사라지고 복도에는 나와 카스토르 둘만이 남았다. 나는 천천히 입을 떼어 냈다.

“호위도 없이 방문이시라니요.”

생각 외로 나긋한 목소리가 튀어나왔다.

“내 호위는 네가 데려갔잖니?”

카스토르는 찡그림 하나 없이 대꾸했다. 나는 퍽 순진한 눈으로 그를 보며 고개를 기울였다. 그가 무어라 꺼낼 때까지 모른 척 잡아뗄 셈이었다.

“제가 데려갔다니. 무슨 소릴 하시는 건지.”

눈 가리고 아웅 하는 것일지라도.

“뭐. 그렇게 모른 체하는 것도 나쁘지 않아.”

카스토르는 퍽 부드러운 손으로 내 머리끝 사이로 손가락을 집어넣고 훑어 내렸다. 나는 꼼짝 않고 그의 눈만을 노려보았다. 그도 날카로워진 내 시선을 알아차린 듯 피식 웃었다.

“돌려주겠어?”

그가 무엇을 말하는지 깨닫고 난 코웃음을 쳤다.

“아.”

고개를 숙여 살짝 소리 내어 웃었다. 당신에게 헤르난이 아직 필요했구나. 그래서 이미 다 알고 온 것이겠고. 천천히 고개를 들어 카스토르를 올려다본다.

“당신의 짐승을 말하는 모양이네요. 하지만 보통은 이지를 잃은 자를 두고 수행원이라 하지 않는답니다.”

그러고는 내 머리끝을 잡고 있는 그의 손을 잡아 쥐었다. 카스토르의 손이 미약하게 굳는 것이 그대로 느껴졌다.

“그리고 제 손에 들어왔으니, 이제 그는 제 것이지요.”

오전의 햇살 아래 그의 눈동자가 요요한 빛을 흩뿌리며 나를 향했다.

동시에 카스토르의 미소가 차츰 더욱 깊어졌다.

"네게서 그런 말을 들을 줄은 몰랐구나."

카스토르는 내가 잡고 있는 손을 떼어 내더니 천천히 제 손에 전부 거머쥐었다. 흘끗 내려다보면 내 손은 그의 손에 꼭 삼켜진 것처럼 보였다.

"처음부터 제 「동반자」였던 사람이니."

알고 있다. 헤르난을 오래 잡아 두지 못한다는 것을. 그리고 카스토르도 알고 있을 것이다. 그를 잡아 두는 것은 내게 아무 이득도 없다는 것을.

"돌려받은 것이죠."

하지만 조금만 더 생각해 보면 달라진다. 헤르난은 카스토르의 손이며 발인 사람이었다. 그를 붙잡아 둔 시간만큼 카스토르가 계획한 일은 미뤄지게 된다. 그리고 아마도 내가 루스벨라를 만나러 간 시간만큼은 벌 수 있겠지.

"이지를 잃은 짐승의 신관은 아무것도 먹지 않고도 일주일 이상을 버텨 낸다지요."

내가 다녀오는 시간은 단 일주일. 그 사이에 무슨 일이 있을 거라곤 생각하지 않지만 만약을 대비함이다. 미래의 폭군이 언제 어디서 무슨 일을 벌일지 몰랐기에.

"그는 제 보호 아래 있을 거랍니다. 누구도 죽이지 않고, 다치게 하지 않고. 편안하게."

사실 허세에 가까운 짓일지도 모른다. 그가 마음먹으면 눈 깜짝 할 사이에 내 궁 사람들을 모조리 살해할 수 있었으니까. 그러나 이젠 그가 그러지 못함을 알고 있다.

“오라버니, 당신은 제가 돌아올 때까지 아무것도 할 수 없을 거예요.”

그는 황제의 눈을 피해 헤르난을 움직여 아모르를 다치게 했다. 아모르가 아직 황제에게 필요한 사람인 이상 황제의 귀에 들어가선 안 될 일이리라.

<황제는 카스토르에게 제 힘을 쏟아 단 하나 자신의 명을 듣게 했지.>

적어도 카스토르는 그가 황제가 되기 전까지 현 황제의 뜻을 거스르지 못한다.

“억지로 찾으려 하신다면 그 소식은 누구보다 먼저 황제 폐하께 가게 될 것이에요.”

말을 맺는 순간 카스토르의 눈동자가 위험한 빛을 띠었다. 나조차 흠칫하며 뒤로 물러날 때였다.

“하, 하하하하.”

그는 나를 놓고, 소리 내어 웃었다. 나는 허를 찔린 사람처럼 그를 멍하니 바라봤다. 왜? 웃는 거지? 허리를 꺾어 웃던 그는 곧이어 천천히 상체를 들어 올렸다.

“재미있구나.”

가까이서 보게 된 광기로 일렁이는 눈은 넘실거리는 금빛 바다처럼 보이기도 했고, 휘몰아치는 태풍 같기도 했다.

“넌 항상 날 황홀하게 해.”

나긋하게 눈을 접으며 속삭였다. 귀 바로 옆에서 속살거리는 목소리에 눈을 질끈 감았다. 인정하기 싫지만, 그의 목소리는 지옥에서 올라온 악마라 해도 믿을 정도로 아찔했으며, 매혹적이었다.

"뭐. 좋아. 네 뜻대로 따라 주지. 나도 네가 없는 궁에서 무언갈 하고 싶지 않구나."

카스토르의 손가락이 뺨을 스쳐 내 입술을 훑었다. 그는 입술을 훑었던 손가락을 천천히 가져가 제 입술을 쓸어내렸다. 그러면서 고개를 기울여 나와 시선을 마주했다. 홍채 안에서 넘쳐흐를 정도로 일렁거리고 있는 금빛에 손끝이 파르르 떨렸다. 의도한 것이 아닌 몸이 기억하는 떨림이었다.

"약속하지."

그는 내 손을 들어 올려 잡고는 손가락을 얽었다. 동시에 오싹할 정도의 소름이 등골을 스치고 지나간다.

"적어도 네가 없는 시기 동안."

그가 나른하게 미소했다. 그러고는 내게서 눈을 떼어 내지 않으며 작게 내뱉었다.

"나는 아무것도 하지 않을 예정이란다."

아무것도. 그를 따라 조용히 중얼거려 본다. 왜일까, 아무것도 하지 않겠다 약조하는데도 불안한 것은 아마도 내가 그를 믿지 못하기 때문이리라. 나는 그의 손을 억지로 놓고 마차로 달려가듯 걸어갔다. 돌아선 나를 그는 잡지 않았다.

그게 이상했으나, 눈을 감았다. 이 시기에 일어나는 일은 없다고.

일기장은 잠잠했다.

〈5권에 계속〉